范 劲 —— 著

"文学中国"的域外生成
——德国的中国文学研究的系统演化

北京大学出版社
PEKING UNIVERSITY PRESS

图书在版编目(CIP)数据

"文学中国"的域外生成：德国的中国文学研究的系统演化 / 范劲著. —北京：北京大学出版社，2023.10

ISBN 978-7-301-34333-3

Ⅰ.①文… Ⅱ.①范… Ⅲ.①中国文学–文学研究 Ⅳ.①I206

中国国家版本馆CIP数据核字(2023)第153891号

书　　名	"文学中国"的域外生成：德国的中国文学研究的系统演化 "WENXUE ZHONGGUO" DE YUWAI SHENGCHENG: DEGUO DE ZHONGGUO WENXUE YANJIU DE XITONG YANHUA
著作责任者	范　劲　著
责任编辑	朱房煦
标准书号	ISBN 978-7-301-34333-3
出版发行	北京大学出版社
地　　址	北京市海淀区成府路205号　100871
网　　址	http://www.pup.cn　新浪微博：@北京大学出版社
电子邮箱	编辑部 pupwaiwen@pup.cn　总编室 zpup@pup.cn
电　　话	邮购部 010-62752015　发行部 010-62750672 编辑部 010-62754382
印　刷　者	北京虎彩文化传播有限公司
经　销　者	新华书店
	720毫米×1020毫米　16开本　36.75印张　510千字 2023年10月第1版　2023年10月第1次印刷
定　　价	168.00元

未经许可，不得以任何方式复制或抄袭本书之部分或全部内容。
版权所有，侵权必究
举报电话：010-62752024　电子邮箱：fd@pup.cn
图书如有印装质量问题，请与出版部联系，电话：010-62756370

目 录

导　言 …………………………………………………………………… 1

第一章　"中国文学"：一个学科的形成、发展和运作 ………………… 17

　　第一节　二战前德国的中国文学研究 ………………………………… 17

　　第二节　西德汉学与中国文学专业的形成 …………………………… 49

　　第三节　东德的中国文学研究 ………………………………………… 71

　　第四节　方法论与中国文学治理 ……………………………………… 86

第二章　中国文学的引导符码 ………………………………………… 123

　　第一节　三个引导符码 ………………………………………………… 123

　　第二节　鲁迅早期形象的政治化：两篇博士论文 …………………… 137

　　第三节　东德的鲁迅观：革命者鲁迅 ………………………………… 153

　　第四节　西德的鲁迅观：从革命者到反讽者 ………………………… 160

　　第五节　鲁迅符码建构的新起点：现代性 …………………………… 168

第三章 作为系统构建工程的文学史书写……… **179**
  第一节 文学史和系统性……… 179
  第二节 硕特《中国文学述稿》：博学史模式……… 189
  第三节 顾路柏《中国文学史》："古代"模式……… 194
  第四节 卫礼贤《中国文学》：重估中国精神……… 205
  第五节 施寒微《中国文学史》：文学—文化……… 213
  第六节 艾默力《中国文学史》：多元方法……… 222
  第七节 顾彬《中国文学史》：寻找现代性……… 234

第四章 万神殿的构建：汉学系统中的中国作家作品……… **273**
  第一节 作为意义单位的文学符号……… 273
  第二节 中国古代文学符号……… 278
  第三节 中国现当代文学符号……… 354
  第四节 中国文学的诗学问题……… 417

第五章 系统内的中国文学观察者……… **439**
  第一节 阐释主体与交流系统……… 439
  第二节 库恩……… 448
  第三节 西德汉学家：霍福民、鲍吾刚、德邦、马汉茂等……… 459
  第四节 东德汉学家：葛柳南、梅薏华……… 486
  第五节 顾彬……… 498

第六章　中国文学研究作为知识交流系统……………………**519**
　　第一节　怪异的"中国文学"……………………………**519**
　　第二节　怪异的知识系统及其运作程序………………**527**
　　第三节　最后的阈限：自我问题………………………**546**

参考书目……………………………………………………………**561**
后　记………………………………………………………………**579**

导　言

本书是对一个学科的形成过程和运作情形的考察。按照德国社会学家卢曼的系统理论，一个学科即一个功能性的交流系统，它规定了所观察的对象和反观自身的基本程序，为知识的生产、更新、传播提供了路径。个人的观察只有进入了学科交流系统，才被称为科学知识；只有采纳了系统允许的化简程序，才成其为专业研究。知识和学科系统之间的共生关系，早在研究主体接触对象之前就已存在，可以说，连研究主体这一位置也是由系统规定好的。这就意味着，系统之内没有不正常，但系统本身却是不可思议的，即超越了一切主体意志。

在此意义上，人文科学的客观性，实际上更应该理解为系统性。系统本身的自我维持和持续运行，才是人文科学的最终目的。人文学者作为观察者的理想既是和其对象取得一致，也是和自身所处的系统相合一。在一个最大限度摒除了个人偏见的观察中，观察主体不再是情感性、欲求性、意识形态性的自我，而是系统本身，观察就表达了系统的内在要求。

如果不能把海外中国文学研究理解为一个个独立系统，即"他们的"中国文学，且隶属于"他们的"世界文学，则无论何种关于中国文学的域外观点——即便出自最严谨的学者——都显得怪异，但是对怪异徒然表示惊叹，从来是理性贫乏的表现。同样，如果不能从个体上升到系统的立场，也很难注意到，我们所默认的"标准"中国文学世界又是多么怪异——在以"我们"的个别为所有人的普遍的悖论意义上。而任由自身在正常世界中逐渐麻木，以致不能理解正常当中的神奇，同样是理性的悲哀。也许，我们的确如此怪异——正因为不知道自身的怪异，才能全力投入系统运作，参与"中国文学"的知识生产和交流。显然，怪异和系统运作的结构性要求相关，它既是系统运作的产物，也是系统运作的动力，怪异不过是自我更新的知识体褪下的蝉壳。

中国文学不是天生的，而是在一定系统条件下人为建构出来的文化形态。中国文学研究也非天生，而是社会演化到特定阶段、应社会运作之需而分化出来的交流系统。一个人不是因为实施了写作行为、生产了读物，就成为作家。说作家是天才、万物的立法者，是空洞的赞誉和抽象化的定义。毋宁说，系统安排作家成为文学的意义载体和功能符码，每一作家符号身上都承负无数期待，"天才"只是无数意义中的一种意义。无论如何，只有进入"文学"世界，写作的人和写成的读物才成为作家和作品。系统外的读物只关乎感性或认知，或有趣或无聊，或有益或无用，系统内的作品才有意义区分（区分就是意义）。就因为区分已经存在，许多人"知道"歌德或托尔斯泰的"意义"，却不一定真读过他们的作品。同样，有了那个称为"中国文学"的交流系统，才有了中国作家、中国文学作品、中国文学批评、中国文学精神，有了家喻户晓的文豪如鲁迅、屈原、李白、杜甫，有了流传千古的作品如《诗经》《离骚》《红楼梦》，有了诗言志、性灵说、社会主义现实主义等中国文学概念，也有了世界文学和中国文学这一对理念。如果每一作家或作品符号都担负特定功能，就不难理解，为什么许多德国译介者和研究者不自觉地夸大其对象的优越性（库恩[Franz Kuhn]把他翻译的每一部中国文学作品都当成世界文学名著），他们实际上是强调该符号以及作为观察者的自身在本系统内的社会功能，而无暇顾及符号在原系统中的"本体论"地位。他们意识到自己在履行一项系统使命，却不一定知道具体指令是什么。

"中国文学"既然是社会的产物，且关联于社会系统的自我维持和演化，则"中国文学"不止一个：有中国的"中国文学"，也有中国之外的种种"中国文学"；有过去的"中国文学"，也有当代的"中国文学"，还会有未来的"中国文学"。按一般人的想法，中西方中国文学研究不仅分享同一对象领域，方法论上也理应是一家人。众所周知，正是基于西方的文学概念和研究框架，现代意义上的中国文学研究才得以诞生，换言之，中西方"中国文学"在最开始时几乎是同一系统。然而，一旦中国社会接纳了"文学"理念，在自身系统内塑造出一个"类似"的子系统，其独立性马上就显现出来，并以独立性为进一步操作的前提。独立性体现在若干方面：首先，中国文学找到了（或建构了）自身的悠久历史和发展脉络；其次，中国文学有自身的批评传统和艺术感受方式，和西方文学分析手段和概念体系不一定匹配；最后，中国文学研究也有其自身的现实政治语境和由此而生的独特的社会需要，尤其从1949年到改革开放之前，中西方意识形态的紧张对峙也导致了迥异的文学理解和世界文学导向。这意味着，并无一种普遍"精神"贯穿所有场域，中西方中国文学研究终究是相互独立的功能系统。中国学者近年来越来越意识到这一点，从国学和汉学的意识形态之争就可见一斑。但正因为如此，考察西方的中国文学研究历史更显得必要，理由是：首先，要重构完整的中国文学研究谱系，其西方支流不可忽略；其次，要克服目前中国文学研究中"西论中用"的通病，也必须从学科体制上弄清楚文学知识的生产原理。

德国学者很早就开始系统地观察中国文学，顾路柏（Wilhelm Grube）1902年初版的《中国文学史》是西方汉学史上的名著，硕特（Wilhelm Schott）1854年出版的《中国文学述稿》甚至可能是世界上首次中国文学史书写尝试。德国学者以其思辨传统而自豪，处理异域对象时颇为自信，主体性立场和方法论特点突出。德国的中国文学研究因而成为一种有代表性的"中国文学"交流模式，为我们观察一个现代学术系统的产生、演变、分化提供了方便。细读德国的中国文学研究，等于是在一个熟悉的问题领域，对西方学术运作进行一次田野调查。显然，从西方知识系统内部来观察德国的中国文学研究，才能了解其观点的内涵和价值，把握其学术的体制运作。

自19世纪初以来，文学成为不同民族文化的精神特性的象征，这就意味着，不同民族文化的文学间横亘了一道无法消除的鸿沟，各民族文学自成一体；与此同时，对异民族文学的译介和研究，也就成为不同文化间最为深入的互动形式。要在不可跨越的鸿沟上进行成功概率极低（unwahrscheinlich）的交流，须借助一种被称为"世界文学"的象征工具，从而进入一个高入云际的"世界文学"的先验层面。西方汉学家授予中国文学作品的最高荣誉，一向是尊称其为"世界文学"。自然，这一超越系统的层面还是在系统内部设定的，所谓超越不过是悖论性的"假装超越"。观察者进行这样一种跨越鸿沟的努力时，会将全部精力集中于对系统外客体的观察本身。因为"没有时间"进行夸夸其谈的说教，有意识的意识形态干预大大减少，但也使真正的、类似生命本能的意识形态对双方来说都首次凸现出来。真正的意识形态出自系统本身，观察者并不知道他在利用意识形态。故恰恰是"纯客观"的认知态度才能呈现这种意识形态，研究活动成为真实的欲望、冲动的相遇场所，潜意识般的系统意识形态反映在理论取向、概念范畴、修辞技巧上，体现于将中国文学纳入世界文学的姿态和选择标准。这样一个跨文化的研究史的再研究也就发挥了双重作用：第一，在多数直接的认识视角被意识形态先行模塑的情形下，提供一个间接的、因而相对中立的视角，借以深入跨文化交往的潜意识层面——一部中国文学研究史，就是一部治理中国符号世界的历史；第二，既然涉及符号秩序的治理，就不光有规约性的消极一面，也有建构性的积极一面,每一汉学家都既是规训者又是新的世界秩序建设者,故这一考察也有助于我们寻找新的、更好的、为双方都能接受的中西文化元素的组合形式,探讨新的世界文化的可能性和具体路径,以"致中和"方式修正当前由西方主导的文化秩序。

"你站在桥上看风景,/看风景的人在楼上看你",是诗人卞之琳的名句,意思是,不仅你在观看对象,对象也在观看你,进一步说,正因为预料到反观的存在,你才会有观看的冲动。对德国的中国文学观察过程的再观察,也有其自身的历史,不仅出于德国汉学家的自我描述(体现了汉学研究的系统化),也是中国作为被观察对象的自然反应(这就是超越汉学系统的"世界文学"系统在发挥作用了)。陈铨的名著《德国文学中的中国纯文学》(1933)为中德文学关系同时引入了两个研究角度:一是德国作家和诗人的中国想象和所受的中国文学影响;另一个是汉学家对中国文学的译介和学术批评,涉及中国文学在德国的早期接受和卫礼贤(Richard Wilhelm)、佛尔克(Alfred Forke)、史陶思(Victor v. Strauß)等汉学家的翻译和研究风格。后来的学者从常安尔(H. v. Tscharner)、舒斯特(Ingrid Schuster)、罗斯(Ernst Rose)到我国的卫茂平等主要继承他第一个方向,深入探讨了德国文学中的中国形象,而有关中国文学批评的情况罕有专门研究。德国学者的自我观察则散布于福兰阁(Otto Franke)、海尼士(Erich Haenisch)、傅海波(Herbert Franke)等人对德国汉学的综合介绍,以及中国文学的研究论著、译本序言对相关研究状况的顺带评述中,还从未有过系统性的梳理。不过马汉茂(Helmut Martin)和罗梅君(Mechthild Leutner)等学者已开始关注德国汉学自身的历史,前者组织的对于德国汉学史的讨论,最终结集为《德国汉学:历史、发展、人物与视角》,是迄今为止最为全面的一次回顾。

在中国国内,海外汉学史成为近年来的重要学术工程,《国外汉学史》(2002)、《英国汉学史》(2007)、《俄罗斯汉学史》(2008)、

《法国汉学史》（2009）、《日本汉学史》（2010）等相继推出。德国汉学方面，已有张国刚的《德国的汉学研究》（1994）、李雪涛的《日耳曼学术谱系中的汉学——德国汉学之研究》（2009）等介绍其发展源流和现时动态，完整的德国汉学史的出现指日可待。对德国的中国文学研究的兴趣，则随着顾彬《二十世纪中国文学史》中译（2008）的问世和他对中国当代文学的过激言论而迅速升起，已有成果如：曹卫东的《中国文学在德国》（2002）介绍德国的中国文学史写作和中国文学研究的总体情况，包括对代表性著作的内容、观点的评述；詹春花的《中国古代文学德译纲要与书目》（2011）综述中国古代文学在德国的译介情况，提供了一个较详尽的译本和研究著作的书目；谢淼的《德国汉学视野下中国当代文学的译介与研究》（2016）梳理中国当代文学在德国译介与研究的整体情形，并致力于揭示对其产生影响的内外部因素；顾文艳的博士论文《中国现当代文学在德语世界——1972年后的文学交流》（2019）同样针对中国当代文学在德国的译介和接受，但也纳入了东、西德作家对中国文学的互文性加工，同时试图从"文学机制"的角度分析政治、媒介、市场等因素对中国文学传播的影响，呈现一个更立体化的文学接受语境；最后，方维规在其主编的《海外汉学与中国文论（欧洲卷）》（2019）第三章"德国的中国文论研究"中，详细介绍了德邦（Günther Debon）、马汉茂、傅熊（Bernhard Fuehrer）、卜松山（Karl-Heinz Pohl）等德国汉学家在中国古代文论研究方面的成就。然而，迄今为止的海外汉学史研究在方法论上还缺乏自觉，不少研究者过于执着于中国自身的视角，向世界宣扬中国文化的优秀成果成为考虑问题的唯一出发点——为何不要《红楼梦》，却偏偏爱上《好逑传》的疑问，简直成了心结。但人们往往忽略了一个简单事实，即海外汉学属于中国之外的知识系统。无论汉学家本人多么热爱中国文化，从系统角度来说，关注一种外来文化的唯一理由，是驯化这种文化。再璀璨的文学瑰宝，在系统眼里也不过是一个待处理的数据"输入"

(input)，所谓"璀璨"的价值本身，即便被一同接受，也不过是个附加数据——"璀璨"的不一定就合乎需要。中国自改革开放引入新知，海外汉学的行情波动剧烈，有时被顶礼膜拜，有时又遭到莫名鄙视，这种局面无非说明，海外汉学作为系统整体仍是一个神秘域。因为将海外汉学所建构的中国文学对象和"我们的"中国文学相混淆，我们自以为最了解这一领域，也最有资格充当裁判；可如果不理解系统性本身，不能对观察和观察之观察作出层面区分，就无法涉入事情本身。譬如，对于顾彬《二十世纪中国文学史》的大量评述，无论愤慨或赞赏，如果不关心它和德国汉学乃至西方知识系统的连接路径，均无关于内在理路。顾彬的中国文学"垃圾论"尽管荒诞，然而这一表述行为植根于一个大的知识系统，这个系统关于他者和自身的怪论比比皆是，但自有其深层的系统逻辑。

本书在方法论上遵循卢曼的系统论思路，视文学为社会中的功能系统之一。文学研究作为专业性的文学观察和文学交流，既是系统的产物，也无时不在参与系统构建；而一个文学研究史的系统论观察，必然重视系统的自身逻辑，努力呈现个别观点和系统整体的连接路径。也因此，本书中德国的中国文学研究将呈现为一个自我分化、自行演化的生动世界，这个世界按自身逻辑来塑造辖域内人民的行为方式，指导其生产活动和贸易往来，"中国文学"产品适应当地需要，在当地市场估价和流通。作为一个动态运作的机制，此世界在横向的社会轴和纵向的时间轴上同时展开：一方面，它借助一系列原则（如范畴、方法取径）实现要素间、主体间的连接和互动，推动世界的自我分化；另一方面，它又借助这一系列原则实现要素、主体的自我更新，造成世界的自行演化。然而，所有分化和演化都以不损害此世界的自主性为前提，造成分化和演化的所有原则都源于此世界本身。为帮助读者适应思维方式的转换，理解书中采用的特殊修辞和隐喻，有几个中心概念需要略加解释。

系统：系统论致力于从系统（System）角度来理解社会，系统的基本特征是所谓"自创生"（Autopoiesis），即是说，系统自己成为自己的根据，从构成自身的要素中再生产自身。系统因此必须是自治系统，因为自治，才成为系统。系统存在的目的是简化环境的复杂性，经过化简，复杂性获得了初级秩序，从而对于系统来说变得可以承受——最初级的秩序即系统/环境的区分。系统/环境的区分作为系统存在的前提，它意味着，系统自己设定和自身相区分的环境，并将这一系统/环境的初始区分不断"再输入"（re-entry）自身内的每一次操作，从而生成更复杂的区分。从这一视角来看，文学研究要成其为文学研究，首先就要区分文学（系统）和非文学（环境）；同样，汉学家要进行中国文学研究，也首先就要将自身和环境相区分。故可以理解，德国的"中国文学"系统必然不同于中国的"中国文学"系统，正因为不同于后者，才称得上"自创生"。中国系统可以作为环境产生影响，对德国系统的运行起"干扰"作用，但这种影响的发生也是由系统自身的需要决定的，不仅来自中国的单个文学符号要经受系统的检验，甚至"中国"作为环境也是由系统设定的——每个汉学家都有自己的"中国"。用系统论的术语来表述，这就是"结构性耦合"（struktuelle Kopplung）：环境影响只能在系统指定的地点，以系统允许的方式，按系统憧憬的方向而发生，系统会将外来的所有干扰加工为自身的构成要素。德国的中国文学研究不等于研究者的个别反思，而属于社会的交流系统。面对中国文学，系统有时是"骄傲"的，因为要显示其"主体"地位；有时又是"谦虚"的，因为也需要拔高中国文学客体，以证明自身的社会价值。但无论骄傲或谦虚，都出于系统的结构性需要，有利于系统运作。

符号：一个符号就是一个意义单位，不仅是单个语词、作品、作家、艺术风格、文学现象，就连整个中国文学，都可以当作一个符号来看待。符号活动依赖于系统提供的游戏空间，只有在系统中才能获得意义，换言之，符号是被系统建构的，因为在系统中才能获得区分（即意义），它在系统中生长发展，也就是获得和展开意义。

交流：文学研究的实质是交流（Kommunikation），交流的目的不是传递信息或达成共识，而是为了延续交流本身。至少在人文科学系统之内，卢曼提倡的认识论转向是合理的。从系统论视角来说，主客体的认识关系不再是第一位的，而属于派生性质，因为何为主何为客，主在哪一位置客又在哪一位置，都由系统事先规定，又随着系统运作而随时变化。以固定、静止的主客体关系为前提的"客观知识"因此就不存在，文学系统中正是如此：昨日的鲁迅是革命家，今日的鲁迅是直面虚无的思想者；昨日的张爱玲是小资产阶级通俗作家，今日的张爱玲是国民性批判的大师。解构主义在当代文学研究中如此盛行就好理解了，唯有解构能让文学交流循环下去——解构是一切文学研究的内在动机。德国的中国文学是一个特殊的交流系统，有自身的交流规则和一套"专业的"化简图式，也有如"普遍精神""人民""人性""世界文学"之类帮助跨越系统间鸿沟的"由象征而一般化的交流媒介"（symbolisch generalisiertes Medium）。交流的首要目的并非生成中国新知识或帮助中国文学走向世界，而是维持自身运作，实现自身在社会系统中的功能。但在这样做的同时，客观上就让中国文学世界化了，即成为一个世界性的交流媒介。

观察：卢曼将认识理解为观察，而观察的实质是区分：通过不看对象以外的事物，才看到了对象。不但系统的出现基于和环境的区分，一切汉学知识的生产都离不开区分机制，譬如，忽视中国的变化发展，才能得出中国凝滞的论题；说中国文学"无主体性"，不过是想说西方文学才"有主体性"，等等。在此意义上，汉学史上的许多"偏见"乃结构性偏见，不会随着知识进步而改变，汉学家常常嘲笑的黑格尔式中国元知识体系也从未被抛弃。观察可分为一阶观察、二阶观察、三阶观察。一阶观察为直接的文学介绍和评论，它只负责提供文学事实，相当于直接的生产实践。德国的中国文学研究大多为二阶观察，二阶观察引入了真/假的科学代码，它检验一阶观察的成果，但不能观察自身的区分标准。这也是系统论的基本原理，观察者不能同时观察外界又观察自身，正因为不观察自身才能观察外界——"盲区"成为观察的前提。本书的观察则属于三阶观察：观察二阶观察如何观察，从另一个位置观察二阶观察的区分标准。三阶观察并非处于高于二阶观察的层级，从性质上说它仍属于二阶观察，即科学交流，它是科学系统（以悖论的方式）从内部设定的一个超系统的观察层面。循此逻辑，本书的观察也从未超出中国系统本身，而只是"假装"进入了德国系统内部或跨于两个系统之上，通过想象再建构一个德国的中国文学建构过程，所有观察仍立足于自身系统的需要。

治理： "治理"在本书中是和"系统"相平行的概念，治理和系统是二而一的，系统运作即自我治理，治理即系统的权力运作。但如果说系统让人联想到结构和编码，治理则更多地代表了系统的运作特性。"治理"并非出自卢曼本人，而是福柯在20世纪70年代中后期尝试提出的概念，但它和卢曼的系统论精神相通，治理术旨在造成和维护一个自主系统。福柯得意的"安全机制—人口—治理"（sécurité-population-gouvernement）概念组合[①]，看来十分费解，然而一旦和系统论结合，其中的逻辑就清楚了。人口作为18世纪以来出现的新的主体兼客体，不过是一个代表自创生系统的概念。人口之所以成为治理的对象和权力形式由统治转向治理的标志，逻辑如下：具体的人是权力系统无法达到的"物自体"，即便作为恭顺的权利主体，即臣民，从本质上说也有一定自主性。在此情况下，为了最大限度地发挥自身的效能，权力系统转而创造"自己的"人，即"人口"。换言之，要真正实现治理，系统必须创造自己的客体。于是，在人口的系统之内，权力技术通过知识——人文科学——创造自己的功能性客体，譬如通过政治经济学创造作为劳动者的人。可见，人口即人的形式化，形式化之后，它变成无拘无碍的"空白"场域，可为权力技术和客体

[①] Michel Foucault, *Sécurité, territoire, population: Cours au Collège de France (1977-1978)*, Paris: Gallimard/Seuil, 2004, p. 78.

的交互塑造提供自由空间。有了从世界中区分出来的系统"人口",也就有了维持这一系统的需要,需要作为运作机制的"安全配置"。福柯欣赏德·拉佩里埃(Guillaume de La Perrière)在《政治之镜》(*Le miroir politique*, 1555)中对"治理"的定义:"治理是正确安排(disposition)事物,由此引导它们达到一个合适的目的。"[①]安排事物,意味着治理针对全部要素,而非单单是君主的领土财产。而在18世纪重农学派那里,治理意味着尊重社会的自然规律,而目标是建立安全机制,以保证自然现象的安全运行和自我治理,这一点更成为福柯的治理术思想的要旨。

　　治理权力的多元化、内在性和肯定性特征,决定了它和传统意义上的统治相区别,而趋近于卢曼讲的系统运作。统治者力求实现一元化、外在性和否定性的控制,相反,治理思想的精髓是在于以下三点。首先,针对不同事物有不同治理原则,普遍法律或国家理性只是其中的一种,这就是卢曼所说的不同功能系统有各自的编码规则。其次,福柯提出治理术概念,意在将现代国家重新置回一种权力的"普遍格局"(économie générale)或"普遍技术"(technologie générale)中[②],因为所有机构都在权力"之内"。如果国家的演化和功能化源于权力的内在化运作,传统政治学观念——认为权力完全集中于国家和法律机构——就被打破了。同样,卢曼强调,政治系统只是各种功能系统的一种,并非统摄一切的超级系统,无法对其他系统实行外在控制。最后,治理虽然也排斥某些要素,但绝非像君主权那样通过否定性的压制来维持一种神圣原则,而是要促进社会的良性运作,"自由放任"(laisser-faire)才是治理的本领。卢曼的系统论也浸透了尼采的酒神式肯定精神,系统运作即系统的自我肯定,操作就是真理,就是一切,对某些选择的排除只是将它们从可能状态暂时置入潜能状态。

---

　　① Michel Foucault, *Sécurité, territoire, population: Cours au Collège de France (1977-1978)*, Paris: Gallimard/Seuil, 2004, p. 99.

　　② Ibid., p. 124.

福柯的权力分析所主张的去机构化、去功能化、去客体化，都通向一个目的地，即系统化。而在韦尔克（Hellmut Willke）的系统论社会学理论中，治理概念明确地进入了系统论框架："治理是协调交流的行动，以便经由合作达成集体目的。"①简言之，治理意味着在系统之内建立关系、协调关系，进而言之，世界治理即建立世界关系、协调世界关系，从而造成一个"世界"——普遍的交互观察网络。世界治理有若干形式，有政治经济学对于现实实践的规划，有生物学对于生命世界的安排，也有文学对于想象世界的描述。就本书涉及的问题域而言，它意味着：1. 对于从世界整体中区分出来的中国文学世界，进一步通过范畴、图式加以结构化；2. 疏通语义流动的路径，引导中国文学符号进入良性运作，而这又意味着，中国文学内化了外在赋予的结构，从而自行生产系统所需要的意义；3. 既然赋予秩序的主体是系统本身而非研究者个人，那么在阐释学方面也应该把系统而非研究者个人视为真正的阐释主体。显然，和基于静止的主客关系的"认识"相比，"治理"概念能更好地揭示人文科学认知特有的系统理性。在建立和疏通符号关系的意义上，每一个汉学家都参与了世界治理，他们在建构中国对象、塑造中西关系的同时，也在筹划设计一个想象中的文学世界共和国，这个共和国的运作规则作为符码会一次次地"再输入"每一个中国文学研究步骤。但是，也要清醒地意识到，这种治理只限于文学交流系统本身，治理者在自身系统内制造和加工复杂性，至于所制造和加工的复杂性是否被其他系统如法律、教育、政治、爱情所采用，则不属于他们考虑的范围。世界治理从根本上意味着，不同系统为了实现各自的编码，通过一系列具体规划（Program）的实施进行自我治理。

如果说系统编码会保持相对恒定，治理方式则融入历史演化，随交流形势的变化而变化。19世纪德国只有中国文学的零星翻译，史陶思的《诗

---

① Hellmut Willke, *Smart Governance. Governing the Global Knowledge Society*, Frankfurt a. M.: Campus Verlag, 2007, p. 10.

经》翻译是其代表。20世纪德国的中国文学研究大致以二战为分界线,二战前主要是带有经学色彩的文学史书写和翻译注疏,顾路柏和卫礼贤的中国文学史书写是这一阶段的硕果;二战后,德国汉学家开始了文学的阐释性批评,但直到20世纪70年代以后才逐步转入新批评导向的内部阐释。这一过程既是治理方式演变的历史,也是中国文学专业逐步从大汉学中分化而出的过程。19世纪的"精神"范畴、20世纪冷战时期的意识形态、当代的文学研究方法论,代表了三种最明显的治理形式,其构成要素大致如下:

对于文学空间的治理方式	手段	目标
范畴治理	范畴(无想象力、理性、感伤、迷信等)	精神
意识形态治理	意识形态(左、右、非左非右)	革命
方法论治理	方法论(新批评、结构主义、女性主义、解构主义、新历史主义、原型批评等)	个体性

范畴、意识形态的治理都代表了文学世界治理的早期阶段,只有进入方法治理,才进入了真正成熟的阶段,因为方法永远是局部的、暂时的,也是在和其他方法的竞争之中随时更新的,故而能够将系统保持在运动和开放状态。在方法治理的阶段,作家、作品、风格、现象不再是要用范畴和意识形态的"法律"去统治的臣民,系统关注的首要问题也不再是贯彻统治者的意志,而是个案的处理、风险的评估、系统的循环。方法从本质上说就是观察所由出发的区分标准,方法治理的理想状态,是系统内的观察者交互观察,共同构建一个生生不息、充满无限可能的文学空间。方法因此成为知识自我演化、自主分化的路径,而知识系统借助方法反思实现的自我治理,标志着现代知识系统的趋于成熟。

把德国的中国文学研究看成独立的功能系统,决定了本书的思考方向。首先,本书重点不在于表彰德国汉学家研究中国文学的成绩。从自身系统出发去评判另一系统生产的中国文学知识,从本体上存在困难,因为没有一个观察者能同时凌驾于两个系统之上。其次，本书重点也不在于凸显中国文学对于德国汉学家的吸引力，因为很显然，德国汉学只是在运用中国文学符号，无论褒贬，都是为了自身的目的。汉学家和中国文学的意向关联发生于一个功能系统之内，系统因此成了双方的共同基础，造成交互关系的种种形式。一个合格的观察者，应克制一切跨系统评判的冲动，而尽可能潜入系统内部（尽管从本体上说是一个达不到的目标），从内部来观察"中国文学"的建构和一个学科的运作。本书的考察程序如下：第一章从系统环境和学科生成的关系角度，考察中国文学研究作为一个现代汉学专业学科在德国的发展脉络、演化趋势，具体任务包括：1. 界定中国文学研究制度化过程中的若干重要节点；2. 凸显系统对中国文学的结构性需要，这种需要有时是知识性的，有时是意识形态性的，有时出于精神哲学的推论，有时则是纯粹的市场驱动；3. 辨认系统对于中国文学的主要治理策略。第二章的问题是，谁最能代表中国文学。如果说孔子曾长期充当传统中国文学的引导符码，20世纪中国文学的代表无疑是鲁迅。不仅如此，鲁迅符码和现代的中国文学研究体制还具有某种共生的关系，对鲁迅的接受浓缩了德国的中国文学研究的发展史。第三章探讨系统内的系统设计问题。德国的中国文学史书写是大的中国文学专业系统的缩影，一定意义上，硕特、顾路柏、卫礼贤、施寒微（Helwig Schmidt-Glintzer）、艾默力（Reinhard Emmerich）和顾彬的六部文学史代表着19世纪以来德国汉学的集体意识，它们规定了不同时期的认知范式。第四章对系统内中国文学符号的生长状态进行具体考察，通过挑选典型的接受个案，探寻德国研究史上对中国文学的遴选、鉴别、传播、改写程序，重现不同中国文学经典、文学符号在专业系统内的建构过程。第五章聚焦于系统内观察者。汉学家作为观察者也在参与中国文学符号空间的建构和治理，观察方式的差异源自不同文化心态、政治意识、认知习惯，又呈现为汉学著作中各自的叙事框架、交流路径和修辞策略。第六章从系统角度考察德国汉学和中国文学对象的整体关系，总结德国汉学系统的运作和区分程序、汉学系统和大的知识系统的连接路径。通过这种考察，我们一方面要知道，在德国的独特环境中，中国文学如何成长为一个审美和认知的合格目标，一个混沌的异域对象如何逐渐融入秩序；另一方面，我们可以从知识社会学角度，跟踪一个学科交流系统生成、演化的过程，从而对现代知识运作的程序有深入了解。

第一章 "中国文学"：
一个学科的形成、发展和运作

第一节 二战前德国的中国文学研究

一、德国早期的中国文学译介和研究

欧洲的中国文学史和汉学史的分期不尽相同，因为中国文学研究是汉学的一个分支，由大的汉学系统分化而出。德国的现代汉学诞生于20世纪初，以1909年汉堡殖民学院设立专门的汉学教席为标志；而中国文学研究的专业形成要晚得多，20世纪初的许多汉学家其实并没有自治的文学观念，只是沿袭治经史的方式来处理文学对象。大致可以第二次世界大战为分水岭，将德国的中国文学研究分为前后两个阶段：二战前，中国文学研究只是普遍的汉学研究的一部分；二战后，随着汉学内部的专业细分，中国文学研究开始获得独立的学科品格。

在19世纪欧洲的中国文学研究领域，德国学者并非先行者。学界一般认为，雷慕沙（Jean Pierre Abel-Rémusat）和德庇时（John Francis Davis）

发现了中国小说，儒莲（Stanislas Aignan Julien）和巴参（Antoine Bazin）发现了中国戏剧。鲍姆伽特纳从1897年开始出版的《世界文学史》较全面地反映了19世纪欧洲的中国文学译介和研究成果，其中征引最多的是法国汉学家，包括雷慕沙、儒莲、巴参、颇节（Gillaume Pauthier）等；英国汉学家也不少，如理雅各（James Legge）、伟烈亚力（Alexander Wylie）、翟理斯（Herbert Allen Giles）、德庇时；德国学者只提到史陶思、贾伯连孜（Georg von der Gabelentz）和地理学家李希霍芬（Ferdinand Friedrich von Richthofen），后两人还是在非文学场合由此看出，德国的中国文学研究在19世纪欧洲的相对弱势。德国汉学家把中国文学的译介和研究当成副业，但在中国文学史撰述方面，德国学者并不落后。德国的世界文学史家们早就开始利用英法汉学家的成果，在世界文学史框架中进行中国文学史述，以呈现一种异于欧洲文学的中国文学精神。威廉·硕特是柏林大学首位中文和东亚语言讲席教授，他沿用博学史和目录学的传统写法撰写了《中国文学述稿》，许多学者认为这是世界上首部中国文学史。著名汉学家贾伯连孜的父亲老加布伦兹（Hans Conon von der Gabelentz）除了是卓越而勤奋的语言学家，还一度涉足文学，从1862年到1869年埋首于满文本《金瓶梅》的翻译，可惜译稿湮灭在故纸堆中[①]（仅有片段发表在巴黎的《东方和美国评论》1879年10—12月号），直到1998年才被汉学家稽穆偶然在图林根州档案馆发现。按照他的记录，手稿计3842页，共译出100回[②]，如果在译者生年出版，自然也是早期中国文学译介一大成就。

19世纪德国最重要的中国文学译介成绩是《诗经》，这在经学导向的早期汉学界是容易理解的——《诗经》既是诗，又是经。吕克特（Friedrich Rückert）和克雷默（Johann Cramer）根据法国传教士孙璋

---

① 顾路柏在其《中国文学史》中也提到加布伦兹从满文全译了《金瓶梅》。Wilhelm Grube, *Geschichte der chinesischen Litteratur*, Leipzig: Amelang, 1909, 2. Aufl., S. 431.

② Martin Gimm, *Hans Conon von der Gabelentz und die Übersetzung des chinesischen Romans Jin Ping Mei*, Wiesbaden: Harrassowitz, 2005, S. 29.

（Alexandre de Lacharme）的拉丁文译本的德文转译，先后于1833年和1844年出版。吕克特本人为杰出诗人，很多人认为他出色地传达了中国诗的精神。史陶思的《诗经》翻译已是第三次尝试，然而这是首次从汉语直接译出，译文忠实而严谨，广受称道，顾路柏称史陶思的译作"无可超越"，属于"翻译文学的经典"，具有文学和科学两方面价值。①《诗经》的成功可以说为德国汉学界打开了文学大门，很长时间内，《诗经》代表了中国古典诗乃至整个中国文学。

20世纪初的德国汉学界大师辈出，中国文学研究也获得了长足进展，开始和英法同行并驾齐驱。孔好古（August Conrady）、佛尔克、顾路柏、卫礼贤的中国文学史叙述，为德国知识界描绘出一幅日渐清晰的中国文学地形图。

贾伯连孜的弟子顾路柏早年在俄国圣彼得堡大学求学，他的老师之一是俄国汉学先驱瓦西里耶夫，后者于1880年出版的《中国文学史纲要》，也曾被一些学者认为是世界上第一部中国文学史。②顾路柏在莱比锡大学完成博士和教授论文后，于1883年出任柏林民俗博物馆东亚部主任，同时在柏林大学汉学系兼职任教。他为德国汉学界写出了第一部系统性的中国文学史，同时为施密特（Erich Schmidt）编的《东方文学》（1906）撰写了中国文学部分。顾路柏的主要兴趣是中国民俗，他的中国文学译介也明显具有这一导向。他的《封神演义》翻译（生前只完成了46回），旨在展示中国的民间信仰状况。他去世前几年从事中国皮影戏翻译，也是要呈现一种民俗文化。

佛尔克以治中国哲学史闻名，实际上译介中国文学的成绩也非常突出，他的中国诗歌翻译不仅在卫礼贤之前，也更系统化。其《汉六朝诗精华》（1899）是六朝诗和李白的选译和注释，改变了中国诗只有《诗

---

① Wilhelm Grube, *Geschichte der chinesischen Litteratur*, Leipzig: Amelang, 1909, 2. Aufl., S. 17.
② 参见李明滨：《中国文学在俄国的传播》，《北京大学学报（哲学社会科学版）》1990年第4期，第64页。

经》和李杜的传统印象,《唐宋诗选》(1929—1930)更囊括了唐宋重要诗人。佛尔克译笔出色,顾路柏《中国文学史》中的李白诗均采用佛尔克译本,以挑剔翻译的错误出名的汉学"法官"查赫也对他表示赞赏。佛尔克也是第一个系统地译介中国古代戏曲的德国汉学家,他去世后,稽穆从遗稿中先后整理出版了三部译著:《中国元剧选》(1978)、《两部清代中国戏曲》(1993)、《十一部中国近代戏曲连同两部西方风格的戏剧》(1993)。

法兰克福大学汉学教授卫礼贤治汉学的一大特点是,除了以易理来解读中国文化精神,还用艺术家的眼光观察"中国心灵",可谓"中国文化的温克尔曼"①。艺术家气质和施瓦本家乡的浪漫派传统,使他天然地接近了文学。他在1914年出版了《中国民间童话》(*Chinesische Märchen*),收入许多聊斋故事、明代话本小说及章回小说片段。1922年,他又模仿歌德的风格,推出一部中国诗歌选译《中德四季晨昏咏》。他的《中国文学》作为瓦尔策尔(O. Walzel)的"文学科学手册"系列的一种于1930年出版,被认为继顾路柏之后德国汉学家撰写的第二部现代意义上的中国文学史。

从早期中国文学研究者的经历可以看出,他们都以语言学、经学、史学和哲学为主业,兼及文学,文学成为这些专业的辅助和佐证,并无独立程序。史陶思在《诗经》之前就有了成名译作《道德经》(1870),《诗经》成为他除《道德经》之外关注的又一宗教—哲学经典(当然,按照19世纪的观念,老子也可以被看成孔子之外另一个中国文学的代表)。史陶思的《诗经》导言五部分依次为"宗教和祭祀""伦理和生活方式""国家秩序和治理""历史""中国古代诗和《诗经》",可见《诗经》对译者来说主要是上古中国宗教、伦理习俗、政治和历史的反映,涉及"诗艺"的部分只占一个最末的角色。但如果说经学和神学兴趣推动了《诗

---

① R.F. Merkel, „Deutsche Chinaforscher", *Archiv für Kulturgeschichte*, Bd. 34, 1952, S. 102.

经》翻译，莱比锡学派的楚辞研究则出自民俗学、神话学和宗教学视野。孔好古和他的弟子叶乃度都以楚辞为考察对象，首要的关注点却绝非"诗艺"。孔好古一派的基础是比较语言学，把屈原的作品视为最古老的中国文化史材料，强调印度对中国古代南方文化的影响。

顾路柏在当时更多被看成经学家，其博士和教授论文都以《易通书》为题，他的《中国文学史》被引用最多的是对孔子和儒家的看法。法国汉学家沙畹在评论其《中国文学史》时，关注的也只是经学内容，甚至质疑欧洲汉学家把《诗经》视为朴素的民间文学是否合理，因为《诗经》有微言大义，在古时既是政治讽喻，又被用作历史文献。[1]卫礼贤是《易经》等儒道经典的翻译大家，更以尊孔而著称。佛尔克的文学翻译受到普遍称道，然而，他最成功的是获儒莲奖的《论衡》翻译和堪称经典的三卷本中国哲学史。反映在顾路柏和卫礼贤的中国文学史中的文学观，不过是经学观的延伸。

德国汉学家对于中国文学的基本看法，从佛尔克和顾路柏那里可窥见一斑。作为第一个系统介绍中国诗歌的汉学家，佛尔克认为，中国诗在观念、感觉上显然无法和"我们的更高的文明"相比，因为其情感生活出自"更简单的文化"，故灵感较少。中国诗只能和同一文化阶梯上的罗马、希腊、印度、波斯、阿拉伯人相比。罗马和希腊诗歌形式上更清晰和优美，但缺乏深情，忽视爱情。印度诗写爱情，但不超出最粗鄙的感性。波斯和阿拉伯诗的情感被智慧和反思所窒息。而中国诗的好处在于"真切、深刻、诗意的情感，感觉的纯粹和温柔，对于自然的全心投入和热爱"，其缺陷是缺少想象力以及由此而来的主题的单调。[2]中国诗和其他东方民族诗人共有的缺陷是，喜欢使用因袭的陈套形象以及喜欢描写外部和次要之物。19世纪西方学者通常把印度作为中国最重要的参照，佛尔克亦如

---

[1] E. Chavannes, „Rez.: Wilhelm Grube 1902", *Journal des savants*, 1903, S. 278.

[2] Alfred Forke, *Blüten chinesischer Dichtung aus der Zeit der Han- und Sechs-Dynastie*, Magdburg: Faber, 1899, S. XIII.

此。他认为两者最明显的区分是：印度人有中国人不具备的强烈宗教性，由此导致印度人富于幻想，能创造神话和史诗；中国人只有实用理性，长于实际知识，以历史编纂著称，但中国文学也不会陷入印度那种荒诞不经、漫无节制的臆想，而以世俗生活和情感为导向。从系统的角度来说，这种区分也是中国文学走出混沌，获得自身轮廓的第一步。

在历史线索上，佛尔克的说法也沿袭了彼时的通行观念，将中国文学发展分为四阶段：1.《诗经》为代表的古典期；2. 从两汉到唐之前的近代；3. 唐代是文人诗最完善的第三阶段；4. 宋以后进入了现代，现代诗人一味追摹唐诗，就像西方人崇拜拉丁文一样。李白是中国最重要的诗人，比其他任何诗人都更有天赋，想象力更活跃。①

中国戏剧历来受到欧洲人关注，这也许是因为，戏剧看起来更像是人类共同的文学体裁。孔好古认为，中国戏剧不但和欧洲戏剧在构思上相似，而且具有某种"现代性"。②佛尔克《中国元剧选》是德国在中国戏剧领域的第一个重要成果，收译作10篇，分为三类：1. 历史剧：《汉宫秋》《梧桐雨》《气英布》《连环计》；2. 哲学和宗教剧：《黄粱梦》《铁拐李》《来生债》；3. 滑稽戏：《看钱奴》《鸳鸯被》《留鞋记》。从导言对10部作品的简介，可以看出他对中国古代戏曲的一般理解。遵循那个时代的研究范式，佛尔克的介绍由以下三方面构成：1. 内容概述；2. 作品前身及来源，包括所据的史书记载、历史故事或小说文本；3. 简单点评风格和思想，主要根据是和西方概念、作品的类比。辨析中国戏曲是否属于悲剧类型，既是佛尔克关心的主要问题，也是阐释的基本标准。在他看来，《汉宫秋》虽被王国维称为悲剧，却不符合西方的悲剧概念，因为既缺乏强有力性格，也无剧烈的灵魂冲突。《连环计》倒是近于悲剧，可真正的悲剧英雄董卓——佛尔克拿他和席勒笔下的华伦斯坦相

---

① Alfred Forke, *Blüten chinesischer Dichtung aus der Zeit der Han- und Sechs-Dynastie*, Magdburg: Faber, 1899, S. XV.

② August Conrady, *Chinas Kultur und Literatur. 6 Vorträge, V/VI*, Leipzig: Seele, 1903, S.15.

第一章 "中国文学":一个学科的形成、发展和运作

比——并非剧中的主角。《梧桐雨》也非西方人心目中的悲剧,而是"戏剧性的爱情诗"①。另外,《黄粱梦》如同卡尔德隆的戏剧或格里尔帕策(Grillparzer)的童话,都体现了人生如梦的思想。《看钱奴》则被佛尔克视为最好的元剧之一,"内容充实,诙谐,充满有趣的场景,自始至终都很紧张"②。马汉茂认为,佛尔克对元杂剧的关注超越了时代(因为迄今为止,德国在中国戏剧译介方面罕有成绩),他在缺乏参考资料的情况下获得的文本理解迄今仍"值得重视"③。其评论观点,甚至还被顾彬的中国戏曲史沿用。

顾路柏除《中国文学史》之外,还有一个简明的中国文学史述,这是他为文学史家施密特编的《东方文学》撰写的中国文学部分,更集中地呈现了他的中国文学观。

顾路柏首先介绍中文的特点。他指出,中文是单音节语言,缺少了词的曲折变化,表意功能就依赖于句法,字的位置法则就是骨架,而虚词就像关节之间的黏合。为了凭借极其有限的声音要素达成复杂的语义区分,中文借助于四声变化以及加字等手段。中文具有象形文字色彩,有时是图像,有时是象征。文字的特点,对文学产生了直接影响。首先,繁难文字造成对记忆力的倚重,中国人对校勘编撰工作的偏爱可能就源于此。在顾路柏看来,从《太平御览》《文献通考》《永乐大典》《古今图书集成》到各类县志及《康熙字典》这类"编辑文学"代表了中国文学最核心的特点之一,这本身就代表了对中国人的文学创造性的怀疑——文献编撰是"保存性"而非"创造性"的,和中国诗人喜欢用典一个道理。他揶揄说,在中国保存了一切人类遗迹,什么也不会丢失,皆因为中国人是天生

---

① Martin Gimm (Hrsg.), *Chinesische Dramen der Yüan-Dynastie: zehn nachgelassene Übersetzungen von Alfred Forke*, Wiesbaden: Steiner, 1978, S. 601.

② Ebd., S. 610.

③ Helmut Martin, „‚Vorbilder für die Welt'. Europäische Chinaperspektive 1977-1997: Übersetzungen aus dem deutschsprachigen Raum", *Bochumer Jahrbuch zur Ostasienforschung*, Bd. 21, 1997, S. 208.

的语文学家而非诗人。其次,中文字因为其繁琐,加上竹、木简写作的困难方式,迫使古代文献在表达上尽可能简短。另外还具有美学上的后果。顾路柏认为,中文具有无与伦比的逻辑性和清晰性,因为字的位置排列如同代数公式一样严格,另外字本身更多地带有类型性质,如一个"大"字本身是尺寸概念,只在具体组合中才能实现个体性含义("大""大的""非常""使变大"等)。语言由此具有了抽象性和概念性,却缺乏形象性,这就造成中国文学的一个核心特征,即理性清醒和缺乏想象力,所以中国既无自己的神话体系,也没有民族史诗。语言上欠缺的形象性,却通过书写得到了弥补,在文字书写中想象力有了发挥空间。字的构成有时具有形象性(如双木构成"林"),有时不失诗意,或带有幽默、机智和讽刺(女和子构成"好")。故如果说中文字和多音节语言如德语的词就如同概念和直观的关系,那么写出来的中文字和说出来的中文字之间就是直观和概念的关系。这就给中国文学尤其是诗歌的欣赏带来一个重要后果:中国诗不仅要用耳朵听,也要用眼睛看,中文书写本身就是诗歌表达的手段。

顾路柏用一个词来界定中国文化——儒家(文化)。孔子是中国文化的核心,中国古典文学因此就可以说是孔子的作品,"因为在这些文字作品中就体现了他整个的生活观,人民继而将其变成自身的生活观"[①]。对顾路柏来说,这简直是一个具有世界史意义的悖论:孔子几乎算不上一个作家,却是中国文学真正的奠基者;他罕有自身的独创性思想,却决定了整个民族的精神生活。顾路柏认为,中国人从本性上对形而上学思考缺乏兴趣,不关心"何为真理"的问题,这就注定了他们不愿追求无可企及的最高者。他们满足于感性现实,然而不能洞穿现实,触及内在真理。他们不是凭科学观察和实验获取世界的秘密,而满足于阴阳鬼神的迷信观点。

---

① Erich Schmidt u.a. (Hrsg.), *Die orientalischen Literaturen*, Berlin: Teubner, 1906, S. 317.

第一章 "中国文学": 一个学科的形成、发展和运作

孔子作为中国人的理想和儒家规范,扼杀了精神和伦理生活。①

在宏观分期和演化趋势上,顾路柏和佛尔克的描述相一致。中国文学的进程大致如下:首先是古典或经典文学(约公元前2000年到公元后2世纪),包括五经和四书,前者作为儒家经典代表了最高权威,后者代表了经典的民族化、普及化。与经典分庭抗礼的,则是老子和道家,这是中国思想发展的另一路径。接下来是一个过渡期,包括了汉代的儒学文艺复兴、诗的复兴(楚辞)以及佛教的传入。唐代构成了诗的繁荣期。继而就是宋以后新儒家兴起和精神生活的僵化。最后是13世纪后戏剧和小说的登场。顾路柏把春秋战国时期视为中国文化不可逾越的高峰,而唐诗又是中国文学不可逾越的高峰。然而,对于顾路柏来说,唐诗的成就不在于素材和内容,而是形式的完善,它完成了从民众诗到艺术诗的过渡②,换言之,这也不是一个创造性阶段。宋以后中国精神就随着新儒家进入凝滞期了,从11世纪至今的漫长岁月,不过是个附带一说的尾声。一切问题在朱熹这位集大成者这里都获得了最终答案,本来就微弱的形而上学冲动通过性理之学轻易地得到了满足。剩下来要做的,就只有编书一项了。③而戏剧小说这种民间文学,能否挤入经史子集的正统还要拭目以待,更谈不上带来精神领域的革新了。诗文的崇高地位基于贵族士大夫对文言文的垄断,戏剧小说面向民众,自然必须采用日常语言。故戏剧小说要进入文学正统,要等到白话取代文言才能实现,顾路柏对语言的作用如此敏感,自然不会看不清这一点④,他也很清楚,文言文和白话、文人和大众的分离是文学走向死亡的原因之一⑤。顾路柏的这种保守态度,在中国20世纪初的情形下是完全可以理解的,没有人知道中国文化能否走出"凝滞"困

---

① Erich Schmidt u.a. (Hrsg.), *Die orientalischen Literaturen*, Berlin: Teubner, 1906, S. 357.
② Ebd., S. 340.
③ Ebd., S.348.
④ Ebd., S. 351.
⑤ Ebd., S. 356.

境，能否在西方的外来影响下进入现代。欧洲学者对现实中中国人的革命能力普遍抱有怀疑，因为他们在现代之前中国的数千年历史中，从来没有见到真正意义上的革命，而只有朝代更替。即便是推翻清朝统治的辛亥革命，许多人也并不认为是成功的。换言之，在中国当时的低潮状态下，带有善意的欧洲观察者也只能谨慎地说：儒家中国文化的革命者就是孔子自身，中国王朝制度的革命者就是皇帝本人。如果人民不是革命的动力，突出小说戏曲或民歌的重要性就没有意义了。

这时没有后来新批评派提出的"文学性"观念，诗的性质由韵律、重复等形式特征决定，而对仗代表了内在节奏。因此《尚书》的诗学甚至史诗品格就确凿无疑，它虽是散文，却是有节奏的散文，也有复沓和押韵，这些都是《诗经》的主要修辞方式。①在评论者看来，顾路柏的《尚书》论述格外重要，过去人们认为中国没有史诗，故习惯把《尚书》仅视为上古文献、传说的汇编，而非文学作品。②

文学的基本结构是经史子集。许多史家和哲学家都被视为中国文学的中心符码，如孟子是中国文学史上第一个著作者，第一次有意识地将对话作为艺术形式来使用。③庄子代表了想象力，是中国文学史上唯一的"诗人哲学家"。④司马迁是所有传记文学和历史书写的范式，而历史又是小说演义的范式。集部之中，诗最重要，文次之。《离骚》开了后来"艺术诗"先河：大量使用神话、象征、隐喻，幻想丰富，喜好用典。李杜才是"艺术诗"的代表。袁子才是唐以后唯一值得称道的诗人，他值得称道是因为他具有突出个性，尤以讽刺文出名。⑤散文家包括王羲之、陶渊明、

---

① Erich Schmidt u.a. (Hrsg.), *Die orientalischen Literaturen*, Berlin: Teubner, 1906, S. 320.

② K. Bruchmann, „Rez.: Wilhelm Grube 1902", *Zeitschrift für vergleichende Literaturgeschichte*, Bd. 16, 1905, S. 55.

③ Erich Schmidt u.a. (Hrsg.), *Die orientalischen Literaturen*, Berlin: Teubner, 1906, S. 325.

④ Ebd., S. 328.

⑤ Ebd., S. 345.

韩愈、柳宗元、杜牧、欧阳修、苏轼。顾路柏所知道的陶渊明是以《桃花源记》著名的散文诗人，杜牧也凭借《阿房宫赋》被列为散文家（赋被当成散文）。经史子集之外是小说戏剧。顾路柏提到的戏剧有《赵氏孤儿》《西厢记》《琵琶记》等，分为历史剧、市民剧、性格喜剧、幻想和神魔剧等门类。章回体长篇小说有《三国演义》《水浒传》《好逑传》《玉娇梨》《平山冷燕》《红楼梦》《金瓶梅》《封神演义》《西游记》等，分属历史小说、世情小说、神魔小说等门类。历史小说中，《三国演义》最受民众欢迎，成为中国的民族英雄史诗。世情小说中，《红楼梦》在形式方面最为完美，《金瓶梅》则是对腐败社会的忠实描述和文化史记录。另外，《今古奇观》《聊斋志异》代表了中国人在短篇小说上取得的成就。

这种古代色彩浓厚、偏重经学而非文学的中国文学史在现代读者眼里显得怪异，却可能更接近中国古人的文学观。我们觉得怪异是因为早已遗忘了自身的"怪异"，也就是遗忘了自身的传统。后来的中国文学史之所以显得"现代"，是因为内化了现代的文学标准——以小说、诗歌、戏剧为纲，强调个人独创。但这反过来反映了一个事实，即中国人自身的文学观念已经现代化和西方化了。就这种现代化和西方化而言，德国学者的反映甚至是滞后的，他们仍然会保留一些传统做法，所以还是显得怪异，怪异意味着固定的知识和生动的认知之间的本体性差异。

二、世界文学史的中国文学史

由于比较语言学、比较宗教学、比较民族学等知识领域的兴起，从赫尔德《民歌中各族人民的声音》（1807）、《人类历史哲学的观念》（1784—1792）和弗·施勒格尔《古今文学史讲演录》（1815）开始，世界文学史的设想在欧洲渐成时尚。德国的世界文学史书写从19世纪初开始盛行，到19世纪末鲍姆伽特纳推出其7卷本《世界文学史》时，已蔚为大观。在包含了中国文学描述的世界文学史著作中，除了鲍姆伽特纳的《世界文学史》，重要的还有瓦赫勒（Ludwig Wachler）的《文学史手册》（1822）、格勒塞（J. G. T. Grässe）的《文学通史手册》（1844）、罗森克兰茨（Karl Rosenkranz）的《诗及其历史》（1855）、佛特拉格（Carl Fortlage）的《诗史讲演录》（1839）、蒙特（Theodor Mundt）的《文学通史》（1846）、卡里耶（Moriz Carriere）的《文化发展脉络中的艺术和人类理想》（1863）、谢来耳（Johannes Scherr）的《文学通史》（1848）、斯特恩（Adolf Stern）的《世界文学史》（1888）、哈特（Julius Hart）的《所有时代和民族的世界文学和戏剧历史》（1894—1896），等等。其中许多作者都是德国知识界主流人物，如瓦赫勒为德国文学史书写的先驱，罗森克兰茨、佛特拉格二人为黑格尔学派的哲学家，对于世界文学史书写有开创之功，谢来耳是著名的时论家，哈特是自然主义诗人，他们对于19世纪德国人的文学和世界文学意识产生了重要的塑造作用。19世纪初的世界文学史书写也有两种形式。一种仍沿袭16世纪、17世纪以来的"博学"（Gelehrsamkeit）史传统，一方面以目录学方式罗列作者和书名、辑纳材料以供查阅，另一方面包罗了诗、哲学、历史、神学、数学、自然科学等所有科学，诗的历史只占这种包罗万象的文学史中的一个部分。艾希霍恩（Erich Eichhorn）、瓦赫勒、格勒塞的德国文学史和世界文学史都采取了这种百科全书式形式，尽可能多地向读者展示材料是唯一的方法和目的。另一种是由赫尔德和施勒格尔兄弟开创的历史主义方向，佛特拉格、罗森克兰茨、蒙特、谢来耳等纷纷继之，很快占据了19世纪世界文学史书写的主流。他们由精神的本质推导出艺术、科学、诗的历史性展开，诗成为该民族所处的精神阶段的反映，和整体精神一道沉浮。

  文学史的主要功能是整理文学知识以建构文学秩序，世界文学史则意味着建构世界文学秩序，中国和世界的关系清楚地呈现于其中。在专门的中国文学史诞生之前，世界文学史承担了中国文学描述之责，透露了"中国文学"在西方知识系统母体内的胎儿状态。这种描述的主要功能为：

第一章 "中国文学"：一个学科的形成、发展和运作

1. 对于中国文学范围的界定；2. 对于中国文学史体例的预备；3. 对于"主要"中国文学知识的写定。最后，它还要连接中国文学和一般文学以及西方知识系统，"文学"和"世界文学"在争取自身合法性的同时，也在自身系统内为"中国文学"子系统预留了位置，并且向社会交代了这一构想中的子系统的功能。

（一）19世纪的文学、文学史概念

为什么要研究文学？为什么要研究异民族文学和东方文学？这是每一部世界文学史都包含的导引问题。面对社会系统这个看不见的质询者，文学史家需要无数次地提出类似问题又自己给出答案，小心翼翼地试探系统的反应，决定下一步的行动；要证实自己在系统内部的合法地位，就不得不参与这种复杂的问答游戏。

文学崇拜其实是哲学家的精神崇拜的变种。对于"文学"的神化自然也和文学研究者的身份建构努力相关：文学代表了知识和创造的同一，它就是黑格尔追求的绝对精神本身，就是由自身为自身建立根据的神性理念，既是个体自由，又是普遍理性。① 蒙特认为，在文学中可以看到一个民族的"全部世界观的精神有机体、所有知识和创造的客观形态"。文学是"精神真正的笔迹"，因此代表了最真实和完整的民族传统。世界精神和个别民族精神在其中得到忠实反映。同时文学又是自由个体的象征，文学中代表了创造性的主体精神和客观思想、个体意志和普遍命令真实而有机的同一。②

在受浪漫派精神影响的19世纪文学史家心目中，东方的意义就是现代人失去了的原初统一。在精神哲学框架中，东方成为世界历史的起源、人类的故乡，这种原初统一就体现在，东方是语言和世界、文学和国家、诗学和哲学等对立项的完美融合。统一性会造成正反两方面的效果，好的方

---

① Theodor Mundt, *Allgemeine Literaturgeschichte*, Bd. 1, Berlin: Simion, 1848, Aufl. 2, S. 24.
② Ebd., S. 1.

面是消除了主客观的对立,这让自认为处于分裂状态的现代欧洲人无限神往;从坏的方面说,让个体消逝于统一体中,自由地创造自身、作品、历史就不再可能,东方成为没有个体英雄、创造天才的保守之国。针对欧洲人对于东方思想是无个性的泛神论("一切的一")的批评,蒙特特意提出"个性化的泛神论"作为辩护,但这毋宁说将批评升级了,"个性化的泛神论"意味着:无个性就是东方人的个性。[1]

在蒙特看来,东方就是人类一切精神生活的原初统一,不论在语言还是理念上都构成了开端和终点,能够向欧洲人展示"无对立的精神同一""直接的自然生活"[2],因此,考察东方文学,就是寻找失去了的地上乐园,就是研究原初诗学——文学和知识、诗和哲学、图像和思想的原初统一。东方文学世界既然是神话般的原初统一,那么在蒙特看来,西方的当代问题都可以在其中得到回答,因为所有问题都是精神和自身相分裂、主客体相互限制造成的。不仅如此,东方还可以帮助解决一个身份问题:"谁对人类精神的发展和满足作用更大,哲学还是诗?"[3]东方成为文学——作为幻想科学——的辩护,不仅让文学作为"无限的表现和塑造"得以和哲学作为"无限的科学"分庭抗礼[4],还让这种对精神的人为区分本身就显得可笑。从文学研究者的利益来说,这就可以反击哲学家的霸权要求,认为哲学才是理性的唯一源泉,民族和历史的塑造力量,而文学只是消闲解闷的活动。但这一策略的实质,不过是同义反复的换喻。"东方"和"文学"其实在系统中承担同一功能,都代表着远方、自然,故描述东方,即描述文学自身,描述东方文学的发展,即将文学理念——自由、个性的理念——具体化和历史化,又以这种历史化同义反复地证明文学力量的现实性。蒙特相信,东方思想——所谓"东方主

---

[1] Theodor Mundt, *Allgemeine Literaturgeschichte*, Bd. 1, Berlin: Simion, 1848, Aufl. 2, S. 33.
[2] Ebd., S. 32.
[3] Ebd., S. 35.
[4] Ebd., S. 36.

义"（Orientalismus）——是现代精神的重要塑造者，其影响一直绵延到当代，弗·施勒格尔对印度语言文学的关注就是一例。[1]但这个举例其实颠倒了因果，施勒格尔对"远方"的浪漫追求才是关注印度的原因，这恰恰暗示我们，"东方"只是浪漫精神的建构物，只是精神中的"诗和远方"。

哈特同样认为，东方是欧洲文化的故乡和母体。东方民族的文学反映了人类文化的第二或第三阶段，每个现代民族都会经历这样一个"东方主义"阶段。[2]保守主义成为这个阶段的主要特征，也是可以理解的。刚刚脱离原始混沌状态的人们，还不具备强大的进取能力。东方人虔诚地维护来之不易的文明成果，对于长者和统治者充满敬畏，以维持集体的完整。

谢来耳所著《文学通史》，从1848年初版起到1900年发行达10版之多（从第9版起更名为《配图世界文学史》[3]），鲁迅的外文藏书中也有1900年第10版《配图世界文学史》，系鲁迅在留日期间所购。谢来耳继承了浪漫派和黑格尔以降的世界文学史主流观念，同时又带有威廉帝国时期的某些底色。关于何为"文学"的问题，他从精神哲学角度给出回答：在普遍意义上，文学就是通过语言、文字、印刷书籍传达出来的"人类精神成果的总和"，而无需考虑不同专业和形式的区别。"普遍文学史"的任务，就是整理这巨量的精神产品并赋予其秩序，这样的文学史同时也是文化史，因为所有那些对人类走出自然状态，获得文明教养做出贡献的事物，都会被纳入考察范围。"民族文学"概念强调的是在语言之外，各民族文学作品在"民族的精神和音调"上的区别。"文学史"则被理解为理念性的人类历史，文学知识成为启开历史之谜的钥匙，因为不同民族的文学构

---

[1] Theodor Mundt, *Allgemeine Literaturgeschichte*, Bd. 1, Berlin: Simion, 1848, Aufl. 2, S. 36-37.

[2] Julius Hart, *Geschichte der Weltliteratur und des Theaters aller Zeiten und Völker*, Bd.1, Neudamm: Neumann, 1894, S. 23.

[3] 参见熊鹰：《鲁迅德文藏书中的"世界文学"空间》，《文艺研究》2017年第5期。

成了其文化工作的最高成就——"其本性的最高等花卉"①。

不过，世界文学不可能停留于抽象层面，任何世界文学设计都会演成悖论性的"他们的"或"我们的"世界文学。在实际操作中，民族主义和世界主义互为表里，精神秩序和现实秩序交替定义。谢来耳在憧憬世界文学的同时又自豪地宣称，倾听其他民族的声音，是德国民族的精神使命。世界文学史在德国繁荣兴盛，是因为德国人比所有其他民族都更具有"普遍的感受力"（universelle Empfänglichkeit），能听懂"诗的世界语言"②。非但如此，这种以精神为导向的文学史观，还具有政治上的弦外之音：高尚的精神奠定了"我们的"1870/1871年战争的胜利。

> 我们最应当骄傲的是，我们的民族重生还在其成为物质力量的作品之前，就已是精神的产物了。德国统一的理念走在政治行动之前，如闪电先于雷霆。在耐心的文化工作的铁砧上，思想的锤子锻造了德国的胜利之剑，所有参与创造我们的科学和文学，我们的哲学、历史、造型艺术、诗和音乐的人，都一道参与了德意志帝国的新建造。③

军事和物质生产力的优越证明了精神的优越，这是典型的循环论证，表面的唯心主义暗含了赤裸裸的沙文主义。

（二）中国文学在世界文学中的定位

何为东方文学？何为中国文学？这是接下来要向系统交代的问题。汉学家的中国文学研究源于何种系统需要，从世界文学史这一边际体裁可以看得更清楚——面对隐藏的系统，世界文学史家代替汉学家回答了几个关

---

① Johannes Scherr, *Illustrierte Geschichte der Weltliteratur*, Bd.1, Stuttgart: Franck, 1895, Aufl.9, S. 3-4.
② Ebd., S. 4.
③ Ebd., S. 10.

第一章 "中国文学": 一个学科的形成、发展和运作

键问题。

早期中国文学描述中常见的中国和其他古老文明的比较,是一种系统行为,旨在归类和区分。1. 归类。当时人认为,中国属于自然民族,即野蛮民族或半开化民族,故而在世界文学史中,中国的位置一般是在第一章,即古代文学或史前文学。这就是黑格尔为中国指定的位置,中国作为自然精神构成了世界历史的开端,但并未真正进入世界历史,因为没有主客观的辩证斗争。2. 中国应该在区分中获得自身的轮廓。通常认为,东方各族文学的特征是纯粹感性,幻想无边无际,却缺少节制和艺术塑造,达不到一个核心统一的整体,这一点中国是例外,中国人具有局部的艺术塑造力(当然也达不到整体),但过于实际,想象力贫乏,没有宗教引领,注定了不能达到真正的理性。

罗森克兰茨的古代民族划分把中国人、印度人和东南亚人归入"被动民族"群,佛教的冥想静观成为其最纯粹的生命规范。波斯、埃及和闪米特人被归入"主动民族"群,其生命价值在于针对邪恶和对立面的无休止斗争。希腊人、罗马人及向中世纪过渡期的蛮族如日耳曼人则属于另一群体,他们已经知道了个体自由,试图从理论和实践两方面去实现它。他的系统化简程序简洁明了。第一步,确定东亚文化的总体特征,即"在自身中静止的直观的理论过程"(theoretischer Prozess in sich ruhender Beschaulichkeit),简单地说,就是冥想静观,而非向外进取,最高追求是心平气和,而非兵戎相见。这既是中国人的"中庸",也是佛教中的"涅槃"。第二步是晰出东亚文学的总体特征。被动民族产生的文学自然也是清静无为的,以抒情性和纯描述为特征。冥想态度让中国人成为克己的官员,让印度人在林中苦修,让佛教徒成为弃世的僧人。但越是放弃世界,世界的幻象越显得魅惑多彩,越让人沉湎于对风景和女性的诗意描述。第三步则要在比较中相互区分,中国和印度成为主要对照。中国诗的精神原则是家庭中的孝敬,由此生发的中国文学两大特征是教训和感伤,其形式

则是理性清醒的。印度诗的原则是性爱，表达的一方面是销魂的肉欲，一方面是对于感性诱惑的厌恶，印度诗游移于这两极之间。与性爱放纵相应的则是幻想的形式，充满了形象、音韵节奏的变化。梵文的多音节也正是中文单音节的反面。但中印对立最后又统一于佛教的自我弃绝，无论中国的父权专制还是印度的放纵都只有一个后果，即个体消解，从而汇入无自我的佛教精神。①罗森克兰茨作为黑格尔的拥趸，不折不扣地展示了黑格尔的世界历史观念。在黑格尔建构的世界历史精神体系中，中国代表了绝对的自然实体精神，毫无主观性内在性可言，印度的梵天看似摆脱了自然，实则抽象而空虚，两者都只能将意识消泯，而非向上提升。在绝对实体面前，个人无反抗可能，只能被动接受。自然实体精神的最高阶段即佛教，"寂灭"将否定性推入极致。②

知道了中国文学在文明发展阶梯中所处的层级，就知道了"专属"中国文学的描述方式，就很容易理解，中文的特点和中国的儒道思想就算是在世界文学史为中国文学腾出的有限篇幅内也是必不可少的。这样做除了有引入异文化知识的动机，还有思想史上的隐蔽根源：

1. 浪漫主义的语言观。德国精神哲学传统中语言的重要性，是赫尔德以来就奠定的：人的理性和语言一体共生。语言就是"思想的生活有机体"，人的全部个体性都在语言中得以开启，而个体性就是语言的真正起源。③而对于描述"自然民族"来说，语言维度更加重要。语言本身即初民的文学形式："在我们族类的童年时光，将词语铸造为苏醒的、与其一道成长的思想之载体，就是人类的原初诗和原初哲学，它通过幻想将人的朦胧表象用声音塑造出来。"④语言是人类艺术和形式意识萌发的最初

---

① Karl Rosenkranz, *Die Poesie und ihre Geschichte*, Königsberg: Bornträger, 1855, S. 40-42.

② 参见卿文光：《论黑格尔的中国文化观》，北京：社会科学文献出版社，2005年，第119—142页。

③ Theodor Mundt, *Allgemeine Literaturgeschichte*, Bd. 1, Berlin: Simion, 1848, Aufl. 2, S. 25.

④ Moriz Carriere, *Die Kunst im Zusammenhang der Culturentwicklung und die Ideale der Menschheit*, Bd. 1, Leipzig: Brockhaus, 1863, S. IX.

第一章 "中国文学"：一个学科的形成、发展和运作

阶段，语言和宗教、神话是相融合的（中文这样图像化的语言，更体现了精神和自然的一体；其另一面是原始，或者更恶毒的说法：单音节的中文是儿童的呓语），直到后来语言才成为诗和科学的单纯手段，这也是诗和科学、文学和哲学分裂的结果，语言的抽象化意味着失去了语言的本原联系，也是天堂的失落。因此，卡里耶在描述"自然民族"的文学艺术时，首先是描述它们的语言特点。

2. 思想决定存在的德国传统。理解了各族文学的理念，才可能真正体会其文学创作。如孔子、查拉图斯特拉、摩西等之所以成为民族的文化英雄，是因为他们表达了理念，理念即文学和文化的基本规定、基本思想。文学史描述哲学的哲学前提：在精神中，文学和科学完全是一体的，这种同一性构成了令人神往的原初知识。蒙特就抱怨说，法国文学史书写少不了孟德斯鸠、孔多塞等，德国文学史中却无论如何找不到莱布尼茨、施莱尔马赫、谢林、黑格尔的踪影，尽管他们是德国民族精神的塑造者。① 而对于描述原始民族来说，哲学维度更加重要。言外之意，即初民的文学和哲学是不分的，《诗经》不过是国家生活的简单反映，有韵的哲学文本也是文学。

（三）中国文学的一般轮廓和分期以及中国文学的主要符码

这些世界文学史充斥了各类沿袭的偏见，老小孩作为中国人、竹板子作为父权国家暴力的经典隐喻不时显现。佛特拉格概括的中国文学总体特征是"描写和描述"（Beschreibung und Schilderung），和罗森克兰茨的"被动性"定义一致。中国文学的被动、静态、纯粹描述，都意味着主动塑造能力的缺失，其深层根源则是个体精神的缺失。谢来耳以黑格尔的口吻判定，中国和印度的戏剧都不能达到这一体裁的本质，"因为这一本质

---

① Theodor Mundt, *Allgemeine Literaturgeschichte*, Bd. 1, Berlin: Simion, 1848, Aufl. 2, S. 10.

立足于个体的自由展开,东方精神从来不能完全达到这种个人主义"①。而蒙特认为,中国文化形态的原则是最彻底的(即没有神性中介的)父权制,父权就像无所不及的蛛网,扼杀一切生命冲动。

有些德国研究者认为,中国文学缺乏想象力,只会局部的精雕细琢。用鲍姆伽特纳的话说:"中国人的精神不是以伟大、理想、全面为导向,而是细小、现实和个别。"②这些观念自然都可以一直追溯到赫尔德和黑格尔时代,说到底,想象力缺乏是因为宗教的引领,沉湎于世俗实利,而偏爱局部雕琢也是因为想象力的捉襟见肘——薄弱的想象力仅仅够完成细节。细心的读者不难看出,鲍氏的"伟大、理想、全面"(das Große, Ideale, Umfassende)不自觉地挪用了全能、至善、无所不包这几个上帝的属性。没有宗教的启示,中国文学失去了最重要的灵感,失去了超越现世和乏味的现实主义的可能:"这种缺乏信仰、爱、激情、灵感不仅影响了抒情诗——它从未超出《诗经》的小市民音调,还影响到整个诗艺——它在千篇一律的枯燥国家生活的套话中枯萎。"③鲍氏称中国人的特性为"孩童的现实主义"④。干巴巴的理性主义和缺乏想象力相结合,还有一个后果,就是迷信,即没有精神内容的怪诞想象,从而造成小说中神魔鬼怪的盛行。中国人无想象力,却是不知疲倦的工蚁民族,具有劳动本能,在精神领域表现为特别善于收集,会将一切落到手边的文字,小大无遗,分门别类地辑录成册。这和章回小说的记流水账写作是一致的——小说写作成了历史故事、街头见闻的逸事集成。

中国文学一般分为三阶段,即以《诗经》为代表的古代,以李杜为代表的近代,以小说戏曲为代表的现代。罗森克兰茨眼中中国文学发展的三

---

① Johannes Scherr, *Illustrierte Geschichte der Weltliteratur*, Bd.1, Stuttgart: Franck, 1895, Aufl.9, S. 13.

② Alexander Baumgartner, *Geschichte der Weltliteratur II: Die Literaturen Indiens und Ostasiens*, Freiburg im Breisgau: Herder, 1897, S. 504.

③ Ebd., S. 506.

④ Ebd., S. 536.

第一章 "中国文学"：一个学科的形成、发展和运作

阶段如下：1. 由自然诗到艺术诗，对应于国家由封建制发展为君主专制；2. "叙事性娱乐诗"，即小说，这一阶段是君主制下官僚体系的全盛期；3. 戏剧文学，这一阶段，君主制虽然形式上还严格保持传统，内部却已开始瓦解。佛特拉格则如此勾勒中国文学三阶段概貌：古代诗围绕"国家和帝国历史"展开①，总是在甜美而感伤地追忆古时；古代诗以后呈现出日益堕落的趋势，近代诗反映了日益文明化的自然，李白和杜甫是代表，他们歌唱自然的美和爱情的欢乐；再往后就是戏剧和小说的时代，这一阶段体现了"人在国家中朝着科学和知识攀登"，描述"不断的竞争"，在科考沉浮的间歇，也杂有感伤爱情的渴望和自然风景的水墨画卷。②《诗经》代表民歌，李杜代表艺术诗歌，前者体现了精神实质，后者体现了艺术手腕，最初的中国文学大厦的结构就是如此简明。其实，在19世纪许多世界文学史的中国部分，能看到的名字也就是孔子、李白、杜甫，有时加上老子、司马迁或近世的乾隆等。从《诗经》到李杜再到近代的小说和戏曲，成为公认的一般线索，只可惜，通常被看成是一条下降的路线。

（四）鲍姆伽特纳的"中国文学及其分支"

鲍姆伽特纳《世界文学史》的第二卷《印度和东亚文学》包含了一章"中国文学及其分支"，篇幅不小。鲍氏不通中文，其中国文学史描述完全基于二手的欧洲汉学著述，但被顾路柏评价为同类著述中最严谨的一种，换言之，它忠实于欧洲汉学对中国文学的主流看法。

读了鲍姆伽特纳从欧洲汉学著作收集的中国文学描述，就可知道，19世纪的通行做法是将中国文学分五大类：1. 经部，包括"经"（五经）、"书"（四书和《孝经》《尔雅》）、经的注疏和各类字典；2. 史部，包括正史、编年、纪事本末、杂史、别史、诏令奏议、传记、史钞、载记、时令、地理、职官、政书、目录、史评等15类（中国人好古，重视过去的

---

① Carl Fortlage, *Vorlesungen über die Geschichte der Poesie*, Stuttgart: Cotta, 1839, S. 24.
② Ebd., S. 42.

历史，西方人早有耳闻）；3. 子部，即"哲学"，包括儒家、兵家、法家、农家、医家、天文算法、术数、艺术、谱录、杂家、类书、小说家、释家、道家等14类，天主教传教士和穆斯林的文献作为杂家也在其中，鲍姆伽特纳看出，不仅哲学、科学、技艺，就是宗教在中国也是低于经的，宗教只是实用知识而非文人教养的核心[①]；4. 集部，译成"美文学"，数量最多，各种个人写作和即兴发挥都算在内，包括排第一位的楚辞以及各种别集、总集、诗文评；5. 词曲，包括戏剧和章回小说，它们构成中国文学的末流，即正统文人不齿的民间文学。鲍姆伽特纳以孔子代表经，经又代表了中国文化的核心和一切文学的根据，自然孔子就是中国文学的奠基者（对西方人来说，道理就像《圣经》是西方文学的基础一样）；司马迁代表史，史和经的关系最密；老子代表哲学。中国文学的思想框架就此设定。

《诗经》成为中国文学最重要的代表，因为它既是诗，也是经。在鲍姆伽特纳的描述中，《诗经》单列为第一章，位于中国文学的总体发展和各领域情况的介绍之前，这无疑是"以局部代表整体"的手法：一部《诗经》即全部中国文学。其他各章都未分节，而这一章特别分为五节：1. "《诗经》的历史"；2. "爱情诗"；3. "出自自然生活和人民生活的音调"；4. "宗教诗"；5. "政治时事诗"。叙述从国风进到雅、颂，从私人、家庭转入宗教和国家生活，自成一完整的小结构："临近结尾时，个人性为更大更普遍的观点所取代，统驭思与诗的不再是个别的情爱悲欢，而是国家整体的哀与乐，在庄严的祭祀歌中，所有主题中的最高者——宗教——迎向我们，然而更多的是仪式、尊贵和豪华，而非内在的神圣和高尚。"[②]这里暗示的，首先是精神从个人、自然向普遍性跃升，但上升之途止于国家，和国家融为一体成为精神超越的终端。其次是宗教在中国处

[①] Alexander Baumgartner, *Geschichte der Weltliteratur II: Die Literaturen Indiens und Ostasiens*, Freiburg im Breisgau: Herder, 1897, S. 504-505.

[②] Ebd., S. 464.

第一章 "中国文学"：一个学科的形成、发展和运作

于悖论性位置。《诗经》多少表达了中国人的宗教性，因此格外受西方人重视，然而这种宗教性绝非"内在的神圣和高尚"，而只是外在仪式。故凝聚于《诗经》的中国文学精神既非希腊式的个体意识，亦非希伯来式的宗教激情，政治批判和宗教崇拜不超出解决现实问题的需要，都限制在"中庸"框架之内。放在整个世界文学的视野中，《诗经》也体现了中国文学的总体特色。

>总之，吹拂《诗经》的不是那种创造了《伊利亚特》的战争英雄精神，也不是鼓舞《奥德赛》历险的浪漫冲动。这里没有类人的神祇。不见奇迹的踪影，处处都是现实之物和可理解之物，正是通过它们，至高的、不可见的力量才能凌驾于人之上，实施奖惩。印度人和希腊人所拥有的那种英雄史诗，在这里不可能存在。贯穿《圣经·诗篇》的为上帝所激励的热情，在这里无法想象。只有在深重苦难中，诗人才会偶然高尚奋发，成为天子和庶民的最高审判台。一般情况下宗教不超出市民和乡村的狭隘圈子。在此圈子内，启迪这些短歌的不只是精神、机智、精细的形式感，也有生动幻想、对自然的深沉情感、温暖诚挚的感受。①

《诗经》以下就是楚辞，而李杜是唐代——全盛期——的代表。但甚至李白这位"中国的俄耳甫斯"，都没有超过《诗经》的水平。鲍姆伽特纳说，从汉学家的评论来看，中国诗歌自从李杜，甚至《诗经》以来就没有过进步，永远是一套"现实主义的自然描写"，没有"真正的虚构、充满想象的塑造和热烈运动"，永远是矫揉造作的"小艺术"

---

① Alexander Baumgartner, *Geschichte der Weltliteratur II: Die Literaturen Indiens und Ostasiens*, Freiburg im Breisgau: Herder, 1897, S. 480-481.

（Kleinkunst），如同中国人在象牙、珠母上的精雕细琢。①

因为经史子集都要照顾到，故而无论孔子、老子、庄子、玄奘、朱熹之类圣哲，还是《尔雅》《说文解字》《康熙字典》等字典，或《永乐大典》《古今图书集成》等类书，乃至文学的物质基础如毛笔、纸、活字印刷等的介绍，都是不言而喻的文学史内容，这种惯性从顾路柏一直延续到当代。

鲍氏认为，中国没有史诗，章回小说取代了史诗的地位，成为干巴巴的史书的补充。最有名的古代章回小说首推《三国演义》，充分体现了中国人的历史癖。其他著名章回小说包括讲史类的《水浒传》，神异类的《平鬼传》，世情类的《好逑传》《玉娇梨》《平山冷燕》《金瓶梅》。欧洲人最熟知的短篇小说集则为《今古奇观》《龙图公案》。中国戏剧得到的评价很低，既不像歌剧，也不像戏剧；悲剧和喜剧没有明确区分，而是将悲剧和喜剧、浪漫文学和日常市侩混合在一起。《赵氏孤儿》这部欧洲人最为熟知的中国戏剧，在鲍氏看来，代表了中国几乎所有戏剧的弱点：没有深刻的心理发展和性格刻画，没有更高的理想作为视角和动机，而只是以人的同情心作为救人的根据。"这里的角色、灵感、场景、性格都颇丰富，也有对生活的犀利观察、具体描画、生动色调；然而没有任何东西得到深入思考和彻底的艺术加工。作品未及成功一半，创造想象就已力竭，干枯理智靠一些艺术机巧，常常只是幼稚笨拙的措施临时救急。"②

三、去范畴化的开始

19世纪为德国系统吸纳中国信息的第一阶段，主要表现为对一种外在

---

① Alexander Baumgartner, *Geschichte der Weltliteratur II: Die Literaturen Indiens und Ostasiens*, Freiburg im Breisgau: Herder, 1897, S. 509-510.

② Ebd., S. 528.

第一章 "中国文学":一个学科的形成、发展和运作

知识的需求。无论是汉学家还是世界文学史家,对于中国文学世界的想象和对于其复杂性的化简都借助一些固定范畴来实现。卡里耶的中国诗描述可谓集范畴之大全,他说:"抒情诗是情感的直接倾诉,中国民间诗通过理性的感知方式,获得了教训的色彩,通过从自然图像出发,获得了描述性和直观性特征。启迪它的基本情感是孝敬;温柔的献身、细微的触动全然压倒了激烈和行动欲;明朗的愉悦和怨诉的感伤相交替。"①这里,几乎每一句都是范畴的自行展开,中国文学是"抒情诗"和"民间诗",其"理性"的一面包括了"教训""孝敬"等子概念,而"描述性""直观性""感伤"代表了中国人的"被动性"特征。如果将德国系统产生的精神哲学术语反过来描述它自身,这就意味着,欧洲的主观"精神"还囿于自身,未和客观世界融合。

中国现实的引入必然导致去范畴化。事实上,更多复杂性的制造,更密集的交流,是消除偏见、壁垒的最佳手段,交流越多,动态平衡的可能性就越大,话语霸权就越难以维持。打破虚假交流的僵化局面、恢复交流的流动性的一个主要契机,是社会革命的冲击和物质利益的重组,现实的革命往往造成交流的革命。20世纪初的辛亥革命开启了革命时代,西方人惊讶地看到,"千年木乃伊"中国竟变得如此躁动,从康有为、梁启超到陈独秀、胡适,中国知识分子越来越激进,这是古老民族的青春焕发还是回光返照?革命开始成为了解中国的促动因素,文学革命的领袖胡适被视为少年中国的标志。岑克尔(Ernst Victor Zenker)《中国哲学史》还进一步将中国思想界争论同欧洲思想斗争联系起来,认为它们本质相通:"目前在中国相角逐的两股力量,是两种相互对立的精神形态,它们正在两个人类的中心演出殊死的斗争,一个是无灵魂的功用的、物质主义的精神,它不顾一切地要控制其利益对手,一个是自由、人性和符合礼义的社会秩

---

① Moriz Carriere, *Die Kunst im Zusammenhang der Culturentwicklung und die Ideale der Menschheit*, Bd.1, Leipzig: Brockhaus, 1863, S. 160.

序的精神。这两股力量的斗争也在我们这里肆虐，结局如何很可能要联系远东的角力结果而定。"①一战后为各种意识形态撕裂的欧洲，不仅需要引入老子的《道德经》作为精神安慰，一个同样处于动荡环境、为时代的剧烈转型所苦的"中国心灵"的感受对于欧洲人也变得越来越重要。

20世纪初，中国文学已走出汉学家的书斋，逐渐引起德国一般读者的关注。世纪更迭期还出现了大量中国文学意译和仿作，它们和德语区诗人的创作相交融，成为德国文学自身的一部分。其中最著名的，有印象主义诗人戴默尔（Richard Dehmel）的李白仿作，表现主义诗人克拉邦德（Klabund）的李白诗改译，表现主义诗人埃伦斯泰因（Albert Ehrenstein）的《诗经》、白居易改译，等等。世纪之交欧洲人厌倦文明社会的特定心理情境，促使他们向往中国古代诗歌中天人合一的和谐境界，李白的"别有天地非人间""处世若大梦，胡为劳其生"等诗句，尤其让渴望世外桃源的现代人动心。浪漫化的中国文学想象，也同时促进了对于严肃的中国文学翻译的需要，大大加速了中国文学知识的自我分化。作为唐诗的代表，李杜双子座已经变成了李白、杜甫、白居易的铁三角。陶渊明不再只是散文作家了，安娜·伯恩哈第（Anna Bernhardi）——德国第一个女汉学家——的翻译让读者意识到，陶渊明还是第一流的诗人。屈内尔（Paul Kühnel）、鲁德尔斯贝格尔（Hans Rudelsberger）等汉学家译出许多中国小说、戏曲，丰富了德语区的中国文学书目。住在北京的洪涛生（Vincenz Hundhausen）专攻中国戏曲，和中国人合作翻译和出版了《西厢记》（1926）、《琵琶记》（1930）、《还魂记》（1937）等名篇。二三十年代，库恩的各种中国古代小说译本也相继问世，如《好逑传》（1926）、《二度梅》（1927）、《金瓶梅》（1930）、《红楼梦》（1932）、《水浒传》（1934）、《玉蜻蜓》（1936）等，繁荣一时。而《东亚舆论》

---

① Ernst Victor Zenker, *Geschichte der chinesischen Philosophie*, Bd. 2, Reichenberg: Stiepel, 1927, S. 328.

（Ostasiatische Rundschau）等刊物也开始介绍中国的新文学和左翼文学，让德国读者了解到文学革命之后中国文学呈现出的新风貌和新理想。

不过，外界信息的大量涌入，中国知识的急剧增长是事情的一个方面，汉学系统自身的演化和复杂性的增长是另一个方面，如果汉学系统的容纳能力没有提升，信息和知识是无法获得意义的。必须看到，20世纪以来，汉学家对于中国精神的看法也在改变中，中国的封闭性和凝滞性这两大偏见不再天经地义，在此前提下，新的信息和知识的进入才成为可能。这方面，孔好古和卫礼贤这两大汉学异端学者的观点具有标志意味。罗梅君指出，在魏玛共和国的汉学界，正统学院派汉学家的标志，除了具有柏林大学和汉堡大学的汉学教育背景，或具有在外交部门任职的经历，更重要的是，遵循长期以来占统治地位的、一战前时期的中国观。这种中国观是"否定性的、许多方面带有殖民主义烙印的"[1]，具有鲜明的"德意志民族意识"[2]。而卫礼贤的圈子和以孔好古为首的莱比锡学派属于少数派，他们的中国认知和自我理解比较接近，都不赞成对中国的殖民政策，主张以平等眼光看待中国文化。

19世纪精神史传统用中国精神的特性来理解中国文学，而孔好古开始从中国和世界的互动来解释中国文学的特色。他认为，每当中国在历史上处于强盛扩张时期，就会和域外的世界帝国握手，和世界发生文化交流。反之，不仅盲目排外是"反动"时代的病态特征，中国诗的过度感伤或酒神式陶醉，也不过是中国精神无法或来不及消化"外来理念"的"不健康"表现——"不健康"的实质是"未完成""不安地涌动"[3]。印度（希腊）影响是孔好古中国观的醒目标志，因为其猜测性质在当时颇受诟病。譬如他说，中国戏剧是佛教在8世纪时从印度引入的，而戏剧形式的

---

[1] 罗梅君：《汉学界的论争：魏玛共和国时期卫礼贤的文化批评立场和学术地位》，孙立新、蒋锐主编：《东西方之间：中外学者论卫礼贤》，济南：山东大学出版社，2004年，第119页。

[2] 同上书，第117页。

[3] August Conrady, *Chinas Kultur und Literatur. 6 Vorträge, III/IV*, Leipzig: Seele, 1903, S. 39.

原创者也不是印度人，而是和雕塑一道来自希腊，因此中国戏剧的最终源头在希腊。①其实，孔好古强调的印度—希腊影响，从系统视角来看更是象征性的说法，即强调中国和世界的联系：中国文化一方面是自生的，另一方面，它从一开始就和外界环境密切互动。这一印度—希腊影响就是古代的世界影响，有了它的结构性基础，就能赋予现时的中西方交流以合法性。在孔好古看来，中国、印度、西方三个世界的连接代表了人类普遍趋势，不管在东方和西方都同时、以相同方式出现过这一连接。在印度，佛陀推翻了婆罗门的科层制，实现了世界宗教；在西方，世界帝国的理念由亚历山大的征讨而实现；在中国，由中央集权的国家形式同样产生了世界帝国。世界宗教和世界帝国意味着世界一体，一切都通向同一目标："不同的潮流属于一个更高的理念：人类组合为一个强大文化统一体的理念。……是的，整个地球的文化连接那时已经开始；人们可以说：美国也是在中国被发现的——尽管这话听起来悖谬。"②孔好古的戏言基于一个历史典故，据说，因为古希腊天文学家托勒密把中国的经度错误地向东方推移了50度，哥伦布才相信，向西方航行可以抵达印度。③

孔好古把东西方相向运动比喻为一场三幕剧。每一幕初始，都是两边或其中一边有了力量的集中，由此导致了文化流动；然后由于一边的力量衰落或另一边的革命，同样会突然出现强烈的文化退潮。最后一幕是1400年至今，它和之前几幕有类似结构：一开始是中国化的中国（明代）以及相伴随的东西方关系低迷，然后是清朝统治和交流的突然提升。过去是处于盛期的中国文化向西方输出营养，现在是西方文化崛起，而中国陷入凝滞，因此在文化连接上也是西方采取主动。但孔好古强调，中国从西方得来的收获也源于它之前向世界播撒的文明种子，而现代西方的技术成就相

---

① August Conrady, *Chinas Kultur und Literatur. 6 Vorträge, V/VI*, Leipzig: Seele, 1903, S.14-15.
② Ebd., S. 23.
③ Ebd., S. 31.

当程度上受惠于早先和中国的关系。①这一学说延续了西方学者沟通东西方的努力。浪漫派大师弗·施勒格尔曾提出"印欧语言共同体"构想，欲在语言学维度将东方和欧洲联合成一体。近代来华西方传教士中，有的人从儒家经典中搜寻原始一神教的踪迹，有的人透过《道德经》中"夷希微"三字发现了"耶和华"之名，无非是希望从神性层面实现中西融合。现在孔好古等汉学家要以一种更"科学"的方式来建立东西方联系，而这一观点直接启发了卫礼贤。卫礼贤除了讲东西互动，也强调南北冲突，不过他的互动说的理据不光是历史事实，更带有形而上色彩，根本上和阴/阳、乾/坤的交替作用相关。

卫礼贤眼中的中国，文化高度发达，拥有一种永恒的精神与道德价值，不仅在哲学和思想上和西方处于同等水平，还可以提供一种有机的人生观，帮助西方人走出眼前的文化危机。卫礼贤从易理出发，对于中国的艺术精神进行了深入阐发，这成为他用动态方式重新组织中国文学历史，呈现中国文学正面价值的认识论基础。他认为，中国传统中的"文"（Linie）和"质"（Stoff）并不对应于西方的形式和内容，恰恰相反，文/质可修正西方艺术传统中的形式/内容的静止框架。文/质的关系中不仅包含了塑型和接受塑型的表象，还引入了"力量"（Kraft）概念，艺术成了"力量"发挥作用的动态塑型过程。在西方，形式是决定性的，材料最多只是促发因素，为形式所贯穿的材料才是艺术品。但在中国，"文"是第二位的，它代表了被塑形的可能性，却并非塑造者。"文"用于装饰，同时也是"游戏性的"，永远处于流动中，不会给出任何持久的东西。而"质"并非欧洲人理解的材料，而是"意义"（Sinn）。"意义"在欧洲常被曲解为人为地赋予艺术品的"引导思想"，但中国的"意义"不是外在的思想，而是"生命原则"，是让"文"变得意义丰满的"力量"。"意义"（"道"）才是艺术品的深层本质："它作为意义是彼岸的，居

---

① August Conrady, *Chinas Kultur und Literatur. 6 Vorträge, V/VI*, Leipzig: Seele, 1903, S. 4.

于现象事件之外的，但正因为它在本质上是彼岸的，才不能显现。"①

受黑格尔的影响，19世纪的文学史家不约而同地用被动、静止来描述中国艺术精神。然而，卫礼贤告诉我们，静止和虚无只是中国艺术精神展开中的最初阶段，也就是《贲》卦表征的"幻想艺术"（Kunst der Phantasie）阶段，这一阶段的最高成就是达到了佛教的"无"。然而，这不是"最终之物"。卫礼贤提到，孔子自筮得贲卦时，表示了不满。他用这个故事来说明，中国的圣人不满足于"贲"所代表的"显相的和谐"，而要追求智慧和对于现实的塑造。同样，中国艺术的特点，正是通过沉默、静止，让"道"得以自行运作，让世界整体得以展开，由虚无而通向生生不息，艺术的最高境界是塑造社会和生命本身。可以说，卫礼贤对于中国精神的书写，更新了精神史框架内将东方看成精神的原初统一体的传统定义。在弗·施勒格尔那里，由印度来表征的古老的东方统一体和基督教世界的区别就在于，前者没有内含主客分离的动机。正是这一排除了主客斗争的直接统一，成为黑格尔贬低东方"自然实体"精神的主要依据。②卫礼贤的中国美学阐释则极力强调乾坤、阴阳冲突在中国精神构成中的核心作用，用另一种方式赋予了中国精神自我演化的动能。这种带有浪漫派色彩的解读，对于重新塑造中国、对于释放中国符号的分化和演化潜能有着积极作用。基于此，他在《东方的诗与真》中断言，中国民间诗的特点是，即便它在某一时期暂时缄默，让位给文人艺术诗，它仍像一条暗流在深处流动，其中不断有新的形态在发展，一旦得到意识光照，就会作为艺术形式（如词、曲、小说）再次出现。这种情况表明："凝滞并不存在。"③

---

① Richard Wilhelm, „Der Geist der Kunst nach dem Buch der Wandlungen", Richard Wilhelm, *Der Mensch und das Sein*, Jena: Diederichs, 1931, S. 206.

② 参见卿文光：《论黑格尔的中国文化观》，北京：社会科学文献出版社，2005年，第121页。

③ Richard Wilhelm, „Dichtung und Wahrheit im Osten", *Sinica*, 5/6 (1928), S. 179.

第一章 "中国文学"：一个学科的形成、发展和运作

卫礼贤1925年创办的法兰克福大学"中国学社"（China-Institut），成为一个致力于引入中国现实的专业机构，换言之，成为系统指定的接受外界影响的场所，承担"结构耦合"的功能。这体现在两方面，和中国学者的密切合作是卫礼贤治中国经典的方法特色，回到德国后，他延续了这一做法，为德国系统引入"中国伙伴"。他在中国学社创办的杂志《中国学刊》（Sinica）一方面强调了"中国现实"："它要揭示中国文化在远古时取得的种种智慧成就。但同样要接纳日间的工作。它要探索少年中国的学术和经济形势，社会和心理结构，文化和艺术工作。"[1]另一方面强调要关注中国方面在中国研究上取得的进展，除了要列出德国和欧洲的论文和著作书目外，"同时我们特别强调，对于俄国和中国自身产生的学术文献，保持持续的关注"[2]。《中国学刊》对于中国文化的介绍不仅限于中国古代文学、哲学、书画，还关注当时中国的精神生活如新文化运动、科玄论争、抗战中四川的文化形势等，尤其是为现代中国文学腾出不少空间，登载了胡适、郭沫若、冰心、田汉、熊佛西等的作品译文，这在当时的国际汉学界是标新立异的。有两个例子特别能体现这些新知识、新符号对于系统的更新作用。一是胡适1926年10月访问法兰克福大学时所作的《中国的小说》演讲，既包括他对中国小说发生的最新认识，如佛经对中国文学在内容和文体两方面的影响，中国本土的说故事传统和小说演变的特点，也介绍了中国现代学者对于传统白话小说的主流观点，包括他自己的《红楼梦》考证成果。[3]演讲内容不但在《中国学刊》上登载，而且直接融入了卫礼贤的《中国文学》，为德国的中国文学史认知填充了小说和白话文学的空白。二是徐道邻1930年在"中国人物画廊"专栏中提供的杜甫人物画像，这是迥异于之前的德国公众印象的诗人形象。杜甫不但是控诉的诗人，而且人格并不伟大，换言之，杜甫不但表现现实，而且自身就

---

[1] Richard Wilhelm, „Vorwort", *Sinica*, 1 (1928), S. 2.

[2] Ebd., S. 2-3.

[3] Shi Hu, „Die chinesische Erzählkunst", *Sinica*, 1926.

是现实,有着普通人的一切缺点,早已脱离了"中庸""和谐"的抽象意境。作为一个"少年中国"人,徐道邻十分清楚,揭示杜甫身上文学和人格的分裂意义何在:儒家文如其人、文以载道的意识形态不攻自破,新文化运动的主张在千年前就有了预兆。①

与中国信息、中国知识的复杂化相应,德国系统内部对于文学的功能定位也起了变化。一战后的德国诗人有了新的任务,不再是体验、传达抽象的精神,而是回应眼下的社会政治和世界观需求,故才有了埃伦斯泰因的中国诗仿作集《中国控诉》(1924)。这个代表了"三千年中国革命诗"的小册子共收24首诗,其中《诗经》13首,白居易9首,杜甫2首。在题为《中国人的战斗歌曲》的献诗中他写道:

……
我们成熟了,要控诉自己的苦难;
我们成熟了,不再供养你们;
成熟了,会为自由而豁出一切。②

而在他之前就有了克拉邦德的《紧锣密鼓:中国战争诗》(1915)。早在50年代东德学者之前,他们就开始注意到中国古诗中人民反抗和战场的杀伐之音,中国诗世界不再"静止""消极"。李杜之外,加入社会责任感强烈的白居易,这也改变了人们对中国文学精神旧的印象,至少中国诗人不会像"西方诗人"或"魏玛诗人"那样一味地顺从统治者的意志,而是充满反抗精神:"这些诗人根本不和国君同路,他们不客气地挞伐皇帝,他们的流放比所有西方诗人戴的宫廷桂冠都有分量。像李白、杜甫、

---

① Daoling Hsü, „Chinesischer Bildersaal. Du Fu, Der Dichter der Leidenschaft", *Sinica*, 1 (1930), S. 14.

② Albert Ehrenstein, *China klagt. Nachdichtungen revolutionärer chinesischer Lyrik aus drei Jahrtausenden*, Berlin: Malik, 1924, S. 7.

白居易这样不顺从、不折腰、鄙视功名的人物，性格上和魏玛诗人不可同日而语，是清楚的。"①一旦和谐状态被打破，内部因素的冲突就造成了历史演化的动能，理解中国文学的方式也随之改变。

种种迹象都表明，静谧的传统诗国已经处于分化的前夜。

不过，尽管孔好古和卫礼贤体现了汉学界的精神转变，但毕竟不代表德国专业汉学的主流，《中国学刊》的影响也随着卫礼贤早逝而减弱。传统的中国文学观还未受到直接冲击，中国仍是那个由《诗经》、李白、杜甫、白居易和《西厢记》代表的浪漫国度。专业汉学圈内，中国文学研究仍不受重视，无法同经史哲等传统学问相提并论。库恩是第一个专门从事中国文学译介，为德国赢得世界声誉的翻译大师，可他早年正是因为沉迷于中国话本小说，被高延（J. J. M. de Groot）逐出师门，走上一条艰难的自由职业者道路。中国的现当代文学更是不登大雅之堂，霍福民（Alfred Hoffmann）20世纪30年代时热衷于译介胡适、鲁迅、冰心等现代作家，倒像是自我边缘化的姿态。二战更是将汉学专业发展彻底打破，二战之后，不但许多硕果仅存的老辈汉学家根本不会讲现代汉语，即便鲍吾刚这样战后成长起来的"汉学神童"，读解现代文本的能力也是有限的。

第二节　西德汉学与中国文学专业的形成

一、二战后西德汉学的转型

二战后，德国汉学分裂为东、西德两支。对于少数留在西德的汉学家来说，情况变得十分困难。福兰阁和佛尔克两位老大师一个退休一个辞

---

① Hanni Mittelmann (Hrsg.), *Albert Ehrenstein.Werke. Bd. 3/1: Chinesische Dichtungen. Lyrik*, München: Boer, 1995, S. 187.

世，许多一流汉学家在1933年纳粹上台后被迫移居国外，有的汉学家则因为和纳粹的关系而被解除教职或难以获得教授席位，汉学研究和教学处于青黄不接、难以为继的状态。海尼士因为在战争时期和纳粹保持了距离，是唯一政治上可靠的老一辈汉学家。1946年，海尼士由柏林大学转入新建的慕尼黑大学东亚文化和语言学讲席。在傅吾康（Wolfgang Franke）入主汉堡大学汉学系之前，他是战后初期西德（1951年前）唯一的汉学教授。海尼士是第一个经过了完整汉学培养的德国汉学家，他的博士论文指导者是顾路柏，教授论文指导者是高延。海尼士执掌慕尼黑的汉学教席，自然也延续了战前柏林汉学的语文学传统，这使得西德汉学在起步阶段，就和东德和美国的中国研究在方法和取向上都有很大不同。语文学传统轻视现代汉语，故慕尼黑的汉学教学将重点置于文言文和古代中国，现代普通话的训练居于次要地位，对于新中国社会情况的研究根本不被承认是学术课题。另一个因素也加剧了脱离时代的封闭倾向，即当时和中国的实地接触几乎完全不可能（一直到60年代中期，才开始有学者和学生到中国台湾留学和进修）。但是福兰阁的儿子傅吾康有多年在华学习和研究（1937—1950）的经历，和中国当代学者交往密切，能讲一口流利的中文，属于新派的汉学家，他的研究重点虽然是明史，但高度重视当代中国。他批评说，西德的汉学研究已经落后于时代，因为它拒绝专业分工，还顽固地坚持过去那种"乌托邦式"的整体汉学。①因此，二战后德国汉学可以说分为南北两派：南方的慕尼黑大学和北方的汉堡大学，慕尼黑大学的重点为中古历史和文化史，汉堡大学则主要研究从14世纪到当代的中国历史。

在困难环境中，新生代汉学家还是迅速成长起来。1953年，二战后西德首批6个汉学博士在慕尼黑、汉堡、哥廷根毕业，其中的葛林（Tilemann Grimm）、鲍吾刚（Wolfgang Bauer）、德邦后来都成为讲席教授。战后初期，西德汉学的代表人物首先是海尼士在慕尼黑大学的继任者傅海波

---

① Hongmei Yao, *Transformationsprozess der Sinologie in der DDR und BRD, 1949-1989*, Universität Köln, Diss., 2010, S. 65.

第一章 "中国文学"：一个学科的形成、发展和运作

（1949年完成教授论文）。傅海波出身于语文学传统，和海尼士一样以治元史著称，但他更强调经济、文化、社会背景，要求重视当代中国和现代汉语。能否研究文学，其实也是新旧汉学传统转换的标志，因为学科分工也意味着文学研究的合法独立，傅吾康1954年的汉堡大学东亚研究建设规划中，已提到"语文学、历史、地理、哲学、文学、宗教学、艺术史、考古学、法学和国家管理学、医学"的综合[1]，而傅海波在60年代末对汉学专业的设想是："我们的学科变得范围巨大，从孔子到《金瓶梅》，从李白到毛泽东。"[2]同时傅海波在1964年提醒说："汉学中还没有哪个领域像文学史这样急需补课。"[3]其次是海尼士的弟子鲍吾刚。他继承了海尼士研究中国思想史和文化史的传统，但主张新旧兼收："中国学是在和一个既古老又生机盎然的文化打交道，因而不可能清楚地划分为一个'古代'中国学和一个'现代'中国学。"[4]思想和文化必然涉及文学，中国传统文人兼诗人、画家和官员于一身，中国现代文学又和政治革命紧密结合，这决定了鲍吾刚的思想史研究大量采用文学材料，尤其在中国诗人的自我问题的探讨上作出了重要贡献。德邦以治中国诗学和诗歌翻译而著称，他的慕尼黑大学博士论文题为《司马迁〈史记〉101到102章》（1953），教授论文则转向了中国古代文论，对于《沧浪诗话》的研究成为德国学者在这一领域的开山之作。

根据毛泽东1964年在接见法国议员时提到的"中间地带理论"，西德

---

[1] Wolfgang Franke, „Der Aufbau der ostasiatischen Studien in Hamburg" (1954). 转引自 Hongmei Yao, *Transformationsprozess der Sinologie in der DDR und BRD, 1949-1989*, Universität Köln, Diss., 2010, S. 65.

[2] Herbert Franke, „Chinakunde in München. Rückblick und Ausblick", *Chronik der Ludwig-Maximilians-Universität München 1967/68*, München 1970. 转引自Hongmei Yao, *Transformationsprozess der Sinologie in der DDR und BRD, 1949-1989*, Universität Köln, Diss., 2010, S. 77.

[3] Herbert Franke, *Die Literaturen der Welt*, Zürich 1964, 转引自Helmut Martin, *Li Li-Weng über das Theater*, Taipei: Mei Ya Publications, 1968, S. 326.

[4] 转引自Hongmei Yao, *Transformationsprozess der Sinologie in der DDR und BRD, 1949-1989*, Universität Köln, Diss., 2010, S. 79.

（和苏联阵营的东德一样）属于"中间地带"，本来也在争取之列，反过来，出口导向的西德也向往中国市场，但冷战壁垒的坚冰并不容易打破，两国的文化交流因此长期中断——中国革命的现实必须被阻隔于西德公众意识之外。一开始，库恩的大量中国古典文学译本成了现实的替代，他所传达的传统中国图像政治上无害，又迎合核战争阴影下西方人精神逃避的需要，故而广受欢迎。到了20世纪60年代，林语堂和赛珍珠所塑造的充满智者精神的田园中国，又成了风靡一时的文化符号，维持着中国和西方世界的想象和情感联系。在此期间，德国汉学一如既往地忽略当代中国，成为所谓"幽兰学科"，感伤地追忆昔日中国的辉煌文化。冷战造成的隔离和汉学家对当代中国的逃避倾向造成了认识上的真空地带。1968年学生运动的爆发，扭转了这种状况，对于战后西德汉学的转向产生了决定性影响。在左翼学生和知识分子心目中，中国不再是铁幕那边的敌对制度，革命中国的政治、文化理念恰恰成了新的福音，不但要解放第三世界，还要在发达资本主义国家如联邦德国掀起革命。中国是新的乌托邦——"除了在中国，哪里也找不到一种模式，能将人民在政治上组合排列，在文学上使其革命化，以便文化成为主宰。"①

受此情绪鼓舞，汉学系学生的兴趣转移到中华人民共和国的政治、经济乃至文化形势。对那个激进年代的西德左派学生来说，关注传统的文化中国还是当代的革命中国，教授文言文还是现代中文，成了大是大非的立场问题。革命浪潮席卷之下，德国汉学界也发生了以白话代替文言文的"新文化运动"。柏林自由大学东亚研究所1974年制定的教学计划草案中，"传统的东亚科学"被批判为帝国主义、殖民主义的学术立场，其反动性就在于，它把古代美化为伊甸园，把封建诗人说成人类先知，宣扬统治阶级文明有礼、劳动人民消极落后，最终目的在于"对旧有统治状况

---

① Joachim Schickel, „Vorwort", *China: Die Revolution der Literatur*, München: Hanser, 1969, S. 7.

的理想化，对帝国主义侵略的合法化以及对东亚人民大众的贬低"[①]。另外，随着联邦德国经济腾飞，大学汉学专业的建设规模从60年代开始迅速扩大，在慕尼黑和汉堡之外增设了新的汉学教席。兼顾政治、经济和社会科学研究的"中国学"理念也开始为西德汉学界接受，对于传统中国和现代中国的兴趣取得了平衡。1964年，波鸿大学东亚研究所的成立是迈向专业化的重要一步。东亚所下辖中国、日本、朝鲜三个方向，学科有哲学、历史、思想史以及"东亚经济"，设4个正教授讲席，中国2个，日本2个，两个中国讲席分别为"中国语言文学""中国历史"。

作为西德汉学界首个专门的文学讲席，波鸿大学"中国语言文学"专业的设立，对于德国的中国文学研究的系统建构意义重大。首任教授霍福民是最早在德国介绍中国现代文学和新文化运动的汉学家，20世纪30年代就翻译了冰心的《超人》、鲁迅的《孔乙己》以及胡适、顾颉刚、蔡元培、阿英等人的论文。1940年到1947年，他先后在北京和南京从事学术和外交工作，在此期间开始了对于词曲历史的研究。回到德国后，他1949年在汉堡大学颜复礼指导下完成博士论文《李煜的词》（1950），博士论文经扩展又被马堡大学哲学系接受为教授论文（1952）。他在1961年至1963年担任柏林自由大学讲席教授后，1964年转为波鸿大学"中国语言文学"讲席教授。顾彬回忆自己70年代初在波鸿大学的求学经历，对于霍福民教授的解析唐诗的破、转、结三步法念念不忘。

1972年，中国和西德正式建交，为西德汉学家打开了通向现实中国的大门。1973年，中方提供了首批10个西德学生的留学名额，此后交换规模日益扩大，赴华留学、交流和研究成为可能，这对西德汉学在80年代进入"相当程度的成熟"阶段至关重要，因为这些于70年代留华（尽管时间一般并不长）的学生得以脱离之前的"纸面研究"，对于现代中国的问题更

[①] 屈汉斯：《1968年的抗议运动、毛泽东思想和西德的汉学》，赵倩译，马汉茂等主编：《德国汉学：历史、发展、人物与视角》，李雪涛等译，郑州：大象出版社，2005年，第336页。

能感同身受①，也为西德汉学接替东德成为中国文学介绍的主力创造了条件。首批德国学术交流中心（DAAD）资助来华的学生中，顾彬、艾伯斯坦（Bernd Eberstein）、罗梅君、魏格林（Susanne Weigelin-Schwiedrzik）等日后成为讲席教授，阿克曼（Michael Kahn-Ackermann）成为首任北京歌德学院院长，都在中国文学和文化的传播上做出了重要贡献。

据马汉茂回顾："70年代的特征是关于古代中国的出版物大幅减少。至少那些通过大型出版社获得的广泛德国公众，首先想读的是关于中华人民共和国的书籍。"在现代中国的阐释者中，又分为温和与激进两种态度，"右派"对60年代以来中国的政策发展持批评态度，"左派"则支持中国的倾向，也更受公众和媒体的欢迎。但在70年代末以后，许多"左派"转而支持中国的改革开放政策。马汉茂认为，虽然这些被视为机会主义者的激进学者和政论家很少进入大学汉学专业，他们的议题却对汉学研究产生了深远影响，导致了对于中国学的"社会任务"的重视。②

二、左派的中国乌托邦

毛泽东在西方知识界的巨大影响，实为继专业化之后对于西德的中国文学研究的重要推动，直接导致了中国现当代文学成为关注热点。毛泽东作为当代中国最重要的象征资本，标示着古老世界自我更新的潜能，把所有的西方观察者从沉睡状态惊醒，汉学的"古今之争"由此而获得最后裁定——中国从静态转向动态，由古代进入现代，最形象的说法就是"从老子到毛泽东"。在此意义上，当代德国的整个中国文学接受都可以看作毛泽东接受的注脚。

---

① Helmut Martin, *Chinabilder I. Traditionelle Literatur Chinas und der Aufbruch in die Moderne*, Dortmund: project verlag, 1996, S. 12-13.

② Ebd., S. 10-12.

第一章　"中国文学"：一个学科的形成、发展和运作

　　传统文学和现代文学之间需要一个中介环节，毛泽东诗词满足了这一需要。捷克汉学家普实克（Jaroslav Průšek）认为，毛泽东站在了中国诗歌艺术的顶峰，其诗歌表达的"深沉感情"和"极为完美的形式"尤值得称道。如《七律·长征》"大渡桥横铁索寒"一句，就隐藏了红军战士不畏天险，冒死夺取对岸阵地的史诗场景。整个中国新文学所反映的，正是这样的革命现实，它是"人类历史的豪迈篇章"，代表着"人类经验、英雄行为、无限意志、爱与苦难——常常也是牺牲的生命"[①]。

　　毛泽东诗词的气吞山河，构成了中国古代文学感伤气质的对立面，也启发人们如何克服感伤。葛林是较早关注毛泽东的文学成就的西德汉学家，他在《毛泽东诗词：介入文学和古代词在中国》说，毛泽东诗词是东亚新文学中"介入"（Engagement）精神的榜样，其介入"推动了世界历史"[②]，而这又植根于他的本性——自古以来中国政治诗人就胸怀天下。葛林的评论因此重在政治方面，也就是"直接介入的领域"[③]。他提到，《渔家傲·反第一次大"围剿"》《渔家傲·反第二次大"围剿"》两首皆从正面写战争，围剿和反围剿是战争的基本特征，而战场风景构成框架，白云、山头、枫林染红、苍茫河水、碧山，都是高度程式化的惯用语。然而，"这种诗的非程式性和咄咄逼人在于事件，让人耳目一新的是，在程式之中来描绘事件，在程式之中，日常的和现实政治的名字和事物被嵌入中古诗艺的规则中"[④]。形式尽可程式化，单是内容已足够激动人心，诗人从自己的丰富生活体验取材，描绘形象和回忆，自会造成最高的诗性美。

　　左翼评论家什克尔（Joachim Schickel）在60年代率先将毛泽东诗词译

[①] Jaroslav Průšek, *Die Literatur des befreiten China und ihre Volkstraditionen*, Prag: Verlag der Tschechoslowakischen Akademie der Wissenschaften, 1953, S. 149-150.

[②] Tileman Grimm, „Zu Mao Tse-tungs Lyrik. Engagierte Dichtung und klassische Liedkunst in China", *Poetica*, 1(1967), S. 96.

[③] Ebd., S. 87.

[④] Ebd., S. 90.

介到西德。什克尔认为，毛泽东的文学实践和理论代表了1949年后文学，即他所谓"文学革命"第五、第六阶段。他高度评价中国现实主义加革命浪漫主义的文艺路线。在他看来，现实主义就是文学要符合"社会主义要求"，反映革命现实。浪漫主义又分两种：旧的浪漫主义是"纯粹否定的市民幸福"，梦想远方和异域，逃避苦难，憧憬极乐世界；新的浪漫主义者则像布莱希特和毛泽东那样，从不遁入抽象，而始终执着于具体，在认识中掌握历史：

> 如果他们也呼唤过去的神话和英雄，只是要为当代树立伟大形象，当代由此得以自我理解；如果也涉及仙境甚至天国，只是要让自然元素也肯定现时此地所必然发生的事情；他们也踏入远方，如果近处因为异化之故无从认清的话。①

这一时期，莫斯科方面批评中国文艺路线背离了社会主义现实主义的统一原则，将毛泽东诗词视为纯粹"浪漫主义夸张"②。什克尔却认为毛泽东每一首诗都符合中国革命现实，忠实再现了从长征以来的斗争历程。毛泽东诗词虽是标准的古典形式，内容上却完全跳出了旧规则，并不违背新文学的要求。③

左派之所以能突破汉学家的中国文学视域，推动文学认知的范式转变，因为他们关注能导致历史变化的新因素，给文学交流带来了动能——"革命"母题的功能就是引入动力，让凝滞的变为活泼的，文学由此才成为问题，即成为复杂性的制造者，而文学的本义就是差异和复杂性。什

---

① Joachim Schickel, *China: Die Revolution der Literatur*, München: Hanser, 1969, S. 58.
② Ebd.
③ Ebd., S. 39.葛林在他的《论毛泽东诗词》文中对毛泽东词的古为今用特色作了进一步发挥："形式可以保留，形式可以符合陈规，内容却让我们瞠目结舌！" Tileman Grimm, „Zu Mao Tse-tungs Lyrik. Engagierte Dichtung und klassische Liedkunst in China", *Poetica*, 1(1967), S. 92.

第一章 "中国文学"：一个学科的形成、发展和运作

克尔把中国现代文学史理解为中国革命史，毛泽东诗词作为革命的中国现代文学的样本，就代表了中国文学的现代精神。要了解他和学院派汉学家的视角差异，不妨比较一下什克尔眼中的毛泽东词和霍福民阐述的李煜词。①

毛泽东怀念杨开慧的《蝶恋花·答李淑一》在中国70年代末曾风靡一时。李淑一是杨开慧生前好友，她的丈夫柳直荀也因为投身革命被国民党杀害。1957年，长沙第十中学女教师李淑一写信给毛泽东，随信附上她写于1933年的纪念丈夫的《菩萨蛮》词。毛泽东则在回信中附上一首《蝶恋花》，表达了自己对于杨开慧的思念和对李淑一的安慰。这首词在德国汉学界颇受关注，什克尔以其为例展示毛泽东的文学风格：

> 我失骄杨君失柳，杨柳轻飏直上重霄九。问讯吴刚何所有，吴刚捧出桂花酒。
>
> 寂寞嫦娥舒广袖，万里长空且为忠魂舞。忽报人间曾伏虎，泪飞顿作倾盆雨。

这首词原名《游仙》，什克尔强调，"仙"并非代表基督教的永恒，或是道家的长生，而是革命者的归属，杨、柳二位烈士皆因中国而永生。吴刚、嫦娥是偷服长生药的受罚者，永久孤独是自私行为的结果。杨、柳却理应得到另一种命运，他们听到革命胜利（"伏虎"）的消息，人间有了新秩序，逝者也升入"幸福者的团契"，获得了成仙的光荣。然而他们喜中亦有悲，因为鹊桥不复有，生死两界的伴侣再难重聚。②

---

① 将两者相比较是很容易想到的，毕竟德国读者对中国词的认知始于霍福民的李煜译介，换言之，李煜成了词的原型。葛林曾以霍福民的李煜阐释为参照来分析毛泽东词的形式特征。霍福民1966年夏季学期在波鸿大学东亚研究所开设的毛泽东词的专题讨论课中，也对二者进行对照分析。参见Tileman Grimm, „Zu Mao Tse-tungs Lyrik. Engagierte Dichtung und klassische Liedkunst in China", *Poetica*, 1(1967).

② Joachim Schickel, *China: Die Revolution der Literatur*, München: Hanser, 1969, S. 91-94.

而霍福民呈现的李煜词是另一氛围，以他欣赏的一首《更漏子》为例：

> 柳丝长，春雨细，花外漏声迢递。惊塞雁，起城乌，画屏金鹧鸪。
>
> 香雾薄，透重幕，惆怅谢家池阁。红烛背，绣帏垂，梦长君不知。

霍福民认为，该词的每一句都呼吸着真的词的精神，是真正的杰作，反映了中国妇女不变的灵魂和思想方式。晚春的暮色中，妇人凭窗眺望，长的柳丝提醒她，春天即将逝去。雨点敲出单调的乐声，让人越发感到孤独和失落。她的思想移至远方的良人：

> 从南方向塞北迁徙的孤雁，难道不是比喻她的夫君，他远离妻子，羁留在荒芜的异乡？暮色中的乌鸦无家可归，在残垣上暂求安息，不正像孤零零飘荡在远方的良人吗？只有画屏上象征着忠贞不渝的金绣鹧鸪显得了无生气，无动于衷。它们是以僵化的冷漠姿态在嘲笑他们的孤独与失落吗？春天的强烈花香早已飘逝，只有最后的春之气息微弱地、几乎不可感地侵入重幕遮蔽的美人房中……在她充满思虑，久久地凭窗远望之后，夜幕降临了。红烛让她联想到许多欢乐的爱的夜晚，她难以面对红烛，失望地背过身去。满是疲惫和愁闷，她将床的绣帏垂下，隔绝了整个世界。在长梦中，她的思念移至远方的良人，带着郁郁的失望，在梦的独语中念起了这句诗："梦长君不知。"①

---

① Alfred Hoffmann, *Die Lieder des Li Yü*, Hong Kong: The Commercial Press, 1982, S. 70-71.

第一章 "中国文学"：一个学科的形成、发展和运作

这一妙不可言的境界在左派看来，却是无生命的沉寂，是"纯粹否定的市民幸福"。由此可知，为什么霍福民成为学生运动时代波鸿大学激进学生的眼中钉，他仿佛就是汉学旧时代的象征。霍福民陶醉于词的氛围，他的李煜词翻译和阐释首次将词的体裁引入德语区汉学视域，在当时的西德读者和他的学生辈如顾彬等的眼里，也就代表了中国古代诗词的基本面貌。

顾彬对汉学门外汉什克尔大为不屑，指责什克尔版本"逐行"可见翻译错误。① 然而，他和什克尔对毛泽东诗词的理解基本上是一致的。顾彬分析说，毛泽东诗词是其文艺方针的体现。早在1942年，毛泽东就号召中国知识分子摆脱西方影响，走独立的中国道路。50年代末开始，中国又开始追求摆脱苏联影响，用"革命现实主义和革命浪漫主义相结合"取代以苏联为样板的社会主义现实主义概念。毛泽东诗词成为新理论的榜样，一方面体现马克思主义的精神，另一方面是完全中国化的形式，代表了摆脱外来影响的独立品格。毛泽东诗词在传统形式中注入新的内容，内容的新就体现在对于现实的新理解上。毛泽东坚持人定胜天，把现实理解为人创造的、可改变的现实；相反，以往的中国文学盲目顺从于宇宙秩序，带有"生命的悲观主义、遁世倾向"②。

顾彬以苏东坡《赤壁赋》和毛泽东《沁园春·雪》相对比，展示两种不同的对待历史和现实的态度。他说，中国文学史上，人从来不是历史和现实的主宰，而历史呈现为"不停的和不可阻止的没落"。宋代文人看似成了世界的主人，但也只是和世界实现了消极和解，宋代文学的欢悦、超脱不如说是自我委弃的表现。而这正是毛泽东和中国古代诗人不同之处。苏轼《赤壁怀古》中，伟大豪杰随历史浪涛而逝去，令人无限惆怅；可对

---

① Wolfgang Kubin, „Revolution und Versöhnung: Mao Tse-tungs Dichtung und die Umwandlung der chinesischen Literatur", Dietmar Klein, *Maoismus, Kontinuität und Diskontinuität: Bilanz und Perspektiven der Entwicklung nach dem Tode Mao Tse-tungs*, Bochum: Brockmeyer, 1977, S. 44.

② Ebd., S. 46-47.

于毛泽东来说，"俱往矣"绝不是悲伤的理由，因为风流人物的时代不在过往，而是"今朝"。他认为，自然在苏轼和孔子那里是"思义场所"（Ort der Besinnung），江河象征人类生命的易逝；而毛泽东笔下的自然是"行动场所"，人类要征服自然，而不是像三千年中国历史中那样依赖于自然。①顾彬又对照了毛泽东和陆游的《卜算子·咏梅》。他认为，陆游词充满了没落和感伤的情绪，体现了典型的传统中国思维，将现实分为高低两个层面，一个是生存竞争的低的层面（百花的争妒），一个是远离斗争的美的世界。诗人是美的传递者，而美在"争"的世界中不仅寂寞而不为人知，且因为对立无可调和，必然走向没落，即"零落成泥碾作尘"，只作为"理念"（"香"）得以留存。但现实的这一二分结构，在毛泽东的改作中消失了。如果引导世界的不是竞争，而是共同体，精神就和现实获得了和解："时间不是沉沦，而是自然中永恒的、不必哀悼的变迁，变迁具有舞蹈般的欢快的特征。"②梅花不会在争妒环境中沉沦，而成为平等环境中"丛中笑"的部分。两首词一沉沦一欢快的迥异结尾，最好地诠释了旧的和新的社会和文学的差别。

由此对比，顾彬得出结论，毛泽东代表了新中国的艺术精神，这种精神的要点是欢欣、和解，人成为自己创造的新世界的主人，而尚存的障碍也终将被历史进程和新人扫除。这种精神造就了中国文学的新面貌，贺敬之的诗、浩然的小说、户县农民画都是新的文学精神的产物。③

顾彬也对《蝶恋花·答李淑一》作了详解。李淑一的《菩萨蛮》未脱离旧文学的影响，正好和毛泽东词所昭示的传统的现代化相对比，从而具有了文学史的特别意义。顾彬分析说，李淑一词让人联想到李煜、杜牧，

---

① Wolfgang Kubin, „Revolution und Versöhnung: Mao Tse-tungs Dichtung und die Umwandlung der chinesischen Literatur", Dietmar Klein, *Maoismus, Kontinuität und Diskontinuität: Bilanz und Perspektiven der Entwicklung nach dem Tode Mao Tse-tungs*, Bochum: Brockmeyer, 1977, S. 52.

② Ebd., S. 54.

③ Ebd., S. 55.

第一章　"中国文学"：一个学科的形成、发展和运作

这一妙不可言的境界在左派看来，却是无生命的沉寂，是"纯粹否定的市民幸福"。由此可知，为什么霍福民成为学生运动时代波鸿大学激进学生的眼中钉，他仿佛就是汉学旧时代的象征。霍福民陶醉于词的氛围，他的李煜词翻译和阐释首次将词的体裁引入德语区汉学视域，在当时的西德读者和他的学生辈如顾彬等的眼里，也就代表了中国古代诗词的基本面貌。

顾彬对汉学门外汉什克尔大为不屑，指责什克尔版本"逐行"可见翻译错误。①然而，他和什克尔对毛泽东诗词的理解基本上是一致的。顾彬分析说，毛泽东诗词是其文艺方针的体现。早在1942年，毛泽东就号召中国知识分子摆脱西方影响，走独立的中国道路。50年代末开始，中国又开始追求摆脱苏联影响，用"革命现实主义和革命浪漫主义相结合"取代以苏联为样板的社会主义现实主义概念。毛泽东诗词成为新理论的榜样，一方面体现马克思主义的精神，另一方面是完全中国化的形式，代表了摆脱外来影响的独立品格。毛泽东诗词在传统形式中注入新的内容，内容的新就体现在对于现实的新理解上。毛泽东坚持人定胜天，把现实理解为人创造的、可改变的现实；相反，以往的中国文学盲目顺从于宇宙秩序，带有"生命的悲观主义、遁世倾向"②。

顾彬以苏东坡《赤壁赋》和毛泽东《沁园春·雪》相对比，展示两种不同的对待历史和现实的态度。他说，中国文学史上，人从来不是历史和现实的主宰，而历史呈现为"不停的和不可阻止的没落"。宋代文人看似成了世界的主人，但也只是和世界实现了消极和解，宋代文学的欢悦、超脱不如说是自我委弃的表现。而这正是毛泽东和中国古代诗人不同之处。苏轼《赤壁怀古》中，伟大豪杰随历史浪涛而逝去，令人无限惆怅；可对

---

① Wolfgang Kubin, „Revolution und Versöhnung: Mao Tse-tungs Dichtung und die Umwandlung der chinesischen Literatur", Dietmar Klein, *Maoismus, Kontinuität und Diskontinuität: Bilanz und Perspektiven der Entwicklung nach dem Tode Mao Tse-tungs*, Bochum: Brockmeyer, 1977, S. 44.

② Ebd., S. 46-47.

于毛泽东来说,"俱往矣"绝不是悲伤的理由,因为风流人物的时代不在过往,而是"今朝"。他认为,自然在苏轼和孔子那里是"思义场所"(Ort der Besinnung),江河象征人类生命的易逝;而毛泽东笔下的自然是"行动场所",人类要征服自然,而不是像三千年中国历史中那样依赖于自然。①顾彬又对照了毛泽东和陆游的《卜算子·咏梅》。他认为,陆游词充满了没落和感伤的情绪,体现了典型的传统中国思维,将现实分为高低两个层面,一个是生存竞争的低的层面(百花的争妒),一个是远离斗争的美的世界。诗人是美的传递者,而美在"争"的世界中不仅寂寞而不为人知,且因为对立无可调和,必然走向没落,即"零落成泥碾作尘",只作为"理念"("香")得以留存。但现实的这一二分结构,在毛泽东的改作中消失了。如果引导世界的不是竞争,而是共同体,精神就和现实获得了和解:"时间不是沉沦,而是自然中永恒的、不必哀悼的变迁,变迁具有舞蹈般的欢快的特征。"②梅花不会在争妒环境中沉沦,而成为平等环境中"丛中笑"的部分。两首词一沉沦一欢快的迥异结尾,最好地诠释了旧的和新的社会和文学的差别。

由此对比,顾彬得出结论,毛泽东代表了新中国的艺术精神,这种精神的要点是欢欣、和解,人成为自己创造的新世界的主人,而尚存的障碍也终将被历史进程和新人扫除。这种精神造就了中国文学的新面貌,贺敬之的诗、浩然的小说、户县农民画都是新的文学精神的产物。③

顾彬也对《蝶恋花·答李淑一》作了详解。李淑一的《菩萨蛮》未脱离旧文学的影响,正好和毛泽东词所昭示的传统的现代化相对比,从而具有了文学史的特别意义。顾彬分析说,李淑一词让人联想到李煜、杜牧,

---

① Wolfgang Kubin, „Revolution und Versöhnung: Mao Tse-tungs Dichtung und die Umwandlung der chinesischen Literatur", Dietmar Klein, *Maoismus, Kontinuität und Diskontinuität: Bilanz und Perspektiven der Entwicklung nach dem Tode Mao Tse-tungs*, Bochum: Brockmeyer, 1977, S. 52.

② Ebd., S. 54.

③ Ebd., S. 55.

第一章 "中国文学"：一个学科的形成、发展和运作

词作者始终停留在主观性痛苦中，哀诉因"征人"离去而生的"索寞"，而没有将痛苦化为那个时代所有共命运者的痛苦。① 反之，毛泽东答词通过对痛苦的普遍化和克服，实现了对于传统的自主加工。《蝶恋花》中只开头一句"我失骄杨君失柳"提及伴侣的失去，且通过扩展及李淑一的烈士丈夫实现了话语的客观化。

顾彬说，这是一首游仙诗，吴刚和嫦娥的欢迎代表了对于"忠魂"的致敬，仙界也有着人间没有的超脱与和平，然而，烈士牵挂的终究是革命的成功与否。最终"忽报人间曾伏虎，泪飞顿作倾盆雨"，"忽"字泄露了逝者对于革命的忠诚，虽然身在没有"忽"的超越时间的天界，却始终关怀尘世，奔涌的眼泪已不代表一己痛苦，而是人的集体情感。现在，一方面李淑一"征人何处觅"的提问得到了回答；另一方面，烈士的死被赋予意义，从而给了李淑一安慰。顾彬认为，答词的意义不只是痛苦的客观化，还在于体裁的现代化更新。毛泽东1957年回信中提道："这种游仙，作者自己不在内，别于古之游仙诗。但词里有之，如咏七夕之类。"顾彬解释说，《蝶恋花》成为传统游仙诗和七夕词的混合形式，此为形式更新。游仙者是革命烈士，他们和仙人的聚会从远处被描述，正如七夕词中所见到的那样。而这一混合形式和革命的结合则是内容革新：仙人世界并非遗世独立，而和人世的发展、改造密切相连。此生和彼岸是一个统一体，永生的获得不取决于长生不老药和修炼，而是为革命事业献身。②

西德左派歌颂毛泽东，以他来象征一种带来解放希望的中国力量。从大的冷战格局来说，这种态度正是西德和西方外交政策所需要的。在西德政府看来，中国虽属于敌对阵营，然而和苏联还是"不一样"。故政治学者梅纳特（Klaus Mehnert）热销的《北京和莫斯科》（*Peking und*

---

① Wolfgang Kubin, „Mao Zedongs ‚Lied nach der Melodie Dielianhua. Zur Antwort na Li Shuyi. 11. Mai 1957'", Wolfgang Kubin (Hrsg.), *Die Jagd nach dem Tiger*, Bochum: Brockmeyer, 1984, S. 92.

② Ebd., S. 118.

Moskau)(1962)一书颇代表了一种战略性期待：由于人口和领土的不平衡，中国必然和苏联发生冲突，成为终结苏联霸权的关键因素。西方要争取中国，西德更需要在统一问题上赢得中国的同情；反过来，由西德这样一个不显眼的北约国家出面向中国传递友好信号，对西方也是有利的。故而从60年代中苏矛盾显现开始，西德政府感到了培育人民亲华立场的迫切需要。中国当代问题受到重视，大众汽车基金会、波恩的中国外交政策研究会出台项目鼓励高校学者、学生研究中国外交政策和决策结构。1967年波鸿大学设立中国政治的教席。政治和文学、历史学科在组织上的共存，暗示了一种共同的系统需要：有了政治的外部兴趣，才会对中国的文学、文化等内在方面发生兴趣。

这种向当代中国和社会政治的转向，典型地体现在海德堡大学的汉学家瓦格纳（Rudolf G. Wagner）身上。瓦格纳最初研究王弼，后来转向中国现当代文学，尤其关注新中国文学和政治的关系。波鸿的汉学家马汉茂也是如此，以李渔研究成名的马汉茂，在汉堡大学亚洲事务研究所期间（1972—1979）转向毛泽东思想的译介和研究，出版了7卷本《毛泽东文集》、专著《苏联的中国研究》（1972）和《崇拜和经典：毛泽东思想的产生和发展（1935—1978）》（1978），这一经历使他在后来的中国现当代文学研究中也高度重视政治。但他显然不属于左派，他编译的毛泽东未刊文集《从内部看毛泽东》欲呈现一个偏离左派理想的"非官方""未加修饰"（unfrisiert）的毛泽东形象[1]，一经出版，就受到左派的激烈批判。

也正是对于革命中国的崇敬和向往，导致鲁迅和中国现当代文学受到重视。鲁迅注定和毛泽东在符号命运上紧密联系——在左派眼里他是毛泽东的文学化身。什克尔一再强调二者思想上的亲缘性，视鲁迅为

---

[1] Helmut Martin (Hrsg.), *Mao intern. Unveröffentliche Schriften, Reden und Gespräche Mao Tse-tungs 1946-1976*, München: dtv, 1977，封底。

"具有毛泽东式思维的革命者"①。1968年，恩岑斯贝格（Hans Magnus Enzensberger）主编的著名左派杂志《航向》（Kursbuch）第15辑收入了由什克尔选编的鲁迅论文学和革命的四篇文章，是鲁迅符码在德国知识分子圈升起的一个明显信号。一个新的文学革命框架基本成型了，它在时间上有两个界标，文学革命始于五四，而以"文化大革命"为新的出发点；中心人物有两个，即鲁迅和毛泽东。胡适和鲁迅两大符码的地位被重估，前者未能将文学和革命相结合，故而被时代抛弃，唯有鲁迅在1935年将文学和政治带入"革命的联合"②。极"左"立场导致了什克尔对中国现代文学的过激认识，不仅鲁迅完全取代了胡适的地位，甚至文艺界领导周扬在他眼中也成了胡适一流的"反革命文人"，只因为周扬"没有完全放弃艺术标准"。

三、中国现当代文学热

霍福民虽是西德的第一位中国文学专业教授，其政治和学术立场却不合时代主潮。马汉茂1979年接掌波鸿大学中国语言文学讲席后，德国在中国文学研究领域才有了真正作为。马汉茂是一位意识敏锐、精力充沛的组织者，在其主持下，波鸿大学的中国现当代文学、中国台湾地区文学研究繁荣一时，获得国际声誉。

从70年代末到80年代，德国出现了中国现当代文学热，通过这些被称为"反思文学""伤痕文学""改革文学""寻根文学"的文学作品，德国公众希望了解一个重新和国际社会接轨的中国的社会情形。宗福先《于无声处》、戴厚英《人啊，人！》、张洁《爱，是不能忘记的》和《方舟》以及顾城、北岛等的朦胧诗等作品，都受到德国读者欢迎，张洁写工业体制改革的小说《沉重的翅膀》德文版1985年由慕尼黑的汉泽尔出

---

① Joachim Schickel, *China: Die Revolution der Literatur*, München: Hanser, 1969, S. 40.
② Ebd., S. 20.

版社出版，1987年就印出了第7版。西德的文学杂志《口音》（*Akzente*）1985年第2期和《时序》（*Die Horen*）第138、155、156号都刊出中国现代文学。一批新的汉学专业刊物应运而生，《东亚文学杂志》为中国文学的新译本提供了发表场所，《袖珍汉学》《东方/方向》杂志（还包括只出了两期的《龙舟》[*Drachenboot*]杂志）主要刊登现当代中国文学和文化方面的论文。在东德方面，著名的《魏玛评论》（*Weimarer Beiträge*）也在1988年第6期集中介绍了中国新时期文学的进展，刊登了梅薏华（Eva Müller）、葛柳南（Fritz Gruner）、尹虹（Irmtraud Fessen-Henjes）的5篇论文和文学批评以及中国学者何西来介绍1985年中国文学理论界情形的文章。

短篇小说是中国现代文学中最成熟、反映新变化最及时的部门，也是国外汉学家理解起来最容易的文本对象，因此对短篇小说的接受最能体现真实的认识水平和态度立场。顾彬的当代作品选本《百花齐放：中国现代短篇小说1949—1979》和尹虹、葛柳南、梅薏华的《探求：中国小说十六家》（*Erkundungen. 16 chinesische Erzähler*）在当时都产生了很大影响，在专门的现当代中国文学史出现之前，这类选本以一种更直观的方式，为德国公众展示了中国文学的全貌。

《百花齐放：中国现代短篇小说1949—1979》共收小说15篇：方纪《让生活变得更美好吧》、师陀《前进曲》、艾芜《夜归》、王蒙《组织部新来的青年人》、王汶石《春节前后》、方纪《来访者》、秦兆阳《沉默》、赵树理《锻炼锻炼》、李准《李双双小传》、西戎《平凡的岗位》、周立波《新客》、王亚平《神圣的使命》、刘心武《爱情的位置》、李陀《香水月季》、石默（即北岛）《归来的陌生人》。顾彬1980年出版的这一选本位于西德的中国当代文学研究的开始时期，他的看法和选择具有某种坐标意义。在序言中顾彬提到，五四以来在西方文学影响下诞生的中国现代文学，尤其是1949年之后的当代文学，在德语区几乎无人

第一章 "中国文学"：一个学科的形成、发展和运作

熟知。东德的翻译潮在60年代中期终止后，一直到70年代末，都很少再有中国当代文学的译作出现，也没有能提供这方面信息的行家。除了信息的缺乏，造成这一窘境的原因也包括中国的文化政策，中国自己组织的外译作品数量不多，主要是英译，且意识形态方面的考虑多于文学价值。在顾彬眼里，从1949年到1976年中国文学的发展呈现出三种趋势：1. 消除西方影响，回归中国的民间传统，同时遵循党的路线；2. 所要描写的现实逐步受到限制，观念世界却日渐扩大；3. 人为的雕琢（如浩然）增长，同时却消解了艺术形式（尤其在工农兵业余作者那里）。至于1976年后对新形式的寻找，他能看到的，暂时还只是50年代那种现实主义和后来的理想主义的混合。最后，在如何理解中国当代文学的性质问题上，他认为，1949年后中国文学的现代性主要体现为用人民的语言写，让人人都能懂，以人民为行动载体，按党的精神展示人民的转变潜能。1942年《在延安文艺座谈会上的讲话》和五四文学革命一样成为德国的中国现代文学视野中的标志性事件，顾彬承认，其一大成绩是让文学重新回归大众的语言和视角，而五四后中国现代文学虽用了白话，却仍属于智识阶级专有，有的作品过于西化。不过，新方向也使现实的概念日渐变化——不是描写整个社会，而是描写作为社会一部分的"人民生活"；不是对于人民的全面反映，而是反映其好的品质，且是在党的指导下去反映其好的品质。这当然不同于西方对于文学现代性的理解。顾彬说，西方现代文学有三个最重要的标准：1. 取消词和物的同一性；2. 主人公的危机；3. 放弃情节。这三个标准对1949年之前受西方影响的中国文学是适合的，却不能用于1949年之后的中国文学。对于中国当代文学来说，语词当然要符合现实，主人公当然不能解体，他所承受的痛苦是具体的也是可以扬弃的，人作为历史的主体，还需要在传统的情节框架中行动的能力，以便最终融入政治秩序。①

---

① Wolfgang Kubin (Hrsg.), *Hundert Blumen. Moderne chinesische Erzählungen. Zweiter Band: 1949 bis 1979*, Frankfurt a. M.: Suhrkamp, 1980, S. 7-16.

中国现代小说选本的另一部是吕福克（Volker Klöpsch）和帕塔克（Roderich Ptak）合编的《迎接春天：中国现代短篇小说1919—1949》。在导言中，两位编者强调，政治和文学的紧密结合，自古以来就是中国文学的特点。政治的过度干预，会导致文学语言的僵化，而五四文学革命就开始于胡适倡导的对传统文言文的反叛。启用白话文这一便于普及的语言媒介，是为了"将人民从习惯性麻木中拽出，最终开始负责任的行动"①，鲁迅《狂人日记》第一个实现了这一要求，因此也成为选集的第一篇，代表了中国现代文学的起点。编者特意提出一个生平事实：因为"他在一张幻灯片上看到，一个中国人怎样麻木顺从地等待处决"，鲁迅在日本放弃了医科。实际上，《藤野先生》中鲁迅回忆仙台的课间电影时，强调的是一群中国人在围观被枪毙的中国人，"他们也何尝不酒醉似的喝彩"。尽管编者描述有误，但并不影响其修辞功能，他们认为，这一情节透露五四一代作家的总体精神，即文学在特定情形下可以成为传播消息的宣传工具。②二三十年代则是带有"文学复兴"性质的文化生产活跃期。在编者看来，从1919年到1949年的中国现代文学仍称得上杂色的"调色盘"，故所选小说在主题上既有对传统的批判、脱离传统造成的内心冲突、文人谋生的不易、作家为了民族解放事业的献身，也有意选入了表示资产阶级意识的茅盾的两篇作品——即便茅盾这样的社会控诉者，也会描写资产阶级的婚姻危机，对于性主题不乏敏感。总体来说，社会批判仍然是共同的主题，最突出的就是吴组缃的《天下太平》。不过，选集以丁玲《夜》为殿后篇，暗示了新政权下也有不良社会现象存在——在这篇1941年发表于《解放日报》的小说中，男主人公以"咱们都是干部，要受批评的"摆脱了邻家妻子侯桂英的勾引。

---

① Volker Klöpsch, Roderich Ptak (Hrsg.), *Hoffnung auf Frühling. Moderne chinesische Erzählungen. Erster Band: 1919 bis 1949*, Frankfurt a. M.: Suhrkamp, 1980, S. 10.

② Ebd., S. 11.

第一章 "中国文学"：一个学科的形成、发展和运作

两部选集的标题设计本身就代表了西德学者当时对中国现当代文学的总体看法，吕福克和帕塔克特别强调了标题的"悖论"。第一部标题"迎接春天"（Hoffnung auf Frühling）来自丁玲《在医院中》。女主人公陆萍在篇末离开医院（吕福克和帕塔克误认为离开延安）回延安学习时，抱着这样的心情："她真真的用迎接春天的心情离开这里。"第二部标题"百花齐放"，则是1949年后文艺领域的标志性口号。①

韩尼胥（Thomas Harnisch）是鲍吾刚的学生，1978年到1979年作为交换学生在北京留学一年。他的《中国的新时期文学：1978年和1979年的中国作家及其短篇小说》的用意非常明显，即通过分析1978年和1979年间发表的短篇小说，掌握中国当代文学发展的最新趋势和中国当代作家的精神动向。对于西方社会来说，这的确是一个急迫的现实需求。选择短篇小说为考察对象，乃因为短篇小说最为灵活，最具有时效性。

文学服务于政治，是西方汉学对于中国当代文学的基本看法。但在文学和政治这一对既定关系中，作家和作品却是一种"创造性因素和推动力量"，因为作家在诠释政治路线时，必然带入自己的主观立场和个体经验，尤其是像中国70年代末这样的转型期，这正是韩尼胥的研究兴趣的关键所在，他的博士论文最初的标题即《中华人民共和国的文学与政治：1978和1979年的作家和短篇小说》。②他从四个方面来考察70年代末的文学和政治关系：1. 短篇小说创作情况，介绍了刘心武和伤痕文学的代表作品；2. 这类作品产生的文化政治前提；3. 理论前提，包括文学功能的讨论以及创作方法的新看法；4. 批评界对这些小说的接受和评价情况。

如果说新时期的中国批评界未跳出现实主义的窠臼，无法正确地理解

---

① Volker Klöpsch, Roderich Ptak (Hrsg.), *Hoffnung auf Frühling. Moderne chinesische Erzählungen. Erster Band: 1919 bis 1949*, Frankfurt a. M.: Suhrkamp, 1980, S. 19.

② Thomas Harnisch, *China's neue Literatur. Schriftsteller und ihre Kurzgeschichten in den Jahren 1978 und 1979*, Bochum: Brockmeyer, 1985, S. 3-4.这部专著是他1982年在慕尼黑大学完成的博士论文。

作品中的新观念，问题出在哪里？他说，首先是现实主义的拥护者们理解问题的表面化。他以茹志鹃《草原上的小路》为例，这里的关键是鼎足的三个个体——石均、小苔、杨萌，三人未能实现上天昭示的和谐理想（大雁的"人字形"），因为他们之间未能建立一种真正的联系。不能建立联系的原因，在于每个人都没有彻底弄清自身的问题，而且由于以往的经历变得多疑。而秦兆阳等批评家从现实主义创作观念出发，忽略了这一基本主题，将小说内容看成仅是三个朋友间的问题。其次是如何理解对比视角的问题。一些新时期短篇小说（刘心武《相逢在兰州》、王蒙《惶惑》）超出了过去的善与恶、光明与黑暗的简单对立，而采用了多元的对比视角，中国批评家仅仅看到了一种新技巧的出现。在他看来，多元对比视角是时代的产物，这一处境迫使作家重新思考个体生命的内容和意义：

> 明确性的缺失，体现在现实破碎化为许多单独部分、个别命运，作家把其中的两个或两个以上在一篇叙事中对照性地组合起来，以期由这种对峙给生命意义的问题一个文学答案。这也意味着，这些建立在个体命运和经历之上的答案，也只是个体的、个别的解决方案……①

归根到底，批评家和作家看待历史的方式不同，故而对文学提出不同要求。十年"文化大革命"在主流批评家眼中仅仅是进步途中的暂时偏离，而对于作家来说则是无法抹去的一段经历，因此作家关心的只是个体的人，而理论界仍希望通过典型环境中典型人物的描述，对社会问题给出总体答案。

韩尼胥的结论是，抛弃"典型环境中的典型人物"已成为日益明显的

---

① Thomas Harnisch, *China's neue Literatur. Schriftsteller und ihre Kurzgeschichten in den Jahren 1978 und 1979*, Bochum: Brockmeyer, 1985, S. 233.

第一章 "中国文学":一个学科的形成、发展和运作

趋势,取而代之的是复杂人物或"中间人物"。按他的理解,"中间人物"脱离了中国的悠久传统,而体现了西方影响,在这一点上接续了之前的五四文学。对这一趋势,可能构成障碍的有两个因素,一是官方的态度,二是大众读者的趣味。最后他预测,今后的中国将有两种文学并存,一种面向大众和官方,一种则"吸纳西方影响,满足一小部分群众的需要"①。显然,在他眼里,后者才称得上真正的"现代派"。

这一时期备受关注的,还有中西方隔绝期间内中国国内的文艺政策和批评界动向。1966年,长期领导文艺工作的周扬被打倒。克勒纳(Makiko Klenner)以此事件为例,探讨1949年后中国文学界的批评方式和文学政治系统的自我纠错能力。他勾勒了1949年后文学批评演化的大致路线——从早期基于民主集中制的集中批评,到60年代中期的让位于群众路线。这一转变始于"大跃进"时期对工农创作的鼓励。60年代初,艺术家的创作和艺术水准一度又受到重视。在群众和知识分子谁具有优先性的问题上,周扬虽然赞同广大群众参与,但仍然坚持专家和知识分子的领导,正因此受到了激烈批判。然而群众参与并未带来真正的变化,克勒纳指出,群众路线乃是变相的中央路线。周扬的教条主义自然对文学创作不利,然而,对周扬的批判本身就是教条而武断的,而教条性的创作趋势一如既往。②克勒纳对"文化大革命"的否定态度,显然不同于过去西德左派的做法。

奥勃斯腾费尔德(Werner Oberstenfeld)以1954年到1965年间的关汉卿研究为例,揭示中国当代的文学批评方法。他的论文具体围绕《窦娥冤》和《金线池》的中国解读而展开,所选文献主要涉及文学评价和文本阐释,具体历史背景、生平、舞台角色的事实考证文章排除在外(因为从中无法看出意识形态立场和美学品位)。他认为,王季思的《关汉卿和他的

---

① Thomas Harnisch, *China's neue Literatur. Schriftsteller und ihre Kurzgeschichten in den Jahren 1978 und 1979*, Bochum: Brockmeyer, 1985, S. 239.

② Makiko Klenner, *Literaturkritik und politische Kritik in China: Die Auseinandersetzung um die Literaturpolitik Zhou Yangs*, Bochum: Brockmeyer, 1979, S. 195-213.

杂剧》（1954）代表了马克思主义化的关汉卿接受，其基本观点是，关汉卿作为现实主义大师，和其他小说、戏剧作家一样体现了中国的人民文学传统，可是长期被封建文人所漠视（朱权《太和正音谱》评其为"乃可上可下之才"）。《窦娥冤》则是典型的元杂剧，结合了现实主义和浪漫主义，这提前启用了四年后才出现的"两结合"官方创作公式。奥勃斯腾费尔德尽量避免批判性介入，对于自己一开始提出的问题——这类研究有无科学价值——并未给出直接回答，但还是让人对当时文学阐释的图示化有了清晰认识。那个时代的古代文学研究服务于意识形态目的，把关汉卿塑造为人民文学传统的象征，有助于新建立的社会系统实现稳定。适应"大跃进"期间对民间文学的提倡，1958年关汉卿戏剧创作七百年纪念成为一个暂时的高峰。但随着"文化大革命"的开始，关汉卿热也中断了——批评家发现了他作品的"封建糟粕"因素。①

从70年代末80年代初的这些考察可以看出，西德的中国文学研究者采取一种批判性的反思姿态。批评的态度相对谨慎，其中还含有一种未来的期待，随着时间推移，这种批判性越来越强。

对1977年到1997年间德国的中国文学译介，马汉茂曾总结过如下特点。他说，西方公众对于中国文学和文化的兴趣还是有限的，译介活动和专业研究更多地受制于时代潮流；这20年间的翻译者主要是在校或刚毕业不久的汉学系学生，还未脱离业余爱好者状态，职业的翻译家即便在汉学家圈中也并不存在；所译作品多数出自20世纪，古代文学明显受到忽视；改革开放在80年代引发了中国热，翻译活动进入一个高峰期，到了90年代，公众对于经济关系的关注完全压倒了文化兴趣，翻译热情也随之降温；读者

---

① Werner Oberstenfeld, *Chinas bedeutendster Dramatiker der Mongolenzeit (1280-1368) Kuan Han-ch'ing: Kuan Han-ch'ing-Rezeption in der Volksrepublik China der Jahre 1954-65 mit einer kommentierten Übersetzung des Singspiels vom Goldfadenteich (Chin-hsien ch'ih) sowie einerausführlichen bibliographischen Übersicht zu Kuan Han-ch'ing als Theaterschriftsteller*, Frankfurt a.M.: Peter Lang, 1983, S. 27-45.

兴趣多属浮光掠影式的追逐时尚，80年代的著名译本到90年代中期就已淡出了公众记忆。另外，中国文学翻译缺少发表的平台，一般商业出版社根本不愿问津。因为发行数量有限，许多出版物甚至到不了东亚和东南亚文学的研究者手中，更不用说相邻学科如文艺学、政治学、历史学、社会学的学者。他感叹说："我们活动在一个完全另类的碎片化世界，'后现代'这个含糊的概念正好与之匹配。"①

第三节 东德的中国文学研究

一、译介和研究的情形

1949年到1990年的德国历史状况颇具有象征意味，分属不同政治阵营的两个德国意味着，即便同一语言和同一文化传统，也会造成不同的世界文学理想，这就向人们提出了一个常被忽略的"谁"的世界文学的问题。中国文学的"走出去"并非进入世界文学本身，而是进入"他们的"世界文学。东、西德的中国文学交流系统既有共同渊源，又有不同的观察方式，显然，在东西方意识形态对峙的冷战阶段，政治是造成不同观察标准的主要原因。

中国和东德的文化交往可分三个阶段。1. 1949年至1956年的蜜月期。对于东德来说，诞生于同年的新中国也是新时代的象征：中国人民凭自身的力量战胜了国内外压迫者，实现了民族独立和人民民主。东德是继波兰和匈牙利之后第三个和中国签订文化协议的社会主义国家，1951年签订的

---

① Helmut Martin, „Europäische Chinarespektiven 1977-1997: Übersetzungen aus dem deutschsprachigen Raum", *Bochumer Jahrbuch zur Ostasienforschung*, Bd. 21, 1997, S. 146-147.

文化协议，为学术交流、留学生交换创造了条件。2. 从1957年到1980年，由于中苏交恶和中国自身的经济和内政发展，两国关系从逐渐变冷到彻底冰冻（1959年作为两国建交十周年是其间昙花一现的回暖期）。1963年德国统一社会党第六届党大会发表了对中国的激烈批评，标志着关系正式破裂。3. 80年代初双方重新接近。1984年两国签署了新的、范围更广泛的文化合作协议。

中国一度是东德人民心目中的乌托邦，在50年代初，东德出版了许多关于中国革命道路和建设情况的书籍，如《中国流血》（*China blutet*, 1949）、《中国战斗》（*China kämpft*, 1949）、《中国：从孙中山到毛泽东》（*China. Von Sun Yat-sen zu Mao Tse-tung*, 1950）、《中国在改变》（*China verändert sich*, 1952）、《亚洲的曙光》（*Morgenröte über Asien*, 1951），从这些畅销书的名字就能看出当时的情绪氛围。巴金、郭沫若、周立波、马峰、冯至等中国当代作家先后访问东德，也激起了对他们的作品的兴趣。而东德作家也不断到访中国，通过旅行报道、日记的形式传达切身感受，或在中国收集创作素材。梅薏华特别以魏斯科普夫（F.C. Weiskopf）为例，说明50年代初期的东德作家是如何关注和向往新中国现实的。这位参加过西班牙内战的小说家和诗人1900年生于布拉格，从1950年到1952年任捷克斯洛伐克首位驻华大使，后因政治原因移居东德。他的中国现代文学意译和仿作对当时的读者产生了重要影响。他1951年在柏林出版的《黄土地赞歌》（*Gesang der Gelben Erde*），收录了鲁迅、田间、贺敬之、邹荻帆、毛泽东等人的格言、诗歌的德语意译，"敞开了一个新世界，比成千篇报道和论文都更生动地反映了新中国的面貌"[①]。

在此情形下，将1949年前罕为人知的中国现代文学介绍给德语区读

---

① Eva Müller, „Chinesische Literatur in der DDR", Adrian Hsia (Hrsg.), *Fernöstliche Brückenschläge: zu den deutsch-chinesischen Literaturbeziehungen im 20. Jahrhundert*, Bern: Lang, 1992, S. 203-204.

第一章 "中国文学"：一个学科的形成、发展和运作

者，成了东德一项"历史任务"①。宗旨一开始就明确下来，要和过去"消遣猎奇的中国古诗翻译"相区分，特别要反映中国的新发展。②首先是那些描写抗日战争和解放战争以及土地改革的作品，50年代初被译介到东德，如萧军《八月的乡村》、赵树理《李家庄的变迁》、胡石言《柳堡的故事》、丁玲《太阳照在桑干河上》、萧乾《土地回老家》、周立波《暴风骤雨》、草明《原动力》等。50年代后期和60年代，又一批新中国的著名作品相继被译出，如沙汀《还乡记》、高云览《小城春秋》、刘白羽《火光在前》、马峰和西戎《吕梁英雄传》、乌兰巴干《草原烽火》、徐怀中《我们播种爱情》、陶承《我的一家》、周立波《铁水奔流》、艾明之《浮沉》、吴运铎《把一切献给党》等。对于某些中国革命文学作品的艺术水准，东德学界也表示过不满，在1961年由彼得斯（Irma Peters）、梅薏华、葛柳南等呈交统一社会党中央委员会的关于中国文学译介出版的报告中，就警告这类出于实际斗争需要的作品，针对大众文化水平，不免艺术上简单化，可能损害德国读者对于社会主义现实主义的印象。③

中国现当代文学的译介取得了显著成绩。葛柳南、克林（Erich A. Klien）和白定元（Werner Bettin）合编的《三月雪》（*Märzschneeblüten*, 1959）为庆贺新中国成立10周年而出版，是德语区第一部中国现当代短篇小说选集。葛柳南专注于茅盾这位仅次于鲁迅的中国革命作家，出版了他的《虹》《子夜》（赫茨费尔德、施华兹等人合译）、短篇小说集《春蚕》等作品。尹虹专注于老舍的研究和翻译，先后译出《离婚》

---

① Eva Müller, „Chinesische Literatur in der DDR", Adrian Hsia (Hrsg.), *Fernöstliche Brückenschläge: zu den deutsch-chinesischen Literaturbeziehungen im 20. Jahrhundert*, Bern: Lang, 1992, S. 200.

② Martina Wobst, *Die Kulturbeziehungen zwischen der DDR und der VR China 1949-1990*, Münster: LIT, 2004, S. 135.

③ Ebd., S. 137.

《二马》和《四世同堂》。梅薏华翻译了艾芜的许多短篇小说作品。在古代文学方面，莱比锡的岛屿出版社和魏玛的古斯塔夫·基彭豪尔出版社从50年代起大量翻印库恩的中国古代小说译本。东德在中国古代文学译介上的成绩也颇为可观，包括《西游记》德语首译（1962）、李伯元《官场现形记》（1964）、《水浒传》80回本德语首译（1968）、《儒林外史》（1962）、《聊斋志异》选译（1956）、《阅微草堂笔记》选译（1963），等等，赫茨费尔德（Johanna Herzfeldt）和施华兹（Ernst Schwarz）在这方面的贡献尤为突出。① 赫茨费尔德除了鲁迅、茅盾、巴金的作品，还译了《西游记》《水浒传》和中国话本小说选《中国十日谈》（*Das chinesische Dekameron*, 1957）。施华兹编译了陶渊明《桃花源记》（*Pfirsichblütenquell*, 1967）、中国古诗选《镜中菊》（*Chrysanthemen im Spiegel*, 1969）、爱情诗选《闲情》（*Von den müßigen Gefühlen*, 1978）以及散文集《凤凰笛的呼唤》（*Der Ruf der Phönixflöte*, 1973）。鲁毕直（Lutz Bieg）在80年代时提醒说，施华兹的三部选集——《镜中菊》《凤凰笛的呼唤》《智者如是说》（1981）——是德语区不可忽视的汉学成果，值得向每一个中国文学爱好者推荐。② 可惜的是，六七十年代因为政治原因，中国现当代文学成为敏感区域，东德一直到1978年都不允许出版（1975年版的茅盾短篇小说选《春蚕》是个例外），而古典文学作品的翻译受到鼓励。

---

① 赫茨费尔德（1886—1977）于1906年获得了高级和中级学校任教资格。1934—1938年间在柏林和汉堡的东方学院学习日语和汉语，战争期间她在柏林的日本使馆新闻处工作。战后她任柏林附近克莱恩马赫洛夫（Kleinmachnow）的镇代表，之后她不顾六十多岁高龄和长期患心绞痛等疾病，毅然开始了崭新的生活：成为自由职业者，主要靠当翻译维生。

施华兹（1916—2003）1938年作为犹太难民流亡上海，此后在上海、南京、杭州等地生活和工作，直到1960年才离开中国。从1961年起在柏林洪堡大学教授中国语言和文学，1965年以有关屈原的研究获洪堡大学博士学位，1970年离开大学，成为以翻译为生的自由职业者，对于传播中国古典文学有重要贡献。

② Lutz Bieg, „Rez.: Eugen Feifel 1982", *Zeitschrift der Deutschen Morgenländischen Gesellschaft*, Vol. 135, 2(1985), S. 396.

第一章 "中国文学":一个学科的形成、发展和运作

20世纪80年代是中国文学翻译在东德的第二个高峰期,中国新时期文学作品大量译入,张洁、张辛欣、桑晔等的作品尤其受欢迎。张洁小说中提出的改革问题,同样也是东德自身的社会问题,却很少在报刊和文学中得到反映,故而对于这些文学作品,东德读者比西德读者还要感兴趣。尹虹、葛柳南、梅薏华的《探求:中国小说十六家》1984年由柏林的人民和世界出版社(东德出版世界文学的主要机构)出版,在东、西德都受到欢迎,1988年慕尼黑克瑙尔出版社改以《大山下的目闹:中国小说》为标题重印了这部选集。高利希(Ulrich Kautz)原来从事翻译语言研究,后来成为中国当代文学的重要翻译家,译介了邓友梅、王蒙、王朔、余华和阎连科等作家的作品。

东德的汉学研究集中于莱比锡大学和柏林洪堡大学。叶乃度(Edward Erkes)是战后东德汉学重建的关键人物。他是莱比锡学派的创始人、著名汉学家孔好古的弟子和女婿,以《招魂》诗译注(1914)获莱比锡大学博士学位。他继承了孔好古的思路,超越了单纯语文学研究,而注重发掘中国思想的社会文化意义。但1968年到1969年旨在消除资产阶级教育传统影响的第三次高校改革,将汉学研究和教学集中于柏林,导致莱比锡汉学传统彻底丧失。葛柳南、费路(Roland Felber)、莫里茨(Ralf Moritz)等莱比锡汉学家调到柏林洪堡大学,成立综合的亚洲和非洲学院。

东德的中国研究服务于外交、外贸和文化交流的实用目的,故一开始就重视当代中国,而脱离了传统的、以语文学考证为导向的汉学。在中国现当代文学研究方面,东德在德语区是先行者。据姚红梅统计,莱比锡大学全部14篇国家考试和硕士论文中,6篇涉及1848年后的近代中国,其中3篇以鲁迅为题(葛柳南、彼得斯、E.Taube)。自然,题目都是由校方拟定后分派给学生的。洪堡大学汉学系从1954年到1963年间的论文分为两个阶段:1954年至1958年的13篇论文中,6篇涉及古代中国,其中1篇为文学(Gerhard Schmitt的《儒林外史》研究),7篇为近代和现代,其中1篇为

文学（G. Stenzel的巴金研究）；1959年至1963年几乎全部为现当代题目，文学则全部是当代作家：赵树理（K. Kaden，A. Ressel）、叶圣陶（H. Wormit）、曹禺（H. Appel）、茹志鹃（K. v. Vietinghoff-Scheel）、瞿秋白（A. Schlee）、毛泽东（A. Krueger）。①洪堡大学的博士论文和教授论文选题以当代中国为重点：

　　白定元：博士论文《李伯元的艺术方法：以〈官场现形记〉为例》（1964）

　　施华兹：博士论文《"屈原研究"的问题》（1965）

　　梅薏华：博士论文《迄至20世纪上半叶"白蛇传"在中国文学中的发展的反映》（1966）

　　彼得斯：博士论文《论中国作家鲁迅（1881—1936）的意识形态发展：以杂文为考察基础》（1971）

　　尹虹：博士论文《曹禺、田汉和老舍艺术创作中的反封建和反帝国主义方面：以他们的抗战时期剧作为例》（1972）

　　梅薏华：教授论文《1949—1957年间中华人民共和国的史诗中的工人形象》（1979）

　　葛柳南和梅薏华是东德仅有的两位中国文学专业教授，都以中国现当代文学为研究重点。在起步阶段，东德的汉学人才培训因为得到中国的支持，相比于和中国几乎完全失去了直接接触的西德同行，有着远为优越的学习条件。梅薏华、尹虹等东德汉学家都有在中国多年的留学经历。

　　制约东德汉学发展的一个重要因素，是和外界交流的困难。据梅薏华回忆，从她1960年离开北京，一直到1984年才有机会再去中国。迄至70年

---

① Hongmei Yao, *Transformationsprozess der Sinologie in der DDR und BRD, 1949-1989*, Universität Köln, Diss., 2010, S. 45-46.

代初，北约国家不承认东德的护照，东德学者无法入境参加学术活动，而即便到社会主义兄弟国家开会，申请签证和外汇也非常麻烦，学术交流极少。1988年洪堡大学承办了欧洲汉学学会的年会，竟是1989年之前该学会在社会主义国家举办的唯一会议。①但更重要的障碍是内部交流的停滞。国际文化交流和合作是东德参与国际意识形态斗争的重要工具。中国学被控制得尤其严，受到统一社会党中央委员会特别关注，被戏称为党的"用奶瓶喂养的婴儿"（Flaschenkinder）②。东德的汉学研究被视为机密，学位论文不能公开出版，只能作为内部资料使用，许多论文题目从未出现在图书馆目录上，在此情形下，自然难以形成正常的学术交流系统。③举个例子，顾彬称赞葛柳南在茅盾研究方面做出了开拓性贡献，然而他在编写《二十世纪中国文学史》时所用到的葛柳南的研究成果，却只能列出一篇《茅盾小说〈子夜〉：中国新文学的一部重要现实主义作品》，这篇论文刊于1975年捷克斯洛伐克的杂志《亚非研究》（*Asian and African Studies*），是作者公开发表的少数成果之一。在东德，中国学从组织到运作高度政治化，学术成果也是官方政治姿态。厚今薄古，反映工农翻身，既是要教育民众摆脱种族偏见，培养对中国的好感，也是要在资本主义竞争对手面前维护社会主义国家的整体形象，争夺国际话语权。

意识形态是最有效地化简环境复杂性的工具，然而从系统的理想来说，它一方面要化简复杂性，另一方面又要生产复杂性——减少复杂性才能增加复杂性。系统绝不是为了消灭"概率极低的"（unwahrscheinlich）交流行为而存在，恰恰相反，系统是要稳定地生产"概率极低的"交流行为，悖论化就是系统实现这一目的的形式（解悖论只是要为下一次悖论化

---

① 臧健访谈、整理：《两个世界的媒介——德国女汉学家口述实录》，北京：北京大学出版社，2011年，第24—25页。

② Martina Wobst, *Die Kulturbeziehungen zwischen der DDR und der VR China 1949-1990*, Münster: LIT, 2004, S. 93.

③ 马汉茂等主编：《德国汉学：历史、发展、人物与视角》，李雪涛等译，郑州：大象出版社，2005年，第270—271页。

创造机会)。而意识形态是悖论的敌人,"既正确又不正确"的意识形态从不存在,它自身就是正确性。满足了意识形态,就实现了正确性,达到了交流的终点,东德汉学的机密状态就是交流终点处的绝对静止状态——这是一个只有计划任务,没有冲突和偶然的静止场所。

二、对文学世界的意识形态化治理

东德知识分子在50年代初普遍景仰中国的革命成绩。著名作家兼汉学家安娜·西格斯(Anna Seghers)是最早的毛泽东崇拜者之一,为1952年柏林出版的毛泽东讲话(*Mao Tse-tung: Reden an die Schriftsteller und Künstler im neuen China*)撰写了后记。她不仅赞同延安文艺座谈会讲话精神,且立即将其引入东德当时的"形式主义"(Formalismus)讨论:"讲话中极少出现在我们这里扮演重要角色的种种'主义'。……对艺术家提的问题首先是:你为谁写作?你自己是谁?我们讨论问题必须从实际形势而非定义出发。"① "为人民服务"是毛泽东文艺思想的中心,《新民主主义论》是共产主义世界一致认可的正确历史观,这些被东德汉学家全盘接过。然而中国路线很快就成为东德学者批评的对象,他们一方面不同意在社会主义向共产主义的过渡期需要持续不断的文化革命的看法,另一方面也反对以革命现实主义和革命浪漫主义的结合代替苏联的社会主义现实主义。对于中国文艺中高大全的英雄形象,人民解放军对于帝国主义纸老虎的威慑力,他们都不以为然。②

不过,东德自身的政治路线也在不断波动。在1959年比特费尔德(Bitterfeld)会议上,东德也出台了"人人会写诗"的群众创作路线(梅薏华的"大跃进"民歌论文和选编与此相关),但很快被搁置。1967年后

---

① 转引自Martina Wobst, *Die Kulturbeziehungen zwischen der DDR und der VR China 1949-1990*, Münster: LIT, 2004, S. 144。

② Ebd., S. 66.

第一章　"中国文学"：一个学科的形成、发展和运作

意识形态环境再度收紧，重提比特费尔德路线，要求艺术家和人民相结合，保证社会主义现实主义的权威。但1971年霍内克继任总书记后，开始了艺术领域的去禁忌化，最终将比特费尔德路线放弃。

东德汉学家的意识形态化和教条化都很惊人，评论通常机械地划分为思想和形式两方面，基于反映论的内容批评远超过形式关注。研究者的主要关注是作品是否进步，依据则在于：是否批评统治阶级？是否同情劳动人民？是否信任人民群众改变历史的力量？等等。当然，从一个更大范围来看，也可以说打破了德国汉学的传统历史观。他们的新叙述，突破了西方人眼中"凝滞"中国的固有形象。尽管中国是世界上最古老的文化，新的导向是强调发展，反对静态；强调民众，反对贵族文学；强调革命的当代和光明的未来，反对怀旧。

首先是人民性。人民始终是最高概念，也是终极武器。通过发掘中国文学的"人民性"，也就编织了中德国家主体——劳动人民——的精神纽带，发展了友谊。施华兹在介绍陶渊明的《桃花源记》时，不忘强调他的"人民性"，他关心人民疾苦，而不是简单的田园诗人或沉溺于美酒的自我麻痹者："陶渊明绝对不会为有闲的地主老爷抒写田园牧歌，这些人特别希望看到受剥削的佃农和奴婢的艰苦生活被诗意美化，以便能问心无愧地享受他们在乡村逗留时的欢乐时光。"①

其次是历史决定论。梅薏华认为，《红楼梦》描述了贾府由盛而衰的全过程，衰败的原因在于家庭中日益增长的颓废，以及受现代思想影响的新一代对于儒家伦理的反抗。与此相对应的，是曹雪芹所处的现实历史中的新旧交替：19世纪是中国封建社会开始解体的阶段，一方面，社会矛盾和满汉对立加剧，资本主义萌芽在东南部城市中出现，闭关锁国的局面被打破；另一方面，启蒙思想由外国传教士带入中国，中国国内在明末清初

---

① Ernst Schwarz (Hrsg.), *Tao Yüan-ming, Pfirsichblütenquell: Gedichte*, Frankfurt a. M.: Insel, 1992, S. 73.

也产生了自己的启蒙思想家,要求"社会平等、自由的思想和行为以及不受阻碍的个性展开"①。这一生产关系和意识形态的变化,决定了小说的基本情节走向。同样,在施华兹那里,中国传统文学历史的主线是边缘和中心——人民和士大夫文人——的循环交替,人民代表着生命力、创造力,文人代表着经典与规范。相应的是历史中的阶级斗争:农民起义是改朝换代的动力,新朝通常会向农民作出一定让步,暂时缓解紧张的阶级关系,但是很快,肆无忌惮的土地兼并又将农民逼上造反的道路。

最后,是政治鉴定的强烈冲动。如彼得斯对于《儒林外史》的作者吴敬梓的评价是:他批判一个反动的社会制度,因此是进步的;作为出身封建家庭的文人,他不顾流俗,反抗封建道德,尤其难能可贵,譬如反对纳妾,可谓中国历史上首次男女平权的主张;他同情人民,在普通人民(如王冕)身上寄托了实现理想的希望。但他的批判不够彻底,对于人民的力量认识得还不足,没有为人民腾出足够的作用空间,他对于少数民族的态度是错误的,站在统治者立场上看待苗民起义。②

施华兹的几部中国文学选集都有长篇序言,代表了东德学者对于中国古代文学的总体认识。在《镜中菊》序言中,他用古典和浪漫两种因素的冲突,来总结中国古代诗歌发展的全过程。古典就是不变的规范,是文言文和固定诗律。浪漫则是一切反叛因素的总称,是尼采的酒神精神或歌德的"永恒的女性"。然而,没有了浪漫派的"农民和庶民的冲撞",一切语言和世界观上的古典都无法长期保持活力。浪漫文学是人民的创造力对于"形式主义"的突破:

---

① Franz Kuhn (Übers.), *Der Traum der Roten Kammer*, Nachwort von Eva Müller, Leipzig: Insel, 1971, S. 845-847.
② 参见Irma Peters, „Nachwort", Yang En-lin, Gerhard Schmidt (Übers.), *Wu Ding-dsi. Der Weg zu den weissen Wolken*, Weimar: Gustav Kieppenheuer, 1962.

第一章 "中国文学":一个学科的形成、发展和运作

但在群雄割据、农民战争的年代,或当天子或士大夫阶层权力削弱时,日常语言就常常重现其魅力,在一个形式主义的僵化世界中,它却以自然的优美姿态开始歌舞,直到连最老朽的文人都不由蠢蠢欲动。很快他们也接过——一开始自然是居高临下地——民间诗歌的新旋律和形式,在永远年轻的民众艺术影响下,变得青春焕发,创造出一些优美作品,不少平庸之作,当然更多是催人入睡的陈词滥调,直到最终,新的体裁因为文学雕琢和乏味的掉书袋也慢慢褪去光华。[1]

中国诗歌是有阶级性的,其中潜藏着人民和贵族阶级的力量消长。如果说《诗经》直接反映了广大民众的情和思,则从陶渊明起,中国古典诗就成了特权阶层的特权活动,文人借诗歌接近权贵和朝廷;失意或受挫时,又在诗歌中寻找安慰。事实上,中国文字自古就带有巫术色彩,文字本身就是特权,专属于特权阶级;同样,文人士大夫也乐于维持诗歌的神秘光环,"夸张和自我抬高常常是诗人的特征",诗人和批评家笃信诗能"动天地",这与其说是巫术观念的遗迹,不如说出于现实权力和阶级利益的考虑。[2]但是,生动活泼的民间文学才是源头活水,诗歌由最初的宇宙秩序的象征,到表达文人士大夫的情感,到反映人民的生活,成为一条潜在的线索,其中的关键就是民间文学的推动。口语体文学的出现,宣告了巫术影响的结束。从诗到词到曲,白话变得越来越重要,反映的生活面越来越广,社会批判也越来越尖锐直接。以元曲为例,催生这一体裁的动力就是寻求一种人人都能理解的、生动的民间文艺,元朝统治者对于汉族文人的压制,导致了仕途无望的文人转向民间,元曲正是儒家正统观念向"民间的艺术意志"暂时让步的产物,更多的口语表达和语助词,更自由的音调结构,为适应观众口味而纳入的市井人物和城市生活的类型、情

---

[1] Ernst Schwarz (Hrsg.), *Chrysanthemen im Spiegel. Klassische chinesische Dichtung*, Berlin: Rütten & Loening, 1969, S. 8-9.

[2] Ebd., S. 21-22.

感，都让曲超越了词的界限，成为新的艺术表达形式。①

施华兹对于创造性的浪漫精神的强调，虽有阶级斗争的观念背景，却也是德语世界在中国文学史描述上的一大进步。早先的文学史以经典为纲，往往造成一个凝滞、守旧的中国文学世界。当代的文学史描述和文学研究中，则高度重视作家在思想和艺术上的独创性。从经典到个体的想象力、从静态到动态构成总的发展趋势。东德汉学重视人民的创造力，不啻这个转换过程的中间一站，阶级斗争论起到了打破"天人合一"静态格局的作用。另外，施华兹反对将中国诗等同于唐宋，在选编上照顾各个朝代。选本配有大量中国画插图，以凸显中国诗画不分的特色。这些都体现了他对中国文学的深入理解。

东德的中国现当代文学研究模式性很强，因为历史和政治语境已经被严格规定，中国现代文学如何发生，其性质、目标为何，预先就有了答案，并非拿来讨论的科学话题。彼得斯在其《论中国作家鲁迅（1881—1936）的意识形态发展》中明确划定了一个历史框架，这是决定了鲁迅思想发展，也是整个中国现代文学产生的基本背景：1. 封建社会的解体和半封建半殖民地社会的形成；2. 资产阶级改良和孙中山领导下的资产阶级革命；3. 在十月革命和马克思主义影响下，无产阶级革命运动的开始；4. 国民党反动派和帝国主义势力的联盟；5. 日本帝国主义的入侵和社会主义苏联的发展。鲁迅从资产阶级进化论和唯心主义哲学向马克思主义立场的"积极发展"就处于这一"有利的历史情境"中，当然主观能动性也不可忽略，鲁迅一生始终不懈地在探讨中国社会的问题，最终认识到：束缚中国人民的国民性弱点，乃由历史所决定，是阶级社会的结果，中国人民也

---

① Ernst Schwarz (Hrsg.), *Chrysanthemen im Spiegel. Klassische chinesische Dichtung*, Berlin: Rütten & Loening, 1969, S. 54-55.

第一章 "中国文学"：一个学科的形成、发展和运作

具有足够的力量，去克服自身弱点、实现革命性转变。①这篇论文无疑具有某种标志意义，鲁迅是中国现代文学的中心符码，决定鲁迅符码的语义内涵的主要参照（"三座大山"、马克思主义、人民、十月革命），也必将成为中国现代文学传递的基本消息。

葛柳南、克林和白定元1959年合编《三月雪》的序言对中国现代文学作了初步定性。在俄国十月革命影响下，爆发了反帝反封建的五四学生运动，随着运动的展开，无产阶级从资产阶级和小资产阶级手中接过了领导权。这是中国现代文学的开端，其发展过程又分为两个阶段：第一阶段从1919年到1949年，是积累经验的阶段，政治上属于新民主主义革命；第二阶段和1949年社会主义革命同时开启，具有"积极战斗"的性质。五四新文学在20年代分裂为若干社团，有的在主观上倾向于革命，大多数则执着于小资产阶级观念。鲁迅代表了文学革命中最进步的力量，在鲁迅为首的进步作家努力下，马克思主义成为主流，在1930年成立了共产党领导下的左联。《在延安文艺座谈会上的讲话》是中国现代文学进一步发展的理论准备，强调文学为革命服务，而要做到这一点，就要和人民相结合，摆脱小资产阶级属性。第一位在形式和内容上符合这一要求的作家，是赵树理。在中国革命胜利之后，社会主义社会成为文学表现的中心，文学真正成为人民的文学："新中国文学不再像资产阶级批判现实主义的许多代表者那样，将重心放在单个人物的孤立描写和心理解剖，而是产生于共同经历的建设新社会的集体努力的塑造。"②选文的宗旨在于体现新中国文学的基本面貌，中国人民的苦难、斗争、蜕变、新貌成为主线：鲁迅《祝福》、柔石《为奴隶的母亲》、老舍《月牙儿》表现旧中国妇女的艰难命

---

① Irma Peters, *Zur ideologischen Entwicklung des chinesischen Schriftstellers Lu Xun (1881-1936) – eine Untersuchung anhand seiner künstlerischen Publizistik*, Humboldt-Uni., Diss., 1971, S. 174-177.

② Werner Bettin, Erich A. Klien, Fritz Gruner, *Märzschneeblüten: Chinesische Erzähler*, Berlin: Volk und Welt, 1959, S. 9-10.

运；茅盾《春蚕》、鲁迅《故乡》、叶紫《丰收》表现新中国成立前的农民生活；巴金《奴隶的心》表现一个旧中国家庭的奴隶状态；萧平《三月雪》、峻青《黎明的河边》描写中国人民求解放的英勇斗争；赵树理《小二黑结婚》和《传家宝》、康濯《我的两家房东》反映了传统意识对农民的桎梏和新法律带来的改变；李准《不能走那条路》、艾芜《夜归》和王汶石《大木匠》反映了向新人的转变过程。

尹虹、葛柳南、梅薏华1984年合编的《探求：中国小说十六家》是东德出版界重新接近中国当代文学的破冰尝试，也体现了某些新的意识。首先，选集以高晓声、陆文夫等几位中国年轻作家1957年组织的《探求者》文学社为名，认可"探求者"的"干预生活"要求。"探求"精神意味着和50年代的主流趋势相区分，要求揭示矛盾，真实描写个体命运，相应地，在主题和塑造手段上都应拓宽。其次，批评"文革"十年对于社会主义事业和道德原则的损害。最后，更重要的一点是，对于新时期文学探讨的个体性问题表示欢迎。新时期短篇小说的特征是"小说家的个体经验，由自身命运得到深化的对于劳动人民问题的理解，更多的生命的认识和对现实的关怀"①。所收小说依次为玛拉沁夫《活佛的故事》、冰心《空巢》、王蒙《悠悠寸草心》、茹志鹃《剪辑错了的故事》、欧阳山《成功者的悲哀》、陈国凯《主与仆》、莫应丰《屠夫皇帝》、李准《芒果》、谌容《玫瑰色的晚餐》、艾芜《大山下的目闹》、王安忆《本次列车终点》、陆文夫《小贩世家》、高晓声《陈奂生上城》、汪曾祺《受戒》、张弦《被爱情遗忘的角落》、邓友梅《寻找"画儿韩"》，均发表于1979年到1981年间。其中许多小说追求心理描写的深化，第一人称的使用和实录风格让作品显得真实可信，人和事件的描写旨在揭示尚未解决的真实问题，社会的普遍问题由个体命运得到反映。另外，选集还反映了新时期小

---

① Irmtraud Fessen-Henjes, Fritz Gruner, Eva Müller (Hrsg.), *Erkundungen. 16 chinesische Erzähler*, Berlin: Volk und Welt, 1984, S. 327.

说中女性作家的突出地位。在编选者看来，中国的女性作家如此活跃，是因为新中国在男女平等上取得了实质性进步，来之不易的自由一旦受到损害，会让女性作家感到格外痛苦。

《三月雪》是德语区第一部中国现代小说选集，《探求：中国小说十六家》是80年代东德学者最有影响的一部中国当代文学选集，两部集子可以说代表了东德学者对于中国现代文学的总体认识，而其间中国观的发展自然反映了东德学者自我理解上的变化。在《三月雪》编者看来，从个体进入集体，代表了中国现代文学发展的正确道路，"大跃进"的群众写作被视为进步的新事物。而《探求：中国小说十六家》呼吁重视个体性——蔑视个人情感愿望的"自我阉割"已是过去时了，如今文学的对象、素材和目标是"人的自我实现"。对现实的"探求"代表了东德学者自身的要求：直面社会问题，促进社会主义的发展。和西德的韩尼胥一样，东德编者表示了对于具有"新的品质"的中国文学的期望，目前的文学只是一个"中间阶段"。但其基调一如既往的乐观，自我实现的目的还是激发希望，唤起"对于自身力量，对于人的尊严和一个和平幸福的未来的信任"[①]。如封底简介所说，这是"建设性批评"（konstruktive Kritik）。

东、西德学术路径看似大相径庭，其实很多东西是共同的，分享某些认识前提（如东德同样认为中国古代没有个体性）。60年代的东德汉学家关注人民集体创作的作品，和80年代西德学者热衷于朦胧诗是一个道理——文学对象的选择出于系统的需要。两德学者都致力于发掘中国文学中的"世界文学"脉络，不过东德的世界文学是国际无产阶级的世界文学，称鲁迅为"中国的高尔基"，而西德学者更赞同鲁迅是"中国的尼采"。东德学者愿意见到茅盾、鲁迅等和西欧的批判现实主义文学的关联，

---

① Irmtraud Fessen-Henjes, Fritz Gruner, Eva Müller (Hrsg.), *Erkundungen. 16 chinesische Erzählungen*, Berlin: Volk und Welt, 1984, S. 328-329.

而西德方面重视现代主义对于中国作家的影响。东、西德的学者都同意五四文学革命开启了中国现代文学,但东德方面强调五四运动是无产阶级世界革命的一部分,白话的成功是人民对士大夫的胜利;而西德学者看重的则是白话对于传统文言的取代,以及由此造成的个人情感和意见表达的自由。东德学者以现实主义为文学最高标准,中国新文学的全部成绩就是促成了现实主义的发展;而在西德学者看来,"典型环境中的典型人物"已经过时,新时期作家应该跳出现实主义窠臼,进入真正的现代派问题域。

1990年后,东、西德汉学合一,西德汉学成为唯一正统,东德学者以政治评判为基础的研究方式不再被认可,德国的中国文学交流系统进入了以方法治理为主导的时代。

第四节　方法论与中国文学治理

一、研究方法的历史演变

波恩大学的汉学家陶德文(Rolf Trauzettel)认为,当代欧洲人面对中国的两种对立立场——"黄祸"论和浪漫化崇拜——和自我的状态有关,都出于高度个体化的自我的恐惧,要么畏惧个体化导致自我解体,要么畏惧集体对个体的压制。[①]这道出了左派右派之争的实质。然而一旦专业化完成,意识形态之争就会成为专业内部程序,以方法论争论的形式展开,对于中国文学符号世界的意识形态治理一变为方法治理。左派知识分子的革命动机在70年代末以后逐渐成熟的中国文学研究中从未彻底消逝,而是以一种更隐蔽的、技术化的方式发生作用。意识形态干预好比宏观治理,

---

① Rolf Trauzettel, „Individuum und Heteronomie. Historische Aspekte des Verhältnisses von Individuum und Gesellschaft in China", *Saeculum*, Vol. 28, 3(1977), S. 340.

第一章 "中国文学"：一个学科的形成、发展和运作

方法实验则是微观治理，前者主要针对作品的内容，后者更关注作品的形式，但都涉及符号秩序的安排。在此意义上，东德汉学家对于中国文学的生硬意识形态规训和后来学者以后结构主义方法进行的解构和建构实验，并无根本不同。更不用说，冷战时代西方阵营用于规范文学交流的主要意识形态工具就是"纯形式"——作为"自由世界"的标志，独立于"政治"的文学世界是一个重要的政治口号。这方面，阿多诺的艺术自律思想颇有代表性。阿多诺推崇毕加索、卡夫卡、贝克特等现代派，认为他们代表着拒绝介入社会的艺术。推崇形式解放的现代主义不但是文学典范，且在阿多诺看来，也只有将对于社会现实的反思和批判提高至形式层面，才能造就真正的介入艺术，这就站到了和东德的反形式主义相对立的立场。阿多诺《强制的和解》一文对于卢卡奇《我们时代的现实主义》的批判，更暴露了形式/内容的理论之争的意识形态对峙意味。该文1958年发表于文化自由代表大会（Congress for Cultural Freedom）资助的《月份》（Monat）杂志，阿多诺在其中指责卢卡奇为教条主义者："他（指卢卡奇）任性地将新艺术的形式构成性因素误读为偶然性，即膨胀的主体的偶然附加物，而不能在美学内容自身中认出它们的客观功能。"[1]然而，"风格上的无所谓态度"正是"内容上的教条僵化"的征象。[2]东德的世界文学首先要和西方划清界限，1951年开始的反对形式主义的运动针对西方的"世界主义"和现代主义"颓废"文学，维护批判现实主义的古典文化遗产。但铁幕另一边同样通过文化自由代表大会、英国文化委员会、洛克菲勒和福特基金会等冷战机构在全球范围内组织文学交流，塑造一种符合西方需要的世界文学。中国文学研究也要服务于战略性的文化规划，夏志清的《中国现代小说史》（1961）就是最著名的例子，这部开创了英语世界的中国现代文学研究的著作，其实源于他50年代参与撰写供美军

---

[1] Theodor Adorno, „Erpreßte Versöhnung", Theodor Adorno, *Noten zur Literatur*, hrsg. von Rolf Tiedemann, Frankfurt a.M.: Suhrkamp, 1981, S. 253.

[2] Ebd., S. 255.

使用的《中国：地区手册》（China: An Area Manual）中的"文学""思想""大众传播"部分的经历。普实克1962年发表于《通报》的著名评论，也指出这部著作"评价和划分作家的首要标准是政治性的"①。夏志清极力突出文学性的理想，但普实克敏锐地意识到，文学性的主张表面上针对政治性，实质上不过是反对左翼和共产党作家："谈到左翼作家时，他是嘲讽的，至少是相当保留的；而对于反共作家和那些不同情左翼运动的作家，他却毫不吝惜地使用了最美好的辞藻。"②当然，夏志清的回答也同样犀利地揭示了普实克所谓"科学的"方法的意识形态性，因为这种"科学"等同于既定的历史框架，不允许超出官方许可范围的文学符号出现。他认为，普实克是用"推论的方法"进行文学研究，他才是"一个特别说教的批评家"③。夏志清对普实克的反驳，不啻阿多诺对卢卡奇的批判的汉学翻版。

不过，方法的游戏日渐成为"成熟"的学术交流系统的特征，在意义的生产和调配上发挥主导性作用。"成熟"不意味着经验意义上的"更好"，更能够产生优秀的学者和学术成果。优秀的学者和成果不但任何时代都有，还往往盛产于新旧时代交界处，或系统之间的模糊地带。"成熟"仅意味着功能系统从社会整体中分化而出，拥有独立编码和运作程序，而这就意味着它可以专注于自身，从而生产出更多的复杂性。与意识形态相比，方法在复杂性制造上有很大优势。意识形态只能生产少数几种理想类型，而方法可以自由组合，造成文学对象（作家/作品）的所谓"个体性"。理想类型之间只能是静态的矛盾对立，因为理想被假定为具有社会效力，它意味着规范一致，理想的极致是唯一一个理想，而"个体性"之间可以达成动态平衡，因为"个体性"从其定义上被假设为中立的（纯

---

① 亚罗斯拉夫·普实克：《抒情与史诗——现代中国文学论集》，李欧梵编，郭建玲译，上海：上海三联书店，2010年，第194页。
② 同上书，第204页。
③ 同上书，第239页。

第一章 "中国文学"：一个学科的形成、发展和运作

粹的复杂性）、不需要对他人负责、可以和社会脱钩的。但同时，方法仍然起到无处不在的调节作用。而在"中国文学"成为拥有独立编码的功能系统的情况下，意识形态一旦进入其领域，也会被"文学性"编码，变成文学方法的一种。

所谓"中国文学"世界，并非一部部中国文学作品构成的存在者的集合，而是关于"中国文学"进行的连续交流和交互观察，进一步说，是想象、观察、建构这一世界的方式本身。故研究方式上的变化，也是中国文学世界作为一个交流系统的变化，这一变化有三个主要阶段：范畴的系统、意识形态的系统、方法的系统；在发展趋势上也有三个主要维度：从经典到创造；从宇宙到个体（从天人合一到人和自然、社会的冲突）；从古代到当代。德国汉学史上中国文学研究方法的演变，大致如下。

（一）

二战前的德国汉学家通常不区分文史哲，顾路柏、卫礼贤的中国文学史其实也是经学史，直到施寒微《中国文学史》还残留有这一特色。在西方的"文学性"理想还未生成的19世纪和20世纪初期，中国文学在很大程度上只能遵循中国传统"文"的概念。新批评所主张的"文学性"意味着个体的想象力和创造力，文学的标准体裁因此就是"虚构"（fiction）或小说，而对于中国的"文"而言，古代经典尤其是儒家经典显然具有核心地位，四书五经成了"文"世界的基本结构，经史子集成为基本范畴。柯马丁（Martin Kern）曾如此概括西汉末年"文学"和"文章"两个概念的密切联系："对于经典文本的研究（文学）构成了合适的文学表达（文章）的基础。"[①]对于中国文史哲不分的现象，顾彬在《中国古典散文》中给出三个原因：首先，中国古代各文类并不严格执行有韵和无韵的区分，散文中的赋、骈文甚至公文，都可以带韵和有节奏，反之，诗在唐宋之前也不一定要押韵；其次，经史子集之间的界限模糊。经中有《诗

---

① Reinhard Emmerich (Hrsg.), *Chinesische Literaturgeschichte*, Stuttgart: Metzler, 2004, S. 87.

经》，而子部中不光是哲学，也包括了所有天文术数、书画医学等杂书；最后，体裁、范畴的混乱源自中国特有的思维原则，即"随意或同时的原则"（Prinzip des Beiläufigen oder Gleichzeitigen）：中国的哲学实为美学，并非严格的逻辑推演。①这等于说，中国古代的诗文自成一体，有其独特的编码和规则，和西方现代的文史哲概念都不符合。而在欧洲的研究者方面，以想象力为核心的文学观也尚未生成，早期文学概念的核心是外在的语言形式，是否为文学看是否押韵、对仗。

从中国的角度来说，经包含和超越了文史哲，经是一切文学史的起点和终点。经既然拒绝范畴，也排斥各范畴所属的方法。20世纪60年代之前，德国的中国文学研究都以翻译和注疏为主，某种意义上这也是对待传统经典的合适态度：经典不容许"离经叛道"即外界的干预或自行其是。霍福民的李煜词译注、德邦的《沧浪诗话》译注、傅熊的钟嵘《诗品》译注、西蒙（Rainald Simon）的苏轼早期诗译注、马汉茂的《李笠翁论戏曲》等都属于这一传统的汉学作品类型，依附于传统的语文学，通常分三个部分：1. 简单导论，包括作者生平和作品内容、形式、材料来源考证、中西方接受史；2. 主要部分，作品翻译和注疏；3. 附录，包括国内外参考文献、版本情形等。慕尼黑大学直到20世纪90年代，还可以凭借翻译获得博士学位，如布劳特（Birthe Blauth）的《太平广记》节译（包括18页的综合导论和217页翻译）。②但是从前面引述的霍福民的《更漏子》诠释来看，已带有强烈的同情体验色彩，可谓进入内部批评的前兆。这种深入的体验方式，为顾彬等新一代学者所继承，但顾彬在霍福民门下完成的杜牧博士论文仍是阐释和翻译结合，介于新旧之间。

---

① Marion Eggert, Wolfgang Kubin, Rolf Trauzettel, Thomas Zimmer, *Die klassische chinesische Prosa: Essay, Reisebericht, Skizze, Brief vom Mittelalter bis zur Neuzeit*, München: Saur, 2004, S. 5-6.

② Birthe Blauth, *Altchinesische Geschichte über Fuchsdämonen. Kommentierte Übersetzung der Kapitel 447-455 des Taiping Guangji*, Frankfurt: Lang, 1996.

第一章 "中国文学":一个学科的形成、发展和运作

(二)

随着新批评、内在批评、叙事学、结构主义的兴起,以内部分析为导向的纯文学研究在70年代以后逐渐占据上风(比中国国内早了大约十年),文学研究逐渐和史学、哲学区分开来。内部分析预设了文本自治的前提,个体的创造性压倒了对经典的模仿,每一创造性个体都有自己独特的精神结构。从外部分析向内部分析的转变,是德国的中国文学研究专业系统形成的主要标志,不妨以艾伯华(Wolfram Eberhard)、法斯特瑙(Frauke Fastenau)、何致瀚(Hans Peter Hoffmann)三人的研究来呈现这一转变。

艾伯华1944年前在流亡土耳其时完成的《17到19世纪的中国文言小说——一个社会学考察》,在方法论上对战后德国的中国小说研究发生了重要影响。该书着眼点并非文学史描述,所关心的不是小说的风格、结构、形式,而是社会学层面的问题:谁写了小说?为谁而写?体现了怎样的政治、社会趋势?基本程序是,从大量文言小说集中选出能代表不同阶段的发展变异的样本,再以统计学方法对其进行量化分析,据此结果总结和评估中国文言小说的特征。艾伯华认为,这种方法系由中国文学的基本特性所决定,中国没有欧洲市民社会的"为艺术而艺术"理想,文人总是官员,或出身官宦人家,会积极地参与国家事务,因此研究中国文学不能脱离社会政治生活的语境。艾伯华相信,他的考察成果不仅对于文学史有意义,且有助于了解中国的社会史,其首要目的,即通过文学研究,理解最近几个世纪中国的社会发展。艾伯华选择的小说样本包括:蒲松龄《聊斋志异》、袁枚《子不语》、和邦额《夜谈随录》、王韬《遁窟谰言》、朱梅叔《埋忧集》。社会学考察的具体方面包括:1.作品中国人物的社会阶层;2.所收录小说的源出地或故事的发生场所;3.小说题材的分类(鬼神、善恶果报、动物故事、艳遇等)。

这些考察的结果在每一章中都以表格形式列出。而综合每一部小说的

具体考察，其最后结果是：

作品	《夜谈随录》	《聊斋志异》	《阅微草堂笔记》	《遁窟谰言》	《子不语》	《埋忧集》
上层人物出现频率	70%	64%	62%	60%	54%	50%

上层人物的出现频率平均为60%。

作品	《埋忧集》	《遁窟谰言》	《聊斋志异》	《阅微草堂笔记》	《子不语》	《夜谈随录》
中层人物出现频率	17%	15%	13%	12%	10%	9%

中层人物的出现频率平均约为13%。

作品	《夜谈随录》	《子不语》	《遁窟谰言》	《聊斋志异》	《阅微草堂笔记》	《埋忧集》
下层人物出现频率	15%	14%	13%	12%	12%	10%

下层人物的出现频率平均约为13%。

作品	《聊斋志异》	《阅微草堂笔记》	《遁窟谰言》	《埋忧集》	《夜谈随录》	《子不语》
书生出现频率	40%	40%	40%	30%	30%	11%

书生的总体出现频率约为30%。

所有小说除了消闲和道德教化的目的，都含有社会批评因素。但其间的重要区别在于小说作者是"成功"文人还是"落魄"文人，后者的批评显然更为尖锐、深入，但没有人会深入讨论：为何士绅阶层拥有特权，而其他阶层没有。同时，成功文人在小说中捍卫儒家伦理（连同佛教的因果报应学说），而如蒲松龄这样的落魄文人往往倾向于道家，显然道家思想（以及禅宗）成了失意的中国士绅的意识形态。

故事发生地通常是作者家乡，或者是作者亲历过的地域，这就说明，文言小说不是完全杜撰的，而是由作者采集而来。

第一章　"中国文学"：一个学科的形成、发展和运作

全部小说可分为6类：

小说类型	总体占比	具体占比
神仙故事	20%	《聊斋志异》24%；《子不语》22%；《埋忧集》20%
果报故事	14%	《阅微草堂笔记》25%；《夜谈随录》15%；《子不语》14%
鬼故事	14%	《子不语》26%；《夜谈随录》25%；《阅微草堂笔记》20%
动物故事	11%	《夜谈随录》22%；《聊斋志异》18%；《阅微草堂笔记》14%
艳遇经历	11%	《遁窟谰言》24%；《夜谈随录》15%；《聊斋志异》12%
普通经历	30%	《埋忧集》60%；《遁窟谰言》40%；《聊斋志异》30%

由此可得出结论：1. 写超自然事物的小说在后来的集子中变少了；2. 狐狸精故事占比不多，即便出自中国北方——狐狸故事的故乡——的小说也是如此，而中国中部的小说罕有狐狸故事；3. 得意官员的小说集比失意文人的集子中包含的果报故事更多；4. 较之得意文人，失意文人的集子中性爱故事更多，因为穷文人不能通过纳妾解决性渴望。

法斯特瑙1971年在慕尼黑大学完成的博士论文《〈金瓶梅〉与〈玉环记〉的人物形象：中国世情小说的一种理论阐释》，则清楚地呈现了从实证范式向内在批评的转型。法斯特瑙开篇就呼吁追随美国汉学家夏志清的思路，不再是单纯地考证文献和历史，更重要的是理解文学本身。夏志清以英国文学的研究为例说过："作者和文本谬误的问题同样也折磨着维多利亚戏剧的现代研究者，可尽管存在这一障碍，他们中那些最好的批评家还是极大丰富了我们对于那种戏剧作为文学的理解。"同样她倡议摆脱儒家注疏传统，而以现代西方的文学研究为准绳，由"事实知识"（Faktenwissen）转向文本的"批评性阐释"。韦勒克（René Wellek）等新批评派的比较文学思路的影响也是明显的，在法斯特瑙看来，汉学的文学科学亟需补上的一课，是效法那些经历了"彻底阐释"的学科如日耳曼学、浪漫主义文学，涉足国际性的比较文学场域，成为一种"欧亚比较文

学"（europäisch-asiatische Komparatistik）。①但是中国文学转向批评性阐释又存在一个难题，即方法论工具的缺乏，中国古代并没有现代意义上的文学理论，而"红色中国"在她看来，更只有"意识形态和道德视角"，那么唯一的出路就是向西方借径。而移用西方的方法、标准和术语，她认为并没有根本障碍，"只需尽量小心谨慎，例如将一个体裁概念转用到中国文本上时，要马上检验，文本是否、如何允许这样做"②。无论如何，西方文学研究在向心理学、社会学等方向拓展时，也会面临同样的困难，但这并不妨碍相互借鉴成为标准的学科操作。

对其他学科如社会学的借鉴自然是必要的，但必须是"以内在于文学的方式运用社会学"。艾伯华只关心中国文言小说的社会学内容，理由是，中国没有为艺术而艺术的传统，故"所有的文学作品都必须视为中国人总体生活的一部分，其特征和内容都要放在政治和社会形势的生成变化中来理解"③。对此，法斯特瑙反驳说：

> 虽然一国的艺术作品必须视为其民族"总体生活的一部分"，但同时也应该清楚，抛开这一事实，艺术作品还拥有其自身生命和自身规律，它首先是创造了一个虚构世界，此世界尽管和单个事实（如发生的历史事件、风俗或服装）、和"现实世界"相关，却总是超出它们，即是说，为了"可能的真实"而放弃"现实性"。④

即便如艾伯华所说，中国社会只对政治感兴趣，因此中国文学就只是

---

① Frauke Fastenau, *Die Figuren des Chin P'ing Mei und des Yü Huan Chi. Versuch einer Theorie des chinesische Sittenromans*, Universität München, Diss., 1971, S. 2.
② Ebd., S. 3.
③ Wolfram Eberhard, *Die chinesische Novelle des 17.-19. Jahrhunderts: Eine soziologische Untersuchung*, Ascona: Artibus Asiae, 1948, S. 9.
④ Frauke Fastenau, *Die Figuren des Chin P'ing Mei und des Yü Huan Chi. Versuch einer Theorie des chinesische Sittenromans*, Universität München, Diss., 1971, S. 9.

第一章 "中国文学":一个学科的形成、发展和运作

"介入文学",然而,即便出于"介入"目的,也不妨碍它采用艺术和美学手段。①显然,受主张文学作品自治的新批评理论影响,法斯特瑙也力图证明,《金瓶梅》等中国小说是完全符合西方文学概念的纯文学作品。②而这就意味着,要将中国传统小说从"世情小说""家庭小说"等模糊范畴中解放出来,使之进入世界文学的概念体系。因此,概念移用才是她真正的旨趣所在,她将自己的研究称之为"方法比较学"(Methoden-Komparatistik)③:斯坦泽尔(F. K. Stanzel)、凯泽尔(Wolfgang Kayser)的叙事理论在中国语境中被检验,"叙事情境""合唱队""被动行动者""赫尔默斯形象""机上神明"等西方概念构成了她的工具箱,而基本的操作程序是,先列出西方理论家的概念、定义,然后看中国小说中的表现是否与之相符,或相符于哪一种意见,自然,中国小说的"独特性"也依赖于和西方概念的差异性而生成。

但法斯特瑙不是真正要进入"这一部"作品的内部,她的重点是从功能层面探讨中国小说的基本构成:情节要素、角色、叙事情境,由此建构一种中国的小说诗学。但实际上,她所做的,不过是让中国小说适应西方的范畴体系,从而脱离混沌,进入"世界文学"秩序。她采用了两重的抽象化步骤:首先,让小说脱离社会语境,成为抽象的"作品";其次,采用了"导语—范式"(Motto-Paradigma)模式,以这一完美"作品"为代表中国世情小说的"范式",展示中国小说诗学的特质。这种流行的操作,也和德国的中国文学研究状况有关,这一时代的西方研究者连对中国文学的基本特性都是缺乏了解的。中国小说理论领域就更为惨淡,中国传统的小说理论散见于各种自叙、批注以及编者的评论,她抱怨说:"即便

---

① Frauke Fastenau, *Die Figuren des Chin P'ing Mei und des Yü Huan Chi. Versuch einer Theorie des chinesische Sittenromans*, Universität München, Diss., 1971, S. 9.

② 这一点已经为詹春花所指出。参见詹春花:《中国古代文学德译纲要与书目》,北京:中国文史出版社,2011年,第59页。

③ Frauke Fastenau, *Die Figuren des Chin P'ing Mei und des Yü Huan Chi. Versuch einer Theorie des chinesische Sittenromans*, Universität München, Diss., 1971, S. 25.

最勤奋地尝试着从批注、笔记、评论和著名作品的评论集中梳理出一种诗学来,也只能给出一幅比较芜杂的图像。因为即便是关于'价值、任务和结构'的反思,如果只是出于单个诗人,也行之不远。"①以理论引导的"以偏概全"(pars pro toto),因此就体现了急于求成的心态。

  法斯特瑙的研究对象和方法与包惠夫(Wolf Baus)对《拍案惊奇》的研究相似,也同样处于由作品译注向文学本体研究过渡的70年代初期,但包惠夫的文体形式考察比法斯特瑙更偏向于实证。在对入话、正话作结构分析时,他沿袭了艾伯华的社会学统计方法,以表格形式统计入话、正话中故事的发生时间、地点、人物出身环境,以考察两部分的不同特点。虽然借鉴了叙事学和沃尔夫冈·凯泽尔的内在批评理论,却并未将作品内在精神和文学性的阐发视为核心任务。这种外部观察者姿态,尤其体现于他针对卷18的"败笔"提出的"更好的"叙事方案。②他和法斯特瑙一样,实际上都没有进入内在批评所重视的体验性的阐发理解。

  真正的脱离是在马汉茂和顾彬门下完成的,马汉茂主导下的中国现当代文学领域和顾彬主编的《中国文学史》标志着文学研究的专业化与成熟。

  何致瀚除了关注中国现代诗,更热衷于引入新的批评方法,德里达、海德格尔和现象学的影响在行文和术语使用中清晰可见。他对顾城作品的考察成了解构主义的方法论实验,也走入了内部批评的死胡同。他的具体程序如下:第一步是单纯的"聚集",聚集所有的"给予之物"(was gegeben ist)。所谓"给予之物",即所选诗的"形象和语词的世界",需尽量从字面上接纳这些语词世界,按照它们所由来或所要描述的"世界"来加以整理。研究者被迫作出的概括并非对本质之物的概括,而应理

---

① Frauke Fastenau, *Die Figuren des Chin P'ing Mei und des Yü Huan Chi. Versuch einer Theorie des chinesische Sittenromans*, Universität München, Diss., 1971, S. 5.

② Wolf Baus, *Das P'ai-An Ching-Ch'i des Ling Meng-Ch'u. Ein Beitrag zur Analyse umgangssprachlicher Novellen der Ming-Zeit*, Frankfurt a. M.: Lang, 1974, S. 158.

解为对最经常显现的"形象领域"之"聚集"（Sammlung）。为了显示诗歌的世界结构或"世界等级秩序"（Welt-Hierachien），尤其要关注成对的形象，如昼/夜、明/暗、自然/文化、遗忘/记忆等，昼/夜、明/暗更是被看成顾城全部作品的范式。第二步则是追问：这些"形象领域"和其相互间的"关系或非关系"是如何被阐释的？文本中有哪些东西在抵抗这些解读？又是哪些"前判断/偏见"导致了这些解读？特别要关注的，是文本对于自身，对于语言/书写说了些什么，它们在何处超越了被建构的特定意义——譬如作者的意图。换言之，文本体现为一种复杂的机制，它将"反意义"悄然写入"意义"，用"无名"暗暗消解了"名"。

核心的原理不外乎，文本永远超过任何一种解读，文本解构任何一种主观建构——"在语言/书写和世界之间不存在最终的、绝对的同一"。何致瀚说，这就是中国古人讲的"道可道，非常道"。而他尝试去做的，是以解构的方式"重新阅读旧的文本解读，发现其盲点所在"，但为了不重蹈覆辙，也需要"始终意识到自身的盲点"，发现自身阅读的矛盾之处。[①]

然而，解构性的考察也包含了一种建构性阐释，这是何致瀚的研究包含的另一思考向度。他对一般"建构阐释"的定义是，把文本视为内容和形式统一的"意义整体"，语言为意义服务，忠实地反映意义。和这类建构尝试不同，何致瀚的建构不是要寻找特定的隐喻之"意义"（或"名"），而是要在语言的复杂换喻关系中探讨这些隐喻："不是某个规定'意义'，某种意图在引导隐喻、形象和语词的选择，毋宁说是一个宽广的'内在'于语言的关联网络在引导思想。"[②]打破诗人道说语言的神话，正是要揭开语言本身的面纱，让诗意道说得到倾听。何致瀚想知道的不可名的"道"，正是语言本身，显然，只有将那些形而上学的建构消

---

① Hans Peter Hoffmann, *Gu Cheng – Eine dekonstruktive Studie zur Menglong-Lyrik, Teil 1*, Frankfurt a. M.: Lang, 1993, S. 177.

② Ebd., S. 267.

解，语言的真相——隐喻、符号和意义的网络——才能呈现出来。另外，按创作时间进行的排列本身也代表了一种建构秩序。

何致瀚对于顾城代表作《远和近》的解读，可作为具体操作的实例。

> 你，
> 一会看我，
> 一会看云。
> 我觉得，
> 你看我时很远，
> 你看云时很近。

他首先罗列了诗人本人以及众多批评家的观点。大多数解释都提到回归人和自然的统一，故而需要克服人和人之间历史的或心理的隔膜。也有人看到了悲剧性所在，即克服隔膜的愿望和愿望的无法实现之间的矛盾。也有人认为，这代表了物质主义对于人的漠视。无论如何，何致瀚认为，这些阐释都把"云"看成隐喻，都坚持矛盾的思想，假设有一个本原和绝对（自然或者爱情），同时却忽视了语词本身。人和云的客观距离被读作人和自然的隔膜，而这又从反面印证了先前的统一。感伤的音调就在"我觉得"中流露，主客体之间可望而不可即的关系就像是远和近的交织。这里我们仅仅展示何致瀚对"云"的重读，他提出，能否将"云"仅仅从字面上理解为云：

> 这样一来，种种距离就不是依赖于情感，而是依赖于它们的关联框架！"我"和"你"可能隔得很"远"，但是参照两者和"云"的距离，他们就隔得很"近"。换言之，一体和陌生都是对于一个开放之域的标记的阐释。"近"或"远"的评价取决于"比较之第三项"

第一章　"中国文学"：一个学科的形成、发展和运作

（*tertium comparationis*），而不是客观的。①

"近"来自在云面前共同的陌生感。"远"则来自"看"，来自"解读"，正是眼睛的观看和解读构成了隔阂，阻断了我和你的相遇。那么这个什么都不是的云，又究竟是什么？这里何致瀚又悄然转向了建构，其中的关键是云作为"说"（云）的谐音，这就是德里达强调的同音异义现象，这一现象导致了单义性阐释的不成立：

> 云（yun）是yuan（远）和jin（近）在声音上的综合，其中分隔性的"看"之A音消失了。云这个语词，在简体字写法中除了"云"的意义，还表示"说"（云）：说出"你"，意味着距离的开端，这一开端就产生于表达"近"的、也许恰是示爱的尝试；它意味着"远"的或者说隔膜的开始（说"我"也是一样）。但这种言说却是接近和交流的唯一形式，在自身中携有作为语词的"我"和"你"，作为"云"的它的无和它的有、它的我和它的非我、它的"你"。②

原来"云"就是空白，非常道之道，不可名之名，它既是无又是有，既是我又非我，以其朦胧性克服了主客的界限。何致瀚不断地展示语言在字面和隐喻意义层面间的切换，但德里达式理论程序的运用不但显得牵强，得出的结果也颇为乏味。

（三）

20世纪90年代以来，为了突破充满形而上学、哲学意味和主观性的纯内部批评，中国文学研究试图重新和社会、经济、政治因素相结合，开始

---

① Hans Peter Hoffmann, *Gu Cheng – Eine dekonstruktive Studie zur Menglong-Lyrik, Teil 1*, Frankfurt a. M.: Lang, 1993, S. 222.

② Ebd., S. 223.

关注社会学、女性主义、权力话语、媒介等新的角度，艾默力《中国文学史》的方法多元化也包含了向"外部"的转向。其实，对于内在批评和日耳曼学式"阐释"，很早就存在异议。吕福克在80年代初就提出，战后日耳曼学选择的内在批评道路本身就是死胡同，会导致文艺和社会的危险脱节。而这一质疑，从某种程度来说，又出于外来指涉对于系统自我指涉的影响——之所以不能套用内在批评模式，和中国文学自身特点相关。吕福克指出，中国的文学和政治结合紧密，《诗经》用于观察社会情形，唐诗也有社会批评倾向，而西方的模仿理论对于中国传统文论是陌生的，探讨中国文学必须考虑到这一情况。[①]重新由个别回到整体、由作品回到社会、由专门的文学性转入跨学科导向的一个典型例子，是柯马丁、余凯思（Klaus Mühlhahn）等新一代学者对新的方法如文化记忆理论的使用。当代德国汉学和文化记忆理论有较深的联系，陶德文曾和杨·阿斯曼（Jan Assmann）合编过一部《死亡、彼岸和身份——文化学的死亡探讨》（*Tod, Jenseits und Identität: Perspektiven einer kulutrwissenschaftlichen Thanatologie*, 2002）。"集体记忆"成为取代传统的"历史"的一个流行概念，让新批评时代大大收缩的文学概念重新具有了开放性和灵活度，大大拓宽了文学研究的范围：首先在体裁上，不但诗和文，还包括绘画、青铜器铭文、书简都成为集体记忆的载体；其次是时间上（"史前文学"）和本体上（口传文学或口传阐释）扩大文学考察范围；最后，能将文学研究和宗教、心理学、政治等外在参照相连接。这在某种程度上又回到了传统诗文不分的做法，且走得更远，让精神性的文学阐释向社会科学开放。柯马丁在书面文学之外开拓了作为仪式的文学，加上口传的文学、作为历史叙事的文学，文学的形式变得格外丰富，但又不是回到以前的文史哲不分的老路，而是一种后现代的文学理解方式。顾彬总结说："这种记忆超越时代，有

---

① Volker Klöpsch, *Die Jadesplitter der Dichter. Die Welt der Dichtung in der Sicht eines Klassikers der chinesischen Literaturkritik*, Bochum: Brockmeyer, 1983, S. 3-7.

第一章 "中国文学"：一个学科的形成、发展和运作

助于培养一种关于历史和历史中的实存的普遍意识。这种意识不理睬任何最终属于个别、具体、个体性之物，而只认得周而复始、和宇宙相交融的永恒回归中的普遍和原型之物……"①但顾彬同时也指出其局限性，即这一概念虽然能够解释中国诗歌的漫长历史，但"不得不去把一切都按照程抱一和宇文所安的标准，强塞进一个把文学作品降低到廉价品层面上的诠释图式中去"②。在他的《二十世纪中国文学史》中，记忆（Gedächtnis）和回忆（Erinnerung）是一对重要的对立概念。按他的理解，记忆是带有更多（政治和宗教性的）仪式色彩的集体性的身份想象方式，如传统经典《礼记》，现代的出版史料、回忆录、教科书等均属此类，文学社团则被称为"记忆共同体"。回忆作为私人性自我的生成过程，则是逃避无所不在的群体"仪式"的一种个人性的意义赋予方式，对于写作和自我来说更为重要。回忆和记忆的此消彼长，构成了整个中国20世纪文学的基本脉络，几乎就是"救亡压启蒙"的新说法："回忆是意义赋予，只有当一个具有普遍约束力的共同体失去其集体意义，并且也失去其集体记忆时，回忆才是有可能和必要的。"③1942年成了一个明显的分水岭，这之前尤其"五四"时代是回忆占了上风，鲁迅、叶圣陶、萧红、李劼人等都是回忆的大师，给个人回忆拓展了广阔空间。

可以看出一种普遍趋势，德国的中国文学研究始于译介、注释，然后是以非文学的方式（社会学、历史、语文学等）考察文学作品的外部研究，再转向以文学意义阐释为导向的内部研究，这构成了德国的中国文学专业从汉学系统分化而出的过程的主要标志。但内部研究又可分为"外部的"内部研究和真正"内部的"内部研究，如80年代初的一批稚嫩的中

---

① Wolfgang Kubin, *Die chinesische Dichtkunst. Von den Anfängen bis zum Ende der Kaiserzeit*, München: Sauer, 2002, S. xxiv.

② Ebd.

③ Wolfgang Kubin, *Die chinesische Literatur im 20. Jahrhundert*, München: Sauer, 2005, S. 75-76.

国现代作家论，总是简单的研究综述加生平加作品简介，只能称之为"外部的"内部研究。中国文学专业系统分化而出之后，又将各种外部（如女性、暴力、社会矛盾、宗教）参照重新纳入，从而形成新的外部研究倾向，文本细读和社会、政治、媒介的指涉因素相结合，生成一个悖论性的"内部的外部"。

这种外、内部的螺旋上升，决定于研究主体的内/外立场或者说系统的自我指涉/外来指涉的交替。任何研究都会卷入内外视角的转换，但在对异域文学研究上表现得尤其明显。德国的中国文学研究要解决的核心问题是自我和异域的关系，排斥和合一的交替是必然的，有时要夸大中国文学的异，有时又要突出它和西方观念的同，同和异都服务于自身定位，在此基本框架内才谈得上知识的推进。"文学"是价值生产的机制，生成从意识形态、教育到娱乐、消费等各方面的价值，但它所生产的最重要价值是一种"现实/虚构"的二元统一结构——以此来模拟世界本身。生活中解决不了的疑问，理性不能企及的知识，将按照经济学原则分配到"文学"机构，以文学性弥合现实和理念的鸿沟，突破固有的界限和可能性。那么，异域文学在此机制中实现怎样的功能？不妨说，像"中国文学"这样的文学他者是一个由系统指定的文学"异托邦"，它以自我/异域的区分原则为前提，专门经由自我/异域的交替来演绎文学的现实/虚构二元结构，以异域/自我的区分对现实/虚构的文学代码进行再加工。异域文学研究除了建构一般意义上的文学空间，还要实现其作为异域符码的特殊含义。这就等于说，要高度尊重作品在原来语境中获得的意义，进入业已确立的问题域和语文学框架。在中国现代学术建立之初，和中国对象相关联的中国批评立场还未成形，一度让西方认为中国只有政治而无学术，无需考虑中国自身的学术观点，但这个时代显然一去不复返了。

这一系统分化和演化过程中，古代文学研究的主导地位渐被现当代文学研究取代。顾彬证明说，当代德国汉学界存在一种"对中国现当代文学深入得不成比例的探究",连二三流作家都得到了频繁关注,相比之下,"其他所有时代不论是怎样璀璨,都只能远远居于其后"①。原因也是显而易见,20世纪中国从过去的"天下"帝国变成了民族国家之林的一员,经历的变化、曲折可谓波澜壮阔,对于当代世界格局的重塑产生了重大影响,通过文学作品理解其内在的变迁脉络,成为西方观察者的一种再自然不过的想法。中国现当代文学研究在第一阶段由东德学者所主导,70年代末以后西德学者后来居上,道理也很简单,当代中国有了文化融合的需要和可能性。但在另一方面,从现当代文学的角度来反观古代文学,在古代文学中寻找历史依据和发展脉络,也成为德国学者的常见套路,如陈月桂（Goatkoei Lang-Tan）《儒家的同情和同感思想在中国新文学中（1917—1942）：民国时期的文学理论、小说、童话和儒家思想传统的关联》、蒂芬巴赫（Tilo Diefenbach）《中国现代文学中的暴力语境》都以中国古代文学为历史语境,而这一套路无意中透露了当代德国的古代文学研究的趋势,即由现代出发重构古代世界。

二、当代德国汉学的元方法之争——如何面对中国？

对于20世纪70年代末的西德汉学界来说,中国早不再是唐诗中田园牧歌般的永恒胜境,而改革开放以来中国自身的社会历史进程,也否定了一度流行于西方的中国政治神话。中国并不神秘,有自身的演化规律和运作法则,有自身的困难和曲折,也有改革和突围的勇气,这对她的外部观察者提出了新要求。学者们意识到,必须放弃陈旧的认知范畴和意识形态框架,重新思考接近对象的可能性问题。方法论反思成为具体研究的先导,源于认识悖论的方法论分歧也一直困扰人们。分歧的核心可归结为,应该以何种态度来和中国打交道：是重视共性,用普遍交往理性来衡量中国；还是重视差异,让中国保持在自己的历史文化独特性中。70年代末以来德

---

① Wolfgang Kubin, *Die chinesische Literatur im 20. Jahrhundert*, München: Sauer, 2005, S. vii.

国的汉学研究大致不出此阐释框架，这种分歧也不过是西方知识系统中现代和后现代论争的翻版。但无论何种方法论立场，都是系统内操作，帮助实现系统内自我指涉/外来指涉的交替才是其目的。

《波鸿东亚研究年鉴》1978年由波鸿大学东亚系创办，虽然刊名以"东亚"为对象，内容上却以中国为侧重点，成为西德方兴未艾的中国学尤其是中国现当代文学研究的重要平台。该年鉴把具体研究的框架条件作为优先考虑的话题。1978年第一辑主题为"东亚现代化过程中的西方和东方因素"，1979年第二辑主题为"科学在东亚：历史、意识形态和方法论"，1980年第三辑主题为"东亚研究：历史、意识形态和方法论"，都涉及东西方文化和知识系统间关系，以及跨文化交流的可能性问题。

1979年《波鸿东亚研究年鉴》"编者前言"反思了东西方学术体系的区别，颇具元理论探讨意味。系统间独立是系统论的基本前提，但前言的执笔者克拉赫特（Klaus Kracht）认识到，在世界范围的劳动分工形势下，一个完全自治而独立于东亚自身的研究程序的西方的东亚研究已不再可能，东西方的研究必然会相互渗透和影响。但实情为何：东西方研究者用的是否为同一种语言？相同术语下是否隐藏了不同含义？何种程度上可以说，东西方学者遵循相同的科学话语形式？如果要确立西方的东亚研究者的自身身份，这些问题是必须提出来的。

要实现自我认同，就要清楚东西方研究方式的差异何在。但克拉赫特言外之意是，西方学者相比于其东方同行，有何优势。他给出几个临时"坐标"，以概括东亚现代学术的特征。第一个坐标是学术服务于"民族的重新定位"（nationale Neuorientierung）。将学术用作"民族的定位学术"（nationale Orientierungswissenschaft），无论在中、韩或日本都成了新传统，以"内/外"二元对立为基本结构。学术实际上成了寻找民族身份的工具，这一倾向远远胜过西方学术界，而这是和一个世纪以来的民族身份危机相关联的。第二个坐标是实践对于理论的优先性。克拉赫特说，

第一章 "中国文学"：一个学科的形成、发展和运作

谁读过顾彬对于中国在文学研究上"非辩证方面"的批评，就会质疑，中国自身的文学研究在严格意义上可否称为"学术"。学术和社会实践乃至政治密切关联，从西方市民阶级传统的角度来说无疑是落后的，因为它妨碍了科学研究主体创造性的自由展开。究其原因，克拉赫特认为这和儒家传统相关，中日韩的现代学术都受到儒家深刻影响，而儒家学术——"学问"——从根本上说立足于实践，学术和伦理须臾不离，学术的目标是实现"仁"的理想。故不难理解，为何意识形态和实践在中国当代学术中占据统治地位，因为"当代中国对于科学的态度"实为"一种儒家科学观念的遗产"，而文学批评仍要起到历史上曾有过的那种"劝善惩恶"之用。[①]第三个坐标是语言和现实的关系。在过去西方人眼里，亚洲语言的含混性特征导致了概念的模糊性，不利于科学研究。克拉赫特这一辈学者自然已摆脱了老旧观念，同时也意识到，现实本身就是含混的，清晰的科学语言不啻对于现实的人为干预，是要赋予"无框架"的生活本身一个框架，这一导向常常遭到东亚学者质疑。但克拉赫特也渴望知道，经过数十年社会主义实践，马克思主义作为西方的概念语言系统是否已彻底改变了中国人的认知方式，使其人文科学和韩日两国产生了重大区别。

既然东亚有自己的学术认知方式，西方的东亚研究就面临两难：如果不和东亚的学术系统保持批判性关系，可能沦为对方意识的简单反映；但如果将自身学术传统的标准绝对化，又无法为自身意识赢得新经验。这是自我指涉和外来指涉的矛盾，合适的道路是保持两种导向的辩证张力，在更高层面反思东西方学术各自的优缺点，同时要意识到，"学术"的涵义比人们通常理解的更为深刻。

1980年《波鸿东亚研究年鉴》"编者前言"又是一篇深入的元理论反思，副标题为"言说'东亚'：缺失的语言、此在的语言"。为了打破独

[①] Klaus Kracht, „Redaktionelle Vorbemerkung", *Bochumer Jahrbuch zur Ostasienforschung*, Bd.2, 1979, S. X.

语格局，克拉赫特特别采取了A和B虚拟对话的形式，不过他提醒读者，不要把对话双方A和B当作真实人物，去猜测各自代表了谁的立场，可见前言力图达到德国东亚学的集体意识层面，探讨研究本身的条件和可能性。克拉赫特指出，有三种西方语言在言说东亚："缺失的语言"（Sprache des Mangels）、"启示的语言"（Sprache der Offenbarung）和"此在的语言"（Sprache des Daseins）。

"缺失的语言"从求同角度出发，寻找欧洲的对应物，却在东亚之旅中发现了令西方市民阶级不安的众多"缺失"。马克思主义者要做的，是在东亚市民阶级中寻找"资本主义的萌芽"。韦伯的拥趸想在东亚见到现代经济伦理的萌芽，然而《儒教和道教》中出现最多的就是"缺失"一词。弗洛伊德的信徒试图寻找儒家象征体系中的父亲形象，故而为"东亚自我"中俄狄浦斯冲突的缺失深表惋惜。《爱弥儿》和《威廉·麦斯特》的读者指责说，东亚小说中缺少早期市民阶级对自我发展的描述。恩斯特·布洛赫（Ernst Bloch）的同道在早年鲁迅的"希望"概念中搜寻"到何处去"的问题（影射汉学家魏格林的论文《鲁迅和"希望原则"》）。这就是所谓欧洲中心主义，从古典时期到新殖民主义时代，它一直在为政治上的压迫话语提供辩护策略，也对西方的东亚研究产生了负面影响。但还有一个更严重的后果，即可能导致东亚的东亚研究也欧洲化，从而使西方中心主义失去了可与之抗衡的东方中心主义。克拉赫特担心，东亚的研究者在韦伯、弗洛伊德或帕森斯等影响下，可能全盘接受欧美中心主义的论述前提，将"缺失的语言"内化。自身传统中不符合西方市民阶级的情感、思维结构和内容的东西，要么被忽略，要么作为落后之物遭到批判。不过，他心目中欧化的东亚主要还是中国。语言批评因此不可或缺，必须在"同"中发现微妙差异，在东亚语境中重新审视"市民阶级""科学""传统"等概念，比方说，欧洲中心主义的概念Tradtion就不能简单地等同于中文的"传统"或日语的dentō。

第一章 "中国文学"：一个学科的形成、发展和运作

　　相比对"缺失的语言"的详细描述，"启示的语言"只是一笔带过。后者意味着，东亚被视为西方生活和思想方式的有益对立面，它作为"替代性合理性"[1]，将给灵明枯竭、精神窒息的西方人带来启示之光。但无论"缺失的语言"还是"启示的语言"，都是由自身利益出发对于对象的工具化使用，它们孤立地处理现象，缺少一种对于异者之整体性的意识，而只有在整体性中才能说明作为类比或是对照的个别物的具体存在价值。可是整体性又是一个悖论，卡尔·波普（Karl Popper）已经指出，整体性无法成为科学研究的对象。替代性方案显然不应是单纯整体主义的接近方式，而只能谨慎地将整体性纳入认知过程，在意识到自身认识局限的认知主体和日益清楚地表达自身诉求的对象之间维持辩证张力。

　　"此在的语言"则代表这样一种态度，即任由东亚现象保持在自身矛盾性之中，以此矛盾性为真，这种"真"又不是历史性的、已被全球性"发展"所超越的过去现象。这就要求彻底抛弃西方市民阶级的陈套思维，以一种开放方式去获取新经验。用克拉赫特的话说："我们所要关心的不是自以为（对方）'缺失'的东西，而应该去描述、分析，在其自身的可能性中去展示所'存在于此'的一切。"[2]具体地说，在理论语言之前，要先学会对象的语言，要学会用中文、韩文和日语去说和写，也就是说，要具备语文学的扎实功夫。

　　鉴于整体性经验对于理解和阐释个别现象的重要性，跨系统学习变得微妙而棘手，但是克拉赫特认为，东亚经验已经历史性地说明了这种学习的可能性。事实上，东亚在过去一个多世纪有效地融合了大量西方知识，将其变成自身现代身份的一部分，反之，现代西方却显得故步自封。B最后向A提问说，基督教背景是否阻碍了西方对异文化"新经验"的接受。然而这个命题似新实旧，20世纪20年代，在法兰克福大学的汉学家卫礼贤

---

[1] Klaus Kracht, „Redaktionelle Vorbemerkung. Über ‚Ostasien' sprechen: Sprache des Mangels, Sprache des Da-seins", *Bochumer Jahrbuch zur Ostasienforschung*, Bd. 3, 1980, S. XII.

[2] Ebd., S. XV.

组织的一次讨论中，非洲学家弗罗贝纽斯也提出了西方是静止思维、不易领会变化的观点："我们更多地立足于真理，更多地立足于僵化，立足于被坚实打造的概念和词汇……"①A在此处给出了一个类似的有趣答案，认为在接受新经验方面，欧洲社会作为一神教社会相比于多神教社会具有天然劣势，一神教只相信一种真理，故思维容易变得教条化。

显然，跨系统交流的可能性持续地困扰着德国汉学界。波鸿大学政治学和汉学家韦伯-谢菲尔（Peter Weber-Schäfer）1995年在《波鸿东亚研究年鉴》发表《理解东亚：可能性和界限》一文，再次触及敏感问题。他把"科学"界定为西方文化特有的语言游戏，科学思维的规则并非放之四海而皆准。他指出，无论汉学、日本学或朝鲜学的研究对象，其实都不属于东亚，而是不折不扣的欧洲范畴："我们活动于其中的话语系统，我们所采用的方法，我们表述我们的研究结果的术语，都产生于欧洲近代，并不属于任何独立的东亚传统。"②认为科学思维反映了人类思维的普遍结构，不过是一种幼稚想法。如此一来，欧洲学者就面临尖锐问题：东亚研究能摆脱科学话语固有的欧洲特性，获得真正符合对象之实在的观点吗？执着于差异，必然再遭遇克拉赫特16年前已触及的窘境，作为跨文化比较研究的"东亚科学"（Ostasienwissenschaft）呈现为悖论：如果采用异文化自身的思想范畴，会失去在科学层面进行文化比较的可能，因为这种操作必然采用一种"前分析的术语"；如果采用欧洲思维模式，则不是在阐释异文化，最多算是阐释异文化在欧洲意识中的影像。

这一悖论源自认识本身的特性。韦伯-谢菲尔说，客观的观察有一个前提，即观察对象不会因为观察者的存在发生改变。理想情况是，我在进行观察时，就好像世界上没有作为观察者的我存在。可这种情况已被现代

---

① Leo Frobénius, „Diskussionsreden anläßlich des Vortrags von Prof. Lederer im China-Institut", *Sinica*, 3(1928), S. 162.

② Peter Weber-Schäfer, „Ostasien verstehen: Möglichkeiten und Grenzen", *Bochumer Jahrbuch zur Ostasienforschung*, Bd. 19, 1995, S. 4-5.

第一章 "中国文学"：一个学科的形成、发展和运作

的认识论否定，甚至在最讲究精确性的物理学中，也不承认有一位超然的"超级观察者"，我和我的对象在任何时候都是相互影响的动态关系。韦伯-谢菲尔从两方面来展示新的认识论框架对于东亚研究的影响：一是对于研究对象的界定；二是研究者对这个对象的认知。就第一个方面来说，他认为并没有一个真实东亚，只有一个存在于认识者头脑中的被建构的"东亚"，其疆界随西方人的视域变化不断延展。可东亚的居民从未将自己生活的地域当成"东亚"，而只有"中央帝国""日出之国""朝霞之国"的概念。就第二个方面来说，他认为认知的客观性相关于预期，向世界提问的形式已预设了答案。他举历史学家德默尔（Walter Demel）的就职演讲《中国人怎样变黄的》（1992）为例。后者这篇报告提到，在葡萄牙人的早期游记中，中国人是"有点类似于我们德国人"的"白皮肤的民族"。直到18世纪中期以后，中国人才由白种人变成了黄种人，从而不但在精神上，也在外表上和欧洲民族相区分。而在欧洲人对中国的政治形势认知上，18世纪中期也恰好是个转折点，启蒙时代塑造的中华理性帝国形象渐褪去了光环，取而代之的是卢梭、孟德斯鸠眼中的暴政、专制帝国。看到这一点，就不难理解在人种形态学认知上的突变了。

对于文化比较科学而言，欧洲性既是界限，也意味着可能性。可能性乃界限内实现的可能性，彻底回返自身，等于将东西差异绝对化。韦伯-谢菲尔进一步说，将自身特性投射到异文化身上的冲动，是欧洲现代性机制的一部分，目的是在异者身上发现、确认自身。顾彬1995年出版的一部论文集标题为《我的形象在你眼中》（Mein Bild in deinem Auge），韦伯-谢菲尔认为再精确不过地概括了东亚学研究的实质。为何如此？因为由笛卡儿"我思故我在"这一现代性元话语，无法导出外界的实在性和自我的实存感，"如果我确实存在，我是谁？"的关键问题仍未被回答。为了获得自我的图像，现代性意识在对异者的意识中反映自身。由焦虑的现代性自我意识，产生了对于异者的兴趣，也奠定了跨文化比较的形式和内

容——配备了科学分析手段的文化比较不过是"欧洲思想的求生策略"（Überlebensstrategie）①。不仅如此，这还构成了东西方区分，东亚文化就从来没有这种好奇心和通过异者认识自身的需要。但正因此，就无需用诸如"此在的语言"等手段来克服自身视角，因为对于"欧洲中心主义"的畏惧本就是欧洲特有的、即"欧洲中心主义"的现象。也因此，长期困扰西方研究者的"欧洲中心主义"原罪实为错误提问。欧洲的科学范畴不但是西方人特有的认识工具，且正因为东亚是西方科学话语的建构物，才能保证其客观性和可认识性——言下之意，客观性和可认识性也是科学系统特有的概念工具。

波鸿大学中国思想史家罗哲海（Heiner Roetz）在2002年《波鸿东亚研究年鉴》上发表了题为《语文学与公共性：汉学阐释学之思》的方法论文章，立场与韦伯-谢菲尔相左。他认为，语文学是传统汉学的核心，也是科学性的基本保证，公共性则是政治性的代名词，语文学和公共性的结合，应服务于人类普遍价值和伦理的实现而非现实政治。汉学家不应满足于相对主义，消极地坐视异者逍遥于界限之外，而应该履行理性使命，在积极的阐释活动中将异者纳入以理性为核心的普遍价值框架。为此就首先要承认，中国作者是合格、理性的对话者，尽管使用另一种语言、修辞和思维方式，却同样关心普遍真理，可以在和西方对话伙伴的交流协商中达成共识，构建"科学的共同体"。反过来说，既然中国文本有公共性诉求，汉学就应具备相应的公共性诉求，同样以"伦理文化"（史怀哲[Albert Schweitzer]20世纪30年代对于中国文化下的定义）理念来衡量中国文本的言说，等等。但这就意味着干预的合法性。他正确地认识到，西方汉学本身具有强烈的意识形态性，即便是对儒家美学和中文句法的探讨，也没有脱离政治：中文句法的特殊性往往成为中国人缺乏个体性的论据，中国人

---

① Peter Weber-Schäfer, „Ostasien verstehen: Möglichkeiten und Grenzen", *Bochumer Jahrbuch zur Ostasienforschung*, Bd. 19, 1995, S. 12.

第一章 "中国文学"：一个学科的形成、发展和运作

缺乏乌托邦构想被归咎于中文中虚拟式的缺失，等等。

罗哲海另一预设是，汉学研究的"材料来源"（Quelle）不是无生命的、任由操纵的"对象"。根据阿佩尔（Karl-Otto Apel）的话语伦理学，理解者和理解对象的关系是平等的主体间关系，"材料来源"是一个"招呼"（Ansprache），背后是作为主体的作者，和一个"作者"打交道就应该遵循日常交流情境中通行的"平视原则"（Prinzip Augenhöhe）。这就如作者要让文本产生意义，就必须设定一个和读者平视的场景，读者可以承认或拒绝这个意义，可以而且必须进行评判，这是所有非独语性哲学文本和普通日常对话的共同之处。

罗哲海和韦伯–谢菲尔在阐释立场上的分歧一目了然。前者反对过多强调阐释者的地域联系，认为后者在激进的视角主义上走得过远。这种阐释学的问题在于，它始终是独语的，将"欧洲范畴"和异域"素材"的差异绝对化，但在真实或虚拟的对话中，"范畴"也可以在相互协商中得到改变。韦伯–谢菲尔尽管正确地揭示了欧洲研究者历史和心理上的结构性偏见，却没有在此基础上去纠正扭曲认知，开启"学习过程"，而是画地为牢，让经验性的理解障碍变得理所当然。[1]韦伯–谢菲尔将东亚学理解为"比较的文化科学"也不妥当，因为这一定义仅强调对照，而不求在相互理解中达成共识。[2]

他认为，法国汉学大师葛兰言（Marcel Granet）开启了一个错误的认知传统，认为中国文本的主旨并非思想的把握贯通，也不是要通过理性论证达成理解，而仅注重实际效果，以塑造语言共同体成员的行为为鹄的。受此观点影响，美国汉学家陈汉生（Chad Hansen）视中国文本为无反思的"表演"。德国的"波恩学派"则拼命强调"中国哲学家和语言的含混、非反思性的关系"，在默勒（Hans-Georg Möller）眼中，中国语言

---

[1] Heiner Roetz, „Philologie und Öffentlichkeit: Überlegungen zur sinologischen Hermeneutik", *Bochumer Jahrbuch zur Ostasienforschung*, Bd. 26, 2002, S. 93-94.

[2] Ebd., S.102.

只有"实用的—宗教仪式的"而没有"阐释学功能";对于陶德文(公认的波恩学派的灵魂人物)来说,中国语言的特征在于"规定性"而非"描述性"功能,语言不是表意媒介,而是"众多物中的物"(Ding unter Dingen)。①他相信,"波恩学派"代表"差异原则"或"落差原则",和他坚持的"平视原则"正好相反。"差异"是后结构主义时代的理论时尚,受到汉学家的普遍推崇,罗哲海凭什么逆潮而动呢?他从正反两面给出理由。首先,差异模式同样是主观投射,是**"有意的片面"**(gewollt einseitig)。他提醒说,对照解释的鼻祖马克斯·韦伯在撰写《儒教和道教》时就已清醒地意识到,自己有意排除了中西方的共同点,以呈现一个作为西方的对立面的中国图像。②其次,他认为中国文本和西方文本一样基于普遍真理的观念,中国作者也追求观点普遍有效。孟子要在他那个时代实现其伦理主张,也必须尊重一般论述原则,展示**"对于每个人都可以在理性上接受的**事实真理"。故孟子文章绝非葛兰言那一路汉学家所声称的纯规定性的,而是"一种描述性—规定性(deskriptiv-präskriptive)的,或不如说,断言—调节(konstativ-regulative)的双重结构,这一结构将这些句子和所有人都熟知的,以及——从信念上说——对所有人都同样客观的世界相联系"③。

也是由强调共识的理性立场,他明确地反对解构主义的中国文学研究。何致瀚是德国汉学界这方面的代表,继两卷本《顾城——一个朦胧诗的解构研究》之后,他又将庄子置于解剖刀下,在2001年出版了《世界作为言辞——对于庄子南华真经的文学解读》。他试图以解构主义操作敞开这部难解的中国经典的言外之意,其中一个要点是将言辞(Wendung)分为"寓言""重言""卮言"三类,而突出"卮言"的重要性。所谓

---

① Heiner Roetz, „Philologie und Öffentlichkeit: Überlegungen zur sinologischen Hermeneutik", *Bochumer Jahrbuch zur Ostasienforschung*, Bd. 26, 2002, S.100.
② Ebd., S.103.
③ Ebd., S.106.

第一章 "中国文学":一个学科的形成、发展和运作

"卮言",何致瀚理解为最完善的言辞,在自身中包含并扬弃了此和彼、是和非的语言,能真正呈现宇宙的整体性。他举《庄子》第17章中"鱼之乐"故事为例,认为庄子是有意玩弄语言的双重语义:"鱼之乐"既指代鱼之乐,也表示渔(捕鱼)之乐。《庄子·外物》又有"筌"之喻,足可证明鱼也代表思想,同时也代表语言媒介,这就生成了一个多重转折(德文"言辞"的本义即"转折"),故"鱼之乐"的故事主题实为"语言之乐",指涉"关于言说的言说"①,"鱼之乐"成了一个将读者卷入宇宙事件之漩涡的卮言。尽管如此,罗哲海意识到解构中的建构,艺术表演中的语文学阐释学。他说,何致瀚的实验仍仰赖传统语文学,解构主义者口头上不承认科学语言和文学艺术的界限,实际上还是要遵循一般论说标准,如避免逻辑上的自相矛盾等,才能维持特定阐释。何致瀚阐释的初衷本就是要赋予"鱼之乐"故事"更多智性",实现一个"对于文本(重)建构的贡献"(Beitrag zur Text*re*(!)konstruktion)②。如果鱼在《庄子·外物》中代表了思想乃至语言,岂不又证明,这里涉及"媒介的替补作用"(Supplementierung),而这正是何致瀚一开始就明确反对的孤立的"哲学性解读"的特征。这些段落恰好说明,何致瀚并未像他所主张的那样卷入庄子的语言漩涡中以致"忘言"③,因为"一种和存在相融合的语言如何获得和对象的必要距离,从而能对它进行表述呢?"这一批评,对于克拉赫特"此在的语言"同样有效。罗哲海也对法国汉学家于连的后现代主义滥调表达了质疑,认为后者关于中国古代语言"没有语法",只有纯粹"关系性"之类说法④,不啻将西方后结构主义时代的语言学范式强加于先秦时代的中国。

---

① Hans Peter Hoffmann, *Die Welt als Wendung. Zu einer literarischen Lektüre des Wahren Buchs vom südlichen Blütenland (Zhuangzi)*, Wiesbaden: Harrassowitz, 2001, S. 321-322.
② Ebd., S. 62.
③ Heiner Roetz, „Rez.: Peter Hoffmann 2001", *Bochumer Jahrbuch zur Ostasienforschung*, Bd. 29, 2005, S. 293.
④ Ebd., S. 294.

罗哲海反对以语言替代生活世界，反对"语言学转向"导致的对于语言的夸张看法，点名批评于连、陈汉生和默勒，同样也招致对方回击。汉学家和哲学家默勒是陶德文的学生，他针对罗哲海《语文学和公共性》发表了题为《盲目的理解》的评论。他嘲讽说，谁如果长时间浸淫在话语伦理学中，自然能够把孟子认作话语伦理家，过去的汉学家大都如此，卫礼贤能在中国古人身上看到基督教萌芽，李约瑟把中国古人视为现代科学家。[①]他看到了罗哲海和哈贝马斯的思想关联，故援引后现代理论家史路特戴克（Peter Sloterdijk）来回击他们的普遍理性观点。史路特戴克认为，如果按照哈贝马斯的游戏规则进行交流行动，可以肯定的是，"在最终淘汰之后，不会再有求异理论家，或多元主义者，或建构主义者，而尤其不会再有艺术家留在真正理性的交流者圈子内"。史路特戴克又援引哈贝马斯的老对手卢曼说，"批判理论的结构性不宽容"可回溯至"它对于老欧洲的本体论前提的固守"，由此导致了"强制求同"（Zwangskonsensualismus）。言下之意，他和罗哲海的分歧是小号的史路特戴克（卢曼）和哈贝马斯之争，而罗哲海错在"结构性不宽容"和"强制求同"。[②]他认为理解不是公共的，而恰是盲目的。理解的对象事先已经设定，它要寻找的对话"主体"怀有"无限的公共性诉求"，可以就它们的"伦理"达成理解。一旦预设了主体，即便是《论语》文本"含混的生成情形"也可以忽略不计。可不论怎样一厢情愿，话语伦理学家也无法在无作者的文本集合《论语》中找到主体，既没有明确作者，又何来"作者意图达到的意义"[③]？所以话语伦理学不啻党同伐异的政治学和伦理学，悖论性地用一种普遍主义来抵制其他普遍主义。

　　德国汉学的发展离不开争论，魏玛共和国时代就有围绕胡适接受展开

---

① Hans-Georg Möller, „Blindes Verständnis: Überlegungen zum Beitrag von Heiner Roetz", *Bochumer Jahrbuch zur Ostasienforschung*, Bd. 26., 2002, S. 113.

② Ebd., S. 114.

③ Ebd., S. 116.

第一章　"中国文学"：一个学科的形成、发展和运作

的争论、柏林的正统派和莱比锡学派的争论、对于卫礼贤中国话语的批评，等等，当代德国汉学界同样不乏论辩和冲突。在这些争论中，一个"波恩学派"概念逐渐浮出水面，围绕"波恩学派"制造的纠纷也有方法论立场的站队意味。罗哲海已经不客气地提到了"波恩学派"，一般人也认为这是他的发明。但顾彬认为是他更早提出了这个概念①，而且针对范围超出了德国内部。波恩学派在罗哲海那里是个贬义词，对顾彬来说却负有和所谓"美国学派"相对抗、挽救欧洲学术正统的英雄使命。何为美国学派？按顾彬的说法，那就是一种教科书式学术，迎合时尚，追逐浮华的新概念，而最关键的是，它因为严重缺乏历史意识而忽视中西文化间的根本差异，误认为现代性可以由中国传统文化内部产生。相反，波恩学派认为所有话语和思想都是特定时代的建构，故反对"那种在一切文化中寻找同样东西的普遍主义思想"②；波恩学派坦率承认中国就是他者，且只有真正的他者对欧洲人才有价值，相反欧洲人也不应妄自菲薄"自己的"理性传统。作为波恩学派的哲学家同盟，顾彬援引西蒙（Josef Simon）、卢曼、史路特戴克、黑格尔，但拒绝"落伍"的哈贝马斯。③

问题焦点是跨系统交流的可能，更确切地说，如何理解交流的涵义。交流若基于双方的符合，则在韦伯–谢菲尔这派人看来，文化系统间不存在符合。这又进一步涉及认识论问题，跨系统观察其实是一个文化系统在观察另一个文化系统，按照传统的哲学表述，则一个系统相当于主体，另一系统相当于客体，然而，即便主客体符合的可能也被现代人质疑。但如果交流基于差异，则交流就是差异两边的交替互换，不需要找到一个共同标准。

在客观性是否可能的问题上，韦伯–谢菲尔非常接近卢曼的立场。卢曼的"新"认识论有三个要点：首先，他认为传统认识论框架设定了静止的

---

① 顾彬：《略谈波恩学派》，张穗子译，《读书》2006第12期，第115页。
② 同上刊，第118页。
③ 同上刊，第119页。

主客体，然而在实际操作中，主客体的位置会随时变动，也就不存在主客符合意义上的客观；其次，观察者无法观察自身的观察，其自身成为认识过程中被排除的第三者，而这意味着，世界整体也是被排除的第三者，观察者和世界整体成为最后的观察盲区；最后，卢曼把认识者和对象的关系理解为相互观察，把人类认识理解为观察的接力，认识的客观性仅存在于观察的连续互补。如果主客符合做不到，文化间的符合就更是空谈，但是按照卢曼的思路，持续不断的文化差异性比较反而实现了观察的接力。默勒更是汉学界的卢曼信徒，用英语撰写过《卢曼解释》《激进者卢曼》等书，向德语区之外的世界介绍卢曼系统论。他的《卢曼解释》旨在捍卫卢曼受人诟病的"反人本主义"，认为卢曼的理论并不是要否定人类经验，而是要维护其多元性和差异性，卢曼才是"彻底的历史性思考者"①。相反，罗哲海遵循哈贝马斯的逻辑，将日常交流中的交往理性视为超越历史、文化差异的本体论层面。尽管交往充满误会和风险，跨文化沟通更是困难重重，他还是像哈贝马斯那样乐观地相信理解的可能，而理解之所以可能，自然不是因为功能系统的操作需要，而是因为论述本身符合真理。汉学争论的背后，逐渐浮现出卢曼和哈贝马斯之争的影子。

  德国汉学家争相援引哲学权威以获得和知识大系统的联系，但他们的指向通常模糊而游移，美国学派时而被推到现代一方，时而被划入后现代一方，而顾彬尽管曾拥戴史路特戴克这位德国的后现代代表，反对哈贝马斯，而实际上他的总体立场更近于黑格尔式的坚持理性、主体性的现代派。汉学家喜欢附会最新最激进的哲学家，自身观念却不像所声称的那样激进，德国汉学界主导标准还是19世纪精神哲学。立场的含混决定于汉学在知识系统内的边缘位置，作为中西知识系统的界限本身，汉学本身就是西方/中国的悖论统一，注定有时拥抱差异，有时偏向共性。无论面对西方

---

① Hans-Georg Möller, *Luhmann Explained: From Souls to Systems*, Chicago: Open Court, 2006, pp. ix-x.

第一章 "中国文学"：一个学科的形成、发展和运作

或中国，汉学家都要根据求同或求异的需要，交替扮演西方或中国。为了在西方知识界标新立异，他们接纳史路特戴克这样的争议人物，面向中国知识界时，又会以西方正统的维护者自居，或者将中国排除在理性之外，或者将理性标准强加给中国。汉学交流的边缘性造成了不确定性，但也正是活力所在，主流话语借助边缘话语获得自我修正的可能性。

同时处理建构和解构、同一性和差异性的两方面需求，是德国汉学的方法论难题。克拉赫特1979年的结论是，距离不是真正障碍，关键是要在情和理、感性的接受意愿和批判性认识之间建立一种能动的"辩证的张力"，从而走上一条"和谐的道路"："这就意味着，回到感觉、不作反思、不实行个别化，因为民族志学也是个别化，它将作为我经验对象的语境分割为各部分……"[①]放弃反思和个别化当然不可能，但"辩证的张力"是朴素而睿智的说法，暗示了一种能够包容悖论的弹性框架的可能性。科学系统的理想是，在一个超越情和理、感性接受和批判认识的更大框架中，不同学者都能找到自己的位置，但也不会消灭具体操作上的分歧：交流的目的是指向真理的终极目的，还是作为交替确证的交流本身；是通过交流消除差异，还是借助差异创造新的差异。能做到这一点，罗哲海和波恩学派的对立诉求也就成了良性的互补关系。

如上论争透露了两点：首先，中国在当代德国知识界逐渐成为东亚的象征，克拉赫特、韦伯−谢菲尔的论述对象虽然是东亚整体，实际上主要针对中国；其次，有关中国的方法论争发生于德国汉学系统内部，并无中国对话者参与。尽管中国系统一直存在于环境中，中国在德国知识界新近唤起的兴趣又构成了外在刺激，但无论哪一种中国想象都是系统内交流的产物，其原因正如韦伯−谢菲尔所说："欧洲的东亚科学被迫以欧洲范

---

① Klaus Kracht, „Redaktionelle Vorbemerkung", *Bochumer Jahrbuch zur Ostasienforschung*, Bd. 2, 1979, S. XIII.

畴来开展工作，因为它并非要向东亚人，而是要向自身解释东亚。"①从系统内交流来说，不难理解论争的对峙态势。第一，"中国"既然是科学系统的产物，就得服从理性逻辑，否则无法实现知识的交流、评估和再生产。第二，"中国"又是系统内定制的他者，必须拥有自身结构（另一种理性），否则无法实现和西方的区分。同一性和差异性都是系统存续的必需条件，系统编码同一，才成为自主的功能系统；但系统运作基于差异，以自我指涉和外来指涉交替引导系统操作，因此他者必不可少，不管它被称为"东方""东亚""中国"还是"印度"，但这是悖论性的"内部的他者"。

汉学元方法论争背后的现代和后现代之争，反映的也是同一性和差异性的系统内交替。20世纪80年代哈贝马斯介入了西方知识界关于后现代的讨论，也成为利奥塔（Jean-François Lyotard）等后现代理论家的直接对手。哈贝马斯坚持现代性尚未终结，现代性元话语仍然有效。面对后结构主义和系统理论的前后夹击，他既捍卫作为现代性核心的理性原则，也竭力避免重蹈主体中心思维的覆辙。他开出的药方是交往理性概念，交往行动理论以新的方式寻找话语背后的理性基础，重构让一切话语具有合理性的元话语。利奥塔认为这仍属于思辨哲学的旧模式，在《后现代状态》中批评哈贝马斯说，后者将合法化问题的答案限制在普遍性上，一方面将认知主体合法化和行动主体合法化同一，另一方面把共识当成话语的目的。然而对于利奥塔来说，认知和社会行动属于不同语言游戏，拥有不同的语用学，语言游戏的同态性会造成"恐怖"，而理想的交往共同体寓含专制性要求。另外，利奥塔认为共识原则违背了科学语用学，因为共识只是科学讨论的一个环节，当代知识生产的目的是求新，创新通过分歧实现。②

---

① Peter Weber-Schäfer, „Ostasien verstehen: Möglichkeiten und Grenzen", *Bochumer Jahrbuch zur Ostasienforschung*, Bd. 19, 1995, S. 11.

② 让-弗朗索瓦·利奥塔尔：《后现代状态》，车槿山译，南京：南京大学出版社，2011年，第223—225页。

第一章 "中国文学"：一个学科的形成、发展和运作

利奥塔主张以不可通约的、多元化语言游戏来代替普遍理性，将后现代定义为"对元叙事的怀疑"①，而元叙事的基本形式是思辨理性和解放叙事——宣称理性不但在知识论场合普遍有效，且能实现人的集体自由。卢曼一方面承认利奥塔反对元叙事的合理性，一方面否定哈贝马斯的主体间性和共识导向，因此让汉学家误认为他是和史路特戴克一样的后现代主义者（默勒把卢曼明确归入后现代阵营②）。汉学家不了解的是，卢曼并非后现代主义者，而要求在差异共在场（而非主体间性原则）的基础上重新思考整体性框架，因为他很清楚，反对元叙事的口号本身就是元叙事。在他看来，现代/后现代作为现代社会的"自我描述"都服务于系统运作，都并非"唯一正确"③。因此，这里对垒的实际上是三方立场——后现代、现代、系统论，各执一词，后现代一方虽然声势逼人，但哈贝马斯对于福柯和卢曼等人的批判，也不乏合理性。

如果"中国"是内部交流中的建构，如何理解其实在性？关于中国为何的问题，一般答案有三种：1. 中国是对象信息（实体属性）；2. 中国是相同者（共识）；3. 中国是他者（分歧）。第一个意义上的中国虽然必不可少，但并非理论关注的焦点，因为对象信息属于一阶观察，而理论属于二阶观察，即对观察的观察，相同者意味着相同的观察方式，他者意味着另外的观察方式。观察用的区分标准决定了理论导向，而汉学家共同的引导区分是自我/中国（系统/环境）。从自我（系统）一面看问题，必然求同，中国成为理性自我的投射；从中国（环境）一面看问题，必然求异，强调他者的自主。由自我指涉/外来指涉的交替，生出东西二元对立、东方中心主义、西方中心主义等意识形态性命题，也正是自我、外来指涉本

---

① 让-弗朗索瓦·利奥塔尔：《后现代状态》，车槿山译，南京：南京大学出版社，2011年，第4页。

② Hans-Georg Möller, *Luhmann Explained: From Souls to Systems*, Chicago: Open Court, 2006, p. 194.

③ Niklas Luhmann, *Die Gesellschaft der Gesellschaft*, Frankfurt a. M.: Suhrkamp, 1998, S. 1144.

身在支撑实在性问题,然而由德国汉学的方法论之争可见,无论求同或求异、自我指涉或外来指涉都是片面观点。哈贝马斯式求同的缺陷在于忽略具体历史性(昨日的《诗经》不等于今日作为文学文本的《诗经》),后现代求异的缺陷在于否定了理性交流的可能,等于取消了中国的实在性,对此可以有一种简单反驳:既然中国是绝对他者,则关于它的任何谈论,包括中国他者论都变得毫无意义。

差异论在当代西方汉学界占据主流,从20世纪美国汉学家柯文"在中国发现历史"以来,学者们又提出了"亚洲作为方法"(陈光兴)、"中国作为方法"(沟口雄三)等新命题。这类提法看似摆脱了二元区分造成的方法论困境,却仍是悖论性的,它们不过是差异论的变种。很显然,作为方法的中国是一种意识形态性征用,旨在从他者角度强化中国对象自主性。中国自身就是方法,意味着有一种他者的方法,一方面应用于中国观察,促成一种不受西方概念污染的自我观察;一方面应用于反观西方,挑战传统思维。总合起来就是,由中国发现超越主体窠臼的本真世界,由中国他者性理解世界他者性,此即为"以中国为方法,就是以世界为目的"①。不过中国作为方法其实意味着中/西方区分作为方法,因为只有在和西方的区分中才存在中国他者。沟口雄三等人希望通过回到作为他者的世界,超越东西方对立,忽略了一点:他者/自我的区分也是内部生产的区分,而这一点倒是被韦伯–谢菲尔注意到了。方法作为连接主客体的认识论关系本身虽然超出了作为实体的主体或客体,但并未造成中国自主:方法受制于一整套框架条件,作为方法的中国不过是作为中国的(西方)方法。从德国这场元方法论之争,可清楚地看到他者中国的位置——理性中国的对立面。汉学系统既生产作为自我的中国,也生产作为他者的中国,他者论也是汉学史上可追溯到葛兰言一辈的老话题。但不管是作为自我还

---

① 沟口雄三:《作为方法的中国》,孙军悦译,北京:生活·读书·新知三联书店,2011年,第130页。

是他者的中国,都可以根据理论政治需要带上正面或负面意义,也就给了论争双方相互攻击的理由。

从系统论角度来理解中国的实在性,则三个答案都可以接受,"中国"既是对象信息,又是相同者,还是他者。那"中国"是什么?系统论借自美国社会心理学家海德尔(Fritz Heider)的媒介和形式概念或许能给人以启迪。海德尔注意到,对那些和身体无直接接触的客体的知觉(如视觉或听觉)需要借助专门媒介(光或空气)而实现,但媒介本身不会被知觉到。媒介的特征是要素间松散的关联,而形式将松散关联压缩成可供知觉的紧凑耦合。卢曼将这对概念引入系统论,用来描述社会系统中的交流媒介。交流媒介连接交流,让交流进入耦合/脱钩的交替,从而实现形式的生产。媒介作为交流的松散连接,经过压缩会变为形式,如同声音媒介可以压缩为语言。媒介和形式的关系又是相对而言的,一种媒介的形式可以充当另一种形式的媒介,譬如语言是声音媒介的形式,但又可以充当交流内容的媒介。[①]循此思路,如何接近中国的问题可转换为如何使用"中国"这一交流媒介,以何种路径——参照自我还是参照外部环境——将松散连接的中国信息压缩成紧凑形式的问题,而作为自我或他者的中国,都是由媒介生成的具体形式。中国文化"走出去"命题并未被证伪,只是需要从另一视角来看待西方语境中的中国文化。中国文化并非实体,而是符号性的一般化交流媒介,是来自不同渠道的种种中国信息的松散、无形式连接,从系统需要出发,可以被形式化为客观实体、主观心像,或一种特有的认识论范畴。当全世界的人们都在使用中国文化媒介以实现自身的交流目的,创设局部交流场景时,中国文化就算是真正走出去了。

---

① Claudio Baraldi, Giancarlo Corsi, Elena Esposito, *GLU: Glossar zu Niklas Luhmanns Theorie sozialer Systeme*, Frankfurt a.M.: Suhrkamp, 1988, 2. Aufl., S. 58-60.

第二章 中国文学的引导符码

第一节 三个引导符码

对于德国汉学家的中国文学认知来说，孔子可谓第一个引导性符码（Code）。何为符码？按照卢曼的系统论思路，符码即生产二元区分的引导性二元差异，如孔子符码在中国"文"系统中意味着儒家/非儒家，分别代表正负价值（但也可互换），由此生产出正统/异端、雅/俗、理/情、君子/小人、夷/夏等一系列价值区分。换言之，符码是系统的最基本结构和核心规则，通过引导差异的不断再输入于每一次系统操作，一种交流系统得以搭建起来并有效运作。符码不仅来自系统内的分化过程，而且要决定今后的系统内区分。举例来说，对于"诗圣"杜甫的诠释，因为关系到对于儒家传统采取何种立场的问题，必然和孔子符码发生关联。在此意义上，杜甫符号可视为孔子符码的衍生物，基于孔子符码自我确证和自我分裂的双重需要而生出儒家诗人和反儒家诗人两种语义，也正因为语义含混而受到追求复杂性的现代批评家青睐。但是，李白在德国观察者眼里一向是老子和道家思想在文学领域的代表，充当了孔子和儒家思想的对立面，也从负面角度巩固了孔子符码在中国文学世界的核心地位,在此意义上,李白也是孔子符码的产物。

卢曼之前,俄国文化符号学家洛特曼(Yuri M. Lotman)也提示了符号对于文化形态的组织作用。从根本上说,文化是对遴选出来的少数初始符号的叙述和发展,任何一种符号性认知都意味着对认识目标中的主要和次要因素做出有效区分,凡是从自身系统角度看来并非意义承载者的因素,对于认识主体来说就等于不存在。故而对于跨文化认知,即在本文化内为异文化腾出空间的行为来说,初级符号系统的建立至关重要,后来发生的符号转移都要受这个最初参照系的牵制。[①]因此,像孔子、鲁迅这样的文化象征人物就成为文学场中的引导符码,对德国的"中国文学地貌"形成具有决定性影响。

17世纪和18世纪的欧洲汉学研究以儒家文本和儒家史观为基础,反映的是中国正统的自我理解和对中国文化理想化的自我描述,这迎合了欧洲的理想主义和启蒙运动。道家、佛家乃至中国的诗歌小说,长期以来在西方罕为人知。正因为欧洲汉学家普遍追随中国传统的"文"的观念,导致了中国文学尤其是中国小说戏曲研究的滞后。在中国文人心目中,儒家经典才是最正统的文,小说戏曲不登大雅之堂。英国汉学家德庇时在近两百年前就注意到了这一点,他将责任归于耶稣会士的误导:

> 欧洲主要和耶稣会士,以及其他那些不太开明、偏见更多的天主教团(它们在两个多世纪之前就在中国立足了)保持通信,在诸多有趣而有价值的通信中,却很少发现对那个奇异国家在抒情诗或戏剧演出方面的品位表示尊重的;因为从欧洲去的访客并不多,对于这一类文字的性质,以及戏剧和通常称为纯文学的一般文学的现有状态,我

---

① Yuri M. Lotman, *Universe of the mind: a semiotic theory of culture*, trans. Ann Shukman, New York: I.B. Tauris, 1990, p. 58.

们几乎一无所知。因为让中国人的偏见牵着鼻子走,迎合中国人的情感,尊重他们的古书,故这些作者的通信中满是对于四书的优美、尧舜的智慧和美德的颂词,以至于根本没工夫去探询一般文学的现代状态。①

故不难想象,20世纪六七十年代西方的中国文学研究兴起之时,也要"打倒孔家店"了。研究者把之前对于通俗文学乃至于文学本身的忽视归咎于孔子,孔子仿佛成了一块拦路石,抛弃掉孔子,中国文学的原貌就自然呈现了。霍福民的下一段话就反映了这一态度:

> 通过理雅各、顾颂芬、佛尔克、查赫、史陶思、葛兰言、伟烈亚力和高本汉等人卓越而严谨的翻译,中国上古和前古典时代的诗歌遗产多已得到开发。然而,古典、后古典时代乃至现代中国诗歌的丰富文献尚有待于科学整理。这里的原因在汉学研究的发展上,汉学研究最初采纳的是儒家文献,其中可以看到完整收集了最古老诗歌遗产——作为经书——的《诗经》(前551—前479),因为据传是孔子本人出于伦理目的编成此书。按传统的看法,楚辞(约前300)和出自汉代(前206[应为前202,原文如此]—后220)和六朝(221[应为222,原文如此]—589)的前古典时代诗歌也属于儒家文学的圈子。②

霍福民抱怨的是,因为孔子造成的偏见,词这样一种带有民间气息的体裁迟迟被德国汉学界所接受。这反过来说明,孔子在德国的中国文学研究中是第一个引导性符码。

而从19世纪以来,一种更普遍的立场是,孔子自己就是文学,反映了

---

① 转引自Bernd Eberstein, *Das chinesische Theater im 20. Jahrhundert*, Wiesbaden: Harrassowitz, 1983, S. XVIII.

② Alfred Hoffmann, *Die Lieder des Li Yü*, Hong Kong: The Commercial Press, 1982, S. VII.

中国文学的本质。因此,在19世纪任何一部世界文学史描述中,孔子都是中国文学的核心。罗森克兰茨在《诗及其历史》中提到,各大文明在公元前6世纪时都出现了改革家,如中国的孔子、印度的释迦牟尼、波斯的查拉图斯特拉、埃及的撒姆提齐、希腊的毕达哥拉斯。改革的背景是世界性的父权文化瓦解,反映于中国文学,就是民间诗从抒情诗向哀歌体乃至讽刺诗的发展。孔子在一个危机时代登场,收集古代文献编成经典,从而奠定了中国人生活的不变法则。而在五经中,对于文学来说最重要的是《尚书》和《诗经》。①蒙特在《文学通史》中说,孔子是一个制定精神秩序、重建伦理风俗的"改革者",接过了伏羲创造的文化传统并发扬光大。他在伏羲的宗教和伦理学说基础上,提出了"中庸"的概念,这就是中国作为"中央之国"的来历。"中庸"的内涵在于力量的平衡、人世的和谐,"中庸"成为中国人的自我意识:人处在天地之间,既遵循宇宙的法则,也是其维护者,从而成为天地间真正的"中",这就是中国独有的"三位一体"理论,它决定了民族的所有发展方向。孔子编定六经,总结了自三代以来的中国上古文化,其中《尚书》和《诗经》对于中国文学和民众生活的塑造最为重要。②卡里耶在《文化发展脉络中的艺术和人类理想》中说,孔子是中国精神生活的中心。孔子吸纳古老智者的思想,却不深究其最深的根据。他像苏格拉底那样以人生为导向,将哲学从天上拉回地上,重视健全理智和符合自然的生活伦理。孔子并非新文化的创立者,而是古代文化的整理者和完善者,对他来说,至善不意味着向更新、更高的目标发展,而是忠实保存传统。③

世界文学史中,孔子代表一种中庸的文学精神,和突出个体性、超越

---

① Karl Rosenkranz, *Die Poesie und ihre Geschichte*, Königsberg: Bornträger, 1855, S. 45-46.

② Theodor Mundt, *Allgemeine Literaturgeschichte*, Bd. 1, Berlin: Simion, 1848, Aufl. 2, S. 160-166.

③ Moriz Carriere, *Die Kunst im Zusammenhang der Culturentwicklung und die Ideale der Menschheit*, Bd.1, Leipzig: Brockhaus, 1863, S. 172.

第二章　中国文学的引导符码

性的欧洲文学精神相对照。同样，汉学家的中国文学史认知也是从孔子引出的。德国迄今出版的中国文学史中，顾路柏、卫礼贤、范佛（Eugen Feifel）三家都以儒家思想为主线，对于四书五经的介绍，实际上都可以看作对于"文学家"孔子的描述。其他的中国文学史家也受到这一观念的影响，如叶乃度就认为《论语》不仅是中国最重要的伦理学著作，也是世界文学中最伟大的伦理学作品[1]；施寒微20世纪90年代出版的中国文学史，仍被批评为儒家气息太过浓厚。

从顾路柏的《中国文学史》（1902）可以清楚地看出孔子的范式作用。顾路柏认为，中国古典文学"间接地是孔子的作品：其存在要归因于他的作为；其效力要归因于他的声名"[2]。然而，这也是中国文学的不幸，因为文学依赖于创造性的飞扬和个体性的展开，但在孔子身上恰恰找不到这些要素。对于欧洲人来说，孔子的个性平淡乏味："要想找到一个能给他的一生带来戏剧性运动的决定性的转折点，是徒劳的；他的一生既没有辉煌的外部成功，也没有因为自身信念发生的严重的内心冲突；凡是能激起人们的同情或赞赏的东西，他都没有。"[3]

尽管顾路柏声明，孔子的精神意义无法在其平淡生平中找到，孔子的"圣徒传"实为这部文学史的核心故事。顾路柏认为，秦始皇实现了中国的政治统一，但孔子才是"民族一体性"的缔造者。[4]孔子生活的时代，不仅礼崩乐坏，道德没落，还面临丧失"民族一体性"的危险。孔子创造新秩序的改革手段却是完全中国式的：不是以新代替旧，而恰恰是唤醒古老传统，通过恢复上古的纯洁礼俗，实现国家的复兴。他整理古代典籍，传于后世，并非纯粹为了学术研究，而是要给他的人民举起一面镜子，让

---

[1] Eduard Erkes, *Chinesische Literatur*, Breslau: Ferdinand Hirt, 1922, S. 21.

[2] Wilhelm Grube, *Geschichte der chinesischen Litteratur*, Leipzig: Amelang, 1909, 2. Aufl., S. 15.

[3] Ebd., S. 16.

[4] Ebd., S. 28.

他们从中更好地看到自我。顾路柏认为，这一伦理教化视角不仅是评判孔子，也是评判中国文学的最佳标准。①

孔子描述就是对于中国文学和中国精神的间接描述。顾路柏相信，孔子对中国文化的最深刻意义就在于，孔子实际上在各个方面都是最典型的中国人，在他的身上集中体现了中国文化。中国人的原型必然是中国文学的核心代码，顾路柏引用了他在《儒家和中国性》（1900）文中表述过的观点：

> 因为他从未越出中国人特有的视野，故对于每个人都是好理解的；因为他的伦理理想完全取自民族的历史传统，故都是可以达到和实现的。通过他的（常常是吹毛求疵的）礼仪主义，某种伦理教条变得平易近人了，而他天性中的平实清醒，他某些言语中拉家常般的庸凡，又给庸碌众生一个可愉快模仿的榜样。他完全体现了中国特征，这些特征令其承载者更多地显示为类型而非个性。②

作为生平背景，顾路柏记载了孔子的几个轶事。传说孔子出生是她的母亲向"尼丘"之神祷告的结果，这就已经染上了神性色彩。孔子童年时好古，好玩祭器，这在顾路柏看来，堪与少年歌德对木偶剧场的爱好相比拟。③孔子好礼，终其一生对于礼仪有着特别兴趣。他对古代和传统的热爱，也构成了他性格的核心。孔子好学，青年时就以精通礼制和古代历史而著名，故孟禧在临终时嘱托两个儿子向孔子学礼。该事件的特别意义还在于，在其中一个儿子陪同下，孔子适周，拜访了老子，换言之，不但在地理上靠近了中国文明的核心，还接触到能与儒家分庭抗礼的另一种精神

---

① Wilhelm Grube, *Geschichte der chinesischen Litteratur*, Leipzig: Amelang, 1909, 2. Aufl., S. 26.
② Ebd., S. 27.
③ Ebd., S. 17.

趋向。顾路柏从《孔子家语》摘引了定公时孔子从政期间发生的一件轶事。孔子任大司寇,有父讼其子,孔子将父子一同下狱,三个月不作出判决,最后父请止,孔子又将两人一道释放。孔子说:"上失其道,而杀其下,非理也。不教以孝,而听其狱,是杀不辜。三军大败,不可斩也。"这是礼在政治上的非凡运用,治理民众的关键在于教育。这当然是圣徒显示能力的"神迹",可惜昙花一现,孔子终其一生未得到塑造现实秩序的机会。他后来辗转于各国而不得用,悻悻然归鲁,在"太山坏乎!梁柱摧乎!哲人萎乎!"的感叹中死去。

对于顾路柏来说,孔子体现的是形式和外在性。《论语》的《乡党》篇涉及孔子对礼仪的态度,顾路柏不惜将整段译出,连同以下孔子生活起居的细节:

> 食不厌精,脍不厌细。食饐而餲,鱼馁而肉败,不食;色恶,不食;臭恶,不食;失饪,不食;不时,不食;割不正,不食;不得其酱,不食。肉虽多,不使胜食气。唯酒无量,不及乱。沽酒市脯,不食。不撤姜食,不多食。祭于公,不宿肉。祭肉不出三日,出三日不食之矣。食不语,寝不言。虽疏食菜羹,瓜祭,必齐如也。席不正,不坐。

顾路柏提醒德国读者,这种不厌其详地记述的繁文缛节,在中国人眼中却有着欧洲人难以理解的深刻含义。以上描写绝非漫画,而恰恰体现了中国人心目中个人修养的最高理想和完美的行为方式。

顾路柏文学史对于《左传》作者问题的"解决",也说明了维护孔子权威的倾向。《春秋》之所以在中国文学中享有盛誉,顾路柏认为,除了孔子的盛名和光环,首先要归因于《左传》。他认为《左传》是《春秋》的评论,《左传》的精湛叙事,把干巴巴的《春秋》变成了第一流的历史文献。他并不同意左丘明为《左传》作者的传统看法，而主张《左传》的真正作者是孔子，"左传"则应该理解为"左边的评论"或"文本左方的评论"。顾路柏预料有人会提出疑问说，如果孔子是《左传》的作者，那怎么会出现孔子之死的记载呢。对此他的回答是，从孔子之死到《左传》于公元前2世纪上半叶为世人所知晓，中间经过了三百年，后世对于原书的任何添插是可以想见的。反之，如果孔子是《左传》的作者，很多本来难以理解的事情可以得到解释。这里他提到了英国汉学家理雅各的一个误解。汉代的中国学者相信，孔子接受了撰写编年史的任务后，曾派子夏和其他弟子去寻找周的历史记载，弟子们在120个国家发现了各种珍贵文献。理雅各认为，这纯粹是秦汉时人的荒唐设想，因为《春秋》里除了鲁国编年外并无其他国家的记录。顾路柏反驳说，理雅各说的情形仅仅对《春秋》本身有效，但如果考虑到《左传》，汉代这一说法就并非讹传了。另外，司马迁提到"乃因史记作春秋"，孔子明明是据手边文献在编《春秋》，这个"作"又何从说起呢？顾路柏认为，《春秋》很可能是孔子自己的抄本，甚至干脆是鲁国编年史的摘录，孔子不过是利用《春秋》的这些简略记载作为红线，以便在其枝干上接入《左传》中详述的事件。换言之，《春秋》只是骨架或草稿，《左传》才是孔子真正的作品。如此才能理解，为什么孔子把《春秋》这样一部鲁国编年史的摘录看作自己的精神产品，顾路柏猜想，事实上，孔子说《春秋》是自己的作品时，是把文本和评论看成了一体。由此，他坦诚了自己的叙事目的，即揭示一副孔子的新画像："这位迄今为止仅仅被我们当成传承者的伟大改革者，一下子同时作为中国历史书写的创立者立在我们面前。"[①]在顾路柏为施密特编《东亚文学》撰写的中国文学简述中说得更直接，"无论如何它（《左传》）更配得上圣人"，否则就不好解释孔子对自己的史笔的溢美（"后

---

① Wilhelm Grube, *Geschichte der chinesischen Litteratur*, Leipzig: Amelang, 1909, 2. Aufl., S.76-77.

世知丘者以春秋，而罪丘者亦以春秋"）了。①

不过，这样的操作也意味着，孔子的文学家地位在新的时代环境下遇到困难，需要以语文学的附加手段加以补救了。卫礼贤采取另一种策略来解开《春秋》悖论。他在《中国文学》中，把《春秋》的作者权转给一个"不可见的"孔子。他说，《春秋》的特殊风格和孔子的史学方法有关，孔子把简单记载当作服务于"口头传统"的助忆材料。《春秋》是对现时代历史的批判，孔子在鲁国编年的基础上展开其独特的文学操作，"这里改动一字，那里增加一字，修正几个句子，删掉一些什么"，枯燥的编年史一变成为"文学的世界审判"。但所有改动痕迹都保留于公羊和谷梁的口头传统，孔子的两位学生将他对文本的口头解释如实记载②，而孔子成了世界文学中普遍存在的口传文学的代表。但是光有作品还不够，只有文学作品能证明文学家的伟大，而文学作品的范畴规定取决于最新的学科意识。为了和学科分化保持一致，《中国文学》中的孔子部分有大量作品选译，其中一段是《系辞》中孔子的评论："君子之道，或出或处，或默或语。二人同心，其利断金。同心之言，其臭如兰。"卫礼贤将其冠名为"孔子关于《易经》的一首诗"③。这样一来，孔子在文学史上第一次"拥有了"自己的文学作品。

孔子"述而不作"，而现代意义上的文学作品是属于某个独创性作者的。无论卫礼贤怎样精心编排，也只有一首"关于《易经》的诗"算得上作品。卫礼贤对于孔子的文学地位的辩护，恰恰说明孔子已难以担任中国文学的当然代表，对于文学来说，孔子作为"无形式"的纯粹文学精神的化身，已不再适应现代的专门化的文学操作。顾路柏和卫礼贤仍处在德国19世纪的精神史传统之内，需要由作为精神理念的孔子引申出儒家和非儒

---

① Erich Schmidt u.a. (Hrsg.), *Die orientalischen Literaturen*, Berlin: Teubner, 1906, S. 323.

② Richard Wilhelm, *Die chinesische Literatur*, Wildpark-Potsdam: Akademische Verlagsgesellschaft Athenaion, 1926, S. 22.

③ Ebd., S. 31.

家、正统和非正统两个系列的文学符号。一旦文学脱离了精神哲学，成为专门的以想象、虚构为特征的交流形式，孔子就要被排除于文学史框架之外了。

不过，20世纪德国的世界文学史中仍留下了作为文学符码的孔子的印迹。20世纪德国的文学研究转向文学作品的具体阐释，导致世界文学史书写不再流行，拉特斯（Erwin Laaths）《世界文学史》（1953）是硕果仅存的代表，至1988年已出6版。拉特斯主要吸收了顾路柏和卫礼贤的孔子描述，但也保存了欧洲人几个世纪以来传统的孔子印象。拉特斯提到，孔子最能体现中国人特性，是中国个人道德和社会伦理的原型。在他之前中国宗教由巫术发展为某种"家庭一神教"，祖先崇拜和神祇崇拜合而为一。时代动乱冲击着传统价值秩序，也催生了孔子这样大手笔的改革者，"遍历了世界和生活、刚直不阿，但又不顽固抱持意识形态"。他将传统文化整理为五经。《尚书》包含中国古代的宗教神话，给比较宗教史提供了素材，因为其中也有大洪水之类原母题，可证明"人类普遍的建构神话的自发性"。《春秋》透露了孔子"言简意赅、微言大义的风格"。《礼记》提倡的行为之美尤其体现于音乐，正声意味着国家和社会的良好秩序。孔子如此重视音乐，打破了欧洲人以前对于他"无乐感和冬烘"的刻板印象。《易经》则透露了看似偶然的符号组合和宇宙法则相呼应的"神秘公理"。《诗经》是上古中国的"珍贵遗嘱"，诗歌直入灵魂，西方诗人直到歌德才能表现类似的"自我灵魂和世界灵魂的同一"。最后，《论语》忠实反映孔子人格，是哲学世界文学的代表作。①

孔子从负面来说则代表了中国文化的恶，对于19世纪观察者来说，他造成了中国人的盲目服从、墨守成规、矫揉造作、缺乏个性；对于20世纪民主德国学者来说，他代表了反动的封建文化、地主阶级的利益；对于许多当代学者来说，孔子和儒家更是一个方便的靶子，如研究中国现代自传

---

① Erwin Laaths, *Geschichte der Weltliteratur*, München: Droemer, 1953, 3. Aufl., S. 189-192.

体小说的学者通常会认为，中国古代文学因为受儒家正统影响而无真正的自传，而中国现代文学的个性表达和自传书写是受西方影响所致。

孔子之后的主导符码是谁，涉及文化道路选择的重要问题。胡适1932年当选普鲁士科学院通讯院士，成为公认的中国学术权威，也有希望接过文化象征的火炬。作为"少年中国"的新文学的鼓吹者，他代表着激进的革新精神，吸引了德国学界关注的目光。霍福民译出胡适《四十自述》中的"文学革命的开始"一章，连载于1935年《东亚舆论》第6到8号。1937年，在柏林任教的中国学者林秋生又用德文撰写《中国的文言革新》，详细介绍文学革命情形，强调胡适作为"运动的精神中心"的角色。[①]

尽管疑古受到许多德国学者质疑，也有学者认为胡适在思想上缺乏原创性，但总的来说，德国知识界承认胡适在中国文化界的领袖地位。罗森克兰茨（Gerhard Rosenkranz）称胡适为"他的人民最近几十年文化命运的化身，很早以来，西方不仅把他看成老中国向新中国演变的代表，而且是这个变化的缔造者和领袖，是'中国文艺复兴之父'"[②]。也有德国学者认为他从未忽视中国传统的精神价值，反而继承和发扬了儒家精神。鲁雅文（Erwin Rouselle）曾在北京大学哲学系任教，和胡适有过面谈，对胡适的内在精神和修养评价很高。他认为胡适不仅是"激进、敏锐的颠覆家"，同时是传统中菁华的负载者，"悉心维护传统中那些无以估量的价值——在它们的最本源状态之处"，他作为革新者的力量就来自这些价值："这种对于传统人生态度和孔门书香世家特有的高尚意念的倾向，很早就在他身上证明了它的力量，现在更赋予他坚定的内在立场和针对一切时尚新潮的平衡力。"[③]在德国的中国文学研究领域，胡适的影响很大。

---

① Lin Tsiu-sen, „Erneuerung der Schriftsprache in China", *Mitteilungen der Akademie zur wissenschaftlichen Erforschung und zur Pflege des Deutschtums*, 1 (1937), S. 50-60.

② Gerhard Rosenkranz, „Hu Schih und die chinesische Renaissance", *Jahrbuch der Ostasien-Mission*, 1935, S. 54-59.

③ Erwin Rouselle, „Hu Schï", *Sinica*, 1932, S. 219-220.

卫礼贤1926年出版的中国文学史最早采纳了胡适关于白话文学的观点。胡适以实证、疑古为核心的文学观点,科学导向明显,是中国诗学向现代转型的清楚信号,也对德国传统的中国文学话语产生了很大冲击。1932年《中国学刊》第6卷登了艾伯华对胡适《谈谈〈诗经〉》的评论,他认为《古史辨》派的批判精神已由胡适这篇短文概括出来:

> 按胡适的看法,《诗经》并非一部神圣的经典,而是一部古代歌谣的总集……并不是孔子把原先的3000首删削到了大约300首;而是一个难以置信的传统之功……在汉朝诗经变成了一部经典;附会上了多得不可思议的解释,这些素朴的诗变成了时事批判和道德劝诫。①

霍福民是在胡适启发下(胡适为他的《李煜的词》封面题词者),将词看作儒家正统之外的文学传统,中国精神的活生生的表达。恩格勒(F. K. Engler)在二战后译介《镜花缘》时,仍然以胡适立场为参照。他的译后记一开始就提到,胡适这位"著名学者","一位刚刚去世的重要的当代中国人"认为《镜花缘》谈的是女性问题,作者李汝珍主张男女平权,拥有受教育和参政的同等权利。②尼佩尔(Kai Nieper)的吴沃尧研究将胡适(《五十年来中国之文学》)、鲁迅、阿英并列为晚清文学研究的三个基本立场,而通过将吴沃尧和鲁迅相勾连,尼佩尔呼应了胡适的新文学观点,即晚清小说代表了中国新文学的开始。③

胡适的引导符码地位并未持续多久,现实政治形势的急剧转换是主因,但也和其思想深处的调和性有关——调和意味着易于被融入消化。

---

① W. Eberhard, „Rez.: Hu Schï 1931", *Sinica*, 1932, S.246.

② F. K. Engler (Übers.), *Li Ju-tschen: Im Land der Frauen. Ein altchinesischer Roman mit acht Holzschnitten*, Zürich: Waage, 1970, S. 181-192.

③ Kai Nieper, *Neun Tote, ein Leben: Wu Woyao (1886-1910), ein Erzähler der späten Qing-Zeit*, Frankfurt a. M.: Lang, 1995, S. 23-27.

鲁迅最终成为中国文学的首席代表，引导当代德国的中国文学研究。现在，德国观察者透过鲁迅媒介来注视中国文学现象，进行有关中国文学的相互交流，"鲁迅"到处参与中国文学符号的建构，决定观察者看什么和不看什么。和孔子的情况一样，鲁迅成为规则的前提在于，他本来就是中国现代文学和知识分子话语的主导符码：既可以用来敦促知识分子进入系统（"俯首甘为孺子牛"），也可以用来为现实主义的内在规律、从而在一定程度上维持知识分子的独立性作辩护（如陈涌《为文学艺术的现实主义而斗争的鲁迅》）。在德国观察者眼中，延安文艺传统和鲁迅代表的五四传统之间的微妙关系，决定了当代中国文学的基本走向。但这只涉及交流系统分化的前提，前提却不等于系统操作本身，德国的中国文学研究作为一个独立的科学交流系统，其本性并非对于中国系统的模仿，而是"自反性"（reflexiv）的符码建构，换言之，系统和符码相互印证，彼此强化，系统出于结构性需要塑造其符码，符码反过来又表达了系统自身的当下形态。符码内正反的可能性都要（通过科学操作）大幅度"提升"，才能承担普遍化的象征功能——所象征的，归根到底是自身身份和文化理想。德国的鲁迅研究贯穿了德国的中国文学专业从诞生以来的整个发展过程，折射了研究者的各种意识形态和方法论立场，忠实地反映"中国文学"的命运起伏。支撑鲁迅符码的系统内因素显而易见：中国现代文学在德国学术交流系统的升起，和革命意识相关——西德左派的革命要求，造成了对一种激进的中国现代文学的期待；而工农国家东德最渴望了解的不是封建时代文学，而是反映工农革命历程的现代文学，故成为德语区中国现代文学专业研究的产婆。鲁迅作为文学家的优势就在于，他不仅激进，且激进性得到暧昧性的保护。鲁迅充满象征和暧昧性的文学创造，可以是革命的象征，也可以是反思革命的源头；是深刻的现实主义，同时还是高明的现代派。换言之，他因为不可捉摸，而得以始终激进。在中国现代作家中，处于新旧、中西，尤其是希望和绝望之交的鲁迅在语义构成的矛盾性上最为突出，这对于复杂性的生产——现代人文学科的基本任务——来说是一个极为有利的条件。

鲁迅首先在东德成为官方指定的引导符码。正如顾路柏以孔子为中国文学史的开端，东德1953年出版的宣传手册《关于中国新文学》开篇就提出鲁迅的功绩：他引导进步作家走上了"为人生的艺术"方向，开辟了通向社会主义现实主义的道路。①《三月雪》（1959）不仅是德语区首部中国现代短篇小说选集，也代表了学术界对鲁迅的定位，赫茨费尔德译的《祝福》为选集第一篇，导出中国革命文学的巨幅画卷。50年代初的西德汉学家同样形成共识，认为鲁迅是"他的人民在他那个时代的真正的代言人"（葛林）②、"最近四十年最重要和最有影响的中国作家"（傅吾康）③。西德的首部中国现代文学选集《迎接春天》于1980年出版，《狂人日记》作为第一篇选入，两位编者暗示"并非偶然"④。其隐含意义不妨理解为：1. 从历史角度说，鲁迅是中国现代文学的开端；2. 从精神角度说，鲁迅被寄予厚望，将中国当代作家从长久的"无语"（Sprachlosigkeit）唤出。顾彬21世纪初出版的《二十世纪中国文学史》更将鲁迅树立为文学现代性的唯一标准，由之出发去重估20世纪中国作家的现代性成绩。

从三个符码的转换来看，中国文学研究忠实反映了中国社会政治在布罗代尔（Fernand Braudel）的"长时段"意义上的变化，孔子和鲁迅是真正代表传统和现代的对立的阶段，其间经过了一个短暂的胡适时期，这是既非传统也非现代的民国时代。在顾路柏的时代（清末民初），中国能否革命是一个有待观察的问题；而对于见证了20世纪中国巨变的观察者，

---

① Joan Becker, *Über die neue chinesische Literatur*, Leipzig: Urania-Verlag, 1955, S. 3.

② Jef Last, *Lu Hsün – Dichter und Idol: Ein Beitrag zur Geistesgeschichte des neuen China*, Frankfurt a. M.: Metzner, 1959, S. 4.

③ Wolfgang Franke, „Rez.: Berta Krebsová 1953", *Archiv Orientální*, Supplementa I (1953), S. 170.

④ Volker Klöpsch, Roderich Ptak (Hrsg.), *Hoffnung auf Frühling. Moderne chinesische Erzählungen. Erster Band: 1919 bis 1949*, Frankfurt a. M.: Suhrkamp, 1980, S. 11.

尤其是经历过1968年学生运动、体会到毛泽东的世界影响的一代来说，中国就是世界革命的中心。孔子从来只是一个文化的传承者、整理者，最多是一个改革家，而鲁迅是真正的革命者，无论在文学、思想还是政治立场上。两者的差别代表了传统和现代的转换，而现代的核心原则就是革命。在系统运作的意义上，革命意味着：1.系统的革新能力源于自身，而非"神圣"传统；2.系统的演化方向是未来，而不是时时想着回归过去的黄金时代；3.演化的手段是斗争，即自我差异化（最基本的差异是"自我指涉/外来指涉"）。以鲁迅为符码，意味着"革命/非革命"成为文学系统的引导性区分，而不管革命的具体意义为何，如：内在革命还是外在革命？在孔子和鲁迅之间，胡适一度成为中国现代思想和文学的象征，然而胡适的折中色彩让他更容易被吸收和容纳，德国观察者发现，他和陈独秀等激进的反传统者尚有区别，在内在修养方面更是儒家的精神传人。和真正的革命者毛泽东和鲁迅相比，胡适只是文学的改良者，也迅速失去了对于西方系统的吸引力。从孔子到鲁迅的符码更替意味着在德国人意识中，中国不仅走出了"千年木乃伊"的静止状态，获得了发展动能，且自身越来越呈现为一种革命动力。中国对象越来越不可思议，越是不可思议，就越需要一个超级符码充当中介。一个超级符码意味着，它既是中国，又是非中国，能够修正或吸纳西方系统中过去、现在、未来生产出来的一切语义可能。

第二节　鲁迅早期形象的政治化：两篇博士论文

最早在德国译介鲁迅的是后来的波鸿大学东亚系教授霍福民，他的《孔乙己》译文发表于1935年《东亚舆论》。紧接着，《东亚舆论》

杂志又刊载了艾格特（H. Eggert）译的《伤逝》（1936）和《示众》（1937）。这时的鲁迅是作为一个政治性的革命作家被介绍入德国的。1939年，王澄如在波恩大学完成了世界上第一篇关于鲁迅的博士论文《鲁迅的生平和作品：一篇探讨中国革命的论文》。这篇论文并未引起学术界的反响，但对于鲁迅符码后来在西方话语场中的升起来说，还是有某种预兆性。荷兰人拉斯特（Jef Last）则在战后德国第一个写出关于鲁迅的专著，即他1959年出版的《鲁迅——诗人和偶像：一篇探讨新中国思想史的论文》，接续了王澄如之后中断近20年的研究线头。

一、王澄如的鲁迅论文：鲁迅的革命精神之源

王澄如，女，1909年生于贵州，1936年赴德，先后在柏林、科隆和波恩学习教育学、哲学和报刊学。1939年9月在波恩大学汉学系通过博士论文答辩，导师为汉学家石密德（Erich Schmitt），论文最初刊于1939年《柏林大学外语学院通报》（*Mitteilungen der Ausland-Hochschule an der Universität Berlin*），1940年作为单行本出版。论文分六章，继导言之后，第二章为鲁迅生平，第三章为"文学革命"，第四章简介鲁迅作品，第五章谈鲁迅和外国作家的关系，第六章为结语。王澄如让德国汉学界第一次了解到，在胡适的炫目光环之下，竟还有一个重量级中国当代作家存在，和胡适同为中国文学现代性的开启者。她给鲁迅在中国文学史上的地位做出了明确界定，即新旧时代的分野：

鲁迅不仅是革命的第一位政论家，还是唯一在文学革命之后还能称得上作家的中国作家。他在中国文学史上开启了一个新阶段。旧小说总是写文人雅士，是浪漫的。然而在读到鲁迅《狂人日记》时，我们的感觉是，就像突然有光亮射入阴暗的庙宇。我们一下子由中世纪

进入了新时代。①

何为鲁迅其人和作品的根本特征,是她的中心问题。她认为,鲁迅的魅力在于高度的复杂性。鲁迅不能被归入任何一种诗人类型或文学思潮,他既非唯美主义者,也非哲学家或革命家,种种称谓都只代表了其全部人格的一部分。"鲁迅的人格不能被纳入任何系统,即便其形成和时代密切相关,而他又是这样关注时代"②,这句话在论文中屡次出现,体现了作者对于鲁迅的基本认识。由此就可理解,为何鲁迅的思想从来没有一种系统的形式。非但如此,鲁迅不满于同时代人给他安上的"革命的理论家"的帽子,他之成为诗人和作家,不是因为不满时局或向往革命,而是内在而深层的对善和正义的渴望需要得到表达。让他成为诗人的"仅仅是他对艺术的热爱和他的艺术天赋",这里包含了他的"内在使命"和"命运"。③他和一般的革命鼓动家的区别就在于,"他(鲁迅)是一个全心地投入他的艺术的人,而非一个伟大时代的先知和宣告者"④。

可是反过来,难道因为鲁迅没有高唱无产者颂歌,就不是革命者了吗?恰相反,王澄如认为,如果因此否定鲁迅的革命性,就是误解了革命文学的任务和意义。她说:"革命的艺术不仅属于各种不同的文学作品,毋宁说,我所说的革命本身,就已经是一种艺术了。社会形势如此复杂,革命须处理种种不同情况,需要许多方法前提,才能让人理解生命的意义。"⑤这个论述无疑引申自鲁迅《革命的文学》中革命和文学关系的三阶段论:革命前没有革命文学,唯有被压迫者的哀诉;革命时没有革命文学,因为革命者无暇旁顾;只有革命后才有革命文学。而鲁迅的基本看法

---

① Wang Chêng-ju, *Lu Hsün, sein Leben und sein Werk: Ein Beitrag zur chinesischen Revolution*, Berlin: Reichsdruckerei, 1940, S. 27.

② Ebd., S. 1.

③ Ebd., S. 2.

④ Ebd., S. 27.

⑤ Ebd., S. 28.

是，作家自身是革命者，才能创造革命文学。这就产生一种暗示，革命本身才叫真正的艺术，而革命文学毋宁说是一种事后的拙劣模仿。事实上，作者相信，鲁迅的文学魅力正源于深沉的革命意识，而鲁迅的革命意识来自文学家的创造冲动和敏感天性本身，这就是她所谓鲁迅的"文学之内在的革命化"，而她的论述，就是要呈现这种斗争的"方向、目标和方法"[①]。换言之，鲁迅的革命意识是超越党派路线和理论的更深刻的政治实践，即一种"生命原则"。不多的理论术语中，与"生命"关联的概念反复出现，如"生命意志"（Lebenswille）（2次）、"生命原则"（Lebensprinzip）（1次），"生命冲动"（Lebensdrang）（1次）、"生命权力"（Lebensmächte）（1次）、"生命秩序"（Lebensordnung）（1次），充分体现了20世纪初德国盛行的生命哲学的影响。王澄如试图将革命意识抽象化和本体化，有意把它和政党观念相区分。她断言，鲁迅同情俄国革命，不是因为他赞同社会冲突的政治解决方案，而是肯定革命的"原初的过程和特性"，他所针对的并非中国某一具体的政治观念，而是"敌对的生命势力以及它们的社会与文化专制"[②]。他想达到的不是新的阶级专政，而是一种更公正更有意义的"生命秩序"。

这种由下层民众所承载、以摆脱旧的社会秩序和偏见为目的的"生命意志"的存在，正是20世纪中国的精神变迁和欧洲的一致之处。这一过程既孕育了具有革命和创造精神的人物，也造成一个软弱的知识分子阶层，只能喊喊口号，却无法深切体察时代问题。王澄如在易卜生和鲁迅之间所做的比较，无形中暗示读者，鲁迅不属于"软弱的知识分子阶层"。两位同为现实主义作家，无情地揭出时代的病苦和腐败，然而，易卜生走的是伟大的孤独者之路，故极度悲观和绝望，鲁迅和他的角色却没有陷入这一深渊，因为鲁迅和青年革命者并肩前进。易卜生不给出解决方案，而鲁迅

[①] Wang Chêng-ju, *Lu Hsün, sein Leben und sein Werk: Ein Beitrag zur chinesischen Revolution*, Berlin: Reichsdruckerei, 1940, S. 34.

[②] Ebd., S. 59-60.

却仿佛抓着人物的耳朵,逼他看清事情的真相和自身的过错。

王澄如总结说,鲁迅作品忠实地反映了时代及其种种主导趋势。农村生活是他关注的重点。他那个时代,由于洋货涌入和军阀、官僚的压迫,日趋凋敝的农村成为贫苦生活的写照,而鲁迅的生命和写作正是面向穷人和被压迫者——"和陀思妥耶夫斯基一样,鲁迅想弄清楚,究竟什么是人和人生,什么样的深渊隐藏在背后,这一努力将他和俄国文学联系起来,并且将他引向后者。"① 作者认为,鲁迅接近俄国文学,正是出于对以消遣为目的的中国旧文学和英美文学的反感。

王澄如的重点是鲁迅和革命的关系,她根据1931年初版的《转变后的鲁迅》中收集的鲁迅和梁实秋的论争文章,在第三部分中特意设计了一个鲁迅和梁实秋的虚拟对话场景,将鲁迅对于革命和文学的关系的态度较完整地呈现出来。梁氏作为"不革命"一方的代表,强调写人性的文学比写某一阶级的文学更深刻,而鲁迅认为并没有关于人本身的文学,普遍的人性不过是人身上的食色之类生物性或动物性,文学必然带有阶级性。

论文本身的学术水平不高,多为照搬和转译中国评论家观点。主要参考就是一部《鲁迅论》,反复引用的几篇文章为方璧的《鲁迅论》、钱杏邨的《鲁迅》、林语堂的《鲁迅》、茅盾的《读〈呐喊〉》等,《呐喊》《彷徨》《朝花夕拾》等集子却未真正读过。因为缺乏对作品的细读和对历史背景的掌握,照搬也错讹不断,鲁迅成了《新青年》的创办者②,周树人成了字"像材"③,周作人成了兄长④,许广平成了北京大学的学生⑤。从一句莫名其妙的评论"鲁迅在《狂人日记》中殷切地要求青年人,用他们自己的语言来写情诗和春天的诗,抛开'旧酒囊',追求

---

① Wang Chêng-ju, *Lu Hsün, sein Leben und sein Werk: Ein Beitrag zur chinesischen Revolution*, Berlin: Reichsdruckerei, 1940, S. 55.

② Ebd., S. 7.

③ Ebd., S. 23.

④ Ebd., S. 15.

⑤ Ebd., S. 14.

符合时代和他们的任务的新的生活形式"①可看出，作者未读过《狂人日记》，这一句不过是照抄《读〈呐喊〉》。另外，作者说鲁迅有两部诗集，一部是《野草》，另一部是《朝花夕拾》，并自称从两部中各选出一首以飨读者，一首是悲观、犹疑的《淡淡的血痕中》，一首是表现如潜行的"地火"般的革命激情的《题辞》，而事实上，两首诗都出自《野草》集。

二、拉斯特的鲁迅论文：从诗人到圣像

拉斯特（1898—1972），荷兰左翼诗人和作家，1932年到1938年间加入共产党，西班牙内战期间曾加入国际纵队作战。他是法国作家纪德的密友，两人在1936年一同访问过莫斯科。拉斯特从1917年到1920年在荷兰莱顿大学学习中文，1955年到1957年在汉堡大学重拾学业，在傅吾康指导下完成以鲁迅为题的博士论文。论文原题"对鲁迅评价的转变及其原因"，正式出版时改为"鲁迅——诗人和偶像"。言下之意，鲁迅从左翼阵营围攻的对象到"中国的高尔基"，是时代交替的结果，揭示这一转变的原因，就能对现代中国精神氛围的变迁有一个生动认知，而文章主要内容也体现在以下三方面。

第一，共产主义世界对鲁迅评价的转变。

1930年3月，在沙科夫举行的第二届国际作家大会做出决议，把中国文学运动划为三个方向：创造社代表的无产阶级文学；语丝社代表的小资产阶级文学；新月派代表的市民资产阶级文学。鲁迅属于小资产阶级作家中接近无产阶级的成员。1932年莫斯科版《文学百科全书》（*Literaturnaja enciklopedija*）说得更清楚，鲁迅在意识形态上是小资产阶级知识分子，其作品基础是乡村生活以及无产阶级、半无产阶级知识分子的生活。他

---

① Wang Chêng-ju, *Lu Hsün, sein Leben und sein Werk: Ein Beitrag zur chinesischen Revolution*, Berlin: Reichsdruckerei, 1940, S. 45.

向黑暗现实抗议,却没有得任何明确结论,因为"他的革命勇气不够",《呐喊》和《彷徨》尤其体现了"小资产阶级的犹豫特性"。他在文学革命中扮演了重要角色,惜乎停留在"旧的无政府主义和个人主义立场",自外于1925年到1927年的革命洪流,仅仅由于国民党压迫的加剧和革命运动新的高潮才又转向世界革命。① 这种评价在抗战结束后被彻底推翻。何干之1946年版的《鲁迅思想研究》中,鲁迅对革命文学的嘲弄,被引来证明当时上海的左翼激进文人的投机性和宗派主义。与此相应,在费多尔仁科(N. T. Fedorjenko)眼里,《文学百科全书》用来显示鲁迅的"小资产阶级本质"的《呐喊》恰恰标志着中国文学的新纪元:"《狂人日记》在中国历史上第一次显示了新的意识形态的有机综合,真实地反映了为争取改造社会而进行的斗争情形。"反抗"吃人"社会的鲁迅作品甚至和苏联发生了关联——《一件小事》中无比高大的人力车夫"明显地象征了苏联的无产阶级"②。波兹德涅耶娃(L. D. Pozdnejeva)则认为,鲁迅从未超然政治,而是参与了所有的革命活动和组织机构。针对《文学百科全书》提到的"1925年到1927年的革命洪流",她写道:"从1925年到1926年,当反动派转入攻势,进步团体遭到迫害时,鲁迅积极投入进步师生反对政府措施的斗争中……1930年初他成为左翼作家联盟的领袖,从而把自己的活动和共产党政策紧密联系在一起。"③ 拉斯特从两方面总结这一评价转变:首先,尽管鲁迅在1928年到1930年发生了"转变",但直到他1936年去世后,左翼阵营对他的评价才完全转为正面;直到抗战结束,尤其是1949年后才开始了对他的"圣化";其次,对鲁迅的新评价不仅指向他个人(特别是对促使他转向的"危机"的强调),还涉及他1928年前的作

---

① Jef Last, *Lu Hsün – Dichter und Idol: Ein Beitrag zur Geistesgeschichte des neuen China*, Frankfurt a. M.: Metzner, 1959, S. 26-27.

② Ebd., S. 28.

③ 波兹德涅耶娃:《鲁迅为了中国文化和新民主的斗争》,转引自Jef Last, *Lu Hsün – Dichter und Idol: Ein Beitrag zur Geistesgeschichte des neuen China*, Frankfurt a. M.: Metzner, 1959, S. 29。

品。而神化其个人,很可能是要让人们淡忘与鲁迅同时代的其他作家。①

第二,评价转变的原因。

转变的原因在哪里?论文虽以此问题为核心,对问题的阐述却远远谈不上清楚。第五章"评价转变的原因"分为三节:1.充满矛盾的鲁迅:"严重的危机";2.西化的鲁迅;3."中国人"鲁迅。

革命和文学的复杂关系是鲁迅的主要问题。何为革命?革命可以走多远?应不应该有一个界限?《而已集》反复地纠缠于这类问题。革命少不了流血,不可能因为害怕牺牲就退缩,但又有多少宝贵的年轻生命因此而丧失。拉斯特说,《而已集》序诗提出了两个关于良心的问题:首先,为什么革命总不免流产,而清朝的覆灭带来更多的混乱、腐败、贪污和军阀混战?其次,个人的责任是什么?作为教师和作家,写写杂感就够了吗?难道不应该到前线去,加入革命者的街垒战吗?左翼理论家对此有现成、清晰的答案,鲁迅却没有,直到1928年到1930年这个思想、人生的转折点,才意识到了无产者的力量和前景,国民党的高压政策也使他的立场日益明确。正是这一"剧变"(scharfe Schwenkung),使他受到左翼批评家的高度重视,成为新的鲁迅评价的出发点。然而,拉斯特问:这一"剧变"果真如此剧烈吗?尽管从鲁迅的后期作品中无法推断他是否真正掌握了辩证唯物主义或马克思的经济学理论,然而他先前也从未表现出排斥历史唯物主义的倾向。苏联的成功让他相信无阶级社会的可能,可在他1932年前的文章中,也从未反对过十月革命和苏联。

"西化的鲁迅"一节探讨鲁迅和西方思潮的密切关系,其价值就在于,作者以当事人的历史感,第一次清晰地揭示了鲁迅和国际左翼阵营的思想联系。拉斯特披露了西方左翼作家的心路历程。他说,西方作家从19世纪下半叶起日益显著的社会批评倾向,为后来接受马克思主义做了预

---

① Jef Last, *Lu Hsün – Dichter und Idol: Ein Beitrag zur Geistesgeschichte des neuen China*, Frankfurt a. M.: Metzner, 1959, S. 29.

备。第一次世界大战终结了乐观主义情绪，失望之下，他们希望以世界革命阻止第二次灾难的出现。他们为新发现的俄国文学所振奋，盼望在俄国革命中寻回俄国作家的精神，投身共产主义运动成为国际热潮。然而一战也造成了知识分子在无产者和青年人面前的自卑，在知识分子看来，一战象征了自己的阶级、自己那一代人的失败。30年代，新一代革命作家进一步激进化，要求彻底批判先前的"同路人"作家。鲁迅早年崇拜"摩罗"诗人，19世纪末的现实主义文学，尤其是俄国的经典作家激发了他的社会良心。鲁迅和西方知识分子的决定性一刻几乎同时出现，且具有相同后果：一战的爆发彻底改变了欧洲作家的心态，鲁迅最绝望的时刻则是1912年袁世凯取代孙中山的上台，而希望重燃是由于《新青年》在1918年邀他写稿。和这一时期的西方作家一样，鲁迅更重视的是生活和实际革命活动（相比之下，文学没有太大价值）。这种政治化环境对欧洲和中国作家创作高质量的作品均起到了消极影响。甚至在一些文学外领域，双方也有着重叠之处，譬如对柯勒惠支和麦绥莱勒的木刻，鲁迅和欧洲的社会主义作家均表现出极大兴趣。拉斯特还注意到，鲁迅和欧洲的"同路人"作家几乎使用同样的套语，他特别列出了其中三种：1."同路人"的一个惯常论据，是资产阶级出身的人不可信，这在鲁迅文中同样存在；2. 他们都断定，诗人的革命想象过于浪漫，以至于无法面对残酷的现实；3. 他们都嘲笑那些"沙龙共产主义者"，一旦虚荣心和物质需求得不到满足，这类人就会脱离革命。

鲁迅却又是典型的中国人。尽管他以反传统自居，但他热爱中国历史和传统文化，更愿意穿长衫而非西装。鲁迅极为熟悉中国旧文学，他在东京时向章太炎学习考据学，并不像冯雪峰所言，仅仅是仰慕后者"不屈服的革命精神"，而是出于对国学的热爱。[1]他的旧体诗绝非单纯的自娱，

---

[1] Feng Hsüeh-feng, "Lu Hsün, his life and thought", *Selected Stories of Lu Hsün*, Beijing: Foreign Languages Press, 1954, p. 228. 转引自 Jef Last, *Lu Hsün – Dichter und Idol: Ein Beitrag zur Geistesgeschichte des neuen China*, Frankfurt a. M.: Metzner, 1959, S. 43.

而是表达了某些最深沉的情感。他的作品充满了中国文人特有的典故和影射，如他的《一件小事》就和刘基的《卖柑者言》具有相同结构，都表达了尖锐的社会批判，都表现了作家和下层民众的直接接触和由此导致的自省。

综合这一章涉及的三方面，不难整理出拉斯特的理路，即评价转变的原因在于鲁迅自身的矛盾性，以及西方当代思潮和中国传统对他的交替影响造成的不确定性。

第三，鲁迅的思想和人格。

跳出了这种评论的漩涡，拉斯特试图重新总结鲁迅的思想和人格特征（第六章）。他认定，鲁迅最明显的性格特征是深沉的感伤，这种感伤同时也是反讽精神的来源，伤感和反讽的混合，构成了鲁迅区别于其他作家的风格特色。但他的全部愤懑、郁结，针对的与其说是贫困和剥削，不如说是阿Q式的冷漠和心灵贫瘠，"鲁迅希望通过改变思想，通过承负这些思想的伟大人物，而非通过'生产力的改变'，以获得一个更好的未来"①。鲁迅号称"中国的高尔基"，拉斯特却认为，称为"中国的果戈里"更为合适。比喻的更换，意味着基本立场的移动，高尔基是社会主义现实主义的象征，而拉斯特眼中鲁迅和果戈里的相似之处，在于作品中显示的人格分裂。如果按拉斯特的观点，果戈里是悲观的浪漫主义者和神秘主义者。拉斯特引用果戈里生平中的一件轶事，说明他和革命的行动者之间的巨大差距。一次，年轻的果戈里独自在家，听着钟表的滴答声，经历了以下一幕心理剧：

我看见了猫，看着它眼中的绿色火焰，我感到了害怕，于是把它扔进池塘，当它试图从那里面爬出来时，我用一根棍子把它逼了回

---

① Jef Last, *Lu Hsün – Dichter und Idol: Ein Beitrag zur Geistesgeschichte des neuen China*, Frankfurt a. M.: Metzner, 1959, S. 51.

去。我害怕。我发颤,同时感到一种快意,也许是报复它吓着了我。但当它淹死时,当水面上最后的涟漪消逝时——现在是完全的寂静了——我突然对猫生起了深深的同情。我感到良心被噬咬。就像溺毙的是一个人……

与之平行的是《铸剑》开始时的场景。在水瓮中绝望挣扎的老鼠,让少年眉间尺既同情又憎恶,在杀它和救它之间摇摆不定,将它捞出,旋又扔回瓮中,最后还是忍不住夹出来,但随即又一脚踏死了它,可是仍觉得老鼠可怜,仿佛自己作了大恶。拉斯特将这一段话完整地译出,得出了这样的结论:"正是因为他这种情感的分裂,因为他的同情,眉间尺才无法完成交给他的任务,替父亲向暴君复仇。"①拉斯特眼中的眉间尺是注定无法承担革命重任的分裂主体,同样,作为知识分子的鲁迅既同情濒死的老鼠,同时又对(像叶赛宁那样)无法经受革命的恐怖有负罪感,这就是鲁迅的"二心"。在拉斯特看来,鲁迅作品没有明确的理论和政治表态,而只有一再出现的、对于革命或反革命的牺牲者一样的同情,对于艺术、文化和人的沦亡的忧思,这正是他被左翼阵营指责为"二心"的原因所在。同样,他最终的"介入"决定,也是出于同情,出于阻止国民党的恐怖统治和日本侵略者的暴行造成更多牺牲的愿望。

拉斯特曾作为荷兰左翼作家的代表,于1932年在莫斯科的国际革命作家联盟工作了九个月,1934年又参加了国际革命作家大会,他还是左联驻莫斯科的诗人萧三的朋友,对于莫斯科的文化政策和中国左翼文化界的实

---

① Jef Last, *Lu Hsün – Dichter und Idol: Ein Beitrag zur Geistesgeschichte des neuen China*, Frankfurt a. M.: Metzner, 1959, S. 51. 同样将该小说和鲁迅的革命意识相联系,波兹德涅耶娃的关注点就全然不同,她断言故事的基本思想乃"人民是自己命运的缔造者,人民铸造武器,并将推翻压迫者——这就是1924到1927年大革命所产生的思想"。参见波兹德涅耶娃:《鲁迅的讽刺故事》,乐黛云编:《国外鲁迅研究论集1960—1981》,北京:北京大学出版社,1981年,第443页。

际氛围,都比较熟悉。他以亲身经历作证,在30年代初中国左翼作家眼里,中国革命作家的领袖不是鲁迅,而是丁玲和茅盾。他忆起在高尔基家度过的一个夜晚,一位年轻中国女士向高尔基献上一位被枪杀的中国女诗人的带血迹的手稿,这一晚,并没有人提到鲁迅。葛林如此总结论文的特点:1. 拉斯特从一个"政治性作家"的立场来描述鲁迅,历史情境的亲历,使他区别于一般学院派批评家,也因此使论述带有随意性,且超出了正统的学术对象范围;2. 大量征引俄文材料,披露了1930年左右中国的意识形态论争和苏联的密切联系;3. 拉斯特把中国事件置于更大的、世界性的范围来加以观照,对对象做出了更自由的判断。①

不难看出,在介绍左翼文化界对鲁迅的评价的同时,拉斯特力图实现"去魅"的意图,由此和苏联、东欧的官方批评家拉开了距离。在"鲁迅和他的前辈们"一章,拉斯特强调,尽管鲁迅对白话文推广的贡献无可置疑,但胡适才是首倡者,而费多尔仁科、波兹德涅耶娃等苏联批评家贬低胡适的作用,纯属歪曲历史。除鲁迅之外,中国新文学的缔造者还包括钱玄同、赵元任、陈独秀、傅斯年、顾颉刚、郭沫若、梁启超、严复、蔡元培、林纾、章太炎等。拉斯特意在提醒西方读者,即使承认鲁迅的伟大,也不应忽视他背后的诸多"前辈"(Vorgänger)。他对鲁迅的共产主义信念表示的质疑,从第三章标题"'共产主义者'鲁迅"就能看出。他认为,鲁迅在理论上受了普列汉诺夫和卢那察尔斯基的影响,和孟什维克立场更近,而从思想根源来说,鲁迅毋宁说是中国两千年儒家传统精神的体现。②当波兹德涅耶娃试图将鲁迅塑造为中国的社会主义现实主义之父,并把《纪念刘和珍君》读作鲁迅转向共产党领导的群众运动的证据时,拉斯特又反驳说,鲁迅敬重的是刘和珍作为一个人的品质,而她和共产党的

---

① Jef Last, *Lu Hsün – Dichter und Idol: Ein Beitrag zur Geistesgeschichte des neuen China*, Frankfurt a. M.: Metzner, 1959, S. 3.

② Ebd., S. 65.

联系，不过是鲁迅的敌人的说辞。这种去共产主义化的鲁迅形象塑造，无疑和他本人的政治态度变化密切相关。纪德从莫斯科归来后，对苏联的社会现实公开表达了失望（《访苏联归来》），拉斯特因为和纪德的关系受到牵连，在西班牙被逮捕和审查，他同斯大林主义者的分歧日益扩大，双方最终决裂。

三、鲁迅早期形象的政治化

王澄如和拉斯特中间还隔着一个过渡性的评论，那就是傅吾康对捷克汉学家克勒波索娃（Berta Krebsová）的专著《鲁迅的生平和作品》（*Lu Sun, sa vie et son œvre*, 1953）的书评。傅吾康一方面指出，克勒波索娃著作中许多翻译上的错误和遗漏都和王澄如论文惊人地雷同——暗示前者抄袭了后者。[1]这让我们觉察到王澄如给予她的强烈影响。事实上，克勒波索娃延续了王澄如的政治视角，主要关注鲁迅对于中国革命的意义。另一方面，傅吾康指出了克勒波索娃的几个明显缺陷。除了和王澄如一样比比皆是的翻译错误，一个重要不足是对鲁迅登上文学革命舞台时的历史语境和脉络呈现得太过简略，没有提及鲁迅的诸多"前辈"的预备作用。[2]这一不足，在他的弟子拉斯特的著作中得到了修正（"鲁迅和他的前辈们"成为专门的一章）。而拉斯特对鲁迅和国际共运的关系的探讨，又在一定

---

[1] Wolfgang Franke, „Rez.: Berta Krebsová1953", *Ostasiatische Lieraturzeitung*, 3/4 (1955), S. 170-175. 作为这种抄袭的例子之一，傅吾康举出王澄如翻译的鲁迅"为革命起见，要有'革命人'，'革命文学'倒无须急急"，王澄如译为："如果我们要为革命服务，我必须成为革命者，建立一种革命文学。"（Wenn wir der Revolution dienen wollen, müssen wir Revolutionäre sein und eine revolutionäre Literatur begründen.）克勒波索娃的译法犯了同样错误："如果我们要为革命服务，我们必须首先自己成为革命者，建立一种革命文学。"（Si nous voulons servir la revolution, nous devons tout d'abord être nous-mêmes révolutionnaires et fonder une littérature révolutionnaire.）

[2] Wolfgang Franke, „Rez.: Berta Krebsová 1953", *Ostasiatische Lieraturzeitung*, 3/4 (1955), S. 171-172.

程度上强化了从王澄如到克勒波索娃的论述理路。

拉斯特论文也多次指出王澄如的错误。王澄如认为，鲁迅没有加入任何团体、党派的原因，是反感于共产党内的派别纷争，并举出《而已集》中的一段话为证："一直到近来，才知道非共产党而称为什么Y什么Y的，还不止一种。我又仿佛感到有一个团体，是自以为正统，而喜欢监督思想的。……但是否的确如此，也到底摸不清，即使真的，我也说不出名目，因为那些名目，多是我所没有听到过的。"①拉斯特说，此处自认为"唯一正确"的团体实为国民党而非共产党，王澄如是张冠李戴了。他还指出，"三闲集"被王澄如误译成了"三个假期的书"（Das Buch der drei Ferien）。②

尽管如此，两人在论题设定、切入角度等方面仍有相当的一致性，鲁迅的复杂人格，文学和革命的关系，鲁迅和农民的关系，鲁迅和俄国文学的关系，而尤其是鲁迅和左翼批评界的纠葛，成为共同关注的问题。我们在面对王澄如这篇西方鲁迅研究的青涩的开场白时，也要从形象学和文化符号学的角度看待其价值。她的基本观点，即鲁迅不属于任何既定类型和思潮，鲁迅的人格不属于任何既定系统，还是颇为中肯的，并得到了拉斯特的继承。拉斯特借明兴礼（Jean Monsterleet）的话说："他（鲁迅）的个性和作品都带有矛盾的特征。他是一头斯芬克斯女妖，人们最好将她留给她的谜语。"③拉斯特论文的价值，正是将外界对鲁迅评价转变的原因，归结为鲁迅本身的极端复杂性和他亦中亦西的边界位置。最终，王澄如把鲁迅的革命精神概括为一种和生命冲动相关的爱，而拉斯特归之于一种不问党派的深沉"同情"。

为什么鲁迅和政治的关系成为关注重点？这个问题也是拉斯特的序言

---

① 鲁迅：《而已集》，《鲁迅全集》第3卷，北京：人民文学出版社，2005年，第469页。

② Jef Last, *Lu Hsün – Dichter und Idol: Ein Beitrag zur Geistesgeschichte des neuen China*, Frankfurt a. M.: Metzner, 1959, S. 44.

③ Ebd., S. 30.

第二章　中国文学的引导符码

作者葛林所关心的。鲁迅是文人、诗人，拉斯特也是不适合从事政治的诗人，葛林不由得问：为什么一个"作家写作家"的评论，会被收入一套以政治、经济为服务对象的丛书？①葛林对这个问题的回答，也透露了当时西方知识界对包括中国在内的社会主义国家的偏见：

> ……文学不仅仅是在排他性的美学的意义上的"纯"文学。它是经济的、政治的、主导意识形态的整体的一部分，而且自身也悄然变成一种隐蔽的政治——成为活动于日常生活前台的各种权力的镜子。这一点，我们由鲍里斯·帕斯特纳克可以得知，他无奈地陷入了东西方之间的政治碾磨。故而更近地认识鲁迅这位"中国新文学之父"，了解他作为文人是怎样和政治纠缠，政治又是如何对待作为文人的他，必然会引发持久的兴趣。②

50年代冷战的意识形态框架，决定了鲁迅只能成为单一的政治符码。在30年代进入德国的零星鲁迅作品译文中，鲁迅已被冠以革命作家的称谓。与这一最初印象相呼应，王澄如第一个去探究其革命性的内在根源，克勒波索娃盛赞鲁迅的无产阶级立场，拉斯特视之为共产主义神话，成了一个辩证交替的封闭循环。在鲁毕直看来，妨碍鲁迅在德国的接受的，正是鲁迅作为政治作家的身份本身，这种政治性倒不一定是拥护某个正确的党派，而是他作为革命者为他的受欺凌的、沉默的同胞代言这种姿态本

---

① 这套丛书名为"汉堡的亚洲学研究所丛书"（Schriften des Instituts für Asienkunde in Hamburg），收入对于中国和亚洲的政治、经济、历史方面的研究著作，拉斯特的专著为丛书第5卷。前4卷分别是《南亚和东亚的发展状况研究》（卷1）、《东南亚和东亚的发展状况研究》（卷2）、《中华人民共和国和苏联在经济上的密切关联》（卷3）、《现代日本法律中的外国影响》（卷4）。

② Jef Last, *Lu Hsün – Dichter und Idol: Ein Beitrag zur Geistesgeschichte des neuen China*, Frankfurt a. M.: Metzner, 1959, S. 1.

身。①但是，反过来说，鲁迅身上这种难以驯服的陌生性，才既让接受者望而生畏，也使他有可能——在经过一段历史沉淀和心理适应之后——成为中国文学的主导符码，去更新德国读者业已熟悉的诗意的古代中国和崇拜西方科学、民主的五四"少年中国"的旧印象，对西方人的自我意识形成真正的冲击。这个新的超级符码的基本内涵就是从内到外的革命精神，怎样看待这一符号，从什么角度、在什么层面上、运用什么理论去将它具体化，成为今后进一步扩展、细化的鲁迅研究的一个不言的基点。

拉斯特的反共态度，导致了主观性的描述和歪曲结论，对此不仅葛林已有所暗示，东德方面更予以明确驳斥。针对拉斯特说的，共产党到1932年才停止攻击鲁迅，在他死后才开始了正面评价，而直到1949年后才有了鲁迅崇拜，杨恩霖评论说，鲁迅的"转变"是战士的主动行为，说共产党方面的"攻击"是无稽之谈，所谓"攻击"不过是正常的文学批评而已，而毛泽东早在1937年就对鲁迅做出了最高评价。另外，拉斯特认为神化鲁迅是有意打压同时代的非共产党作家，杨恩霖反驳说，作者全然不知中国的"百花齐放，百家争鸣"方针，事实上，"郁达夫、闻一多、刘半农、刘大白、郑振铎、叶圣陶、朱自清……成仿吾等和鲁迅同时代的非共产党作家的作品都广受欢迎"，而鲁迅本人也非共产党人。②彼得斯1971年在洪堡大学完成的鲁迅博士论文，称拉斯特由"阶级立场"所决定，歪曲了鲁迅的思想。③西德的左派什克尔则宣布拉斯特为"共产主义的叛徒"，名为拥护鲁迅，实为攻击中国的共产主义。④

---

① Lutz Bieg, „Lu Xun im deutschen Sprachraum", Wolfgang Kubin (Hrsg.), *Aus dem Garten der Wildnis*, Bonn: Bouvier, 1989, S. 177.

② Yang En-lin, „Rez.: Jef Last 1959", *Deutsche Literaturzeitung*, 4 (1962), S. 300-304.

③ Irma Peters, *Zur ideologischen Entwicklung des chinesischen Schriftstellers Lu Xun (1881-1936) – eine Untersuchung anhand seiner künstlerischen Publizistik*, Humboldt-Uni., Diss., 1971, S. II.

④ Joachim Schickel, *China: Die Revoltion der Literatur*, München: Hanser, 1969, S. 35.

第三节　东德的鲁迅观：革命者鲁迅

德语区的鲁迅译介在二战后重新开始。东德对来自社会主义兄弟国家的文学作品抱有极大热情，鲁迅译介出现了一个短暂的高峰期。卡尔默（Josef Kalmer）译的《祝福》（1948）、贝尔（Oskar Benl）译的《故乡》（1948）以及翁有礼（Ulrich Unger）和赫塔·南（Herta Nan）合译的《阿Q正传》（1954）相继发表①，赫茨菲尔德则编译了《鲁迅：朝花夕拾》（1960）②和《奔月——故事新编》（1960）③。不过，据尹虹回忆，在50年代初的东德汉学界，翻译中国新文学仍是离奇行为，老派学者认为翻译现代汉语有损尊严，故翁有礼译《阿Q正传》时采用了Richard Jung的笔名。④鲁迅研究也受到高度重视，1957年在莱比锡大学有两篇关于鲁迅的国家考试论文完成，一篇是葛柳南对《摩罗诗力说》第1—3章的翻译和评论，一篇是彼得斯的《论鲁迅对于传说素材的处理》（*Behandlung alter Sagenstoffe durch Lu Xun*）。后来，葛柳南又发表了《在中华人民共和国的当代毛泽东思想文学批评光照下的鲁迅短篇小说》（1976）、《鲁迅——中国现代文学的奠基者》（1986）等论文，而彼得斯在葛柳南指导下写出了东德唯一的鲁迅博士论文《论中国作家鲁迅（1881—1936）的意识形态发展》（1971）。东德的鲁迅观是一种基于革命家鲁迅形象的意识形态，其核心概念是人民、革命和乐观主义，或者说，东德学者用

---

① Richard Jung u. a. (Übers.), *Lu Hsin: Die wahre Geschichte on Ah Queh*, Leipzig: List, 1954.
② Johanna Herzfeldt (Übers.), *Lu Hsün: Morgenblüten abends gepflückt*, Berlin: Rütten und Loening, 1960. 不过，顾彬称这个译本"错误百出"，参见Wolfgang Kubin (Hrsg.), *Lu Xun. Werke in 6 Bd.*, Bd. 6, Zürich: Unionsverlag, 1994, S. 172。
③ Johanna Herzfeldt (Hrsg.), *Lu Ssün. Die Flucht auf den Mond. Alte Geschichten – neu erzählt*, Berlin: Rütten & Loening, 1960.
④ 马汉茂等主编：《德国汉学：历史、发展、人物与视角》，李雪涛等译，郑州：大象出版社，2005年，第607—608页。

意识形态来组织鲁迅符码。对于鲁迅的描述高度同一，如赫茨菲尔德在其编译的《奔月——故事新编》的后记中说，鲁迅1918年的复苏源于中国人民之"斗争力量"的复苏，这一复苏又源于"伟大的社会主义十月革命"①。从《狂人日记》问世这天起他就为专制政府所不容，但是"鲁迅在黑暗现实背后看到了光明的未来在闪耀：人民觉醒了，将为争取自由而战斗"②。所以，《奔月》塑造了拯救人民于水火的英雄，向人民展示赢得胜利需要哪些性格特征；相反，《铸剑》指出了人民的哪些弱点是必须克服的。③1981年莱比锡版鲁迅选集《写于深夜》后记中，杨恩霖用一句斩钉截铁的话下了鉴定："鲁迅不是改良者，而是革命者。"④鲁迅的功绩在于：

> 鲁迅是第一位以描写农民和其他被压迫阶级阶层的社会情形为主的中国作家。他捡起一个迄今很少被认为"配得上文学"的主题，把解决农村问题视为中国革命的主要任务。鲁迅深信，民主深深地根植于被压迫大众中。和被剥削者认同，造就了他的反封建思想和文学中的现实主义方法。由革命和民主的立场，他指派给知识分子在革命中和被压迫阶级并肩战斗的位置，视他们为争取人民解放的潜在战友，但并没有让他们担任领导角色，或给予他们特殊关注。⑤

革命的问题最终涉及解放的希望。鲁迅是革命符码，希望自然是存在的。然而问题在于：希望在何处，是来自外部，还是内部？如果仅仅来自

---

① Johanna Herzfeldt (Hrsg.), *Lu Ssün. Die Flucht auf den Mond. Alte Geschichten – neu erzählt*, Berlin: Rütten & Loening, 1960, S. 227.

② Ebd., S. 228.

③ Ebd., S. 232.

④ Yang En-lin (Hrsg.), *Lu Xun. In tiefer Nacht geschrieben. Auswahl*, Leipzig: Reclam, 1981, S. 247.

⑤ Ebd., S. 256.

内部，是否会导致一个悖论，即放弃希望才可能有真正的希望，因为一般人心目中的希望都意味着外部的超越理想和外在的解放。故"希望"原则是鲁迅阐释的焦点，涉及鲁迅究竟是乐观主义者还是孤独的斗士，或干脆就是颓废者的选择，这一问题成了鲁迅研究中左派和右派的界标，或者说两种现代性意识的分水岭。在不同的现代性指向下，鲁迅符码的感伤、反讽、中国性、世界性等语义成分需要作不同组合，反过来，不断的语义重组又加强了符码的象征潜力。自相矛盾对于概念来说是致命的，却不影响符码的功能性和统一性，因为符码自己给出自身根据，"像所有交流媒介中那样，符码在此也必须在自身中为自身规定例外；只有将负面的自我指涉植入其中，它才能制度化"[①]。西德学者魏格林1980年发表了一篇题为《鲁迅和"希望原则"》的论文，她注意到，和希望问题辩驳是鲁迅思想发展中一个重要动机，在这一点上，可与恩斯特·布洛赫相类比。鲁迅在《故乡》中的表述如下：

> 我想：希望是本无所谓有，无所谓无的。这正如地上的路；其实地上本没有路，走的人多了，也便成了路。

而布洛赫提道：

> ……要对滞留不前或偏离目标进行批判，只有通过标出目标。没有目标之处，就没有路——如果人们不能至少是预设目标，就不可能察觉偏离了路，也不可能对偏离作标示，更不用说进行批判。

魏格林指出这里的微妙差别：布洛赫的希望和目标指向密不可分，而

[①] Niklas Luhmann, *Liebe als Passion*, Frankfurt a. M.: Suhrkamp, 1994, S. 83.

对于鲁迅来说，即便没有目标，希望也还存在。①顾彬后来说，鲁迅作品应视为"一种带有距离的——因为是自我批判性的——关于希望之（不）可能和感伤艺术的话语"②。他的意思是，鲁迅和各方面都保持批判性距离，回避一切带有"新"的标签的事物，造成的后果是，希望虽然还在，却必须自觉地承受希望的破碎。简言之，两位西德学者倾向于将鲁迅的希望读成悖论——无希望的希望。

对于东德学者来说，鲁迅本身就是一切"希望"的化身，希望来自马克思主义的超越理想对于人民的斗争精神的引导，此问题的答案清楚无误。《三月雪》译序结尾处也引用了著名的《故乡》结尾，在编选者看来，这分明是向同时代人呼喊，要他们学会运用自身的力量，获得一种"新的、自由的、幸福的生活"③。赫茨菲尔德相信鲁迅从不绝望："即便经过了1927年给革命带来的沉重打击，他也不绝望。"④彼得斯批评说，西方的鲁迅研究将鲁迅的基本态度错误地界定为"悲观主义、孤独和敏感"，然而鲁迅绝非"天生的孤独者"，他1927/1928年前的失望情绪自然是小资产阶级看不到出路的表达，但这类情绪主要出现在小说中（即便在这里，进步的希望也未完全失去）。通过对其杂文的全面考察可知，"斗士的乐观主义的态度"才是根本的，决定了鲁迅的全部思想发展。对于国民性弱点的鞭挞并非消极，恰恰是同一种斗争精神的体现，他的思

---

① Susanne Weigelin-Schwiedrzik, „Lu Xun und das ‚Prinzip Hoffnung'. Eine Untersuchung seiner Rezeption der Theorien von Huxley und Nietzsche", *Bochumer Jahrbuch zur Ostasienforschung*, Bd.3, 1980, 418.

② Wolfgang Kubin (Hrsg.), *Lu Xun. Werke in 6 Bd.*, Bd. 6, Zürich: Unionsverlag, 1994, S. 178.

③ Werner Bettin, Erich A. Klien, Fritz Gruner, *Märzschneeblüten: Chinesische Erzählungen*, Berlin: Volk und Welt, 1959, S. 12.

④ Johanna Herzfeldt (Hrsg.), *Lu Ssün. Die Flucht auf den Mond. Alte Geschichten – neu erzählt*, Berlin: Rütten & Loening, 1960, S. 233.

想在朝无产阶级和马克思主义的发展中"从未有中断,从未有妥协"①。鲁迅的优点在于具有高度"党派性",他是"为无产阶级事业斗争的战士",承认社会的阶级性和无产阶级专政。《三月雪》在介绍选文作者时,把鲁迅误认为是共产党员②,却完全符合东德方面对于鲁迅的印象。

东德政府在官方的外交层面并不愿过分刺激中国,即便迫于苏联压力,在1963年德国统一社会党代表大会上发表对中国的公开批评后,也尽力维持相对温和的对华政策,然而,在作为机密的汉学博士论文中,研究者可以毫无顾忌地表达对于中国路线的真实立场。彼得斯论文是典型的意识形态批判,在她这里,整个鲁迅的思想发展就是成功摆脱尼采等西方"反动哲学"支配,融入马克思主义和中国革命的过程。《阿Q正传》等作品的价值在于批判旧价值和劳动人民的弱点,为无产阶级革命作精神预备。彼得斯强调,鲁迅不为帝国主义的诬蔑所惑,同情和支持苏联,因为他站在劳工阶级立场上,在苏联的事业中看到了"个性的解放"和"符合人类尊严的生活的创造"③。更重要的是,她有意将鲁迅和毛泽东相区分,认为从鲁迅著作中看不出对毛泽东的极端崇拜;反过来,她认为毛泽东的鲁迅评价也忽视了鲁迅个性的复杂性。彼得斯关于中国80年代初的《阿Q正传》电影改编的论文虽然发表于1990年,表露的还是同样的意识形态导向。她认为,阿Q是一个试图用无效的手段改变处境的傻子,不懂得只有和其他穷人和被剥削者合作才能达成变革,阿Q把他们视为对手。阿Q的"精神胜利法""深深地植根于封建的意识形态和生活方式,

---

① Irma Peters, *Zur ideologischen Entwicklung des chinesischen Schriftstellers Lu Xun (1881-1936) – eine Untersuchung anhand seiner künstlerischen Publizistik*, Humboldt-Uni., Diss., 1971, S. 177-178.

② Werner Bettin, Erich A. Klien, Fritz Gruner, *Märzschneeblüten: Chinesische Erzählungen*, Berlin: Volk und Welt, 1959, S. 386.

③ Irma Peters, *Zur ideologischen Entwicklung des chinesischen Schriftstellers Lu Xun (1881-1936) – eine Untersuchung anhand seiner künstlerischen Publizistik*, Humboldt-Uni., Diss., 1971, S. 145.

由他引证无效的经典格言作为反抗对手的手段,就可以清楚地看到这一点"①。而阿Q之所以落得悲惨下场,是因为从封建束缚解放的条件还不成熟,阿Q的麻木被动要归于当时的社会关系。她认为,鲁迅的小说尽管充满苦闷、怀疑、绝望,却仍然透露出了希望,《阿Q正传》也不例外:"阿Q的孙辈终将把圈画圆,20年后将又是一个阿Q。没有这种辩证的看法就不能真正进入鲁迅的创作。"②对作品内涵的这种认识,成为她评论陈白尘的电影改编的出发点。

革命者鲁迅的形象,源自毛泽东《新民主主义论》(1940)中对鲁迅的著名评价:

> 鲁迅是中国文化革命的主将,他不但是伟大的文学家,而且是伟大的思想家和伟大的革命家。鲁迅的骨头是最硬的,他没有丝毫的奴颜和媚骨,这是殖民地半殖民地人民最可宝贵的性格。……鲁迅的方向,就是中华民族新文化的方向。③

和《新民主主义论》中的鲁迅评价相呼应,东德1953年出版的文化宣传册子《论中国新文学》也给鲁迅以官方定调:

> 鲁迅(1881—1936)从卓越的、描写普通人的苦难和封建社会秩序的矛盾与不公的批判现实主义作家,变成伟大的革命思想家和领袖。马列主义的学习,艰苦不懈的工作,"民权保障同盟"中的积极革命活动,在他领导的"左联"的学生和青年作家中的工作,文学中

---

① Irma Peters, „Die wahre Geschichte des A Q (1921) und ihre Umarbeitung in ein Filmszenarium zu Beginn der achtziger Jahre", *Orientierungen*, 1(1990), S. 118.
② Ebd., S. 120.
③ 毛泽东:《新民主主义论》,《毛泽东选集(第二版)(第二卷)》,北京:人民出版社,1991年,第698页。

对于大众语言的完善,让他成为这一人物。①

《论中国新文学》特别指出,鲁迅高度重视19世纪俄罗斯文学,翻译了大量俄国文学作品。显然,这就是东德方面确认的中国新文学的正确路线。整个社会主义阵营几乎都遵循这一路线,克勒波索娃1953年出版的《鲁迅:生平和著作》就是以毛泽东的上述评价为指针的,从革命民主主义者发展为马克思主义者,成为其鲁迅评论的基本模式。而即便中苏反目之后,鲁迅仍然是东德学者眼中中国革命文学的楷模,因为他体现了两个符合东德文化政策的理念要素:1. "党派性",这使他超越了一般批判现实主义作家(如茅盾);2. 向无产阶级的世界文学开放。

当时西方世界的鲁迅研究者中,法国的鲁阿(Michelle Loi)代表了这一革命导向的阐释路线,他将《野草》视为鲁迅洞悉国民党的反动本质和预见国共分裂的见证。美国汉学家威廉·莱尔(William C. Lyell)影响巨大的《鲁迅的现实观》(*Lu Hsün's Vision of Reality*, 1975)是第一部深入研究鲁迅的英语著作,同样采用革命阐释的框架,强调鲁迅在革命道路上的一贯、坚决、连续,而怀疑和犹豫只是无关宏旨的一时偏离。但五六十年代的西方也有一条"反正统"的阐释路线,如夏志清的《中国现代小说史》认为鲁迅接近马克思主义是自毁其文学创造力,而在塑造非政治化的思想者鲁迅方面,拉斯特的鲁迅论文可谓始作俑者。

---

① Joan Becker, *Über die neue chinesische Literatur*, Leipzig: Urania-Verlag, 1955, S. 4.

第四节　西德的鲁迅观：从革命者到反讽者

西德出版的第一部鲁迅小说集是约瑟夫·卡尔默译的《漫长的旅程》（1955）①，之后很长一段时期它都是西德的唯一鲁迅作品选，一再重版。冷战环境下的西德读者开始时更乐于接受中国古代文学，库恩译的中国古代小说在五六十年代广受欢迎，鲁迅作为现代中国文化偶像暂时处在视野之外。可是到了六七十年代，当东德的鲁迅译介中断时，西德左派却对鲁迅产生了强烈兴趣。

1973年，作家布赫（Hans Christoph Buch）编译的《鲁迅：雷峰塔的倒掉——论文学和中国革命》出版，译本系经杨宪益和戴乃迭的英译本转译，却是西德鲁迅接受的一个重要突破。左翼化趋势，首先体现在"名"的选择上。拉斯特不承认鲁迅为"中国的高尔基"，只愿意接受"中国的果戈里"，是因为果戈里具有悲观和人格分裂的特征，更符合他所理解的鲁迅的精神内涵。相反，布赫认为鲁迅"中国的高尔基"之称恰如其分，鲁迅和高尔基两人，一个是中国革命文学的先驱，一个是苏联社会主义现实主义之父。鲁迅也可以和布莱希特或18世纪欧洲启蒙者相类比，在辩证法运用上堪比布莱希特，在反讽手法和唯物主义上又呼应欧洲的启蒙运动——和莱辛、狄德罗反抗中世纪残余一样，他批判儒教以及照搬欧美经验的改良主义迷梦。但他最重要的功绩是作为五四运动的先锋，在理论和实践中鼓吹文学革命，这是欧洲思想史上没有先例的。②"革命"成了描述鲁迅的关键词，鲁迅一生经历了诸多革命，他不但关注这些革命的发展阶段（从义和团运动一直到红军长征、抗日统一战线建立），至迟从

---

① Josef Kalmer (Übers.), *Lu Hsün: Die Reise ist lang. Gesammelte Erzählungen*, Düsseldorf: Progress, 1955.

② Hans Christoph Buch, Wong May (Übers.), *Lu Hsün: Der Einsturz der Lei-feng-Pagode*, Reinbek: Rowohlt, 1973, S. 196-197.

1919年起，他也成了革命的"最积极宣传者之一"①。他是文学革命的象征，"仅仅通过他的小说的形式上的成熟和完善……他保证了白话在中国文学中无可置疑的地位"②。但他不像资产阶级知识分子那样满足于文学革命，而是继续走向了社会革命，以达到整个社会的革命性转变。他对现实的思考从表面来看不像马克思主义的方式，然而他始终站在辩证法和唯物主义立场，本能地深入社会问题的经济根源。而鲁迅又是最清醒的，从未沾染青年学生幼稚的"革命乐观主义"。

布赫将鲁迅作品区分为三个地貌层次，作为其革命思想形成过程的反映：1. 传统中国文化是最古老的地层；2. 中间层是东、西欧国家和日本的文化；3. 最新一层的文学语言的革新，是白话、文言及西方概念的综合。他认为，鲁迅的革命性和消极感伤并不矛盾，他对自身及知识分子的命运不抱任何幻想，正因为他不隐瞒自己的怀疑、感伤，而是对其进行最彻底的反思，他的作品才具有说服力。

顾彬后来提到布赫观点在1974年对他的影响，他称之为一次"觉悟"（Erleuchtung），从此对鲁迅发生了兴趣。顾彬当时是正在准备赴华留学的年轻汉学系学生，他以往接触的汉语教材中有很多革命的口号，然而布赫后记（西德电台据此制作了半小时的广播节目）讲述"另一个中国"，不仅是强大的中国，也是怀疑甚至绝望的中国。在顾彬看来，正是鲁迅的反思和自嘲，使他成为现代中国最重要的作家和思想家。③不过，顾彬将鲁迅的感伤内在化为现代人的本体论处境，布赫却认为，感伤是社会大环境的结果："在此意义上，鲁迅的感伤不能从个体心理，从他的童年经历、父亲的早逝、长年处于敌意环境中的孤寂加以说明；它和知识分子的社会处境相关，知识分子在资产阶级和无产阶级的阶级斗争中被实实在

---

① Hans Christoph Buch, Wong May (Übers.), *Lu Hsün: Der Einsturz der Lei-feng-Pagode*, Reinbek: Rowohlt, 1973, S. 197.

② Ebd., S. 201.

③ Wolfgang Kubin (Hrsg.), *Lu Xun: Werke in 6 Bd.*, Bd.6, Zürich: Unionsverlag, 1994, S. 168.

在地碾碎，正如他的许多作家同事。"①这一评论也有弦外之音，对鲁迅的推崇还是源自西方社会自身的变革要求。布赫后记把鲁迅和学生运动相联系，强调鲁迅的"反抗计划"始于被压迫最深、最无权的家庭和社会成员：妇女、儿童和学生。"他反对一切形式的威权：丈夫、父亲和大学官僚体制——正如西欧的反威权学生运动。"②

80年代是西德汉学界确立其鲁迅观的关键时期。西德的中国现当代文学研究随中国的改革开放一道崛起，承担了了解中国社会现状的重要功能。鲁迅既是西德学者集体关注的对象，也是中国现代文学研究走向专业化的标志，而专业化的符码治理会造成新的语义和编码形式，鲁迅的左或右都不再是问题焦点了。1986年10月，德国研究协会（DFG）资助波恩大学东语系举办了题为"鲁迅（1881—1936）逝世50周年国际工作坊"的国际研讨会，邀请东德、西德、中国、捷克斯洛伐克、荷兰、加拿大、挪威、奥地利、苏联九国学者参与，会议焦点是三个：1. 鲁迅和西方文学的关系；2. 鲁迅作品的象征特性（以前对鲁迅的政治性解读忽略了其文学性和形象性一面，也因此导致了对某些作品的误读）；3. 中国传统对鲁迅的影响。由顾彬编辑出版的《出自荒芜的花园：鲁迅（1881—1936）研究》（1989）收录了13篇会议论文（加上鲁毕直的一篇《鲁迅在德语区》和一个研究文献目录就是15篇），作者除了捷克斯洛伐克的高利克、荷兰阿姆斯特丹的鲁伊腾贝克（Klass Ruitenbeek）、奥地利维也纳大学的李夏德（Richard Trappl）、东德的葛柳南，其余都是西德学者。

新一代观察者眼里，鲁迅的气质更多地显示为彷徨、绝望、多疑甚至阴暗，他不是单义性的革命符号，而是复杂而矛盾的现代人——和同一时期中国学者如汪晖对"中间物"概念的重视相平行。孟玉华（Ylva

---

① Hans Christoph Buch, Wong May (Übers.), *Lu Hsün: Der Einsturz der Lei-feng-Pagode*, Reinbek: Rowohlt, 1973, S. 210.

② Ebd., S. 202.

Monschein）分析了小说《药》的形式和结构。东德学者对结尾场景做出乐观阐释，认为暗示了即将到来的革命的展望。孟玉华却认为，平添花环不过是鲁迅跟读者玩了个花招，"事实上他始终保持其观点，即'整体的无意义'"①。在她看来，"药"具有三重含义：首先是民众迷信的治病手段，关系到为病人华小栓带来具体疗效；其次是在（以花环形式出现的）象征层面上，革命者夏瑜的目标是以行动来治疗社会；最后关系到读者，就算乌鸦的飞走传递了负面消息，读者也应该维持一个希望的幻象。然而，三重含义都和乐观无缘，三个层面上"药"都无效。结尾似乎还有某种心理效用，可将读者诱入乐观情绪，然而细察之下，亦不过是暂时掩盖了悲剧现实的安慰剂。花环谜一样出现在坟头，并不是亲属或孩子们所为，由此"革命者显现于一个最终的真空，只有隐含作者自己给出一个标记，作为最后的小小承认"②。鲁毕直的论文为《〈野草〉或对虚无的"绝望的抗战"》，通过反思这部"黑暗"作品而得出结论，鲁迅并非从不动摇的斗士，倒是典型的时代病人，他为中国而"病"，比同时代任何知识分子都更能体会现代的、普遍的"苦闷"。③这里的鲁迅是一位艺术家、一位作家，《野草》作为一个由22个梦的片段构成的沉沉梦魇，是向"遵命文学"的告别。鲁迅试图以艺术形式克服灵魂危机，却并非完全成功，这和他在传统和现代之间所处的位置相关：当前的"地狱""死亡的生命"，是传统的明确产物；未来却是不清楚的，只能以一种负面方式加以规定，即当"空虚"被揭穿之时。④之所以普遍地偏爱悲观，表面原因是专业化操作注重忠实于文本，尊重鲁迅自己的"悲观"表述，反对政治先行的隐喻解读。深层原因是，人们找到了处理悲观的有效方式：新的编

---

① Ylva Monschein, „Lu Xuns Erzählung *Yao* oder die Wirksamkeit eines Placebos", Wolfgang Kubin (Hrsg.), *Aus dem Garten der Wildnis*, Bonn: Bouvier, 1989, S. 45.

② Ebd., S. 39.

③ Lutz Bieg, „*Unkraut* oder vom ‚verzweifelten Widerstandskampf' gegen das Nichts", Wolfgang Kubin (Hrsg.), *Aus dem Garten der Wildnis*, Bonn: Bouvier, 1989, S. 154.

④ Ebd., S. 163.

码规则能够容纳悲观，允许悲观参与意义生产。

在对于写作方式的探讨上，传统的现实主义视角渐被淡化，而更多地和西方现代派挂钩。许多学者认为，以前对鲁迅的政治性解读忽略了其文学性和形象性一面，导致了对某些作品的误读。鲁迅从革命符号变成复杂的艺术文本，意义重大：一方面利于各种新的文本分析技术的应用，推进了德国的中国文学研究向内在批评转型；另一方面，精致的分析工具，必然造成一个多层面、多视角的复杂文本，两者相互强化，螺旋上升。反讽作为公认的鲁迅笔法，成了新的鲁迅研究的中心概念，13篇论文中3篇标题都有"反讽"一词：魏格林《鲁迅小说〈白光〉中的神话和反讽》；顾彬《处女和恶魔：略谈〈风波〉中反讽的作用》；李夏德《对时间性的反讽：〈故事新编〉的接受语用思考》。魏格林认为《白光》不属于现实主义或社会主义现实主义文学范畴，因为写一个"旧社会"的潦倒儒生，无关于人民大众或美好未来。"白光"是"长生不死的象征，包含了希望和徒劳，代表着对于规定知识分子全部生活的某种不可理解之物的追求"[1]。作为追求永生的故事，小说续写了传统中国神话，同时又将其克服：反讽笔法起到去神话化的作用，在利用各种因袭的修辞手段的同时又将其否定，彻底地质疑事物间的关联。在此意义上，这篇小说"比现代更现代"[2]。顾彬也在《风波》中看到了反讽的作用，认为反讽距离让文本获得了语言和结构上的密度，以至于看似任意的细节（饭碗）也有深意。这篇读来毫不费力、引人发笑的小说，就是辛亥革命甚至五四运动的终曲，为普实克和韩南关于鲁迅小说现代性的说法增加了一个有力论据。[3]

众所周知，"反讽"（Ironie）在德国早期浪漫派那里不仅是修辞手

---

[1] Susanne Weigelin-Schwiedrzik, „Mythologie und Ironie in Lu Xuns Erzählung *Bai guang*", Wolfgang Kubin (Hrsg.), *Aus dem Garten der Wildnis*, Bonn: Bouvier, 1989, S. 50.

[2] Ebd., S. 48.

[3] Wolfgang Kubin, „Die Jungfrau und der Dämon. Bemerkungen zur Rolle der Ironie in Sturm im Wasserglas (Fengbo)", Wolfgang Kubin (Hrsg.), *Aus dem Garten der Wildnis*, Bonn: Bouvier, 1989, S.59.

法，更是一个——通过有限和无限的交替——连接个别和整体的精神性概念。反讽一方面意味着作者和文本事件，尤其是和自我拉开距离，另一方面象征了存在和非存在的共存互戏，自浪漫派以来就是展开精神的悖论结构的经典形式。西德学者在鲁迅研究中对于这一概念的反复征用，预示着鲁迅形象由"革命者"向"反思者"转变，而悖论成为新的鲁迅编码的核心：符码的统一性不再依赖于统一的意识形态，而是悖论化公式（但仍是公式！）。帕塔克分析《祝福》的结构、象征体系和悖论时，强调的正是内涵层面的悖论。祥林嫂被归为山人，水边的鲁镇成为反山人，仁者乐山，智者乐水，但智者实则不比山人开化，同样愚昧迷信，由此质疑了中国传统的天人感应和和谐秩序。他又将柳妈和观音（柳枝是观音的标志）相联系，从而凸显了人物的暧昧性——本应如观音般送生的"善女人"，却给祥林嫂送来了死。①另外，第一人称叙事者身上也隐藏有暧昧性，这个"见识得多"的启蒙者本身也是"智者"，在对待祥林嫂的态度上和柳妈、四婶并无根本不同。"我"也是无常鬼，和柳妈类似，既是救赎者也是毁灭者，通过他的真话（"说不清"）剥夺了祥林嫂的最后希望。帕塔克相信，这一两难也是作者鲁迅的两难：是将沉睡者赶出铁屋子呢，还是任由他们在沉睡中慢慢死去？故就连标题都充满悖论意味：是祝福祥林嫂的死，还是"我"祝福自己的偷生？帕塔克把小说要素一再和中国传统相连，多少显得牵强，不过都是为了渲染作为"主导母题"（Leitmotiv）的矛盾性——现实总是和人的观念相左，中国世界和中国心灵都是悖论结构。也正因为牵强，才显示出悖论化在符码建构中的强制性引导。

在帕塔克稍后发表于《东方/方向》杂志的另一篇关于《孤独者》的论文中，"悖论"主题得到了再次强调。他援引周作人的证词，认为《孤独者》是鲁迅最具有自传色彩的作品，魏连殳即早年的鲁迅。在他看来，作

---

① Roderich Ptak, „Lu Xun und die Knallfrösche: Zur Struktur, Symbolik und Paradoxie in *Das Neujahrsopfer*", Wolfgang Kubin (Hrsg.), *Aus dem Garten der Wildnis*, Bonn: Bouvier, 1989, S. 90-91.

者鲁迅出现于三个文本层面：1. 人物魏连殳；2. 第一人称叙事者"我"；3. 幕后的全知叙事者。故《孤独者》是一场"鲁迅对鲁迅的战役"，战役的核心结构为：当人物魏连殳（鲁迅）沉溺于孤独，最终走向一个充满矛盾的悲喜剧结局时，第一人称叙事者（鲁迅）却显得超然，而作者（鲁迅）也完成了自己的升华仪式。这是自我"驱魔"的过程，所祛除的正是魏连殳代表的自哀自怜的文人之魔，由此升起一个新的鲁迅。帕塔克进一步推测，即便如此，最后的"驱魔"仍是假象，这才符合悖论精神——"雪罗汉"所象征的就是这样一种精神。比之于《祝福》，《孤独者》时期的鲁迅在思想上又进了一步，既能同情又同时超越同情："他持续的认知努力，他对悖论的内化，悖论向某种主导动机的转化，所有这些——至少在20年代中期——都有可能让他靠拢佛教，也许还接近道家，这种思考让他能认出并承认自身的弱点。"①

另外，陶德文的论文《关于鲁迅小说中主人公的美学建构》强调，鲁迅的人物塑造受到中国传统思维方式影响，主人公并未在个别和普遍的辩证交流中成为西方意义上的典型，而是传达作者思想的功能性角色。在他看来，鲁迅作品中没有自治主体，主人公完全受制于社会环境。如阿Q并非性格丰满的典型人物，从这个局外人形象透射出来的，是作者从中国历史中引申出来的一个抽象理念：中国人民所遭受的心灵扭曲。这就使得描述更多地带上了"隐喻"（allegorisch）而非"象征"（symbolisch）性质，孔乙己的断腿和阿Q的精神胜利法担负同样的隐喻功能，都是用来说明特定时期中国人民的普遍性格。陶德文相信，这里留有传统的"文以载道"观的影响。在《伤逝》分析中，陈月桂认为鲁迅戏仿了楚辞的"士追寻理想"母题，但楚辞中自我的理想是爱国忠君，而鲁迅小说中恋人涓生

---

① Roderich Ptak, „Vom Heulen des Steppenwolfs: Lu Xuns Erzählung ‚Der Einsame'", *Orientierungen*, 1(1990), S. 111-113.

第二章　中国文学的引导符码

的理想是个人性的。[①]第一人称叙事者具有主动的"哀的能力",由此和五四文学病态的感伤型自我拉开了距离。《伤逝》中子君走的是死路,而叙事者要走"生路""活路""生活的路",作为一个达尔文主义者,涓生很清楚"人的生活的第一着是求生"。

与此相比,东德学者的鲁迅观仍停留于传统框架。葛柳南是上述论文集中唯一的东德学者,他的《摩罗诗力说》分析突出的仅是鲁迅对人民的启蒙和积极引导,一如他三十年前学生时代的立场。他认为:首先《摩罗诗力说》为中国读者提供了欧洲文学和思想史上的丰富材料,有启蒙价值;其次,《摩罗诗力说》涉及鲁迅对于社会发展、人的社会活动及其和祖国的关系等问题的态度;最后,《摩罗诗力说》可揭示鲁迅的美学观的形成。葛柳南认为,鲁迅把撒旦派诗人视为精神斗士,是在呼吁中国的社会变革和中国的"新声"。他称赞鲁迅的态度远超出了时代,因为"他不限于要求改变某种国家制度。他不寻求统治阶层的支持,而是要将全体人民摇醒并引向一个光明的未来"[②]。

鲍吾刚的《中国的面容》中,鲁迅的自我结构在思想史层面获得了定型。鲍吾刚把《狂人日记》中的"狂人"视为鲁迅自画像,表面癫狂,实则为癫狂的众生中唯一的清醒者,承担了旷野中孤独的呼唤者的职责。[③]《狂人日记》中,不但虚构自我和自传的真实自我难以区分,而且所有立场都在吃人盛宴中彼此混淆了,甚至待拯救的"孩子"都不是无辜的,甚至"狂人"——鲁迅本人的面具——也难逃吃人和被吃的循环:"我未必无意之中,不吃了我妹子几片肉。"这种自我理解构成了许多鲁迅作

---

① Goatkoei Lang-Tan, „Eines Liebenden Suche nach dem neuen Ideal. Zur Gestalt des Ich-Erzählers und dessen Sprachgestaltung in Lu Xuns Erzählung *Shangshi* (1925)", Wolfgang Kubin (Hrsg.), *Aus dem Garten der Wildnis*, Bonn: Bouvier, 1989, S. 80.

② Fritz Gruner, „Lu Xuns frühe Schrift *Über die Kraft der romantischen Poesie*", Wolfgang Kubin (Hrsg.), *Aus dem Garten der Wildnis*, Bonn: Bouvier, 1989, S. 25.

③ Wolfgang Bauer, *Das Antlitz Chinas*, München: Carl Hanser, 1990, S. 197.

品的核心。①《野草》是鲁迅分析自我的作品，在梦幻般的氛围中，其阴郁颇具有卡夫卡的特色，从中透露出一种"外在孤独和内心分裂的压抑感觉"。②他认为，评判鲁迅更倾向于哪一党派是没有意义的，鲁迅感到被各方同样地排斥，而之所以如此，并非因为政治观点（在政治观点上他显然倾向于共产党），而是试图实现这些观点的方法。关键在于，鲁迅实际上是通过"失望"本身实现自我的。③

第五节 鲁迅符码建构的新起点：现代性

1990年两德合并后，西德的鲁迅研究成为正统，怀疑者鲁迅成为核心语义。顾彬90年代出版的六卷本《鲁迅选集》，是德国的鲁迅译介一大成就，也综合了西德学者之前的研究成果。顾彬取一种居中立场，一方面反对把鲁迅视为纯粹革命家的"正统"立场，一方面反对走到另一极端，像拉斯特、夏济安、李克曼（Pierre Ryckman）那样将鲁迅视为虚无主义者。鲁迅的特点是一种"永远坚持的独立性"，其代价就是孤独、无聊和苦闷。顾彬尤其要和中国知识界划清界限，因此鲁迅是这样一个人物："他摆脱了自我欺骗的修辞……他摆脱了那种献身精神，这种精神充当了20世纪中国知识分子自我欺骗的策略，帮助他们一再不假思索地放弃一度的（反叛）诉求，投入自己选择的权威的庇护。"④既然顾彬关注的是鲁迅的怀疑和感伤，故对他来说，鲁迅的"本质"不在于1918年后的新文化先锋及再以后的革命斗士，而恰恰在——为"正统"学者所忽略的——1909

---

① Wolfgang Bauer, *Das Antlitz Chinas*, München: Carl Hanser, 1990, S. 693.
② Ebd., S. 598.
③ Ebd., S. 600.
④ Wolfgang Kubin (Hrsg.), *Lu Xun: Werke in 6 Bd.*, Bd.6, Zürich: Unionsverlag, 1994, S. 178.

年至1918年的蛰伏和低潮期。

　　后记中的作品解读即围绕这一中心形象展开。顾彬认为，由《呐喊》导言可知，鲁迅划时代的文学恰恰是过去由进化论和尼采超人说支撑的"好梦"破碎的产物，他有着"中国到今日仍然罕见的自我认识"①（"我绝不是一个振臂一呼应者云集的英雄"）。"所以我往往不恤用了曲笔"一句被顾彬理解成，鲁迅也在告诫读者不要轻信叙事者，整部《呐喊》充斥了不可靠的叙事者，叙事者和自身、和读者都在玩游戏，和二者都保持了足够的反讽距离，这就是鲁迅的"迄今未被发现的现代性"②。《狂人日记》结构上的反讽体现于，序言将正文中激烈的社会批判全盘收回，希望宣告破灭，文学应交给医家作研究材料。作者早先为了文学的缘故而放弃了医学，而现在看来，唯有医学能帮助精神恢复正常。革命者或新文化运动鼓吹者的两重性——他所反对的就是他将来要维护的——显现无遗，取代社会批判成为文本的中心。"狂人"最终回到了传统的怀抱，成为候补官员。在《阿Q正传》中，怀疑的矛头不光针对革命的悖论，更针对中国人的国民性，故而成为中国心灵之"正传"。但造成阿Q式气质的真正原因并非简单的封建压迫，而是"回忆的无能"（Unfähigkeit zur Erinnerung），这里用到了当代德国学者偏爱的记忆理论，没有了个体性"回忆"，人就陷于浑浑噩噩的动物式生存状态，时而是主体，时而是客体。③

　　《彷徨》只是延续和激化了《呐喊》中的观点：希望破灭之后，出现的就是无聊。顾彬说，"无聊"这一概念预设了双重差异：理想/现实、敏感的个体/不敏感的群众，这种差异化为一个基本图像：一边是彷徨于长路的孤独战士，一边则是充当看客的愚昧、驯服的多数人。但顾彬指出，《彷徨》并非迄今所认为的"不懈的战斗意志"的表达，毋宁说是"不

---

① Wolfgang Kubin (Hrsg.), *Lu Xun: Werke in 6 Bd.*, Bd.6, Zürich: Unionsverlag, 1994, S. 185.
② Ebd., S. 187.
③ Ebd., S. 195.

服输的反应"（Trotzreaktion），它并未主张进一步的战斗——因为战斗需预设一种价值系统，可如果一切都处于不明确状态，则任何答案皆是谬误。①

对于《野草》的理解角度，顾彬并不同意吴茂生（Ng Mau-sang）和鲁毕直的"克服忧郁"说，而相信这是一种尼采式的对于现代性问题的探讨。②启蒙之后仍无路可走，才是鲁迅发现的现代人真正的两难，也是他对我们今天的现实意义所在。③《铸剑》表明，只有凶手、受害者、复仇者同归于尽，共同走向坟墓，才能消灭不义，实际上延续了《野草》的主题。④如将顾彬解读的《呐喊》《彷徨》《野草》《铸剑》这四点连成一线，一个日益虚无、日益绝望的发展路线就跃然纸上。

如果说顾彬《二十世纪中国文学史》中的鲁迅观称得上德国的鲁迅接受的阶段性总结，其关键是以"现代性"置换了"革命性"，某种意义上，这并非改弦更张，而是语义的彻底实现。尽管他同时承认中国现代文学的两个开端：胡适的文学改良"八事"（1916）和鲁迅《狂人日记》（1918），但显然鲁迅构成了精神核心，鲁迅才是现代性的标志。这种现代性体现为悖论化的编码规则：首先，鲁迅和时代保持了反讽性距离，他忠于五四启蒙精神的明证，恰恰在于他对运动的批评和对青年人的冷静观察；其次，鲁迅高度怀疑自身；最后，悖论成了其语言风格。一句话，"悖论原则（Prinzip der Paradoxie）是鲁迅生平和作品的本质特征"⑤。悖论的核心是自我指涉/外来指涉的对立。现代性从系统运作的角度来说，意味着革命的一般化、中性化。一个现代系统即一个能自我更新的革命系统，然而一般化、中性化意味着将革命需要的自我区分彻底内化，换言

---

① Wolfgang Kubin (Hrsg.), *Lu Xun: Werke in 6 Bd.*, Bd.6, Zürich: Unionsverlag, 1994, S. 198.
② Ebd., S. 213-214.
③ Ebd., S. 216.
④ Ebd., S. 212.
⑤ Wolfgang Kubin, *Die chinesische Literatur im 20. Jahrhundert*, München: Sauer, 2005, S. 84.

之，系统的自我指涉/外来指涉（进步/反动、正义/邪恶）的转换被彻底内化到个体中，个体自身成为一个自我演化系统，以自我悖论化的形式实现自我更新（悖论化必然导致解悖论化）。正是从外到内的三重悖论造成了鲁迅的感伤，顾彬认为，鲁迅是中国文人中唯一的能感伤者，因为鲁迅这里才是现代人的，无法用传统手段（如家国理想、功名）扬弃的本体性感伤。悖论不会有任何解决方案，路的尽头没有光明，只有坟。

但顾彬还是以"否定神学"的方式，透过虚无看到了解放的希望，发现了鲁迅克服感伤的手段：语言而非政治。"鲁迅更偏向于语言运动而非身体运动。而其他人如他的同时代者郁达夫则把街头变成了辩驳场所……"[1]如果革命的终点是人民专政对旧制度的超越，现代性的终点则是语言的自我超越。注意，这里的"语言"不是一般的交流工具，而是近于本雅明所谓"上帝的领域"的神秘境界，在顾彬看来，鲁迅之所以是中国现代文学真正的大师，因为他也是语言的大师，而这并非意味着简单的语言修辞的调遣，而是彻底融入了语言本身，从而超越虚无，这就意味着，他不再受一般意识形态、市场规则、情感乃至崇高理想的幻觉的欺骗。而任何作家，只要还没有摆脱这些幻觉的支配，就谈不上是语言大师。郭沫若、郁达夫沉溺于自我情感，浩然、李准等作家图解政治，莫言等当代作家受市场引诱而快餐化写作，都可用一言以蔽之，即是没有语言的。《二十世纪中国文学史》将结束之处，顾彬明确地提到希望："……20世纪末的中国文学看上去不容乐观。不过希望犹存。希望又一次凝聚在少数人身上，在那些强调对于语言的责任感并朝此方向去行动的少数诗人那里。"[2]显然，面对后现代、市场法则乃至美国学派造成的精神紊乱，这也是顾彬自己的希望。顾彬对于鲁迅的圣化，并不亚于什克尔等左派评论家，他所谓"语言"正是19世纪文学史家的"精神"（乃至东德学者的

---

[1] Wolfgang Kubin, *Die chinesische Literatur im 20. Jahrhundert*, München: Sauer, 2005, S. 88.
[2] Ebd., S. 405.

"人民性")的另一种说法,真实含义只有一个:无限超越。顾彬从未摆脱传统偏见,他也认为中国古代文人跳不出天人合一框架,中国现代文人同样受制于国家神话,而不具备真正的个性和创造力。但对于对象的系统性贬低会间接否定汉学系统自身,必须找到一个完美对象,它如此完美,以至于超越任何客观条件,从而以悖论形式——中国文学虽无精神,鲁迅却是绝对精神——包容汉学系统自身的悖论。顾彬能发现绝望中的希望,本身也依赖于悖论公式:自我指涉和外来指涉、绝望和希望的并置。所谓绝望,不过是自我指涉由极度悖论化而陷入困局,但悖论公式暗示了外来指涉(希望)的在场:鲁迅自身的三重悖论,本身又可视为一个更大的悖论中的一项,按悖论法则必然同时有其对立项,这就是悖论的悖论化。但"语言"作为一个空洞概念,危险性就在于,它既有可能强化鲁迅符码的悖论结构,但如果自身变成一种规定性理念,也可能破坏悖论结构,换言之,操作可能"违规"了。

冯铁(Raoul David Findeisen)编选的《鲁迅:文本、编年、图像、记录》(2001)在鲁迅资料译介之外,还著有一章"世界文学的诞生历程",可谓德语区迄今唯一的准鲁迅传记。[①]在方法论上,冯铁企图挖掘迄今未受重视的材料来源,建构"底层的历史",处于中心地位的不再是决定历史走向的"大人物",而是从交往理论的角度,探询个人与社会的复杂联系,格斯特里希(A. Gestrich)的社会历史学模式被冯铁视为楷模:"对外部生活经历以及对个体或团体在相互联系与在行为动机和作用的关系中的自我分析进行的描述和解释。"[②]这一由传统历史学向社会历史学方向的转变,取决于对于人和历史关系的新认识,鲁迅不再是高据神

---

① Raoul David Findeisen, „Weltliteratur im Entstehensprozeß", *Lu Xun (1881—1936): Texte, Chronik, Bilder, Dokumente*, Frankfurt a.M.: Stroemfeld, 2001, S. 611-720. 中文版参见冯铁:《作为世界文学的诞生历程:鲁迅传记散论》,冯铁:《在拿波里的胡同里》,火源、史建国等译,南京:南京大学出版社,2011年。

② 冯铁:《在拿波里的胡同里》,火源、史建国等译,南京:南京大学出版社,2011年,第10页。

坛的现代圣人，而是具有生动复杂的心理结构的社会中人。尽管评论者司马涛为不是真正的人物生平传记，为没有充分的阐释感到遗憾①，但通过鲁迅材料的选择陈列和最后的简单评论，冯铁对意识形态化的鲁迅形象的解构意图还是很清晰的。鲁迅生平的基本结构体现了"现代性"鲁迅符码的标准语义组合：感伤、世界文学、复杂性。

冯铁的叙述突出了鲁迅的忧郁、迟疑不决。他提到，鲁迅在担任教育部官员期间患上了忧郁症；他母亲在他成亲的时候就很为他的"压抑忧郁"担心；鲁迅本人常常说到无聊、孤独；《狂人日记》中的疯人也是自我的画像，《野草》更是以艺术语言表现出原始的孤独、死亡、抗争。这不啻在暗示，忧郁成了真正的发展动力。1923年到1925年间的精神危机（而非通常说的1926/1927年），被冯铁视为鲁迅生平中的转折点，这次危机导致他离开北京前往厦门和广州，开始转向马克思主义文学理论。鲁迅早年的"生活所构成的画面与一个人们所希望看到的马克思主义作家的生平经历是矛盾的"②。

鲁迅的世界文学面向早在20世纪80年代就受到西德学者的重视。魏格林《鲁迅和"希望原则"》一文，考察了鲁迅早年思想渊源，强调赫胥黎进化论和尼采思想对他的影响。马汉茂为1982年再版的卡尔默《阿Q正传》德译写的后记中，也突出了鲁迅的世界文学性质。他指出，鲁迅拥有二三十年代中国作家中罕有的俄国、德国和日本文学的知识，是一个"不知疲倦的外国文学翻译家"③。他还在结尾处呼吁，如果中国不向世界开放，阿Q的后裔会越来越多，中国无法走入真正的现代化阶段。④

"走向世界文学"成为冯铁叙述鲁迅生平的一条红线，当然这是一种

---

① Thomas Zimmer, „Rez.: Findeisen 2001", *Orientierungen*, 2 (2001), S.152-155.

② 冯铁：《在拿波里的胡同里》，火源、史建国等译，南京：南京大学出版社，2011年，第29页。

③ Joseph Kalmers (Übers.), *Lu Xun: Die wahre Geschichte des Ah Q*, von Oskar von Törne überarb., Nachwort von Helmut Martin, Frankfurt a.M.: Suhrkamp, 1982, S. 109-110.

④ Ebd., S. 112-113.

特殊的世界文学类型。从"绍兴和南京"到"东京和仙台",从"北京和厦门"到"广州和上海",生平的终点就是华洋杂处的上海租界,其特征为"不仅对中国人来说是一个他们自己国家内的逃亡地,还吸引了来自全世界的知识分子"①。鲁迅结识了美国记者史沫特莱、伊罗生和斯诺,爱尔兰戏剧家萧伯纳,法国共产主义作家瓦杨-古久里,以及日本书商内山完造,他们帮助鲁迅向国外购书,向世界介绍鲁迅作品,"鲁迅于是融入了共产主义的国际主义,成了世界文学进程的一员"②。国际学界有一种流行观点,认为那种直接的社会介入倾向是包括中国在内的第三世界国家文学的特点,其范例就是鲁迅。③同样借助鲁迅,冯铁却要证明,文学的社会责任观点本身就是世界性的产物,"从一开始就是在与非中国作家关于实际或臆想的目标的直接讨论中发展出来的"④。很可惜,这种观点并未引起思想界主流的重视,汉学和大的西方知识系统的互动仍是不对称的。

最后,冯铁刻意强调鲁迅的复杂性。鲁迅没有一个固定的所依托的"系",由此才成为"20世纪中国知识断层的一个范例"。"系"和

---

① 冯铁:《在拿波里的胡同里》,火源、史建国等译,南京:南京大学出版社,2011年,第43页。

② 同上书,第45页。

③ 这一观点的代表是美国学者弗雷德里克·杰姆逊(Fredric Jameson),他认为所有第三世界文学都采取了民族寓言和政治寓言的形式,即是说,这种文学不是自治艺术,而服务于跨国资本主义时代中弱势民族的生存斗争。杰姆逊举出的例证,首先就是鲁迅《狂人日记》《药》《阿Q正传》等作品。而造成这种状况的原因又在于,第三世界国家中个人命运和民族集体生活是一体的,和发达资本主义国家个人和社会相分离的情况截然不同(弗雷德里克·杰姆逊:《处于跨国资本主义时代中的第三世界文学》,张京媛译,《当代电影》1989年第6期,第45—57页)。然而,杰姆逊的观点也不过延续了19世纪精神哲学和世界文学史的老生常谈,如蒙特《文学通史》强调,文学在现代是独立的生活领域,而古代只有一种统一的国家生活,不论诗、历史还是哲学都是政治公共领域的组成部分,以中印为代表的东方文学都属于这一"古代"范畴(Theodor Mundt, *Allgemeine Literaturgeschichte*, Bd. 1, Berlin: Simion, 1848, Aufl. 2, S. 2)。在精神哲学框架中,"古代"代表和谐统一,"现代"代表主客分离以及由此造成的不同系统的独立自治,而杰姆逊等于在说,第三世界国家在文化上还没有走出"古代"。

④ 冯铁:《在拿波里的胡同里》,火源、史建国等译,南京:南京大学出版社,2011年,第7页。

"籍"的关系，见于鲁迅为《阿Q正传》俄译本写的"自叙传略"，在冯铁眼中代表了鲁迅的自我理解：

> 我确有一个"籍"，也是各人各有一个的籍，不足为奇。但我是什么"系"呢？自己想想，既非"研究系"，也非"交通系"……近几年我又兼做……大学的国文系讲师，这大概就是我的"系"了。我真不料我竟成了这样的一个"系"。①

冯铁解释说，"系"这个双关语同时具有"职业方面的接纳"及"大学的专门学科"。在冯铁的材料展览和介绍中，鲁迅的几个活动领域或几个面向——"自然科学家""研究古籍的学者""翻译家""小说家""杂文家""文学界的'教皇'"——同样重要。而在每一领域，冯铁也希望获得一种更加差异化的理解。如对古籍和考据学的偏爱，体现了鲁迅和传统的密切联系，冯铁特别指出了一个"常常在其传记中被他本人隐去"的事实，即鲁迅在1898年12月18日在家乡参加了一次科举考试却名次不佳，他认为，这一细节表明，鲁迅决定去南京学习工程"并非仅仅出自他的为中国技术现代化做贡献的长远计划"②。他也提醒读者注意，在中国处于危机的年代，鲁迅在潜心研究古籍。他还指出，鲁迅的翻译和小说创作关系密切，译作有时可以和小说作品互相替换。

但批评鲁迅的声音也间或响起。顾彬早年批评过鲁迅的女性主义观点，但并不影响他对于鲁迅的总体肯定。陈月桂却对鲁迅持尖锐的批评态度，她认为，当代中国过度重视物质和技术的现代化，忽视了传统儒家最宝贵的精神财富，即对于人和人性的高度重视。由此立场出发，她强调鲁

---

① 鲁迅：《华盖集·我的"籍"和"系"》，《鲁迅全集》第3卷，北京：人民文学出版社，2005年，第88页；冯铁：《在拿波里的胡同里》，火源、史建国等译，南京：南京大学出版社，2011年，第48页。

② 冯铁：《在拿波里的胡同里》，火源、史建国等译，南京：南京大学出版社，2011年，第54页。

迅的消极影响。她在鲁迅作品中看不到"恻隐之心",鲁迅没有一篇小说以同情和同感为主题,这一事实又和小说的叙事态度相关,她相信,鲁迅受到了西方个人主义思想的"误导",其小说中的第一人称叙事者或隐藏作者其实是"一位孤独和傲慢的、自我中心的西方知识分子",居高临下地看待普通民众,完全没有王统照、萧红、凌叔华、叶圣陶小说中充满同情的"君子"风范。①鲁迅对于儒家传统无同情心("吃人")的攻击也不符合历史事实,这种反传统姿态的深层原因是他对自我的不满:

> 鲁迅对儒家学者冷嘲热讽,那种受尼采影响、看上去全然非中国的文化悲观主义态度在其作品中四处蔓延,尤其是自我批判夸张到了自噬其肉、自我否定的地步,以及绝对化地、不分对象地攻击自身文化传统,这些都是他对自我厌倦和不满的表达。这种不满几近于自我憎恨,最终导致了他的孤独,对于自己和周围人的冷酷。最终他本人才是需要同情的。②

换言之,如果新文化运动导致了现代人和传统的断裂,这种断裂就集中体现在鲁迅身上,但鲁迅并不能代表中国新文学的实质。从德国汉学的自身运作来说,这一姿态也可以被视为摆脱鲁迅符码的要求,因为从20世纪70年代末以来,鲁迅一直是德国的中国现当代文学研究的重要参照。鲁迅的反讽所体现的怀疑和理性精神,是顾彬等德国学者所欣赏的现代知识分子的理想,陈月桂则希望中国的人性传统和新文学中人性的塑造受到更多关注,认为这一条线索无论对中国还是西方都更有意义——她抱怨"(德国的)现代中国文学研究以鲁迅作品为重点",因而忽略了对于

---

① Goat Koei Lang-Tan, *Konfuzianische Auffassungen von Mitleid und Mitgefühl in der Neuen Literatur Chinas (1917-1942). Literaturtheorien, Erzählungen und Kunstmärchen der Republikzeit in Relation zur konfuzianischen Geistestradition*, Bonn: Engelhard-NG, 1995, S. 28-29.

② Ebd., S. 347.

《牛车上》等作品的解读。①

这种批评可能是不公平的，却绝不突兀，更不荒诞，继续革命还是回归本原（儒家）是个说不厌的话题，或者说文学系统的真正母题：循环原则。不但在海外观察者那里是这样，当代中国文学内部同样有如此"后革命的"回归传统理想（如《白鹿原》）。鲁迅的符码特征恰恰在于，它能通过否定来巩固自身。不妨推测，在下一次阐释中鲁迅自己也会变成儒家。鲁迅可以成为现代的孔子，这是拉斯特论文已做过的暗示，正如孔子也可以（如在康有为的阐释中）变成当代革命家，因为超级符码的特征就是差异的统一体——自然，统一性来自符码而非现实对象。符码必须同时包含自我指涉和外来指涉，从而实现"不可思议"的多重指代的统一：我是我；我是非我；我是已知和未知的一切。

托伊卜纳（Thomas Täubner）的《中国的新圣人：鲁迅在中华人民共和国》致力于观察鲁迅在新中国成为超级符码的社会政治动机，不啻更彻底的解构。作者通过考察新中国，尤其是90年代的鲁迅接受，呈现鲁迅精神的意识形态内涵及其社会功能。在他看来，鲁迅被意识形态接纳和加工，成为教育人民、建构社会秩序的工具，本身就是和"载道"的儒家传统密切相关的，是一种精致的"社会引导学"（Soziagogoie）。因此晚近出现的一些"人间鲁迅"的呼吁，他相信不会动摇鲁迅在中国当代文化中的权威地位，因为鲁迅是复杂的社会调控机制的一部分。张梦阳等中国学者通行的观点是，要理解中国，首先就要理解鲁迅。托伊卜纳进一步说："谁要'真正地'理解中国，就必须在理解鲁迅之外，还一定要理解'社会引导学'。"②我们不妨再续一句：不理解社会引导学，也懂不了德国

---

① Goat Koei Lang-Tan, *Konfuzianische Auffassungen von Mitleid und Mitgefühl in der Neuen Literatur Chinas (1917–1942). Literaturtheorien, Erzählungen und Kunstmärchen der Republikzeit in Relation zur konfuzianischen Geistestradition*, Bonn: Engelhard-NG, 1995, S. 31.

② Thomas Täubner, *Chinas neuer Heiliger. Lu Xun in der Volksrepublik China. Die gesellschaftsführende Funktion von Kunst und Literatur, dargestellt am Beispiel der chinesischen Lu Xun-Rezeption der 90er Jahre des 20. Jahrhunderts*, Frankfurt a. M.: Lang, 2004, S. 319.

的鲁迅研究机制。

总体来说，从20世纪中期到21世纪初德国的鲁迅研究，一方面体现为鲁迅的经典化过程，另一方面也体现为汉学系统对于鲁迅语义结构的不断调整。语义结构的变化首先取决于外部环境，战后两德的社会政治走向导致了对于鲁迅的不同需要：东德把鲁迅抽象化为"人民"的文学家，西德左派极力突出鲁迅的革命精神，经历过1968年学生运动的一代汉学家看似摆脱了左派立场，实际上仍然对思想革命抱有憧憬，故而强调理性精神对于现代性的核心意义，力图将鲁迅塑为标杆——以鲁迅的思想方式解决中国问题，无非意味着，德国汉学家仍然坚持思想决定存在的传统范式。但在另一方面，对于语义的调节手段的变化，意味着学科自身的发展，或者说，汉学作为知识交流系统的分化。60年代之前，德国并无独立的中国文学研究，文本注释和历史背景考证成为文学研究的主要形式，在缺乏方法工具的情形下，从思想、意识形态切入就是必然的选择。70年代末以来，德国汉学家普遍接纳了文学自治观念，对于文本的治理也因此从意识形态转向方法论，方法虽然避免不了意识形态诉求，却失去了意识形态的独断权威，或者说，方法论以多元性本身为意识形态。于是鲁迅必然变得暧昧、虚无，因为鲁迅必须同时接纳所有的方法立场（包括自我解构的方法）。换言之，一个悖论性的符码结构，有利于不同方法的尝试和不同方法引导下的意义繁衍。相应地，鲁迅作品中的复杂象征、反讽受到高度关注，因为象征是暧昧的美学形式，反讽是悖论的文学技巧。将鲁迅的感伤彻底内在化，亦源于符码结构的悖论化：本体性感伤来自生存本身的悖论。当代德国汉学家对于"绝望"鲁迅的青睐暗藏着这样一种逻辑，无希望不过意味着同时接纳所有希望，而悖论才是更有效的组织意义生产的形式，应该成为建构中国文学现代性的首选模式。如果"现代性"意味着符码的意义生产能力的无限提升，则鲁迅符码的悖论化，也是现代的文学批评操作追寻现代性的必然产物，鲁迅悖论既是一种对象属性，同时也是系统所需要的意义再生产模式。

第三章 作为系统构建工程的文学史书写

第一节 文学史和系统性

如果文学研究是一个功能系统，文学史则是系统中的系统，既是系统的一部分，又是其缩影，还是实现系统再生产的母型。对于西方的汉学家来说，每一次中国文学史的书写都是一次标志性的系统工程，都是中国文学观和文化观的暂时定型，其中的系统运作特征明显。

德国语境下产生的中国文学史，又不同于中国人自己书写的中国文学史。观察位置的跨系统移动，必然造成盲区的交换。德国系统作为另一个角度的观察者，会观察到中国观察者的盲区，将中国系统内的盲区转化为自己的重要信息，这在中国观察者看来有时颇显得怪异。最大的盲区（至少在一开始）并非政治意识形态，而是语言和文化环境（如气候地理、风俗神话乃至文房四宝之类的文化常识）本身，而这又意味着，语言和文化环境可能成为最大的意识形态——最平常的事物，才包含了最大的秘密。中国语言文字和中国文化知识在中国系统内是不言自明的因素，因为它们和系统中的观察者融为一体，它们就是观察者的观察标准自身。观察者无法观察自身的观察，不言自明者也总是处于盲区，只有在自我陌生化过程——如社会整体自我分裂的革命时期——才会显现。盲区在德国系统中能显现和产生意义，只因为德国系统的观察卷入了新的区分标准，除了文学/非文学的横向区分、现代/古代的纵向区分，中国/德国、中国/西方的区分也是不可缺少的。换言之，此处涉及一个悖论：德国语境中的中国既在系统之内，又是与系统相区分的环境。这种区分又有文化、思想、政治、美学等不同维度，譬如语言按照欧洲18世纪末以降的思想传统构成最重要的文化间差异，不但醒目，还是一切差异的最后根据。当然，新的观察标准必然制造新的盲区，这就是文化、思想、政治、美学等维度上的顽固偏见。

故德国观察者对于中国语言文字的探讨，实为系统建构行为本身的明显征兆。德国早期的中国文学史一上来就谈语言，看似庸常（trivial）乃至于怪异，却正因为德国的文学史写作是全新的建筑工程，需要从最基础的地基、梁柱、屋架开始。语言一方面是不同民族和文化彼此区分的起点；另一方面，语言是文学的地基。通过语言，系统和环境、文学和非文学得以相互区分和连接。中国人写的文学史不需要专门讲语言，是基于观察主体和语言的同一性。但在社会结构性的、革命性的新旧交替之际，同一性也会被问题化，中国新文学就是从引入白话文、在白话和文言之间建立差异开始的，换言之，当我们从头建构民族的文学系统、定义"文学"媒介时，也不得不从语言地基开始。

关于中国语言的特征，出于莱比锡学派、语言学背景深厚的叶乃度讲得最为中性和简明。他说，中国语言是最典型的印支语言，具有单音节、无曲折及音调变化等特点。[1]这种困难的古代语言，造成了复杂而难以掌握的象形文字。正因为其复杂，文字成了少数人如祭司和头领专有的特权，用于签约、制法、沟通人神等政治/宗教用途，但也用于记事，这就是

---

[1] Eduard Erkes, *Chinesische Literatur*, Breslau: Ferdinand Hirt, 1922, S. 6.

第三章　作为系统构建工程的文学史书写

文学的起源——最早的文学产品是铭文和甲骨文。[①]

20世纪初一系列革命事件如辛亥革命、五四运动等，将共时性的中国历时化，让永恒静止的中国成为古代/现代的持续对峙、相互转换。相应地，文学革命让中国语言分为现代和古代两种"迥异"形式。文言文是中国传统文学和文化的基础，以传统为导向必然以文言文为导向。故传统导向的文学史观也包含了对于文言文的赞赏，如豪塞尔（Otto Hauser）认为，象形文字有诸多好处：首先，它便于纵向沟通——历代文人都能够读懂经典文学作品；其次，也利于横向沟通——正因为有了这种书面的"东亚拉丁文"，从南至北的诸多口语方言不再构成交流障碍。换言之，文言文保证了中国文学的独立性、统一性，使中国文学成为一个永恒同一的"理念"。而一种现代导向的文学观必然反对贵族化的文言文，故毫不奇怪，东德的汉学家选择了追随五四以来的新传统，首先就要贬低文言文，拥抱现代汉语。

一旦进入真正的系统建设，首先就要涉及经典符码的问题。经典是书写文化自我记忆的主要形式："文化记忆一方面在第一级、第二级乃至有时第三级的经典中，一方面在一手和二手文献、文本和评注中组织自身。"[②]换言之，经典是系统的支柱、关系的焦点。系统选择了经典符码，经典符码会按照自身的特性和好恶，来选择与之相联系的文学符号，决定相关文学倾向和力量的对比态势。每一经典符码都有其附属的符号系列，譬如孔子从正面相关于《诗经》、孟子、司马迁、韩愈、朱熹、王阳明或者说所有正统的士大夫文人，从反面相关于老庄、杨朱、墨翟、韩非子以及佛教；老子相关于庄子、列子，也体现在魏晋时期的山水诗人陶渊明、谢灵运以及历史上许多向往隐逸、求仙的重要文人身上；鲁迅则是五四新文学传统的总概念，既相关于茅盾、叶圣陶、萧红等"为人生"倾

[①] Eduard Erkes, *Chinesische Literatur*, Breslau: Ferdinand Hirt, 1922, S. 9.

[②] Jan Assmann, *Das kulturelle Gedächtnis: Schrift, Erinnerung und politische Identität in frühen Hochkulturen*, München: Beck, 2000, S. 94.

向的现代左翼文学，又预示了丁玲、赵树理等的解放区现实主义文学。极端地说，一个经典符码本身就是一部文学史，包含了文学史的全部差异关系，允许其内部有种种可能性的发生，但可能性的发生并非偶然，而受制于可能性的条件，即符码结构所规定的语义生产路径。可想而知，在专业性文学符码产生之前，自然需要依靠孔老、四书五经这样传统的、跨专业的文学符码作为支撑（林传甲等人的中国本土早期的中国文学史书写同样如此）。孔子可以保证中国文学的"独一无二"，加入了老子，就加入了对立面，凸显出思想的边界和特性。孔子和老子成为中国文学两大起源，或者说两大象征符号，其意义根据史家的阐释立场而变化，但基本结构不变：一个理性而大众化，一个神秘而个体化。孔子也不见得就永远占优势，如莱比锡学派重视道家的想象力，而豪塞尔甚至认为，老子在文学上影响更大，唐诗就继承了道家精神。同样道理，有了最初的《诗经》，就应该有和《诗经》相对的楚辞，分别代表北方的理性精神和南方的酒神状态，或民间诗的素朴和艺术诗的典雅，但楚辞又是《诗经》的复兴。通过唐诗，《诗经》的诗学理念得以最终完成，但唐诗仍然处在《诗经》也就是孔子理念的规定之内。而小说戏曲的兴起既离不开儒家的教化观念，又蕴藏了反叛正统价值体系的因素。

从这种对于经典符码的路径依赖，就不难理解一个有趣现象——德国汉学家比受了科学思潮洗礼的中国现代学者更愿意相信古书的真实性，"疑古"在德国汉学界向来缺乏市场。叶乃度是彻底的信古派，否定了对于经典真实性的一切疑问。他一再强调，《道德经》不可能伪造，除了语言的古奥符合上古风格，也无法设想后世哪位天才能造出这样的赝品，难以相信中国哲学会回到这样的高峰——既然老子是绝对经典。[①]他为《列子》辩护的理由如出一辙，一是语言够古老，二是学说本身够深刻，列子的许多思想可以在庄子那里找到，可是一些最了不起的洞见，却是无论庄

---

① Eduard Erkes, *Chinesische Literatur*, Breslau: Ferdinand Hirt, 1922, S. 24.

子还是后来人都没有的，因此还是（顾路柏也说过的）那句话：如果有伪造之嫌，造假者也必然是个中国罕见的天才。①

孔、老等超级符码的作用恰恰是要培育专业的文学符号（屈原、陶渊明、王维、李杜、白居易、韩愈、苏轼、冯梦龙、曹雪芹、蒲松龄等），一旦生出，自己就退居幕后。但它们绝没有离场，从专业文学符号那里，人们又不断向超级符码回溯，如提到苏轼，人们马上会想到儒道释精神的综合，提到《红楼梦》，人们会从一僧一道，从宝玉对待圣贤书的态度窥探背后的精神路线。文学研究中有一个有趣的双向流动，一方面是从经学到文学；另一方面，一旦形式层面的要素被彻底开发，研究者又会寻找形式本身的精神内涵，从文学向经学回流。除了孔老，还有一些跨领域的象征性人物也必不可少，譬如司马迁，他开启的史传文学传统对后来的叙事文学影响巨大。朱熹对于文学系统的运作也同样是重要的，他不仅开启了中国"近代"精神（新儒家），也是白话文运用的先驱者之一。

经典就是奠基性的"准则之准则"（die Norm der Normen），所有的哲学、文学、科学产品都可以理解为神圣的儒道经典的阐释。实际上，按杨·阿斯曼的概念结构，儒道的"经"应该称为"圣典"（Kanon），一般哲学、文学、科学经典才称为"经典"（Klassik），"圣典"不可有一字增删，而只能被注疏，而"经典"只是充当不同领域的范本、尺度，因此可以理解，中国文学专业系统分化而出后，一般哲学、科学经典如早期文学史中必提到的先秦子书，就率先被排斥，因为它们和屈原、李杜等文学经典处于同一秩序等级，而儒道的圣典作为抽象化的"准则之准则"仍是最后的精神框架或阐释根据，非经典并非贬义，非圣典则意味着离经叛道。

其次是动力问题。如果仅有经典，历史必然是凝滞的静态，中国就是欧洲人心目中千年的木乃伊。系统的发展需要动力，叶乃度的中国文学概

---

① Eduard Erkes, *Chinesische Literatur*, Breslau: Ferdinand Hirt, 1922, S. 31.

述已经引入了唯物主义视角，虽然经典是主线，然而经典是时代和物质生产条件的产物。他说，阴阳二元根本上源于男女劳动分工，孔老思想关联于南北方不同的自然和生活经济环境；秦始皇的政治大一统也造成文化思想上的综合趋势，从而生成《吕氏春秋》等杂家作品；中国古代的"农业问题"（Agrarfrage）不仅是改朝换代的动力，也是中世文学如此多的"世界苦和厌世"的原因，佛教的盛行也根源于此[①]；宋代解决了"农业问题"，可经济上的繁荣恰恰导致了精神停滞，带来一个以因袭陈规为特征的"近代"（Neuzeit）[②]。为了解决长期以来困扰汉学家的中国历史"停滞"问题，艾伯华的文言小说史综合了两种新模式。一种是由巴赫霍芬（L. Bachhofer）首次提出的艺术史的双线发展模式，即一方面是历史性的发展，譬如说一件12世纪的艺术作品有别于13世纪的艺术作品；另一方面又存在门派相续，譬如说某个12世纪画家会竭力模仿其8世纪时的前辈。另一种是中国学者提出的，所有文学形式都起源于民间，有朝一日被诗人所把握并加工完善，最终因过于完善而丧失活力，由民间又涌现出新的形式取代之。但是，艾伯华认为后一种模式没有回答，为什么某形式会流入上层，演为时尚又最终消亡。艾伯华完善了这两种解释模式，一方面认为巴赫赫芬的双重模式同样可用于文学，另一方面，形式变迁取决于社会情境变化。即是说，社会和社会阶层变动不居，但在同一社会阶层内又总是有相同或近似的情境，成为变中的不变。譬如，《聊斋志异》接续唐传奇，《遁窟谰言》又接续《聊斋志异》，并不因为《遁窟谰言》的作者格外迟钝，或文学发展从唐代到19世纪全然停滞，而是因为《遁窟谰言》的作者和《聊斋志异》的作者——而非那些有钱、得意的同时代作家——社会处境上相近。《聊斋志异》的作者指望通过超自然事件获得红颜——以妾的身份——相伴，而对150年后的《遁窟谰言》作者来说，能够和妓

[①] Eduard Erkes, *Chinesische Literatur*, Breslau: Ferdinand Hirt, 1922, S. 48.

[②] Ebd., S. 62.

第三章　作为系统构建工程的文学史书写

女往还就是最大奢望，这一有趣现象实由文人士绅近代的贫困化趋势造成。①

再次，人的主动性一面在哪里？如果不对历史发展加以引导，实际上仍未走出静态：人不过是被动地随历史潮流而动。这就是何为中国精神的问题，说到底，是"革命"问题——是否存在自我更新的源泉？对于中国这样一个面临古埃及、波斯、巴比伦、印加的同样命运的老迈帝国，能否进入现代，关系到对于世界历史规律和人类前途的认知。"革命"其实是西方中国文学研究隐蔽的代码：一个不革命的中国，无法获得深入关注，一个已完成了革命的中国，也会被暂时搁置——他者必须在自我意识领域内扮演"革命者"角色。德国的中国文学史家一直到90年代的施寒微都浸润了儒家精神，并不难解释。在德国汉学家看来，儒家作为中国精神的核心，也是自我更新、意识转变唯一的动力。多数汉学家（至少在看到中国革命成功之前）认为，尽管西方影响很重要，中国要革故鼎新，仍然只能从自身汲取力量。儒家也是革命的形式，故不仅是历史主线，也是中国未来的希望所在，如叶乃度所说："唯有从中国民族自身中生出的儒家，与儒家密不可分的东亚人民的宗教和哲学，才能救中国。"当然这是适应新形势的儒家。②但在后来的文学史中，儒家和传统精神让位于现代的革命形式，即理性精神，而鲁迅代表了理性精神的极致——自我怀疑。理性对于传统的反思是革命的动力和结果。20世纪中国实际发生的情形是，中国人面对西方的紧逼，坚决地采纳了理性为夺取进步的武器，也就走出了"道"的传统宇宙，进入现代，而且在世界范围内推动了各民族人民从传统到现代的革命。德国的中国文学史中现代/古代的差异编码（儒家成为"古代"的永恒象征），从本体上是由20世纪的中国现实强加给交流系统的，采纳这一编码，等于承认了中国人作为理性人、中国作为现代系统的

---

① Wolfram Eberhard, *Die chinesische Novelle des 17.-19. Jahrhunderts: Eine soziologische Untersuchung*, Ascona: Artibus Asiae, 1948, S. 81.

② Eduard Erkes, *Chinesische Literatur*, Breslau: Ferdinand Hirt, 1922, S. 32.

地位。这一编码构成最根本的动力之源，但编码得以被纳入系统本身、"再进入"（re-entry）系统内的每一次操作，需要一系列复杂的符号中介，汉学家的历史书写、作品阐释都是这种符号中介的一部分。

最后还涉及"自创生"的可能性。真正有生命力的文学史能创造自己的经典，夏志清《中国现代小说史》对张爱玲、钱锺书、张天翼、沈从文等文学符号的制造，是其受到西方汉学界推崇的最重要理由。显然，能否做到这一点，取决于提出不同于以往的区分标准和观察视角。这种区分标准和观察视角又不是由外部强加的，而早已潜藏于中国文学的语义结构之中，只是过于隐微和平常，无法被一般观察者注意到。这就意味着，文学史作为观察系统也要有"主体性"，能够以自己的程序加工中国文学信息，生产新的中国文学意义。德国汉学家不但对于方法论有强烈自觉，还特别强调研究者的主体立场，要求和英美汉学做出明确区分。他们在中国古代文学方面对于李渔的开创性研究，中国现代文学方面对于鲁迅、台湾地区文学的偏重，都体现了独立塑造中国文学经典符号的倾向，这些倾向在文学史书写中有明显体现。但既然系统的运作涉及区分标准，就意味着，文学史具有接纳/排除的双重属性，对某一些文学符号的接纳，意味着对另一些文学符号的排斥：当代的文学史家或以内在的"文学性"，或以社会政治内涵为标准进行排斥，而19世纪德国的文学史家们几乎一致地以是否表达"精神"为接纳的准绳。区分标准的转换，成为知识系统演化的最醒目标志，区分标准的变化最集中地体现在引导符码的选择上，而这种接纳/排除操作也正是文学世界治理的最基本形式。作为系统的德国汉学无法承受作为环境的中国文学的全部复杂性，而必须以区分操作实现复杂性的化简，两者之间实为一种"结构性耦合"关系，即是说，系统只能接纳那些符合自身结构性需要的中国文学信息。

迄今为止，德国汉学界有六部中国文学史问世，分别为硕特、顾路柏、卫礼贤、施寒微、艾默力、顾彬所编著，前5卷都是综合性的单卷本，顾彬版则多达10卷。但在顾路柏、卫礼贤和90年代施寒微之间相隔了逾半个世纪，这之间的空档是由费菲尔译的日本学者长泽规矩也的文学史来填充的。其次，德国汉学界还产生了几部按体裁编写的文学史，如艾伯斯坦的《20世纪中国戏剧》、范佛的《从1919到1982年的中国现代诗概览》（*Moderne chinesische Poesie von 1919-1982: ein Überblick*, 1988）以及吴漠汀（Martin Woesler）的《20世纪中国散文史》（*Geschichte des chinesischen Essays in Moderne and Gegenwart*, 1999）。东德汉学家施华兹为诗歌选集《镜中菊》和散文选集《凤凰笛的呼唤》撰写的长篇序言，也可以视为简略的体裁史。最后，综合性的文学词典、百科全书也是广义上的文学史工程。在90年代新的中国文学史出现之前，德邦编的《东亚文学》手册起到了文学史的替代和补充作用。东德没有推出专门的中国文学史，但高度重视文学辞典的编撰。莱比锡的目录学研究所（Bibliographisches Institut）出版的《东亚文学辞典》（1985年首版，1987年再版）不仅受普通读者欢迎，在汉学界也得到认可。梅薏华和吕福克后来合编了德语区第一部综合性的中国文学辞典《中国文学辞典》（2004）[1]，其中许多条目就出自《东亚文学辞典》的作者，个别词条还带有东德的意识形态色彩。

这些文学史和准文学史，除了作为既有知识引导后来的文学研究，还会相互指涉。前一部文学史中的有效信息，可能构成后一部文学史的背景，语言、文化常识和哲学思想在后来的文学史中越来越简略，不过是因为成为背景（"非文学"），但这些材料其实还在系统之内，不过成为潜在的（potenziell）观察，根据需要将来可随时现实化（aktualisiert）。前一部文学史的建构行为，可能被后一部文学史观察和反思。不同文学史相互援引，还可以制造经典的话题和问题，以此方式，建构一个完备自洽的

---

[1] Eva Müller, Volker Klöpsch (Hrsg.), *Lexikon der chinesischen Literatur*, München: Beck, 2004.

中国文学系统。譬如，顾路柏的观点至今都未失去其有效性，施寒微文学史沿用他《三国演义》作为"民族英雄史诗"的说法，顾彬的中国戏剧史引用了他论戏剧的观点，司马涛的小说史提及他对中国长篇小说研究的贡献。之所以未失去其有效性，也是不难理解的，因为德国汉学根本上具有思想史倾向，实证性成果可以日新月异，精神性的立场却长期保持恒定。而中国文学研究乃至整个汉学研究所隐含的精神性疑问，其实是不多的。中国有无西方意义上的悲剧的体裁问题，也就是在问中国有无主体性和个体性；中国文学有无彻底的批判精神，也就是在问中国能否走上西方的现代性之路……对这些问题的答案，也早就有了固定结论。实际上，顾路柏文学史的主要观点，也不过承袭了世界文学史家和精神哲学家对于"东方"的一贯看法。

早期的文学史编码有着强烈的正统倾向，遵循以儒家和思想史经典为核心的"古代"中国文学史的编码程序。但在佛尔克、卫礼贤之后的一辈汉学家那里，这种做法就已变得陌生和可疑。卫德明（Hellmut Wilhelm）是卫礼贤的儿子，在他1947年为范佛编译的《中国文学史》撰写的书评中提出两个问题：1. 统摄了文史哲的大文学概念是否过于宽泛？2. 如何在时间链条上安排经典？长泽规矩也将经典置于其最新的评论家名下，在他看来并不合适，因为像《易经》这样的文献，思想起源十分古老。这里的问题是，过去的中国文学史书写一向以经典为纲，但往往忽略了经典本身的历史形成过程（卫德明所谓"生动的精神发展"）。[1]事实上，经典和历史是相互塑造的关系。如果单方面地由经典决定历史，则在历史中安置经典就成了一个悖论性难题。

顾彬和艾默力的中国文学史编码则体现了明显的"现代"导向。以主体性为核心的现代性构成顾彬的主线，这一现代性不仅批判古代，更要（以自我怀疑的形式）批判自身，由此造成系统的自我分化和文学的发

---

[1] Hellmut Wilhelm, „Rez.: Eugen Feifel 1945", *Monumenta Serica*, Vol. 12, 1947, S. 329.

展。中国文学的信息加工主要基于代表作品的内在阐释，阐释的标准包括两点，一是以批判反思为内涵的主体性精神，二是语言本身的完善程度。艾默力虽没有明确提出一套编码规则，但各章作者都体现了新的文学研究倾向，即由内在批评重新转向外部指涉，高度重视文学生产的物质基础和社会政治语境。在方法多元化的意图下，也采纳了一些带有后现代色彩的阐释视角，如作者问题、文化记忆、历史叙事学、解构批评等，传统经典或者被边缘化，或者得到了新的阐释角度。

总体来看，在德国的中国文学史叙事中"发生"——而非"反映"——的，是中国从古代到现代的世界转换：从"古代"的和谐统一体，渐变成"古代""现代"两种动机的交替运作，而这就是现代的本义，即一种永恒的自我超越。实现了这一点，就可以说，德国的中国文学史书写是成功的，因为文学史的真正功能不是局部认知，而是通过框架塑造和路径设计模拟文学世界的整体运作，正是在此意义上，文学史成为系统再生产的母型。

第二节 硕特《中国文学述稿》：博学史模式

中国文学在德国人眼中是"异"，但"他们的"中国文学在我们看来同样显得怪异。威廉·硕特于1850年2月7日在普鲁士王国科学院宣读了他的《中国文学述稿》，1854年将其作为单行本出版。硕特概述整个"中国文学"的发展状态，但更像是在编一部中文典籍的书目辑录。全书分13章，以中国人对书籍文献的区分范畴——经史子集——为基本结构。

第一章"国家宗教的经书"中，硕特指出中国的国教即儒学，它早在孔子之前就存在，近似于游牧的鞑靼部族的原始崇拜。但儒学更多地和执政者相关，早已脱离民众需要。这一章首先介绍孔子，继而略述《易经》《诗经》《尚书》《春秋》《论语》《大学》《中庸》《孟子》《礼记》《孝经》。关于《诗经》，硕特介绍说，《国风》《小雅》《大雅》《颂》的分类，使读者的观察从小的命运和利益过渡到大的邦国命运和显贵者，最终停留于显贵者的亡灵。另外硕特提到，《尚书》风格晦涩，高度简略，句子的整齐押韵近于古代诗。

第二章"道家经书与其他哲学宗教典籍"首先介绍老子和《道德经》及孔老的区别，然后略述列子、韩非子、庄子、鹖冠子及后来的道士典籍如《太上感应篇》《敬信录》《明心宝鉴》《暗室灯》等。

第三章"佛教经书及宗教道德典籍"提及《华严经》《法苑珠林》《五灯会元》《佛祖通载》《护法论》《翻译名义集》《大藏圣教法宝标目》《大明三藏圣教目录》等书目，重点介绍了普鲁士王家图书馆收藏的《净土文》。

第四章介绍"独立的儒家、经师、方士"，如管仲、荀卿、淮南王刘安、杨雄、王通等。

第五章"朱熹的作用与中国文化的僵化"介绍朱熹在儒家经典形成中的作用。在他看来，"僵化"首先体现于朱熹奠定的教化路径，即从《小学》（或《孝经》）到四书、五经，然后再研究"十子"，之后是史书。这一教化趋势的极致是雍正《圣谕》和《万言录》。另一个文化上的衰退表现是今日中国人形式化和实用化的宗教态度。硕特说，尽管中国统治者祭天地日月，一般人对于宗教并无理解。孔孟始终是无上圣贤，但至于信中国还是外国的神祇，完全依个人性情决定。在他看来，这种宗教的宇宙主义，不过是宗教麻木和鬼神崇拜的糅合。[①]

第六章"历史著作"先简介《左传》《国语》，继而列举了从《史

---

① Wilhelm Schott, *Entwurf einer Beschreibung der chinesischen Litteratur*, Berlin: Ferd. Dümmler, 1854, S. 58.

记》开始的二十四史。左丘明被说成是孔子的弟子和中国的第一个史学家，他认为《春秋》过简，作了一部更详尽的同一时期的编年史《左传》，相当于《春秋》的评注或改写，《国语》则是他第二部著作，为《左传》的补充。

第七章"地志"列举《山海经》《水经》《元和郡县志》《太平寰宇志》《广舆记》等，以及记载域外山川人物的《佛国志》《大唐西域记》《大慈恩寺三藏法师传》《琉球志略》《异域录》《职贡图》《西域闻见录》等。第八章"统计和法典"列举《大明会典》《大清会典》《科场条例》《两广盐法》《大清律例》等。第九章"语文学著作"列举《说文解字》《玉篇》《正字通》《康熙字典》《广韵》《佩文韵府》《尔雅》等。第十和第十一章分别介绍"博物志和医书""生产和百工"。第十二章列举了《文献通考》《通典》《通志》《古今图书》《永乐大典》等"汇编和百科全书"。

最后第十三章才是"美文学"，比重微不足道。诗歌方面的书目有楚辞、《全唐诗》《吴诗集览》（吴梅村）、《咏物诗》（指康熙年间的《佩文斋咏物诗选》）等。中国小说分为历史小说（如《三国演义》和《水浒传》）、幻想小说（《白蛇精记》）和市民小说（《好逑传》和《玉娇梨》）三类，其中历史小说的出现最早，因为它对独创力的要求最低。硕特的文学描述中文学作品如此之少，是不难理解的——19世纪中期的欧洲人知道的中国诗人和小说戏曲屈指可数。

对于中国文学世界的核心人物孔子，硕特的总体评价如下：

> 孔子是伦理教师和生命哲学家，当他摆出后一副面孔时，会展现精神的原创性，他的许多智慧箴言放在所谓文明的任何阶段，在任何社会情形下，都是完全管用的。在道德和政治上他都一味地效法古代，这里人们只能承认他的功绩在于，更通俗地描述了人在国家和家

庭纽带中的义务。他常常是诉诸人心而非理智，一种令人愉快的性情温暖贯穿了他的许多格言式观察。①

涉及中国文学的历史演化方面，硕特像赫尔德和黑格尔一样主张中国无"自由意识的进步"，因此这个世界上最大的王权国家尽管历史最为悠久，却谈不上有真正的历史。他认为这是亚洲的普遍现象，只是在其他民族那里不那么引人注目而已。"这些民族可能比中国人好动，却并不比中国人易于改变：前者走不出骑士时代，而后者走不出小市民阶级状态。"整个亚洲都和"自由"无缘："亚洲人实现了很多真、善、美之物，只是从来也不清楚那天生地正当而合理的自由。"②

硕特注意到，中国文学分雅俗两种，雅文学用韵文，俗文学则用散文，间或掺杂诗词，风格贴近百姓的日常语言。不过他强调，俗文学更值得关注，因为"中国人在诗歌中通常矫揉造作，而不是传达真实的、深沉的感觉，但在大多数小说和戏曲中却忠于现实和客观真相"③。硕特对中国文学的总体认识是，中国文学具有高度独立性。中国人热衷于模仿经典，通过评论注疏反复咀嚼自身的精神遗产。但不能由此得出结论，中国人没有创造能力。中国人热衷的家庭小说产生的年代距今并不远。另外，谁要是拿《诗经》和唐代及以后的诗歌相比较，就能发现在形式和特质上的巨大差别，可见对于《诗经》的敬畏并不妨碍中国人探索新的诗律、语言、技巧乃至观察世界和自然的方式。④

这也是中国文学史吗？从系统自身角度来看，答案是肯定的。⑤首

---

① Wilhelm Schott, *Entwurf einer Beschreibung der chinesischen Litteratur*, Berlin: Ferd. Dümmler, 1854, S. 7.

② Ebd., S. 62-65.

③ Ebd., S. 117.

④ Ebd., S. 1-2.

⑤ 詹春花《中国古代文学德译纲要与书目》和方维规《世界第一部中国文学史的"蓝本"》（《世界汉学》第12卷，2013年）都明确地指出硕特的中国文学史为世界上首次尝试。

先，从西方的文学史书写实践来说，源于16世纪和17世纪的博学史的文学史那时还未退出历史舞台，这类文学史主要以目录学和文献学的方式进行资料汇编。19世纪的文学史书写虽然采纳了历史主义的观点，一开始也没有严格的文类区分。对于德国浪漫派来说，根本上"精神就是诗"[①]。弗·施勒格尔《古今文学史》提到，文学是"以生活和人自身为对象的"的一切"艺术和科学"，包括"诗艺""叙述和描写的历史"，以及"思考和高级认识，只要它们以生活和人为对象，对二者有影响"，乃至"辩才和机智"。[②]历史和哲学当然是重要组成部分，故希腊文学介绍少不了哲学家柏拉图、历史学家希罗多德，最新一代德国文学代表应该既包括文学家歌德、席勒、让·保尔，也包括哲学家费希特和康德。此外，物理学、翻译、论战文都被纳入文学之列。[③]其次，从当时欧洲人对中国文学的认识来说，中国文学除了诗歌、戏剧、小说，还包括哲学、历史、游记、奏疏、书信、墓志铭、词典、类书等体裁，显然受到了中国自身的传统观念影响。郭实猎和硕特是同时代人，前者的中国文学介绍也包括了历史、哲学、诗歌、杂类、虚构作品五类写作：历史部分包括《尚书》《春秋》《左传》《国语》以及司马迁、班固、司马光等人；哲学部分包括《易经》、孔子、孟子、荀子、老子、庄子、列子、管仲、韩非子、淮南子、杨雄、王充、朱熹等，还有写《女诫》的班昭；诗歌部分包括《诗经》、陶渊明、宋景、颜真卿、杜甫、李白、柳宗元、孟郊、黄庭坚等；杂类包括政府公告、敕令及法规等政治文本，此外有地理、医药、数学等方面的科学论著以及书信；最后才是《平南传》等虚构作品，篇幅极小。俄国汉学家瓦西里耶夫1880年出版的《中国文学史纲要》，重点也在诸子

[①] 施勒格尔：《谈诗》，施勒格尔：《浪漫派风格——施勒格尔批评文集》，李伯杰译，北京：华夏出版社，2005年，第187页。

[②] Friedrich Schlegel, *Kritische Schriften und Fragmente in 6 Bd, Bd. 4. (1812-1813)*, hrsg. von Ernst Behrler und Hans Eichner, Paderborn: Schöningh, 1988, S. 6.

[③] 施勒格尔：《论文学》，施勒格尔：《浪漫派风格——施勒格尔批评文集》，李伯杰译，北京：华夏出版社，2005年，第244—257页。

百家，而以儒家为主干。"开场白"交代了这样做的理由："全部中国文明、整个广博而多样的中国文学的基础是儒学"，故不能如古希腊和印度文学史那样主要介绍长诗、小说和戏剧。[1]可见欧洲汉学界通行的观念如此。

不过，在此问题上，最有力的论据还是德国汉学系统的自我认定——只有系统能清楚地辨认出自己的产物，并予以其准确定位。叶乃度1922年出版的《中国文学》书末有一个参考文献简介，让系统的真实态度得以呈现。这位汉学家将硕特《中国文学述稿》（1854）、翟理斯《中国文学史》（1901）、顾路柏《中国文学史》（1902）并列为欧洲人中国文学史书写的主要尝试，"首先值得一提"的是硕特这部《中国文学述稿》，"个别内容在今天看来自然多有过时，从整体上看仍然是一部未被超越的研究，其持久价值就在于，它系统地整理了材料，给出了中国文献名录"[2]。

第三节　顾路柏《中国文学史》："古代"模式

顾路柏《中国文学史》被公认为德国现代汉学肇始期的重要成果，1902年首版，1909年发行了第二版，共分十章：

第一章　导论·语言文字与文学的关系
第二章　孔子和古典文学
　　　　第一节　孔子
　　　　第二节　五经

---

[1] 转引自李明滨：《俄罗斯汉学史》，郑州：大象出版社，2008年，第45页。
[2] Eduard Erkes, *Chinesische Literatur*, Breslau: Ferdinand Hirt, S. 82.

第三节　四书

第四节　次一等的经书

第三章　孔子之前和孔子时代的文学经典·早期儒家及反对儒家的哲学思潮

第一节　孔子之前和孔子时代的文学经典

第二节　迄至公元前200年的历史书写

第三节　早期儒家及反对儒家的哲学思潮

第四章　老子和道家

第五章　诗歌的复兴：屈原和楚辞

第六章　汉代：古代的重生·哲学和诗

第一节　古代的重生·司马迁和历史书写

第二节　哲学和书信文学

第三节　汉代的诗文

第七章　从汉代的衰亡到唐代的统治（220—618）

第一节　佛教及其对中国文化和文学的影响·佛教朝圣者的游记

第二节　诗歌

第三节　散文文学

第八章　唐代（618—907）：诗歌的全盛期

第一节　唐诗及其绵延至今的影响

第二节　散文文学

第九章　宋代及其对现代中国的影响

第一节　历史书写和哲学·朱熹对儒学的更新·散文文学最后的辉煌期

第二节　新时代：精神生活的僵化

第十章　戏曲和小说

第一节　戏曲

第二节　小说

顾路柏继承19世纪的精神史思路，通过中国文学描述呈现"中国的精神生活史"，"展示民族特性的变迁过程"[1]。他认为，中国的政治事件和中国文化早已受到关注，而文学作为精神生活的"一个实质性的，也许是最实质性的因素"还未被重视[2]，不能不说是个缺憾。

顾路柏的建构程序并不复杂，大致如下。

一、基本架构：语言和经典

欧洲人对于古代文明的描述，向来以语言为起点；另外，自浪漫派时代以来，人们认为共同的语言纽带构成了"民族文学"的首要特征。因此，文学史的介绍应该从语言特点开始。汉语是单音节语言，同一词有时作名词，有时作形容词或动词用，不同语法范畴仅仅通过在句中的位置才能确定。同样，名词的姓、数、格或动词的人称、时态、表达方式也难以区分。这让顾路柏意识到，在此情形下，词的搭配法则构成了中文语法的核心。

文学史以经典为纲。儒家经典成主线，道家、佛家经典为支流。孔子是整个大厦的中心，故继第一章论述中国语言的导论之后，第二章就是孔子的生平和作品（四书五经）。其余每一个阶段或面相都和孔子有内在关联：第三章是孔子之前和孔子同时代的文学，是原始儒家和针对儒家的论争；第四章的老子一系是孔子的对手；第五章体现于屈原的文学复兴实为《诗经》的复兴；汉代是复兴的延续，然而以儒教独尊，凝滞的种子已经埋下；宋是道佛两家侵蚀之下，儒家哲学和历史书写的再次复兴，可也是凝滞的完全显现；元以后戏曲小说的兴起，则多少承载了打破僵局的希望。

---

[1] Wilhelm Grube, *Geschichte der chinesischen Litteratur*, Leipzig: Amelang, 1909, 2. Aufl., S. VIII.

[2] Ebd., S. VII.

第三章　作为系统构建工程的文学史书写

作为主导和重点的文史哲经典，是顾路柏擅长的领域，他这方面的观点也具有相当的自主性和权威性。他认为，《易经》作为古老卦书尽管具有文化史价值，文学价值却很小。《尚书》才算得上真正的文学作品，其对仗可联想到希伯来诗歌，程式可联想到《尼伯龙人之歌》。①《礼记》是理解中国人心灵的最重要的钥匙，意义更多地在风俗史而非文学史领域。顾路柏认为《中庸》优于《大学》，因为它在内容上开儒家内部形而上学思辨的先河，形式上又不同于孔子及其弟子的干巴巴文风，有一定修辞起伏。

顾路柏认为孟子是儒家中第一个有鲜明个性的作家，有着孔子所缺乏的诗学想象力。杨朱以快乐为最高目的，其享乐主义立场通向一种无条件的利己主义。墨翟提倡兼爱，思想大胆，不过并非今日有些人称的社会主义者，因为他反对的并非社会不公本身，而只是其最糟糕的毒瘤。老子《道德经》是最受欧洲人欢迎的中国文学作品，顾路柏认为史陶思的译笔传神，但他本人的神秘主义倾向强化了老子的神秘主义。②庄子追随老子的思想轨迹，神秘冥想和批判性怀疑相结合，让他同时成为幽默家和讽刺家。③

佛教经典也受到高度重视，顾路柏详细介绍了法显、玄奘等高僧的生平和贡献。他认为，佛教是第一种成功融入封闭内向的中国文化世界的外来因素，作为西方和东方文化的中介，相当于使印度和希腊文化结合的亚历山大东征。

二、文学符号的编入

首先是《诗经》——中国古代最重要的文学作品。顾路柏的认识建立

---

① Wilhelm Grube, *Geschichte der chinesischen Litteratur*, Leipzig: Amelang, 1909, 2. Aufl., S. 45-46.

② Ebd., S. 145.

③ Ebd., S. 157.

于史陶思的基础上，赋、比、兴的形式特征均援引自后者（虽然在史陶思看来，只有兴称得上独特手法）。顾路柏评价说："人民的全部内在和外在生活，其感知和感觉，其欢乐和苦痛，其风俗人情，其政治和社会关系：全部都以如此生动可触，以如此活泼的画面映在我们眼前，以致《诗经》除了无可置疑的诗学价值外，还是第一流的文化史资料。"他又拿《诗经》时代和今日中国相比较，感慨说："那个时代的人民在人性上比今天的中国人离我们更近，今天的中国人扭曲了本性，这是由漫长年岁和权威滋生的社会习俗造成的不良产品。"①《诗经》中，最天真和清新的作品多出自国风，它们表达了最普遍的人类情感，具有真正的民歌特征，如《芣苢》以音乐节奏表现劳动的情趣，《野有死麕》以"令人陶醉的优雅"绘出"事件和画面"，而《静女》以其"感觉的温柔"让人难忘。小雅部分，描述成分变得突出，从有些诗歌中可以窥见当时的社会生活和道德风俗情形。大雅的控诉姿态明显，纯粹的诗意元素退居内容之后，却凭借"深刻的道德激情"和"表达的优美"而打动人心。颂虽然揭示了古代的宗教和祭祀情形，文学价值却逊于国风和大小雅，故仅简略提及。②

其次是唐诗——中国诗歌的最高峰。顾路柏认为，唐诗未提供任何新的素材，其成就只是形式的完善，完成了从《诗经》式民间诗到艺术诗的转变。从此以后，诗艺服从于章程规则，成为技艺。和流行的做法一致，顾路柏用李杜代表全部唐诗："关于李白和杜甫所说的，略加改变就适用于唐代其他诗人，不管他们在李杜之前还是之后。"整个唐诗是风格统一体，不同诗人的个体性造成了微差，但并非质的不同。"王勃、陈子昂、骆宾王、岑参、崔颢，或者不管叫什么名字，他们好比在搭建同一大厦，其最初定好的蓝图和风格，看起来从本质上决定了他们的创作。"哪怕有一些另类影响如佛教（宋之问、王维）或道家（韦应物、王昌龄等），也

---

① Wilhelm Grube, *Geschichte der chinesischen Litteratur*, Leipzig: Amelang, 1909, 2. Aufl., S. 53.

② Ebd., S. 52-62.

无伤大雅。顾路柏无意中泄露了以偏概全的真实理由——原始材料"过于丰富"。"即便我想选取一些其他诗人的样本,补充所举的少数范例,可是迫于个人能力所限,也只好放弃这一注定无望成功的尝试。"①

再次是戏曲小说——相当于古代语境下的"新文学"。顾路柏指出,诗歌在唐以后日渐枯萎,小说戏曲却破土而出,不管正统文人是否承认其地位。可见在中国文化中同样存在对于虚构的追求,中国人同样渴望娱乐大众的文化产品。

顾路柏认为,戏剧和宗教崇拜之间存在密切关联。他将中国戏曲的发展分为四阶段:1.唐代的创始阶段;2.宋代;3.元代的繁荣以及明代的延续;4.现代戏剧。戏剧按内容分为历史剧、市民剧、性格喜剧、神怪剧四类。王实甫《西厢记》为最优秀的中国戏曲,故得到了详细介绍。另外,顾路柏还介绍了《赵氏孤儿》《灰阑记》《看钱奴》《㑇梅香骗翰林风月》《琵琶记》等剧作。虽然他继承了通行观点,认为中国戏剧没有性格发展,只有性格描述,还有喜剧人物类型漫画化,偏爱离奇古怪等局限。然而从他的评价来看,他最看重的是情节和结构问题。顾路柏批评说,《西厢记》更近于中国戏曲原初的歌剧风格,还有不少草创期的缺陷,如情节单薄而拖沓,结构不严密,整部剧抒情诗色彩太浓等。②法国汉学家巴参称赞《琵琶记》比早先的戏剧有"重大进步",顾路柏则认为它毋宁说代表了退步,情节支离而拖沓,像"对话体长篇小说"而非戏剧,故和《西厢记》一样病于"毫无形式"。③当代戏剧的状况则令人心寒,《乾坤带》一类低俗作品充斥舞台,唯一目的就是娱乐观众,完全谈不上"戏剧情节"。④

---

① Wilhelm Grube, *Geschichte der chinesischen Litteratur*, Leipzig: Amelang, 1909, 2. Aufl., S. 291-292.
② Ebd., S. 369.
③ Ebd., S. 395.
④ Ebd., S. 405.

小说方面，顾路柏详细介绍了《三国演义》《好逑传》《玉娇梨》《封神演义》《白蛇传》以及短篇小说集《今古奇观》《聊斋志异》。相比之下，《水浒传》《金瓶梅》《红楼梦》《西游记》的介绍较为简略。顾路柏认为，《三国演义》为中国文学史上首部也是最受大众欢迎的长篇小说，它之于中国人，就如同《伊利亚特》之于希腊人，都是民族的英雄史诗。顾路柏认为，通常把《三国演义》归为历史小说，还不如称之为"浪漫历史"（romantische Geschichte），因为小说讲述的不是一个英雄的命运，而是97年间发生的一系列冒险和传奇。①《好逑传》《玉娇梨》等才子佳人小说得到很高评价，认为它们是"这个独特民族的风俗描绘的华丽篇章"②。《封神演义》引起顾路柏的关注，是因为他相信，这类小说已经和民间信仰完全融合，在宗教文献缺乏的中国可以当成研究中国民间宗教的资料来源。然而欧洲最有名的神魔小说还是儒莲译的《白蛇传》，顾路柏提到，《白蛇传》为格林童话《白蛇》提供了灵感。③

最后还需要回答，顾路柏为文学符号库增加了什么？第一，屈原和楚辞专门成一章是顾路柏首创。顾路柏特别重视《离骚》，但《离骚》给他的第一印象，却是语言上的人工雕琢和形象塑造能力的欠缺。《诗经》自然朴素，《离骚》却无一句不需要注释，诗人摒弃一目了然的形象，而偏爱用象征形式来暗示思想——"典型的是诗人的那种幼稚，忽而让国王作为国王，忽而让国王作为他追求的情人现身。如果说这种任性有违我们的

---

① Wilhelm Grube, *Geschichte der chinesischen Litteratur*, Leipzig: Amelang, 1909, 2. Aufl., S. 406.

② Ebd., S. 423-430.

③ 按照司马涛的评价，顾路柏尽管有对《三国演义》的界定不尽准确，对于才子佳人小说的褒奖过于夸张等缺陷，他的长篇小说介绍至少有两个意义：一是从18、19世纪欧洲小说发展史的背景上来解释中国小说；二是进行了初步分类尝试，如将中国长篇小说分为历史小说、风俗小说、神魔小说等。Thomas Zimmer, *Der chinesische Roman der ausgehenden Kaiserzeit*, München: Saur, 2002, S. 53-54.这种赞颂未必准确，两个"意义"实际上都是之前的世界文学史的通行做法，毋宁说司马涛表达了德国汉学界的某种"认祖"的仪式，而忽略了顾路柏的"专业性"的系统根源。

形式感，中国人却似乎完全不在乎这种诗学自由。"①第二，对于中国诗歌外部形式的总结，体现了汉学家特有的"博学"（Gelehrsamkeit）。顾路柏突出了中文诗形式的复杂，指出：中文单音特色决定了节奏不同于德语，四声扮演重要角色，声调的平仄变换和节奏的关系类似于旋律和节拍，这是其他任何语言都没有的特色。顾路柏以李白《静夜思》等为例，介绍了五、七言诗的音律图式。对仗是另一种形式要求，让本就高不可攀的高峰更加难以逾越。他说，对仗的运用在西方取决于诗人自愿，而在中国是技艺的根本。和音调的外在节奏相比，它可谓内在节奏。此外，书法也是诗美的一部分。无论书法还是对仗都表明，中国的美学理想完全建立在对称上，艺术的核心原则是：风格的统一。中国诗不仅是用眼看的，也是用耳听的，这是顾路柏颇为自得的观点。②

三、基本趋势

这是一部"古代"的中国文学史。欧洲人心目中古代文化和现代文化的区别在于，古代是凝滞的、以过去为导向的，而现代是发展的、以未来为导向的。顾路柏用一个词来总结中国的特征——"一段还活着的古代"（ein Stück lebendigen Altertums）③。相应地，中国文学的最大特点是传统的连续，似乎每个识文断字的人都会背诵《诗经》。但是对于民族的精神发展来说，连续性绝非福音，欧洲读者在读到中国小说时会有这样的感觉——"不同面具下是同一个感知的心胸"，中国文学给人的印象是"僵化、程式化和做作"。④

精神衰败的第一个原因为自汉代开始的复古，第二个原因是朱熹。汉

---

① Wilhelm Grube, *Geschichte der chinesischen Litteratur*, Leipzig: Amelang, 1909, 2. Aufl., S. 178.

② Ebd., S. 261-277.

③ Ebd., S. 1.

④ Ebd., S. 4.

代统治者看到了传统的重要性，着力于恢复被秦始皇撕裂的古今联系，这导致了这样一个变化：中国文化和儒家开始融为一体，五经变成国家经典。汉代文学中只有历史书写做出了成就，而历史书写就其内在本质而言也是目光向后的。宋代同样是复古导向，学问压倒了文学想象："尽管司马光的皇皇巨著值得钦佩，然而，宋代在中国文学史中的特殊地位应该归功于哲学而非历史。"①朱熹直到七百年后的今天还是绝对权威，以至于宋以后都可称为朱熹的时代，其原因就在于，他的学说满足了大众精神需求。顾路柏认为，中国人缺乏"实证宗教"，朱熹用一种"实证礼学"（positive Sittenlehre）填补了空白，他把四书五经塑造为完整无误的统一学说，最终完成了始自汉儒的、带有历史必然性的改造过程，将儒学变成具有强制力的教义。②

对于这一凝滞的精神进程，佛教构成了唯一一次冲击。顾路柏说，佛教在公元4世纪就接纳了婆罗门教的万神殿，从无神论发展为了多神教。相对于中国空洞的宗教信仰，具体可把握的人形神祇有利于大众接受；灵魂转世说也赋予了个人生死以价值，人世作为得以和果报相结合。正因为如此，佛教才能吸引如此重视现世的中国人。

结论是，中国文学在其萌芽阶段富有希望，但未能茁壮成长，充分展开自身。最终原因还在于孔子，因为在他身上欠缺一种超越的意志："向上的目光，意志的勇敢飞升，这种意志敢于超出可达到事物的界限，向更高努力，以达到高处。"③没有这种意志，没有想象力的神性火花，一切宗教、艺术、科学都无法实现。孔子的缺陷即囿于事实性和可能性，而拒斥一切宗教和形而上学问题，偏偏历史又将孔子圣化，从而扼杀了一切发展和修正的可能性。受孔子和儒家的影响，古代成为唯一

---

① Wilhelm Grube, *Geschichte der chinesischen Litteratur*, Leipzig: Amelang, 1909, 2. Aufl., S. 333.

② Ebd., S. 342.

③ Ebd., S. 461.

理想，死的书本知识成了最高学问，这就导致中国除了古籍收集整理和考据外，没有真正意义上的科学产生。而文学的不彰也与此相关，文人阶层故步自封，文言文脱离生动的人民语言，文学不再是富有生命力的"民族文学"（Nationallitteratur），而只是供少数人欣赏的"文人文学"（Gelehrtenlitteratur）。

顾路柏并未完全排除希望。顾路柏有"语言优先论"的强烈倾向，认为文字是精神形态的内在表征，而中国文学清醒理性的精神导向应由中文的特殊品格负责。① 在此视角下，白话——民间口语——自然成为中国的精神变化的突出标志，让人看到一线希望。白话助长了单音节的汉语向多音节方向发展的趋势，这一趋势也许会将中国文字带向一个新的阶段。② 故他指出的中国精神复兴之途是告别死语言，采用活语言即所谓白话，如此才能将文学变为民族的共同财富。

关于经学、哲学、宗教，顾路柏能给出专业、严谨的介绍，然而在文学方面，他和世界文学史家们并无大的区别。作为德国第一部公认的"专业"中国文学史，它并未变得更"文学"，相对于鲍姆伽特纳的中国文学史述，其经学色彩甚至还更重。宋诗和词被完全忽略，元曲只字未提，诗歌在唐之后一下跳到袁枚，袁枚成为中国诗的最后一抹亮色。小说戏曲方面，顾路柏和之前世界文学史家一样，主要依靠英法汉学家译本，他自己除了《封神演义》，对原著体验不多。即使在材料编排上，顾路柏也沿用世界文学史家的中国文学史述框架，只是以专业汉学家的知识去填充和丰富它，补充作家生平，加入文化知识背景，提供更多的作品内容介绍和翻译样本，最多附上简单印象和同西方文学的类比，错误和讹传也较多。

他也继承了一般偏见。他认为，中国诗的母题千篇一律，无外乎爱情悲欢、希望和断念、悲叹人生易逝；意象单调，人和影表示永不分离，

---

① Wilhelm Grube, *Geschichte der chinesischen Litteratur*, Leipzig: Amelang, 1909, 2. Aufl., S.13.

② Ebd., S. 8-9.

松柏表示长久，鸳鸯表示忠贞不渝，等等；中国诗人虽然想象力贫乏，但是热爱自然，有着"健全的清醒"，不致堕入"病态的过度紧张和情感泛滥"①。中国散文是一种象牙雕刻般的艺术形式，成为"空洞而无益的匠人活"②。中国市民小说只铺陈外部事件，不顾及性格刻画，人物的特征是缺乏"自由的自我规定"，故行为僵化如提线木偶。③这些起到支撑作用的偏见，却恰恰显示了文学史小系统和大系统的关联——顾路柏文学实际上脱胎于19世纪的世界文学史传统，它是系统的产物而非汉学家的独创。

顾路柏对于在他之前欧洲的中国文学史书写也做过总结。他说，硕特的《中国文学述稿》是最早的中国文献的系统描述之一，惜乎只是大纲，内容不完整，材料处理有欠科学严谨。瓦西里耶夫的《中国文学史纲要》观点上特立独行，只是批评上显得过激，影响了著作质量。世界文学史家鲍姆伽特纳的中国文学史述全然依赖二手材料，好在作者极为勤奋，在同类著作中堪称翘楚。翟理斯提供了大量中国文学选译，可帮助一般爱好者体验中国文学对象，但历史脉络的呈现不足。顾路柏和硕特构成的区分尤其具有结构性意义。前者的中国文学史力图呈现文学和历史以及精神发展进程的关联，而后者的中国文学史述是没有中心线索和发展动能的文学百科全书，这就是精神史和博学史的世界文学史的区别，套用佛特拉格用来形容施勒格尔的文学史和艾希霍恩那种陈旧的文学史书写之间的区别的说法，就是"无机的"文学史和"有机的"文学史的区别。④

评论者内格莱恩（J. v. Negelein）说："像顾路柏这样的学者来为德

---

① Wilhelm Grube, *Geschichte der chinesischen Litteratur*, Leipzig: Amelang, 1909, 2. Aufl., S. 251.
② Ebd., S. 252.
③ Ebd., S. 424.
④ Carl Fortlage, *Vorlesungen über die Geschichte der Poesie*, Stuttgart: Cotta, 1839, S. XIII.

国学术赠献一部中国文学史,可以肯定会是一个可靠的,也是重要的成果"①,他还断言,之前的中国文学史家硕特、鲍姆伽特纳、瓦西里耶夫的尝试统统失败。叶乃度称这部文学史为迄今为止"最重要的参考著作",相比之下,翟理斯《中国文学史》黯然失色,"包含了许多错误和空洞无物的陈述,从总体架构上说也不算真正的文学史,只是优秀作家的罗列"②。不管这些评价是否溢美,有一点是肯定的,顾路柏《中国文学史》可以视为德国的中国文学研究的初始界标,让人了解到中国文学符号库最初的状态和编码形式。

第四节 卫礼贤《中国文学》:重估中国精神

卫礼贤《中国文学》1926年出版。从顾路柏文学史首版到此时的24年中,欧洲人对中国文学有了更多了解,仅仅在德语区,就出现了瓦奇(Leopold Woitsch)译介的白居易、伯恩哈第引入的陶渊明、库恩翻译的明代话本小说、石密德选译的《聊斋志异》,等等。和顾路柏相比,卫礼贤列举了更多中国作家人名和中国文学书目,书写风格也更通俗晓畅。卫礼贤版文学史具有以下特色:1. 高度重视儒道经典;2. 引入卫礼贤招牌性的"南北冲突"母题,南北要素的冲突,能够在系统内部制造差异和循环,为文学发展提供动能,这和莱比锡学派强调中国文化中的印度影响是

---

① J. v. Negelein, „Rez.: Wilhelm Grube 1902", *Orientalistische Literaturzeitung*, No. 7 (1903), S. 295-296.

② Eduard Erkes, *Chinesische Literatur*, Breslau: Ferdinand Hirt, 1922, S. 82.

一个道理;① 3. 摒弃了硕特以来德国汉学家的偏见,对于中国文化传统及其未来持积极肯定态度;4. 大量采用胡适、康有为、梁启超、辜鸿铭等现代中国学者的观点。卫礼贤长期居留中国,和中国新旧学者都有密切交往。他受到胡适的影响尤其明显,譬如,他照搬胡适了《中国古代哲学史》对墨子的阐述,而"异端"墨子的崛起又改变了古代思想的态势;他遵循胡适的做法,将白话提升为中国文学传统中的核心要素,即是说,在南北区分之外又增加了传统/现代(文言/白话)的差异。1926年10月,胡适受卫礼贤之邀,在法兰克福作了题为《中国的小说》的报告。卫礼贤在中国古代小说方面较少涉猎,胡适的最新研究成果正好帮助他填补了这一空白。随后出版的《中国文学》中,《小说及其发展》一节基本上为这篇演说的改写,许多地方原文照录。

卫礼贤首先介绍了中国文学和中文语言、书写的关系。他也是把中国文字视为象形结构,且将其联系到《易经》中圣人观象的说法。接下来,卫礼贤将中国文学的发展区分为六阶段,每一阶段选取若干重要作家为代表,对每一位重要作家的介绍都分为生平(有时加上时代背景)、作品和样本几部分——精美的翻译样本是一大亮点。

卫礼贤文学史同样不分文学和哲学经典。对孔子的详介开启了中国文学的第一阶段。孔子被视为中国文学的奠基者,为中国文学引入了一种简洁、清晰的思想表达。孔子将口头评述和文学并置,使书面记载变得生动流畅,他是"为正确的思想作正确的表达的大师"。故而孔子在中国文学史上构成了"一个特定的语言塑造方向的开端",中国北方的文

---

① 卫礼贤的南北精神,换到叶乃度《中国文学》中就是中外精神。叶乃度认为,哲学更多是外(很强调印度对中国南方思想即道家一路的影响),史学就是纯粹的中国精神。他继承了孔好古的立场,认为中国的文学想象力主要受到印度启发,庄子那种寓言和抽象概念拟人化手法都不是中国本土的,而是受印度影响。楚辞也受印度影响,绚丽多彩的意象,想象力,尤其是无生命之物和抽象概念的拟人化是非中国的。Eduard Erkes, *Chinesische Literatur*, Breslau: Ferdinand Hirt, 1922, S. 32-36.

第三章 作为系统构建工程的文学史书写

学以清晰见长,和孔子自始至终都具有密切关系。① 归在孔子名下的作品有:1.《尚书》。"它包含了我们拥有的最老的中国文学材料。"② 2.《诗经》。他认为,孔子对《诗经》的贡献主要在于,他赋予文本以秩序,同时部分地补充、部分地新创了乐调,但这一部分的工作基本都湮灭在历史中了,因为孔子如此重视的古老音乐后来都遗失了,所以大雅、小雅、国风、颂之间的界限也变得模糊,因为音乐构成了主要的区分。③ 3.《易经》。和顾路柏对于《易经》的漠视不同,他认为《易经》才是孔子的最后秘密:"这里也是孔子,将《易经》提升到文学的领域。"《易经》不但是中国文学"最神秘的纪念碑"之一[④],它对后来的中国文学的作用就在于,它的阴阳二元哲学和后来的五行思想相结合,构成了后来整个中国文学的"世界观基础"[⑤]。4.《春秋》。他认为,《春秋》不仅将干巴巴的鲁国编年史变成了"文学的末日审判"[⑥],也决定性地影响了中国历史文学的书写方式。和顾路柏不同,卫礼贤认为《左传》是完全独立的历史著作,和《春秋》无关,《左传》为《春秋》之传不过是"伟大造假者(刘歆)的臆想"[⑦]。

第一阶段的中国文学即经典文学阶段不仅是卫礼贤擅长的领域,其叙述方式也决定了文学史的总体格局——这一阶段的基本线索是南北对峙与互补。紧接着"北方的"孔子和儒家之后,叙述转入了第二节"南方的文学",其代表首先是老子,然后是列子、杨朱等道家作家。墨翟居于南北之间,因为他一方面强调现实和行动,体现了北方精神;另一方面又受到

---

① Richard Wilhelm, *Die chinesische Literatur*, Wildpark-Potsdam: Akademische Verlagsgesellschaft Athenaion, 1926, S. 34.

② Ebd., S. 11.

③ Ebd., S. 17-19.

④ Ebd., S. 26.

⑤ Ebd., S. 29.

⑥ Ebd., S. 32.

⑦ Ebd., S. 34.

南方的影响，信鬼神，强调创造力、兼爱和平等。在卫礼贤看来，南北两派之分贯穿了整个中国历史和文化。中国北方的自然地理条件导致了一种理性、节制的生活态度，而南方相对优越的生活环境有利于自由的幻想和冥思。这实际上是模仿了中国近现代学术史上的流行范式（如刘师培《南北学派不同论》），卫礼贤援引梁启超的如下区分[①]：

北方	南方
现实主义	理想主义
强有力的行动	无为
对人类社会的强调	避世的倾向
从事政治	玄思
强调社会等级	强调普遍平等
强调经验	强调创造行动
保守主义	激进主义
人为	自然
敬畏上天	信任上天
排外	隐藏个性
自信	谦卑

卫礼贤认为，老子《道德经》中的乌托邦构想对后来的中国文学产生了巨大影响。另外，老子也开启了中国的神秘文学，"食母"引人走出日常生活的蝇营狗苟，而进入自然无为的更高领域。杨朱那种悲观的自我中心主义，同样塑造了后世的精神生活和文学风格，"在汉代民歌以及更早在楚辞中已经出现的那种至深的孤独、遗世的情绪，其根源就在于杨朱的悲观主义"[②]。

[①] Richard Wilhelm, *Die chinesische Literatur*, Wildpark-Potsdam: Akademische Verlagsgesellschaft Athenaion, 1926, S. 43.

[②] Ebd., S. 56.

第三章 作为系统构建工程的文学史书写

中国文学的第二阶段为前4至前3世纪的战国时代。卫礼贤认为这一阶段的文学可分为儒、道、墨、别墨、法、杂家六个大的发展方向，思想上的百家就等同于文学上的不同方向。这是百家争鸣、充满怀疑和幽默的"启蒙"时代，各路人物竞相上场，而文辞是必不可少的手段。在孟子这里，古典中文发展到了高峰，其"语言清晰、有弹性，适合表达各种情绪，一方面逻辑犀利，而在涉及难以言表的直觉事实时，又是试探性的、谨慎的"①。庄子是"中国古代哲学家中的诗人"，他的思想和画面交织的作品风格正是南方文学的体现，自由诗式的段落让人联想到楚辞，视万物为一体的观念则来自老子，但独立自主的思考和赋予不可名之物以正确的"名"的尝试，又是儒家路数。②屈原则代表了"中国诗歌的一个时代"，他让南方的语言和形式首次在中国诗歌中鸣响。诗歌领域自《诗经》以来的长期沉默，为南方出现的楚辞打破，这种诗体比北方诗歌更自由，大量采用神话和典故，情绪热烈。可以说，楚辞和《诗经》代表了南北风格的典型：

> 《诗经》多数为每行四字，楚辞则每行不等长，其自由诗体也有别于《诗经》的固定格律。《诗经》歌颂君主和王后的美德，楚辞则远离这类事物，它们毋宁说具有革命精神。……（北方诗歌）只在字里行间用比喻进行暗讽，不同于这种北方的谦逊，楚辞热情坦诚，诗人知道且强调其自身的价值。他们不要维护旧的好时代和旧的好风俗，而是在寻求新的、从未听说的事物，即便在神和世界之道面前，也敢于提出普罗米修斯式的问题和怀疑，他们试图超越人和人的界限。在内容上也有不同。主导《诗经》世界的是天帝和祖先神灵，简言之，体现秩序和清明的阿波罗式神祇，这里却是水妖、山神和众多

---

① Richard Wilhelm, *Die chinesische Literatur*, Wildpark-Potsdam: Akademische Verlagsgesellschaft Athenaion, 1926, S. 69-70.

② Ebd., S. 85.

其他自然神在出没，一种热情幻想——充满了大胆的人格化——突进到了宇宙的边缘……①

第三阶段为汉代文学。汉代被看成一个"文艺复兴时代"，新的书写工具和造纸术的发明，促成了后古典时期的文学风格。和古典时期相比，这一时期的文学更丰富也更复杂。卫礼贤介绍的这一时期的作家，包括贾谊和淮南子两位学者，司马迁和班超等历史学家，枚乘和司马相如等诗人。

第四阶段为汉唐之间（220—618）的文学。这一章介绍了建安七子、竹林七贤以及陶潜等晋代诗人。这一阶段，中国文化的重心由北方转移至南方，而佛教也得到了广泛传播，这些因素对中国文学发展产生了重要影响。卫礼贤尤其推崇陶潜，认为陶潜是自屈原以来中国文学的第一位真正的大诗人，也是中国文学中第一位自然诗人，对他来说自然不仅是人的情绪的烘托，且具有自身的独立价值。②

中国文学的第五阶段为唐代（620—906）（原文如此）。卫礼贤把唐代也称为文艺复兴时代，但和之前汉代的文艺复兴又有区别，因为开放的唐王朝引入了从佛教、基督教到拜火教等各种外来的思想影响，造成了文化的极度繁荣。诗歌是唐代文学的标志，然而在这个"纯文学"的领域，卫礼贤的描述模式则不免过于简化——儒道释三种精神成为主要分类范畴。譬如他将唐诗的盛期和中期分为三代诗人：第一代是佛家，以孟浩然、王维和王昌龄为代表；第二代受道家影响更大，以李白和杜甫为首，加上储光羲、岑参、韦应物、高适等；第三代显示了儒家的复兴，代表人物是韩愈、柳宗元、白居易等，尤其韩愈构成了从儒家到新儒家的中间环节，白居易则是这一黄金时代的殿军，他"因为其主观性诗学形式新近在

---

① Richard Wilhelm, *Die chinesische Literatur*, Wildpark-Potsdam: Akademische Verlagsgesellschaft Athenaion, 1926, S. 97-98.

② Ebd., S. 128-129.

欧洲受到了欢迎"①。

第六阶段是中国文学的"近代",从五代经宋元明清一直到当代。卫礼贤介绍的宋诗人有林逋、欧阳修、苏轼,他将"主观化"(Subjektivierung)视为宋代文学和艺术的基本倾向。②不过,真正代表了"近代"特色的,毋宁说是戏曲小说以及"清代的科学文献和现代文艺复兴",而对于传统中这些新事物的关注,也体现了中国现代国学的明显影响和卫礼贤作为汉学异端的开放性。在他看来,南北曲的风格差异,证明戏曲的兴起同样赖于南北力量互动。小说方面,卫礼贤传达的其实是胡适的观点。他提到,职业说书人和佛教讲经是中国小说的两个源头,其共同点是都采用民间语言。中国小说具有两方面特征,一方面,情节组合简单明了,故事迅速展开,平铺直叙,只在个别高潮处被抒情的诗词打断;另一方面,性格类型化,没有发展,就像狄更斯的小说人物,从头到尾遵循一条固定线索。③最后一节介绍了清代的学术和五四文学革命,以此作为中国文学的新起点。显然,卫礼贤不认为儒学和科学势不两立,相反,清代开启了"科学方面"的文艺复兴。惠栋和戴震等学者的考据工作导向了对传统儒家经典的怀疑,而康有为是以"疑古"为名的现代怀疑主义浪潮的起源。以胡适为首的五四文学革命提倡以白话代替文言文,更宣告了传统的结束,也表明中国文学始终处在生生不息的运动之中,成为无休止的文艺复兴过程。以疑古和科学为终曲,正说明儒学是中国历史的主线,因为疑古和科学的矛头主要指向"孔家店",同时也恰恰说明了以儒家为核心的中国传统的活力——中国传统能够通过自我否定实现复兴。在历史上,中国传统通过南北两种力量的对抗实现自我演化,而在现代,东西对峙取而代之,以一种新的形式推动中国文学的再出发。

---

① Richard Wilhelm, *Die chinesische Literatur*, Wildpark-Potsdam: Akademische Verlagsgesellschaft Athenaion, 1926, S. 138.

② Ebd., S. 166.

③ Ebd., S. 179.

顾路柏对于中国采取居高临下姿态，其背景是精神哲学坚持的欧洲中心主义观念，以及19世纪时欧洲帝国主义在世界范围内无往不利的扩张。而卫礼贤对中国文化的敬意有三方面原因：1. 一战浩劫彻底动摇了欧洲人的文化信心，让他们变得谦虚，渴求来自东方的拯救之光；2. 卫礼贤在青岛任传教士期间就开始的尊孔，使他对儒家的态度迥异于顾路柏；3. 卫礼贤从《易经》学会了以变化眼光看待事物，更由对"少年中国"的亲历，产生了对中国的自我革新能力的信任。最后一节尤其体现了他的立场，卜松山认为这寥寥七页是"最有趣"的部分。在这一部分，保守的宋代哲学迎来了朝气蓬勃的新对手，即清代的顾炎武、黄宗羲、戴震等，现代的康有为、梁启超、严复、胡适等。在这一部分，卫礼贤谴责"西方列强的强力政治（Gewaltpolitik）"。他说，近代中国的落后应归咎于欧洲，它"以赤裸裸的强力闯入中国文化圈"，"以强力为基础"进行宣教的基督教也成为帮凶。1860年英法联军火烧圆明园就证明，今日西方的"精神"是何种货色。一战则是让西方神话彻底陨落，让中国的西化论者悬崖勒马的转折点："深渊显露无遗，辉煌的欧洲文化以内在必然跌入其中；互相敌视的弟兄们在基督教土地上演出的大戏，则过于丑陋。"中国文化复兴的路径应是忠实于自身，同时吸收西方文化中的伟大理念（而不仅是技术），它终将以自身的方式为"建设一种新的人类文化"做出贡献。①

对于备受欧洲人嘲笑的中国戏曲小说，卫礼贤以中性态度叙来，不置贬词。即便是顾路柏眼中的万恶之首——新儒家和朱熹，卫礼贤也不无同情。他认为，新儒家和新教虔敬主义在"情感的温暖"上颇有共通处。②况且，朱熹还是运用白话的先驱，这种新语言风格从"日常生活和口语

---

① Richard Wilhelm, *Die chinesische Literatur*, Wildpark-Potsdam: Akademische Verlagsgesellschaft Athenaion, 1926, S. 188-194.

② Ebd., S. 163.

而非书本传统中"吸收营养①,哪里谈得上僵化或脱离民众?但这仍然是一部"古代"的中国文学史,其"古代"性就体现在:首先,它以(正面的)孔子和传统为导向;其次,框架塑造上尚未摆脱对经典的依附,一半篇幅用于先秦经典(194页中占了95页),包括宋代文学、戏曲、小说以及清代学术的整个宋以后的"近代"比重很小(25页);最后,文学仍然是"精神"的文学表达,对于文学的处理限于样本的呈现、生平轶事以及类比,并没有文学专属的阐释程序,也未能呈现不同体裁的发展情形。卫礼贤通过南北冲突模式为中国文学史的发展注入动能,然而,这一动能根本上来自代表"古代"理想的儒家精神。

第五节 施寒微《中国文学史》:文学——文化

范佛版《中国文学史》是对长泽规矩也日文原著的德文翻译,该书1945年在北京出版时,译者范佛还在当时的辅仁大学任教。长泽规矩也是日本汉学界权威的目录学家,其文学史亦以资料详尽见长。在编撰上,首先,长泽规矩也遵循文史哲不分的观念,将文学发展置于思想史框架之中;其次,作者的尊孔意图明显,特别重视儒家的思想史影响,如卫德明注意到,隋唐部分的"科学文献"一节,儒家的描写细致,道家和佛家则简略;最后,"也许是东洋人的缘故,他的分期比较符合我国学术界的常规做法"②,某些章节体现了日本学者的特殊兴趣,如对于元代的赞赏。

全书十二章,按年代顺序编成。第一章为导言,列举了仰韶、龙山及

---

① Richard Wilhelm, *Die chinesische Literatur*, Wildpark-Potsdam: Akademische Verlagsgesellschaft Athenaion, 1926, S. 165.

② 曹卫东:《中国文学在德国》,广州:花城出版社,2002年,第30页。

诸中原文化等考古学上的发展阶段，介绍了中国文字和文学体裁及儒家、道家、佛家等重要概念，以下每一部分均分为科学文献和文学文献两部分，先介绍思想和学术发展，再描述文学演化。这部文学史因为材料翔实，脉络清晰，一直深受欢迎，虽非纯粹的德国学脉，却填充了从卫礼贤到施寒微文学史之间六十余年的空白，艾默力甚至称其为"数十年中最有影响的用德语书写的中国文学史"[1]。尽管如此，到了鲁毕直评论该《中国文学史》第四版的1985年，德国汉学界对这部老掉牙的参考书已经难以忍受了。鲁毕直表示"失望至极"，认为它既不能体现对于文学史本身的反思，也不能反映德国汉学界在二战后取得的新成果。[2]葛柳南批评说，某些问题的处理过于简单，如对儒家的描述缺乏社会关联，而且将儒家的特性等同于中国人的国民性；另外，描述由清代至今文学进程的第十二章过于简略，尤其是对新文学的描述只有区区30页，1949年后的文学几乎只字未提。[3]

文学史这一体裁在70年代的西方曾被宣布死亡，但汉学界一直存在"补课"的呼声，康达维（David Knechtges）和宇文所安（Stephen Owen）1979年发表于美国《中国文学》（*Chinese Literature: Essays, Articles, Reviews*）杂志的文章《中国文学史的一般原则》（"General Principles for a History of Chinese Literature"）就是这个看法。无论如何，20世纪80年代以后，随着中国文学日益受到国际重视，西方世界对中国文学的综合描述渐渐多起来。但另一方面，二战后西方在中国文学研究领域取得的新观点、视角，所接纳的新材料，使得之前的中国文学史都显得过时。在此情形下出现了施寒微1990年版的《中国文学史》，系他在慕尼黑

---

[1] Reinhard Emmerich (Hrsg.), *Chinesische Literaturgeschichte*, Stuttgart: Metzler, 2004, S. 125.

[2] Lutz Bieg, „Rez.: Eugen Feifel 1982", *Zeitschrift der Deutschen Morgenländischen Gesellschaft*, 2 (1985), S. 391.

[3] Fritz Gruner, „Rez.: Eugen Feifel 1982", *Orientalistische Literaturzeitung*, 6 (1986), S. 601.

大学汉学系的授课基础上编成。1999年出了第二版,直到这时,它仍然是用西方语言写成的最厚重的单卷本中国文学史。

该书一开始介绍了方法、拼写和发音以及中国文学的本性、范围和层次,继之是七个按时间顺序安排的部分。体裁的历时发展成为线索,单个作者及其作品毋宁说作为例证穿插其间。相比于文学体裁的演变,对于历史背景,即政治、经济和社会发展则罕有提及。

第一部分　诗歌、神话、历史学家的方案和记述(前1400—前221)

1. 文字的肇始和早期文字记载

2. 舞和歌:《诗经》

3. 楚辞:感伤和天国之旅

4. 早期历史书写和最初的小说

5. 哲学论辩和政治修辞

6. 神话、传说和轶事

第二部分　公文体和美文体(前221—公元180)

7. 笔、墨和纸:文字改革和金石学

8. 奏和书

9. 儒家的升起和朝廷的精神生活

10. 赋

11. 朝代史书写的标准化

12. 晨曦中的精致和美

13. 民歌和诗人的歌谣

第三部分　自然的丰富性和转向内心之旅(180—600)

14. 建安年代诗人

15. 清谈和玄学

16. 朝堂治事和私人的培养

17. 总结、文体理论和文学批评

18. "小说"和志怪

19. 佛教和道教文本

第四部分　诗的黄金时代和传奇（600—900）

20. 诗歌形式的展开

21. 唐代的伟大诗人

22. 唐传奇和变文

23. 古文运动和禅师语录

24. 民间歌谣、曲子词

第五部分　介于正统和自由之间的文人官僚之文本（900—1350）

25. 科举、印刷术和文字审查

26. 文学理论和新古文体

27. 宋诗流派

28. 诗话和笔记

29. 文人词、鼓词和诸宫调

30. 杂剧

第六部分　儒家氛围和大众娱乐（1350—1850）

31. 明代诗歌和民间诗歌

32. 明代话本小说

33. 章回小说及其前驱

34. 或复古

35. 民间文学和大众文学

36. 皇朝晚期的诗学和政治

第七部分　变革和脱离旧轨（1850年以后）

37. 连载小说和公共性的新形式

第三章　作为系统构建工程的文学史书写

38. 西方观念的侵入和对新形式的寻找
39. 从文学革命到革命文学
40. 1930年左右的文学繁荣
41. 作者作为艺术家或大众的喉舌

施寒微的专攻并非中国文学，这部文学史也不以对中国诗学的认识或具体作品的体验见长，而是各方面成果的综合和介绍，具有一种外在旁观者特有的不偏不倚。他在介绍中国文学时显得超然，不带入自身的主观评价，不追求新观点，而力求知识的确切性，但这也体现了一种系统的演化。无论顾路柏还是卫礼贤都和中国维持了一种精神性关系，换言之，以"文学"为中介去把握中国的精神，但施寒微这里是纯粹的知识性关系。换言之，文学史家不再为中国精神的进步、中国文明的前途操心了，即便要谈，也要局限在专业之内，以专业为媒介来谈，中国只是一个文化体。这自然也会引起不满，如孟玉华批评说，施寒微在意识形态上过分克制，在介绍《镜花缘》时，甚至对儒家的反女性立场都三缄其口，只是含混地说，小说要旨是"称赞一种特定的女性观"，而"男性也因为女人受到的歧视而受罪"①。

施寒微的成绩首先是更新了中国文学的知识库，从目录可以看出，一部中国文学史的基本要素已经齐备。他也纳入了最新的个案研究成果，如介绍文学理论时涉及司空图，其意义是在70年代才开始被西方汉学界充分意识到的。施寒微指出，司空图"首次集中阐发了这样的思想，即应该由诗歌自身出发来理解诗歌，且尝试脱离诗人个性来界定风格"②。其次，施寒微实现了分期的平衡，各时期都包含足够的文学信息，而不像以往集

---

① Y. Monschein, „Rez. Schmidt-Glintzer 1999", *Orientalistische Literaturzeitung* 95, 6 (2006).

② Helwig Schmidt-Glintzer, *Geschichte der chinesischen Literatur. Die 3000jährige Entwicklung der poetischen, erzählenden und philosophischen-religiösen Literatur Chinas von den Anfängen bis zur Gegenwart*, Bern, Wien: Scherz, 1990, S. 321.

中于《诗经》、楚辞、李杜等少数几个焦点。这在唐宋部分的分配上尤为明显。以前的文学史中，宋的地位甚至弱于元明清，因为它缺少"新事物"：宋诗向来不受关注，词在50年代才渐渐进入德国汉学视域，戏曲小说的繁荣也和宋代无缘。施寒微客观地介绍唐宋诗的不同特点，一定程度上修正了传统偏见（严羽而来尊唐抑宋的态度也影响了西方汉学界）。他指出，唐诗注重联想，而宋诗长于描述；唐诗意象多为花鸟风月，宋诗则关注日常生活和社会性事件；唐诗抒发悲情和热忱，表达激动和直感，宋诗则力求超脱，倾向于冷静的说理；尽管宋诗发掘了广泛的新主题，却放弃了某些题材，如浪漫爱情。①此外，宋代的文学理论、文人词、鼓词和诸宫调都有介绍，在篇幅上，宋代文学部分还多于唐代。

施寒微第一次以较大篇幅介绍中国现当代文学，也呈现了它在二战后德国汉学家心目中的总体印象。可以看出，德国学者关心的首先是自我的问题。施寒微批评说，五四一代作家没有合适手段去反抗强大的文化传统，结果"只能借助和西方作家的认同去填充他们膨胀起来的自我"。作家们把西方作家如拜伦、雪莱、歌德等标榜为自己的范本和精神之父，不仅如此，还要尽量贴上各种主义标签②，然而，这一阶段的中国文人在自我理解上和传统士大夫并无不同，"将自身理解为民众的导师，始终以治理天下为怀"③，直到后来在社会主义时代才获得了新的自我意识。分期上他遵从一般模式：二三十年代是五四文学阶段，然后是1942年到1949年的延安阶段，最后是1949年以后的新中国文学。但他提议，二三十年代文学还可以1927年为界，分为两个阶段，第二阶段（1927—1937）以"远为强烈的政治和社会意识"和"浪漫的"第一阶段（1919—1927）相区分。④鲁迅显

---

① Helwig Schmidt-Glintzer, *Geschichte der chinesischen Literatur. Die 3000jährige Entwicklung der poetischen, erzählenden und philosophischen-religiösen Literatur Chinas von den Anfängen bis zur Gegenwart*, Bern, Wien: Scherz, 1990, S. 338.
② Ebd., S. 500.
③ Ebd., S. 514.
④ Ebd., S. 503.

然成了中国现代文学的中心人物,在"从文学革命到革命文学"一章中占了单独一节,他是中国现代文学之父,他关注的是"克服文学和生活的距离",但他保持了和政治与党派的距离,从未"丧失精神上的独立性"[1]。

这部文学史的理论诉求不高,除了反复出现的关键词"自我意识"或"自我理解",另一重要概念是"公共领域"(Öffentlichkeit)。一方面,文学是文人阶层自我理解的反映,尤其是新的文学形式的出现,总是和转型期的精神危机相伴,危机导致了自我意识的调整。另一方面,文学形式的变化适应于公共领域的结构性变化。如果要分析三个概念的关系,大致可以说,在文学和公共领域之间,作者及其所属阶层的自我意识构成了中间媒介。

文学和文化、纯文学和非纯文学的综合,是这部文学史最醒目的特点。在讲述文学和史学如何在中国历史上形成之前,施寒微先介绍文房四宝的来历以及奏疏、书信等原始的文学形式。在涉入唐诗之前,施寒微首先谈佛经翻译和早期的音韵学。除了纳入敦煌变文、鼓词、诸宫调、禅师语录等现代学者发掘的中国文学要素,他也为《易经》《论语》等先秦典籍保留了位置,而明清时代的"文学的小形式"包括了圣谕、成语、歇后语、谜语、笑话、童话等各种形态。文学史因而成为"对于整个中国书写和精神文化的综合描述"[2]。对于何为中国文学,施寒微的回答是:"在最广泛的意义上,在可供今天回顾的中国三千年历史中产生的一切书写物(Schriftliches)都必须算作中国文学。"[3]文学即广义的"文章",包括最早的甲骨卜辞、神话、编年史、乐歌、誓诰、律令等。他认为,纯文

---

[1] Helwig Schmidt-Glintzer, *Geschichte der chinesischen Literatur. Die 3000jährige Entwicklung der poetischen, erzählenden und philosophischen-religiösen Literatur Chinas von den Anfängen bis zur Gegenwart*, Bern, Wien: Scherz, 1990, S. 521-526.

[2] Y. Monschein, „Rez.: Schmidt-Glintzer 1999", *Orientalistische Literaturzeitung* 95, 6 (2006), S. 681.

[3] Helwig Schmidt-Glintzer, *Geschichte der chinesischen Literatur. Die 3000jährige Entwicklung der poetischen, erzählenden und philosophischen-religiösen Literatur Chinas von den Anfängen bis zur Gegenwart*, Bern, Wien: Scherz, 1990, S. 12.

学和非纯文学无明显区分，和中国古代文人和官僚合一的状况相关。他对于中国文学演化的总结是，中国文学总是在极端顺从和抗议之间寻求其位置，这一点来得比其他民族文学更强烈。①不过，究竟是适应还是抗议？这一含混结论同样反映了折中、中立的谨慎态度，回避了秩序和变化的关系这样一个文学史建构的关键问题。

孟玉华批评说，儒家仍然是这部文学史的中轴和贯穿始终的红线。不仅第五、六两章都以儒家为主要对象，许多文学作品的评价也经过了儒家正统眼光的折射，如对于《百家公案》小说的批评——"一幅过分夸大了阴暗面的世态画"——透露出了儒家特有的和谐理想。②这个批评未必公平，实际上，施寒微的文学史比之于先前，精神史色彩已大为淡化，儒道经典不再是系统的中心，而只是整个中国文化的一个有机成分，诸多中国知识中的一种。如果真的有儒家偏向，原因也不复杂，施寒微文学史主要承接前人成果，早期的欧洲汉学本来就受儒家正统影响，这些遗迹都在他的文学史中如化石般积淀下来。不过，这就导致了独立的文学判断的缺失，如对于李白、杜甫、白居易等唐代大诗人的评价，施寒微只是简略地总结西方汉学界的一般认识，如李白是"浪漫主义"诗人，其特点是"无政府主义"和"好酒"；杜甫是"感伤的"诗人，讲求形式上的"严格"；白居易则体现了新的"社会批判"基调，等等。中国文学在德国译介的最新状况也未得到及时的反映，对于当代西方流行的中国作家如贾平凹、苏童、莫言、池莉、方方、王朔、余华、阿城等，施寒微都未提及。

简言之，这是一部新旧范式兼有的文学史。新质是那种客观、专业化的知识化操作，它将文学带离了笼统的精神，将它转变为一个自主的知识系统。自主性有两重含义：1. 中国作为社会系统是自主的，20世纪历史清

---

① Helwig Schmidt-Glintzer, *Geschichte der chinesischen Literatur. Die 3000jährige Entwicklung der poetischen, erzählenden und philosophischen-religiösen Literatur Chinas von den Anfängen bis zur Gegenwart*, Bern, Wien: Scherz, 1990, S. 578.

② Y. Monschein, „Rez.: Schmidt-Glintzer 1999", *Orientalistische Literaturzeitung* 95, 6 (2006), S. 685.

楚地见证了中国的自我革新、自我解放；2. 中国文学已成为理所当然的世界文学作品，不需要再借助离奇的类比拉近主客距离——这些类比无非证明，中国文学还是一个值得惊异的陌生对象。旧则是因为文学只是成为知识，未成为专门的文学知识，文学史未进入文学的自治系统，德国汉学界同行的批评也集中于此。

孟玉华认为，施寒微的操作往往陷入对单纯文化知识的介绍，而非在文学史框架之内，呈现文化结构对于中国文学发展的影响。孟玉华批评说，文字和书写工具只是文学的基本前提，比之于单纯的描述文字和书写工具，更重要的是反思象形文字对于中国那种重整体轻分析的思维方式的影响，施寒微也没有突出由书法、文字、诗歌、图章构成的中国式"总体艺术"的意义，探讨各个子艺术的相互关系。[①]斯塔尔（Frank Stahl）的评论更带有反思文学史写作的理论意味，反映了80年代西德汉学界向内部批评转向的趋势。他认为施寒微的文学史并非真正的文学史，而仅仅是一部"编年史"。他批评施寒微没有探讨中国传统中的文学概念，没有清楚地呈现中国文学和欧洲文学的区别，也没有追问作家和文学在中国社会不同时期扮演的角色。在文学史结构的问题上，他援引姚斯（Hans Robert Jauss）的说法，主张文学史书写除了通常的纵向观察方式，还要加上横向一维，呈现文学的结构性演变。文学史的功能应该是搭建一种文学自身独有的"元结构"，而非像施寒微那样，完全按照政治演变来进行分期，陷入变相的朝代史。斯塔尔推崇新批评派的文学和分期观念，认为分期的基础应当是纯粹文学标准，具体地说，就是由一个规则系统向另一个规则系统的变迁。他提议将这种观念应用于中国文学，去探讨五四文学如何在结构上区分于传统文学，中国文学在那些节点上经历了结构性变迁等问题。他认为，只有像这样的结构性探讨，才能呈现中国文学史的真实面貌。[②]

---

① Y. Monschein, „Rez.: Schmidt-Glintzer 1999", *Orientalistische Literaturzeitung* 95, 6 (2006), S. 683.

② Frank Stahl, „Rez.: Schmidt-Glintzer 1990", *Orientierungen*, 2 (1991), S. 156-157.

第六节　艾默力《中国文学史》：多元方法

艾默力《中国文学史》2004年出版，系多人合著。其特征首先是对于小型文学体裁的重视，青铜器铭文第一次在文学史框架中得到了详细描述。多人协同编写单卷本文学史的方式，必然造成方法上的多元化，其中一些方法体现了德国和西方人文社科界前沿思潮。但进一步说，方法是系统分化的产物。文学系统自主化以后，内部的自我分化就依赖于方法的差异化，方法就是结果，方法成为种种意识形态立场的中介。在此意义上，文学史有必要既陈列战利品，也展示武器。总体来说，这部文学史具有明显的文学社会学导向（方法充当了社会复杂性的媒介），重视对于文本诞生的政治、宗教、社会和经济条件的呈现。

"前言"对于所使用的"中国文学"概念做了简单交代，文学即"所有文学文本的总和"。初始期的中国文学也将哲学和历史作品包括在内，它们对后世的散文体文学有着决定性影响，但在接下来的文学史描述中就会被放弃，因为一来没有了如《左传》《庄子》这类在文学领域具有奠基意义的历史和哲学作品，二来后世的文学材料过于丰富，无暇再顾忌于此。墓志铭、传记、宗教文学、书信、公文等体裁也被排除在文学史描述之外。

柯马丁撰的"中国文学的初始"为第一部分，描述了最初一千年的中国文学历史，包括两章：

　　一、文学之起源和第一个千年
　　二、秦和西汉的文学

中国文学在这一时段开始时还是政治和宗教仪式的一部分，到西汉时，传统经典已统一于皇帝控制下，"文章"概念才获得了后来的文学意义。柯马丁的核心观点是，在中国，文字和文明的区分直至东汉前都不存在。虽然"文"在早期文献中表示文明实践，但首先并非在文字或文本的意义上，而关联于宗教、政治和社会的礼仪制度。文化的礼仪性表达如音乐、舞蹈、歌唱、器物装饰，直到西汉晚期才逐渐让位于文字呈现，而"文"的语义也从礼仪移至文本实践。因此，中国人后来对文字和文学的神化，其实并不符合中国文学第一个千年的实际情形。① 这一章处理了几个重要问题，如祖先祭祀仪式中青铜铭文的宗教功能，先秦时期口传和书写文学传统并存的状况及其后果，史传文学的轶事结构及其所暗含的作者概念，等等。出土文献的使用和对新方法的探索，是这一部分的突出特点，以下拟稍作停留，对其方法特点作一个较详细的分析，以显示新一代德国学者的研究倾向。

一、文化记忆和礼仪文化

柯马丁借鉴当代欧洲文学和文化研究领域流行的记忆理论，敞开了为文学研究者所忽略的铭文的深层意义。青铜器铭文被看作在世者和祖先的仪式性交流的媒介，这一事实对于其阐释具有重要影响。在祖先祭祀仪式上要回答的问题不是发生了什么，而是人们需要回忆什么和遗忘什么，而历史/故事就是记忆的仪式。铭文以理想化方式所要回忆的，并非自明的事实，而是将事实塑造为规约性的神圣文本，以诗的形式向祖先和后世子孙传达。

从文化记忆角度，柯马丁认为，《诗经》是一种文化形式，凭借引征和吟诵的实践，表达了东周时代的道德和历史记忆。这个时代的人们怀念旧时的黄金时代，希望在押韵的诗性语言中实现一种仪式性的记忆行动，以保证自身的人性秩序，而和堕落的现时代相脱离。② 正因为《诗经》是

---

① Reinhard Emmerich (Hrsg.), *Chinesische Literaturgeschichte*, Stuttgart: Metzler, 2004, S. 4.
② Ebd., S. 18.

中国文学的文化记忆，故出自不同时代的新阐释才是必要的——记忆在阐释中得以更新。最早的《诗经》阐释以接受方为导向，重视某一首诗在语言使用情境中达到的实际效果，而不关注作品的艺术水准。在西汉，这种实用主义的《诗经》理解为毛传的生产美学视角所取代。毛诗第一次尝试消除《诗经》的意义不确定性，复原每一首诗的初始情境，这种阐释不再以当下为导向，而是指向过去。《国风》和《小雅》成为对政治和社会情况的批评，同时也是历史和道德真理的范式。直到朱熹《诗集传》，人们的目光才重新转向文本本身，在宋人的评论中，《国风》的诗性和人性得以回归。柯马丁总结说："对《诗经》作品的激进历史化（西周的'黄金时代'和后代在文化、道德和政治上的堕落），是和早期帝国的身份需要相吻合的；宋代对于'本义'的强调反映了'理学'的哲学规划；20世纪初强调人民的声音及其礼仪风俗，体现了现代的政治和学术意识形态。"①

二、修辞和历史叙事

柯马丁对《左传》《战国策》等史传文学的叙事分析，体现了后现代历史理论的影响。他说，《左传》总是让历史人物自己说话，事件自己展开，以客观的叙述风格营造戏剧性和真实性氛围。然而，《左传》的作者也受道德意识引领，作品的复杂文学结构表明，作者看似缺席，实则在灵活驾驭历史材料，表面的客观描述下掩藏着深刻的操纵痕迹。《战国策》则显示了语言的全部欺骗和操纵潜能，因此在中国文学史上获得了独一无二的地位：人们欣赏其论辩的精彩语言，却拒斥其不择手段的欺骗、阴谋和诡诈。②

汉赋在修辞上的权力操作意味同样明显。《子虚赋》《上林赋》并非

---

① Reinhard Emmerich (Hrsg.), *Chinesische Literaturgeschichte*, Stuttgart: Metzler, 2004, S. 23.
② Ebd., S. 41.

真正的景物描写，而是用高度仪式化的语言，将园林塑造为世界图像，将皇帝塑造为世界统治者。①赋的语言魅力只是修辞手段，目的是让听众受到感染，继而发生内在改变。

柯马丁还分析了《史记》的复杂叙事结构。《史记》中，相同人物和事件会出现在不同章节，从各自的视角加以描述。叙事者看似离场，司马迁的声音却无处不在，在或生动或枯燥的叙述风格中，对于历史人物的好恶也得到体现。司马迁继承春秋传统，不仅报道事实，也微言褒贬，呈现出实录史实和道德评判的紧张关系，他自己的屈辱经历也隐现于文本叙述中。而司马迁的自传开中国自传文学的先河，代表了一种"作为'作者'流传于后世"的强烈意志，这种意志基于表达个人苦难和创造不朽作品的双重动机。这同时就导致一个疑问，即如果作者诉求在太史公时代才刚刚出现，则《汉书·艺文志》上的目录将诸多著作归于过去时代的不同作者，就只是一种文学史虚构。②

修辞中暗含权力问题，史家褒贬意味着，史家代替了统治者成为真理的代言人。在福柯和新历史主义者那里，作者问题是权力分析的重要方面。柯马丁偏爱这一概念，意味着他从文本功能的角度来看待历史人物：经典作家不是神话般的天才，而是文学系统运作的产物。为了实现所需要的意义，文学系统必须在交流中产生出特定作家符码。和19世纪精神史的观念正好相反，不是伟大作家创造历史，而是作为系统的历史决定作家的位置，这一颠倒体现了20世纪末的后现代思潮影响。柯马丁如此来总结孔子在中国文学史上的意义："孔子作为理想的人，成为理想文本的作者，由此成为理想的作者。"③表面看来，柯马丁和他的汉学前辈一样尊孔，将孔子视为中国文学的大写作者。柯马丁也提到孔子对中国文学发展的种种影响：首先，孔子在礼仪问题上要求外文和内质平衡，这在文学逐渐摆

---

① Reinhard Emmerich (Hrsg.), *Chinesische Literaturgeschichte*, Stuttgart: Metzler, 2004, S. 66.
② Ebd., S. 76-77.
③ Ebd., S. 48.

脱原先的礼仪语境时,被直接移用到文学上;其次,孔子对《诗经》的尊崇,奠定了诗歌在中国文学中的特殊地位;再次,孔子"从周"的记忆文化,被后代文学发扬光大;最后,孔子本人的人格成为史家和诗人的理想画像,化入后世一系列文学作品。然而,柯马丁真正要说的是,中国文学系统需要推出一个理想的孔子符码,以便为自身设立根据和起源,为意义的生产规定方向。所谓"理想的人""理想文本""理想的作者",都在暗示人物的虚构性质——这样的人物只存在于特定系统中。柯马丁撰写的这一部分看似偏经学而远文学,其实奠定了整部文学史的基调,因为他以后现代和新历史主义的方式,改变了孔子、《诗经》、司马迁等主导符码的语义结构,间接地重塑了中国文学文化的生产机制。即便在文学自治化的当代,中国文学史也从未彻底摆脱经学,对于经典符码的理解,构成了文学世界的潜在结构,也决定了文学符号的意义走向。

系统和作者的相互塑造,也体现在屈原身上。屈原是否为真实的历史人物,是否为《离骚》的作者,《离骚》是否为其生平自传,历来存疑。柯马丁没有正面回答这一问题,而是说,屈原是代表了人类愿景和绝望的"理想的诗性声音",换言之,和孔子一样是理想作者。创造这位理想作者的首先是司马迁,司马迁在屈原(以及孔子)身上看到了写作和为人的榜样,而贾谊和杨雄试图对这种理想化加以限制。最终是司马迁的观点成为正统,在现代文人如闻一多、郭沫若那里,屈原进一步发展为中国文学中第一位人民诗人和爱国者。[①]对于接受史的重视,以及在各个接受立场之间保持中立的姿态,都说明,柯马丁受到了福柯等人的作者理论影响,力求摆脱传统汉学家的实证思维,他揭示的是作者在文本中的功能而非作家和作品的事实联系,孔子和屈原更多地具有符号性质。

---

① Reinhard Emmerich (Hrsg.), *Chinesische Literaturgeschichte*, Stuttgart: Metzler, 2004, S. 55.

三、出土文献

马王堆简帛、郭店楚简等考古发现也对传统汉学观点产生了冲击，影响到人们对于中国早期文本文化和思想史的理解，柯马丁向汉学同行提出了一系列问题：

> 个别文本之写本和流传版本间的关系如何？墓中文本的功能为何？抄本是否专为不同陵墓而写，又是根据哪些口传或书面底本？其文本在死者生平中扮演何种角色？哲学类和术数类抄本经常共处一墓，两者之间的关系为何？我们如何想象早期文本文化的全貌——文本的生产、传播、援引、接受？谁是这一文本文化的受众群，哲学讨论的形式和平台为何？①

他认为，早期中国文本文化的丰富性，已超出了文学传统规定的有限作品和范畴。对于新的出土文献，人们需要作出新的认识，打破从前的哲学门派区分和流传的概念。不过，柯马丁重视新的出土文献，展示其细读和考证古典文本的功底，不仅仅是研究深化的体现，还具有范式转化的意味。他对文献的使用方式是新历史主义的，关注的其实并非传统的真伪问题，而是文献的叙事结构和由此透视出来的权力关系，这无疑是一种后现代主义取向。

其实，出土文献的运用服从于理论框架。例如在《诗经》的书面和口传传统关系上，传统看法是，《诗经》的书面形式自古就有，因秦焚书被毁，仅以口传形式而幸存，西汉儒生凭记忆又将其复原，换言之，口传只是经典传承的辅助工具。柯马丁认为，旧的观点服务于论证汉代在政治文化上的合法性，但新的出土文物证明，《诗经》在秦代并未尽毁，秦和汉

---

① Reinhard Emmerich (Hrsg.), *Chinesische Literaturgeschichte*, Stuttgart: Metzler, 2004, S. 51.

初仍然以《诗经》为政治修辞。郭店和马王堆墓文本、上海博物馆藏本以及阜阳双古堆汉简中的《诗经》引文字面上几乎完全一致,却有大量假借字运用。这些竹帛写本中大量假借字的存在,证明从前4世纪到前2世纪并没有一个固定的《诗经》书面文本,但残简中无任何迹象表明,《诗经》口传传统存在急剧断裂。由此,柯马丁相信有一个《诗经》的口传实践,根据具体需要——陪葬或师徒对话时助忆之用——才誊写成书,不受业已存在的书面文本影响。用"雅言"吟诵或引用《诗经》,可以将古代语言带入一个表演情境。这样,口传和书面的地位就发生了颠倒。[1]

从仪式向书面文学的过渡,发生在西汉末年。西汉的两百年间,儒生的功能由治礼变为释经,儒家学问由"儒术"变为"经术"。"文章"在先秦时意味着礼器的纹饰、合礼的行为以及士大夫的优雅外表,由礼的实践显示出道德修养之美,而在此时,"文章"变为后来习用的文学文本的概念,也由此带来了一系列文学上的后果,如经典文本的注疏和整理,文学体裁理论的形成和发展,诗性文学渐渐摆脱礼仪和宗教目的,等等。

第二部分为"东汉至唐",同样涵盖近千年历史,分六章:

一、东汉(25—220)文学

二、中国北方的诗和诗论

三、政治文化中心移往东南(317)之后的诗和诗论

四、东汉以降至隋的散文体文学

五、唐代(618—907)文学:诗歌

六、唐代文学:散文

主编艾默力亲撰的这部分也显示了方法论探索,他深入文学生产的社会背景,分析唐代文学生产力急剧上升的深层原因以及作者传播自身作品

---

[1] Reinhard Emmerich (Hrsg.), *Chinesische Literaturgeschichte*, Stuttgart: Metzler, 2004, S. 17-18.

第三章 作为系统构建工程的文学史书写

的路径;他也描述了众多在以往的文学史中被忽略的文学小形式,如唐代赋承担的政治批评功能。他的关注点集中于作者问题、流通机制、文字媒介,由此,他向德国同行提出了唐诗领域中如下"公开的问题":

> 尚未得到充分研究的问题包括作诗的规范和诗人的自由及破坏规则的冲动之间的关系。音调和内容之间的关系也研究甚少,中国文字特性的影响同样如此:尽管诗的吟唱和听,亦即口和耳的要素再重要不过,但当其诗学要求诗"好看"——为此目的要力避笔画太少或太多的单字麇集——时,也值得细思;由某些轶事笑谈可知,汉字常被视为视觉结构,可以被(有意)误读。关于诗歌作为个人创造的复杂样态,也所知甚少:当白居易和元稹相约互改作品,或者当一个诗人当其他人面书写时,他们对作品不吝评判,这些都意味着什么?作品的哪些权利可归诸作者?如果作者本人已逝,编书人在多大程度上介入了作品?在那样一个时代,文学作品要么口头传诵,要么作为手稿流播,誊写稿往往单凭记忆而出,原作的概念在多大程度上合宜?在多大程度上,唐代发达的图书市场以及对于赞助者的依赖会影响及文学,对于时代趣味会做出哪些妥协,讨好潜在的恩主的愿望又是否左右了诗人的写作?[①]

由这种建构主义思路,中国经典的"虚构"特征也呈现出来。艾默力提到,李白在西方声誉最著,在中国自身传统内却不如杜甫;但杜甫一节的标题"杜甫——中国最重要的诗人吗?"却暗示,杜甫在中国的崇高地位是唐以来长期建构的产物,并非永恒。显然,正是出于这一考虑,他特别指出李杜区分不像表面看来那样分明,李白的许多特征,如夸耀自己的

---

① Reinhard Emmerich (Hrsg.), *Chinesische Literaturgeschichte*, Stuttgart: Metzler, 2004, S. 163.

诗才、对酒的热爱、出世的要求等,杜甫同样也有。①

第三部分为叶翰(Hans van Ess)撰写的"宋元文学"。篇目如下:

一、10到11世纪的散文
二、古典诗歌传统的延续
三、词
四、文学批评作品
五、戏曲文学的先驱
六、戏剧产生的技术与社会背景以及城市描写
七、戏剧:《西厢记》

叶翰注意到宋代文学在典故中隐含的政治批评。他以苏轼为例,指出《赤壁赋》是对于宋王朝的扩张政策的"隐蔽批评"②;而苏轼的抒情诗也可以被理解为纯粹的政治话语,《登州海市》表面看来相关于海市奇景,实则借自然现象反思自身的政治处境③。

第四部分为柯理(Clemens Treter)撰写的"明清文学"。篇目如下:

一、连续和断裂:分期问题
二、权力的重建
三、政治衰败和文学繁荣
四、中间时代
五、精细化、文字狱和道别

---

① Reinhard Emmerich (Hrsg.), *Chinesische Literaturgeschichte*, Stuttgart: Metzler, 2004, S. 151-154.
② Ebd., S. 191.
③ Ebd., S. 197-198.

六、通俗形式的胜利

柯理同样深入文学生产背后的政治、社会、经济变迁，如苏州妓馆中的艺术性"反文化"的形成①，以及明末政治经济形势和出版业繁荣的关系。更重要的是，他对于叙事理论等文学阐释技术的运用，将过去的精神史框架中不可能出现的中国小说的现代性呈现出来，如他称赞《聊斋志异》的"复杂叙事过程"②；而《红楼梦》的叙事结构复杂，是作家有意营造的"多层次的文学—隐喻之谜"③；《儒林外史》也并非结构松散的"轶事小说"（Episodenroman），而自成一"用文学手段精细地塑造和结构的世界"④。他把《西游记》理解为探索自我和身份的小说，它呼应了明代新儒家的"自我培养"（Selbstkultivierung）思想，孙悟空实为"心猿"，即人类精神的象征，西游不过是"通向人类精神内部的旅行"⑤。它成为后来许多小说的参照小说，而董说的《西游补》正是由之产生的一个"文本中的文本中的文本"。他认为，《西游补》中梦境可以视为语言和文学世界本身，悟空梦中听歌女叙述悟空一行西天取经的经历，正好终结于《西游补》作为后续小说开始之际。⑥即是说，这是一部叙事结构异常复杂，现代性色彩十足的元小说作品。而在他看来，中国的文人小说往往具有这种元小说特征。

柯理进而批评说，五四时代和新中国的中国文学史家们不恰当地把白话小说归于民间文学，从而成为与文人文学传统相对的"反传统"。他

---

① Reinhard Emmerich (Hrsg.), *Chinesische Literaturgeschichte*, Stuttgart: Metzler, 2004, S. 250.
② Ebd., S. 271.
③ Ebd., S. 275.
④ Ebd., S. 278.
⑤ Ebd., S. 244.
⑥ Ebd., S. 258-259.

认为，这类文学在当时虽然地位不高，却始终是文人谈资，既构成"非正式经典的一部分"①，也成为文学评论的对象。金圣叹腰斩《水浒传》的激进干预行为恰好说明，白话小说从一开始就进入了文人精英的关注视域。

第五部分为冯铁撰写的"20世纪文学"，篇目如下：

一、何为现代？
二、大中华世界及其问题
三、出发和突破：期刊作为新文学世界的媒介
四、文人作为意识形态家
五、新旧传统的重估
六、外部和内部的威胁
七、建设的热情及其困难
八、通向文学的一体化之路
九、中国的废墟文学
十、新市场和颁给中文作家的诺贝尔奖
十一、1911年的界限之外的中国文学

冯铁同样重视探讨文学生产背后的政治、社会、经济因素，如民国时期文学的抗争文化、新时期以来市场经济对于文学创作的影响，等等。以下几方面，都体现了他在方法论上的考虑。首先是经典的重新调配。他详细介绍了周作人、巴金、林语堂、张爱玲，然而，茅盾《子夜》作为传统的文学经典却未被提及。他也深入通常为西方汉学界忽略的洼地，分析小说《青春之歌》、历史剧《海瑞罢官》、"革命样板戏"，也提到卫

---

① Reinhard Emmerich (Hrsg.), *Chinesische Literaturgeschichte*, Stuttgart: Metzler, 2004, S. 238.

慧、棉棉的"身体写作"。尤其突兀的是,他将陈衡哲和鲁迅并列而构成一节,两位作家年龄相差悬殊,家庭背景和人生旅程迥异,在冯铁眼里却共同构成新文学的开端。他首先指出,陈衡哲《一日》和鲁迅《狂人日记》结构上相似,都体现了启蒙姿态,都是"在真实语言中对真实性的寻找";最大的区别是,一个是典型的个人经历,另一个则是超越了现实主义的"中国隐喻"①。冯铁对经典的相对化和多元化处理,意在呈现文学作为生产机制的决定性作用,鲁迅和陈衡哲的组合,无非是要突出经典生成的偶然性。其次,冯铁强调媒介对于文学世界的构成性作用。媒介是文学机制的更直接体现,对于媒介的重视体现于章节中的大量相关标题,如"交流和文学共同体""木刻版印刷—铅印—照相排字—书法""手稿—市场—印刷""走向简化书面语的步骤""向书面化口语过渡的阶段""期刊作为新文学世界的媒介""象征资本和图书市场""新市场和颁给中文作家的诺贝尔奖",等等。最后,冯铁尝试引入一个元理论视角。一方面,他在描述新文学的历史进程时,也没有忽略新文学自我建构的一面,如胡适《白话文学史》对于新文学的奠基作用,以及赵家璧《中国新文学大系》对于新文学的历史化的贡献,都得到了专节处理。另一方面,最后一章"何为中国人?""没有杂志和学校,没有文学""中文:东亚拉丁文"等标题的设置也显示了元理论视角,暗示中国文学本身就是建构而成的,在全球化时代,也必然存在包括中国海外华文文学等在内的诸多中国文学。

---

① Reinhard Emmerich (Hrsg.), *Chinesische Literaturgeschichte*, Stuttgart: Metzler, 2004, S. 305-306.

第七节　顾彬《中国文学史》：寻找现代性

出版于21世纪初的顾彬编十卷本《中国文学史》，是当代德国汉学界的一项重要集体工程。顾彬认为，过去的单卷本文学史未突出纯文学精神，不符合现代文学机制的形式要求，如未按照文学体裁区分其对象，甚至将哲学和历史著作之类非文学体裁纳入其中。故十卷本的《中国文学史》，只用一句话就交代了编写体例：每一体裁自成一卷，而将哲学和历史剔除在外。对此吕福克提出疑问，难道体裁间界限真的如此清晰？难道《道德经》或《庄子》寓言不是一流诗作？难道《左传》和《史记》不是精彩的叙事艺术，而讲故事的艺术不是出自历史书写吗？中国古典美学和文学理论不是同样可以用诗歌、书信、笔记、诗话等不同文学形式表达？而为什么单单20世纪中国文学卷不是按照体裁分类呢？吕福克质疑区分的合法性，更像是维护传统"文"的标准，担心中国文学在现代文学机制束缚下失去了自身的独特性。然而，无论吕福克，还是顾彬，都没有意识到现在这种编排方式的真正来源。顾彬的理想虽说为新批评以来的文学性，具体操作却不离汉学的传统轨道，新中也蕴含了旧。皇皇十卷本，却可以看成扩大的一卷本：诗歌是传统的主干，然后是长篇小说、短篇小说，然后是戏曲，然后是散文，最后是现代部分，之前的中国文学史都是这一套路，仅增加了一卷中国古代文论。[①]思想经典看似淹没在了各文学部门，但是，经典的地位与其说下降，不如说已融入了每一部分，或成为背景。和以往的中国文学史相比，顾彬文学史不仅基本结构未变，许多传统偏见也忠实地继承下来，如唐以后无诗歌、中国文学无主体意识、戏曲无悲剧精神之类套话。

---

① 嵇穆注意到，十卷本主要介绍了从古至今的中国"雅"文学情况，缺少对俗文学的关注，提出还应该增加一卷中国民间戏曲和史诗。Martin Gimm, „Rez.: Monika Motsch", *Hefte für Ostasiatische Literatur*, Nr. 39, 2005, S. 106.

现代性成为中心线索。现代性的核心是主体性，中国文学的古代和现代就成了考察主体性命题的独特场所。中国是否适合于个体性和主体性的生成，需要通过文学观察来回答，在此意义上，顾彬版文学史是不折不扣的传统精神史结构，至少在顾彬执笔的几卷中，可清晰地看出这一关联：古代部分提供了反思中国传统宇宙观的机会，现代则更多体现了摆脱这种宇宙观的可能和不可能；新中国的政治文化，毋宁说和古代的宗教、伦理观有内在勾连；中国过去为"亘古不变"的"木乃伊"，现代病则是"为中国痴迷"。中国给观察者造成的困惑始终是，中国为什么"独一无二"，由此可以理解西方的中国文学研究的双重功能：纳入/排斥。批评是出于同一性渴求，而排斥的原因在于西方系统的自主性要求。中国有时应该充当系统的环境，有时应该成为系统的一部分，这要看系统此刻是需要"自我指涉"，还是"外来指涉"。

可是，在一个自主分化的交流系统中，任何意识形态都会被自动削弱。顾彬的立场再具有普遍性，也只能代表个人，交流个体是"不听话"的，偶然性无处不在。十卷本的许多作者没有顾彬的思想史关怀。司马涛"无理论"的小说史中的中国生活放荡恣肆，小说叙事发达，人物性格、心理丰富复杂。莫宜佳（Monika Motsch）强调中国小说对于神异的包容，生动的文化精神完全不受儒家教条束缚。卜松山的文论史全面采用中国学者的观点，自然更不会有中国无理性的偏见。然而，立场之所以能够"不听话"，亦因为它们是系统生产的"个人"立场，交流不仅容许也依赖于差异的存在。

一、诗歌：《中国诗歌史》

在中国古代文学诸体裁中，诗歌的地位至高无上，而十卷本以诗歌卷为首，也具有思想纲领和方法论指导的意味。顾彬的博士论文和教授论文都以诗歌为探讨对象，可谓这一卷作者的合适人选。

顾彬《中国诗歌史》出版于2002年，分为五章和一个"展望"：

> 第一章：古代—宗教与礼仪
> 第二章：中世纪I—宫廷与艺术
> 第三章：中世纪II—宫廷与外省
> 第四章：近代I—诗艺与为宦
> 第五章：近代II—事业心与居家生活
> 展望：后古典诗歌艺术—艺术家与摹仿者

结构上，顾彬沿袭了西方文化史的古代/中世纪/近代的传统区分：首先，《诗经》代表古代；其次，中世纪始于曹植和3世纪的五言诗兴起，直到900年左右唐代结束之际；最后，宋代开启了近代。不过，顾彬认为，宋以后的元明清三朝虽历时700年之久，却是仅有摹仿者而无真诗人的"后古典"（nachklassisch）时代。最终，黄遵宪成为通向现代的门户。中世纪构成顾彬诗歌史的重点，篇幅过半，而中世纪向近代的转换，被顾彬定义为从美学向伦理学的过渡。

中国古代诗歌材料极为繁富，顾彬力图清理出一条清晰的发展脉络，为此必须进行排除性操作，舍弃很多重要内容。顾彬首先舍弃女诗人，也有挑衅"美国学派"的女性主义时尚的意图，不过他自辩说，女诗人主要活动在明清两朝，而这一"后古典"时代并非他关注的重点；其次，他舍弃了僧侣诗人以及《木兰辞》《孔雀东南飞》等民谣体叙事诗；最后，他还舍弃了口传诗歌和敦煌写本中的诗歌。这些作品被排除在外的真实原因，可能还是因为它们无法满足他对"纯粹"诗歌的追求，顾彬心目中始终有一种内在/外在、本质/现象的区分，而内在本质的表达是宗教、精神和形而上学。另外，就保留下来的文本材料而言，它们也经历了排除性操作。顾彬以文本内在批评为导向，强调以文本细读揭示中国诗歌的内在精神，文学社会学取径不在考虑之列，所以不关心诗人在社会中的地位、作品的功能、文本传播（印刷、出版和收藏）、读者的教育程度和期待、中国诗的评价标准等问题。

感伤、主体性、宗教构成了顾彬文学史叙事的三条红线。感伤是顾彬偏爱的观察中国文学的视角，代表了他对中国文化精神的基本认识。感伤意味着，中国文人也在经受着人和自然相分离的痛苦。但他认为，中国式感伤依赖于具体情境（如秋天），或基于某一个现实理由（别离、战争、孤寂等），不同于现代人那种本体性的感伤，自我和世界的对立本身并不存在。进一步说，中国式感伤关联于中国文人的集体意识，"悠悠我心悲，泪下沾我衣"之类诗句表达的不是纯个人情感，而是程式化的社会姿态。顾彬认为，中国传统文人的确处在"主体化"的道路上，只是在宗教性宇宙观束缚下，个体从未真正展开自身，上升到主体的高度。顾彬还批评说，迄今为止西方对中国古代诗的研究没有足够地重视宗教视角。不过，三条线索其实都来自汉学传统：首先，欧洲人之所以一再强调中国文学的"感伤"特征，和精神哲学对于中国文化的定位相关——感伤是因为精神脱离了自然又无法真正超越自然；其次，未完成的"主体化"就是19世纪欧洲人常说的，中国人有了理性萌芽却无力将它展开，中庸的中国在各领域都只拥有开端；最后，宗教不仅是欧洲人观察中国文学的第一个视角，更基于精神哲学家和世界文学史家对于古代文学的基本理解，即不同宗教奠定了不同的艺术理想，各民族文学的特殊形式源自其和宗教的内在关系。西方知识系统超乎寻常的稳定性，也间接地提醒我们，渴求普遍理性的罗哲海，的确忽略了另一种"理性"即系统性的存在。

然而，把中国诗歌的源头归于宗教，是否会因理论先行而导致削足适履呢？至少吕福克明确地提出了异议。顾彬从宗教视角来概括杜甫之后中国文学史的发展："杜甫作为中国第一位纯粹的世俗诗人出现，可如今又出现了一种宗教的——具体而言——一种禅宗的要素，诗人们在以后几个世纪中，为了缓解其在现实中的痛苦，为了在现实世界中生活，需要这种要素。"①吕福克觉得这样的论断颇为牵强，是"武断"（gewagt）的说法。②对于感伤，吕福克认为这一角度失之于片面，忽略了悲剧和喜剧、严肃和欢快的辩证互补，中国诗坛并非只有感伤，同样充满欢庆和歌舞。在他看来，顾彬对于白居易《咏慵》一诗的评价——"它完全没有宇宙学！"——仅是一声"绝望的感叹"，不过体现了顾彬在面对幽默风趣的诗行时的手足无措。③吕福克提醒，并非每首诗都要涉及最后的事物，涉及死亡和人生易逝，感伤的内容并不能说明诗歌水准。批评者的"吹毛求疵"其实触及了西方的中国文学史书写的顽疾，即程式和偏见的因袭。

显然顾彬只想要文学的"深层"意义，而非其社会史内涵；重视作品的思想起源，而忽略其日常的政治功能。这一角度对于顾彬和"波恩学派"都是有代表性的，然而，八九十年代以后的文学研究在话语理论、女性主义、后殖民理论等的推动下，越来越重视社会指涉和政治解读，这一趋势也波及汉学家的中国文学研究。与此相应，吕福克认为政治解读是一条更适合中国古典诗的途径。他批评说，顾彬为了证明文学的宗教和巫术力量，引用了曹丕的例子，因为他认为曹丕"把文学理解为统治者最重要的事务"④，但其实，《论文》那句"盖文章，经国之大业，不朽之盛事"并不是这个意思，而恰恰表达了文学的政治功能，这一句所承接的前文列举的文类中，包括了奏议、书论、铭诔，它们都服务于行政公务而非宗教。⑤即便像乐府诗这种供统治者了解民意的体裁，顾彬在对其进行分析时，也没有指出其社会功能。吕福克认为，顾彬不应当忽视柯马丁关于

---

① Wolfgang Kubin, *Die chinesische Dichtkunst. Von den Anfängen bis zum Ende der Kaiserzeit*, München: Sauer, 2002, S. 188.

② Volker Klöpsch, „Rez.: Wolfgang Kubin 2002", *Hefte für Ostasiatische Literatur*, Nr. 36, 2004, S. 161.

③ Ebd., S. 162.

④ Wolfgang Kubin, *Die chinesische Dichtkunst. Von den Anfängen bis zum Ende der Kaiserzeit*, München: Sauer, 2002, S. XII.

⑤ Volker Klöpsch, „Rez.: Wolfgang Kubin 2002", *Hefte für Ostasiatische Literatur*, Nr. 36, 2004, S. 162.

第三章　作为系统构建工程的文学史书写

中国古诗和政治的关系的研究。①

不过，顾彬相信，正是基于以宗教为出发点的、文字与权力的特殊联系，中国诗歌才得以在中国文学中占据绝对的统治地位。他认为，显示中国文学源于宗教的标志有三个：首先，中国"文"的起源与氏族体系、祖先崇拜和宇宙法则相关，谁能使用"文"，就能和天地交流，和祖先沟通，能预卜未来，因而拥有统治的权力；其次是"诗"，中国的"诗"是"文"的延伸，源自庙堂的祭祀仪式，故不但在古代受到统治者推崇，甚至到了20世纪都带有某种魔术意味；最后是"兴"的美学原则。何为"兴"？顾彬追随程抱一和宇文所安，认为"兴"即人和宇宙/自然的"对应"（Entsprechung），在他看来，这种初民特有的"关联思维"（korrelatives Denken）不但集中地体现了中国诗歌和宗教的联系，且代表了中国精神的实质：这是一种"建立在和谐而非竞争基础上，将一切都纳入实存的相互依赖关系中的共鸣"②，它从本体上排除了西方式的孤独个体的观念。因为一切都和天地整体相关联，对仗平行就成为重要表达手段，对仗原则在诗歌构成的所有层面发生作用：空和满、虚和实的交替发生于词汇层面；阴和阳、静和动、死和生的平行互补体现于句法和内涵层面。

《诗经》构成宗教性的宇宙思维的前奏，在这里，已能够隐约地感到人和宇宙的呼应（"类"），复沓修辞实为物与物、物与人的隐蔽联系的表达。③顾彬的《诗经》描述有两点值得注意：第一，受文化记忆理论的启发，他的注意力转向比国风更古老的颂和雅部分，认为它们证明了《诗经》是早期中国文明集体记忆的一部分；第二，他通过《诗经》认识到，

---

① 指柯马丁在科隆大学完成的博士论文《中国国家献祭的颂歌：从汉代到六朝的政治呈现中的文学和礼仪》（1997）。Volker Klöpsch, „Rez.: Wolfgang Kubin 2002", *Hefte für Ostasiatische Literatur*, Nr. 36, 2004, S. 163.

② Wolfgang Kubin, *Die chinesische Dichtkunst. Von den Anfängen bis zum Ende der Kaiserzeit*, München: Sauer, 2002, S. xxi.

③ Ebd., S. 9.

中国文学自古就和宗教、政治合一，文学是为共同体规定精神和物质基础的"宣告"（Verkündigung），对于"权力机制"有"中心意义"。诗人和统治者构成了某种宗教性的共同体，他们的神是可以通过外在仪式加以影响甚至世俗化的。①

楚辞贯穿着对于人的易逝、脆弱的深刻感觉，说明周代晚期已有了丧失起源的不祥之感。不过，顾彬又认为，楚辞虽说是失意文人的自我安慰，但其哀诉更多地带有程式化性质，而非独一无二的和环境遭遇的经历，故并不代表真正的自我，而是言说者和群体分享的习俗。②进一步说，哀诉本身就是宇宙性框架的一部分，遵循人天的"对应"原则。人并非灵魂的主人，而受制于各种宇宙力量，四时晨昏皆有相应的情感状态。③顾彬以《九歌》《离骚》为楚辞的总代表，两者都是通过升天逃离尘世的见证。《离骚》的全部秘密都藏于中国古代神话对于长生的想象，然而，此岸和彼岸、政治世界和神话世界的鸿沟终究无法克服，"美人""灵修"不可得。《离骚》乃时代的危机意识表达——周代的古老中国已陆沉，官僚制中国及其对于神话表象的理性化尚未实现。④

宗教使中国诗人和宇宙合一，从而无法生成自身的主体性。顾彬的叙述中，中国诗歌史是一部不断要挣脱这种循环的宇宙模式却又不断失败的历史，中国精神始终停留在宗教影响之内。楚辞中隐现的精神危机——人和宇宙的分离——直到唐代才真正显露出来，安史之乱将文人的危机感推至顶峰，天人相感的和谐宇宙再也无法维持。欲冲破宿命的反叛的征兆，也在唐代的"复古"思潮中初现——韩愈"复古"的就本质在于，以道的内在原则取代原来的外在秩序模式，重建世界的统一性。

---

① Wolfgang Kubin, *Die chinesische Dichtkunst. Von den Anfängen bis zum Ende der Kaiserzeit*, München: Sauer, 2002, S. 5.
② Ebd., S. 20.
③ Ebd., S. 20-21.
④ Ebd., S. 32-33.

第三章　作为系统构建工程的文学史书写

　　文学相关于世界治理，是在符号世界建立和疏通关系，以应付人类生存碎片化的尝试，每一代文学都有自己建立秩序的方式。对顾彬来说，诗代表了宇宙秩序，故理解唐诗的前提就是领会人和宇宙的相互关联[①]，而一旦诗歌告别了宇宙学模式，其全盛期就逝去了。对于宋代诗人，天人和解必须有伦理依据，世界应符合伦常道德，诗人也不能无节制地哀诉，或沉溺于意象和氛围，而要以明白的言辞表达天理。如果唐以"文"维持天地人的一体性，宋代则依赖于"道"。苏轼的说理风格就充分体现了对于世界秩序的探寻和规定，但他在把具体提升为抽象的同时，也脱离了宇宙中的个别，仅是因为感性尚存，才在宋诗人中显得出类拔萃。[②]从元代开始，由于城市生活的兴起和社会的分化，现世日益压倒宗教，小说戏曲代表的通俗文化日益取代诗歌代表的精英文化。但宗教灵氛最终的消失，还要等到清末：在西方文明重压下，中国精神终于失去了自信，天人合一的宇宙秩序和天下一家的政治观念彻底失去了吸引力，那个留存于唐诗中的"永恒中国"一去而不返，而顾彬的《二十世纪中国文学史》才是唐诗死后的中国文学故事。

　　顾彬在中国文学史描述中广泛地应用文化记忆理论。在他的叙述结构中，中国文学中代表个体性的个人回忆总是为集体记忆所压制，至今不变。《诗经》中，周天子和诸侯的个人回忆通过宗庙仪式变成集体记忆，记忆对象通常是文王、武王及其德行，他们的德行沟通现世和彼岸，保障了"天命"。[③]白居易的《长恨歌》则为私人回忆，唐明皇的回忆推动了叙事进程，诗人的任务则是重现这一伟大爱情。而韩愈的"复古"理想将集体记忆再次导入，《石鼓歌》等作品呈现的正是：世界统一不再靠人工

[①] Wolfgang Kubin, *Die chinesische Dichtkunst. Von den Anfängen bis zum Ende der Kaiserzeit*, München: Sauer, 2002, S. 252.

[②] Ebd., S. 280.

[③] Ebd., S. 6-7.

营构的对仗，而是通过文和道、个体精神和集体记忆的融合。①

联系到顾彬最初的神学背景，会误认为他的形而上学倾向来自宗教兴趣。但顾彬真正的中心概念是"精神"而非宗教，宗教、感伤、主体性都是精神运动的产物。不但每个时代有自己的精神，他还在中国诗人中找到了一种连续性的精神展开的线索，从而将时代精神具体化。特别是在诗歌史的高潮阶段，每个诗人都能在这个链条上得到合适的位置，高适、王昌龄和李白是自由的精神，杜甫是悲诉的精神，孟浩然和王维是受到佛教启发的顿悟的精神。这些精神的最初来源是宗教和礼仪，在进一步的发展中通向生活本身，精神最终彻底融入现实，即归于宋诗的平淡，真正的诗歌亦戛然而止。推动精神发展的动力则是主观和客观、人和社会的矛盾冲突。以李白、杜甫、王维三人而论，唐代的士大夫时常远离京城，走向外省，独自面对荒蛮，面对这一客观，李白是愉快地接受外界挑战的精神，豪迈而亢奋；杜甫是感到无法应付挑战的精神，哀诉人和世界的分离；王维则是避免冲突、在佛道中寻求解脱的精神。②但在中国特有的宇宙论框架内，自然始终扮演了调解者的角色，将冲突限制在一个局部、具体的范围内，妨碍了真正的虚无感或真正的主体性的形成。

精神的展开导致了诗的兴起、繁盛和衰落，中国诗人的精神在天人合一的框架内展开，也体现为和这种宇宙秩序的持久辩驳，而唐诗的情景交融正是和谐宇宙的最佳表达。顾彬关注中国精神的成长过程，但并非超然静观，他希望引导中国精神进入西方式的人格结构，进入经由主客观斗争实现的自我批判和自我超越的轨道。然而，他又认为，中国传统文学没有生成主体性的条件。就算是提倡性灵的公安派袁宏道，尽管看上去和西方现代的个人主义甚至表现主义如此相似，也不具备真正的个体性；即便是以讲述自己和家事著称的袁枚，也是在家庭圈子内理解自己，他所呈现

---

① Wolfgang Kubin, *Die chinesische Dichtkunst. Von den Anfängen bis zum Ende der Kaiserzeit*, München: Sauer, 2002, S. 212.

② Ebd., S. 112.

的不是独一无二的主体,而是由诗学惯例造成的自我。[①]顾彬作为观察者自身的分裂,体现了汉学家独有的悖论处境。受精神哲学的理论框架所决定,他只能用主体性来解释中国诗歌;但如果采用克拉赫特所谓的"此在的语言",承认对象的自主,则中国必然不是西方,因此也必然不是西方的主体性,这种"既是又不是"成了汉学家的两难。

二、长篇小说:《中国皇朝末期的长篇小说》

第二卷为司马涛编写的中国古代长篇小说史,其特点首先是篇幅巨大,材料翔实,所处理的作品数量高达140余部,其中有许多从未被译入西方或受到西方汉学界的关注,可谓"皇皇巨制"(ein imposantes Werk)。[②]其次,对于小说文本的介绍,虽无太多阐释发挥,却讲述得周到细致,大量文本例证,也有益于德国读者了解中国叙事艺术的特征。整部文学史未依托特定的理论模式,对于西方学者惯用的比较视角也保持了距离,可见作者的兴趣在于小说包含的丰富的生活内容本身。这样大体量的文本处理,结构至关重要。司马涛选择了以主题为纲,在历史小说、神怪小说、情爱小说、谴责小说四大类下,按不同主题再作区分,在主题之内再照顾历时发展,对发展趋势略加总结。对同一部小说,一方面照顾到它和前文本的关联,考察其成书历史;另一方面,重视其在续作中的延续和变迁,这两个程序都能揭示中国古代长篇小说植根于民间文化和集体意识的特点。但是,要在具体主题之间、主题和体裁之间作出精确区分,并不容易,故不同主题的比重显得极不均衡,个别主题名下只能勉强列出一两部作品,单独成类的理由并不充分。

这部小说史从《玉闺红》《痴婆子传》《绣榻野史》等中国古代色情

---

① Wolfgang Kubin, *Die chinesische Dichtkunst. Von den Anfängen bis zum Ende der Kaiserzeit*, München: Sauer, 2002, S. 364.

② Hans Kühner, „Rez.: Thomas Zimmer 2002", *Hefte für Ostasiatische Literatur*, Nr. 34, 2003, S. 89.

小说中摘录了过多的暴力和性变态场景，也的确存在结构上的不平衡，以及"话本""话本"等体裁概念的使用含混等问题①，然而，从"中国文学"系统构建的角度来说，其贡献却是一目了然的。首先，德国世界文学和汉学传统（鲍姆伽特纳、顾路柏）对于中国古代小说一向抱有偏见，认为其主题、技法、人物形象千篇一律，没有想象力和创造力。而从司马涛的小说史描述看来，中国古代小说主题多变，技法大胆，情节复杂，成功塑造出孙悟空、贾宝玉等性格鲜明的人物，成为一个精彩纷呈的艺术宝库，完全看不出"中庸"的儒家伦理对于作家个体创造性的约束；其次，中国古代小说处在生生不息的发展中，不但分门别类，且每一门类都有自身的历史演化，这就保证了它可以自我更新，从而和现代性顺利接轨。

事实上，司马涛针对西方汉学界对于中国古代长篇小说的片面看法进行了明确反驳。他以1956年发表的《中国小说的某些局限》（"Some Limitations of Chinese Fiction"）一文为例，批评其作者比索普（John Bishop）以欧洲小说作品的标准来评判中国小说，故而做出负面评价，误以为"中国小说艺术没有原创性，依赖模仿而缺乏作者的个人声调，作者总是以单调的方式宣讲故事，而非以个体性声调揭示性地传达故事"。他也批评夏志清等人在此问题上对于传统偏见的妥协让步，因为即便夏志清也承认，"以口头流传的朴素形式开始的"中国古代长篇小说，无法满足"经过培养的现代口味"，也就是西方读者对于"生活的统一视角""与作者对待主题的情感态度完全保持一致的个体性风格"的要求。②而在司马涛看来，这种偏见违背了文化多元性原则，其出发点是一种"对特定形式和美学价值的绝对化"，而结论也只是基于对数量极其有限的经典作品的考察（夏志清《中国古典小说导论》只考察了6部），根本不可能达到认识的客观性；另外，将19世纪巅峰时期的西方现代长篇小说和早期的中

---

① Hans Kühner, „Rez.: Thomas Zimmer 2002", *Hefte für Ostasiatische Literatur*, Nr. 34, 2003, S. 91-92.

② Thomas Zimmer, *Der chinesische Roman der ausgehenden Kaiserzeit*, München: Saur, 2002, S. 57-58.

国古代长篇小说相比较,也并非正确的比较文学模式,而必然导出对中国不利的结论。鉴于真正合适的文学比较模式难以实现,他决定放弃比较文学的研究方式。

导言详述中国小说的来源和地位,宋代罗烨《醉翁谈录》的小说定义受到了特别的重视,司马涛认为它是"中国叙事诗学早期阶段最清楚准确的说法"[①]。在王阳明心学影响下,明代文人开始关注正统儒家所忽略的日常生活和性爱领域,对于长篇小说的兴起起了决定性作用。

第二章"强人的世界",介绍了中国的历史小说及其子属、变种,即中国早期英雄、侠客和冒险小说与早期公案和侦探小说。在第一个主题"历史的负担"下面,归入了演义中国历史的长篇小说,具体又分为九个小的主题:

主题	小说
一、分裂的统治	《三国演义》《残唐五代史演义传》等
二、武将家族	《杨家将》《说呼全传》等
三、被陷害的将军	《说岳全传》
四、追忆开国皇帝	《英烈传》
五、回顾的目光	《新列国志》《东周列国志》等
六、末代暴君形象	《隋炀帝艳史》《隋史遗文》《隋唐演义》《说唐全传》
七、一位明末的得势宦官	《明珠缘》
八、历史的消解	《飞龙全传》《五虎平西前传》《粉妆楼全传》《绣戈袍全传》《海公大红袍全传》
九、历史之痛	《痛史》《洪秀全演义》

其次是"绿林好汉"主题,涉及《水浒传》及其续作。《儿女英雄传》等武侠和冒险小说则被归入"成人童话"主题。最后是代表"人类迷误"主题的公案和侦探小说,纳入其中的作品除了包公系列小说,还有施世纶、彭鹏、狄仁杰断案的小说以及吴沃尧《九命奇冤》。关于中国历

---

① Thomas Zimmer, *Der chinesische Roman der ausgehenden Kaiserzeit*, München: Saur, 2002, S. 12.

史小说的发展趋势，司马涛总结说，明清之际，人物描写日益虚构化；从18世纪后半叶开始，小说家的眼光日益转向私人生活空间，从教化转向娱乐。

第三章"世界后面的世界：幻想和对此在的解释"处理幻想、神魔和宗教题材小说，重点分析了《西游记》。司马涛认为，《西游记》表现的是从动物修炼到人类的过程，孙悟空、猪八戒和沙悟净不同于其他妖怪之处在于，他们选择了正确的修道之路。他们随唐僧修行，在取经路上领悟到，真正的自我完善在于放弃自身，但还需要进一步悟到自我即空。不过，只有孙悟空才达到了一切皆空的最高境界，反之唐僧形象空洞而无足轻重。司马涛进而介绍了三部《西游记》续书。他认为，董说《西游补》的技巧和心理学深度值得称赞，整体情节虽然安置在梦的形式中，却无一处明确说出孙悟空是陷入了梦中。反之，董说巧妙地运用一种属于梦自身的逻辑，即时间和地点的跳跃，暗示了无意识制造的种种关联。司马涛猜想，孙悟空在小说中感受到的混乱和恐惧，反映出17世纪中国知识分子群体的恐惧和疑虑。《后西游记》续写新朝圣之行，突出了四位行者的团队精神，"一心"和"一体"成为觉悟的关键。《续西游记》则对吴承恩笔下的孙悟空的一味逞蛮进行了反讽，突出了唐三藏的作用和佛教的非暴力精神。同时，这里宣扬的也不是禅宗式的顿悟，孙悟空是在一个循序渐进的漫长过程中才觉醒。

除了《西游记》外，司马涛还列出了如下主题：

主题	小说
通往西方的海上之路和关于远方的神话	《三宝太监西洋记通俗演义》《蟫史》
神话时期的统治者世界	《封神演义》
从信仰方向的讨论到宗教传道	《南海观世音菩萨出身修行传》《达摩出身传灯传》《飞剑记》《七真传》
狐狸精的变化	《平妖传》《狐狸缘》
来自上界和下界的奇人	《全称评演济公传》《何典》
带有神话色彩的寻求文化身份之旅	《镜花缘》

第三章　作为系统构建工程的文学史书写

下卷始于第四章"情感世界：约束万物的纽带"，介绍了爱情和色欲题材的长篇小说，在整部作品中所占篇幅最大（德文版共334页），远远超出其他部分。这一部分的中心概念是"情"，在略显芜杂的编排中暗含了一条叙事线索：变态艳情盛行于明代，反映了社会本身的衰败，肉体细节和道德寓意是突出特征（《金瓶梅》之类小说也有以淫事进行道德劝诫的目的）；明清之际出现了描写惧内的小说，体现了男女权力态势上的变化；清初开始了宣扬理想爱情的才子佳人小说，肉欲为情感所取代；18世纪出现的世态家庭小说中，性爱转变为自我体验的手段；最后是清末民初的青楼妓馆小说，性爱主题逐渐融入并让位于社会与政治问题。整个脉络为情由浅入深，由色情转入内心世界，最后和社会民族危机相融合，但也体现为"两性间斗争"的发展。在最后一阶段表现"买来的爱情"的小说中，男性世界放弃了儒家修身治国的理想和社会责任，放浪形骸，在妓院的温柔乡中耗尽精力和体力，这也预示了中国皇朝时代的终结。

以《金瓶梅》为代表的艳情小说构成了"情"的起点，这类小说横跨六节，每一节代表一个艳情主题。"君主荒淫，世风日下——历史中的艳情"（第二节）包括《株林野史》等写内宫淫乱之作。"不守戒规的荒淫僧尼"（第三节）名下是《灯草和尚》等写僧尼淫乱之作。"家是淫窟——赤条条的人及其天命"（第四节）则涉及家庭内部淫乱行为，如《痴婆子传》《绣榻野史》之类。有了这些"低级"艳情小说的铺垫，才转入第五、六节对《金瓶梅》和《肉蒲团》的重点分析，两部作品可谓艳情小说的集大成者，大量的通奸乃至同性恋行为意味着性成为纯粹的欲望满足，违背了阴阳和谐的原则，必然导致毁灭结局。

"从采花大盗到惧内者"（第七节），这一主题暗示了从艳情向家庭小说的过渡。清代初年的思想政治氛围，不利于公开描写色情，动荡不安的年月，也使艳情小说中盛行的男子雄风失去基础。这一时代的文学作品虽然转向私人领域，但并非以性爱为中心，而转向探讨两性之间的关系。

忍气吞声的丈夫开始出现，《醒世姻缘传》和《醋葫芦》两部写悍妇的小说，都显示了女性力量的上升。清初兴起的才子佳人小说如《玉娇梨》《好逑传》等则体现了"完美的爱情"主题，男女主人公品德高尚，才貌双全，营造了两性平等的田园牧歌氛围。

17世纪、18世纪的家庭生活小说（《林兰香》《红楼梦》《歧路灯》等）可谓这一章的高峰。尽管《金瓶梅》也以家庭为框架，却未被归到这一类，司马涛的理由是，《金瓶梅》虽然环境描写细致，然而西门庆及其家庭成员身上的个性化特征较少，不是独一无二的"这一个"，仍只是"类型"。① 但到了《红楼梦》和《歧路灯》，角色在很大程度上取得了独立，主人公就是作者的另一个自我。自传性自我的出现，推动中国长篇小说进入一个全面发展的新阶段，而这和清代的思想压制也有关系——正因为不敢直接表现自我，才借助虚构形象间接表现。司马涛认为《林兰香》构成了《金瓶梅》和《红楼梦》之间的过渡，它和《红楼梦》一样以悲剧收场，摆脱了才子佳人小说的陈套。而对于《红楼梦》，他主张将其置于整个明清长篇小说的脉络中加以考察，《红楼梦》尽管出类拔萃，也并非同类小说中唯一的作品。他的《红楼梦》介绍除了吸收美国学者的观点，也综合了德国汉学家如鲁毕直（刘姥姥形象）、梅绮雯（Marion Eggert）（梦的含义）、刘慧如（聚散的结构）、莫宜佳（镜子主题）、吕福克（游戏的意义）、梅薏华（女性美学）的成果。以"多重人格"为《红楼梦》一节的标题，显然是有意突出《红楼梦》在克服中国小说的"原罪"，即突破人物类型化、塑造个性上取得的成就。在概述贾府由盛转衰的情节线索后，他着重介绍了与贾宝玉相关的象征和寓意手法。护身宝玉代表着尘世欲望，宝玉迷途知返，最终认识到追求欲望的徒劳。"……玉石的失而复得象征着觉悟后的自我解脱，这一佛家和道家共有的诉求体现

---

① Thomas Zimmer, *Der chinesische Roman der ausgehenden Kaiserzeit*, München: Saur, 2002, S. 543-544.

第三章　作为系统构建工程的文学史书写

于小说中一僧一道，他俩引贾宝玉入世，又带他出离尘世。"①此外，梦境、风月宝鉴、大观园、宝黛各有其复杂的象征寓意。最后，小说具有明显的自传性质，不仅作品中众多人物表现了曹雪芹的自我，石头本身就是最大的自我象征：曹雪芹一生潦倒，正如那块无用的顽石，而在丧失男性尊严后，他就更能敏锐地发现周围女性的才能。

继家庭小说之后，是对《绿野仙踪》《野叟曝言》的长篇介绍。司马涛认为，这两部小说的主题不再是家族内部矛盾，而是个人在尘世中对完美或自我实现的追求，故自成一类。最后一节主题为"可以买到的爱情"，考察中国社会由传统向现代的转型时期——19世纪与20世纪早期——情爱小说的一般倾向，介绍了以戏班子和青楼世界为背景的《品花宝鉴》《花月痕》《青楼梦》等作品。这一部分最后以"上海——'东方巴黎'的妓院风情画"结束，尤其提及吴沃尧的《恨海》。司马涛认为，《恨海》虽然提出回归传统的"情"，但是情爱上升到了"社会悲剧"层面，和之前的中国小说家肯定人生的态度大相径庭。

最后一章题为"和世界的痛苦碰撞"，介绍了18世纪到20世纪早期的社会批评和讽刺小说。司马涛指出，这类小说始于吴敬梓《儒林外史》，经过了150年的中断，在20世纪初重新被延续。在中国近代的特殊历史情境下，这些小说既批评中国旧传统，也试图寻找新的身份，这就是副标题"挑战传统和寻找"的含义。受强烈的危机意识驱使，清末小说普遍地转向政治，这让小说获得了力量和影响，但在叙事手法上却迟迟未能得到改进，功利压倒了艺术。此章还涉及华人海外移民和女性解放的问题。屈汉思（Hans Kühner）评论说，这里再次显示了作者的阅读面之广，因为这一部分收入和详细分析了许多西方汉学家迄今很少注意的作品，如李伯元

---

① Thomas Zimmer, *Der chinesische Roman der ausgehenden Kaiserzeit*, München: Saur, 2002, S. 579.

《文明小史》或以为女作者写的"女性主义"小说《狭义佳人》。①

三、短篇小说：《中国中短篇叙事文学史》

莫宜佳《中国中短篇叙事文学史》以"异"为主线，她对中国古代中短篇小说的定义为"跨越通往'异'的疆界"（Überschreitungen ins Fremde）②。她认为，"异"的概念可以成为了解中国中短篇小说的指南针，因为它贯穿了整个中国中短篇小说的发展过程，"异"的核心概念就是奇异、神怪、反常、非凡的形象。而文学对"异"的偏好，说明了中国文化包容的一面："中国往往被描写成一个一元化的社会，不能容纳异类和异端行为的存在。而实际上，中国文学却向人们展示了一幅完全不同的画面。"③探讨奇人异事的小说往往成为思想异端，和儒家正统价值观形成冲突，较之官方正史更能揭示中国文化的发展、中国人的生活和情感。莫宜佳受钱锺书影响，偏爱比较文学视角，探讨中国小说呈现的异和述异的形式，往往通过和其他民族文化的对比，得以彰显。解读故事的程序往往是，追溯故事的前身，考察中西方的平行现象，在双方语境中呈现故事内涵。

述"异"的小说被分为五个主要方面：1. 历来是中心主题的异域和神鬼；2. 奇人，从唐代起，小说乐于描述不守社会规范、性格乖张的人物，尤其女性成为兴趣焦点；3. 魔性情感，从陌生的、令人惊异的情感到反常、病态的情感，都属于这一类，它意味着，人自身内部也存在鬼神；4. 社会生活，明清时代的小说家发现了中国社会的"异"，包括城市的犯罪行为、异常的爱情关系、社会边缘群体，这是中国内在的"异域"；5. 语

---

① Hans Kühner, „Rez.: Thomas Zimmer 2002", *Hefte für Ostasiatische Literatur*, Nr. 34, 2003, S. 93.

② Monika Motsch, *Die chinesische Erzählung: Vom Altertum bis zur Neuzeit*, München: Saur, 2003, S. 301.

③ Ebd., S. 7.

第三章　作为系统构建工程的文学史书写

言,语言的"异"尤其体现于《聊斋志异》,它通过离奇的语言和夸张的风格,打开另一片想象的天地。总体发展趋势如下:

> 最早的六朝小说中,处于中心的是异国、神鬼及其惊人事迹。自唐以降,妖魔变得越来越近于人。对"异"的探讨不再限于和鬼神及超自然现象的往来,而更多体现于和奇特女子的相遇,对魔性情感的描写和叙述语言上的新尝试。明清朝代的小说家进一步拓展了内容和语言形式:在对大城市的中下层社会阶层的现实主义描写方面,他们开拓了新领地。小说家对异者的探究在人性和艺术性方面都达到顶峰的,则当属蒲松龄的作品《聊斋志异》。①

继第一部分"概念与价值判断"之后,全书分为五个部分来描述述异的中国短篇小说的演化历史。每一部分都分为若干章节,提供文化历史背景,界定体裁概念,介绍相关文本和辑录,给出文本选译和阐释,分析其母题、人物类型。

"六朝:神、灵、鬼"(第二部分)探讨中国叙事文学的前历史和早期历史,回顾六朝志怪小说的由来,介绍《博物志》《神仙传》《世说新语》等主要的文本和辑录。干宝《搜神记》专门成为一节,莫宜佳认为,《搜神记》在三个方面对中国小说发展起了推动作用:1. 记载奇异事件;2. 收集和加工民间主题;3. 文学形式上,对于后来的小说乃至于戏剧都有重要影响。

"唐代:从神话到文学"(第三部分)详述唐代传奇。从传奇到志怪,体现了"异"的概念的嬗变:志怪只以鬼神为主题,而传奇不仅关注鬼神故事,也讲述生者的奇闻异事。通过妖怪和奇异行为表述的"异"减

---

① Monika Motsch, *Die chinesische Erzählung: Vom Altertum bis zur Neuzeit*, München: Saur, 2003, S. 7.

少了，更多是借助罕见的人物、异常的情感或是奇特风格来表现"异"的内涵。换言之，她把唐传奇视为探讨我们自身中的"异"，而不是像志怪那样探讨自然和外邦世界的"异"。她又从影响和平行两方面分析了传奇的几个重要主题，如《杜子春》和《梁四公》体现了印度及中亚文化的影响；《古元之》的"世外桃源"、《李章武》的"爱情战胜死亡"、《板桥三娘子》的"人妖变幻"等属于中西平行主题，这些都说明了唐代小说的决定性特征，即对于外来文化的开放精神。通过颠倒观察事物的方式和视角，人们发现了自身的魔："人们发现，六朝志怪小说所描写的在自然界或是异邦遇到的神魔，也存在于自己的内心。"对于内在的"异"的寻找，导致了"个体化"（Individualisierung）的开始和心理世界的发现，相应的叙事手法也随之出现。①许多唐传奇体现了身体大小和空间的变化不定（《阳羡书生》《刁俊朝》），或演绎了梦幻时间和现实时间的转换（《枕中记》《樱桃青衣》《南柯太守传》）以及"自我分离和人妖变相"（《张逢》《离魂记》《薛伟》）。这些奇异的视角转换与变形，既受到了佛教和道家的影响，但也和唐代的频仍战乱对儒家天人秩序的冲击有关。另外，志怪中的人物类型相对较少，而传奇中人物类型丰富多姿，社会边缘人物和女性尤其受到关注，人物往往个性丰富甚至充满矛盾。

"明代：日常生活中的妖怪"（第四部分）处理第三个重要阶段：明代话本小说及其前身。宋代以降城市文化的兴起和印刷术的出现，导致了述异方式的新变化。明代小说家适应城市读者的需要，以现实主义手法呈现日常生活中的"异"，特别是"性爱和金钱——日常生活中的妖魔"②。文本内容的具体介绍按主题进行：归于"鬼故事"类的主题有"具有人性的鬼""恐怖故事""理性化和讽刺"；归于"英雄故事"类的主题有"爱国英雄""绿林好汉""睿智的英雄"；归于公案小说类的

---

① Monika Motsch, *Die chinesische Erzählung: Vom Altertum bis zur Neuzeit*, München: Saur, 2003, S. 106.

② Ebd., S. 149.

主题有"推理和心理学""法官""与西方侦探小说的比较"。情爱和婚姻故事，尤其是其中的女性角色，专门成为一章（第五章）。莫宜佳在这一章介绍了"通奸""强奸""怕老婆""离婚""寡妇"等主题，明代话本小说中的爱情和性、金钱密切相关，往往是色情而非爱情，也充斥了各种反常，因而更能呈现社会的"异"。叙事者常常在现实描写中加入社会批判，较之于之前的小说，对于儒家道德的反抗更加激烈。

"清代：精致化与庸俗化"（第五部分）介绍清代小说，重点关注的白话作品为李渔的小说和艾衲《豆棚闲话》，文言笔记为《子不语》和《阅微草堂笔记》。精致化是清代中短篇叙事文学发展的趋势，原本属于民间的叙事艺术进入文人视野，文人用文言创造笔记，白话小说作家吸收文言文的因素，文言作家也融合了白话文的因素。另一方面，清代后期也出现了创作粗俗化和肤浅地模仿西方的趋势。

第六部分以专章介绍蒲松龄《聊斋志异》。《聊斋志异》构成了发展的高潮和总结，莫宜佳认为，明代话本小说过长过松散，形同短的章回小说，只有到了蒲松龄这里才谈得上真正的"中国短篇小说"。蒲松龄既非幼稚的童话作家，也不复古怀旧，他的鬼狐故事具有现实主义色彩，结合了传奇充满想象力的叙事和笔记的写实。在语言上综合了不同形式和风格：文言和白话、文学和历史、讲故事和评论，从而达到语言之"异"的最高境界。

最后是一个题为"中国中短篇叙事文学在西方的镜像"的简短总结，比较了中西方文学在处理妖魔鬼怪、豪侠、女子和"异"等主题上的异同。

四、散文：《中国古典散文》

第四卷《中国古典散文：从中世纪到近代的散文、游记、笔记和书信》为四人合著。顾彬撰写散文部分，梅绮雯撰写游记部分，陶德文撰写笔记部分，司马涛撰写书信部分。顾彬负责的散文篇中，赋和骈体文都被简略处理，主要样本取自唐宋八大家中的六位（韩愈、柳宗元、欧阳修、苏轼、王安石、曾巩），再加上代表"近代末期"的袁宏道和李渔。对于顾彬来说，散文虽说是"附带之物"和"边缘之物"的艺术①，却仍然需要在短小篇幅内表现"自我和世界的争辩"（Auseinandersetzung zwischen Ich und Welt）②。通过高超的艺术手腕，边缘之物也会成为宇宙秩序的象征。顾彬总结说，在韩愈的古文实践中，散文作为一种文学体裁得以确立。唐宋散文，一方面强调道和文的统一，另一方面也为个人情性留下余地，从而成为精美的艺术形式：欧阳修虽然有不少"古怪的东西"，道德和风格仍然一致；韩愈和苏轼虽然效忠朝廷，却也能在无畏的批评中显露个性；苏辙既鼓吹道德，也未忘记艺术。然而到了明代，仕途无望的文人转向家居和艺术领域，这种统一也渐被放弃，日常生活和个人性取代治国大事成为中心，散文的界限变得更加模糊，散文的随意性在袁宏道那里臻于顶峰。最后，梁启超的社会政治散文为从近代过渡到现代开启了空间，"新文体"将文言和当代词汇、改良思想相结合，一举突破了古典散文的历史范畴。顾彬的思想脉络体现为一种二元结构：中世纪的"古文"貌似摆脱了宗教（不再押韵，不再祈求上天），却仍然是文学与宗教交融的体现，不过是用政治、道德取代了宗教；明代散文中文学和宗教的分离，代表了世界秩序的改变，预示了中国文学的现代性之路，故而"直到袁宏道那里，才真正完成了可以称作中国散文的东西，即表现纯个人之物、散漫之物和附带之物的散文"③。顾彬的同情偏向于袁宏道一边，而把引入"载道"传统的韩愈称为"危险的思想家"④。然而，顾彬也并不认为前

---

① Marion Eggert, Wolfgang Kubin, Rolf Trauzettel, Thomas Zimmer, *Die klassische chinesische Prosa: Essay, Reisebericht, Skizze, Brief vom Mittelalter bis zur Neuzeit*, München: Saur, 2004, S. 6.
② Ebd., S. 8.
③ Ebd., S. 101.
④ Ebd., S. 30.

第三章　作为系统构建工程的文学史书写

者就打破了中国古代天人合一的宇宙论秩序（在他看来，即便今天的中国也仍然囿于这一秩序），重要的只是维持天人合一/天人对立这一结构性区分本身。

梅绮雯勾勒了从东汉《封禅仪记》到清末郭嵩焘《使西纪程》乃至现代作家三毛《撒哈拉的故事》的游记历史。一方面，她提供了许多富有新意的观点，如游览和自我表达、和文化身份的追忆与建构的关系；另一方面，也为游记文学史书写确定了一些基本界标，如将《封禅仪记》视为游记早期形式的代表，指出《永州八记》对游记文体形成的贡献以及《石钟山记》代表的宋代游记的特征，等等。

陶德文对中国古代笔记的考察首先描述了这一体裁的含混形态，笔记包括史书的补充、轶事（常常没有来源）、哲学或语文学的注疏、文学草稿、地方习俗名胜的记录、游览杂记、鬼故事以及杂录，它没有清晰的秩序安排。虽然统一采用文言，但素材的杂多决定了风格上的芜杂。笔记作品的一贯特点是，缺乏历史真实和文学虚构的清楚区分，叙事和历史记录、前朝逸事与当代现实、亲眼所见和道听途说并行不悖，陶德文认为，中国文人的这种做法，只有在中国的"一元内在论"（monistischer Immanentismus）中才能得到理解。[①]写笔记的动机是"立言"——君子的三个目标之一。陶德文将从《博物志》开始的中国笔记小说的演化趋势总结为：

> ……从11世纪以来，在某些笔记作品中就能看到比较个人化的表达，虽然还没有清楚的自主化主体出现。但如果考虑到自传性的描述，就可以赞同鲍吾刚的说法，即在11世纪及以后的世纪中已经出现了"回忆录文学的萌芽形式"，这种文学直到19世纪在西方影响下才

[①] Marion Eggert, Wolfgang Kubin, Rolf Trauzettel, Thomas Zimmer, *Die klassische chinesische Prosa: Essay, Reisebericht, Skizze, Brief vom Mittelalter bis zur Neuzeit,* München: Saur, 2004, S. 218.

繁盛起来，它和日记文学关系紧密。日益增长的主体化，以及同样日益增长的科学描述的要求，这两种趋势造成了古代笔记文学的式微，因为笔记已不再自成为一文体了。①

换言之，文史哲不分的一体性思维在现代的式微，注定了笔记文学的结束，其内在原因就是主体性和理性的升起。陶德文介绍了《梦溪笔谈》《东坡志林》《容斋随笔》《阅微草堂笔记》等重要笔记作品，提供了许多有趣的文本材料，如8世纪封演的《封氏闻见记》。在评论者倪豪士看来，对这一体裁的考察在西方世界具有创新意义。②

第四部分中，司马涛将中国书信的历史分为三个阶段：1. 从汉至六朝构成了早期的历史；2. 书信在唐宋成为一种艺术形式；3. 明清时，书信开始转变为情感的载体。这一部分介绍了从《报任少卿书》《李少卿答苏武书》到梁启超《与蕙仙书》等历史上的著名书信，并总结说，中国古代书信所使用的文言直到近代都很少受到口语影响，这表明中国书信不单是服务于交流目的，更是精心营构的艺术文本，尽管不乏表达的诚挚，多数书信却并非毫无伪饰的"心画"。③

五、诗学：《中国的美学和文学理论》

第五卷为卜松山撰的《中国的美学和文学理论》，中国古代诗学是德国学者擅长的领域，卜松山的史述一定程度上体现了当代德国汉学界在此领域的整体认识。在方法论上，卜松山也不愿追随文化比较视角或某一流

---

① Marion Eggert, Wolfgang Kubin, Rolf Trauzettel, Thomas Zimmer, *Die klassische chinesische Prosa: Essay, Reisebericht, Skizze, Brief vom Mittelalter bis zur Neuzeit*, München: Saur, 2004, S. 289-290.

② William H. Nienhauser, „Rez. Wolfgang Kubin 2002", *Chinese Literature: Essays, Articles, Reviews (CLEAR)*, Vol. 27, 2005, p. 181.

③ Marion Eggert, Wolfgang Kubin, Rolf Trauzettel, Thomas Zimmer, *Die klassische chinesische Prosa: Essay, Reisebericht, Skizze, Brief vom Mittelalter bis zur Neuzeit*, München: Saur, 2004, S. 357.

行的理论模型，而坚持朴素的思想史导向——主要是揭示中国美学和文学理论和哲学发展的关联。①文献材料主要取自郭绍虞四卷本《中国历代文论选》，观点和架构上也倚重郭绍虞。导论部分，卜松山总结了中国美学的基本要素。首先，中国美学和中国语言文字的特点相关。汉语的魅力在于其形象性、悦耳音调和对偶结构，造成中国文学特殊的审美维度。其次是《易经》的阴阳思想。阴阳思想体现于文学形象和宇宙现象的类比和一些具体的批评概念上，整个中国美学都充满二元概念和成对的术语，如情与景、神与形、开与阖、动与静、才与学，等等。最后是儒道释的思想，儒家思想强调文如其人，偏好和谐和中庸，主张诗言志，塑造了正统中国文学的特质；道家的影响造成了自然和无为的观念，对"功夫"的要求，以及对语言本身的怀疑；佛教对于中国美学的启发则在于空与色的辩证关系，高明的艺术要表现空与色、虚与实的互渗，不可执于一端。佛道两家的共同影响，造成了中国美学中一个最具影响力的理念，即对"象外"的追求。儒道释思想的此消彼长、相互制衡，以及由此体现的"正"和"变"、正统和灵感情性之间的紧张关系，又造成了解释不同时期、不同个人的理论特质。

第一部分涉及从西周到汉代（公元前11世纪到公元后3世纪）中国早期美学思想的历史。首先是《诗经》与"诗言志"的思想，第一章详细地分析了《诗大序》——"中国第一篇'文学理论'文本"②——的理论纲领，从中归纳出中国古人理解的诗的三个功能：1. 反映社会和政治现实；2. 教化和讽谏；3. 宣泄情感。第二章介绍孔子的文学观，并将其总结为"和谐与教养"。第三章从言与气的关系来阐述孟子的文学观，"知言"意味着，能够对文辞及其表达的精神立场进行道德鉴别，这种能力又来自

---

① Karl-Heinz Pohl, *Ästhetik und Literaturtheorie in China: Von der Tradition bis zur Moderne*, München: Saur, 2007, S. viii.

② Ebd., S. 25.

人格的培养。①第四章介绍荀子，荀子把内容与外表、情感与形式的和谐视为"礼"，其乐论则构成中国古代音乐传统的开始。第五章从"道与法"两方面论述老庄对于中国美学的意义。"道"体现了对语言的怀疑，道不可说，因而圣人转向"立象"。"法"最终要达于"无法"之境，主客合一。不同于儒家的文与质相谐，庄子认为文是多余的，艺术的美或者文化有害于事物的天真质朴。第六章"巫术与哀诉——楚辞及其影响"介绍楚辞对于中国艺术精神的影响。第七章介绍汉代的文学观，汉代独尊儒学，其文学观的特点是文学与道德、个性的完善和合乎礼仪的举止相结合，言志即表达道德观念。

第二部分为"汉唐之间（3至7世纪）"。卜松山认为，从六朝开始，"情"取代"志"成为文学的决定性因素，文学不再是政治和道德教化的工具，其自身价值开始显现，这一文学意识的觉醒在曹丕《论文》中已先有体现，证明中国美学开始转向内在的审美领域。接下来，陆机的《文赋》体现了儒道两家的完美结合；钟嵘的《诗品》以诗人的个性特征论诗，体现了中国文学批评对"文如其人"的独特要求，"文已尽而意有余"则概括了中国诗的本质；刘勰《文心雕龙》总体上代表了"古典主义"立场，崇尚和谐统一，情与言、形式与内容、继承传统与创新需要达到平衡互补。

第三部分介绍唐代的美学和文学理论。唐代是诗歌的黄金时代，在理论研究上并不突出，只有几位勉强可称为"理论家"的文人。不过，他们的少量理论论述却代表了中国诗歌史上的重要转折，即佛教思想的渗入。如王昌龄首次将"境"这一佛家的概念引入文学批评领域，直接启发了王国维的"境界"和"意境"说，卜松山指出其在文学理论史上的重要意义：

---

① Karl-Heinz Pohl, *Ästhetik und Literaturtheorie in China: Von der Tradition bis zur Moderne*, München: Saur, 2007, S. 52-53.

如果说早期的理论著述如《诗大序》还仅仅关注（道德性的）"志"或（陆机《文赋》中的）"情"，在这里——基于佛家对人类意识状态的详尽体察——我们向意识领域迈进了一步，世界的表象在此领域形成，最终还将获得艺术的形态。①

皎然的核心思想为"平衡和秩序"，他从佛家角度来理解的"中道"在自然性和修辞表达、天赋和学识之间寻求平衡。②司空图则将王昌龄和皎然的神秘化倾向和"文外"思想发展到了高峰，他的"咸酸之外""韵外之致""味外之旨""象外之象""景外之景"等比喻，都是"言外之味"的变体，揭示了诗的"无从把握、无可名状的品质"③。在道家主流之外，儒家实用和教化的文学观也并未消逝。杜甫是儒家文人的典范，既有强烈的政治、道德意识，也追求完美艺术。白居易主张诗为社会关怀而作，以贴近民众的语言达到政治和教化目的。韩愈更是儒家伦理复兴的关键人物，古文体代表了文与道的合一，文章的品质就是衡量作者道德品质的尺度。

第四部分"宋代（960—1279）"在综述了宋代文学和理学的一般关系之后，分章介绍欧阳修、苏轼、黄庭坚和严羽的美学思想。卜松山认为，"平淡"之美、穷与工的关系和"道胜者文不难而自至"是欧阳修最有特色的几个观点，他预先践行了新儒家的艺术与道德、伦理与美学合一的要求。苏轼的文学观则融合了儒道释三家，不拘一格。德国汉学家一向拿苏轼和歌德（同为全方面的天才）相比，卜松山也认同这一看法，他从以下几方面概述苏轼的文学思想：1. 在文学中融入对生存问题的思考，超越片面性和对物的执迷；2. 自然而然的创造与规则的关系；3. 物"理"的阐

---

① Karl-Heinz Pohl, *Ästhetik und Literaturtheorie in China: Von der Tradition bis zur Moderne*, München: Saur, 2007, S. 166.
② Ebd., S. 180.
③ Ebd., S. 189.

发；4. 诗与法的关系。他认为苏轼对于诗、书、画三个艺术领域的影响，可以和柏拉图对于欧洲哲学史的贡献相媲美——"毫不夸张地说，最近九百年的中国美学史都可以视为对苏轼的注脚。"①黄庭坚的诗歌理想徘徊于杜甫和陶渊明之间，既强调博览群书和遵守规范，又要求超越法度榜样，夺胎换骨。严羽以禅喻诗，追求羚羊挂角，无迹可求，强化了司空图以来的诗歌神秘化倾向。和之前的德邦一样，卜松山也强调其论述中"正统与灵感"的悖论：一方面推崇顿悟，攻击江西诗派的掉书袋子，体现了禅宗和道家风格；一方面自己又坚持学识功夫，近于新儒家的思想。

第五部分分为两章，分别介绍"明代的复古主义"和"明末的异端"。复古的代表为前后七子，卜松山总结说，从前七子到后七子的发展，体现了从"以过去为导向、恪守规则"向"主观性和表现性的萌芽"过渡的趋势。②明末的异端思想由李贽和公安派体现，李贽代表了"毁圣运动与相对主义"，体现了传统道家的美学思想。公安派代表了对"个性与真实"的追求，但袁氏兄弟虽然是挑衅儒家道德观念，也同样有正统的一面。在卜松山看来，他们同样是复古主义者，不过效法对象由盛唐转为中唐及宋诗罢了③，这都体现了卜松山这部美学史的隐含线索——正与变的复杂关系。

最后一部分为"清代（1644—1911）"，介绍了王夫之、叶燮、王士禛、袁枚和王国维的美学思想。王国维是传统向现代过渡的标志，他的"境界"说继承了中国古代美学和思想传统，但也明显地得益于康德和叔本华。这说明，从此时起，正和变的复杂游戏加入了西方因素，和西方美学的辩驳将为中国美学开启一个全新的篇章。

方维规评论说，卜松山的美学和文论史的优点在于，它不仅呈现了中

---

① Karl-Heinz Pohl, *Ästhetik und Literaturtheorie in China: Von der Tradition bis zur Moderne*, München: Saur, 2007, S. 245.
② Ebd., S. 317.
③ Ebd., S. 332.

国古代文论的全貌,且形成了自己的解释体系,"为近来西方汉学研究之仅见"①。方维规也敏锐地发现了卜松山史述中隐含的两大倾向。首先是将古代中国"审美化",具体而言,就是完全从文学和美学角度去阐发中国古典文献,有意忽略其政治、文化和社会指涉,从而使中国古代文论脱离了复杂的历史语境。他批评这种操作方式"是以现代'胜利者'的标准对古代'失败者'的言说进行评判",即是说,以现代的专门化"文学"概念居高临下地去规定文学、政治不分的古代文化。他进一步指出,这一审美化的处理方式受到了李泽厚的深刻影响,后者抱着美化中华文明的善良愿望,却无意中堕入了西方人的陈套想象——东方是田园牧歌的神秘国度,和崇尚工具理性和强权政治的西方相对立。其次,卜松山有意地贬抑儒家而高扬道佛两家,试图以道家"自然"精神为主线重构中国古代精神世界,"即使是儒道互补、儒释道合一的情况,在卜氏看来也基本是以道家、佛释为主而以儒家为辅的"②。而这种违背中国历史实际的处理方式,同样体现了卜松山作为西方知识分子的理想寄托。卜松山迷恋道家境界,渴望在道家的世界一体性中找到摆脱主客分离、重返伊甸园的路径。方维规的批评非常中肯,但反过来说,卜松山对于系统建构的贡献也正在于,他将中国文学世界现代化了:一方面,在文学分科机制内的美学史专述中,中国古代美学和文论脱离了经学而获得了自身的独立性,而这种系统的分化是现代和古代的区分所在;另一方面,如果中国美学和文论的主要支撑是道佛思想而非儒学,德国汉学传统中自顾路柏、卫礼贤以来儒家独大的局面就得到了修正,有助于呈现中国文化的多元性和内在张力。

---

① 方维规主编:《中国文论与海外汉学(欧洲卷)》,北京:北京师范大学出版社,2019年,第242页。

② 同上书,第252页。

六、戏曲：《中国传统戏剧》

第六卷为顾彬著《中国传统戏剧》。戏剧并非顾彬的专长，故更多是既有研究成果的综合，顾彬自述参考了伊维德（Wilt L. Idema）和奚如谷（Stephen H. West）两位中国戏剧专家的研究成果，中国方面，他尤其强调了齐如山对于中国戏曲理论发展的意义，并概述了其主要观点。同时顾彬交代了自己遵循的方法论，即日耳曼学中通行的"阐释取径"（interpretatorischer Zugang），以体贴入微的阐释取代简单的内容复述或只针对专业读者的纯语文学考证，尝试作出"真正的价值评判"——他认为西方汉学家向来回避这一问题。可见顾彬的思路一以贯之：一方面坚持作品的内在批评，即把"剧本当作读物来认真对待"；另一方面引入思想史的维度，发掘中国戏曲的精神性意义。① 考虑到中国戏剧的抒情性特征，彼得·斯丛狄（Peter Szondi）的《现代戏剧理论1880—1950》成为他的重要参照，他将斯丛狄的现代抒情性戏剧模式总结为：1. 过去取代当前；2. 个人的内心世界取代了两人或两种世界观的冲突；3. "行动障碍"（Handlungshemmung）导致"事件发生"（Geschehen）的不可能。②

第一章"宗教与戏剧"讨论了《来生债》《看钱奴》《盆儿鬼》《窦娥冤》等剧作和宗教的联系。在顾彬看来，窦娥的呼吁苍天接近于西方《旧约》的传统，天类似耶和华那样的超越者，雪、血和干旱等对应于《旧约》中借以显示真理的自然要素。

第二章"元杂剧（1279—1368）"分析了《梧桐雨》和《汉宫秋》，强调它们的抒情性和非情节性特征，主人公是哀诉者而非西方悲剧中反抗命运的行动者。

第三章继续讲述元代戏剧，介绍《赵氏孤儿》《灰阑记》《西厢记》。对于《赵氏孤儿》，顾彬强调其大团圆结局，由皇帝的美德代表的

---

① Wolfgang Kubin, *Das traditionelle chinesische Theater*, München: Saur, 2009, S. viii.

② Ebd., S. 86.

永恒秩序只是暂时被打乱。同样,他不同意像施华兹那样夸大《西厢记》反抗社会准则的意义,他认为《西厢记》终究是和解格局,皇帝发诏赐婚,秩序得以恢复。顾彬将"情"的崇拜重新置入中国古代思想的整体框架,提出了一个有趣的看法。他认为,中国思想自古以来都以"生活、生命的再生产"(Reproduktion des Lebens, des Lebendigens)为中心,"生"意味着诞生、生育和生活,而妇女是生命之源,故《西厢记》的内涵就是以一种理想化的方式"再生产"生活,消除一切阻挠生活实现的障碍。甚至可以说,中国戏剧大部分是男人争夺女人——以延续生活——的斗争的示范。①这一章还涉及元代南戏作家。在《琵琶记》分析中,顾彬不同意美国汉学家白之(Cyril Birch)对蔡伯喈的简单化批评,认为蔡伯喈并非天良丧尽,只是被卷入阴谋诡计,无法靠自己的力量脱身,而需要第二任妻子的帮助;自己对他的批评源于没有对历史人物和文学形象作出区分,而剧中的蔡伯喈是一个概念,一个有意设计的榜样人物。但他的"反思"结果,仍然未超出中国无悲剧的套话。顾彬认为,《琵琶记》中缺少真正的反抗和价值冲突,没有自由和必然的矛盾,不是悲剧而只是"悲悼戏"(Trauerspiel)。

第四章"明代的罗曼司(1368—1644):传奇和昆曲"介绍了明代剧作家以及传奇和昆曲的不同特色。他认为汤显祖把爱情提高到了哲学层面,其爱情哲学以"生""情""梦""死"四个概念为依据,而"生"的理念居于中心,"生"可以替代"心",也可以等同于儒家的"仁"。杜丽娘代表了作家心目中真正的"生",可谓有情人。这一道德和哲学的维度,使《牡丹亭》超越了一般的才子佳人戏,汤显祖的文学纲领如此领先于时代,以至于要到德国浪漫派时代乃至20世纪才能找到真正的共鸣。②

---

① Wolfgang Kubin, *Das traditionelle chinesische Theater*, München: Saur, 2009, S. 124.
② Ebd., S. 215-218.

第五章的标题"从文学到表演：清代（1644—1911）"意味着，在顾彬看来，清代戏剧的特色是表演而非文学，表演的成功取决于舞台热闹和杂技，而非精致的脚本。清代戏剧走向京剧，体现了文学上的退化趋势——高雅的语言艺术为通俗表演所取代。这一章重点介绍《长生殿》《桃花扇》和李渔的喜剧，而以京剧为中国古代戏剧史落幕的象征。《长生殿》尽管位列清代最杰出的两部剧目之一，顾彬却质疑说："情感的确是伟大，这文学也伟大吗？"①顾彬认为作品并无真正的新质，并未成为真正的悲剧，而不过是老套儒家说教的传声筒。甚至西方人一向推崇的创新者李渔，顾彬看来，也走不出传统思想框架，并没有"创造历史"②。

最后一章为"展望：论革新与程式问题"，顾彬将中国戏曲思考引向世界文学层面。表面看来，近代中国戏剧中表演代替文学的堕落趋势，使得注重文学的欧洲戏剧从18世纪起决定性地胜过了中国戏剧。然而情况并非这样简单，事实上，20世纪的欧洲戏剧也盛行表演至上的观点，情节和动作变得越来越不重要，个性被集体所替换，人们迫不及待地要宣告"资产阶级个人主义"和"资产阶级的幻觉戏剧"破产。换言之，中国戏剧的无个性、反主体——以及由此而来的"行动障碍"——俨然成了世界潮流。但这是祸？是福？顾彬难以表态。

这部戏剧史在研究方面缺乏新意，从系统建构的角度来说，它唯一的贡献是延续了传统的汉学脉络，并对其作了一定的系统化处理。顾彬有意接续德国自身的研究传统，对佛尔克、顾路柏、洪涛生等前辈大师的观点都加以特别关注，这反过来也说明戏剧研究在德国汉学界长期受冷落，可供继承的成果寥寥。

顾彬照搬了佛尔克对于《汉宫秋》的阐释框架。他赞同佛尔克的三个观点：1. 佛尔克对于皇帝病态的爱情的评价，他认为十分明晰，至今仍然

---

① Wolfgang Kubin, *Das traditionelle chinesische Theater*, München: Saur, 2009, S. 244.
② Ebd., S. 279.

第三章　作为系统构建工程的文学史书写

有效；2. 佛尔克指出了剧本的抒情性（"一首戏剧形式的爱情诗"），顾彬进一步发挥说，这部剧中"最终是多愁善感取代了行动，对话失去了重要性，回忆导致了对当前的放弃，剧本统一性不再体现为情节的统一，而只是在皇帝的统一形象"①，而这正合于斯丛狄的抒情戏剧理论；3. 佛尔克认为，剧中的男女主人公都称不上英雄，只有爱情的哀诉，没有高尚行动，不是西方意义上的悲剧，"我们的悲剧要求伟大斗争——伴以心灵冲动——中的强有力性格，英雄是在和命运开战"②，这也符合顾彬对中国戏剧乃至中国精神的总体看法。他一再强调，中国戏剧中没有个性化人物，只有忠臣、孝子、贤妻、勇士、贞女、挚友、明君之类固定人物类型，所有的悲伤都由具体情境造成（如果情人不死，昭君不赴匈奴，皇帝的悲伤自然就消失了）。

对于《灰阑记》，顾彬接续了顾路柏《中国文学史》中的评论。顾路柏的观点是，作品的好处首先是"性格描画"，其次是对于腐败官僚的批判，对主人公比如法官的描写也颇生动，缺点是有不少粗鄙浅薄之处。但是顾路柏又把"性格描画"和"性格发展"相区分，他认为，尽管《灰阑记》代表了向"性格喜剧"的过渡，在性格化的技艺上大大推进了一步，然而仍然表现出诸多局限，这些局限迄今仍未被克服，故而"要在中国戏剧中找到那种我们理解为性格发展（Charakterentwicklung）的东西，纯属徒劳。顶多只是性格描画（Charakterschilderung）"。这再次印证了顾彬的一贯立场，他进一步补充说，传统中国精神并不需要把一个不可替换的个性搬上戏台，因为剧作家关注的不是个别事件，而是永恒秩序，秩序就是道。③而中国戏剧偏好过度夸张，制造滑稽效果，造成人性特点的扭曲甚至显得荒诞，这类粗鄙东西的存在仅仅说明了戏剧不属于中国的精英文化。

---

① Wolfgang Kubin, *Das traditionelle chinesische Theater*, München: Saur, 2009, S. 86.
② Ebd., S. 85.
③ Ebd., S. 108.

顾彬为洪涛生的自由意译所作的辩护，同样是在向德国汉学前辈致敬。他说，洪涛生的结语体现了"情"的力量，但过于自由和华丽的翻译，似乎只能代表译者的主观意愿，却无法在中文原著中找到对应，顶多算是"清醒地概括"了"题目"（"小琴童传捷报，崔莺莺寄汗衫"）和"正名"（"郑伯常干舍命，张君瑞庆团圆"）的意思：

> Ihr lernt daraus, daß Liebe edler Art,
> Wie Zhangs und Yingyings Liebe, die sich zart
> Und treu und innig um die Herzen schlingt,
> Gar viel vermag und allen Hindernissen
> Und allem Weh zum Trotz den Sieg erringt.[①]

但顾彬转而又说，《西厢记》根本没有原本，中国的出版者（如臧懋循）出于盈利或意识形态原因，已经对原著进行了一再改动，故"洪涛生作为译者，其准确性并不亚于中国的出版者"，他和改编者一样有理由表达自己的理解。[②]

顾彬本人的观点更多体现在思想史层面。"序"提及对中国戏剧的总体看法。首先，中国戏剧体现了中国美学特有的虚实、阴阳的调和，韵白和宾白显示出静与动、思与行的相对，唱词延缓时间，表达情感，宾白推进时间，展开情节。其次，中国戏剧和抒情诗一样，并非要摹仿现实世界，而是要创造一种永恒的表征性"模式"（Muster），重要的是普遍，而非个别，这就必然造成角色的类型化："通常不用指望会有个体出现，而只会有类型，换言之，如你我一样的人。"[③]这就意味着，中国戏剧不具备西方的现代性，甚至称不上戏剧，哪怕像李渔的作品那样富于创新精

---

① Wolfgang Kubin, *Das traditionelle chinesische Theater*, München: Saur, 2009, S. 117-118.
② Ebd., S. 119.
③ Ebd., S. 4.

神。顾彬另一主要论点是，中国戏剧属于民间而非精英阶层，故而描述从戏剧演出场所开始，从古时的土地庙（社）到唐代的宫廷，再从宋代的瓦舍到水运航道的船上，最后到明清私人宅邸，正代表从公众到私人、从宗教到世俗的总体发展趋势。中国戏剧和诗歌一样源于宗教领域，同样也表达了中国人特有的宇宙意识。

七、现代文学：《二十世纪中国文学史》

第七卷为顾彬著《二十世纪中国文学史》，基于他从20世纪90年代中期到2002年在波恩大学的中国现代文学课讲演录写成。结构上，全书简明地分为三章：

第一章　现代前夜的中国文学
　　一、导论：语言和国家形成
　　二、从传统到现代：世纪之交的文学
第二章　民国时期（1912—1949）
　　一、中国现代文学的奠基（1915—1927）
　　二、中国现代文学的发展（1928—1937）
　　三、文学的激进化（1937—1949）
第三章　1949年后的中国文学：国家、个人和地域
　　引言
　　一、从边缘看中国文学
　　二、从中心看中国文学
　　三、文学的组织形式
　　四、中华人民共和国文学
　　五、展望：20世纪末中国文学的商业化

顾彬在一定程度上反对过于强调中国文学的连续性，因为在中国传统文学和现代文学之间还是存在某种断裂的。这种断裂首先体现在世纪之交的长篇小说上，和传统章回小说相比，它们具有三种新质：1. 使用日常口语和外来词；2. 开始向统一主题和单一角色集中，不再是漫漶无边的流水账式"宇宙性"叙事；3. 社会批判意识增强，作者的个人视角开始突破公共意见。这让它们成为新文学的先声，但要成为真正意义上的现代叙事，还需进一步缩减材料，向"关键性叙事时刻"进一步集中，这是五四时代的短篇小说才完成的变革。顾彬实际上把五四短篇小说视为中国现代文学的起点——"五四首先并且最主要的是现代中国短篇小说的诞生日"[1]。其革命意义不仅在于体裁形式、更在于意识形态的新："单一的主人公就和作者（二者自然不必同一）一样成了颠覆者。"[2]鲁迅既是这一新体裁的代表，同时也是顾彬眼里中国文学现代性的最高典范。

顾彬的文学史叙述有一个内在的思想史视角。1915年到1927年被视为中国现代文学第一期——文学现代性的奠基阶段。这一阶段短篇形式占上风：短篇小说、小诗、独幕剧、小品和杂文，代表了一种沉思的品格，鲁迅的短篇小说、散文诗，郁达夫的部分短篇小说，冰心的小诗，都是顾彬眼中语言形式和理性观察的完美结合。1927年后，尤其在动荡的30年代，随着日益加剧的政治化和革命化倾向，诗性的短篇让位给更适合政治鼓动、能直接激励行动的长篇叙事作品，在社会状况的客观分析中谋求解放的道路，成为作家们的共同诉求。即便是张恨水那样的通俗文学作家，政治上也倾向革命，把写作当成唤醒民族意识的手段。代表了这一时期文学成就的，有茅盾、老舍、巴金、丁玲、萧红的长篇小说，戴望舒、卞之琳的现代主义诗歌，曹禺的话剧，尤其是茅盾，被视为中国现代文学从五四的自我表达转向社会分析的标志。从1937年到1949年，则是文学激进化的

---

[1] Wolfgang Kubin, *Die chinesische Literatur im 20. Jahrhundert*, München: Sauer, 2005, S. 67.
[2] Ebd., S. 6.

阶段：和战争环境相适应，政治组织取代了文学社团，回归传统取代了对于西方现代性的向往，为人民的大众文学取代了高雅的城市文学。解放区文学多数是田间的鼓点诗一类的宣传品，赵树理却是以传统形式表达现代的成功之例——"无论如何也算是中国文学语言的一个重要革新者"①。但上海和国统区的"文人文学"，如巴金、钱锺书、张爱玲的小说，冯至及九叶诗人的诗歌，仍然表现出可观的个人性和语言成就。

当代文学以1979年为界，分为前后两期。前一阶段的特征是，公共意见大于个人声音，作品内容即世界观，李准等人的小说成为这一创作方法的代表，浩然是"三结合"和"三突出"理论的典型。获得顾彬肯定的，只有周立波《山乡巨变》、赵树理《锻炼锻炼》、老舍《正红旗下》等少数作家作品。他的一个重要立场是，不能简单地把中国当代作家视为极"左"政策的牺牲品，他们也是现有体系的维护者和参与者。但在1979年以后的阶段，个人声音逐渐取代公共意见成为主导，体现了系统的"自由化"趋势。1979年到1989年的文学被总结到"人道主义文学"概念下，其中包括了朦胧诗、伤痕文学、反思文学、女性文学、改革文学、寻根文学、先锋文学等趋势。而90年代后的中国当代文学进入了一种极度多元状态，不再有具有普遍约束力的价值标准，市场成为成功与失败的唯一标准，这对文学的损害不亚于政治审查，在顾彬看来，正是市场规律导致了中国当代通俗性文学乃至庸俗文学的膨胀，莫言、苏童作品中程式化的东西都应归咎于此。

如果把这部文学史看成一部宏大的历史叙事，其中一个重要母题便是中国现代文学的世界文学属性，顾彬一再地强调，"中国现代文学严格说来也可以理解为对西方范本的'翻译'"②，也只有在世界文学的整体语境中，才能理解20世纪中国文学的现代性特征。他也分享了德国汉学界的

---

① Wolfgang Kubin, *Die chinesische Literatur im 20. Jahrhundert*, München: Sauer, 2005, S. 215.

② Ebd., S. 77.

一个共识，即对于20世纪中国文学而言，"华文文学"才是最有效的整体概念；华文文学的世界公民不仅包括白先勇、郑愁予、北岛等四海为家的先锋派诗人，在内涵意义上也包括郭沫若、茅盾、艾青等意识形态性的作家。另一个母题是现代性，不过，顾彬心目中存在着两种现代性，即中国的现代性和欧洲的现代性。按顾彬的理解，现代性首先和感伤紧密地结合在一起（感伤源于现代性特有的暧昧）；现代性要求重估一切价值，和过去彻底分离；现代性拒绝一切完整，而只能容忍断片，等等。按照这些标准，顾彬一一重审中国文学作品的现代性含量，他发现，即便披着传统外衣，如沈从文的乡土小说，赵树理的大众文学，鸳鸯蝴蝶派的消遣文学，也不乏现代性的因素，冰心在内容上不被西方研究者看好，她的短诗却完全符合现代性的断片倾向。新的现代观在文学上带来的影响是"再没有非个人性的叙述者，再没有不可靠的叙述者，再没有人尝试不同的视角，再也不存在阴暗的心灵"[①]。

两个母题之下包括了黑夜、行动障碍、感伤、语言等重要主题，概括出20世纪中国文学的主要特征和倾向，如郁达夫代表了和郭沫若的光明崇拜相对的黑夜一面；曹禺的《北京人》代表了20世纪中国戏剧的"行动障碍"范式；五四是感伤的一代，从鲁迅到郁达夫，从丁玲到庐隐，无不为感伤的情绪所困扰。语言主题的情况较为复杂，它虽然在概念上缺乏清晰界定，却代表了顾彬对于文学自身属性的坚持，所有文学价值——从技法、批判性思想到超越性的想象力——都汇入这一带有先验性质的"语言"概念。高超的语言能力成了最高的文学追求，具有消解文学的"有限/无限"悖论的神奇作用——可超越个体和环境的鸿沟，帮助克服现代人本体性感伤（鲁迅），可超越意识形态而让政治文本变得非政治（赵树理），可超越技巧游戏而让非政治变得具有政治功能（梁实秋）。对于作

[①] Wolfgang Kubin, *Die chinesische Literatur im 20. Jahrhundert*, München: Sauer, 2005, S. 273.

家来说，真正的政治是以语言为媒介的政治，真正的介入是出自语言内部的介入。因此，一位作家在文学系统内的价值高低，就取决于其语言上的完美程度。而顾彬用语言来指代文学理念，除了受20世纪西方社科界"语言学转向"的影响，仍然可以回溯到德国浪漫派的思想传统。

理性是贯穿性的观察和区分原则。顾彬相信，只有"西方的"理性批评才能看出茅盾的现代性，也才能公平地评价张爱玲并非反共作家，也能辨认出西方推崇的高行健其实没有多少独创性——最终，只有这种理性的观察能发现20世纪中国文学并未真正超越自身的传统，获得西方的个体性和主体性精神，而仍然为过去的"宇宙学模式"所束缚。不过，这一区分原则的有效性多少暗含了对于普遍理性的承认。虽然顾彬不会赞同罗哲海关于放之四海而皆准的理性话语的看法，而坚持中西文学之间的本体性差异，但在他的中国现代文学史描述中，无疑也透露了一种希望，即中国现代作家同样能拥抱理性精神——这样一来，理性就成为新的"中国文学"世界的引导象征，它会塑造新的行动标准和精神导向，促成这一世界内部的自我分化和自主演化。在顾彬看来，不仅以怀疑著称的鲁迅是中国知识分子理性反思的代表，即便郁达夫也并非表面看来的感伤抒情文人，同样是一位理性作家。而理性和语言这两个理想的关系可以理解为，前者代表了主体性人格的内涵，只有具备了高度理性精神的作家个体，才能摆脱一切社会性、政治性的他律，真正投入文学的语言世界，和语言的先验理念合而为一。①

---

① 顾彬十卷本中，文学史述只有前十部，其余三部为第八卷《德译中国文学书目》、第九卷《中国作家生平手册》、第十卷《索引》。

第四章 万神殿的构建：
汉学系统中的中国作家作品

第一节 作为意义单位的文学符号

按陈铨20世纪30年代初留学德国时的观察，当时德国最受欢迎的中国古代诗人和诗歌作品，首先是李白和《诗经》，然后是白居易和陶渊明。①换言之，迄至20世纪30年代，就是《诗经》和这三位诗人构成了德国的中国诗歌版图最明显的标识，在此基础上，才又有屈原、杜甫、苏轼、王维、李煜、杜牧、陆游、李清照等陆续进入视域。当然，德国的中国文学研究从翻译介绍进入专业化阶段之后，不但时间上越来越偏向现当代，文体方面也越来越偏重叙事文学，诗歌已不再是热点。究其原因，诗歌内容上相对单纯，难以满足现代学术交流对复杂性的要求；或者说，诗歌过于复杂（因为其内涵多在"言外"），以至于解释一首小诗也需要呈现全部中国文化。宇文所安偏爱的这后一种说法无非意味着，诗歌和系统

---

① 陈铨：《中德文学研究》，沈阳：辽宁教育出版社，1997年，第115页。

过于紧密地结合在一起，故难以移入另一系统，因为诗歌的内容即形式，而形式在根本上由系统所赋予，代表了系统的最内在要求。相反，小说之所以更容易世界化，为不同文化背景的人所理解，是因为小说的内容和形式的分离相对容易，在跨系统传播时可以更好地保持内容信息的完整。故今日德国汉学界中，选择某位中国古典诗人为专题对象的研究者日渐稀少，最多通过某一类诗歌主题总结中国诗学的规律，而现当代小说的研究成为主流——德国系统的自我演化，明显地体现于从诗歌到小说的客体选择的变化上。不过，既然诗歌和系统的关系如此密切，对诗歌的认知同样更能体现系统的建构意志。移入德国系统的中国诗歌的意义与其说来自客体本身，不如说反映了系统对于中国文学精神的先验规定。在此意义上，诗歌从未远离德国汉学家的文化记忆，对于诗歌的理解也影响着对于其他文体的阐释，一道构成中国文学的基本结构。另外，从符号本身的角度来说，古代和现代的区分也没有实质性意义，因为无论古代或现代作家都是古代/现代这一系统编码的产物，古代文学符号不但可能产生于现代文学符号之后，而且可能包含了更多的现代性。

　　说到底，体裁或分期都只是文学交流系统用来化简复杂性和赋予意义的模式。面对"中国文学"这一他者，系统看到的首先不是体裁或时代，而是作为媒介的信息的松散连接。系统对于信息的加工处理，意味着赋予松散连接的信息以形式，从而将信息"压缩"成有特定意义的符号。无论单个作家或作品，还是重要的诗学概念、文学事件、创作潮流，就其本身而言都只是符号，即意义的媒介，而意义赋予需要在系统内通过交流——在汉学系统内就是通过"文学研究"的科学交流——而实现。"符号"和前面的"符码"的区分就在于，后者是引导性的原初编码，而前者是由后者所代表的初始区分引申而出的意义结构。譬如孔子作为中国文化精神的符码标示了"儒家/非儒家"的引导性区分，对后来的文学符号起到至关重要的调控作用，不同的作家作品就通过和儒家或远或近的距离而得

第四章　万神殿的构建：汉学系统中的中国作家作品

到定位；鲁迅则要么作为"革命/非革命"符码，要么作为"现代性/非现代性"符码，构成了中国现代文学的两大引导性区分，为其他作家的语义生成提供基本参照。德国的中国文学交流系统内，中国文学符号的"被给予"方式常常偏离了一般的范畴区分，譬如，李白和杜甫因为二者在德国都缺乏专门研究，"李杜"其实是一个集合概念，彼此只能通过和对方的区分获得意义，一同构成中国古代诗顶峰的象征，也通过语义冲突为系统演化提供动能，这就导致单个作家的范畴失去了效力；另外，大量的中国当代作家都没有以单个作家的身份获得关注，而仅仅被看成为某一潮流、某一理论现象的范例，这时单个作家、单部作品的区分都被忽略。另外，德国的中国文学世界也缺乏在中国自身系统内的"完整性"，许多重要的经典作家，在德国的文学交流系统中都是缺席的。这种随意和不完整才是文学系统运作的真实状态，其原因不难想象。德国研究者群体的规模很小，面对巨量的中国文学信息，必然出现客体选择和加工处理上的高度偶然性；然而，偶然性仍源自系统的内在需求——系统以经济学原则将有限资源分配给最符合自身需要的研究课题，而不用考虑是否符合中国文学的"真实"。不难看出，研究者主体对于作品的阐释自始至终受到一个更大的知识和社会系统的调控，不但会生产出对于中国读者来说有时全然陌生的意义，也可能将中国符号从原来的范畴中抽出，而根据自身需要重新组合和归类。

虽然这是一个极小的群体，但作为一个独立的交流系统，它也拥有自身的运作方式，能够按照自己的范畴、模式组织符号生产，中国作品是否符合西方的悲剧、自传文学等体裁，是否拥有西方文学所推崇的个体性、主体性，因此就成为引导性的话题；它也拥有自身的"时间"，从传统汉学到当代的专业化中国文学研究就是其自身的历史，某一中国作家作品出现于哪个时间点，因此就取决于德国系统的演化步伐，而无关于其在中国系统中出现的时间；它和社会中其他系统共同演化，交互影响，如法律系统中的《肉蒲团》庭审事件，就提升了二战后德国公众对于中国文学的兴趣，加速了中国文学从汉学中分化而出的过程，在此过程中，李渔也成为德国汉学界偏爱的中国经典作家，获得远超出他在原来语境中享有的文学地位。

为了更好地呈现系统的运作方式，本章拟抽取一些代表性中国文学符号，考察其在德国汉学系统中获得意义的过程，所关注的问题包括：符号为什么受到系统关注？它们在系统中承担什么功能，获得什么意义？它们和更大的知识系统有无关联（譬如是否进入世界文学史）？考虑到从作为符号的意义来说，无论诗歌、小说、戏剧的体裁之分，或作家与作品之分，或文学作品与理论现象之分，都不具备实质性意义，本章关注的只是中国文学符号在德国汉学视域中原初的、最显见的——用现象学术语来说"被给予的"（gegeben）——客体形态，尽可能悬置它们在中国语境下固有的概念属性，而勉强的类别区分只是为了提供叙述上的方便。

如果非要在古代和现代的中国文学之间进行区分，不妨说，中国古代文学在德国语境下是逐步"变成"文学的，中国现代文学却从一开始就"是"文学。中国古代文学符号经历了一个从文化向文学的转变过程，即随着文学学科从汉学系统的分化而出，一些最初的非文学符号（如屈原、苏轼）渐被洗练、改造为文学，一些原本被视为文学支柱的符号（如孔子、老子、《易经》）逐渐淡出视野。相反，中国现当代文学家们一开始就在文学系统中了，这一方面是因为，中国现当代文学在西方引起关注的70年代末，正逢德国汉学的文学专业形成，文学自治观念得以贯彻之时；另一方面，中国的现代文学体系本来就是按照西方观念搭建起来的，以文学启发民智和"人的文学""国民文学"的观念，各种技法、文学思潮的采纳乃至小说体裁的优先，无一不是受西方影响的结果，自然可以无阻碍地融入德国的文学交流系统。从70年代末以来，鲁迅、茅盾、老舍、曹禺、郁达夫、沈从文、萧红、徐志摩、丁玲、闻一多、张爱玲、张恨水、

第四章 万神殿的构建：汉学系统中的中国作家作品

北岛、杨炼、刘心武、残雪、苏童、王蒙、王朔、冯骥才、陆文夫、张贤亮、张洁、张抗抗、王安忆、余华、莫言等中国现当代文学符号陆续进入德国视域，成为专业学者们的交流话题。对他们的生平、文学风格和社会理想的解读，可以帮助德国观察系统达到三重目的：首先是把握中国的社会现实和发展趋势；其次是理解现代中国人的精神结构；最后，探讨"改造"中国文学符号的可能性，批判性阐释因此成为一种本能姿态：发现、鼓励那些符合西方观念的意义建构，抵制不符合西方预期的倾向。80年代之所以成为德国的中国现当代文学译介和研究的高峰期，和这三重目的密不可分。刚刚进入改革开放阶段的遥远中国，能激发德国观察者的强烈好奇心，人们想知道，这还是不是那个永恒静止的古代中国，或是那个半个世纪以来躁动而激进的革命中国。

对中国古代和现代的诗学现象的考察相当于对于建构方式的重构，代表了一个更高阶的观察层面。文学专业的二阶观察有一个最明显的信号，即不仅观察作品讲了什么，还观察它怎么讲；不仅考察符号的意义内涵，还考察符号的语言文字基础和符号的连接方式。从外部形式到内在形式，从一般语言技巧、音调规律到对于中国自身的文学理论，进一步对于中国主题、意象、风格的探讨，是一个观察逐渐深入、建构日渐精密的过程，也是中国文学专业形成的重要表征。德国观察者以西方文学的演化历史为依托，很容易注意到中国现代文学中的若干重要诗学现象，如乡土文学、自传书写、象征主义、新感觉派、女性书写、当代文学中的暴力描述等，它们或者因为和西方文学中的类似现象形成互文，或者因为超出了西方文学的概念范畴，而激发德国观察者的兴趣。对中国古代文学中的诗学现象的讨论相对较少，主要有诗的格律以及"明和暗""寻隐者不遇""梦"等中国古代文学主题。从"梦"的观察角度也可以看出，德国观察者从西方现代文学的角度对古代文学进行重组，以至于因为梦境的呈现而看到了中国古代文学的世界意义，也为中国古代文学中没有类似于弗洛伊德的现代心理学理论而感到惋惜。尽管如此，德国观察者对于中国古代诗学和现代诗学的基本态度仍是不同的。古代文学由于其长时段特征或"永恒"语码，其诗学属于共时性建构，即使是历史性演化，这个历史本身也是以不变整体呈现在眼前。对于现当代中国文学的诗学探讨，则以现象追踪和历史规律总结为主，因为在西方人看来，现当代中国的理论本身来自西方，影响诗学实践和诗学产品的主要是外部社会政治因素，谈不上一种真正的"中国诗学"。

第二节　中国古代文学符号

一、《诗经》

在德国的世界文学史书写传统中，《诗经》一度代表了中国文学的全部精华。格勒塞《文学通史手册》（1844）将中国文学分为中国诗、中国神学和中国史学三个条目来介绍，"中国诗"部分只提到《诗经》，它描述"国君、帝国法律和风俗的声誉"和"对众神的敬畏"[1]。一直到19世纪末，斯特恩仍然认为《诗经》是中国文学中唯一有价值的作品[2]，因为它是这个年迈民族还未完全陷入僵化形式时的产物，多少保持了青年期的活力和新鲜，甚至充满了勇武的战斗精神，而后来的艺术诗人即便如李杜，也不过是"不自然言说和押韵的艺术的大师"[3]。鲍姆伽特纳《世界文学史》中，《诗经》突兀地自成一章，将自身以偏概全地凸显为中国文

---

[1] Johann Georg Theodor Grässe, *Handbuch der allgemeinen Literaturgeschichte aller bekannten Völker der Welt*, Bd. 1, Leipzig: Arnoldische Buchhandlung, 1850, 2. Ausgabe, S. 59.

[2] Adolf Stern, *Geschichte der Weltliteratur*, Stuttgart: Rieger, 1888, S. 16.

[3] Ebd., S. 13.

第四章　万神殿的构建：汉学系统中的中国作家作品

学的整体象征，可以说代表了《诗经》在德国的中国文学建构中达到最高地位的时刻。而拉特斯在其《世界文学史》中拿《诗经》的艺术成就和西方的经典文学作比较，他说，《关雎》之类的抒情诗如耳语般直入灵魂，而类似的"高明处理自我心灵和世界心灵的和谐同一"的诗歌要到歌德之后才会出现。[①]

《诗经》虽然是了解中国文学的窗户，但德国汉学家对于《诗经》的专门研究并不多，汉学家编写的中国文学史中，《诗经》的地位反而不如它在世界文学史中那么高。史陶思历来为人称道的《诗经》翻译（1880）开了德国《诗经》研究的先河。他的《诗经》理解首先遵循朱熹的正统解释，同时参考了英国汉学家理雅各的观点，但他不同意后者对孔子编《诗经》的质疑。史陶思的导言介绍了《诗经》五个方面的内涵，首先是宗教背景，他认为《诗经》可以和《圣经·诗篇》、印度《吠陀》相提并论。其次是《诗经》体现的风俗伦理，包括孝道、繁文缛节、婚姻、教育、农业生产、建筑方式、自然、战争等。再次为国家秩序和治理。史陶思对失落了的中国黄金时代尤其神往，他眼中上古中国的父权体制是"帝国有机体"（Reichsorganismus），中国国家不是产生于战争征服，而源自"父亲力量的声望和长者的智慧"[②]。天子和诸侯，统治者和下民像是分工明确、其乐融融的大家庭，深入中国人本性的父权精神就是对良好统治的最好保障：君王就是"父母"，法规命令就是对老百姓的谆谆劝诫[③]。复次是历史。史陶思尤其赞赏周公的贤德和智慧，他的笔法就像在描写以色列早期家长的事迹——凡遵从天命，履行天子义务者，就得到上天庇佑，反之就会被抛弃。从上古到当代，总的来说是一部堕落史。最后才是诗学，他简单概述了《诗经》的形式特征，包括反映了歌唱性质的复沓和"兴"

[①] Erwin Laaths, *Geschichte der Weltliteratur*, München: Droemer, 1953, 3. Aufl., S. 191.

[②] Victor von Strauss, *Schi-King. Das kanonische Lehrbuch der Chinesen*, Damstadt: Wissenschaftliche Buchgesellschaft, 1969, S. 28.

[③] Ebd., S. 35-36.

的修辞手法。从宗教、伦理、政治、历史、诗学的前后排位和比重来看，很容易看出诗学的附属地位，带有早期汉学的明显特色。

不过，孔好古认为《诗经》只是一部"政治书"①，多数作品都和国家生活有关系，体现了中国人的基本特征："清醒的、合理性的，以此岸为导向的意识，对此意识来说，国家是思考的基点，是理想，所有一切都体现于其中，因为中国人活在此岸中。"从《诗经》中的表现来看，中国人的特性除了"真正的人性和纯粹的感觉"，还包括"外在性和吹毛求疵""模式化和繁文缛节"②。

顾彬在《空山》中对《诗经》自然观的分析，一定程度上延续了19世纪的精神视角。他认为《诗经》代表了中国文人和自然的关系的开端。《诗经》世界总体来说是有序的，圣王因为遵循礼，在日常生活和宗教领域中行为正确，故和上天保持和谐，民众因而站在他一边而自发行动，不需要任何命令，这就是秩序的来源，也成了中国历代文人回不去的精神故乡。这和史陶思的看法并无不同，不过少了后者对黄金时代的渴望。在赋比兴三个概念中，顾彬最重视的是"兴"，认为其中表达了自然的双重属性，包含了从客观的自然概念向主观的自然概念的过渡。顾彬把"兴"解释为西方文学中"以自然为门径"（Natureingang）的手法，因为自然描述在18世纪之前的西方文学中也只是修辞手段，不具备真实体验的意味。自然在国风中首先为"劳动世界"，即被劳动加工的自然，通过"兴"实现了形式化。③精神又总是和宗教相关联。在后来的《中国诗歌史》中，顾彬提出，不妨沿袭葛兰言和王婧献的思路，从宗教角度来解读《诗经》。譬如，《野有死麕》一诗早在顾路柏文学史中就受到了关注，顾彬重视的则是其中的"兴"。他认为，中国古代的祭仪会用青铜器盛死鹿，充当巫

---

① August Conrady, *Chinas Kultur und Literatur. 6 Vorträge, I/II*, Leipzig: Seele, 1903, S. 19.
② Ebd., S. 26.
③ Wolfgang Kubin, *Der durchsichtige Berg: die Entwicklung der Naturanschauung in der chinesischen Literatur*, Stuttgart: Steiner, 1985, S. 26-27.

第四章　万神殿的构建：汉学系统中的中国作家作品

前往上天路上的同伴和助手。此处的鹿显然已世俗化，求偶不能直接和宗教挂钩，理解为求子嗣亦即对先祖尽义务。但是，顾彬的理解仍然是宗教性的，当然不是指向制度化的宗教，而是人和宇宙的融合。顾彬说，此处的主题为"生长者、生成者"，它表达为"自然的丰盈和求偶者参与其中的要求"，人因此顺从于自然的节奏，自然不仅是地点，也安排了爱情的时点。①对于顾彬来说，国风的永恒魅力就在于其对于宗教成分的世俗化。

德邦的《诗经》选译《鹤鸣》出版于2003年，他在后记中对顾彬从宗教角度切入表示赞同，认为《诗经》并不像一般西方人认为的那样理性和世俗，这些最古老的歌曲是伴着乐舞在祖庙中唱出的。《诗经》中的求偶和婚配表达的主要不是个人情感，而是具有普遍性的、体现天命的场景。在中国古人心目中，上天引导自然的阴阳变化，造成四季流转，故春季的及时择偶也具有宗教性的、繁衍生命的功能。《诗经》包含了古老中国思想的许多基本特征，如家庭观念、赞颂美德懿行、长寿和多子的愿望、感官之乐等。在形式上，《诗经》体现了中国人严格的形式感，对于对称和对仗以及典故、程式的偏爱。②

德邦对史陶思译本仍然充满敬意，新版《国风》的译者寇泽尔却批评它在语言上"老套过时"。她认为，史陶思坚持用两个德语音节置换一个中文音节的做法，是作茧自缚，有时只能完全颠倒语词顺序，用另外的字来押韵。③就《诗经》本身而言，寇泽尔通过对《诗经》意象的分析得出了三点结论。首先，《诗经》经常出现"错误的地点"，如《山有枢》中漆树本该生在洼地，《鸨羽》中只能浮水的野雁居然飞集于树上，凡出现

---

① Wolfgang Kubin, *Die chinesische Dichtkunst. Von den Anfängen bis zum Ende der Kaiserzeit*, München: Sauer, 2002, S. 12-13.

② Günther Debon (Übers.), *Der Kranich ruft: Chinesische Lieder der ältesten Zeit*, Berlin: Elfenbein, 2003, S. 172-173.

③ Heide Köser (Übers.), *Das Liederbuch der Chinesen. Guofeng*, philologische Bearbeitung von Armin Hetzer, Frankfurt a. M.: Insel, 1990, S. 238.

这种明显无意义的形象，就表明在人的情感或关系上发生了紊乱。其次，《诗经》中有大量的阴阳关系应用，如《小戎》中征人车马的描述，马具和车厢的组件总是按方和圆、突出和平坦成双排列，甚至马的颜色组合都符合阴阳模式，《关雎》的"钟鼓"也是阴阳组合，鼓作为合抱的形式代表了阴。最后她强调，如果细致地分析《诗经》意象，会发现中国传统的许多解释都是站不住脚的。①

柯马丁从当代的理论视角出发去阐释《诗经》，敞开了新的意义维度。柯马丁视《诗经》为"人类生存的全面观照"的全部中国文学的"奠基文本"（Gründungstext），并以《诗经》为例，反驳中国只有抒情诗而没有史诗和戏剧传统的习惯说法。在他看来，抒情诗虽然是古典期中国的首要文学媒介，然而《诗经》也包括了史诗和戏剧文本，尽管规模较小，受众范围也受到严格限制。另外，《诗经》的意义从不固定，中国文学史上没有第二个文本像《诗经》那样和阐释上的经久变化相伴，因此，将《诗经》和其接受史分离，化简为某一种符合当代需要的阐释，是不妥当的。②柯马丁以《关雎》为例，说明了《诗经》在意义上的开放性。《毛诗》以和鸣的禽鸟喻夫妇的理想道德秩序，喻"后妃之德"，故可以"经夫妇。成孝敬。厚人伦。美教化。移风俗"。而颂和雅更代表了曾经有过的高度文明的荣光和失落，通过祭祖仪式和宴饮，回忆其政治、道德和礼仪上的稳定与完善。在柯马丁的理解中，《生民》是中国文化的起源神话，但并非军事性的，而是农业性的。《生民》讲述了周的英雄祖先——后稷——的历史：他的神奇诞生，他作为弃婴的幸存，他的成长，他的农耕技术及献祭仪式等。颂歌最后汇入当下情境，成为一种自我指涉、超越时间的神话记忆姿态。故可见，《诗经》颂歌包含了记忆和仪式表演的冲

---

① Heide Köser (Übers.), *Das Liederbuch der Chinesen. Guofeng*, philologische Bearbeitung von Armin Hetzer, Frankfurt a. M.: Insel, 1990, S. 234-235.

② Reinhard Emmerich (Hrsg.), *Chinesische Literaturgeschichte*, Stuttgart: Metzler, 2004, S. 14-15.

动——欧洲古代的文化记忆正是在这种冲动中形成。作为"文明的奠基文本、文化知识的宝库、伦理规则的形式化表达",《诗经》颂歌堪比荷马史诗和希腊戏剧,和希腊文学不同的是,《诗经》中战争的细节描述很少,居于中心的是上天赋予的道德使命。①

在德国的中国文学想象中,《诗经》作为经典文学符码发挥引导作用,德国学者除了关心赋比兴的形式特征,更重视《诗经》表达的中国精神和宗教特性。这正说明了经典的功能,经典成其为经典,就是为了承载最普遍的意义和最内在的文化记忆。但是,从19世纪的世界文学史家到当代的柯马丁,《诗经》的命运经历了一个微妙变化。之前是《诗经》直接构成中国文学世界,到柯马丁这里却是中国文学世界制造《诗经》,传统通过不同的阐释方式——不同的文化记忆行动——制造了不同的《诗经》。经典和传统的关系发生了彻底颠倒:经典逐步隐去,而中国文学世界作为一个符号生产机制和交互观察系统得以呈现。

二、李白—杜甫

19世纪德国的世界文学史书写中已经出现了李杜的身影,他们是标志中国"艺术诗"的固定搭配。"艺术诗"概念和《诗经》代表的"民间诗"相对,它保留了后者的精神,又赋予其完善形式。在李杜间的比较中,一度杜甫占据了上风,如蒙特介绍说,中国艺术诗的真正奠基者首先是杜甫,尤其以三首赋体诗出名,其次才是李白②;谢来耳则提到,李杜都是中国艺术诗形式的缔造者,其中杜甫"尤其有名"③。但到了19世纪末和20世纪初,李白成为德语区从印象主义、自然主义、象征主义到表

---

① Reinhard Emmerich (Hrsg.), *Chinesische Literaturgeschichte*, Stuttgart: Metzler, 2004, S. 28.

② Theodor Mundt, *Allgemeine Literaturgeschichte*, Bd. 1, Berlin: Simion, 1848, Aufl. 2, S. 169-170.

③ Johannes Scherr, *Illustrierte Geschichte der Weltliteratur*, Bd. 1, Stuttgart: Franck, 1895, Aufl. 9, S. 18.

现主义等各文学流派的兴趣焦点,为这一时期最重要的诗人提供灵感。自然主义主将霍尔茨(Arno Holz)在组诗《方塔苏斯》(*Phantasus*)中反复征用李白式母题,希望:"从我们心里/唱出一首不朽的歌/李太白的歌!"①1910年后的表现主义十年中,中国的"酒神诗人"李白尤其受欢迎。表现主义诗人克拉邦德被称为最后的浪漫派,却主要以《李太白》(*Li-tai-pe*)(1916)等仿作而著称。李白成了避世的寻梦者、政治不公的反抗者、以诗歌天才超越现实的预言者,代表了突破社会规范、追求超纯艺术的希望。但隐藏在酒醉、友谊、漫游等李白的标志性母题背后的"无我"神话,才是他和德语诗人最深层的联系。霍尔茨1898年的《方塔苏斯》祭出了李白的忘情主题:"从遥远南方/堂皇地升起一座岛屿/遗忘的岛屿!"②个体融入大化,是李白在中国传统中的象征意涵,正符合西方系统认定的中国文学的标准属性。受此影响,世界文学史家的倾向也发生了变化。哈特认为,李白是"中国诗人中最伟大、最大众化的",而杜甫相对"柔弱、平静和守规矩",更加"感伤和田园诗意"③。哈特还强调说:"他(李白)的诗不仅是写成的,且是活出来的,既是酒的歌者,也是豪饮者……"④既然如此,李白的捉月而溺死就成了最高级的诗,代表艺术和生命的合一。20世纪初的世界文学史家豪塞尔也将李白评为中国最大诗人,类似西方的阿那克瑞翁和拜伦,但最像波斯诗人哈菲兹。相比于李白"细腻而又自然的精神",杜甫显得"迂腐、平铺直叙,想象力不够丰富"⑤。哈特本人是自然主义诗人,19世纪末的李白仿作热中,也乘兴翻译过李白《静夜思》。豪塞尔中文水平可疑,却以德语区的"首位"

---

① Ingrid Schuster, *China und Japan in der deutschen Literatur 1890-1925*, Bern: Francke, 1977, S. 94.

② Ebd., S. 95.

③ Julius Hart, *Geschichte der Weltliteratur und des Theaters aller Zeiten und Völker*, Bd.1, Neudamm: Neumann, 1894, S. 48-49.

④ Ebd., S. 48

⑤ Otto Hauser, *Die Chinesische Dichtung*, Berlin: Marquardt, 1908, S. 38.

第四章 万神殿的构建：汉学系统中的中国作家作品

李白专业译者自诩（他的《李太白诗选》1906年首版，收李白诗57首）。

在世界文学史书写中，李杜作用就在于，一方面将孔子开启的中国文学精神具体化，另一方面又孕育了能动性的因子。李白和杜甫任何一方都有可能成为孔子的反叛者，带来打破僵局的希望。20世纪初崛起的德国专业汉学和世界文学史家一样，在精神史线索下尝试建构中国文学整体，对李杜的功能需求也是相似的。精神史框架中的中国文学进程以凝滞为特征，但是李杜的语义差异，可能为结构重组和意义再生提供契机。

世纪之交德语区的李白崇拜，一定程度上引导了汉学家的李杜评价。德国汉学家到19世纪末才开始关注唐诗，佛尔克是德国汉学家中第一个系统译介唐诗的，在其《汉六朝诗精华》导言中给予李白最高的评价：拥有超过其他任何诗人的"最高天赋"和"远为活跃的想象"。李白的狩猎歌和战争歌充满"力量和火焰和欢快的、时常是戏谑的生活热情"，酒歌中是"充满奇思妙想的放纵情绪"。及时行乐和悲观主义的结合是公认的李白性格的核心："即便是最欢快的诗歌中都贯穿有对于红尘易逝的感伤，它极富于诗性感染力，因为对于李白没有来世。"[①]

顾路柏在《中国文学史》中也认为李白是唐代最大诗人。他指出，"让我们开怀畅饮"（Ergo bibamus）是李白的主题之一。但"及时行乐"（Carpe diem）说到底是悲观主义的结果，即借酒浇愁。李白在饮酒歌中常透露出哀歌音调，不时也表现出幽默感。李白的长诗则让人联想到欧洲的叙事谣曲。唯一可以和李白比肩的中国诗人是杜甫，后者更关注时事，尤其是战乱给人民造成的痛苦，其多数诗作都带有忧愁，以"朴素而写实"的笔调让人感动。[②]杜甫和李白一样写生命易逝，个体渺小，但李白能借酒消愁，杜甫却找不到解忧之物。除了不同的生命观，艺术表现方

---

① Alfred Forke, *Blüten chinesischer Dichtung aus der Zeit der Han- und Sechs-Dynastie*, Magdburg: Faber, 1899, S. XV.

② Wilhelm Grube, *Geschichte der chinesischen Litteratur*, Leipzig: Amelang, 1909, 2. Aufl., S. 286.

法也不同，李白的直接印象就是诗，而杜甫用历史经验解读外部印象，意象变为象征和隐喻，喜欢用典，必须借助评论才能理解。总之杜诗"不是天真诗，而是学者诗"，反思占了上风。①顾路柏选译了《秋兴八首》中的一、三、五、七四首，他指出，诗人强化诗性气氛的方法是"将事件的舞台推移至一个充满荣华的过去"，这种程序尤其宜于展示才学。②

20世纪20年代，李白的接受状态在德语区达到高峰，这和一战浩劫进一步加强了厌倦文明的社会情绪相关，不仅《道德经》受到热烈欢迎，李白的"别有天地非人间""处世若大梦，胡为劳其生"等诗句，也让渴望世外桃源的现代人不由怦然动心。卫礼贤《中国文学》中的评价与之相呼应。卫礼贤更推重李白，认为李白接近于世界文学和普遍人性，而杜甫与中国的历史和精神传统联系紧密，更具有民族性。李白是浪漫天才的典型，其伟大个性和纯真天性决定了其全部诗艺。李白尽管放浪形骸，却有着"严肃而重要的思想"，热爱祖国，希望施展抱负。李白看到了盛世表面下隐藏的危机，他的处境正类似于歌德笔下的塔索。③李白最突出的特点是热情：

> 强度的热情常常以不加遮掩的清晰突然迸发，赋予他的诗歌独有的特色。这种强度正是那种从最深处涌出并传导给形式的东西。诗人具有这种热情的强度，这种形式的力量，乃因为他作为人拥有一种了不起的真实性和强度。很早他就洞悉了生活，因此不为生活的无常变化所左右。他摆脱了人世的拘囿，在自然中和云与月、山与水自由往还。他一生都在游历，却无需达到一个目的地。故他立于生死之外，

---

① Wilhelm Grube, *Geschichte der chinesischen Litteratur*, Leipzig: Amelang, 1909, 2. Aufl., S. 288.

② Ebd., S. 291.

③ Richard Wilhelm, *Die chinesische Literatur*, Wildpark-Potsdam: Akademische Verlagsgesellschaft Athenaion, 1926, S. 142.

第四章 万神殿的构建：汉学系统中的中国作家作品

在醇酒中享受生命之无思无虑。这就是他的道家精神，使他成为庄子和陶渊明的同道——即便在底色和性格上相异。[1]

杜甫比李白更接近于大地和现实之物，他以现实主义的清醒目光观看和描述时代，诗作因此更富激情，更沉重，社会感觉异常强烈。他善于用简单的言词表达深刻之物。他的自我意识和骄傲让他和朋友难以相处，然而"他从不谄媚和屈尊"。他在中国文学中成为这样一个人——"他战斗和受难，由战斗和苦难中生出他的诗歌，因为有一位神委任了他：诉说他的苦难。"[2]

尊李的余绪延续到了二战之后。施华兹是东德最优秀的中国古代文学专家，他认为，李白是浪漫主义精神的高峰，而杜甫冷静描写，代表现实主义路线。[3]《镜中菊》收李白和杜甫各八首，但他的倾向明显在李白一边，对他来说，浪漫主义反映了人民的创造力、反抗精神和文学的革新冲动，李白诗不仅想象力丰富，更是对权贵的"强烈抗议"。[4]德邦则为西德汉学的代表人物，其主编的文学辞典《东亚文学》（1984）将"形式最严格"的杜甫评为第一，而让李白屈居第二。但他也指出李白在德国近乎于中国诗艺的代名词，且他本人的译介兴趣还是在李白这位"本性强健"（Kraftnatur）的诗人[5]——德邦的《李太白诗选》（*Li Tai-bo. Gedichte*, 1962）广受读者欢迎，差不多每十年就要再版。二战后冷战环境下成长起来的西德读者有着逃避现实政治的心理需求，仍对李白代表的东方仙境充满憧憬。

---

[1] Richard Wilhelm, *Die chinesische Literatur*, Wildpark-Potsdam: Akademische Verlagsgesellschaft Athenaion, 1926, S. 145.

[2] Ebd., S. 148-149.

[3] Ernst Schwarz (Hrsg.), *Chrysanthemen im Spiegel. Klassische chinesische Dichtung*, Berlin: Rütten & Loening, 1969, S. 47.

[4] Ebd., S.429.

[5] Günther Debon, *Ostasiatische Literaturen*, Wiesbaden: Aula-Verlag, 1984, S. 23-24.

但对于杜甫的关注也在20世纪初开始抬头。德语区的读者发现杜甫一路的中国诗也有其魅力，诗人们不仅为李白而陶醉，也开始认同杜甫的飘零者和受难者形象。表现主义诗人埃伦斯泰因的仿作《杜甫·我》（*Du Fu Ich*）开头几句是："我是大河间的流浪者，/我是思乡的飘零人，/我是无用的诗人，孤独，迷失于生病的世界，/我是蓝天的孤云，远离家乡，/我是长夜中唯一的月亮，/我是想死在家乡的异乡人……"①而杜甫在德国汉学界的升起，先兆是留德学生徐道邻在《中国学刊》上的介绍。徐道邻为德国读者呈上一幅全新的杜甫画像，他笔下的杜甫不仅超过了李白，还成了中国精神转向的标志人物。儒家传统一向要求文如其人，然而徐道邻说，中国文学自汉代以来走上了一条独立发展的道路，尤其在唐代，随着诗歌形式的完备和科举重诗赋，艺术风格和自我培养的分离更加明显，杜甫就是一个典型。为了呈现杜甫作为苦难诗人的特征，他也借助于李杜比较。漫游对杜甫来说是无边的苦刑，剥夺了他所渴求的一切：宁静、和平、友情、理解、妻儿、兄弟。同样一生颠沛的李白，却能领略路上的美和新奇，因为他不受尘世羁绊。杜甫的特征是诗艺的全面，在每个方面都达到了至善。"在幻想的充沛恣肆上，在自如而无拘无碍的描写手法上，杜甫不亚于李白，但在严格的和谐，在结构的严谨，在韵、色彩、意象的正确使用上远胜过他。"中国有以诗为史的传统，《诗经》好比孔子的史书。杜诗是时代的"诗史"，人们误认为这就是其全部价值所在。但是徐道邻强调，历史并不等于文学，杜诗也非因为"历史价值"而传世。相反，诗和人的分离最终在杜甫这里完成了，语言达到空前高度，自成一文化世界，却并非人格的外烁。杜甫本是个"极难相处的人"，骄傲，古怪，孤僻，缺乏自理能力，注定一事无成，却因为语言而不朽，在中国牢

---

① Albert Ehrenstein, *Ich bin der unnütze Dichter, verloren in kranker Welt*, Berlin: Friedenauer Pr., 1970, S. 13.

第四章 万神殿的构建：汉学系统中的中国作家作品

牢占据"诗艺的首位"。①

从李白转向杜甫，就是从常规到个性，从纯粹、永恒、美得无极差的诗性空间向个体的、复杂的、以人力解决矛盾的创造过程转移。偏向李白还是杜甫，涉及精神和诗学导向的选择。但是，一直到莫宜佳《〈管锥编〉与杜甫新解》（1994）出版，杜甫在德国汉学场域的价值重估才提上日程，而之前的汉学家要么圣化杜甫，要么视其为腐儒、书虫。莫宜佳提出，钱锺书《管锥编》对儒家道德化阐释的批评和《诗经》的新解读可以提供启示，打开杜甫研究的新局面，因为杜甫在她看来恰恰不是一个含蓄、严守诗律、爱说教的诗人。莫宜佳选择了25首杜诗为阐释对象，以促成杜甫和儒家传统进一步分离，和李白的对比也或隐或现地穿插于其中。

由反思传统而自我去魅，是新时期中国知识分子的愿望。钱锺书欲打破天人合一神话，证明天人对立才是中国诗的基本旋律，故推崇"诗可以怨"的精神。徐道邻对杜甫的新释，当时未得到回应，这一次，德国汉学家敏锐地捕捉到了来自中国的讯息。莫宜佳猜测，这种对"怨"的推崇具有意识形态暗示，和当时的伤痕文学异曲同工。②徐道邻断言杜甫第一个实现了文学自治，而莫宜佳认为《管锥编》第一次将中国文学当成文学来看待。③莫宜佳像徐道邻一样，反对传统释杜诗的文如其人的历史—传记手法，她强调经生的唯一兴趣是通过阐释消除杜甫违背伦理或诗学规范的"错误"，让诗圣回归正统。她意识到钱锺书对中国文学中镜子母题的研究有其深意：镜子代表自我分裂，而不是人格和作品的统一。文学之镜既不同于儒家道德之镜，也不同于佛道两家把镜子当成幻象或佛的象征，文学镜像是更高现实，超越道德却不堕入神秘。对莫宜佳来说，杜甫是活用

---

① Daoling Hsü, „Chinesischer Bildersaal. Du Fu, der Dichter der Leidenschaft", *Sinica*, 1(1930), S. 6-15.

② Monika Motsch, *Mit Bambusrohr und Ahle: von Qian Zhongshus Guanzhuibian zu einer Neubetrachtung Du Fus*, Frankfurt a. M.: Lang, 1994, S. 224.

③ Ebd., S. 122.

镜子母题的大师，能摆脱抽象教条和文学陈套，描述复杂多变的自我。这里触及西方设定的中西方精神的最后边界——主体性问题，因为镜子说到底是主体性的隐喻，主体在镜中实现不同层面的自我分离、自我反身：首先是在个体层面，诗人运用镜子，反观自我和世界；其次是在民族文学层面，文学作品成为教条批评的镜子，照出后者的缺陷，以生动创造超越僵化传统；最后是世界文学层面的西方和中国互镜，某些杜诗在西方比在中国更能引起共鸣——中国文学返回文学自身，也意味着走出封闭，进入世界文学交流层面。

杜甫与其说是以诗歌教化万民的"诗圣"，不如说是自我的诗人，"没有哪个中国诗人像杜甫这样以不同方式描述自己"①。这一点上，他和忘我的李白差异明显。杜甫的自我描述集中于三个基本母题：隐士（"坦腹江亭暖"）、官员（"一去紫台连朔漠"）、病（"天地一沙鸥"）。莫宜佳说，作为隐士，杜甫没有李白的飘逸和狂傲，作为官员，又缺乏儒家的责任意识。而独创性就体现在，杜甫放任镜像自我分裂，让多个自我相互辩驳，隐士和官员的角色最后都被挣破，汇入病的主题——不论隐士还是官员，世人皆苦。过去的欧洲观察者称赞杜诗能表现外在苦难，莫宜佳的分析却将苦难内在化，以显示：杜甫根本上要探讨人的本体性苦弱。

独立的艺术世界尤其体现于仙界的描述。杜甫也有神秘主义的避世一面，但那绝非李白式的超然。杜甫的自我和风格充满矛盾，其神仙世界亦如此。莫宜佳对《秋兴八首》第七首的解读的要点，是织女和石鲸的斗争。身披鳞甲的石鲸，代表着战争和世界的黑暗力量。石鲸摧毁了美丽而虚幻的织女星，导致世界"摇落"——"第五和第六行在动词'漂''沉''坠'中显示了鲸的胜利"。显然织女和石鲸透露了诗人杜

---

① Monika Motsch, *Mit Bambusrohr und Ahle: von Qian Zhongshus Guanzhuibian zu einer Neubetrachtung Du Fus*, Frankfurt a. M.: Lang, 1994, S. 287.

第四章 万神殿的构建：汉学系统中的中国作家作品

甫的两种对立气质，前者表示超越，后者象征对丑陋现实的执着。因此她认为，严羽把杜甫说成超凡脱俗，等于只要织女，不要石鲸，①这虽然比儒家的载道艺术观要高明不少，却同样曲解了杜甫，杜甫的镜像既虚幻，又不离真实。

莫宜佳的观点颇具争议。吕福克批评她在翻译和材料征引上多有错误，如她将"天地一沙鸥"译作Weltall-Möwe（宇宙之鸥），"乾坤一腐儒"译作kosmischer Pedant（宇宙之腐儒）时，不恰当地把杜甫形而上学化和普遍化了。②但他没有意识到，这其实呼应了西方对于中国文学新的结构性要求。不难看出，莫宜佳想从杜甫身上提取两个意义：1.儒家伦理化思维意味着个性的泯灭；2.唯艺术的杜甫代表了个体独立和中国的自我超越。20世纪的中国文学竭力要摆脱传统的天人合一框架的束缚，钱锺书的论著体现了这一自我演化要求。同样，西方观察者也需要在接纳语义变化的前提下，重新安排外来符号的进入路径，再次理解中西方的界限何在。莫宜佳是要证明，高度复杂的诗人杜甫更宜于用西方之镜去观察，在杜甫阐释上，"含蓄""空""无我""天人合一"等典型的中国诗学概念不如那些"非中国的""典型的西方式"概念如夸张、拟人、自我表现、天人对立等合适。③就德国汉学整体的需求来说，抬高杜甫，有助于引入差异以促进自我演化。西方人终于意识到，中国不再是遥远的梦幻国度，而是和自身一样复杂，一样立于现实世界；相应地，汉学家也必须制造一个复杂的中国文学，在中国文学的复杂性中确立自身身份。

迄今为止，德国并没有李白或杜甫研究的专著。和《诗经》的情况一样，李杜尽管自始就是公认的核心文学符号，但并未得到专业化的个案处

---

① Monika Motsch, *Mit Bambusrohr und Ahle: von Qian Zhongshus Guanzhuibian zu einer Neubetrachtung Du Fus*, Frankfurt a. M.: Lang, 1994, S. 380-385.

② Volker Klöpsch, „Rez. Motsch 1994", *Oriens extremus*, Bd. 38, 1/2 (1995), S. 272.

③ Monika Motsch, *Mit Bambusrohr und Ahle: von Qian Zhongshus Guanzhuibian zu einer Neubetrachtung Du Fus*, Frankfurt a. M.: Lang, 1994, S. 387.

理，零星研究和一般介绍散布于各种文学史、文学辞典或其他主题的文学研究中，但恰恰是这种情况，让观察的集体性质和系统的塑造作用凸显出来。李杜历来代表着中国文学高峰，对他们的评价不是基于某一权威学者的个体性立场，而反映了系统对"中国文学"的结构性需求。李白式陶醉既印证了19世纪欧洲人以中国精神为自然实体的哲学判断，也映照出欧洲人自己和自然合一的诗性愿望。尊杜意味着中国文学走出合一神话，进入现代西方的主客对立意识结构。李杜在德语区的不同组合，暗示了中国文学进入世界文学的不同取径，对李杜的任何褒贬，也都是系统内操作的结果。李杜间比较无处不在，看似不假思索，却绝非任意为之，不仅反映了对中国文学的整体认识，且卷入一个重要问题：谁更能代表中国诗学精神，体现中国文学的活力和未来趋势？但是李杜的差异性本身，让中国文学有了转化生成的腾挪空间；中国文学符号自身的复杂性，也会挑战既定认知，这尤其体现在杜甫接受上。

但是一旦意识到李杜作为中国文学符码的独立性，李杜可能同时被排斥，成为"另一种"世界文学。顾彬21世纪初出版的中国诗歌史就体现了这一思路，它判定中国传统诗永远滞留于"中世纪"，没有超越的希望。不过，李杜这一最高点仍然得到了某种区分：李白作为传统诗艺的集大成者代表了最完美的中世纪，而杜甫起码显示了某种主体性的徒劳挣扎，因此比李白更现代。

顾彬将李白定义为"自由的精神"。[①]顾彬认为，李白在主题和形式方面都不离传统，只是凭着他特有的夸张才成为受西方欢迎的伟大歌者。顾彬用游侠、豪饮和遁世三个主题来概括李白的精神内涵。李白的自由气质已展现于早年的《少年行》，为了及时行乐，可以不要功名、富贵和长生。可是率性而为的少年侠客还并非自由个体，因为真正的自由相关

---

① Wolfgang Kubin, *Die chinesische Dichtkunst. Von den Anfängen bis zum Ende der Kaiserzeit*, München: Sauer, 2002, S. 112.

第四章　万神殿的构建：汉学系统中的中国作家作品

于主体性。就算是借助美酒和道家迷信，也只能实现自我意识的暂时扬弃。顾彬强调，中国人的归宿毕竟在现世，所有的寻觅"在阴和阳、实和虚、上和下的节奏中再次回返到有限性"①，因此西方人对李白长久以来的浪漫想象并不成立。《黄鹤楼送孟浩然之广陵》在顾彬看来，恰代表了中国诗人对于超越的不可能的清醒认识。"孤帆远影碧空尽，唯见长江天际流"一句被解读为："碧空"毕竟是不可见的仙域，能见到的唯有苍茫人世。②长"流"的时间和自然褫夺了人的位置，是一个必须接受的无奈结果，没有丝毫陶醉可言，黄鹤升天的道家传说也无法解忧。顾彬这是在暗示，李白不代表宇宙和谐，他的世界（和西方一样）也是破碎的，"白骨寂无言，青松岂知春"才是真实心理。顾彬的解构矛头同样针对代表了"悲诉精神"的杜甫。作为中国"第一个尘世诗人"③，杜甫笔下的世界破碎得更厉害，"沙鸥""老马""腐儒"等自我形象成为对于宇宙的控诉。相应地，杜诗在形式上打破对仗，形象相互矛盾，其《秋兴八首》晦涩暧昧。但是，顾彬认为，莫宜佳把天人对立作为中国抒情诗的基调夸大了实情。他也否认美国汉学家津津乐道的杜甫的创新精神，而强调"宇宙论圆圈"对杜甫的束缚。杜甫正因为无法突破"圆圈"，才转向社会现实和日常生活，在微物中安顿宇宙之道。④杜甫绝不想反抗既有制度，他的世界破碎不过是时代失序，只需要"强化或重塑君权秩序"就能恢复正常。⑤

李白和杜甫走出了神话，可还在神话之内，这并非自相矛盾，只是说明，这是同一符码的自我分裂。西方语境下，中国文学符码必须以他者（即神话）的悖论方式存在，而悖论就在于：一方面西方知识系统内的中

---

① Wolfgang Kubin, *Die chinesische Dichtkunst. Von den Anfängen bis zum Ende der Kaiserzeit*, München: Sauer, 2002, S. 140.

② Ebd., S. 146.

③ Ebd., S. 150.

④ Ebd., S. 151.

⑤ Ebd., S. 171.

国必须被设定为一个绝对他者，不仅永远区分于西方，且保持自身混沌的统一；另一方面，中国作为现代西方知识系统内的构成要素，又要服从西方知识生产的逻辑，即以自我分裂的方式自我展开。中国文学符码自我分裂的方式，就是将欧洲/中国、自我/非我的初始区分不断"再输入"内部，在他者神话内一再进行神话/非神话的区分操作，后果就是：李白、杜甫一方面交替构成神话和非神话两端，另一方面，各自又会不断逃离又重回到自身的神话，在自身中进行神话/非神话的区分。中国文学大厦就以这种方式搭起，而"李杜"不过是一个差异统一体的象征——既是差异，又是统一体。

然而，阐释方法千变万化，不变的是李杜的符号特征：李杜是构成同一中国文学符码的两种生命和创造原则。吕福克在《中国文学辞典》中总结说："李白代表道家的、个体化的天才，而杜甫代表关怀社会的儒家，言辞表达为严谨的古典诗歌形式。一个青睐自由形式，另一个精于严格的律诗。"[1]儒家规范对应诗学戒律，道家超脱对应自由古体，这是明显模式化的说法。而在李杜比较上，吕福克指出，"两人中谁更伟大，批评家和学者历来争论不休"[2]。杜甫诚然是"中国最重要的诗人"[3]，但李白比任何人都能体现"中国的诗歌天才"[4]。可见，李杜在德国汉学场域内达到了暂时平衡，符号意义也变得相对稳定。

三、楚辞

顾路柏1902年出版的《中国文学史》首创性地为屈原和楚辞专辟一章。对他来说，屈原就是那个让《诗经》之后沉默了四百年的诗歌得以复

---

[1] Volker Klöpsch, Eva Müller (Hrsg.), *Lexikon der chinesischen Literatur*, München: Beck, 2004, S. 76.

[2] Ebd., S. 159.

[3] Ebd., S. 75.

[4] Ebd., S. 158.

第四章　万神殿的构建：汉学系统中的中国作家作品

兴，让中国的"艺术诗"得以诞生的诗人——"除了最伟大的唐代诗人，大概没有哪位中国诗人比屈原更家喻户晓"①。顾路柏完全遵从《史记》的屈原描述，太史公将屈原视为诗人兼政治家："博闻强志，明于治乱，娴于辞令。"他还强调屈原和儒家的精神联系："国风好色而不淫，小雅怨诽而不乱。若离骚者，可谓兼之矣。"顾路柏将这两点都继承过来，他也很早就看到了《史记》记载的矛盾处，如《屈原贾生列传》中屈原说的一句"秦，虎狼之国，不可信"，到了《楚世家》时又被归于昭雎②，但并未深究。

对于德国的中国文学研究来说，屈原的进入改变了先前的视域。中国诗歌由习惯的《诗经》—唐诗的二元结构变成了《诗经》—楚辞—唐诗的三元结构，三阶段分别代表"自然诗""文人的浪漫诗"和向自然诗的回归，楚辞既是文艺复兴，又是新风格的开启。顾路柏眼里的屈原带有儒家色彩，而孔好古认为楚辞体现了道家思想，艺术上以放纵的韵律（"真正的浪漫诗韵"）和恣肆的想象力为特征。③

孔好古也开始关注和讲授屈原作品，他有两个核心思想：第一，楚辞是重要文化史资料；第二，早在佛教入华之前，就存在印度（尤其对中国南方）的影响。由此出发，他在《中国》（China）等著作中提出一系列有关楚辞的观点，如《天问》展示了公元前4世纪中国的绘画；《九歌》提供了祭祀时的戏剧表演场景；《远游》显示了印度的影响。楚辞对于中国南方的民俗学、神话学和宗教的意义，因而得以呈现。孔好古死后，他的女婿和学生叶乃度从遗稿整理发表了《中国艺术史的最古记录：屈原的记录》（1931）。叶乃度不仅是出版者，他也进行补充和加工，从而强化

---

① Wilhelm Grube, *Geschichte der chinesischen Litteratur*, Leipzig: Amelang, 1909, 2. Aufl., S. 181.

② Ebd., S. 175, Anm.1.

③ August Conrady (Übers.), *Das älteste Dokument zur chinesischen Kunstgeschichte. T'ien-Wen*, abgeschlossen und herausgegeben von Eduard Erkes, Leipzig: Asia Major, 1931, S. 9.

了他和孔好古的共同立场。孔好古根据王逸的说法，认为《天问》是屈原流放时将废弃庙堂中的图画题词加工而成，以"舒泻愁思"。他也罗列了一些代表印度影响的证据，如：疑问的形式颇与《梨俱吠陀》相似；残破祠堂中的图画当为浮雕，否则断难保存，也应当来自印度影响。显然，其中猜测的成分居多，故遭到许多学者的质疑。除了徐道邻和方志彤之外，卫德明也在1945年的《华裔学志》（Monumenta Serica）撰文反驳说，庙堂画像的观点是对王逸的误读，而宗教性疑问作为一种神圣习俗在许多文明中都存在，并不限于印度。叶乃度本人的博士论文是《招魂》译注，其基本思路沿袭孔好古，认为《招魂》一方面是文化史记录，展示了当时中国的神话、地理、民俗及家居情景，一方面体现了印度的影响（他猜测梵文影响了楚方言发音）。一般认为《招魂》是屈原自招其魂，但叶乃度采取王逸的说法，把《招魂》归于宋玉名下，这就成了宋玉招屈原的亡灵返乡。

屈原在20世纪初引起了德国汉学界，尤其是莱比锡学派的较多关注。不过，屈原虽然在中国为集部第一，在德国却尚未真正成为一个文学符码，在专题研究中，他更多是以其悲剧生平和司马迁的史传及楚文化相联系。造成这种暧昧性的原因，除了和当时德国汉学界文史哲不分的状态相关，一个关键因素是，自古以来，尤其自中国近代疑古思潮兴起以来，关于屈原生平、作品的性质乃至真伪，都存在很多疑问。

鲍润生（Franz Biallas）对于《远游》的翻译和阐释于1927年发表于《泰亚》杂志，很快又出了单行本，是德国楚辞研究的重要成果，其中同样体现了莱比锡学派的基本立场，即对于中国传统的信任和对于印度影响的强调，而坚持信古又意味着要和现代中国勃兴的疑古思潮进行辩驳。作为屈原生平最重要的资料，《史记·屈原贾生列传》将屈原和贾谊放在一处，已让人感到怪异。《史记》的翻译者、法国汉学家沙畹（Édouard Chavannes）认为，这是因为贾谊写过《吊屈原》一诗。但鲍润生觉得这

第四章　万神殿的构建：汉学系统中的中国作家作品

种解释过于肤浅，他认为二者并置有史家的深意在：司马迁、屈原、贾谊三人实为精神联盟。鲍润生在其论文中，分别反驳中国的权威学者胡适、陆侃如和奥地利汉学家查赫的疑古观点，维护屈原其人其作的真实性和中国传统的权威。他说："这是尤其不可思议的，即如果他没有存在过，整个中国传统还会众口一词地坚持诗人其人的真实性，而且早在汉代就出现了如此多屈原的模仿者和追随者。"他相信传统作为一个整体是可靠的，不会随意将某一人物抬到如此重要的地位。而胡适把屈原和神话半神话时代的黄帝、周公和荷马相提并论，在他看来尤其不恰当，因为中国史学在屈原时代已臻发达，且"无论怎样的英雄崇拜，其中总有一无可置疑的事实内核在"①。他认为，证据和事实并不就等于历史本身，故如果说老式方法离目标差一大截，胡适他们那种片面强调实证的"新方法"，又以至少同样距离超过了目标。《列传》中模糊不清之处和司马迁的编写方法有关，太史公在这一章中，隐蔽地表达了自己的情感倾向。屈原和贾谊都因小人毁谤而遭放流，又都以诗歌抒发胸中郁愤，故而"这两人都让史学家感到亲近，他就像'第三位盟友'"，因为他本人也分担了同种厄运。这种"倾向性"使得他要把两个相差一百年的人放到同一处，因为他关心的首先不是生平历史的确切数据，而是描画出"一个高尚的人和伟大诗人的光辉图像"②。

屈原生平和创作的真相乃以诗歌来排遣忧愤，将生活中的挫败变为文学上的辉煌。屈原和孔子在精神上也是相关联的，两人都想匡正时事，所采取的态度却不同：孔子退出令他失望的政治生活，转而传述古学；屈原的精神过于活跃而难以安息，其愤懑发而为哀歌，成为渴望救星的苦难时代的表达。屈原代表了中国诗歌的复兴，他不是形式的创造者，但在内容上体现了新气象：首先，个人性是他最显著的特征，自我在语言和内容上

---

① Franz Biallas, „K'üh Yüans ‚Fahrt in die Ferne' (Yüan Yu) Einleitung", *Asia Major*, Vol. IV, 1927, S. 77.

② Ebd., S. 75.

都得到张扬；其次，他大量运用了神话母题；其三，他的拟人手法体现了大胆的想象力，让石头、草木都成为情思和德行的象征，但同时也成为艺术上的局限，如相同的母题、形象、思想、感觉一再重复，过渡太突然，隐喻典故过于晦涩，等等。

鲍润生认为，《远游》作为屈原的晚期作品，内容上和《离骚》相近，但思路更紧凑，发展更符合逻辑，过渡更自然，隐喻典故也减少了。最大的区别则在于，它的理想不再是远古圣王，而是仙的世界，仙人"餐六气而饮沉瀣兮，漱正阳而含朝霞"，"顺凯风以从游兮，至南巢而壹息"。正是在这一点上，《远游》能够帮助说明中国文化史上的一个重要变化。鲍润生得出结论，认为《远游》集中体现了屈原对于中国诗歌的创新，这些新因素又得益于印度的影响，通过控制呼吸而登仙的过程（从"轻举"到"化去"和"日延"，以致飞翔四分）和印度瑜伽相对应。

确定了屈原的真实存在和文学地位之后，下一个问题是其深层的象征意涵，即，为何屈原对于系统来说如此重要。对此东、西德汉学家给出了不同的答案：屈原在东德学者眼中是人民的象征，在西德学者看来却是文人的代表。

广义上说，施华兹的《屈原研究的问题》仍是莱比锡学派的延续，这不仅因为叶乃度对于东德汉学的重要影响，也体现在论文的文化史导向上：作者关注的是整个楚辞产生的"环境"（Milieu），这个环境对于接受主体屈原发生作用，让他写出《离骚》这样的作品，只有从宇宙论、神话学和民俗学等角度弄清了楚人生活的基本环境，才能理解作品中人物、事件的结构、辩证法和动能。他相信，由这个大背景出发，再来考察中国历史上屈原话语（以司马迁为代表）才能弄清其中的深意，而不是像以往的研究者那样，执着于这些带有时代特色和主观立场的话语，而忽略了"'事实'的变动性"。[①]这一方法论构想在当时是很先进的，而尤其能

---

① Ernst Schwarz, *Zur Problematik der Qu Yuan-Forschung*, Humboldt-Uni., Diss. 1965, S. 47.

第四章 万神殿的构建：汉学系统中的中国作家作品

体现东德特色的是，他从历史唯物主义立场出发，探讨话语形成背后的社会变动和意识形态转换。他要解答的屈原研究中众说纷纭的"问题"，包括三个方面：1. 屈原传记的问题，包括在屈原的官职、屈原的放流、屈原和昭雎、屈原阻止释放张仪四个问题上的若干疑问；2. 所涉及楚民族神话的问题，包括对舜、颛顼、昆吾、鲧、祝融等神话人物的考证；3. 屈原和端午节习俗的联系，如通过对屈原的职官称谓的考察，就弄清楚了不同记载的意识形态意味：《史记》中的屈原是反抗政治迫害者，这正是司马迁自己的理想，《史记》本来为反抗之书——在这点上，施华兹完全同意鲍润生的看法，司马迁是"联盟中的第三人"。司马迁欲把屈原塑造为重要政治人物，能力强大，足以恢复远古的清明秩序，故强调他的"左徒"职位。不过，施华兹指出，《史记》中其他政治人物（如昭雎、陈轸）事迹一再混入屈原生平，恰恰说明他本人在楚国政治生活中并无重要作为可言。王逸《离骚序》勾勒的屈原是顺从的忠臣，更适应专制意识形态之需，故只称其为"三闾大夫"，即楚民族的教育者。对于东德学者来说，人民是最高概念，故而和人民狂欢日的联系成为这部屈原考察的高潮和终曲。赛龙舟风俗卷入的传奇人物不止屈原一个，屈原最终成为神话主角，是因为他除了伍子胥的"忠"和"义愤"，还拥有巫术和先知能力。屈原自杀是一次宗教行动，意在"颠倒"扭曲的现实政治，恢复正常的宇宙秩序。屈原既是诗人，又是巫，他的"和人民一体"（Volksbundenheit）的原因在于，在那个"部落社会解体的时代"，人们把他看成了扭转乾坤的象征性人物。[①]

不过，主体性的代表在西德不是人民而是自治个体，在中国作家中寻找具有主体性的自治个体，就成为西德汉学家的主要目标，而透过屈原独立不羁的风骨，他们看到了不同于西方精神的另一种主体性的征兆。在鲍吾刚、顾彬等的思想史和文学史书写中，屈原上升为中国文人群体的精神

---

① Ernst Schwarz, *Zur Problematik der Qu Yuan-Forschung*, Humboldt-Uni., Diss. 1965, S. 166.

和文化象征。按这一思路，战国末期的社会形势打破了《诗经》中尚存的人与自然的和谐，人和外部宇宙的激烈冲突使人意识到自我的存在，屈原的哀诉就是新意识的象征。顾彬在《空山》中给楚辞以清晰的精神史定位：它表达了原来的统一世界分裂为理想和现实的生活感觉。楚辞中的自然不再是《诗经》中的农业和日常生活场所，而是仙人所在的幻想场所或贵族表达主观感觉的符号。《诗经》所欠缺的"激情"正是楚辞的首要特征，屈原透过主观激情来观察自然，外在世界成为诗人内心郁闷的投射。[1]不过，鲍吾刚注意到，《离骚》中屈原的自画像更像是理念化的人格面具组合，而非赤裸裸的自我呈现，这就揭示了中国主体的社会性导向：自我因为向社会和存在完全敞开而成其为自我。

四、陶渊明

顾路柏《中国文学史》中，陶渊明还只是一位以《桃花源记》为代表作的散文作家，其《归去来兮辞》被视为"有节奏的散文"。[2]安娜·伯恩哈第不由感慨说，由翟理斯和顾路柏给出的只言片语，很难想象陶渊明竟是中国最大的诗人之一。而伯恩哈第本人不但是德国第一位女汉学家，也是德国的首位陶渊明诗歌的系统译介者，她的《陶渊明（365—428）：一位中国诗人的生平和作品》为德国读书界引入了一位新的中国诗人。她在介绍中有意提到李白——当时欧洲人心目中最大的中国诗人——对于"无可比拟的、无法企及的"陶渊明的高度推崇，显然是有意为之。[3]

---

[1] Wolfgang Kubin, *Der durchsichtige Berg: die Entwicklung der Naturanschauung in der chinesischen Literatur*, Stuttgart: Steiner, 1985, S. 51.

[2] Wilhelm Grube, *Geschichte der chinesischen Litteratur*, Leipzig: Amelang, 1909, 2. Aufl., S. 254-258.

[3] Anna Bernhardi, *T'ao Yüan-ming (363-428). Leben und Werk eines chinesischen Dichters*, Hamburg: Bell, 1985, S. 58.

第四章　万神殿的构建：汉学系统中的中国作家作品

卫礼贤对陶渊明的诗和人都极为赞赏。在他的文学史中，陶渊明被称为自屈原以后中国文学第一位真正的大诗人，他的作品是人格的忠实写照，交织了儒道佛三种世界观。其人格的最基本特征是"无可置疑的诚实和正直"，其宗教是"本心的宗教"，故能安于各种逆境，唯一的享乐就是一壶好酒。他是中国文学中第一位自然诗人，对他来说自然不仅是人的情绪的烘托，而且具有自身的独立价值。在他这里，一方面是对自然的浪漫感情，另一方面是简洁、自然的图像，"这种极端的朴素，没有激情，却感人至深，是他的独有特征"①。

施华兹的陶渊明则是受东德意识形态推崇的人民诗人。他不是反叛者和革命者，但是热爱人民，控诉社会不公。施华兹确信，尽管他在作品中对孙恩起义未置一词，"下意识中，从内心深处"也许是同情起义农民的。他也不相信佛教的果报学说，不愿意盲目接受宗教安慰。②

陶渊明的专题研究则迟至90年代才出现。罗纳（Maria Rohrer）1991年在弗莱堡大学汉学系完成了她的博士论文《陶渊明诗作中云的母题》，论文属于德国的中国古代文学研究最常见的主题研究类型，也是德国汉学界转向文本细读后的研究成果。按照德邦的看法，中国传统的诗评论主要是寻找政治影射的蛛丝马迹，而罗纳旨在以"内在批评"取代中国基于天人感应理论的政治性阐释。

罗纳注意到"云"母题在陶渊明作品中的突出地位，在流传下来的为数不多的陶作中，有22篇诗、赋和祭文共32次用到了"云"。她将这22篇云母题作品按友情、隐居和哲理这三个主题领域进行阐释，引导问题首先是：云作为自然母题在陶渊明诗作中有何意义与功能？在母题（Motiv）和主题（Thema）之间存在什么联系？哪些形象组合是反复出现的？其次，

---

① Richard Wilhelm, *Die chinesische Literatur*, Wildpark-Potsdam: Akademische Verlagsgesellschaft Athenaion, 1926, S. 128-129.

② Ernst Schwarz (Hrsg.), *Tao Yüan-ming, Pfirsischblütenquell: Gedichte*, Frankfurt a. M.: Insel, 1992, S. 84-85.

她要探讨中国诗歌使用"云"这个经典意象的惯例和传统，确定其在中国文学传统内的定位。她把友情领域又具体分为"送别"和"思念"两组，无论友情、送别或思念都指向诗性自我的孤独（在友情诗中，友情成为和外界联系的最后纽带，在此意义上和隐居主题也密切相连）。在送别范畴的诗中，云常和风同时出现，随风而行的云象征了慢慢脱离诗人视线的旅人，但也可能重新指向陶渊明本人。对于思念范畴的《停云》，传统上认为是暗喻诗人对时弊的忧心，罗纳以文本内部阐释的方式，将"停云"理解为凝神等待的诗性自我的形象，暗示了诗人的孤独和"思念友人"。另一首《闲情赋》同样贯穿了陶渊明的中心主题：孤独和思念、自然中的安慰和对年华易逝的反思，"行云逝而无语，/时奄冉而就过"两句中，云无言流过，不愿充当爱的信使，概括了陶渊明的中心问题和他对自然的态度。隐居领域分为三组："云—鸟"；"云—归鸟"；"白云"。隐居主题中包含了隐和仕的对立，这在《始作镇军参军经曲阿作》和《乙巳岁三月为建威参军使都经钱溪》中体现得最为明显。两首都作于赴任途中，两首中的云都和鸟同时出现，云和鸟是自由的象征，随自然的进程而动，而诗人拘于形役，无法获得内心的自由。第三个领域"哲理诗"被分为三组，分别代表对于生命短暂、死亡和"不死"问题的反思。"寒云没西山"（《岁暮和张常侍》）中沉没的云，"重云蔽白日"（《和胡西曹示顾贼曹》）中蔽日的云，在传统的政治性阐释中和"停云"一样具有负面含义，代表了糟糕的政治形势以及东晋的沦亡，这一负面解释的传统可追溯至楚辞，而在罗纳看来，它们应视为老去和人生易逝的象征。

罗纳的结论是，陶渊明主要继承了云的传统意义域，只有在友情和隐居主题作品中表现了属于陶渊明自己的意义使用，换言之，在其"田园诗"中，才有云母题的新意义的创造：云作为道、自然和归隐的象征。"云"成为母题的前提是独立的自然的发现，这在中西方都是如此，陶渊明作为中国第一位自然诗人，也将"云"变成了真正的自然母题。唐朝诗人推重陶渊明，"孤云""无心（之云）"和"白云"尤其受到偏爱，这几个形象都象征了对于自由自在的归隐生活的向往，成为中国自然诗中的经典意象。①

五、梅尧臣

莱姆比格勒（Peter Leimbigler）是霍福民的学生，他的《梅尧臣（1002—1060）：一种文学和政治解读的尝试》1970年出版。在描述梅尧臣的思想史和政治背景时，他参考了美国的宋史专家刘子健（James T. C. Liu）的《欧阳修：一个11世纪的新儒家》（1968）。欧阳修小梅尧臣六岁，同属新儒家，和梅尧臣的时代背景相同。

第一章"导论"除了交代方法论、材料来源外，还给出了简略的生平介绍。莱姆比格勒注意到，由于非进士及第，梅尧臣仕途坎坷，他认为这体现了宋代"人事行政"的公平。梅尧臣对于《孙子兵法》的研究，则说明了在宋代达到高峰的中国文人和官吏合一的特征。

第二章"梅尧臣诗作"是主体。在莱姆比格勒看来，梅尧臣在文学史上的意义就在于，他是新儒家精神和宋代诗人的代表。梅尧臣诗作具有以下特征：

1. 叙事和描写。梅尧臣是最多产的北宋诗人，取材范围几无止境，从家庭到日常生活到自然现象，甚至蚊子、虱子之类都可入诗。在他这里，诗成为押韵的散文，不用典，观察细致入微，语言直白易懂。

2. 作品中的私人领域。梅尧臣重视家庭，突出个人真情实感。他创作了大量悲悼诗，悼亡妻、亡母，悼死去的动物（《伤白鸡》《祭猫》），也表现对于子女的深情。不作无病呻吟，是北宋中期的新精神，打破了文以载道的儒家教条。德国汉学家普遍认为宋诗乐观，唐诗伤感，莱姆比格

---

① Maria Rohrer, *Das Motiv der Wolke in der Dichtung Tao Yuanmings*, Wiesbaden: Harrassowitz, 1992, S. 190-197.

勒也持同样的看法，认为梅尧臣对人生持肯定态度，摆脱了唐诗尤其是晚唐诗的悲观格调。他特别借助梅尧臣1044年后写新年和元宵节的四首诗，来阐明扬弃伤感的整个过程。这四首诗都涉及对亡妻的思念，但"在表示绝望和悲痛之后，跟着来的是哀伤的节抑，最后是归于平淡。他总是看出来他的悲悼是无理由的"①。在梅尧臣不少诗的结尾处，伤感会借助于陶渊明式道家精神和专注于文学而得以克服，多少显得形式化，却并非遁世。

3. 对于社会领域的关注。梅尧臣以诗为"一种'民主的'发表意见的工具"，这是他最明显的创新，体现了11世纪新儒家的国家和社会意识。其批评对象包括农民的苦痛、政府在军事上的失败等，作者认为这是梅诗的真正意义所在：

> 我想梅尧臣作品的真正的重要性在他那些歌咏民间疾苦、批评社会和字里行间批评政府的诗里面。对于老百姓的穷迫，他要用接近真实的描写促使人们注意。他曾经注过《孙子》，也以一个兵法家的眼光写出当时中国军队的弱点，他认为造成此项弱点的原因是当时政府所用的不合理的征兵方法。②

但梅尧臣的社会政治观也是保守的，批评只是要达到系统内的改良，天和天子均不在批评之列。

4. 说理趋势。梅尧臣善于从微不足道的事物引申出普遍认识，即他自己说的"得以深理推"，如美学问题，如他作为诗人的自我理解。

5. 向人的转向。梅尧臣由描写自然逐渐转向描写人，人事成为真正的焦点。莱姆比格勒认为这一转向是有意为之，梅尧臣和他的朋友欧阳修一

---

① Peter Leimbigler, *Mei Yao-ch'en (1002-1060). Versuch einer literarischen und politischen Deutung*, Wiesbaden: Harrassowitz, 1970, S. 144.

② Ebd.

第四章 万神殿的构建：汉学系统中的中国作家作品

样代表了偏重人性、实用的新儒家，而新儒家的形而上学要到了南宋的朱熹才出现。

莱姆比格勒两次拿李白《静夜思》和梅尧臣作品作比较，以凸显后者对于唐诗的突破。第一次是和《伤白鸡》对照，他指出，李白的话语简洁含蓄，意在言外，而《伤白鸡》是长篇叙事诗，描写详尽，表达简单而直接，有时就是平常说话[1]；第二次是和《七月十六日赴庾直有怀》对照，李白诗整个贯穿着思乡的伤感情绪，而梅尧臣的长诗中，不仅对于妻儿的挂念压倒了乡愁，最后联想到征人的"沙尘听刁斗"，更加认识到个人哀怨的无足挂齿[2]。他还拿王维《鹿砦》和梅尧臣的一系列自然诗比较，王维"不见人"，而梅诗有人，山水成为陪衬。梅尧臣打破了陶渊明和李白的饮酒歌传统，而指出酗酒的危害，从这一点，也显示了宋诗的客观性和现实主义倾向。他又将梅尧臣和爱伦·坡、格奥尔格等西方诗人相类比。譬如他认为，梅尧臣和爱伦·坡同为理性诗人，都在悼亡妻的诗歌中，将感伤置于理性诗学之下，区别仅仅在于，坡有神秘主义倾向，希望在神秘领域和亡妻重聚，而梅尧臣更为清醒，选择了一个具体的重聚之所——坟墓（"终当与同穴"），在对天的呼吁上也表达得更为克制。[3]

《梅尧臣（1002—1060）：一种文学和政治解读的尝试》是体现德国的中国文学研究向内部批评转向的较早作品，对于德国的中国古典诗研究有开拓意义。莱姆比格勒借梅尧臣的诗作来显示宋诗总体特征，突破了德国汉学界唐诗独尊的陈规，成为后来德国学者了解宋诗的重要参照。方法论上，他明确地遵循韦勒克的新批评路线，以"文学作品本身的阐释和分析"为出发点，并提出两个理由：首先，梅尧臣的作品中存在大量文化史信息；其次，比起西方诗歌来，中国诗歌的作品分析对于呈现诗人的生活

---

[1] Peter Leimbigler, *Mei Yao-ch'en (1002-1060). Versuch einer literarischen und politischen Deutung*, Wiesbaden: Harrassowitz, 1970, S. 53.

[2] Ebd., S. 71.

[3] Ebd., S. 77.

图像更有帮助,因为文学在中国士大夫的生活中占有极突出的地位,文人官僚构成了宋代文化的承载者。

六、李渔

(一)

李渔对欧洲人来说并不陌生,法国首位汉学教授雷慕沙译过《合影楼》《夺锦楼》《三与楼》(歌德就是由他的翻译读到李渔的小说);鲁德尔斯贝格(H. Rudelsberger)是李渔最早的德译者,翻译了《合影楼》《夺锦楼》;佛尔克译的李渔戏剧《比目鱼》虽然到1993年才由稽穆整理出版,但在19世纪90年代就已为欧洲人所知。

20世纪德语区汉学关注李渔,首先是因为《闲情偶寄》的缘故。30年代流亡到安卡拉的汉学家艾伯华从《闲情偶寄》中选译了《声容部》和一部分《颐养部》,以《完美的女人》为题发表于1940年《东亚杂志》,又选译了《闲情偶寄》中饮馔部分,以《中国厨艺》为题发表于1940年《中国学刊》。他介绍说:

> 他(指李渔)写优美的诗歌,他是一位高明的散文家,他写过一些17和18世纪后还在上演的剧作,可从未在功名簿——唯一的荣华之路——上获取高位。这也许是由于他不愿服务于占领他国家的敌人,也许是由于他看透了汲汲于权位有多无聊。他爱其居室,懂得生活。他的生活是一种艺术,甚至是一幅画,在每个点上和每一分钟都同样完美。他是生活的大师,这种人在当时乃至今天都属罕有。把生活提升为艺术,将此艺术活个通透,对他来说比名位重要。①

---

① Wolfram Eberhard (Übers.), „Die vollkommene Frau", *Ostasiatische Zeitschrift*, 1939-1940, S. 87-88.

第四章　万神殿的构建：汉学系统中的中国作家作品

恩格勒翻译了《镜花缘》中的《女儿国》，他依据艾伯华的《完美的女人》译文，将李渔描述为李汝珍在女性问题上的先驱。他认为，李渔的《女容》体现了对女性的纯美学欣赏，是一种细腻的"绅士美学"。①德国语境下的李渔不仅揭示了中国人特有的两性平等理想，还成了代表闲适生活观的文化象征，激起研究者对中国的"生活艺术"的强烈兴趣，如格温纳（Thomas Gwinner）的博士论文《饮馔：中国古代烹饪文献》（*Essen und Trinken: Die klassische Kochbuchliteratur Chinas*, 1988）（蒋纬国作序）也涉及李渔，收入了他翻译的《闲情偶寄·饮馔部》；罗斯科藤（Kornelia Roßkothen）的硕士论文《生活之乐》（*Freude am Leben*, 1991）则考察了《颐养部》第一部分。

更重要的因素是《肉蒲团》引起的庭审风波。《肉蒲团》是库恩1961年去世前的最后一部译作，在西方世界影响很大，其中一个主要原因，是它在瑞士和德国惹出的官司。《肉蒲团》1959年在瑞士首版发行，当年9月即被瑞士联邦检察院查禁，只能限制性发行，仅供专业学者研究之用。但是《肉蒲团》出版方在德国获得胜诉，1963年巴登-巴登法院作出终审判决，认为"总体上并未伤及风化"②。瑞士三次庭审的档案、来自不同领域的专家鉴定以及对事件的新闻报道，忠实地反映出欧洲知识界对该小说乃至中国文学的总体态度。如荷兰汉学家杨·冯坦（Jan Fontein）鉴定说，《肉蒲团》在表现中国小说一贯的教化倾向上是独一无二的，其主题是"如何在肉蒲团上达到在蒲团上才能达到的目标"，它之所以专注于性而完全放弃了环境描写，乃因为"在真正的静坐冥思时，冥思者的环境会被屏蔽"③。法兰克福的哲学家和宗教史家霍尔茨（Hans Heinz Holz）认

---

① F.K. Engler (Übers.), *Li Ju-Tschen: Im Land der Frauen. Ein altchinesischer Roman mit acht Holzschnitten*, Zürich: Die Waage, 1970, S. 191.

② Franz Kuhn (Übers.), *Li Yü: Jou Pu Tuan. Ein erotisch-moralischer Roman aus der Ming-Zeit (1633)*, Hamburg: Die Waage, 1965, S. 14-15.

③ Ebd., S. 25-26.

为，《肉蒲团》是严格按照大乘佛教理论，描述获得觉悟的道路，其中每一男性主人公都对应于佛教中的一个守护神，每一女性角色都代表了一种向冥思者展示的真理。①该书的瑞士出版商韦斯纳尔（Felix M. Wiesner）认为，霍尔茨的观点使《肉蒲团》成为所有已知的中国小说中最具有思想史意义的作品，《肉蒲团》展示了中国文化和艺术罕为人知的，也是其核心特征的一面，即"密示"（Verschlüsselung），风流小说、消遣文学的表面下，却是在探索人性和宗教的深刻道理。韦斯纳尔不仅嘲笑宣布《肉蒲团》涉嫌海淫的西方检察官，讥讽以基督教的伦理观衡量一切的"欧洲的儒家式学者"，还夸张地称《肉蒲团》为"中国对世界文学中爱情小说做出的最重要贡献"②。

库恩的翻译依据两个《肉蒲团》版本，一个是日本的1705年青心阁本，译者和编者为倚翠楼主人，一个是荷兰汉学家高罗佩（R. H. van Gulik）提供给他的1943年北京版重印本。库恩说，他于1943年春从一位来弗莱堡访问的年轻中国学者口中得闻《肉蒲团》的名字，一年后又在《中国小说史略》中读到鲁迅对《肉蒲团》的权威评价，遂起了移译的念头。库恩拿《肉蒲团》和欧洲读者熟知的《金瓶梅》相比较，说它相比后者的优势在于，其性格刻画更细致，心理描写更细腻、更现代。《金瓶梅》中人物性格没有发展，相反《肉蒲团》中人物性格随外部事件和内心经历而起伏变化。和一般明代小说人物的脸谱化不同，《肉蒲团》人物更近真实人性，故而他反对视《肉蒲团》为《金瓶梅》末流、仿作的一般看法。李渔的本行为戏剧，《肉蒲团》也处处透露出一个剧作家的本色。总之，库恩想象了一个过于完美的李渔形象，李渔不但是莎士比亚般的戏剧天才，还是理想主义者、爱国主义者兼现实主义者。库恩之前译过《金瓶梅》续书《隔帘花影》，他认为《肉蒲团》和《隔帘花影》皆为警世小

---

① Franz Kuhn (Übers.), *Li Yü: Jou Pu Tuan. Ein erotisch-moralischer Roman aus der Ming-Zeit (1633)*, Hamburg: Die Waage, 1965, S. 28.

② Ebd., S. 29.

第四章 万神殿的构建：汉学系统中的中国作家作品

说："他良好的改革愿望，他深沉的道德思想，促使他撰写和发表了《肉蒲团》。"①同时作家又有清醒的现实感："他不会将迷失的灵魂勉强塞入理智和礼仪的皮口袋，写出一部枯燥的道德训诫，一部训世的家庭祈祷书。"他了解人性，有意使用了和孟子训导齐宣王同样的迂回策略，以收教化之功。②

古代小说的研究通常涉及历史考证。1943年中文版提到一个六卷古本，库恩根据其中"癸酉夏五如如居士叙"的交代，将成书时间定为1633年，即崇祯癸酉年间。库恩这里只是一个纯考据问题，可是出版商韦斯纳尔认为，成书时间透露了作者的思想立场。对于《肉蒲团》，发行人最关心的是帮助其摆脱色情之嫌，如果中国作者宣称的劝善意图可信，问题自然就解决了。故在回答《肉蒲团》是否具有儒家和佛教的教化意味时，韦斯纳尔特别突出1633年份："1633年，即《肉蒲团》的诞生年，对于一种道德诉求来说是有利的吗？"③他认为，1633年即明亡前十一年，在此特殊历史背景下，李渔这样有爱国热情的理想主义青年，绝不会写出七十年前《金瓶梅》那样一部无倾向性的纯世情小说来，因为在当时的氛围下，即便《金瓶梅》也会在续作（如《隔帘花影》）中变为劝善的大众读本。④言下之意，1633年代表了一个极度渴求道德拯救的时代，《肉蒲团》逢此时而生，就赋予了它"严肃、英雄主义和理想主义/爱国主义的特征"⑤。韦斯纳尔用犹太教概念来概述中国文史传统中的两大趋势，一是哈拉卡（Halachismus），一是哈加达（Hagadismus）。哈拉卡文献致力于完善律法的经解和评论，而哈加达文献解释民族历史加于人民和领袖的苦难，这是自身的罪的必然后果。《肉蒲团》就是中国的哈加达文学，和维

---

① Franz Kuhn (Übers.), *Li Yü: Jou Pu Tuan. Ein erotisch-moralischer Roman aus der Ming-Zeit (1633)*, Hamburg: Die Waage, 1965, S. 607.
② Ebd., S. 611-612.
③ Ebd., S. 613-614.
④ Ebd., S. 614-615.
⑤ Ebd., S. 617.

护儒家经典的哈拉卡传统相伴而生，在国家和社会动荡不宁之时，就特别受到关注。①在此意义上，《肉蒲团》不但涉及宗教，甚至体现了大乘佛教和天主教在神学和宗教实践上的共同倾向。韦斯纳尔认为，不信因果报应的未央生，其精神状态类似于19和20世纪失去了精神家园的西方人。小说对于原罪、过失和外遇的灵性阐释，深度上堪与歌德《亲和力》以及天主教神学相比。②

库恩、韦斯纳尔对《肉蒲团》的溢美，充分展示了中国文学符号初进入另一文化系统时所经历的强烈变形。为了让符号最大程度地远离中国而升入普遍层面，韦斯纳尔不惜诉诸宗教层面的语义重组，让李渔获得黑格尔曾经拒绝赋予中国文化的精神性和宗教性。他宣称，基督教在道德教化方面大有缺陷，它对性的不当处理让厄洛斯饮了"毒药"，使人无法坦然面对肉体；《肉蒲团》的例子却说明，中国很好地解决了性的自然化和严格的儒家伦理的矛盾，其意义就在于提醒西方社会重视伦理教化，基督教也应该发展出自己的教化方式。不过，这一观点并未获得欧洲学界的广泛承认。普实克认为，库恩掩盖了《肉蒲团》作为色情文学的真相，夸大了它在中国文学史上的地位。未央生皈依，不过是打着劝善的幌子，兜售诲淫场面；《肉蒲团》也谈不上精细的性格描写，其中的角色形同木偶，唯一功能就是演出情欲主题。③

《肉蒲团》事件以戏剧化方式向欧洲读者表明，中国在士大夫文人之外也存在以写作为业的作家，文可以和道分离。但在另一方面，韦斯纳尔抗辩的底气来自一个隐蔽事实：《肉蒲团》并不违背欧洲人对于中国文学的预期。实际上，感性、自然、说教正是19世纪欧洲人界定中国文学的三个核心特征，它们构成了库恩和韦斯纳尔对于《肉蒲团》的阐释框架。欧

---

① Franz Kuhn (Übers.), *Li Yü: Jou Pu Tuan. Ein erotisch-moralischer Roman aus der Ming-Zeit (1633)*, Hamburg: Die Waage, 1965, S. 616.

② Ebd., S. 623.

③ J. Průšek, „Rez.: Li Yü 1968", *Orientalistische Literaturzeitung*, Nr. 1/2 (1967), S. 78-79.

第四章 万神殿的构建：汉学系统中的中国作家作品

洲人一向认为，东方精神从未超出自然意识阶段，因此整个东方文学都以感性为特征；但中国又是中庸的国度，中国文学有别于印度、西亚之处在于形式上比较有节制，不会任由想象力恣肆表演；最后，因为中国是大家庭的社会结构，文学也服务于家长、国君对于子女、臣民的管教目的，故中国文学热衷于说教。也就是说，在意义层面《肉蒲团》牢牢地束缚在既有范畴之中，根本不算一部"出格"的小说。韦斯纳尔关于《肉蒲团》所说的，正是别人关于《金瓶梅》也说过的话，如弗里德兰德在《时代》报上称赞"西门这个中国的唐璜完全没有罪的感觉"，"他在肉和灵的完全和谐中无忧无虑地享受性爱历险"[①]。同样，对于韦斯纳尔来说，《肉蒲团》虽然摒弃了迂腐的儒家教条，其中心特征仍是"理性清醒"。中国古人早已学会以坦然大方的态度处理性问题，李渔之所以写一部性爱小说，只是因为"这些问题在他看来确实值得思考，而且一定要用他所运用于其上的实事求是和公开性，而不顾及他那时代已大大弱化的儒家正统及其陈规"[②]。

《肉蒲团》可以说是中国文学在战后欧洲诞生的事件标志。《肉蒲团》让西方公众关注李渔，汉学界的李渔热导致中国传统文学的现代性成为主题，而这又是中国文学进入西方知识系统的入场券。李渔在中国被视为末流，在西方人眼中却代表了文学的核心——创造性。《肉蒲团》庭审以难得一见的坦率方式展示了西方中国文学研究的交流模式，而从库恩、韦斯纳尔对于李渔的夸张重塑，可以看出系统对于一个"合格的"中国文学符号的基本要求。

（二）

马汉茂是首位系统地研究李渔的西方汉学家，在他主持下，第一部李

---

① Kurt Friedländer, „Don Juans fernöstliche Abenteuer. Die rohe, zärtliche, amoralische, ethische, sentimentale und kunstvolle Welt des chinesischen Romans", *Die Zeit*, Hamburg, 4. 7. 1958.

② Franz Kuhn (Übers.), *Li Yü: Jou Pu Tuan. Ein erotisch-moralischer Roman aus der Ming-Zeit (1633)*, Hamburg: Die Waage, 1965, S. 19..

渔全集得以在中国台北出版。马汉茂的《李笠翁论戏曲》是1966年完成的海德堡大学博士论文。论文分四部分：第一部分是对李渔戏剧理论的介绍；第二部分是《闲情偶寄》中"词曲"和"演习"两部的德译；第三部分是李渔生平介绍；第四部分为附录，包括对五部归于李渔名下作品的考辨，以及一个迄今为止李渔作品、翻译和研究资料的书目。第一部分中，马汉茂从以下三方面来谈李渔剧论的特点。

首先是戏剧的定位和任务。李渔试图打破传统上视戏剧为"末技"的偏见，认为戏曲小说同样有很高的文学价值。在戏剧任务方面，李渔的界定首先是"劝善惩恶"，其次是"忠孝节义"，戏剧成为教育民众、维护国家和社会的工具。但他还有从戏剧本身出发的戏剧内涵规定，即"离合悲欢"。马汉茂认为，李渔给了这一程式新的内涵——"情"，人物的情感表达才是描写的首要任务。德国汉学家重视发现研究对象的内在矛盾（充分体现了二阶观察的特点），马汉茂也是如此。他认为，李渔的儒家教化观念和他整个理论并不协调。在李渔那里，先说要教育民众，继而又要求为"读书人与不读书人"提供娱乐；先说要避免淫亵之事，然后又透露"善谈欲事"的两个诀窍。另外，李渔自己的戏剧创作也违背了他的教化理论。《闲情偶寄》中提到"即谈忠孝节义与说悲苦哀怨之情，亦当抑圣为狂，寓哭于笑"，说明李渔实际上追求的是娱乐效果。马汉茂说，这里可见到一个三层任务结构：最表层是儒家对民众的教化，继而是舞台作为情之表达，最下面是取悦观众的喜剧。[①]相比之下，世阿弥的能乐理论正构成了中国戏剧理想的对立面，这是摆脱了道德诉求的纯美学理想，演员的高超技艺胜过一切。而在婆罗门牟尼眼里，戏剧任务毋宁说是一种无所不包的宇宙教化，所有的智慧、技艺、行动、情感和人的形象，都可在剧中得到表现，不仅限于道德—美学这一对立项。戏剧可娱乐，可动人，可教训和净化，人和神的世界受到同等重视。而欧洲戏剧学同样未背负像

---

① Helmut Martin, *Li Li-Weng über das Theater*, Taipei: Mei Ya Publications, 1968, S. 53-54.

第四章　万神殿的构建：汉学系统中的中国作家作品

中国戏曲的道德重担。亚里士多德将诗和戏剧的成因归溯到模仿和喜悦两种自然反应，诗的教化功能与此相关：模仿是学习之始，而学习是最令人愉悦之事。这经过贺拉斯而演为"寓教于乐"的欧洲传统。布莱希特虽主张一种非亚里士多德的戏剧学，在这一点上也和亚氏达成一致，也反对将学习和娱乐相对立。由此可见，在世界范围内，儒家的教化要求只是一种极端，而剧作家也往往会巧妙地绕过这一束缚。

其次是选材，尤其是对史实的态度。马汉茂认为，李渔关于选材的主张可归结为，情节可以捏造或取自历史，但须可信，反对真假参半的历史材料。[①]然而，查考李渔自己的创作，在历史素材和凭想象力构造之间，李渔却完全倾向于后者，也就是说，他在理论上重史实，在创作中却更重想象。李渔对历史真实的理论要求，在中国戏剧传统上是一个孤立个案。日本能乐在这点上类似中国一般观念，它采用来自日本或中国的历史、史诗、抒情诗和幻想材料，却不像李渔那样进行严格区分。印度戏剧同样未提出这个问题，因为它完全依赖于从传说中取材，或由诗人凭想象力对各种形式进行混合。亚里士多德重视的是可能的真实，而非现实状态，诗高于历史正是因为能传达普遍的真实，这成为后来欧洲戏剧学的正统。故莱辛允许诗人有脱离历史真实的自由，为了塑造他所珍视的典型人物性格，会将人物置于一个理想化过程，这却正是李渔所反对的"叠加效应"。[②]在马汉茂看来，李渔对戏剧中纯粹历史的要求（"实者，就事敷陈，不假造作"），无论和中国传统还是和其他地区的文化传统相比，都只是一种自我标榜和夸张的修辞，不可当真。

最后是戏剧的统一性，亦即形式和塑造问题。针对南戏到了清初变得漫无节制的情形，李渔提出了一系列维持戏剧的统一性的主张，如限制折数，要求"密针线"，剧情连贯合理，通过"一人一事"减少枝蔓，确立

---

① Helmut Martin, *Li Li-Weng über das Theater*, Taipei: Mei Ya Publications, 1968, S. 60.
② Ebd., S. 64-65.

主脑，重视说白。但这些理论主张，和李渔自身的创作并不全吻合，李渔的喜剧过于依赖巧合，不够可信。

　　为了清晰地呈现这三个问题，马汉茂拿李渔的看法和西方、日本、印度的戏剧理论作对比。以李渔一人和其他民族与文化进行系统层级的比较，显然是将李渔上升为整个中国戏剧理论的代表符码的象征化行为，必然超出事情本身。法国汉学家雷威安的批评就凸显了这一点，他认为如此宏大的参照体系华而不实，无实质效用。他质疑：是否有一种"亚洲的戏剧学和戏剧"存在（因为亚洲只是地理概念而非文化现实）？将李渔和遥远的亚里士多德、巴哈拉塔或世阿弥相比较，又是否会丧失了他在中国传统中的位置、在其时代中的独创意义？如果对其文学观念的直接先辈作一个系统考察，岂不是可以更好地理解其戏剧学的独特主张？简言之，他希望看到一个"更严密和更具体的李渔分析"，"过早"的比较反倒淹没了李渔的优点。①的确，马汉茂的导论多少游离了直接论证，但批评者雷威安忽略了其隐蔽功能，即在符号和系统之间进行斡旋沟通。在符号和系统的互动框架之中，才生成了"科学"研究的场所。同样，浮夸的理论导论之后，马汉茂才开始展示语文学功夫，进行那一时代所公认的汉学工作，即翻译、注疏和考证。

　　马汉茂对《绣像合锦回文传》（以下简称《回文传》）和《肉蒲团》的考证尤为详细。《回文传》被中外许多研究者归于李渔名下，孙楷第和谭正璧也持这种看法。马汉茂拿《回文传》和李渔的话本小说及《肉蒲团》作比较，来考察其作者问题。首先，他发现《回文传》每卷统一地以一首绝句开头，而《十二楼》小说和《肉蒲团》各卷起头诗为一首或数首，体裁不一，从绝句、词到律诗、古诗都有。其次，他比较了每卷或每篇小说开头的套语使用，如"话说""却说""且说""当下"之类，发现李渔小说中并不常用套语，而《回文传》中则有大量使用。李渔偏爱

---

① André Lévy, „Rez.: Helmut Martin1966, 1968", *T'oung Pao*, Vol.56, 1970, S. 198-199.

第四章 万神殿的构建：汉学系统中的中国作家作品

"却说"，而《回文传》更多用"话说"。《回文传》常出现"当下"，《十二楼》和《肉蒲团》都没有。每篇小说起头诗之后，李渔会以"这首（词等）"引起叙述，而《回文传》无此特征。另外，《回文传》语言较滞重。李渔特有的嘲讽风格，和《回文传》俗气、天真的语调对照鲜明。李渔也没有《回文传》作者那样强烈的道德教化意图——坏人最后都得到应有的惩罚。结论是，《回文传》并非李渔所著，该小说的成就也并不突出。

《肉蒲团》在中国传统中早就被归于李渔名下，多数西方汉学家如高罗佩、库恩、艾伯华和傅海波都是这个看法，唯有美国汉学家海陶玮（James Hightower）认为现有证据并不充分。马汉茂首先比较了《肉蒲团》和《十二楼》的人称使用习惯，发现两者之间差异不大。一个更有力证据是习语相似，《十二楼》中有"岂不闻'人间的私语，天若闻雷'"，《肉蒲团》中则有"和尚道，岂不闻'人间私语，天若闻雷'乎"。马汉茂认为，这可能是李渔爱用的一句方言，因为在《儒林外史》《红楼梦》《金瓶梅》《聊斋志异》《今古奇观》和《古今小说》中均未发现有此说法。库恩已指出《肉蒲团》风格上的戏剧因素，马汉茂通过比较《肉蒲团》和《十二楼》中以演员和戏剧为喻的段落，印证了库恩的观点，即李渔习惯从戏剧家角度来思考问题，把小说人物也视为演员。可见，《肉蒲团》确为李渔所作。马汉茂考证的结果如下：1. 现存最早《肉蒲团》版本是"叙"作于康熙"癸酉"年（1693）的刻本；2. 日本1705年刻本（即库恩所据的原本之一）有删节和改动；3. 作者为李渔；4. 小说当撰于1660年到1680年之间；5. 克洛索夫斯基（P. Klossowski）的法译较库恩更为准确，但所有转译均由库恩译本而来。

（三）

由于马汉茂和顾彬等人的努力，中国文学学科在70年代后逐步实现了独立运作。然而，如今的西方读者更渴望了解的是当代中国。早年的李渔专家马汉茂转向中国当代文学和中国台湾地区的文学,以研究中国古代诗人的自然观成名的顾彬转向鲁迅和中国现当代文学,都是新趋势的表现。在此情形下还有李渔专著出现,实属不易,这也证明了李渔在德国汉学系统内的特殊地位。

斯特凡·坡尔（Stephan Pohl）的《李渔的〈无声戏〉（约1655）：一部清初的小说集》（1994）考察了李渔的小说集《无声戏》（即《连城璧》）。坡尔认为,李渔和冯梦龙的区别在于,后者的现实主义是纯描述性的,而前者并不满足于对冲突的单纯记录。李渔不光了解人性的复杂,还寻求走出人性困境,因此其作品是有"主题"的,即："个体如何与一个运作不良的社会系统相处融洽？"这就必然影响到人物的描写方式,主人公通常不是"具有弱点和优点的个性人物",而是被类型化为无赖、精明的妇人或傻瓜,作家"从特别的初始情境出发,以机器般的精确发展出所有后续情节",《无声戏》故事因而多少显得做作和不可思议。[1]李渔的现实感更多体现在理论层面,认为得到幸福的关键是不再盲目地附着于传统道德或轻信果报理论,而依据环境需要在个人愿望和社会规则之间达成平衡。《无声戏》是李渔调和个体和社会的最后一次尝试,《十二楼》中则放弃了这一意图,他已看透扭曲的价值系统,不愿作任何妥协了。坡尔相信,《十二楼》中儒家教化意图的缺席,证明李渔对王阳明和李贽复兴儒家道德理想的做法失望。那么李渔自己又提供了什么替代呢？坡尔认为,李渔同时走了伊壁鸠鲁和斯多葛两派路线。一方面,他意识到传统价值已然僵化,有才之士不得用,不如离群索居,以伊壁鸠鲁的方式享受生活之乐；但他也提出斯多葛式的建议：即便科场和情场得意,也要看到幸运会转瞬即逝,做最坏打算。总而言之,坡尔认为《无声戏》是话本小说发展史上的转折点,虽然形式上借鉴晚明,内容上却带有清初的特色,即

---

[1] Stephan Pohl, *Das Lautlose Theater des Li Yu (um 1655). Eine Novellensammlung der frühen Qing-Zeit*, Walldorf-Hessen: Verl. für Orientkunde Vorndran, 1994, S. 85-86.

第四章 万神殿的构建：汉学系统中的中国作家作品

人物和情节都服从于"主题"。

安德莉亚·斯多肯（Andrea Stocken）的慕尼黑大学博士论文《感知的艺术：李渔（1610—1680）在〈闲情偶寄〉及其生平著作中的美学观念》①探讨李渔的美学观，论述主要根据《闲情偶寄》，同时也参照了李渔的其他作品和个人生平。吕福克评论说，由这一"参照"可看出，斯多肯采用的还是较为传统的研究方式。②但这也引出一个有意义的问题，斯多肯要把理论和整个作品与生平相联系，就必然涉及如何为"色情"的《肉蒲团》定位，从而在李渔研究的两大焦点——《闲情偶寄》和《肉蒲团》——之间进行调和。斯多肯探讨了马汉茂未处理过的其他主题：家居陈设、园林布置、美容和养生、饮馔等。她认为将这些广泛的领域联系在一起的是一种对于"感知的艺术"的探讨，《闲情偶寄》作为作者自称的"新耳目之书"，意在教会读者一种有意识的感知，让其感官变得敏锐，以实现一种健康而幸福的生活。李渔重视的美学原则为：简朴、自然、独创。斯多肯认为《肉蒲团》并未违反"简朴"的原则，恰恰相反，铁扉道人的形象说明，"淡"的理想一旦被推到极端，就变成了强迫和僵化，对接受他教育的女儿玉香产生致命后果。未央生要将她引向另一极端，最终造成了她的毁灭。《肉蒲团》主旨在警告不要走极端，既不要道学，也不要风流，未央生的皈依最终仍是自恋的表现，他因为害怕丢人而逃离社会，但即便在新环境仍然要成为佼佼者，正违背了《闲情偶寄》中的颐养原则。

在斯多肯看来，李渔的生平和著作在整体上显示了其美学思想。她对李渔生平的总结是"介于屈服和抗争之间的道路"③。她认为，李渔代表

---

① Andrea Stocken, *Die Kunst der Wahrnehmung: Das Ästhetikkonzept des Li Yu (1610-1680) im Xianqing ouji im Zusammenhang von Leben und Werk*, Wiesbaden: Harrassowitz, 2005, S. 6.

② Volker Klöpsch, „Rez.: Andrea Stocken 2005", *Hefte für Ostasiatische Literatur*, Nr. 41, 2006, S. 124.

③ Andrea Stocken, *Die Kunst der Wahrnehmung: Das Ästhetikkonzept des Li Yu (1610-1680) im Xianqing ouji im Zusammenhang von Leben und Werk*, Wiesbaden: Harrassowitz, 2005, S. 174.

了一种新的文人类型，即一个能以文学谋生的企业家，不循常轨，充满矛盾，避免走极端，但同样未摆脱时代的局限。斯多肯对李渔小说戏曲的考察，意在验证他在何种程度上践行了《闲情偶寄》的美学理论。她注意到《无声戏》在主题安排上的平行结构，同一主题下总有两篇小说相配，代表相异的两个视角。她也指出李渔在处理同性恋题材时的基本原则，李渔不反对男性之间基于相互倾慕而结成的临时关系，所反对的是如《男孟母教合三迁》中那样，一方接受了妾妇角色，将自己阉割，因为男女之合，生育后代，是出于上天的意愿。最后，斯多肯还要重新处理《绣像合锦回文传》的作者问题——这部作品尽管被马汉茂认为非李渔所作，却被后来的杭州版李渔全集作为李渔作品收入。①她认为，小说人物安排类似于戏曲，也可分为生、旦、净、丑等类。插入前面几章中的词让人联想到音乐剧，这是李渔的作者权的一个证据（联系到李渔在创作时，有时会将同一作品分别写成散文本和舞台本）。另外，不但题材选择符合李渔对"奇"和场景编排的重视，小说中的诸多主题也遵从李渔的一贯风格。至于小说成书时间，她的判断比较犹豫："小说因为更近于一般（写作）套路，故而更可能是完成于《肉蒲团》之前。要不也可能是一部晚期作品，是李渔回杭州后为了牟利养家所作，但是印行不在他有生之年。"②

　　斯多肯的结论是，李渔小说戏曲中的确贯彻了"立主脑""密针线""减头绪"三原则。传统批评关心是否合音律，而李渔要求小说戏曲以表现人际关系为重点。另外，李渔的小说也修正了对贞、孝之类美德的传统认识，认为重要的是内在态度和实际结果，而不论实施方式是否合常规。在他的作品中，通常看来会具备美德的人，其实际表现令人失望，而从来不被指望的人，反倒做出了表率行为。这说明，在明清之际的动荡时代，沿袭的固定价值系统失去了效用，故必须顺应变化，挖掘潜力，对每

---

① Andrea Stocken, *Die Kunst der Wahrnehmung: Das Ästhetikkonzept des Li Yu (1610-1680) im Xianqing ouji im Zusammenhang von Leben und Werk*, Wiesbaden: Harrassowitz, 2005, S. 59.

② Ebd., S. 86.

第四章 万神殿的构建：汉学系统中的中国作家作品

一情境做出适当反应。

李渔在当代德国的中国文学史书写中占据的醒目位置，表明他已从一般文化符号转化为经典文学符号，李渔的个性特点专门化为文学创造的特点。莫宜佳《中国中短篇叙事文学史》用了专门一节介绍李渔的白话短篇小说，认为李渔是和蒲松龄并驾齐驱的清代小说家，让白话小说成为可以与文言小说相抗衡的体裁。针对人们对李渔浮浪、浅薄的指责，莫宜佳辩护说，李渔轻松的语调只是用来反衬背景的黑暗，以幽默的方式化解生命困境。李渔一生不得志，却在写作中感受人间至福，也使他接近弗洛伊德"放弃冲动的替代"和"幻想中的满足"的理论。[①]莫宜佳总结说，李渔作品的长处在于结构的严密和观点的新颖。结构严密得益于他的戏剧理论，虽然李渔未彻底贯彻自己的文学理论，其小说常有不合逻辑之处，但这反而使作品充满了灵机一动的想法和意外转折。李渔最突出的特点是其创新精神，这首先体现在对传统进行反讽和翻新的能力。莫宜佳提到了她钟爱的镜子主题，认为镜像在李渔小说中也有广泛而高明的运用。她尤其赞赏《夏宜楼》中镜子和现代西洋技术的结合，"千里镜"取代传统的镜子，更有效地发挥了镜子连接情思的功能——"千里镜的故事或许是李渔最佳的小说，是一篇充满奇思妙想和叙述之乐的力作。"[②]

顾彬《中国文学史》戏剧卷把李渔列为中国古代喜剧的代表，和洪昇、孔尚任同为清代最著名的剧作家。顾彬认为李渔无疑具有反叛色彩，不守儒家正统。但他更强调李渔和现代精神的差距，认为其人物仍然按类型划分，没有"主体性""内在性"或"个性化"；其戏剧往往结构雷同，都是一个俊男子加上多个美貌女子，经历生活的考验后，以大团圆结束；"情"虽为主线，宗旨还是提示道德和取悦观众。以《比目鱼》为例，顾彬分析李渔喜剧的特点。该剧安排了巧妙的三重"戏中戏"：1. 我

[①] Monika Motsch, *Die chinesische Erzählung: Vom Altertum bis zur Neuzeit*, München: Saur, 2003, S. 220.

[②] Ebd., S. 226-227.

们从精神层面在看的一出戏；2.演员演出的戏剧；3.其中一个角色在演本人的戏，展现其痛苦，自愿选择了有尊严的死亡，得到了人神的认可。①刘藐姑曲终投水，为肉体毁灭选择了一个符合自己处境的剧目，让自己成为一个为情而死的文学形象，从而融合了真假世界，显示了戏中戏的高明技巧。然而，顾彬对该剧的总体评价仍然不高，因为类型化人物不具有"现代性"的任何征兆，河神降临、消除人世不公这一"神奇事件"更让剧情变得平庸，因为"戏中戏被熟悉的线索所接替"②——最终还是上天助成秩序的恢复。反之，西方喜剧要求制造表面冲突，在揭露人性弱点之后再欢快地解除矛盾冲突。西方汉学家（如美国的韩南）倾向于将李渔视为现代性由中国文学传统内部产生的证明，然而，在顾彬看来，中国人不可能在李渔的时代，即欧洲的浪漫派兴起之前近两百年就拥有了现代性和创造性。

关于《肉蒲团》，司马涛在《中国皇朝末期的长篇小说》的总结接近库恩的看法。他说，李渔不会牵扯到彼岸，而是在完全的人性框架中描写性，因此人物描述显得可信。细节描写虽不如《金瓶梅》，但《金瓶梅》人物程式化，而《肉蒲团》主人公有发展变化；西门庆是纯粹浪荡子，未央生则是最终获得了解脱的朝圣者。因此，这部小说是有创新特点的。③艾默力编《中国文学史》中，李渔在明清文学中占有专门一节"介于习俗和创造性之间：李渔"。李渔被称为"多面天才"，生平著作反映了这一时期的社会变化和传统的文人自我意识的动摇。李渔将自己标榜为生活的艺术家和享乐者，是"自我风格化"，乃至"自我发明"的文学和人生策略——用以应付政治压力和物质生活的窘困。④李渔的形式创新通常不超

---

① Wolfgang Kubin, *Das traditionelle chinesische Theater*, München: Saur, 2009, S. 275.

② Ebd., S. 268.

③ Thomas Zimmer, *Der chinesische Roman der ausgehenden Kaiserzeit*, München: Saur, 2002, S. 474-475.

④ Reinhard Emmerich, *Chinesische Literaturgeschichte*, Stuttgart: Metzler, 2004, S. 262.

第四章　万神殿的构建：汉学系统中的中国作家作品

出现有框架，但实现的方式可谓卓越。情爱和色欲的复杂关系是李渔小说的中心话题，《肉蒲团》演绎佛教的果报原则，对于女性性需求和性权利的承认超越了日常的道德框架，同时作品巧妙结合了彼时的文学趋势，将之有意地夸张使用，正体现了李渔在固定框架中推陈出新的高明技巧。

由以上接受过程可知，李渔正是在正反可能性的轮流提升中成为一个普遍化的象征符号的。库恩的热情断言一方面是对的，李渔的确是世界文学殿堂的一员；另一方面又是错的，因为这一资格并非如他所设想基于对象的内在属性，而是由西方系统自身的结构性需要，导致了整个符号化过程的展开。就此而言，韦斯纳尔出于商业目的制造的抗辩噱头，作用不亚于任何严肃的学术研究，因为一部遥远的中国作品由此被问题化，以戏剧化方式卷入知识交流过程。同样，库恩、莫宜佳的溢美和顾彬的保留态度皆出于系统的必需，并非完全是"个人的"观点。

七、"三言""二拍"

尽管以"三言""二拍"为代表的明代话本小说很早就进入了德国读者的视野，然而按照《拍案惊奇》的译者张聪东的说法，一直到20世纪60年代，凌濛初的《拍案惊奇》和冯梦龙的"三言"仍不为德语区所熟知。德语区读者比较熟悉的是《今古奇观》，也就是抱瓮老人按儒家观点选编的40篇"三言""二拍"小说。这和小说在中国的接受情况相关，进入清代以后，"三言"和"二拍"因其色情内容常常遭禁或在刊行时被任意删减，最后只有经过净化的《今古奇观》得以保存，"三言""二拍"反倒失传了。1918年胡适作《论短篇小说》，明清白话短篇小说部分论的只是《今古奇观》。1930年鲁迅著《中国小说史略》说，"三言"者，"仅知其序目"。所幸日韩等地还收藏有这些中国的稗官小说，三四十年代陆续由中国学者影印、翻拍回来出版。但在库恩等人翻译明代短篇小说的时代，接触到的还只有《今古奇观》。西方这一领域的开拓性研究，首先要归功于捷克汉学家普实克,他将白话短篇小说追溯到说书人传统,最初的形式是为听众而非读者发展出来的,在后来专为读者构思的小说中,也保留了口头叙事的形式特征。

张聪东为《拍案惊奇》中"有伤风化"的段落辩护说,写风月之事,乃为了道德教化的目的,而不同于《金瓶梅》极尽能事描写浪荡子纵欲。另外,晚明时对房中事的态度要比西方中世纪晚期开放,也没有清代的清教风气。

包惠夫《凌濛初的〈拍案惊奇〉:明代白话小说分析》(1974)首先对艾伯华的中国"短篇小说"概念进行质疑。包惠夫和艾伯华都把"短篇小说"译成德文Novelle,但艾伯华用此概念指的只是文言短篇小说,而把白话短篇小说译成Erzählung。但包惠夫认为,恰恰是白话短篇小说体现了Novelle——以薄伽丘《十日谈》为代表——最重要的特征:"处于中心的是一个闻所未闻、能引起注意的事件。"看似教条的文类辨析,其实含有辩驳的深意:不同于艾伯华把《聊斋志异》看作中国短篇小说的代表,他更关注的是"三言""二拍"这样的白话短篇小说。包惠夫从普实克的话本小说源于说书的命题出发,深入解析其形式特征。他首先列出《拍案惊奇》中短篇小说的个别结构要素,然后逐一确定其功能,并尽可能展示形式结构和内容之间的互动关系。之所以选择《拍案惊奇》,一是因为过去凌濛初常被视为冯梦龙的摹仿者而遭到忽视,二是凌濛初集中的小说常常是对先前底本的加工,从一种文学体裁移入另一种文学体裁,也导致了结构的转化,将现文本和底本相对照,就可以清楚地看出凌濛初的工作方式。另外,他所要分析的小说结构要素,在"三言"中同样存在,因此包惠夫也要对照考察,凌濛初是否赋予了它们新的功能,从而显示出叙事方式上的独特性。

包惠夫的研究分为两部分。第一部分考察《拍案惊奇》中小说的构成单位:1. 标题;2. 序诗;3.(序诗的)解释;4. 入话;5. 过渡;6. 正话;

第四章 万神殿的构建：汉学系统中的中国作家作品

7. 尾诗。他的研究带有结构主义时代的特征，所关注的是各个要素的形式特征，以及在叙事中承担的具体功能，如序诗（2）并非凌濛初有意在炫耀诗才，其双重功能是：提示故事主题，激发读者兴趣；预示意义关联和事物规律，保证对素材的接受符合作者意图。解释（3）则是一个批评的平台，凌濛初以启蒙者身份出场，对时代，尤其是明末国家权威败落作出解释，引导读者的价值判断。包惠夫认为，在围绕入话、正话的（由序诗、解释、结尾的观察、尾诗构成的）框架中，这是最重要的一部分。[①] 但包惠夫认为，凌濛初的批评混淆了源头和征象，他将国家秩序崩坏归于当权者道德沦丧，而不追问更深层的原因，没有超出中国的社会批评传统。[②] 入话（4）也是中国文学特有的叙事要素，和正话相比，通常结构更为简单，叙事态度更为超脱，其统一功能是给解释（3）中的抽象道理一个初步图示，但又要让读者和事件保持距离，以免失去了对正话中的主要故事的兴趣。通过对正话（6）的考察，他发现和力求精简、含蓄的文言短篇小说相比，白话小说更重视对虚构现实的细节描写。白话小说最醒目的风格特征，是评论、描述、表现（三个层面的提法源自韩南）三种叙事模式的并存，而其中表现性叙事方式（vorführende Erzählweise）占了统治地位，这要归功于戏剧文学的影响。为了赋予小说以真实感，凌濛初习惯以表现代替报道，在具体场景中表现行动。[③]第二部分中，包惠夫收入他翻译的两篇小说及其底本——《拍案惊奇》卷7及其底本《张果》、卷19及其底本《谢小娥传》，借此显示凌濛初的加工方式。第一部分中确定的单个结构要素的功能，通过这两个个案得到了检验。

[①] Wolf Baus, *Das P'ai-An Ching-Ch'i des Ling Meng-Ch'u. Ein Beitrag zur Analyse umgangssprachlicher Novellen der Ming-Zeit*, Frankfurt a. M.: Lang, 1974, S. 75.

[②] Ebd., S. 71.

[③] Ebd., S. 125-126.

八、《金瓶梅》

《金瓶梅》在19世纪德国是最有名的中国古代长篇小说。顾路柏在其《中国文学史》中评价说，它描述了"一个在伤风败俗的污泥中陷得最深的社会"，作者不单有观察和描述的天赋，还特别善于刻画性格，这一点胜出了其他所有的中国文学，而且还不乏幽默。①库恩称赞其客观地描摹世态人情，毫无主观倾向，因此成为社会和文化的珍贵史料。傅海波是基巴特兄弟的全译本编者，他在前言中指出，明代是中国章回体小说写作的高峰期，在历史和宗教神魔小说之外又出现了现实主义的世态小说，《金瓶梅》是这类小说中"最伟大的杰作"。他说，《金瓶梅》的放肆不会吓跑欧洲读者，因为性爱描写的段落只占全书的极小部分，相反，那种毫无激情的描写方式倒是有些让人骇异："生活的崇高和低俗都成为冷酷的观察的对象。"②毕少夫（Friedrich A. Bischoff）在基巴特兄弟译本的基础上，整理了一份故事梗概和人名索引，以帮助读者理解其复杂的情节和人物网络。他称《金瓶梅》为"不可思议的现实主义"之作，即便那些西方读者认为是纯幻想的段落，譬如神鬼场景和西门庆最后的得病，都是中国现实。③司马涛不同意夏志清对《金瓶梅》"结构混乱"的指责，认为它具有中国早期长篇小说少见的完整结构，实现了有机统一——每一看似无用的细节都自有其意味。他认为，《金瓶梅》和《西游记》一样是"多声部"小说，不可归于任何特定思潮。但是儒家思想的影响还是极为深刻，整部作品可以视为"儒家修身理想的某种负面教材"，不仅家庭本身是象征，身体也有象征意味，因为身和国合一，如《金瓶梅》中宇文虚中所

---

① Wilhelm Grube, *Geschichte der chinesischen Litteratur,* Leipzig: Amelang, 1909, 2. Aufl., S. 430-431.

② Otto und Artur Kibat (Übers), *Djin Ping Meh. Schlehenblüten in goldener Vase. Ein Sittenroman aus der Ming-Zeit,* hrsg. von Herbert Franke, Hamburg: Die Waage, 1967, Bd. 1, S. 9-17.

③ Friedrich A. Bischoff, *Djing Ping Meh. Epitome und analytischer Namenindex gemäß der Übersetzung der Brüder Kibat,* Wien: Verl. d. Österr. Akad. d. Wiss., 1997, S. 7.

第四章 万神殿的构建：汉学系统中的中国作家作品

奏："今天下之势，正犹病夫尪羸之极矣。君犹元首也，辅臣犹腹心也，百官犹四肢也。"西门庆由宣淫走向死亡，预示了社稷衰败。《金瓶梅》也充斥佛教果报思想，但重点不在宣扬解脱和空，而是通过具体而微的性描写，强调放弃简朴节制会造成何等的不良后果。①

从《金瓶梅》在德国的接受经历，可看出一种变迁趋势，即从关注性爱描写转向文化内容、叙事技巧和果报的宗教主题。顾路柏眼中的《金瓶梅》为"毫无遮掩、毫无羞耻感的现实主义"，"即便是我们现代的自然主义方向最激进的代表也多少有些自愧不如。它因为极度放纵的淫秽内容……而遭禁"②。库恩《金瓶梅》译本1930年出版后，第一个评论者海尼士就表达了这方面的顾虑。库恩在标题中将《金瓶梅》标为冒险小说，海尼士认为应该用"性爱"（erotisch）代替"冒险"（abenteuerlich）以作警示，否则，让这样一部"译笔精彩而细致"且出自一家著名出版社的作品成为德国的消遣读物，"既危险也可耻"。③ 也正因为这方面的原因，后来岛屿出版社一度担心《金瓶梅》被纳粹书报检查机关封禁。然而帝国图书局（Reichsschrifttumkammer）1944年撤销了据说1942/1943年已发出的禁令。显然，随时间推移，人们对《金瓶梅》风化上的疑虑慢慢消失，开始视之为一部真正的艺术作品，主要兴趣转向了其中的文化内容。二战后，《金瓶梅》不但被视为一部规模庞大的"文化或世情记录"，其叙事技巧也受到高度评价。施勒狄茨（Wolfgang Schneditz）强调它开放的叙事形式：

---

① Thomas Zimmer, *Der chinesische Roman der ausgehenden Kaiserzeit*, München: Saur, 2002, S. 459-461.
② Wilhelm Grube, *Geschichte der chinesischen Litteratur*, Leipzig: Amelang, 1909, 2. Aufl., S. 430.
③ 转引自Peng Chang, *Modernisierung und Europäisierung der klassischen chinesischen Prosadichtung: Untersuchungen zum Übersetzungswerk von Franz Kuhn (1884-1961)*, Frankfurt a. M.: Lang, 1991, S. 152。

其他任何一部古典小说都不会像这样自由而无所顾忌地描写市民阶层的日常生活。最精致的性爱术和变态行为，最高道德和深渊般的无道德，理所当然地并置一处。没有任何烦人的黑与白对照。一切发生得自然而然，无特定倾向，也没有今天那种提升观众（道德水准）的执着……从开头到最后一个词，都是同样不紧不慢的报道，好像生活自身在讲述故事。[1]

"生活自身在讲述故事"的方式，成了许多人眼中中国叙事的特征，迥异于西方现代小说的刻意营构。主题方面，西方评论者注意到，《金瓶梅》的果报不涉及彼岸，人物形象塑造也体现出了自身的、由特殊宗教背景所决定的特征，如弗里德兰德在《时代》报上的评论：

西门这个中国的唐璜完全没有罪的感觉；他也没有他的西方兄弟那样放肆地渎神，这种行为说到底源于怀疑。毋宁说，他在肉和灵的完全和谐中无忧无虑地享受性爱历险。……大概正由于此，中国浪荡子和他的女人们才让我们感到既陌生又熟悉，因为他们对所有感官体验一视同仁，故缺乏我们西方人所习惯的身体和精神的二元对立，这种二元对立——以"内心冲突"的形式——常常构成我们的小说的真正对象。[2]

这些意见和汉学界的看法一致，毕少夫也特别强调，《金瓶梅》并非对于恶人和腐败社会的控诉书，所有恶行——就连潘金莲谋杀亲夫——

---

[1] 转引自 Peng Chang, *Modernisierung und Europäisierung der klassischen chinesischen Prosadichtung: Untersuchungen zum Übersetzungswerk von Franz Kuhn (1884-1961)*, Frankfurt a. M.: Lang, 1991, S. 153.

[2] Kurt Friedländer, „Don Juans fernöstliche Abenteuer. Die rohe, zärtliche, amoralische, ethische, sentimentale und kunstvolle Welt des chinesischen Romans", *Die Zeit*, Hamburg, 4. 7. 1958.

第四章　万神殿的构建：汉学系统中的中国作家作品

都是特殊社会环境和伦理习俗的产物："《金瓶梅》世界自然不是安逸的小资产阶级的理想世界；它提供给人物恣意享受生活的自由，要远远超过我们，启蒙以来的最近两百年中，我们差不多禁止了一切能取乐子的东西。但是西门庆和其他人物并非恶人；他们只是最平常的人，是芸芸众生……"①

法斯特瑙《〈金瓶梅〉与〈玉环记〉的人物形象：中国世情小说的一种理论阐释》（1971）以《金瓶梅》和戏剧《玉环记》为考察对象，重点却在《金瓶梅》分析上。法斯特瑙相信，《金瓶梅》作为中国首部"家庭小说"和首部白话"世情小说"，是中国小说史上一个里程碑。关键是《金瓶梅》性质为何？艾伯华否认中国古代有纯文学观念，把中国小说一概看成社会和文化史材料，法斯特瑙却追随新批评的研究范式，要证明中国也有完全符合西方纯文学概念的小说作品。她认为，《金瓶梅》借用的底本大多属纯文学性质，故"从一开始就把作品更多地推到了幻想和虚构的领域"②。换言之，《金瓶梅》的形成是从虚构到虚构——虚构是韦勒克的新批评理论强调的文学性的核心。在对待作品和历史事实的关系上，她和之前库恩的态度截然不同。库恩抱着19世纪欧洲旧的现实主义观念，认为《金瓶梅》是基于家史而作的纪实小说："最初的家史特性给小说烙上了真实和不作假的印记。所提供的，都是实际发生和经历过的，没有任何杜撰、虚构。行动中的人物如实地展示其优缺点，不作理想化，不加渲染，只是简单地报道。"对此，法斯特瑙不以为然，她认为家史一说只是臆测，库恩并不了解《金瓶梅》的诸多来源材料，对《金瓶梅》作为"现实主义"的定论也需要加以修正。③为此，她从美国汉学家韩南列出的

---

① Friedrich A. Bischoff, *Djing Ping Meh. Epitome und analytischer Namenindex gemäß der Übersetzung der Brüder Kibat*, Wien: Verl. d. Österr. Akad. d. Wiss., 1997, S. 10.

② Frauke Fastenau, *Die Figuren des Chin P'ing Mei und des Yü Huan Chi. Versuch einer Theorie des chinesische Sittenromans*, Universität München, Diss., 1971, S. 12.

③ Ebd., S. 32-33.

《金瓶梅》的源流材料中,选择了明代戏剧《玉环记》来充当《金瓶梅》的对照,通过比较两者在角色处理上的差异,既否定了《金瓶梅》和现实历史的直接联系,也确证了中国章回小说和戏剧的亲缘关系。

在她看来,《金瓶梅》大量采用蒙太奇的拼贴手法,事实和虚构相交织,使用"善有善报,恶有恶报"之类叙事陈套,这些都背离了现实主义对待经验生活的严肃态度。《金瓶梅》缺乏社会批判诉求,却有明显的道德教化意图。技法上《金瓶梅》更近于戏剧而非欧洲的现实主义小说,西门庆是小生,潘金莲是花旦,吴月娘是青衣,对话成为刻画人物的主要手段,推动情节发展。叙事情境方面,戏剧化倾向促进了人称叙事的发展,从而使《金瓶梅》出现了亨利·詹姆斯(Henry James)那种"视角主义"的萌芽。叙事"视角化",却有利于小说描写转向心理层面——这一方向上最终结出了《红楼梦》的硕果。全知叙事和人称叙事并行不悖,则成为《金瓶梅》有别于欧洲小说的特色(欧洲小说必须在两种风格中择其一)。全知叙事体现为叙述者的评论,人称叙事体现为所谓"隔墙窥视"(Teichoskopie)。与全知叙事相应,《金瓶梅》可以被称为"性格小说"(novel of character)。与人称叙事相应它又可以被称为"戏剧小说"(dramatic novel)。

法斯特瑙称自己的研究方法为"范式性"考察,《金瓶梅》和《玉环记》分别成为小说和戏剧的代表。研究《金瓶梅》虽不是像艾伯华那样去发掘社会情形,但也不是为了作品自身,而是要借一典型个案来掌握中国文学的总体情形。换言之,她以《金瓶梅》为例,去提炼中国古代世情小说的理论,其中关键的一点是小说和戏剧的联系。《金瓶梅》人物呈现艾伯华和包霍夫都已指出的类型化特征——扁平、静止,原因在于,中国小说深受戏剧影响,戏剧由于时空限制,不能充分展开性格描写,从而呈现"扁平"而非"圆形"性格。小说人物可以毫不费力地套入"小生""青衣""彩旦""武生"等类型。小说中人物是戏剧类型,而戏剧类型又代表着社会类型。人物类型事先就决定了情节模式和结局，某一人物一出场，相应的母题和演出场所会同时出现，读者可以根据人物性格预测今后的情节走向。另一方面，小说中戏剧化的取径，也有利于中国叙事文学发掘人物心理，向着内向化的"戏剧小说"方向发展。

九、《红楼梦》

第一个向欧洲读者介绍《红楼梦》的是德国新教传教士郭实猎，他1842年就注意到这部小说，但不知道其重要性，不但把贾宝玉误认为是女孩，还说：

> 好不容易读完这个冗长的故事，如果要我们评论其在文学表达上的优长，我们只能说，风格上没有什么艺术特点，地地道道的北方上层阶级的口语。有些词汇的使用有别于一般写作，另一些则是临时采用，用来表达乡下口音。但是读完一卷后，意思倒是容易理解的，无论是谁，要想熟悉说北方官话的方式，看看这部作品是有好处的。①

魏汉茂（Hartmut Walravens）认为，郭实猎轻率的负面评论妨碍了欧洲人进一步去了解这部名著。②

《红楼梦》受西方读者欢迎吗？多数西方汉学家会给出肯定的答案。司马涛在其中国古代长篇小说史中提到，完美的世态描写，深刻的人生

---

① K. F. A. Gützlaff, „Hung Lau Mung, or Dreams in the Red Chamber", *Chinese Repository*, Vol. 6, 1842, p. 273.

② Rainer Schwarz (Übers.), *Tsau Hsüä-tjin. Der Traum der Roten Kammer oder Die Geschichte vom Stein*, II, hrsg. und mit einem Vorwort versehen von Martin Woesler, Bochum: Europäischer Univ.-Verl., 2006, S. X-XI.

智慧，以及和西方家庭小说如《布登勃洛克一家》等的相似，①都应该是《红楼梦》受欢迎的原因。最新版《红楼梦》德译本两位译者之一的吴漠汀，也列出了他的理由。他认为，《红楼梦》在海外的接受如此热烈，乃因为不同文化背景的读者都能和小说中人物认同，都能在大观园故事中忆起自己的童年、青年时代和初恋。库恩译《红楼梦》在30年代激起共鸣，则是因为当时许多德国年轻人面临一战后政治和经济上的双重困境，一心遁入文学的梦幻世界，而《红楼梦》和当时德国流行的家庭世代小说的相近，也是一个原因。②尽管如此，顾彬却不客气地称《红楼梦》为"封了七印的书"（Buch mit sieben Siegeln）③，即便是汉学家也难窥堂奥，而"对德国读者的吸引力不如其他重要中国小说"④。他提到，库恩译本已问世50多年，这部书在德国仍不为大众所熟悉，其原因包括：《红楼梦》原著的版本情况、篇目数、作者存疑德国学者；对新中国成立后《红楼梦》的政治化存在异议；文化差异阻碍了接受，《红楼梦》不重情节，而指向内心领域，对中国传统文化无深入了解的读者很难进入。真相大概介于两种意见之间，无论如何，德国汉学家都承认，《红楼梦》代表了中国传统小说最高成就。

顾路柏《中国文学史》已略提及《红楼梦》，说这是一部由曹雪芹撰写的17世纪小说，"无疑属于中国长篇小说中最优秀的作品"⑤。然而，无论在中国还是德国，对《红楼梦》的现代认识都归功于胡适。卫礼贤

---

① Peng Chang, *Modernisierung und Europäisierung der klassischen chinesischen Prosadichtung. Untersuchung zum Übersetzungswerk von Franz Kuhn (1884-1961)*, Frankfurt a. M.: Lang, 1991, S. 151.

② Rainer Schwarz (Übers.), *Tsau Hsüä-tjin. Der Traum der Roten Kammer oder Die Geschichte vom Stein, I*, hrsg. und mit einem Vorwort versehen von Martin Woesler, Bochum: Europäischer Univ.-Verl., 2006, S. X-XI.

③ Wolfgang Kubin (Hrsg.), *Hongloumeng: Studien zum „Traum der roten Kammer"*, Bern: Lang, 1999, S. 12.

④ Ebd., S. 12-13.

⑤ Wilhelm Grube, *Geschichte der chinesischen Litteratur*, Leipzig: Amelang, 1909, 2. Aufl., S. 432.

第四章 万神殿的构建：汉学系统中的中国作家作品

《中国文学》抄胡适演讲稿的结果之一是提到了《红楼梦》："《红楼梦》作者为曹霑（雪芹）。他只写了八十回就在1764年死了。1792年高鹗又写了四十回作为续文和结局；曹霑这部小说所以这样感人，就因为它是《绿衣亨利》那一类的自传小说。"[1]不管卫礼贤是否清楚地知道这是胡适提供的全新知识，这可能是胡适的《红楼梦》考证和自传说解读在西方学界的首次露面。库恩的1932年《红楼梦》译本后记则明确告知："1791年第一次完整出版的《红楼梦》的作者问题，长期以来晦暗不明，直到不久前（1921），通过北京大学的文学研究者胡适教授的深入研究，才弄清楚。"[2]

艾格特（Heinrich Eggert）写出了西方世界第一篇有关《红楼梦》的专论，他选择《红楼梦的产生过程》为博士论文题目的原因，是因为谭正璧1935年出了本《中国小说发达史》，声称胡适的研究结果已被寿鹏飞《红楼梦本事辨证》所动摇，所以《红楼梦》的作者和文类问题又起了波澜。艾格特雄心勃勃，要对各家看法彻底检讨，给出最终定论。不过他初衷就是维护胡适的权威，结论也正同胡适相合，从而证明胡适代表的中国新一代学者"渐渐克服了以往那种无效的方法，建立起一种实质上是仿效外来模式的新文艺学"[3]，兜了一圈，并没多说什么。尽管摆出裁决纷争的高姿态，却只是简单把胡适（有时加上俞平伯）的论点梳理评点一番。这篇1939年在汉堡大学通过的博士论文质量平平，最多算是把胡适的《红楼梦》成果向西方作了一次全面移交。

库恩的译介构成了《红楼梦》接受的真正开端。作为译者，库恩很清楚这部巨著对于西方接受者的考验："一头小说中的巨怪！书里的人物

---

[1] Richard Wilhelm, *Die chinesische Literatur*, Wildpark-Potsdam: Akademische Verlagsgesellschaft Athenaion, 1926, S. 184.

[2] Franz Kuhn (Übers.), *Der Traum der roten Kammer*, Leipzig: Insel, 1933, S.777.

[3] Heinrich Eggert, *Entstehungsgeschichte des Hung-lou-Meng*, Universität Hamburg, Diss., 1940, S. 54-56.

一百有余！专家们就是这么交头接耳窃窃私语的，在暗里抖作一团。谁有胆量凑近它？"①后记中也呈现了他本人对《红楼梦》的看法，他称之为"青年人的生命祈祷书"（Lebensbrevier der Jugend）②，还提到了体现在贾母身上那种"母亲精神"（Muttergeistgedanke），也尝试从儒道释几方面来理解这部作品。

民主德国学者在六七十年代由于政治环境的关系，注意力一度从中国现当代文学转向古典文学，重印了包括《红楼梦》在内的许多库恩小说译本。梅薏华为1971年莱比锡版《红楼梦》撰写后记，评述了《红楼梦》的思想内容和艺术成就，这是从30年代库恩译本发表后的漫长时期内，德国汉学家试图接近《红楼梦》的偶然个案。梅薏华认为，曹雪芹本人主张人的平等和个性自由，他对贵族大家庭的忠实描写批判了以僵化伦常为特征的社会，向读者显示，单是一桩符合心愿的婚姻，并不能解决和现存秩序的矛盾冲突。曹雪芹是中国传统文学唯一的悲剧作家，他认识到，他的理想不可能在现时代得到实现，由此塑造了一个真正意义上的悲剧命运。③另外，曹雪芹也批判了"形式主义的考试制度"④。小说的神话背景，和他作为看不到出路的贵族子弟的悲观厌世也有关。形式上，《红楼梦》有别于一般章回体小说。小说人物虽多，但都和宝黛钗的婚恋故事多少有牵连，每个人物都能实现一个特定功能，以某种方式影响情节发展。人物具有个性化特征，关键人物的心理过程得到了深入刻画。另外，小说强烈的诗意氛围，自传体的基本特征——这是人物内心世界得到细腻刻画的原因——都是中国小说发展史上的新事物。

梅薏华之后，德国学者在此领域又陷入沉默。直到1992年梅绮雯（后

---

① Franz Kuhn (Übers.), *Der Traum der roten Kammer*, Leipzig: Insel, 1933, S. 823.

② Ebd., S. 783.

③ Eva Müller, „Nachwort", Franz Kuhn (Übers.), *Der Traum der Roten Kammer*, Leipzig: Insel, 1971, S. 851.

④ Ebd., S. 852.

第四章　万神殿的构建：汉学系统中的中国作家作品

来的波鸿大学朝鲜学教授）的博士论文《说梦——中华帝国晚期文人对梦的看法》出现，多少打破了僵局。梅绮雯虽有一个思想史的框架构想，希望借考察中国古人对梦的理解，呈现中国人最内在的意识结构，然而《红楼梦》既是中国文人写梦的高峰，《红楼梦》的长篇分析自然成了全书的总结。梅绮雯提及脂砚斋插入第四十八回的批语："一部大书，起是梦，宝玉情是梦，贾瑞淫又是梦，秦之家计长策又是梦，今作诗也是梦，一并风月鉴亦从梦中所有，故红楼梦也。余今批评亦在梦中，特为梦中之人，特作此一大梦也。"如果仔细考察她自己的分析，我们会有一个有趣的发现，即她的潜在框架竟暗合于脂砚斋评论，或者说，她对梦的结构分析未僭越中国正统批评的规范。首先，在梦的界定和统计上，梅绮雯和脂砚斋一样遵照一种松散的标准，除了严格意义上的梦，贾瑞的风月宝鉴臆想、大观园中的诗作乃至宝玉对藕官杜撰的梦境都算作梦的变形，从第一回甄士隐"梦幻识通灵"到第一百二十回袭人的梦，从宝玉两次入太虚幻境、第五十六回的临镜之梦到王熙凤预示了贾家兴衰的三次梦等，共三十个大大小小、正式非正式的梦贯穿全书。引申义层面的考察同样具有一致性，首先，梅绮雯认为整部《红楼梦》本身就是梦，因此就要探讨这个梦的世界的特性；其次，既然同意读者、评者亦是梦中之人，就可以进而推论，《红楼梦》续作即梦的延续。梅绮雯的贡献则在于，她不但以心理分析等现代理论使直观认识在进一步概念化，更会从思想、美学的层面叩问"这意味着什么"，是否体现了中国文人写梦的基本特色，或暗示了中国思想的脉络和趋势。试看她的《红楼梦》分析构架，西方汉学的思路昭然若揭：

一、《红楼梦》中的梦

    1. 梦和梦故事的总汇

    2. 梦的类型

    3.《红楼梦》之梦的特征

二、梦和释梦

    1. 命运和梦

    2. 摆脱一般释梦程式

    3. 美学卜筮

三、《红楼梦》的梦幻世界

    1. 对立世界

    2. 镜中世界

四、作为梦的《红楼梦》

    1. 红楼一梦：证据和功能

    2. 梦、镜、石头：标题的历史

    3. 圆梦：小说续作

梦的视角对于西方《红楼梦》研究的意义，首先就在于为一百二十回的统一性提供了佐证，前八十回和后四十回在梦的分布上比例一致，且前后呼应，说明"《红楼梦》的三十个梦基于一个共同设计"①。其次，可以折射《红楼梦》的艺术特色。梅绮雯认为，《红楼梦》囊括了她所归纳的梦的各种类型："（表达）心理的梦"（psychologische Träume）、"（某人在梦中）现形"（Erscheinungen）、"迷梦"（Täuschungsträume）、"大梦"（Große Träume）、"神异之梦"（übernatürliche Träume），也展示了写梦的种种技巧：内在视角、当事人叙述、他人转述、观察、杜撰、总结。《红楼梦》并不拘于陈规，而是灵活地对各种流传模式进行混合、反讽。诸多梦境中最突出的一是体现心理特征的梦，二是具有事件特征的梦，后者属于她所谓的"起过渡作用的梦"（Übergangsträume），即并非纯粹心理事件或预兆，而是直接介入

---

① Marion Eggert, *Rede vom Traum. Traumauffassungen der Literatenschicht im späten kaiserlichen China*, Stuttgart: Franz Steiner, 1992, S. 227.

第四章　万神殿的构建：汉学系统中的中国作家作品

梦者的生活，造成人生或意识阶段的过渡。传统的预兆功能在《红楼梦》中大幅弱化，梦不再能决定人物命运，宝黛的爱情作为一种纯个体的、内在的情感联系并不受外在的预兆所控制。对于"廉价的预兆效果"的放弃，使读者的注意力转向了其他"真实层面"。[1]除了心理层面的真实，梦本身就自成一世界，这一世界首先表现为"对立世界"——和成人的腐朽现实相对立的"太虚幻境"。"太虚幻境"保存、管理着大观园女子的命运，仿佛专为她们的命运设立的法庭，因此是一个"私人化"的地下世界。这一地下世界和大观园相统一，大观园是纯真、嬉戏、青春和美的世界，是让愿望得以实现的地上天堂。但是，"太虚幻境"也不能逃脱衰败的命运，隐约可见的祝福并未得到兑现，在这一点上，它和《牡丹亭》的梦幻世界截然不同。其次，梦的世界也是镜中世界。专治邪思妄动的风月宝鉴正面风月，反面骷髅，这一镜子主题，体现了自色悟空的佛教思想，而《红楼梦》盛极而衰的过程也可视为镜子由正面逐渐转向背面，浪荡子贾瑞所不知道的真相，却呈现给了读者。但《红楼梦》自成一梦，也包含了某种消极趋势，意味着真假不分——真（甄）假（贾）宝玉都由梦走向认识，然而认识有真假两面，很难说哪一面才更真实。梅绮雯相信，标题由《石头记》演变为《红楼梦》，是有意撇开和政治的牵连（石头用来补天，暗示了社会缺陷），故甲辰本定名"红楼梦"，以强调"闺秀"和"幻"来逃避文字狱。后世从《后红楼梦》《续红楼梦》《红楼复梦》到《红楼真梦》的种种续作，将"梦"的标题彻底坐实，小说成为真正的文人大梦。梅绮雯批评说，《红楼梦》在表达梦的真实性方面代表了中国文学的最高成就，然而把认识简化为"繁华和衰败的互补"，一定程度上窒息了梦的认识功能[2]；而题目变迁和续作还反映出一种由真理诉求走向单纯美学诉求的趋势，曹雪芹那里真/假的深刻游戏由此沦为虚幻的唯美主

---

[1] Marion Eggert, *Rede vom Traum. Traumauffassungen der Literatenschicht im späten kaiserlichen China*, Stuttgart: Franz Steiner, 1992, S. 235.

[2] Ebd., S. 244.

义——一味溺于梦，反而失去了梦。她的结论是："现实和虚构的纠结关系被过早地解开，对此《红楼梦》虽没有参与，却也起到了一些推动作用，这大概就是为什么，梦作为美学范畴似乎从中国遗产中被抹去了，以至于今日的中国文学在想象力的展开上如此步履维艰。"①

《红楼梦》以梦表现人物的下意识心理，这一点法斯特瑙早有提及，她认为《红楼梦》实为中国第一部"心理小说"，而非一般的"世情小说"。②她还指出，中国古代小说在其发展过程中有一种内向化的趋势，越来越重视人物心理层面的挖掘，其高峰就是《红楼梦》。《红楼梦》的"对梦和潜意识的关联的发现"正是《金瓶梅》所欠缺的方面，造成这一差别的原因，是因为《金瓶梅》大量借用现成材料，而非完全的个人创作，故不如描写个人真实体验的《红楼梦》有自由发挥空间。③可以清楚地看出，随着内部阐释视角和叙事理论的引入，中国小说也相应地"内化"成一个自治的独立世界，不再是对于宇宙原则的演绎或对社会历史的记录。当代西方学者之所以特别关注中国古代小说中的梦境，是因为"梦"和"镜子"一样，能造成文学作品的自我反身。在梦和镜子之中，一切外部环境都将变成影像世界内部的外部环境。梦和镜子的媒介让中国古代小说从稗官野史变成自治的文学自身，成为一种现代性的古代文学，在此意义上，梦和镜子都是文学世界的治理工具。就《红楼梦》而言，从自传说到梦境说体现了个体化、主体化趋势的确立和强化，西方人过去认为，中国古代小说没有个体性和内在性，而自传说宣示眼前的作品是一个个体性的心理世界，等于将中国小说推上了现代化的轨道；梦则意味着，这一个体性心理世界还是一个完整的动态机制，其运作造成了一个活生生

---

① Marion Eggert, *Rede vom Traum. Traumauffassungen der Literatenschicht im späten kaiserlichen China*, Stuttgart: Franz Steiner, 1992, S. 254.

② Frauke Fastenau, *Die Figuren des Chin P'ing Mei und des Yü Huan Chi. Versuch einer Theorie des chinesische Sittenromans*, Universität München, Diss., 1971, S. 12

③ Ebd., S. 152.

第四章　万神殿的构建：汉学系统中的中国作家作品

的"我"，而正是在摆脱了一切生理、社会、宇宙论指涉的自我创造的意义上，它才成为绝对自由的主体性的表达。在《红楼梦》的阐释中，暗含了整个中国文学地貌的重组。

　　为了"打破德语区汉学对于这部最重要的中国小说的沉默"①，顾彬在1992年4月在波恩大学组织了"《红楼梦》200年"国际研讨会，产生的两点共识为：1.《红楼梦》已经包含了现代性因素；2. 小说一百二十回达到了高度统一，即便最后四十回是高鹗所续，其精神也属于曹雪芹。②会议论文编入1999年出版的《〈红楼梦〉研究》，它们代表了德国当代学者的主要观点，但这些观点既然针对一部标志着中国传统文学最高峰的作品，也就同时具有了方法论和总体立场上的启示意义。莫宜佳的论文探讨了《红楼梦》的镜子母题，指出其三重意义：1. 作为整体意义的出发点；2. 作为呈现视角的叙事技术；3. 作为艺术的象征。《红楼梦》的基本意义结构，是风月宝鉴正反两面所代表的"爱情和死亡，可感性经验却短暂的美和所有尘世之物的易逝之间的对立"③。镜子作为叙事技术类似于西方文学中典型的"视角"（point of view）技术，但是西方视角技术基于现代人的彼此隔膜和精神的相对主义，而《红楼梦》中镜的使用服务于提升，以便将情节和人物塑造得更有张力。最后，魔镜也代表了《红楼梦》作者新的艺术理论，亦真亦幻代表了艺术幻想的特性。莫宜佳视镜子为寻找真实自我的象征，而这一寻找在梅绮雯看来不过是失败的历史："情"的原则作为对社会的挑战，注定要遭到失败。梅绮雯指出，《红楼梦》是一个探询"情欲"功能的实验，特意将宝玉这样一个天资卓越的人派到一个优越的尘世场所，去观察会发生什么。情感实验失败了，摆脱情感成了唯

---

　　① Wolfgang Kubin (Hrsg.), *Hongloumeng: Studien zum „Traum der roten Kammer"*, Bern: Lang, 1999, S. 7.
　　② Ebd., S. 10.
　　③ Monika Motsch, „Das Spiegelmotiv: Täuschung und Wahrheit", Wolfgang Kubin (Hrsg.), *Hongloumeng: Studien zum „Traum der roten Kammer"*, Bern: Lang, 1999, S. 25.

一可行的出路——太虚幻境中体现出的黄粱梦和成人梦两种模式在此合而为一。这一悲剧结局即梦境透露的消息,而作品经久不灭的魅力就在于它"像一条大河,既触及,也侵蚀着欲求和弃绝这两岸"①。和一般把《红楼梦》的女性世界看得清白无瑕的看法不同,梅薏华认为,小说的女性描写时也触及了另一面,即体现在王熙凤身上的阴暗、魔性一面,贾府正是因为她而败落。罗志豪(Erhard Rosner)从医学视角来考察《红楼梦》角色,把"病"理解为一个隐喻,林黛玉得的是心病。和心病相对应的是体现在小说结构上的秩序原则,这正是刘慧儒的探讨对象,他把小说看成是"聚"和"散"两种原则构成的张力场,天下没有不散的筵席,小说情节就安置于其中。贾府代表了聚,这是家庭和社会、秩序和权力的原则,筵席并非狂欢节,而恰是秩序的表达。相反,大观园代表了散的原则,亦即个性、情感和诗。诗社是"散"的组织形式,诗歌活动体现的文学社会性和筵席代表的社会秩序正相对。黛玉独来独往,体现了散的个性原则,也因为散而被权力中心所弃。对于大观园的摧毁并不能阻止解体的趋势,反而加速了这一过程。小说的现代性就在于,聚和散的张力场中呈现了主人公宝玉的自我意识,宝玉无法加入聚之中,最终服从了散,遁入空门。石头一开始被摒弃于上天秩序之外,最终却是自愿退出了社会秩序。司马涛的论文则指出,《红楼梦》的语言并非今天的白话,而是一种文言和白话的混合,后者已经预示了现代性的来临和接下来两个世纪中国语言的发展。吕福克关注的是小说中诸多游戏,视其为个人性的表达。对中国古代兵法素有研究的胜雅律(Harro von Senger)梳理了《红楼梦》人物运用的各种计谋,中国人正是运用这些计谋来处理生活中的问题,克服困难局面。鲁毕直的目光则集中于刘姥姥这一角色,把她视为小说的"头绪"。刘姥姥是"农村中国、'劳动世界'的代表",她所体现的自然视角和宝

---

① Marion Eggert, „Die Botschaft der Träume", Wolfgang Kubin (Hrsg.), *Hongloumeng: Studien zum „Traum der roten Kammer"*, Bern: Lang, 1999, S. 59.

第四章 万神殿的构建:汉学系统中的中国作家作品

玉的理想主义城市人视角不同,她会平静地接受事物的易逝,用另一种方式来解决人生在世的意义问题:宝玉逃离红尘,而刘姥姥对彼岸不作幻想,和自然保持和谐,以朴实的劳动消解了意义问题,鲁毕直相信,这正是曹雪芹提供给普通大众的现实而清醒的建议。① 综合种种观点,顾彬也谈到自己的《红楼梦》理解:"它是一部为所有那些不想俯就社会、家族、自身的弱点的人而写的小说;它是一部为所有那些执意主张爱、诗和美,即便这都是些片段,却是男男女女自我实现的唯一道路的人而写的小说。如果此路难行,忧郁就会抓住他们;所有不想顺水推舟地遵循社会常例的人,都会被忧郁抓住。"② 简言之,在因循守旧的老人世界,青年人对爱、诗和美的追求必然失败,这一失败的必然性造成了"忧郁",这就是罗志豪所说的"病",虽然让人窒息,但却是东西方人无法摆脱的共同命运,也因此造就了《红楼梦》的世界文学意义。

史华兹(Rainer Schwarz)和吴漠汀合译的《红楼梦》既是中国文学译介上的重要成就,也体现了对《红楼梦》的新观点。史华兹是民主德国的重要汉学家,他负责的前八十回1989年就已完成,两德统一造成了出版的搁浅。一直到2006年,才由吴漠汀将这八十回和他本人译的后四十回合在一起修订出版。吴漠汀在介绍中特别强调了《红楼梦》和德国世代小说《布登勃洛克一家》的相似性:两部小说都描写了"富不过三代"的家庭败落现象;托马斯·曼的小说发生在资产阶级社会的转型期,而《红楼梦》中贾府失宠是因为新皇继位;两部小说都充满了早夭的主人公,如《红楼梦》的林黛玉、秦可卿、贾元春和妙玉,《布登勃洛克一家》的克拉拉、托马斯、汉诺;两部小说都运用梦境等艺术手段去暗示衰败或未

---

① Lutz Bieg, „'Garten der großen Innenschau': Beobachtungen zur Figur der Liu Laolao", Wolfgang Kubin (Hrsg.), *Hongloumeng: Studien zum „Traum der roten Kammer"*, Bern: Lang, 1999, S. 106-108.

② 顾彬:《诗意的栖息,或称忧郁与青春——〈红楼梦〉(1792年)在德国》,王祖哲译,《红楼梦学刊》2008年第6辑,第288—289页。

来的结局；人物说话方式都具有个性特征；等等。①吴漠汀认为，《红楼梦》不仅是最重要的中国古代长篇小说，也是第一部具有连贯情节的自传性小说，在许多方面都开了中国文学的风气之先：1. 最早的多条线索展开最后又能合拢的小说之一；2. 最早表现能够自我发展的复杂性格的小说之一，人物不再非黑即白，而是以"灰色调"描出；3. 叙事上最早实现了不同人用不同腔调说话；4. 最早实现一以贯之的紧张情节关系——一个家庭的浮沉——的小说之一；5. 最早突出"情"的小说之一，小说贯穿了感伤的气氛，有意识地对抗宋代以来居于统治地位的"理"学，同时也质疑正统的经典；6. 最早详细描写和皇室有关的大家庭的小说之一；7. 尽管以上层社会为背景，却同样有对底层阶级的细致描写；8. 大量对于朝廷的影射，为索引派提供了无穷的阐释可能性；9. 穿插的诗词和园中游乐场所的描写尤其能展示小说的文学水准。②

十、《水浒传》

19世纪欧洲文学史家心目中最重要的中国历史小说有两部，一部是《三国演义》，最受上层人士欢迎；一部是《水浒传》，最受一般民众欢迎。对于中国的历史小说，研究者似乎难以找到合适的观察方式，只能满足于从体裁诗学的角度含混地称之为"民族的英雄史诗"。然而，"文化记忆"概念在当代的出现，为文学研究者分析中国历史小说提供了一种路径。

柏林自由大学教授余凯思是治中国古代历史的专家，在其早年的《历史、女性形象和文化记忆：明代章回小说〈水浒传〉》（1994）中，他运用文化记忆理论来分析《水浒传》的女性形象和女性现实，称《水浒传》

---

① Rainer Schwarz (Übers.), *Tsau Hsüä-tjin. Der Traum der Roten Kammer oder Die Geschichte vom Stein*, I, hrsg. und mit einem Vorwort versehen von Martin Woesler, Bochum: Europäischer Univ.-Verl., 2006, S. XII.

② Ebd., S. XIV-XV.

第四章 万神殿的构建：汉学系统中的中国作家作品

为一种"多维度和多声部的话语"，"作者未给出任何有效的规则和建议充当正确的生活导引"，导致了作品的"暧昧性和怪诞的滑稽"。①《水浒传》的"狂欢节小说"面貌的成因，在作者看来，首先是创作过程中的跨时代、跨体裁的复杂改作，集合了众多思想和美学因素；其次是转型时代特有的"怪诞的生活感觉"，造成了价值相对化和各种记忆载体的并置。②但实际上，新的赋义相关于新的理论工具，是观察者不自觉的"治理"的结果。余凯思认为，16世纪的中国处于一个大转型时代，新的思想和概念开始在社会的交流空间中传播，这一状况导致的恐惧不安就体现于《水浒传》文化记忆。他将《水浒传》的记忆世界分为三个层面：1.《水浒传》所讲的故事，涉及宋代历史上的人和事；2. 故事的文本，涉及和其他文本如《宣和遗事》的互文；3. 作为文本理解背景的16世纪现实。③而小说的文化记忆成绩就体现在协调这几个层面，接纳那些被主流话语所排斥的记忆如女性的自主愿望以及母性神话，在象征秩序中抵制社会系统安排的遗忘。

改变了的现实和"理学的理想主义世界图像"的矛盾，让《水浒传》成为一个异化的、怪诞的世界，男女主人公们在无法调和的极端之间被来回撕扯，而《水浒传》的记忆场域成了诸要素混杂的蒙太奇。余凯思相信，这一状况在女性形象中反映得最为清楚。《水浒传》中有守妇道的女性如林冲娘子、何涛妻子、李小二浑家，有破坏社会规则和道德伦常的阎婆惜、潘金莲、潘巧云、王婆，有上阵杀敌的女将孙二娘、顾大嫂、扈三娘，也有"神话女性"如九天玄女娘娘、艺人白秀英、名妓李师师，这些女性形象充分证实了小说的颠覆性。余凯思认为，首先，《水浒传》体现了世俗化的时代潮流，理学的妇女角色规定在小说中全然不起作用，所有

---

① Klaus Mühlhahn, *Geschichte, Frauenbild und kultuelles Gedächtnis. Der ming-zeitliche Roman Shuihu zhuan*, München: Minerva-Publ., 1994, S. 198.
② Ebd., S. 111.
③ Ebd., S. 110.

的女性都在积极而主动地参与家庭之外的事务，具有了自我意识。其次，恰恰在对于淫妇的描写上，"红颜祸水"的厌女观念得到了修正。女性的妖魔化是官方话语的结果，然而，《水浒传》作者们设身处地地体验这些底层女性的经历，不自觉地揭示了其行为的社会和心理动机，而将抽象的道德原则抛在脑后。最后，在对九天玄女、白秀英、李师师的描写中，《水浒传》建构了一个和主流话语对抗的女性乌托邦。过去对《水浒传》女性形象的接受主要关注荡妇，余凯思则强调正面女性的意义。男性统治的世界充满了破坏和沉沦，而"女性的梦幻世界预示着和平、和谐的黄金时代"，《水浒传》因此成了深刻的"文化批判"。[1]同时，女性的和谐世界也使男性的"好汉"乌托邦相形见绌，梁山英雄的失败并不奇怪，因为他们的乌托邦是守旧的、面向传统的。梁山好汉虽替天行道，力争成为堕落世界的道德守护者，然而"他们是以已经没落的世界秩序的名义，在对抗导致一切价值重估的商业化"[2]。余凯思总结说，《水浒传》的女性形象包含了三个相互矛盾的倾向：妖魔化、男性化、神话化。三种倾向依次展开，男性英雄密谋反抗时，以负面女性形象为主；梁山聚义建立团体后，出现了并肩战斗的女性豪杰；最后的接受招安，则是为神话的、正面的女性角色所安排，她们处于文本前后两部分交界的中心位置，对于社会进程发生潜在影响："她们通过形而上的干预，为好汉共同体指明了道路，积极地帮助政策落实。从反叛到爱国行动、从破坏到建构的转折点，就由这里谈到的女性角色象征性地和实际地促成。"[3]余凯思认为，这三种趋势普遍存在于16世纪以降的中国文化和文学生产中。

---

[1] Klaus Mühlhahn, *Geschichte, Frauenbild und kultuelles Gedächtnis. Der ming-zeitliche Roman Shuihu zhuan*, München: Minerva-Publ., 1994, S. 201.

[2] Ebd., S. 204.

[3] Ebd., S. 194.

十一、《聊斋志异》

　　《聊斋志异》大概是欧洲人最熟知的中国短篇小说集，译介者甚众。马丁·布伯（Martin Buber）选编的转译自英语的《中国鬼神爱情故事选》（*Chinesische Geister- und Liebesgeschichten*, 1911）在德语区影响很大，收入16篇聊斋故事。1914年，卫礼贤译自中文的《中国民间童话》出版，也收入聊斋故事16篇。石密德选译的《聊斋志异》出版于1924年，导言对蒲松龄做了简单介绍，称其为具有"千里眼"的"语词和幻想的魔术师"，"命运"有意封闭了他的科举之路，以便他能实现"前定"的使命——完成这部"中国的《一千零一夜》"。①刘冠英在1955年出版的蒲松龄作品选导言中，指出聊斋故事至今还深受欢迎的原因，一是虽历经20世纪的政治变迁，中国的民间信仰却无异于蒲松龄时代；二是古典文化修养在中国始终受到近于迷信的尊崇。他列举了聊斋的风格要素，如表达简练，无一字冗余；以文学典故暗示思想；表达方式多彩而形象；遣词造句新颖独特；等等。整部作品可谓"省略的艺术"，如同中国的水墨画，有意的留白激活了读者想象，小说中思想跳跃之处，违反了西方文学的形式感，却正是蒲松龄叙述风格的实质所在。②瑞士汉学家罗泽尔（Gottfried Rösel）在20世纪90年代完成了《聊斋志异》全译，她在导言中评价说，《聊斋志异》综合了传统叙事技法的优点，但其缺点在于，用文言来描写对话并不符合现实，其实还是能认出相应的口语形态来；另外，不管是鬼怪还是神仙都以现实主义笔法逼真地写出，以至于虚构和现实难以区分。③

　　艾伯华《17到19世纪的中国文言小说》（1948）第二章专门处理《聊斋志异》。艾伯华把《聊斋志异》看成一部民间故事辑录而非虚构性作

---

①　Erich Schmitt (Übers.), *Geschichten aus dem Liao Chai*, Berlin: Häger, 1924, S. 11.

②　Erich Peter Schrock, Liu Guan-ying (Übers.), *Pu Sung-ling: Gaukler, Füchse und Dämonen*, Basel: Benno Schwabe, 1955, S. 9-10.

③　参见Gottfried Rösel (Übers.), *Pu Sung-ling: Umgang mit Chrysantheman: 81 Erzählungen d. ersten 4 Bücher aus d. Sammlung Liao-dschai-dschi-yi*, Zürich: Die Waage, 1987.

品，忽略作家对于素材的想象加工。他认为，尽管讲故事者信以为真，蒲松龄却并不相信他搜集、纪录的故事为真。换言之，作者处于小说之外，两者并非合一的关系。蒲松龄本人的艺术创造成绩因而被结构性地压制了，这一偏向又源自20世纪前期德国汉学的实证范式。在艾伯华的社会学视角下，蒲松龄俨然成了业余的社会学家，他从文人士绅口中听来故事，又为文人士绅写下故事，目的不是为了文学自身，而是为了批判社会，抨击佛教迷信、官僚受贿、科举制度、司法体系、上层腐败。蒲松龄本人科场失意和穷困潦倒的社会处境，则是理解其以文学"遁世"（Weltflucht）和道家倾向的唯一关键。① 艾伯华认为，正因为其中许多故事受道家影响，没有佛教故事常有的教化色彩，才在欧洲如此受到欢迎。②

普实克在1954年发表的评论中批评说，艾伯华的蒲松龄只是编者（"在他的家乡收集故事，再加入已经收集的故事中"）的观点贬低了蒲松龄在文学史上的重要地位。他认为，《聊斋志异》作品无疑是经由蒲松龄自己的杜撰和加工而成，故事的地点并不说明问题。中国古代小说的重要特点乃至中国文学的普遍趋势是现实主义，故即便是完全虚构的作品，为了造成真实的印象，在情节地点和主要人物上都力求准确。③ 不过，旧的汉学研究方式在50年代仍然占据主导地位。拉德斯塔特（Otto Ladstätter）属于西德二战后培养的最早一批汉学家，其博士论文《蒲松龄生平及其口语写作》（1960）是德国迄今唯一的蒲松龄专著，然而，该作仅仅关注作者的一般生平背景和语言形式的表层特征，作品的文学内涵不在考察范围之内。

而在莫宜佳于21世纪初出版的《中国中短篇叙事文学史》中，蒲松龄完全融入了文学系统。莫宜佳重视的不是蒲松龄的民俗学成就，而是他作

---

① Wolfram Eberhard, *Die chinesische Novelle des 17.-19. Jahrhunderts: Eine soziologische Untersuchung*, Ascona: Artibus Asiae, 1948, S. 19-37.

② Ebd., S. 26.

③ Průšek, „Rez: Eberhard 1948", *Orientalistische Literaturzeitung*, Nr. 9/10 (1954), S. 458.

第四章 万神殿的构建：汉学系统中的中国作家作品

为中国最大的短篇小说家的艺术独创性。她为蒲松龄专门开辟一章，认为，《聊斋志异》将六朝志怪对于奇迹的信仰和明代小说的市井场景和现实主义的细节描画相结合，其艺术特色体现于四个方面。

1. 公案小说。这方面，蒲松龄可与冯梦龙和凌濛初相媲美，《胭脂》将各类公案小说的重要因素汇集于一篇作品之中，达到了新的高峰。

2. 社会讽刺作品。他吸收了白话小说中常见的社会批判主题，从而区别于六朝和唐代的文言叙事作品，但他的社会讽刺小说较少道德劝诫，尤其是《司文郎》《向杲》《续黄粱》等"间接讽刺"作品，现实主义和艺术幻想相辅相成，充满了灵感。

3. 爱情故事。莫宜佳认为，爱情故事是蒲松龄最重要的贡献。《画壁》和《画皮》分别体现了爱情中天堂和地狱两极，前者代表了爱情超越人神分界、提升灵魂的正面作用，后者代表了爱情令人恐惧的毁灭力。《阿宝》等小说讲述了"精神恋爱"的故事，让从前仅仅在诗歌中出现的"精神恋爱"第一次成为小说的主题。蒲松龄描绘了许多倒错、奇异的爱情形式，像心理学家般揭示了恐惧、精神错乱和人与人的复杂关系，《江城》《阿英》等小说都触及爱情和暴力的关系。他还塑造了大量少女和妇女形象，将传统的狐仙女鬼和明代小说中现实的妇女形象相结合，使得女性主人公更加富有魔力和个性，构成了对于传统价值观的叛逆。《连琐》讲述爱情战胜死亡的古老神话，细腻地呈现了由处女成为少妇的情感历程，莫宜佳认为，在蒲松龄之前，还没有任何一位作家能够从妇女视角出发来如此生动而形象地描写爱情。①

4. "异"的艺术。中国小说的中心主题——异——在《聊斋志异》得到了继承和最后总结。体现这种"述异"的，首先是现实世界和幻想世界的交融和转换；其次是爱情和艺术的特殊关系——现实中的爱情转瞬即

---

① Monika Motsch, *Die chinesische Erzählung: Vom Altertum bis zur Neuzeit*, München: Saur, 2003, S. 271.

逝，艺术却能够实现天长地久；最后是对"笑"的刻画，人物的笑常带有魔幻力量，突破了世俗礼仪的界限，最有名的就是《婴宁》中女主人公的笑，它能为全家带来喜悦，也能致人死亡。

十二、袁枚

袁枚在19世纪欧洲享有的巨大声誉一直持续到20世纪初，他代表了中国古典诗的最后荣光。豪塞尔眼中唐诗之后唯一还值得一提的就是这位袁子才，他说，袁枚当然比不上屈原和李白，可他除了写诗还兼擅历史、考据、哲学和美食，博学多才类似于启蒙时代的伏尔泰。除了写哲理诗也抒发对早夭的女儿的深情，他的写作特点是："他把许多细小特征串在一起，构成格外迷人的中国家庭生活形象，而家庭生活以前是不会入诗的。"①同样叶乃度等人也证实了，20世纪初的欧洲人的确相信袁子才为"近几百年中国最大诗人"②。

艾伯华《17到19世纪的中国文言小说》考察的样本包括袁枚的笔记小说《子不语》，但所关心的并非作品本身，而是袁枚作为"积极生活的人"和社会的关系。他认为袁枚基于他较为优越的生活处境和上层的社会地位，批判精神弱于蒲松龄，作品中的批评更像是一种怀疑，尤其是怀疑过去的正史书写，而这种批评又带有一定的政治目的。③但在莫宜佳《中国中短篇叙事文学史》中，《子不语》的艺术成就得到了承认。她评价说："《子不语》给出了一幅那个时代的鬼神信仰、民间传说和社会氛围的综合图像。所收的短篇故事既有趣，又充满独创见解。"④

---

① Otto Hauser, *Die Chinesische Dichtung*, Berlin: Marquardt, 1908, S. 59-61.

② Eduard Erkes, *Chinesische Literatur*, Breslau: Ferdinand Hirt, 1922, S. 74.

③ Wolfram Eberhard, *Die chinesische Novelle des 17.-19. Jahrhunderts: Eine soziologische Untersuchung*, Ascona: Artibus Asiae, 1948, S. 38-46.

④ Monika Motsch, *Die chinesische Erzählung: Vom Altertum bis zur Neuzeit*, München: Saur, 2003, S. 233.

第四章　万神殿的构建：汉学系统中的中国作家作品

梅绮雯《只有我们诗人——袁枚：一种介于自我表达和陈规之间的18世纪诗学理论》（1989）旨在理解袁枚的诗学理论，及其在清代诗学讨论中扮演的角色。前言一开始就提到她对当代中国批评界的印象，即过渡教条化。"不论是要求文本明白易懂、贴近现实，或是具有政治或道德意涵：始终立有'正确立场'之灯塔，文学直到今天都似乎仅仅局限在这类合法性的光明领域活动。"她的潜在问题是，中国古代是否也存在这种束缚，过去的教条——儒家伦理——是不是同样对当时的文学具有支配作用呢？显然，无论思想还是文学方面，中国古代除了儒家传统外，还有一些承认和要求个体自治的异端，袁枚就是其中特别突出的一位。但为何他们的影响并不深远，仅成为边缘性的"小传统"，是作者要探讨的问题之一。①

梅绮雯指出，袁枚生于盛世，最初的仕途充满希望，后辞官而以文谋生。他的文学认识正是基于这样的经历，吸纳了他那个时代的解放思潮；但另一方面，以文学为职业又不允许过于特立独行，而要采用能够为大众所接受的形式。然而他的影响并未在其身后行之久远，梅绮雯认为，原因要在他的诗学本身中寻找。袁枚的诗学世界观区别于当时的两种主流：一是王士禛"神韵说"，诗歌成为追求空灵意境的手段；一是沈德潜伦理性、实用性的"诗教"说，要求诗歌有益于统治秩序。袁枚提出一种基于怀疑主义和个人主义的多元化诗学，允许诗人表达自我的享受，也承认读者的美学享受，其核心概念"性灵"包含了两重原则——诗人的个人情感和诗的艺术品格。在诗人个性的无限自治中，所有和主体、客体以及表达形式相关的界限都被打破。然而梅绮雯认为："袁枚在通向这种彻底文学解放的方向上行进得十分犹豫，对自身只有一半的自觉。"②因为在她看来，袁枚仍然依附于一些传统概念，超个人的标准还在约束着诗人，

---

① Marion Eggert, *Nur wir Dichter. Yuan Mei: Eine Dichtungstheorie des 18. Jahrhunderts zwischen Selbstbehauptung und Konvention*, Bochum: Brockmeyer, 1989, S. 3.

② Ebd., S. 104.

如要求"万卷山积",学习古人,重视音调格律,从而使"性"和艺术发生冲突。曹卫东认为,梅绮雯和其他德国学者的区别在于,"不是把《随园诗话》作为唯一的研究对象,而是更多地从《续诗品》出发,来考察袁枚'性灵说'的来龙去脉及其历史意义"①。《续诗品》强调技巧和传统,看起来和"性灵"说相悖,梅绮雯却认为,它和《随园诗话》等作品相互补充,构成一个完整的诗学体系,技巧、博习和放任个性并不矛盾。梅绮雯进一步分析,袁枚之所以向技巧和传统妥协,乃基于一种"内在困境",即"内容的缺乏"。造成困境的原因,在于历史转型期特有的文人生存状态:袁枚不再是集官吏和文人于一身的士大夫,而处在以文为业的"私人诗人"的新身份中,却远未进入"内心生活或纯粹虚构的领域"。②中国诗人一向以言志为核心诉求,他的"性情"概念正印证了这一点;然而,依赖于一己的有限经历,必然出现题材的匮乏,他不得不通过回到传统典故,或者是强调风格要素,来弥补这一缺陷。这就是梅绮雯对袁枚诗学的界定:介于自我个性表达和遵守陈规之间。

发掘正统中的异端和异端中的正统,是德国观察者偏爱的视角,历来西方人把袁枚视为思想和艺术的革命者,梅绮雯有意纠正这一夸张想象。同样,顾彬在《中国诗歌史》中强调,袁枚的反思不超出传统框架,没有达到真正的个体性和主体性,他所表达的"自我"仍是由诗学惯例造成的陈套形象。③卜松山《中国的美学和文学理论》在介绍袁枚美学思想时,以梅绮雯的研究和她译注的《续诗品》为据,对李泽厚《美的历程》中袁枚的异端形象提出异议。④他认为其基本思想"与其说是个人主义的,毋

---

① 曹卫东:《中国文学在德国》,广州:花城出版社,2002年,第140页。

② Marion Eggert, *Nur wir Dichter. Yuan Mei: Eine Dichtungstheorie des 18. Jahrhunderts zwischen Selbstbehauptung und Konvention*, Bochum: Brockmeyer, 1989, S. 104.

③ Wolfgang Kubin, *Die chinesische Dichtkunst. Von den Anfängen bis zum Ende der Kaiserzeit*, München: Sauer, 2002, S. 364.

④ Karl-Heinz Pohl, *Ästhetik und Literaturtheorie in China: Von der Tradition bis zur Moderne*, München: Saur, 2007, S. 396.

宁说——即便从形式上看——是古典主义的"。在袁枚那里，艺术首先需要的是"才"："这种才能不仅是天生的个人天才（性灵）的结果，也来自读书和练习。"就连袁枚论诗的方式，也体现了中国的正统诗学，可视为"传统中国文学理论的正当结局"。①

十三、《儒林外史》

《儒林外史》德译出自东德汉学家杨恩霖和施密特之手，1962年由魏玛的基彭霍尔（Gustav Kiepenheuer）出版社首版，德文名为《通往白云之路：儒林外史》。《儒林外史》作为批判"旧制度"之作，更容易引起东德学者的兴趣，如彼得斯所说，它让德国读者窥见了一个陌生而又有趣的世界："……它（这个世界）在今天中国的人民专政条件下早已属于过去。人们读了这些过去的事物，就能更好地衡量在这一方面中国发生的伟大变迁，同时理解这一变迁是多么必要。"②彼得斯为1962年版作的后记从思想和艺术两方面来进行评价。她称《儒林外史》为中国古代文学史上"第一部伟大的讽刺作品"。吴敬梓批判的对象首先是科举制度，其次是封建道德，同时描述了劳动人民的崇高人性，表现出一定的人道主义和民主思想。彼得斯猜测，正是因为看到儒生们要么溺于科举考试，要么和官府勾结，他将实现理想的希望寄托在普通人民身上。然而，彼得斯认为，吴敬梓的民主思想是有限的，他的理想也仅是回到古代，恢复儒家最初的高尚道义。在艺术形式上，《儒林外史》冷静白描，不加评论，任由读者凭借所描述的事实自己去作判断，简单朴素的白话也增强了讽刺力量。另外，关于小说的结构人们会问：松散的结构是否有违长篇小说的要求？鲁迅在《中国小说史略》中也曾说过《儒林外史》"全书无主干"，"虽云

---

① Karl-Heinz Pohl, *Ästhetik und Literaturtheorie in China: Von der Tradition bis zur Moderne*, München: Saur, 2007, S. 408.

② Irma Peters, „Nachwort", Yang En-lin, Gerhard Schmitt (Übers.), *Wu Jingzi: Der Weg zu den weißen Wolken*, Weimar: Gustav Kiepenheuer, 1962, S. 1175.

长篇，颇同短制"。彼得斯认为，尽管人物和头绪众多，但还是存在一条贯穿的红线，这就是作者对于科举和八股文的态度，对于儒林风气和某些习俗的厌恶。小说的形式恰到好处地绘出了迂儒和官场的全相。①

梅薏华在1989年新版后记中的阐释，仍由思想和艺术两个板块拼合而成，但有所深化。首先，吴敬梓在思想上是进步者，他最大的贡献是将儒生和官僚的复杂世界引入了中国小说，他是第一个直接而全面地批判当时社会情状的作家，他和曹雪芹的区别在于："曹雪芹以近乎百科全书的方式描写了一个贵族家庭的盛衰，由此暗示贵族阶级和封建社会的解体现象，而吴敬梓首先是控诉者，将矛头指向一个能暴露现存之封建社会系统的基本问题的伤口。"形式上，他对传统的章回体叙事结构有创造性发挥，并非单纯地铺陈轶事，而做到了内在的统一。统一性源自，所有的轶事都包含了相同的对比，即体现传统伦理价值的真儒、真人与醉心于功名利禄者之间的对比，这对矛盾以不同形象表现出来。古典小说的角色静止不变，但吴敬梓笔下某些人物是有变化的，要么在追逐功名的过程中逐渐腐化，要么通过儒家伦理净化了自身。性格塑造主要通过行动和对话，有时也通过内在心理的描写。她认为，作品有精细的语言个性化和典型细节的准确表现，尤其是后者的处理上，吴敬梓的手法非但在当时超乎寻常，到今天也堪称现代。另外，吴敬梓吸收文言小说的传统手法，在情节中编入言简意赅的自然和地域描写，这方面也影响了后来文学发展。②

十四、晚清小说

晚清小说其实是现当代文学研究兴起后的产物，在追溯现代文学之现

---

① Irma Peters, „Nachwort", Yang En-lin, Gerhard Schmitt (Übers.), *Wu Jingzi: Der Weg zu den weißen Wolken*, Weimar: Gustav Kiepenheuer, 1962, S. 1172-1173.

② Yang En-lin, Gerhard Schmitt (Übers.), *Wu Jingzi: Der Weg zu den weißen Wolken. Geschichten aus dem Gelehrtenwald*, Bd.2, Nachwort von Eva Müller, München: Beck, 1990, S. 430-431.

第四章 万神殿的构建：汉学系统中的中国作家作品

代性起源时，人们想到了之前被忽略的晚清黑幕小说，将其视为传统叙事文学内涵的现代性萌芽的证明。故虽然霍福民早在1939年就节译了阿英1937年版的《晚清小说史》，然而真正的关注发生在80年代以后，刘鹗和吴沃尧是其中最受瞩目的作家之一。

在屈汉思《老残游记》德译后记中，马汉茂介绍说，这部小说属于《儒林外史》一类的社会批判作品，同时也具有自传性。刘鹗在其中编入了自己的生平事件、对于对手的影射，以及"不容忽视的自我理想化"，从一个个人的视角成功地描画了中国从19世纪向20世纪的过渡时期。[1]象征层面上，《老残游记》从政治图像和政治行动发展为哲学话语，虽然其"伦理性单个人行动"（ethische Einzelaktionen）并不能拯救社会，却体现了儒家的济世理想。《老残游记》是影射当代的寓言小说，巧妙地将个人经历和普遍的社会问题相结合，"以中国现代知识分子的责任意识"分析中国的危局，对于如何走出政治和社会的困境表达自己的看法。同时，它也是受日本影响的政治小说，鼓吹变法和宪政，鞭挞内政方面的分崩离析、腐败的官僚体系、洋人的欺压以及华工在海外的遭遇，还提出要改善妇女的地位。[2]马汉茂尤其关注其中的女性角色，包括不顾儒家道德的尼姑逸云、具有林下风范的玙姑、说书艺人黑妞和白妞等，他认为刘鹗是世纪之交妇女弱势地位的同情者，且将女性理想化为伦理和哲学的典范，与申子平畅论古今的玙姑就是有意构建的一位"女哲学家"，用来充当作者的传声筒：

> 刘鹗将作为艺人和哲学家的女性人物提升到道德和美学层面，成为给男性树立的典范。情感、知识、温暖和智慧汇集于这些女性人

---

[1] Hans Kühner (Übers.), *Liu E: Die Reisen des Lao Can. Roman aus dem alten China*, Nachwort von Helmut Martin, Frankfurt a. M.: Insel, 1989, S. 450.

[2] Ebd., S. 454-455.

物身上，对于身处儒家男性社会的同时代读者来说，却肯定会招致反感。从玙姑这个人物可以清楚看到，刘鹗是有意在此设置标记，否则作者不会借她之口，将自己对于人性的崇高哲学理想道出。①

和马汉茂一样，陈月桂认为《老残游记》对于传统的批判主要针对宋明理学而非孔孟，作品中表达的"同情"思想毋宁说继承了儒家重视人性和人道的传统。刘鹗"自叙"有言："吾知海内千芳，人间万艳，必有与吾同哭同悲者焉！"陈月桂认为这体现了孟子的影响，"与吾同哭同悲者"就是孟子作为人性根本的"不忍之心"，而且和德国剧作家莱辛的同情思想相通。莱辛也认为，悲剧的功能就是激发人的同情心。②

马赫特（Christine Macht）1987年完成的维尔茨堡大学博士论文《吴沃尧（1866—1910）的"俏皮话"》是德语区首部吴沃尧研究作品，主要内容为故事集《俏皮话》的翻译和解释，也提供了一个吴沃尧的生平概述。马赫特总结说，吴沃尧在这部早期作品中激烈地批评腐败官僚，描述了导致大清帝国衰亡的所有病象，后来的《20年目睹之怪现状》不过是这种批评的深化。另外，《俏皮话》的笔法显示了吴沃尧尚处于其"实验阶段"：叙事用文言，夹杂大量成语，说话则包含大量口语表达。到了后来的小说，则完全转向经过提炼的白话。③

尼佩尔1994年提交的汉堡大学博士论文《九死一生：吴沃尧（1866—1910），一位晚清小说家》，是关于吴沃尧的另一部专著。尼佩尔指出，梁启超从1902年开始鼓吹"新小说"，本意是开发民智，让文学接近大

---

① Hans Kühner (Übers.), *Liu E: Die Reisen des Lao Can. Roman aus dem alten China*, Nachwort von Helmut Martin, Frankfurt a. M.: Insel, 1989, S. 457.

② Goat Koei Lang-Tan, *Konfuzianische Auffassungen von Mitleid und Mitgefühl in der Neuen Literatur Chinas (1917-1942). Literaturtheorien, Erzählungen und Kunstmärchen der Republikzeit in Relation zur konfuzianischen Geistestradition*, Bonn: Engelhard-NG, 1995, S. 80-83.

③ Christine Macht, *Die „Satirischen Fabeln" des Wu Woyao (1886-1910)*, Uni. Würzburg, Diss., 1987, S. 63-64.

第四章 万神殿的构建：汉学系统中的中国作家作品

众，可是当时真正能读小说的只是民众中的极小部分，集中在上海这样的都市洋场。那么，是什么推动吴沃尧这样的作家加入小说运动，将小说这种当时并不受重视的文学形式视为改良社会的利器呢？他如何来实现自己的文学想象？他是受西方的影响多，还是自创了他的文学表达形式，或是借用了中国古典小说的模式？借助这些导引问题，尼佩尔试图澄清吴沃尧的世界观立场，确定他在20世纪早期中国文学中的地位。他认为，应当从吴沃尧的生平和时代背景来探讨其小说创作。他以吴沃尧首次发表小说的1902年为分界线，将其生平分为前后两阶段，重点分析了《20年目睹之怪现状》《恨海》和之前未受到西方汉学家关注的《新石头记》。鲁迅和胡适在对于晚清小说评价上看法不一，前者把晚清小说当成传统小说的尾声，而后者视之为活文学的一部分和文学革命的前驱。尼佩尔在此问题上倾向于胡适，更愿意在晚清文学中看到现代性的萌芽。他提到，以五四为中国现代文学起点的主流看法忽视了晚清的重要性，马汉茂早在1973年就对此提出了批评[1]；不过，阿英的《晚清小说史》以历史唯物主义为纲，关注内容的进步性，唯独推重《20年目睹之怪现状》中的社会批判而忽视了《恨海》和《新石头记》，也是他不能赞同的。他的总体评价是，吴沃尧对中国现代小说有重要贡献，实验了一系列来自西方的新的文学技巧，如《新石头记》受到了凡尔纳等人的影响，可能是中国小说史上第一部全面铺开的"国家乌托邦"。[2]在许多方面，他和晚清作家都称得上是中国现代文学的先驱，为白话文的成功作了铺垫。他的爱情小说影响了后来的鸳鸯蝴蝶派作品，《恨海》甚至可以被视为巴金、郁达夫作品的先声。《情变》代表了从才子佳人的三角关系向民国时情感小说的过渡，成为晚清和民国小说的中介环节。《20年目睹之怪现状》将中国社会看成鬼魅横行的屠宰场，证明他是"吃人的"中国的第一个记录者，先于鲁迅涉足于

---

[1] Kai Nieper, *Neun Tote, ein Leben: Wu Woyao (1886-1910), ein Erzähler der späten Qing-Zeit*, Frankfurt a. M.: Lang, 1995, S. 37.

[2] Ebd., S. 299.

这一主题。然而《新石头记》又提出"孔子之道",那他是否为保守派?是否又陷入"中体西用"的窠臼?尼佩尔否定了这一猜疑,认为其保守倾向中隐含着另一种激进。转向"纯正儒家"不意味着回到传统,作品中鼓吹的人伦孝道应归于其"情"伦理,这一伦理并非以儒家经典为依据,恰恰相反:"吴沃尧的'旧道德'并非用于维护,而是旨在批判受经典教育的文人士大夫,他对四书五经的攻击力度并不亚于其后继者对于'孔家店'的批判。"①他也对"五千年的一本糊涂账"深恶痛绝,在这一点上和鲁迅《狂人日记》中对中国历史的看法是一致的。

第三节 中国现当代文学符号

一、萧红

萧红是受到西方汉学家普遍关注的中国作家,基恩(Ruth Keen)最早将萧红作品介绍入德国,不仅翻译了《小城三月》《呼兰河传》等小说,还出版了专著《自传和文学:中国女作家萧红的三部作品》(1984),对德语区的萧红符号塑造起了重要作用。

基恩的萧红专著从《呼兰河传》《牛车上》《手》等作品出发,联系萧红的传记资料,欲揭示萧红小说中的自传因素和自传书写的具体形式。基恩认为,有别于一般自传作者,萧红不是尽可能完整地报道自己的生平,而是从主观视角出发选择局部时段、个别人和事,个人情绪常掺入其中。她的首要目的不是描述自己,而是借助个人的生平事件去表现中国社会的现实状态,揭示受压迫者的悲剧。恰恰这样一种有意识的对虚构因素

---

① Kai Nieper, *Neun Tote, ein Leben: Wu Woyao (1886-1910), ein Erzähler der späten Qing-Zeit*, Frankfurt a. M.: Lang, 1995, S. 306.

第四章 万神殿的构建：汉学系统中的中国作家作品

的运用，让萧红达到了一种更高的真实。相比那些执着于僵化事实，仅是在夸耀成就或掩盖过失时才加以虚构的"纯"自传，萧红的作品要真实得多。

基恩同意美国汉学家葛浩文（Howard Goldblatt）的判断，萧红只有在进行自传性描述时才具有最强的表现力。她认为，这是萧红那一代中国作家的共同特征，萧红有别于他们的是将自传材料组织进叙事作品的具体方式。为了显示萧红的个人特质，作者拿她和同时代三个自传性作家——郁达夫、冰心和丁玲——作比较。和郁达夫相比，萧红虽然也写个人情感和渴求，但没有不加掩饰地倾诉自身苦痛的冲动，也不像郁达夫那样有意挑衅社会。她只是细致地观察表面看来微不足道的事物，通过暗示激发读者的想象力。小说中也听不到中国左翼作家中常见的控诉声音，拿《呼兰河传》第五章和冰心的短篇小说《最后的安息》相比较，就可以清楚地看到这一点。两篇都是童养媳题材，冰心噙着泪水抨击非人社会，而萧红仅是将爷爷呵护下的她的童年和小团圆媳妇的遭遇相对照，就清楚地显示了社会环境的无情。基恩认为，萧红对于女性题材的处理方式和她的生平有亲缘关系，这一事实也说明了自传书写特征。丁玲的早期作品也以女性为中心，但丁玲塑造了一种新女性类型，她们受过良好教育，努力实现自身，既反抗一般压迫，也抵制男性强权。而萧红的女主人公属于传统女性，她们通常来自社会底层，只能屈从于环境，盲目接受命运的摆布。萧红本人虽然活动于知识分子圈，但骨子里是脆弱和感伤的，不可能在作品中超越自身经验，去创造充满希望的新女性。

基恩的结论是，中国传统自传多半是混合形式，"五四"之后才出现了纯粹的自传，而萧红的创作代表了中国自传文学传统生出的新形式。她认为，萧红的自传书写是女性话语的一部分，暗含了一种反男性态度。在她看来，萧红不大符合"社会主义现实主义"概念中的"进步"作家定义，她只是尽可能忠实地描写其生平和时代，虽然也有人道主义和社会批判诉求,却不硬套任何一种党派路线。①

德译本《小城三月:短篇小说集》后记中,她指出,萧红的自传书写在早期的《商市街》中就已显出力量,作家越是将自身经历带入文本,作品就越显得真实生动。萧红不仅写出一个特定社会阶层的生活状况,还呈现了自己的情感世界,女性特有的内向视角使她能洞察人际关系中的细微之处。她认为,萧红主要关注女性命运,中国妇女活在永远的生死轮回中,日本人入侵增加了新的苦难,却不是女性受压迫的根源,故《生死场》不像中国批评家所说是对日本帝国主义的控诉,而是"对于野蛮的、由男性统治的社会之非人道的控诉",少许爱国场景倒像是事后添加。在她看来,萧红的气质较传统,从未摆脱旧的女性角色要求,因此她笔下的女性形象也显示了困扰作家本人的传统特征,如屈从于男性或家庭,懦弱和缺乏行动力,等等。②

法比安(Gudrun Fabian)的论文同样探讨了《呼兰河传》的文体。针对那些认为《呼兰河传》并非严格意义上的小说(如葛浩文)而仅仅是回忆或自传的看法,他认为,《呼兰河传》虽没有情节和主人公,各章相对独立,但有着形式、内容和结构上的前后关联,这种统一性赋予了它明确的长篇小说特征。不过,他不同意基恩把《呼兰河传》界定为"自传小说",而称其为"环境描写和社会批判小说"。③他认为,不能简单地因为作品中自传因素的存在,就判定小说属于自传类型,因为萧红要表现的既非她本人,也不是其他角色,而是全景式的环境描写。换言之,萧红从回忆中汲取素材,并非要报道自身或他人的情形,而是用于刻画特殊文化

---

① Ruth Keen, *Autobiographie und Literatur: Drei Werke der chinesischen Schriftstellerin Xiao Hong*, München: Minerva-Publikation, 1984, S. 104.

② Ruth Keen (Übers.), *Xiao Hong: Frühling in einer kleinen Stadt: Erzählungen*, Köln: Cathay, 1985, S. 108-117.

③ Gudrun Fabian, „Xiao Hongs Geschichten vom Hulanfluß. Ein Beitrag zum Problem der Gattung", *Orientierungen* 2 (1990), S. 100. 这篇文章1989年就已完成,原拟投给《龙舟》,顾彬在《生死场》后记中也采纳了他关于萧红文体属于环境和社会小说的观点。

第四章 万神殿的构建：汉学系统中的中国作家作品

和社会环境下的农村生活情况。真实的个人回忆一方面可以提高文学性，使描述贴近生活，另一方面有助于完成社会批判任务——正是社会批判赋予了小说内容上的统一性，成为贯穿始终的红线。《呼兰河传》批判妨碍社会自由运动的凝滞状况，爷爷的人道主义则代表希望：社会中人也能像自然中的万物那样，自由地展开自身。

顾彬为《生死场》德译（1989）写的后记中，通过加入中国传统文化的要素，对于"生死场"的含义作了有趣的解读，从一个更深层面揭示了萧红的女性解放诉求。顾彬认为，"生"不光意味着被动的出生，也意味着主动的生产。30年代中国成了一个象征域，在这里，女人带来生，男人带来死。具体言之，男性对女性的仇视、捕猎带来死，暴力和死亡因男人而生，日本人不过是男人的升级。顾彬格外关注小说中动物的寓意，他认为，小说中的羊和"阳"谐音，象征男性，小说开头和结尾都有一只山羊出现，意味着自始至终是男性在统治。鱼象征女性，第六章中的产妇"像一条鱼似的"；第七章中的葫芦表示香火永续，天地结合；第二章中的西红柿代表了金枝，也代表了女人的性："未被采摘的以及未成熟就被采摘的西红柿，西红柿筐子，西红柿散落和被踩踏，所有这些都代表了偷吃禁果和怀孕。"[①]

基恩的《呼兰河传》德译（1990）后记由她和顾彬合写。两位作者认为，从西方观点出发，就可以顺利解决中国批评界争执不休的《呼兰河传》的文体问题。基恩放弃了她最初主张的自传说而采纳法比安的看法，由此和顾彬形成共识：《呼兰河传》是一部"环境描写小说"[②]。他们将萧红风格形容为"参差的"（disparat），这种写作方式有两个突出特征：1. 预先提示接下来要详细描述的内容；2. 从一般到具体、状态到运动之间

[①] Karin Hasselblatt (Übers.), *Xiao Hong: Der Ort des Lebens und des Sterbens*, Nachwort von Wolfgang Kubin, Freiburg/Br., Wien: Herder, 1989, S. 149.

[②] Ruth Keen (Übers.), *Xiao Hong: Geschichten vom Hulanfluß*, Nachwort von Ruth Keen und Wolfgang Kubin, Frankfurt a. M.: Insel, 1990, S. 283.

的直接过渡。他们认为，这种书写方式继承了中国古代的循环观念。传统中国思想中，生命是一个不变的循环，从普遍到个别、从画面到行动的转换，就是万物循环在小说叙事上的表现，看似写实的《呼兰河传》也就具有了强烈的形而上意味：

> 在一个没有报纸的世界，发生的事件哪怕再精彩，也不会产生历史。女作家通过呼兰河传——呼兰河岸边生活的记录，就像鲁迅在《阿Q正传》中所做的那样，赋予无状之物以历史，但那是一个循环的历史，在其中一切都会再来，而且因为会再来，可以时而被普遍化，时而被具体化，而最终还可以作为已知者被事先预料。①

不难看出，从自传到非自传，从写实到形而上，萧红符号在交互观察过程中变得越来越意蕴丰富。仿佛是个体的自传上升为宇宙的自传，无所不在的宇宙秩序让不同范畴的事件得以相互交融，也取消了自我和社会环境的界线。另外，两位作者都同意，萧红是一个特立独行的作家，她按自己的所见所感写现实，不美化、遮掩。她揭示了普通中国人不仅是受害者，也是"压迫的起因、自身不幸的源头"，这类洞见不符合延安文艺座谈会后的主流倾向②，却延续了鲁迅开启的国民性批判传统。萧红和鲁迅的共同主题是中国人的看客心态，而看客心态源自恶劣的生存环境：老百姓没有权利，一句玩笑话就可以致死罪，只有看到他人受苦才会有乐趣；吃饭高于一切，成了生命唯一的价值和意义，生存的不幸就变得不值一提，可以被迅速遗忘。萧红和鲁迅一样，继承了中国传统的暗示艺术。鲁迅式抒情笔调和孩童视角也影响到萧红，但在萧红这里，儿童不仅以天真的目光观察世界，也借童言无忌质疑社会不公，《呼兰河传》最后三章中

---

① Ruth Keen (Übers.), *Xiao Hong: Geschichten vom Hulanfluß*, Nachwort von Ruth Keen und Wolfgang Kubin, Frankfurt a.M.: Insel, 1990, S. 286-287.

② Ebd., S. 279.

第四章 万神殿的构建：汉学系统中的中国作家作品

这一视角显得格外醒目。

自我在德国汉学圈是个中心问题，萧红因此也容易成为思想史素材。基恩和顾彬乐见一个游离左翼作家主流的萧红，而对鲍吾刚来说，至少在抽象的理念层面，萧红的自我倾向和"党的规定"绝非不相容。在鲍吾刚探讨中国人自我意识结构的《中国的面容》中，萧红是一个重要样本。他认为，萧红的简短自述《永久的憧憬和追求》充分显示了个性特征：家乡的寒冷气候和父亲的"无情"相联系，祖父房里的暖炉和祖父从心灵上给予的"温暖"相对应，这种"画面语言"是萧红描写灵魂的独特手法，借此将个人命运塑造为一代中国女性命运的缩影，让专注于自我的作品产生了社会政治效果。鲍吾刚进一步说，这证明中国现代知识分子的自我探索融入了集体事业，萧红来自沦陷区东北，积极投身于左翼运动，其革命热忱中也包含了获得个体解放的希望。对鲍吾刚来说，萧红的生命创作成了一个富有思想史意味的征兆。①

陈月桂则注意到小说《牛车上》中同情的情感结构，这是有相似的苦难经历的普通人之间的相互关情。她指出，小说描写了两个同情者的形象：作为男性次要人物的车夫和作为女性第一人称叙事者的"我"。车夫和五云嫂丈夫一样是逃兵，对她所遭遇的不幸感同身受，情不自禁地想到了自己的家小。而萧红从小经历了父亲对下人和家人的冷酷无情，在第一人称叙事者角色中自然地将自己和五云嫂认同，同情她的悲惨命运。陈月桂认为，这一文学母题和白居易《琵琶吟》有类似结构，都是"同病相怜"思想的文学表达，显示了中国现代文学的人性意识和古代文学传统的密切关联。②

体裁和理念是一体的两面，即文学符号内外两面的最简单形式，对于

---

① Wolfgang Bauer, *Das Antlitz Chinas*, München: Carl Hanser, 1990, S. 644-646.
② Goat Koei Lang-Tan, *Konfuzianische Auffassungen von Mitleid und Mitgefühl in der Neuen Literatur Chinas (1917-1942). Literaturtheorien, Erzählungen und Kunstmärchen der Republikzeit in Relation zur konfuzianischen Geistestradition*, Bonn: Engelhard-NG, 1995, S. 292-297.

19世纪初德国的世界文学史家来说,解决了这两个问题,就完成了文学考察的主要任务。文体是否为自传和思想上是否独立不羁,成为当代德国的萧红研究者最关心的两个问题,两个问题又都和主体性相关,反映了西方知识系统的深层要求。福柯注意到,自从苏格拉底向雅典人提出"关心你自己"的要求以来,"自我"成了西方思想史传统的核心线索。"自我文化"自希腊化和罗马时代开始成型,它意味着:首先,自我成为普遍价值;其次,要通过一定数量"有规则、有要求和献身性的行为",才能达到作为价值的自我;再次,自我的获得相关于一整套技术亦即制度化、反思性的实践;最后还需要理论,即通过一系列概念、观点将自我变成一种"知识模式"。在这种专门的自我文化框架中,才形成了主体性的历史、主体和真理的关系的历史。①

自传的本质是说关于自己的真话,然而只有自由主体才能说出真话,自传因而和主体性相关联。自传让人将注意力从社会俗务转向自身,更清楚地看到世界和自身、自身和自身的关系,从而改变主体状态。自传在时间和空间两个维度分解自我表象,考察它和世界整体的关系,以便找到自我各要素之间、自我和世界之间更好的组合方式。关于自身的写作早在公元1—2世纪就成为修身训练的重要手段——为了控制和塑造自己,需要把思想写下来,使之成为阅读对象和对话伙伴。②在此意义上,现代的自传书写继承了古代的精神训练传统。但是"讲真话"(parrhêsia)和修辞的关系十分微妙,自传的真正目的是发现灵魂的真相,为此必须摆脱修辞,但只要是言说(更不用说自传体文学了)就离不开修辞。这就造成了对于自传文体的争论,过去的人们将修辞界定为辅助性的技术工具,服务于对灵魂真相的探索;当代的解构主义、后现代理论却有意突出自传中修辞的主导作用,强调自我的虚构性、符号性和他者性。

---

① Michel Foucault, *L'herméneutique du sujet. Cours au Collège de France (1981-1982)*, Paris: Gallimard / Seuil, 2001, p. 172-173.

② Ibid., p. 342.

第四章　万神殿的构建：汉学系统中的中国作家作品

由此就能理解，为何德国研究者如此关心萧红的文体问题——文体是否为自传，暗示了个体精神是否独立。普实克曾提出，中国传统自传中没有自我，唯有晚清《浮生六记》是例外，显示了个人性的萌芽，这一观点在西方汉学界发生了重大影响。萧红正好给基恩提供了反驳普实克观点的例证——萧红被她视为中国现代盛行的自传文学的代表。基恩认为，萧红的自传倾向一方面归因于她和家庭的关系，另一方面是因为她的创作时代大多在流亡中度过。[①]更重要的是，萧红意识到自身作为女性受到的压迫和歧视，同时对于他人的痛苦抱有深切同情。前者要追溯到她在哈尔滨上学时受到的五四思想熏陶，以及和中外文学作品的接触；后者体现了萧红特有的人道主义思想，这尤其和她后来的生活经历相关。

二、老舍

按照顾彬《正红旗下》德译后记中的说法，老舍在德语区的知名度仅次于鲁迅，是作品被翻译得最多的中国作家之一。[②]吕福克是老舍最早的译介者之一，他认为，老舍作品的魅力首先在于，它像一系列画卷，给西方读者展现了一个陌生世界的丰富生活：

> 我们看到了千差万别的各阶层人等，这样一种丰富多彩已然属于过去的时代，却没有人巴望重新召回它来。黄包车夫、太监、媒婆、妓女、已婚妇人、士兵、小偷以及正派人物（后者总是占少数）充斥这个世界，为我们绘出如此生动的三十年代中国的画卷，没有哪部历

[①] Ruth Keen, *Autobiographie und Literatur: Drei Werke der chinesischen Schriftstellerin Xiao Hong*, München: Minerva-Publikation, 1984, S. 21.

[②] Silvia Kettelhut (Übers.), *Lao She: Sperber über Peking*, Nachwort von Wolfgang Kubin, Freiburg im Breisgau: Herder, 1992.

史书，也没有其他哪位新中国作家能给予我们这样的画卷。①

老舍关心这些角色的苦难和不同特性，他们的绝望奋斗以及希望的最终破灭。然而，老舍具有"暧昧特性"的幽默也基于对于无情现实的抵制，来自老舍特有的人道主义——他始终对他人的弱点报以同情的微笑。老舍的作品再次证明，人类生存的悲剧和喜剧并非相互排斥，而是彼此交融。《猫城记》德译后记中，吕福克认为，《猫城记》是30年代中国独一无二的时代记录，"无疑是20世纪中国迄今最重要的讽刺小说"②。老舍看起来是个讽刺家，骨子里却是理想主义者，希望以作品来克服理想和现实的矛盾，夸张的讽刺暗示了和不良现实相反的规划，是"所有启蒙时代的典型文学体裁"③。老舍一再流露的道德家口吻，简直让文本带上了一层"布道色彩"，西方读者习惯于从描写中自己去得出的结论和判断，老舍都交代甚至"规定"清楚了。④

老舍在新中国成立后并未沉默，仍保持了旺盛的生产力，如何看待这个事实，也是向来偏爱政治视角的德国观察者不会放过的话题。郭恒钰在向德国读者介绍剧本《西望长安》时指出，这是新中国成立后讽刺性戏剧的首次尝试，既受观众欢迎，但也招来批评——认为该剧的讽刺性尚有不足。郭恒钰由此顺势展开自己的观点，认为这一批评是正确的，老舍塑造的骗子主人公效果不够强烈，也没有深入挖掘政治麻痹、干部文化落后以及官僚主义作风的根子。⑤顾彬这方面的批评更不客气，他认为，《正红

---

① Volker Klöpsch (Hrsg.), *Lao She: Zwischen Traum und Wirklichkeit. Elf Erzählungen*, Frankfurt a. M.: China Studien- und Verlagsgesellschaft, 1981, S. 287.

② Volker Klöpsch (Übers.), *Lao She:Die Stadt der Katzen*, Frankfurt a. M.: Suhrkamp, 1985, S. 199.

③ Ebd., S. 199.

④ Ebd., S. 201.

⑤ Heng-Yü Kuo (Hrsg.), *Lao She: Blick westwärts nach Changan*, München: Minerva Publ., 1983.

第四章 万神殿的构建：汉学系统中的中国作家作品

旗下》这部晚期杰作中，一向不热衷于辛辣嘲讽的老舍，将基督教和洋人变成攻击的靶子。但顾彬认为，这里恰体现了作者的意识形态性，对于一个像老舍这样在英美长期生活过的作家来说，如此激烈地全盘否定洋教和洋人，让他多少感到有些吃惊，相比之下，他认为鲁迅在此问题上的看法就"客观"得多。①

凯茜（Silvia Kettelhut）是《正红旗下》的德译者，她1996年在顾彬指导下完成的博士论文以老舍作品中的女性和两性关系为对象，结合了女性主义立场和后结构主义的解构倾向，其标题"不仅是人力车夫"已经透露出了论辩意味——暗示以前的研究忽略了女性角色。②在她看来，"多义性"代表了后结构主义的核心观念，老舍文本中不仅有赞同女性解放的意义内容，也不乏反女性解放的话语。她认为，这种多义性同样是中国传统，讲究"言外之意""见仁见智"的中国古代诗学对此毫不陌生。她从女性描写和两性关系角度分析了10部老舍作品：《热包子》《柳屯的》《柳家大院》《猫城记》《离婚》《骆驼祥子》《也是三角》《黑白李》《月牙儿》《微神》。寻找后结构主义主张的"多义性"，呈现话语的自相矛盾，成为凯茜的引导线索。

对于矛盾性的偏爱，导致她的提问也以悖论形式展开：恨女倾向何时在文本中显露，父权秩序失败的迹象又在何处？制造男女不平等的传统观念中是否伏有解放的暗流？丑化女性的叙事者是否让人觉得可信？这位叙事者是否最终被发现是不可靠、非道德，从而将恨女倾向再次解构？或者有某一位叙事者扮演批评者角色，却自己就不乏恨女的男性意识？由正统观念塑造的女性形象，是否又在其他层面上被消解？作品是否表面上遵守儒家的女性模式，但在另一视角下又存在对女性价值的理想化？或者正

---

① Silvia Kettelhut (Übers.), *Lao She: Sperber über Peking*, Nachwort von Wolfgang Kubin, Freiburg: Herder, 1992, S. 198.

② Silvia Kettelhut, *Nicht nur der Rikschakuli: Frauendarstellung und Geschlechterverhältnis im Werk Lao Shes*, Frankfurt a. M.: Lang, 1997.

相反，表面看来具有解放性的女性，其实依附于旧的角色？形式层面上相对应的问题就是，叙事技法如何支撑这种正反话语的叠合，换言之，女性和叙事者、男性主人公的关系如何，如：女性角色始终是由叙事者描述，还是叙事者悄悄采取了某位男性主人公的视角，以至于这位女性人物其实是由后者眼光所呈现？某位女性角色是否显得暧昧，因为男主人公看她的眼光是分裂的？女性角色和叙事声音的关系如何？谁对两性关系发表看法？叙事者是否会以及以何种态度评论这些看法？这些不同视角和观点是否发生重叠，相互结合，抑或相互抵消？[①]

然而，如果提问构成了潜在的论述结构，就让人怀疑，作者是否出于解构主义的需要，而将老舍作品建构成了"自相矛盾"。其实，研究者伸张女性权利的干预随处可见。例如，小说《离婚》中李太太由弱转强的发展，她让叙事者不屑的"乡下的逻辑"，在凯茜看来，正体现了挣脱传统妇女角色的可喜征兆。叙事者讥讽地谈到的"老娘们"的"国际联盟"，在凯茜看来，却构成了一个区别于等级化的男性世界的平等空间。凯茜认为，《离婚》的意义超出了对包办婚姻的批判，触及两性关系的反思。尹虹曾给他翻译的《离婚》冠以"老李的花梦"的标题[②]，凯茜进一步发挥说，在老李的"花梦"问题上，老舍几乎成了当代理论的预告者——他让男主人公臆想的"完美女性"破灭，正是早期女性主义文学批评的诉求；和马少奶奶相反，老李自己的太太成了他眼里的妖魔鬼怪，这又让人想到当代女性形象批评，它既打破理想化的女性形象，也抨击男性创作对于女性的妖魔化。同样，凯茜认为《骆驼祥子》预告了当代女性主义的思考。虎妞在祥子眼里既是妖精，又是保护神，这一双重视角已脱离了传统的妖魔化做法。而小说中两性关系的戏剧性发展，对女性主义批评更具有启迪意义。悍妇虎妞打破了传统的两性角色分配，祥子无法承担起男性保护者

---

① Silvia Kettelhut, *Nicht nur der Rikschakuli: Frauendarstellung und Geschlechterverhältnis im Werk Lao Shes*, Frankfurt a. M.: Lang, 1997, S. 105.

② Irmtraud Fessen-Henjes (Übers.), *Die Blütenträume des Lao Li*, München: C.H. Beck, 1985.

第四章　万神殿的构建：汉学系统中的中国作家作品

的角色，他感到不幸。然而当虎妞由于怀孕不得不回归女性传统角色时，真正的悲剧才发生了：虎妞失去生命，祥子失去家庭支撑。凯茜注意到了小福子这个角色的双重功能，她一方面是虎妞的陪衬，另一方面又让人认清祥子的婚恋观——既有平等的一面，也有"男主外女主内"的传统模式影响。她认为，小福子并非纯粹被动的女性，她以自杀超越了命运；反之，祥子由向往纯真的女孩开始，最终堕落为窑子的常客。

凯茜认为，老舍作品的基本思想是"父权秩序的颠倒"，这种颠倒只是暂时的，最终又回复到传统的两性关系。但悖论的是，这一回复恰恰显示了旧秩序的局限性——这种回复让主人公彻底陷入不幸，故正是先前秩序的重建，要么让人怀疑这种秩序，要么暗示新的转折的到来。《骆驼祥子》就突出地展示了这一点："如果传统两性关系的颠倒造成不和谐，它的回复则意味着彻底毁灭。"①她也指出《柳家大院》《猫城记》等作品中叙事者的暧昧性，认为老舍作品中不可靠的叙事者是中国文学中罕见的现象。叙事者的描写未得到隐含作者的完全认可，其中解放和反解放话语交叠：表面看来是在激烈批评对妇女的压迫，背后其实是传统的思维模式，但正因为这种不一致，传统思维模式又失去了其权威性。这类叙事者角色在鲁迅那里也可以看到，他们看透了社会，和大众脱离，但他们自身又依附于那个为他们所批评的系统，故无法真正和受害者认同，而是永远处于一个中间的位置。老舍和鲁迅一样，也意识到纯粹写实的危险，即复制旧的压迫者和被压迫者的关系。为了获得和现实的批判性距离，老舍利用了民间说书人的样式，讲故事者嬉笑怒骂，灵活地置评时事，而非盲目地摹写现实。

---

① Silvia Kettelhut, *Nicht nur der Rikschakuli: Frauendarstellung und Geschlechterverhältnis im Werk Lao Shes*, Frankfurt a. M.: Lang, 1997, S. 279.

三、茅盾

东德的中国研究一开始即聚焦于当代中国，茅盾作为仅次于鲁迅的中国革命作家，其译介和研究受到高度重视。葛柳南是东德的中国现当代文学研究的主要代表，也奠定了德语区学界对茅盾的基本认识，他1962年在普实克指导下完成博士论文《茅盾1927到1932/1933年间的叙事作品中的社会图像和人物塑造》，1967年又在莱比锡大学提交了教授论文《茅盾对于中国新文学现实主义发展的文艺贡献》。而在70年代末80年代初的西德，也出现了中国现当代文学热，人们渴望通过阅读文学作品，去了解一个重新和国际社会接轨的中国的社会情形，茅盾等中国现代作家也一道进入了西德汉学家的研究视域。

东德汉学家的博士和教授论文处于保密状态，但葛柳南1975年公开发表在《亚非研究》上的论文《茅盾小说〈子夜〉：中国新文学的一部重要现实主义作品》总结了之前的研究所得，让西德同行得以了解他的基本观点。可以看出，葛柳南关心的最终是如何评价中国的现代文学成就，如何在世界文学殿堂中安置中国经典作家的问题。苏联汉学家索罗金曾把《子夜》界定为社会主义现实主义，不仅反映历史现实，还指明了未来趋势，葛柳南不同意这一观点。他认为《子夜》关注集体抗争，对于新文学现实主义的拓展的确作出了贡献，但是茅盾的基调是悲观的，他的创作只是批判现实主义而非社会主义现实主义。其理由是，茅盾笔下的工人形象缺乏发展，正面的工人主人公都以失败告终；占据舞台中心的是民族资产阶级，其他阶级和阶层都处于边缘，无产阶级迈出了自觉反抗剥削者的第一步，但仅止于此。[①]"茅盾赋予资产阶级代表者的丰富情感和强力表达，在工人形象上荡然无存。"[②]论文的意识形态意图还体现于对70年代中国

[①] Fritz Gruner, „Der Roman Tzu-yeh von Mao Tun – Ein bedeutendes realistisches Werk der neuen chinesischen Literatur", *Asian and African Studies*, Vol. XI, 1975, S. 70.

[②] Ebd., S. 63.

第四章　万神殿的构建：汉学系统中的中国作家作品

文艺政策的批评，葛柳南断言，将30年代国统区文艺打成"黑线"，是因为他们拒绝马列主义世界文化；事实上，中国的左翼文学是世界进步潮流的一部分，不但茅盾积极吸纳托尔斯泰、左拉等欧洲现实主义作家的思想和技巧，而且"左联敦促其成员和追随者学习马列主义，向世界开放，尊重本民族的伟大进步成就和世界文化"。①

葛柳南的意义调配充分表达了系统意志，东德汉学家用意识形态的形式治理文本世界，统一社会党反对"资产阶级客观主义"和美国"颓废文化"，号召写社会主义建设和建设中的英雄模范，直接地反映在了中国现代小说的评价上。但葛柳南也触及茅盾创作的许多深层特征。他说，和晚清黑幕小说相比，《子夜》的优势在于，它不但画出社会全景，且揭示了背后的操纵性社会力量。和同时代中国作家的（以及他早期的）作品相比，《子夜》关注更多的不是人物内心状态，而是社会关系的复杂链条。人物命运的描写为刻画社会情境服务，一旦功能实现，就淡出读者的视野。人物的性格不需要发展，因为所有人物都受到特定情境的强制，只能以特定方式行动，不但屠维岳这般小角色如此，中心人物吴荪甫也不例外。吴荪甫的行动由外部局势，即他和工人、和交易所的斗争关系所决定，这是一种"深刻的现实主义"，揭示出了吴荪甫命运的"内在逻辑"：力量关系决定了他的失败，他的铁腕、决断力、远见和理智都无济于事。②当时主导东德文艺界的是卢卡奇的典型人物论，其影响昭然若揭：民族资本家吴荪甫是处在中国工业和帝国主义在华势力的中心——上海——的典型人物，身上集中了中国社会最重要的矛盾和冲突，体现了个别和普遍、现象和本质的完美结合。他的失败引出一个结论，即和封建主义和帝国主义力量的妥协并不能促进民族工业发展，而只能导致其沦亡，如此具体细致地描写出中国社会转型期的情形，是相关历史著作极少能做

---

① Fritz Gruner, „Der Roman Tzu-yeh von Mao Tun – Ein bedeutendes realistisches Werk der neuen chinesischen Literatur", *Asian and African Studies*, Vol. XI, 1975, S. 57.

② Ebd., S. 62.

到的。

西德社会对于茅盾的兴趣却远不如更具有革命偶像意味的鲁迅，也比不上张洁、戴厚英等更能反映当代中国社会现实的新时期作家。巴尔豪斯（Dorothee Ballhaus）80年代末出版的《茅盾早期作品中的现代女性》是西德时代唯一的茅盾研究专著，视角选择上也有意和意识形态保持距离。然而女性主义取径的尝试还是回归了葛柳南奠定的社会政治视角。巴尔豪斯认为，尽管茅盾深入探讨了女性问题，却仍然代表了男性的外部视角，在这一点上和丁玲《莎菲女士的日记》不同，后者具有自传特征，涉及主人公的主观感觉和个体问题，而茅盾的话题毋宁说带有"普遍有效性"。她将茅盾笔下的女性形象分为两种：一种是勇于抗争的"娜拉"型，以小说《创造》《诗与散文》《色盲》《昙》《虹》《陀螺》为例；一种是丧失了希望和斗志的女性，以小说《自杀》《一个女性》为例。除了描述现代女性在文学作品中的表现，她也要勾勒其历史和时代背景，通过将虚构和现实相对比，分析茅盾对于青年女性在当时面临的问题的认识，因此就不可避免地涉足社会学方面。这种考察方法，在巴尔豪斯看来，对茅盾这样一个将文学视为行动的现实主义作家来说是完全适用的。①

巴尔豪斯指出，作品中的妇女命运体现了茅盾本人思想从悲观到积极的发展。他在极度悲观幻灭的情绪中开始创作《蚀》三部曲，《自杀》（1928）、《一个女性》（1928）都以女主人公的死结束，在《诗与散文》（1928）、《色盲》（1929）、《昙》（1929）中才出现了积极面对未来的信号。中篇小说《虹》（1929）中，茅盾展示了主人公为争取自主作出的所有努力，梅女士成为"克服所有这些'障碍'继续前行"的成功范例，而小说也证实了知识分子"变为政治积极分子，为改变现实作出贡献"的能力。②小说《陀螺》（1929）则一扫之前的阴霾，成为体现光明

---

① Dorothee Ballhaus, *Die moderne Frau im Frühwerk des Schriftstellers Mao Dun*, Bochum: Brockmeyer, 1989, S. i-iii.

② Ebd., S. 75.

第四章 万神殿的构建：汉学系统中的中国作家作品

的作品，优先考虑的不再是爱情，而是为争取一个更好的社会而奋斗。由此可以看出，茅盾并不信任个人主义的（《自杀》《色盲》）或诉诸情感（《一个女性》）的解决方案，他把女性解放的希望寄托于社会改造。在梅行素身上，茅盾勾勒了现代知识女性的成熟过程。经过了诸多挫折，她终于找到了表达独立自主要求的合适框架，意识到只有社会"现代"了，她的现代生活观念才能实现。①在象征层面，女性人物的经历变成意识形态的实验，巴尔豪斯显然同意这样一种观点，即茅盾的文学故事甚至"可以理解为马克思主义的经济基础和上层建筑构想的表达"②。她的结论是，茅盾借女性形象塑造展示了自己的政治信念：

> 如同妇女的解放要求，人民中的先进群体提出的社会、政治诉求也只能在集体努力中实现。个人问题只有在一个更普遍的社会框架中才能解决，因此单个人的愿望就包含于共同的政治目标之内，置于共同的政治目标之下：社会的转变才是解决个人问题的有效工具。③

不过顾彬更早就意识到茅盾作品的重要性。他在再版的库恩译《子夜》（1979）后记中，剖析了小说模拟的经济关系：

> 金钱在《子夜》中不仅是人际关系中万能的决定力量，也是政治（政府公债）、经济（吴赵斗争）和战争（收买军阀）的杠杆和发动机。金钱因为农村的动荡涌向上海，急需投资渠道，交易所作为钱的中心，就是农村动荡的象征，同时它代表了分裂为无数相互争斗的个

---

① Dorothee Ballhaus, *Die moderne Frau im Frühwerk des Schriftstellers Mao Dun*, Bochum: Brockmeyer, 1989, S. 67.
② Ebd., S. 83-84.
③ Ebd., S. 91.

人和群体的社会。①

交易所代表了社会的原则，即每个人都在同他人作战。由此观之，生命就是死之前最后的短暂片刻，死已内含在经济条件和社会关系之中。而死之前的这片刻生命，也不过是"死的跳舞"。顾彬认为，茅盾和传统小说的共同点是铺陈式的社会描写，但他区别于后者的现代性在于：首先，所有人物和情节纽带都是基于主奴关系的社会系统的一部分，每个人要么是统治者，要么是被统治者；其次，描写对象不是某一阶层或阶级，或者社会中的单个人物，而是在社会中发生作用的力量和代表的整体。这些力量和由它们造成的关系，决定了人物及其行动，但这并非机械决定论，而是普实克已提到的茅盾小说的"个体和社会力量的辩证法"，吴荪甫的失败早已注定，但他又在一定程度上成功地施行了反抗。顾彬继承了葛柳南的结论：《子夜》是中国第一部杰出的现代长篇小说，对于中国社会的洞察，比任何社会科学研究都要来得深刻有力，明示了旧秩序的没落趋势。在后来的《二十世纪中国文学史》中，顾彬进一步总结了茅盾对于中国现代长篇小说的"奠基性贡献"，认为他所迈出的"从诠释被奴役的个体到对整个社会进行分析"的一步，是中国文学告别以自我为中心的五四时代的标志。茅盾关注的是以金钱和借契为象征的"事件之流"，这种暗流让所有人和事物走向毁灭。通过客观观察和近于科学的描述，茅盾描出一幅时代的全景画，既不对未来做最终预测，也不开意识形态药方。②

社会超越个人，这是茅盾作品第一个意义。然而充满矛盾的中国社会意味着什么，是暂时的、需要被扬弃的历史阶段，还是人类的普遍状态，就是社会主义现实主义和现代主义的分界线了。由于区分标准不同，同

---

① Franz Kuhn (Übers), *Mao Dun: Schanghai im Zwielicht*, Nachwort von Wolfgang Kubin, Berlin: Oberbaumverlag, 1979, S. 490-491.

② Wolfgang Kubin, *Die chinesische Literatur im 20. Jahrhundert*, München: Sauer, 2005, S. 112-121.

第四章 万神殿的构建：汉学系统中的中国作家作品

样的"事实"会在不同观察系统中产生不同意义，指向不同的世界文学理想。

葛柳南的开创性贡献在于指出了茅盾创作的"非人化"（Entmenschlichung）特征——不以人的意志为转移的社会力量决定一切。顾彬高度评价葛柳南的茅盾研究，但在借鉴其成果的同时，他转向一个新的阐释方向：葛柳南认为，"非人化"框架导致茅盾无法超越批判现实主义，客观性描写阻碍了对于革命前途的揭示；而在顾彬看来，"非人化"是文学现代性的核心特征。在"感伤"主题上，葛柳南和顾彬同样具有共鸣：茅盾不同于浪漫主义一代的五四作家，他拒绝感伤，用冷静的眼光分析社会客观趋势，然而这当中蕴含了一种更深刻的感伤。葛柳南认识到贯穿茅盾作品的悲剧意识，单个人在社会力量面前的无助感，成了茅盾作品魅力所在；反之，茅盾试图写正面理想的尝试总是缺乏艺术上的说服力。这在当时的政治背景下是一种客观而敏锐的分析，然而他将这一悲观主义归于"旧社会"，看成可以克服的暂时的历史现象；而顾彬则将悲观主义普遍化为"现代人的问题"[1]，出路不在寻路者的前方，没有一劳永逸的政治手段可以克服"感伤"。顾彬认为，茅盾已经达到了现代派作家的高度。他在反思"自欺欺人的青年人的失败"时表现出来的危机意识[2]，他对于现代女性和女性解放的探讨，都是现代性的体现。茅盾分析西方现代派同样关注的"现代人的问题"，他在作品中熟练运用西方文学技巧和西方文化知识，也正是中国现代文学在其草创期和世界文学高度同步的表现。

---

[1] Wolfgang Kubin, *Die chinesische Literatur im 20. Jahrhundert*, München: Sauer, 2005, S. 113.

[2] Ebd., S. 115.

四、徐志摩

作为代表五四浪漫精神的个性人物，徐志摩是最早受到德国汉学界关注的中国作家之一。席拉赫（Richard v. Schirach）1971年在傅海波指导下完成的慕尼黑大学博士论文《徐志摩和新月社》体现了那个时代的方法特色——这是一篇纯粹的"事实性"文学研究，倾力于收集徐志摩生平和相关文学思潮背景的历史事实，而不涉及具体作品的内在阐释。从篇章结构就可以看出这种导向。继第一章"导论"之后，各章标题如下：

第二章　反传统的保守主义和文学革命
第三章　文学研究会
第四章　创造社
第五章　新月社
第六章　作为生命哲学家的徐志摩
第七章　新月社和新诗
第八章　徐志摩（1896［应为1897，原文如此］—1931）生平
第九章　中国新文学中的传统因素

席拉赫试图从中国本土传统和西方文学影响的紧张关系来理解中国新文学，为了呈现中国现代文学理论从诞生到20年代末之前走过的道路，他对文研会、创造社和新月社的理论表述进行了梳理和分析。①

克蕾默纽斯（Ruth Cremerius）在80年代撰写博士论文《徐志摩的代表诗作（1897—1931）》时，则完全遵从新一代德国研究者转向文学内部分析的趋势，以新批评和结构主义为导向。克蕾默纽斯并未把内容和形式机械地分开，或蹈入重内容轻形式的常见套路，而是将两者置于同一层面，

---

① Richard v. Schirach, *Hsü Chih-mo und die Hsin-yüeh Gesellschaft. Ein Beitrag zur neuen Literatur Chinas*, Uni. München, Diss., 1971, S. 7.

第四章　万神殿的构建：汉学系统中的中国作家作品

平等对待，从体裁、格律到人类世界、爱，各要点之间尽可能不发生分离，以至于"形式即主题，主题即形式，内容即图像，图像即内容"。她主要关注的不是徐志摩而是文本，因此，书中没有过多的概念性区分和界定，而将文本的实际体验和分析置于首位。①而这部著作的另一贡献，是将徐志摩四部诗集共121首诗（除了其中16首本来就是译诗外）完整地译成了德语。

著作前五章探讨徐志摩诗的形式方面：1. 体裁（自由体、散文诗、商籁体、叙事诗、方块诗）；2. 格律；3. 押韵；4. 声音；5. 图像（比喻、隐喻、象征、成语）。后四章探讨内容主题方面，即徐志摩诗中的生活观和世界观。1. 上帝和诸神（基督教、佛教、泛神论、等同于神的自我）。这里体现了诗人对于救赎问题的探索：如何走出恶浊人世，返归一种神性存在。2. 自然（庭院和花园、荒野、季节、观看、对话）。所考察的问题是：诗人在何处、如何体验自由的自然？如何表现不自由的现实世界？他赋予季节何种意义？结论是，庭院和花园的功能在于抵抗城市喧嚣，但又不能让诗人获得完全满足，反而激发了他对山林的向往。然而，自然并非总是诗意田园，它也是充满敌意的蛮荒之境。徐志摩主要借春秋两个季节表达人生的基本情调和体验，在书写自然的诗中，对"望"的强调是一个基本特征。3. 人类世界（包办婚姻、乞丐、内战、党派斗争）。4. 爱（什么是爱、爱的激励、爱的幸福、爱的痛苦）。评论者何致瀚注意到，文本细读本身也体现出关注点上的动态趋势，即从普遍和超越范畴逐渐向最个性化的东西集中：从体裁走向图像；从上帝和诸神的观念走向爱。②

克蕾默纽斯注意到了徐志摩作品形式上的多样和独创，作者在各方面都有着矛盾性。在信仰问题上，他可以同时成为"虔诚的朝圣者、反抗诸

---

① Peter Hoffmann, „Rez.: Ruth Cremius 1996", *Bochumer Jahrbuch zur Ostasienforschung*, Bd. 22, 1998, S. 257.

② Ebd.

神甚至上帝者——所有这些相互排斥的实存形态"①；在恋爱关系上，他也撕裂于超凡脱俗的理想化爱情和日常生活的实际问题两端。美国汉学家白之怀疑徐志摩只是照搬英诗格律，她为之辩护说："对于经常提出的论断，即他摹仿了一些英语诗格律，从他的诗作中找不到任何证据。"②她反对夸大尼采对徐志摩的影响，也指出，徐志摩尽管倾向于个人主义和理想化，却从未失去对于当代历史和政治的关注。但她也对徐志摩作品提出了自己的批评，如针对《爱的灵感》，她说："难以苟同（指对于他的）这种赞誉，尤其是拿这首诗和他的其他代表作相比时。徐志摩在此屈从于他特别倾心的主题的诱惑：爱的灵感、全权、全能和创造力量……他兴奋地让和死神作斗争者絮叨个不停，让他们长时间地用无休止的画面系列展示心灵的激动，还附加上解释。这里十分清楚地显示了他的诗歌才能和语言的局限性。"③她对徐志摩甚为传统的女性形象（"这个'新式男人'也并不是那么的新"④）和他的诗学创造能力都有保留意见。

徐志摩还是中国现代思想史上的一个重要坐标。鲍吾刚提出，虽然徐志摩和郁达夫同属注重情感的五四浪漫一代，同样为孤独感所困扰，两人却正好构成了对立面——如果后者是被动的维特式人格，前者就是拜伦式的积极反抗者。徐志摩散文《再剖》中有一段话：

> 并且我当初也并不是没有我的信念与理想。有我崇拜的德性，有我信仰的原则。有我爱护的事物，也有我痛疾的事物。往理性的方向走，往爱心与同情的方向走，往光明的方向走，往真的方向走，往健

---

① Ruth Cremerius, *Das poetische Hauptwerk des Xu Zhimo (1897-1931)*, Hamburg: Gesellschaft für Natur- und Völkerkunde Ostasiens e.V., 1996, S. 183. 专著在她1988年完成的博士论文基础上加工而成。

② Ebd., S. 62.

③ Ebd., S. 268.

④ Ebd., S. 256.

第四章 万神殿的构建：汉学系统中的中国作家作品

康快乐的方向走，往生命，更多更大更高的生命方向走——这是我那时的一点"赤子之心"。我恨的是这时代的病象，什么都是病象：猜忌、诡诈、小巧、倾轧、挑拨、残杀、互杀、自杀、忧愁、作伪、肮脏。我不是医生，不会治病；我就有一双手，趁它们活灵的时候，我想，或许可以替这时代打开几扇窗，多少让空气流通些，浊的毒性的出去，清醒的洁净的进来。①

鲍吾刚认为，这段话再明显不过地表明了两人的差异。徐志摩背负明星光环，然而，优越的家庭和教育背景，使他在时代中处于一个尴尬的"局外人位置"，最终导致他转向超越实际的"性灵生活"，拥抱一个"多少陷入神秘的自我形象"。20年代末以来，徐志摩感到日益孤独，但他没有被压倒，而是由这种感觉承载着向上飞升，追求更高的无形生活，"就像中国隐士自古以来所做的，或者退回到山中的纯净空气，或者在幻想中升入大气，以便在他们的——在无数诗作中描写过的——梦幻之旅中寻访神人的岛屿"②。徐志摩被界定为"普罗米修斯英雄"，要让现实生活摹仿其文学作品。但在精神现象学的辩证逻辑中，这类天才冲动的结果可想而知。鲍吾刚说，徐志摩不仅在内心中云游，现实中也常乘飞机远游。他1931年死于飞机失事，成了时代性的"凶兆"，表明浪漫主义作家遁入内心之途的破产。

---

① 鲍吾刚此处的翻译其实并不准确。„Ich bin von Anfang an nie jemand gewesen, der nicht auf die Existenz des Ichs vertraut und ihm nicht auch einen theoretischen (Wert) beigemessen hätte. Das Ich-sein ist der Grundstoff aller Verehrung, die Urbedingung allen Glaubens, der Träger allen Liebens und Leidens." (Wolfgang Bauer, *Das Antlitz Chinas*, München: Carl Hanser, 1990, S. 621.) 这里，"我的信念与理想"被译成"信任我的存在"和"赋予其理论（价值）"，"有我崇拜的德性"成了"作为自我存在是所有崇拜的基本材料"，"有我信仰的原则"成了"自我存在是所有信仰的原初条件"，"有我爱护的事物，也有我痛疾的事物"成了"自我存在是所有爱和痛苦的承载者"，由此，徐志摩稍后的激扬之词自然就成了由自我出发的超越。但即便不存在这样的失误，鲍吾刚由其整体思路所决定，恐怕还是会对徐志摩下相同的结论。

② Wolfgang Bauer, *Das Antlitz Chinas*, München: Carl Hanser, 1990, S. 620-621.

鲍吾刚这一自我飞升命题，在珀希（Ricarda Päusch）的专著《飞翔与逃逸：徐志摩作品的文学主题》中得到进一步发挥。珀希借助具体的生平和作品分析指出，徐志摩怀有一个"想飞"的梦，想以飞翔脱离地面的束缚，散文《想飞》等作品中的飞行母题表露了对自由的渴望："个人问题，过度工作，过多的经济负担，国家的困窘处境乃至不稳定的性格，似乎都是通过飞升至清朗天空以寻求自由的原因。"[①]希腊神话人物伊卡洛斯在忘形翱翔中坠海而亡，而徐志摩以空难结束了生命，这被隐喻性地看成诗人的遁世倾向的必然结果：死亡寓于徐志摩追求自由的精神之中，死亡又包含生命——表达死亡渴望的文学带来了不朽。徐志摩被比喻为中国的"伊卡洛斯式个性"，联系于一个人类最古老的自我超越母题。

另外，冯铁的《在拿波里的胡同里》论集收入了两篇关于徐志摩的论文：《徐志摩康桥之梦——论一首威尼斯诗之源》《两位飞行家：邓南遮与徐志摩》。冯铁以精细的文本考证回溯徐志摩作品的生成过程：第一篇涉及徐志摩1923年发表的《威尼市》诗对于尼采的改写，他猜测，徐志摩可能是第一个将尼采诗歌——以意译方式——引入中国的诗人[②]，而且"完整地理解了尼采诗歌的神韵"[③]，实现了创造性转化；第二篇通过考察徐志摩和意大利诗人兼飞行家邓南遮对于"飞行"主题的不同处理方式，发现了徐志摩对于浪漫的死亡观的执着，他的"理想化的情死"有别于邓南遮的"虚无主义的毁灭冲动"[④]。显然，两篇都在揭示西方文学样本对于中国现代文学的影响的同时，也突出了文化间的固有差异。

---

① Ricarda Päusch, *Fliegen und Fliehen. Literarische Motive im Werk Hsü Chih-mos*, Dortmund: projekt verlag, 1995, S. 106.

② 冯铁：《在拿波里的胡同里》，火源、史建国等译，南京：南京大学出版社，2011年，第186页。

③ 同上书，第193—194页。

④ 同上书，第208页。

第四章 万神殿的构建：汉学系统中的中国作家作品

五、郁达夫

郁达夫属于德国读者熟知的中国作家之一，许多作品都已译入德语，如《沉沦》德译出版于1947年，《一个人在途上》收入1980年出版的中国现代文学选集《迎接春天》。郁达夫的小说篇幅紧凑，特别适合杂志登载和翻译者试笔，80年代以后陆续在《袖珍汉学》等汉学杂志以单篇形式刊出，如《青烟》《灯蛾埋葬之夜》《春风沉醉的晚上》《迟桂花》《血泪》《马缨花开的时候》《怀乡病者》《银灰色的死》《微雪的早晨》《茫茫夜》《纸币的跳跃》《在寒风里》等。和其他中国作家相比，郁达夫具有一种特殊的个性气质和艺术追求，似乎更符合西方人的主体性和个体性理想。思想史家鲍吾刚认为，郁达夫在中国人自我发展史上的标志性意义就在于，他既是中国现代文学的"主观主义"（Subjektivismus）的宣告者，也是性主题的开拓者。[①]鲍吾刚《中国的面容》专门辟有一章"郁达夫的自我折磨"，其中提出：《沉沦》的感伤情调，反映了中国现代都市中青年一代知识分子的心态；而让读者参与自身私密生活的倾向，也并非郁达夫的个人发明，而是20年代中国个性解放潮的一部分。郁达夫1936年编的《现代名人情书》表明他始终沉溺于自我——在那样一个政治化加剧的年代，他仍然把自我情感置于首位。[②]

鲁施（Beate Rusch）认为，中西方的研究都过于看重郁达夫自叙传的写实特征，却忽略了其中的虚构成分。为了支持自己的这个观点，她在《郁达夫的艺术和文学理论》（1994）中通过集中分析《艺术与国家》《生活与艺术》两篇论文，考察郁达夫的"自我扩充"文艺思想。她认为，郁达夫不但以其小说"为中国现代文学引入了史诗性自我及其情感和

[①] Wolfgang Bauer, *Das Antlitz Chinas*, München: Carl Hanser, 1990, S. 605.
[②] Ebd., S. 610.

主观性世界认识"①，其理论观点同样基于自我的发现，以及由此而来的自我和世界的二元对立——人越是意识到自身的需求和理想，就越是感到现实的逼迫。以艺术对抗现实成为不得已的选择，因为艺术以个体、人格性和"生"为导向，代表了一种更适合个体的世界愿景。通过一种拒绝社会强制的美学自我经验的形式，艺术家得以呈现自我，也让读者间接地获得解放。郁达夫的自叙传说因此就应视为一种个体性姿态：传统文学依据宇宙性原则（道），而郁达夫看重个体经验；传统文学中作者隐匿于作品之后，而郁达夫认为，艺术表现中的个性特征才是文学价值所在。鲁施遵循陶德文的观点，认为传统中国社会没有生成个体性的基础②，郁达夫的自我发现只可能源自和西方的接触。她指出，郁达夫对国家的批判和怀疑深受施蒂纳（Max Stirner）的无政府主义理论影响，"生"——作为一切存在的始原——的概念则来自伯格森的生命哲学。不过，郁达夫也强调，现代人还有另外一种渴望：个体越是经验到自身、努力塑造自身，就越是想要克服"个体化"，要求在"自我扩充"中委身于一种更高现实。③换言之，郁达夫的自我扩充包含了两种相反的趋势：实现创造性自我和"自我消融"（Selbstentäußerung）。这又引来一个问题，自我的彻底展开是否会回到中国传统的"忘我"的老路上去？对于中国人是否有主体性的怀疑，是德国汉学家一贯的心结。汉学家一方面希望中国作家获得西方人的人格结构，对于五四一代中国作家的自我表达和自传性书写表示最热烈的欢迎；但在另一方面，中国人受传统的天人合一思想影响，内心中总有一种融入宇宙性的"道"的向往，故重视人的社会义务而难以赞同彻底的个体本位立场，即便"自我狂者"施蒂尔纳的拥趸郁达夫④，也是如此。中

---

① Beate Rusch, *Kunst- und Literaturtheorie bei Yu Dafu (1896-1945)*, Dortmund: Projekt-Verl., 1994, S. 1.
② Ebd., S. 5.
③ Ebd., S. 59.
④ 参见郁达夫：《自我狂者须的儿纳》，郁达夫：《郁达夫文论集》，杭州：浙江文艺出版社，1985年，第48页。

第四章 万神殿的构建：汉学系统中的中国作家作品

国人和宇宙的独特关系，就成为拦在中国的主体化道路上的最大障碍，让汉学家左右为难，而要解决这个问题，需要从根本上改变西方人对于主体性问题的认识框架。

沙赫提希（Alexander Saechtig）的郁达夫专著题为《作为治疗的写作》（2005），他在自述写作动机时提到，郁达夫的作品能够对读者施加一种魔力，迫使读者和主人公——通常和作者本人密不可分——相认同，一道去体验"不知羞耻"的自我暴露行为，即便是那些抱有先入之见的接受者，也会被牢牢地吸引进去。他好奇：是什么驱使作者写下这类断片小说，从而借助人物散播他自身的灵魂危机？为什么难以赢得批判性的阅读距离？郁达夫的写作有无榜样？这类小说仅仅是"断片"，还是自成一类专门体裁？[1]沙赫提希强调，因为社会、家庭和个人的原因，郁达夫有着借文本疗治自我的强烈心理需要。通过细读他的早期小说，分析其中的描写技巧，可证明在其生活和作品之间存在密切关联，从作者的个人生活状态可以解释作品中一再出现的危机情境。日本私小说满足了这一需要，让他能够在忏悔姿态中公开个人的危机情境。可见，沙赫提希同样不相信中国现代作家的主体性源于自身传统，他的基本理路是，郁达夫的重视"自我"来自日本文学的启示。

他的旨趣更在于辩驳，他相信，把郁达夫归为私小说作家是在挑战中国的主流观点。中国学者一般承认日本私小说对郁达夫的影响，却不愿意给他贴上"私小说作者"的标签，因为在他们看来，郁达夫并未回避社会问题，也有爱国主义思想，不同于私小说的沉溺于自我。但沙赫提希认为，私小说的根本逻辑并非拒绝社会责任，而是要创造"一种独立的氛围"，摆脱一切"主义"或纲领的束缚，由此才能享有更自由的行动空

---

[1] Alexander Saechtig, *Schreiben als Therapie. Die Selbstheilungsversuche des Yu Dafu nach dem Vorbild japanischer shishōsetsu-Autoren*, Wiesbaden: Harrasowitz, 2005, S. 1-2. 沙赫提希的郁达夫专著为汉堡大学博士论文。

间，敢于直面自己的"下流行为"。①郁达夫的私小说归属应该从这个意义来理解，他将自己和儒家道德规范的冲突形诸笔墨，《血泪》更显示了拒绝一切"主义"的姿态。相比之下，郑伯奇、成仿吾等创造社成员还算不得私小说作家，他们的小说虽说有自叙传特征，但还是把社会政治批判置于首位，也缺乏私小说典型的忏悔姿态。即便是郭沫若，他接受私小说也要晚于郁达夫的首作《银灰色之死》，在忏悔的持久性上也不如后者。故郁达夫是当之无愧的"首位中国私小说作家"，即便他在后期作品中放弃私小说体裁，也不能因此取消他的私小说作家称号，因为日本许多著名私小说作家也有类似转变。转变的实质是由艺术转向生活，从私小说批评家平野谦的所谓"破灭型"（hametsu-gata）转向"调和型"（chōwa-gata），从私小说转向"心境小说"（shinkyō shōsetsu）。②对于私小说体裁没有在二三十年代中国流行起来的原因，沙赫提希总结了两点：首先，中国的文坛比较松散，缺乏日本批评界那些统一的文学标准；其次，日本文学界强调艺术自治，而中国作家更重视为启蒙服务。但是他认为，对于私小说的兴趣在中国当代文学中复兴了，棉棉、卫惠、周瑟瑟等的作品都带有其特征。

顾彬在他1994年发表于《袖珍汉学》的论文《作为感伤者的少年：试论郁达夫（1896—1945）》中，对于郁达夫的感伤尚持批判立场，到了《二十世纪中国文学史》，态度发生了很大转变。他认为郁达夫不仅可能是对西方感伤病最早的探讨者，且对之理解深刻。和鲍吾刚不同的是，顾彬强调郁达夫本人和作品塑造的诗性自我之间的距离：作者郁达夫并非那个喜欢哀告和自我暴露的叙事者"我"，而是他的冷静的旁观者。德国浪漫派通过反讽来实现事实与想象的区分，同样，郁达夫在《沉沦》中使用了多种方法来达到反讽目的，譬如叙事者自己说"Sentimental, too

---

① Alexander Saechtig, *Schreiben als Therapie. Die Selbstheilungsversuche des Yu Dafu nach dem Vorbild japanischer shishōsetsu-Autoren*, Wiesbaden: Harrasowitz, 2005, S. 240.

② Ebd., S. 242.

第四章 万神殿的构建：汉学系统中的中国作家作品

sentimental!"（感伤的，太感伤的！），实际上是和自己拉开了距离；叙事者不仅咒骂日本人，还把中国人甚至自己的家人都臆想为敌人，可见他给出的信息不符合实际，反倒泄露了自大狂和自恋的内情，因此，对他那些呼吁、感叹是不必过于当真的，尤其结尾的那段"爱国主义"颂歌：

"祖国呀祖国！我的死是你害我的！"
"你快富起来！强起来罢！"
"你还有许多儿女在那里受苦呢！"

在顾彬看来，这不过是对一个现代年轻人的病态情绪的戏仿，和民族主义毫无关系。他还引用郁达夫杂文《艺术与国家》中对于军国主义与国家社会主义的抨击，来证明自己的论点："现在的国家，大抵仍复是以国家为本位的国家。……国家因为要达到这兵强国富的目的，就不惜牺牲个人，或牺牲一群人，来作它的手段……"顾彬得出结论，郁达夫并非纯粹的主观主义和浪漫主义者，还代表了五四文学理性的一面——是"青年病症的分析家"。同时他也指出，郁达夫在30年代初从忧郁转向了革命，但他早年的作品也没有完全脱离政治，"主观性和革命因此在郁达夫那里并不构成矛盾，而可以理解为必然的发展路径"[①]。他甚至把郁达夫视为那类"把街头变成了辩驳场所"的作家的代表。[②]

六、萧军

萧军作为左翼文学的代表作家，首先由东德汉学界引入德语区，《八月的乡村》早在1953年就由英文转译成德语，书名为《苏醒的乡

[①] Wolfgang Kubin, *Die chinesische Literatur im 20. Jahrhundert*, München: Sauer, 2005, S. 65-66.

[②] Ebd., S. 88.

村》。①1984年西德出版了萧军的《短篇小说和散文选》德译，包括《货船》《药》《羊》《水灵山岛》《我们第一次应邀参加了鲁迅先生的宴会》等作品。帕塔克在导言中介绍说，萧军的叙事技巧受过鲁迅影响。逼真的风景描写，对平凡细节的观察，放弃冗长对话，都是萧军30年代短篇小说创作的特征。为了体现硬汉风格，对话常混入方言俚语。句子间的连接成分经常省去，任由信息简单并列。当然，某些小说在风格上不够成熟，描写成分常有不必要的重复。译介者的总体印象是，这是"一种强有力的语言风格，正适合于他的主人公"②。卜松山对短篇小说《羊》的分析名为"文学考察"，却在结尾处跳出了文本，转入了嘲讽性的政治阐释。他指出，萧军不但像鲁迅那样写出了一个吃人的世界（但是矛头指向了国民党政府），也像《狂人日记》那样将希望寄托在孩子身上。但是希望在多大程度上能够实现，值得怀疑——卜松山设想那两个俄国孩子，当他们被释放回到祖国，会发现那已经不再是普希金和托尔斯泰的"人道主义世界"。③

六、庐隐

容克斯（Elke Junkers）以《庐隐自传》（1934）为线索撰写的庐隐生平和著作介绍出版于1984年，是西方的首部庐隐专题研究。这部专著和80年代初出版的许多中国现代作家论一样，属于初步的内部研究，这类研究在结构上通常分为三部分：首先是概念界定和研究综述；其次是作家生平；最后简介主要作品的内容。庐隐、冰心、陈衡哲这样的研究对象获得优先关注，其实也有系统性的缘由。容克斯的研究虽浅显，却体现出

---

① Hartmut Rebitzki (Übers.), *T'ien Chün: Das erwachende Dorf*, Schwerin: Petermänken, 1953.

② Holger Hölke u.a. (Übers.), *Hsiao Yün: Ausgewälte Kurzprosa*, Bochum: Brockmeyer, 1984, S. 14-15.

③ Karl-Heinz Pohl, „Hoffen auf die Kindeskinder. Eine literarische Betrachtung zu Xiao Juns Erzählung ‚Ziegen'", *Nachrichten der Gesellschaft für Ostasienkunde*, Vol. 134, 1983.

第四章　万神殿的构建：汉学系统中的中国作家作品

德国汉学界的几个兴趣焦点。一是中国的自传和自传文学，这一兴趣点的核心是中国人的自我问题，鲍吾刚的毕生心血之作《中国的面容》堪称代表，顾彬向杜维明乃至"美国学派"发难也开始于讨论中国人有无自我的问题。二是女性文学，80年代西方盛行女性主义思潮，汉学系学生女性比例大，选择女性作家，探讨女作家在中国的生存和意识状态，是自然的倾向。最后，庐隐在德国学者的眼里是颇有代表性的五四女作家，名气并不小，尤其是因为她的书信体作品让人联想到《少年维特之烦恼》。①鲍吾刚认为，庐隐身上集中显示了"自我经验、孤独感和感伤的致命联系"，这是自古以来整个中国自我描述的贯穿主题。她对世界持全盘怀疑的态度，拒绝一切党派和政治，也就无法步郭沫若后尘转向一种新世界观，而是和郁达夫一样执着于自我，成为"女作家的感伤"的象征。②西方和现代中国的知识交流在新中国成立后长期处于停滞状态，显然对于认知停留于古代中国的西方学者来说，了解五四后现代中国文学的新气象，是一个需要弥补的课题。

容克斯的导言欲从理论上界定自传体裁，她指出，中国自传文学的高潮出现于五四时代，这是和五四时代"对个体的强调"和"自由的自我展开"相关联的③，而这就打破了一些当代西方著名学者的"种族中心主义"偏见，他们认为自传是"西方人特有的话题"（古斯多夫[Georges Gusdorf]），"这种形式属于欧洲，从根本上属于后古典时代的欧洲世界"（帕斯卡尔[Roy Pascal]）。④但是传统的中国自传文学不以私人自

---

① 如Barbara Ascher 1982年7月在柏林自由大学的"中国的女性和文学"国际研讨会上宣读的论文《〈少年维特之烦恼〉——庐隐〈一个青年之烦恼〉》（"'The Sorrows of Young Werther' – Lu Yin's 'The Sorrows of a Certain Youth'"）。庐隐发表于同济大学《德文月刊》（1924）的《或人的悲哀》英文标题即为"The Sorrows of a Certain Youth"。

② Wolfgang Bauer, *Das Antlitz Chinas*, München: Carl Hanser, 1990, S. 643.

③ Elke Junkers, *Leben und Werk der chinesischen Schriftstellerin Lu Yin (ca. 1899-1934)*, München: Minerva-Publikation, 1984, S. 21.

④ Ebd., S. 20.

我、内在的思想动机为对象，和欧洲的确截然不同，真正的个体性自传文学乃是从现代开始。

第一章为庐隐的生平介绍，构成了全书主体。第二章为内容介绍，概述主要作品（《海滨故人》《曼丽》《灵海潮汐》《归雁》《女人的心》《东京小品》）内容和作品的总体特征。第二章中，容克斯的一个重点是为庐隐辩护，这种女性主义的干预姿态也体现了研究的外部性。她认为夏志清在《中国现代小说史》中对丁玲和庐隐这些早期女性作家的贬斥——"连一段像样的中文段落都写不出来"——显然站不住脚，更不要说，庐隐的后期风格已变得"更朴素和更清晰"。阿英认为庐隐的作品体现了典型的女性特质，所有问题都限于私人的一己生活，情感压倒理智。容克斯反驳说：歌德的《少年维特之烦恼》岂非同样如此，郁达夫不是也迷恋自叙传和个人情感，而阿英不是自己也说，陈衡哲的作品是个例外吗？① 葛浩文认为，庐隐（还有冯沅君）成功只是靠"肥皂剧小说的情感力量或是性的直白描写的刺激"，她认为这种判断过于负面，没有考虑到"肥皂剧小说"的"实际的经验背景"。② 庐隐在女性问题上有一个特点，和冰心不同，她的作品中缺乏对母爱的强调，孩子在《胜利以后》中甚至成为母亲走向社会的障碍，自传中也未讲到她的孩子。对于这个可能遭到攻击的现象，容克斯解释说，庐隐拒绝对母亲这一传统的女性角色作出界定，不意味着她不爱孩子，她只是要求首先要成为一个人，而不是社会角色，庐隐不把自己看成母亲，恰是"为中国的女性形象引入了一个新的视角"。最后，对于阿英指责的"厌世主义"，容克斯根据庐隐的自传材料来进行辩解。第一，她认为庐隐的厌世情绪和其不幸经历相关。庐隐按照文研会的写实精神创作，描出她眼中的现实，是完全正当的。第二，在那个年代，能够将女性问题诉诸笔墨，本身就是积极反抗的行为。容克斯的结论

---

① Elke Junkers, *Leben und Werk der chinesischen Schriftstellerin Lu Yin (ca. 1899-1934)*, München: Minerva-Publikation, 1984, S. 130-131.

② Ebd., S. 133.

第四章　万神殿的构建：汉学系统中的中国作家作品

是，庐隐的确是"五四的产儿"，正如茅盾在《庐隐论》中著名的评价。然而她进一步说，五四特有的追求个体自由的冲动在之后中断了，故而庐隐也被世人所遗忘。这最后的"升华"，同样符合西方汉学的政治正确要求。[1]

艾默力《中国文学史》的20世纪文学部分，冯铁由一个颇出人意料的视角来描述庐隐——他为其专辟的一节题为"脑中的无产阶级：庐隐"。以短篇小说《灵魂可以卖吗？》为例，冯铁展示了这位以感伤著称的女作家的另一面，因为这篇艺术形式上并不突出的小说，却"大概是新文学第一个以工厂工人为中心，尤其是写知识分子和工人的关系的叙事文本"。在他看来，女叙事者对于女工荷姑空洞的同情，显示了庐隐对于知识分子的自我批判态度。叙事者"我"通过荷姑的开导，也放弃了起初的虚幻理想，获得了对于无产者的新认识。然而这一认识的前提，是人与人的交际和同情。他认为，把庐隐的文学简单地视为自传，忽视了庐隐的真正意义。庐隐小说常常围绕女性间的关系展开，"她们在同情和友谊中相互联系，表达各自的情感和智识需求"，因而是比冰心更早的女性文学的代表。和鲍吾刚一样，冯铁将庐隐和郁达夫相比较，认为郁达夫笔下的无产阶级和农民形象程式化、主观化，反之，庐隐《灵魂可以卖吗？》中的女工却获得了"自己的内心世界"。[2]

七、冰心

早在1935年，后来的波鸿大学汉学教授霍福民就在《东亚舆论》上撰

---

[1] Elke Junkers, *Leben und Werk der chinesischen Schriftstellerin Lu Yin (ca. 1899-1934)*, München: Minerva-Publikation, 1984, S. 134-136.

[2] Reinhard Emmerich (Hrsg.), *Chinesische Literaturgeschichte*, Stuttgart: Metzler, 2004, S. 319-322.

文介绍了冰心①，而冰心再次进入德国汉学视野，已是80年代。巴特尔斯（Werner Bartels）的专论《冰心：中华人民共和国时期的生活和创作》出版于1982年，也呈现了80年代初德国的中国文学研究者的某种集体心态。巴特尔斯在导言中自述，他在1974年到1975年间来华交流学习时，惊奇地发现，五四时代作家中在当时还能公开发表文章的，除郭沫若外竟然还有冰心，这成了他关注冰心的最初契机。②德国研究者的基本预设是，文学在中华人民共和国是为政治服务的，由此前提出发，巴特尔斯迫切地想知道，冰心面对人民政府是何种态度："她是保持着早期（即她回国之前的）作品中对待国家和社会的立场呢，还是适应了新形势或改变了立场？"简言之，冰心是充当传声筒还是批评家的角色？另外，冰心这样一个在新时代受到重视的作家，内心深处有哪些问题，在时代环境下又是如何来处理这些问题的？不过，在考察了冰心1951年回国后的生平和创作之后，他得出了完全正面的结论。他认为，冰心的作品不仅反映了领导人对待知识分子的政策变化，还显示了中国自50年代初以来整体的内政外交方针。冰心希望在个人自由的理想和为国家服务的义务之间达到平衡，由此可以解释她作品中的介入精神：她为儿童、青少年、妇女以及少数民族，为美国黑人的权利呼吁，提倡质朴真实的写作风格，等等。即便有些文章宣传色彩过浓，她也从未失去对于普通人的深切同情。她的正直和诚实也表现在，在历次运动浪潮中，她从未出卖过同辈作家。巴特尔斯总结说，冰心的确没有抛弃五四时代的理想，从20年代至今都在为"一个公正的、人道的社会的理想而战斗"③。

女性主义是一个研究冰心的常见角度，顾彬编《现代中国文学》

---

① Hon (Alfred Hoffmann), „Hsiä Bing – Ein Beitrag zur zeitgenössischen Frauendichtung Chinas", *Ostasiatische Rundschau*, 9 (1935), S. 242-245.

② Werner Bartels, *Xie Bingxin, Leben und Werk in der Volksrepublik China*, Bochum: Brockmeyer, 1982, S. 1-2.

③ Ebd., S. 133-134.

（1985）收录了比恩《冰心小说中女性形象》一文①；赫瑟（Birgit Häse）的专著《进入暧昧：1979到1989年〈收获〉杂志上的女作家短篇小说》（2001）从女性主义角度分析了冰心在新时期发表的小说《落价》②。最后，顾彬从文学语言自身的角度给予冰心较高的评价。他总结说，冰心真正的意义并非母爱哲学或人道主义，而在于语言塑造的天才。她早在1919年就开始创作的白话文短篇小说，完全符合新文化运动倡导者的纲领：她不用典，语言清楚晓畅，是"问题小说"的开创者之一。她1923年发表的《春水》和《繁星》，开创了现代小诗的体裁，这类"零碎的篇儿"一方面体现了现代性特有的"片断性"，另一方面显示了她"令人惊讶的语言和形式意识"。因为"她对手中的工具似乎有清楚的认识"，才创造了一种富有表现力的语言，超出了其时代。③

八、林语堂

林语堂是20世纪西方读者最熟悉的中国作家之一，他用英语撰写的介绍中国的大量书籍，为西方知识界塑造了一个完美的中国形象。然而，汉学界对他的研究并不多，他1976年的去世似乎也未激发起这类兴趣。在鲁迅、巴金、茅盾等中国现代作家越来越受西方关注之时，林语堂却渐被遗忘。对于各种立场来说他都是局外人，中国方面指责他过于西化，西方学者又认为他完全是个道家或道德家，然而如此知名的作家不受研究者欢迎这件事本身就值得探讨。在林语堂的诸多面相中，究竟哪一个才是真相？穆勒（Gotelind Müller）在《林语堂：作品之镜中的个性》（1988）中，试图以林语堂作品为镜，探询作家的真实个性，因为作家本人就一向鼓吹文

---

① Gloria Bien, „Frauenbilder in Bing Xins Erzählung", Wolfgang Kubin (Hrsg.), *Moderne chinesische Literatur*, Frankfurt a. M.: Suhrkamp, 1985, S. 246-261.

② Birgit Häse, *Einzug in die Ambivalenz. Erzählungen chinesischer Schriftstellerinnen in der Zeitschrift* Shouhuo *zwischen 1979 und 1989*, Wiesbaden: Harrassowitz, 2001, S. 221-223.

③ Wolfgang Kubin, *Die chinesische Literatur im 20. Jahrhundert*, München: Sauer, 2005, S. 82.

学表达个性和自我。他认为,林氏作品中暗含的自我反思分为两种类型:一是对某种传统的认同或拒绝,如他认同晚明的性灵而反对朱熹的理学,重言志而轻载道;一是通过直接回应外在事件(如在时事批评中)实现的自我的外化。在他看来,"诚"和"正"是林语堂自我形象的中心概念,道德、自由和批评三者在其个性中密切相连,有道德才能表达自我,因为"诚"故而能批评,而这种"诚"又让他承认,他所做和所说的并非都是合逻辑的一贯的。①穆勒的结论是,林语堂的特点就是矛盾和居间,其性格中的主要矛盾是情感和理智的对立,这令他"永远在自我的相对和绝对、融入(如家庭至上)和独立,在'中国人灵魂的二元性'和扬弃此二元性的理想之间来回撕扯,给他所有的身份认同尝试都附加了限制条件,自然也就不可能实现最终的掌握"②。在林语堂这里,个体"本身"是不可把握的,能够把握的只是其历史痕迹,而不管东方或西方都只是历史性的暂时表达,林氏的全部生平、作品和反思就体现为整合、调谐的不断尝试。

艾伯斯(Martin Erbes)《林语堂:寻找文学和民族身份》(1986)关心的是林语堂塑造的中国形象:其中国形象是如何塑造的,又意味着什么?艾伯斯一方面要考察这一中国形象形成的时代精神和政治形势,另一方面要洞悉作家的个人动机。他发现,林语堂的中国形象不管在语言风格和内容上都可以分为两部分:一部分是事实陈述,向读者提供中国独特历史和文化的知识;一部分则呈现出"总体化、片面化甚至是有意歪曲的趋势",带有"尖刻、论辩性和侵略性"的文字风格。③但他认为,需要从两方面来理解林语堂的反西方意识形态,一是作家激进的爱国主义,一是

---

① Gotelind Müller, *Lin Yutang. Die Persönlichkeit im Spiegel des Werks*, Martin Erbes u.a., *Drei Studien über Lin Yutang (1895-1976)*, Bochum: Brockmeyer, 1989, S. 99-111.

② Ebd., S. 112.

③ Martin Erbes, *Lin Yutang. Suche nach literarischer und nationaler Identität*, Martin Erbes u.a., *Drei Studien über Lin Yutang (1895-1976)*, Bochum: Brockmeyer, 1989, S. 244-255.

第四章 万神殿的构建：汉学系统中的中国作家作品

对于西方长期以来对中国的歪曲呈现的过激反应。他的结论是，林语堂一方面欣赏西方文明，一方面憎恨其傲慢；一方面对祖国的现状不了解，一方面又有强烈爱国心。身处矛盾撕扯之中，作家希望塑造一种新的中国形象，隐恶而扬善，赢得西方的尊重。

两篇研究都收入由马汉茂作序的《三篇关于林语堂的研究》（1989）。第三篇是中国台湾学者吴兴文、秦贤次撰写的林语堂生平（原载于《文讯》），这一生平研究表明，还在林语堂在美国取得成功之前，就已经决定了要将"吾国与吾民"介绍给西方——这就反驳了坊间对林氏"兜售"中国文化的讥嘲。艾伯斯的论文为德国首部林语堂研究，穆勒的成果则属于鲍吾刚对中国自传作品研究的宏大项目的一部分，共同打造了德国的林语堂研究的基本框架。

实际上，还在这部著作出版之前，库拉斯（Gertraude Kulas）撰写的林语堂作品后记，就已突出了林语堂个性的矛盾性和复杂性：他是一个"半途之人"（ein Mensch des Halb und Halb），同时是异教徒、基督徒、世界公民、人子和人父、成功作家、智者，身份的极端多重甚至体现在面容上：

> 那张即便上了岁数也带有童稚的柔软的脸，尽管属于一个老者，却和他持续一生的、不合时宜的、对于一切好玩及可能好玩的事物的积极的好奇心相一致，也和他对一切让人无聊和不舒服的东西的不可抑制的反感相吻合。这让他年轻时显得老态，因为他从未不成熟过（如他的批判性的清明理智所显示），也让他年老时显得不寻常地年轻，因为他从来不守社会规范。

他是个既老又年轻的智者，反抗社会，却又无忧无虑，在不同时代、不同大陆之间自由穿梭。不过，其作品表明，他深刻地认识了"人类灵魂和人类身体",这些灵魂和身体"即便穿了中国父权社会的装束和面具,其感受和生活也和看起来如此相异的西方父权社会的人们没什么两样"。①

九、沈从文

尽管有夏志清在英语世界的鼓吹,20世纪80年代之前的德国读者并不知道沈从文为何人,多纳特编的《中国叙述》(1964)乃至尹虹、葛柳南、梅薏华编的《探求:中国小说十六家》都没有收入沈从文的作品。沈从文在德国的影响得益于包惠夫、梅儒佩(Rupprecht Mayer)、弗尔斯特—拉驰(Forster-Latsch)夫妇等翻译者,尤其是吴素乐(Ursula Richter)1985年出版的沈从文小说集在80年代中期的东、西德都受到了欢迎。马汉茂在他为1994年出版的《从文自传》德译本撰写的后记中指出,沈从文的短篇小说将文学塑造力和少数民族文化特色成功地融合,辅之以细致的心理观察,作品完全摆脱了传统的善恶模式。他还分析了沈从文在中国受重视的原因:中国现代知识分子不再满足于盲目模仿西方,而在地方族群的浪漫化风俗、道德中寻找中国的革新之途;而使他变得时髦从而跻身中国重要作家的,是一种"成长小说碎片和朴素的'追寻逝水年华'的结合"。在他看来,沈从文的许多作品堪比于福克纳的南方文学以及黄春明的乡土小说。②

吴素乐在译本后记中回忆了她在1983年和1984年间和沈从文的私人交往。她提到,她在采访时突然有了一个想法,希望作家为德译本亲笔题字。沈夫人(张兆和)表示为难,时间太晚了,老人在大清早才写字……

---

① Lin Yutang, *Die Kurtisane*, aus dem Englischen von Leonore Schlaich, Nachwort von Gertraude Kulas, Frankfurt a. M.: Ullstein, 1983, S. 119-120.

② Shen Congwen, *Türme über der Stadt: eine Autobiographie aus den ersten Jahren der chinesischen Republik*, übers. von Christoph Eiden in Zusammenarbeit mit Christiane Hammer, Unkel/Rhein: Horlemann, 1994, S. 181.

第四章　万神殿的构建：汉学系统中的中国作家作品

可是沈从文皱起了眉头，请沈夫人把画板放在他膝上，再拿来笔墨和纸，经过几番尝试，才写出了"边城"和"中篇小说选"。她之后才知道，这几个字有多么珍贵，因为老人很快就已衰弱到无法再写书法了。①她还说到，沈从文每次都会讲一些轶事，喜欢把小故事编织入他们的谈话中，这给人一种印象，他写小说大概也是兴之所至，信笔写来，然而如果仔细研究他的小说结构，就会发现，"尽管其文学创作的基调是抒情而非史诗的，然而他的小说从整体来看却是极为自觉的精心编排"②。

斯塔尔的《沈从文叙事：分析和阐释》系波恩大学汉学系1996年博士论文，他运用格雷马斯、罗兰·巴特等人的结构主义批评方法，对沈从文的短篇小说（《鸭子》集九篇以及《夫妇》《萧萧》《菜园》）进行了专门的分析和阐释。他认为德国学界对沈从文的研究是不够深入的，他举施寒微文学史的评论为例："他的小说多数质量一般，但有些的确让人印象深刻……1934年诞生的小说《边城》总是被过度抬高，显然不属于他的最成功之作，但这部作品中的风景描写——这一向是沈从文的强项——却是格外能打动读者的。"在他看来，这一评价"简明而和蔼"，却"没有任何论证"。③同时他指出，沈从文作品的体裁归属令西方学者感到困惑，如同一部《边城》，人们有时称之为"中篇小说"（Novelle），有时称之为"长篇小说"（Roman），或干脆称之为"中长篇叙事"（Erzählung），而他将所考察的小说界定为契科夫类型的"短篇故事"（Kurzgeschichte）。在源流上，他不同意普实克将其归入中国的"传奇"传统，认为沈从文更多地体现了"笔记"小说的影响，具有笔记的简洁和随意的特征。

---

① Ursula Richert (Übers.), *Shen Congwen. Erzählungen aus China*, Frankfurt a. M.: Insel, 1985, S. 266.

② Ebd., S. 269.

③ Frank Stahl, *Die Erzählungen des Shen Congwen. Analysen und Interpretationen*, Frankfurt a. M.: Lang, 1997, S. 5.

虽然斯塔尔意识到，西方体裁概念如"田园小说"或"悲剧"并不适合沈从文小说，如《菜园》并未美化乡村，乡村也是危险和死亡之地。但斯塔尔本人的工作重点，正是以源自西方知识系统的复杂的语言学、符号学概念，界定或重新命名沈从文的叙事手段。结构主义的模型分析往往归结到原型因素如文明和自然的对立，斯塔尔也不例外，他在沈从文小说中发现了"文明/自然""表象/存在"（《夫妇》）、"变易/持久"（《菜园》）等相对立场。除此之外，主要叙事技法还包括：角色的类型化；风景描写作为蒙太奇因素，用于营造气氛、建立或巩固特定的"同位素"（Isotopien）（《夜渔》《夫妇》《菜园》）；通过由普遍进入个别而开启叙述（《雨》《腊八粥》《船上》《槐花镇》《萧萧》）；运用对话（《玫瑰与九妹》《夜渔》《代狗》《腊八粥》《船上》《占领》）和内心自白（《雨》《夜渔》《腊八粥》《船上》《夫妇》）的结构要素，以便不借助于叙事者而直接表现角色；插入记忆，使事件变得清晰（《代狗》《腊八粥》）；以第二条论辩轴而非某一人物充当对立者的角色（《玫瑰与九妹》）；通过"微观结构同位素的断裂"的运用，造成"宏观结构同位素的悄然位移"（《船上》）；反讽作为社会批判手段（《夫妇》《萧萧》）；有意识地对抗中国古典小说（《夫妇》）；等等。①

在《雨》的解读中，斯塔尔发现了"躁动/宁静"和"文明/自然"的对立项。让大耳朵号房躁动难安的，是"叫来叫去"的电话铃——文明的器物。让他回复宁静的是自然，他最终在对槐树叶子的静观中找到了宁静。小说进程表现为，号房从同位素"紧张"转换到"放松"，这一发展经过了不同类型和强度的感官印象。号房所经过的类型依次为：听觉→触觉→嗅觉→视觉；而强度的变化趋势是由强变弱：一开始的听觉印象极为强烈，然后是弱的触觉，同样弱的嗅觉，最后的视觉印象最弱。斯塔

---

① Frank Stahl, *Die Erzählungen des Shen Congwen. Analysen und Interpretationen*, Frankfurt a. M.: Lang, 1997, S. 183-185.

尔认为，表示听觉、触觉、视觉的动词属于文明领域，而视觉印象的动词涉及自然领域。最终，读者和大耳朵号房一样，通过"不怕""大大方方""漂来漂去"等词位（Lexeme）进入了"放松"同位素。①在《船上》解读中，斯塔尔同样建构出一系列对立项，而基本的相对是作为"自然/文明"之变体的"自然/做作"。随着叙事的展开，胡子团长和"插花敷粉"的太太双双获得了"做作"的义素（Sem）。而团长和太太在其间为"文明"问题的争执，变成了"主人公"和"反主人公"的关系，最终通过小孩子的头发这一"新的发现"，双方位置又发生了交换。②

1996年在波鸿大学汉学系完成的另一篇博士论文《中国的乡土文学：生成、主题和功能》中，专门有一节讨论作为乡土小说家的沈从文。如这一节标题所示，沈从文在作者皮佩（Anke Pieper）眼中的核心特征是"维护农民的价值"。她认为，沈从文的价值观从总体上说是保守的，但是他拒绝儒家的社会秩序，而代之以"一种虽然团结但不失自主的人与人之间的交往"。他在其创作生涯中以不同形式在塑造乡土文学，如：湘西作为一个理想世界的模型；湘西作为整个中国状况的缩影；湘西代表其自身，展示着这一省份自身的问题，如苗人和汉人的关系，其他地方的中国人对于湖南人的偏见，身处战乱和从传统向现代转型期的湖南人的困厄，等等。而1949年之后沈从文转向中国古代民俗文化研究，说明他终生关切的都是"传统和现代的连接"。③

十、闻一多

何致瀚长期致力于中国现当代文学尤其是诗歌的译介，闻一多是他最

---

① Frank Stahl, *Die Erzählungen des Shen Congwen. Analysen und Interpretationen*, Frankfurt a. M.: Lang, 1997, S. 53-54.

② Ebd., S. 105-106.

③ Anke Pieper, *Literarischer Regionalismus in China. Entstehung, Themen und Funktionen*, Dortmund: Projekt-Verl., 1997, S. 126-127.

早翻译和研究的中国现代诗人，在闻一多身上他看到了一个将传统和现代、中国和西方相融合的世界文学样本。

通过对《死水》的译介，何致瀚意识到："闻一多诗作的最高诉求是确定人及其时代的位置。它们是一个自始至终忠实于其理想、对20世纪工业化世界的物质主义感到不满的人的控诉和指责。"这些诗歌反映了20世纪中国的无望处境和停滞状态，只有在中国的文化和历史中，诗人才能找到唯一可靠的地基和真正的家乡。这些诗歌是具有地域特色的中国诗歌，但同时又接纳了西方传统的影响，因此是"一种世界文学的中国表达"。这种世界文学理想的端倪就体现于《死水》："一首像《死水》这样的诗，即便脱出了它直接的时代框架，也可以作为诗而存在，因为我们的世纪在其中获得了语言（表达）形式。"但是闻一多并未在《死水》集中提供任何答案，唯一的药方是（作为个体和民族的）"自我反省"以及作为万物最高表现的美。在何致瀚看来，闻一多的运思程序可以这样来理解：他的诗歌观念将他导向历史；历史又总是将他引回到诗；由此诗对他而言就成了最高、最普遍的形式，成为历史的美。[①]

何致瀚1999年编译和出版了闻一多诗歌集，包括了诗人生前发表的全部白话诗，2000年又出版了廖天赐编的闻一多散文、论文、演说和书信集，闻一多的主要作品得以呈现给德国读者。两部文集的序言都由何致瀚撰写，他在其中进一步发展了早年对闻一多的认识。他指出，因为闻一多在诗歌形式方面的论述，文学史上通常将他误认为形式主义者，但最终决定其诗歌的，其实并非形式。[②]闻一多"戴着镣铐跳舞"的名言，其意义也远超出了纯粹文学理论的层面，不仅是诗学构想，也是闻一多的思想和政治心态，其实质是自我和他者的冲突。自我和他者的二元对立，是接纳

---

① Hans Peter Hoffmann, *Wen Yiduos „Totes Wasser": eine literarische Übersetzung*, Bochum: Brockmeyer, 1992, S. 239-240.

② Hans Peter Hoffmann (Übers.), *Wen Yiduo: Das Herz, es ist ein Hunger*, Bochum: Projekt-Verl., 1999, S. XIX.

第四章　万神殿的构建：汉学系统中的中国作家作品

西方影响造成的必然后果，也是中国进入现代的标志，中国古代诗意的和谐思维一去不复返了。闻一多的一生即由诸多矛盾、悖论构成，包括理想和现实、传统和现代、西方和中国的矛盾：他主张男女平权，但又屈从于包办婚姻；他在《关于儒·道·土匪》中激烈地批判传统思想，但又时时以传统思想为论据；他感到自己像从未爆发的火山，渴望变革但又不屑于卷入政治斗争的泥潭。闻一多这位"理想主义的梦中舞者"处于这些对立的极端之中①，这些矛盾、悖论又孕育了他的艺术，因为艺术的本质和任务，就是让自己面对和承受自身的矛盾。于是：

> 在政论和杂文中显得相互矛盾的东西，就在（艺术）中变成了创造性的张力场，成为创造性的动能：凡在情感勃发却缺乏行动能力之时，他就诉诸形式。这一形式却是为内容服务的……对于闻一多来说，形式在文艺中的目的，就是要约束表达的冲动，使之不论在美学还是在实际政治上，都能达到最佳效果！②

这同时也是中国文学的总目标，即承受传统和现代的张力，既要成为世界文学，又不失去中国特色。③

十一、朦胧诗

中国新时期的朦胧诗代表了一种反主流的倾向，也因此在德国汉学界备受关注。德国学者关心的问题有三方面：首先，对中国人自身来说，朦胧诗作为一种文学现象意味着什么？如何在中国的社会、政治和文学场域来理解它？其次，对于德国学者来说，如何在概念上对其加以归纳、界

---

① Tienchi Martin-Liao (Hrsg.), *Wen Yiduo: Tanz in Fesseln: Essays, Reden, Briefe*, Bochum: Projekt-Verl., 2000, S. II.
② Ebd., S. III.
③ Ebd.

定？最后，中西方文学史有无共同之处？有些评论者倾向于认为，朦胧诗的批判矛头指向整个中国当代史，是"对于中国现状从根本上不满"①。叶维廉称之为"危机诗歌"（Crisis Poetry），这一定义得到了德国学者赞同。卜松山在《寻找失去的钥匙》一文中提出，是青年一代的"精神危机"，导致朦胧诗人将目光"由外部转向了内部"。②但是，转向内心并非单纯的去政治化和美学化，朦胧诗从未放弃政治指涉，如顾彬在评论北岛时注意到："此外朦胧诗更显著的是政治而非美学方面……因此对于中国读者来说，北岛的全部诗作就是关于中华人民共和国历史和政治文化的隐晦话语。"③除了正面评价，在西方也存在反朦胧诗的声音，美国华裔诗人张错批评朦胧诗情感泛滥，滥用语言，陷入虚无和自恋的泥沼。但是何致瀚指出，所有正面评价，其实都没有超越中国国内如谢冕、孙绍振、徐敬亚的观点；同样，那些负面看法也毫不新奇，张错对朦胧诗的虚无主义的指责，中国的老派批评家（如艾青）早已提出过。他认为，张错并未真正理解朦胧诗。④

德国战后文学和中国新时期文学的对比成为热门的话题。马汉茂说，北岛那种"清醒的语言"让人联想到战后第一代作家，如博歇尔特（Wolfgang Borchert）、早期的海因里希·伯尔（Heinrich Böll）或"四七社"其他成员，他们都有"失落的感觉""民族浩劫的经历"或"新的开始"，北岛的《今天》首期刊登了伯尔的著名散文《关于废墟文学的自

---

① Helwig Schmidt-Glintzer, *Geschichte der chinesischen Literatur. Die 3000jährige Entwicklung der poetischen, erzählenden und philosophischen-religiösen Literatur Chinas von den Anfängen bis zur Gegenwart*, Bern, Wien: Scherz, 1990, S. 573.

② Karl-Heinz Pohl, „Auf der Suche nach dem verlorenen Schlüssel: zur ‚obskuren' Lyrik (menglong shi) in China nach 1978", *Oriens Extremus*, Bd. 29, 1982, S. 150.

③ Wolfgang Kubin, „Nachwort", Wolfgang Kubin (Übers.), *Bei Dao: Notizen vom Sonnenstaat*, München: Carl Hanser, 1991, S. 112.

④ Hans Peter Hoffmann, *Gu Cheng – Eine dekonstruktive Studie zur Menglong-Lyrik, Teil 1*, Frankfurt a. M.: Lang, 1993, S. 77-79.

第四章　万神殿的构建：汉学系统中的中国作家作品

白》，并非偶然。①鲁毕直、顾彬同意这种看法，认为1945年后德国文学和1978年后的中国新时期文学有相似之处。但是何致瀚反对将"文化大革命"时的中国和纳粹德国相提并论，他还意识到了中德知识界在意识上有一个关键的区别，即德国作家普遍质疑"德国"这一概念，而中国的朦胧诗人仍然爱中国，以中国历史文化而自豪。德国唱出了"死亡是一个来自德国的大师"（保罗·策兰），中国却产生了舒婷的《祖国啊，我亲爱的祖国》和梁小斌《中国，我的钥匙丢了》一类真诚的祖国颂。②曾经受到不公正对待的中国知识分子为何如此执着于中国，是许多德国汉学家都感兴趣的问题。

顾彬是北岛、杨炼的主要译介者，他对朦胧诗的一个基本看法是，它们代表了20世纪中国现代诗的完成。他认为，中国诗人在20世纪二三十年代放弃了自身传统而转向西方模式，虽然不乏成功范例，总体上看却显得稚嫩。不过，自由的白话诗体的实验给后代诗人打下了基础，使他们可以极短时间内写出丰富而成熟的作品，杨炼等朦胧诗人都得益于其前辈对西方现代诗的翻译和模仿。③顾彬在《二十世纪中国文学史》中把朦胧诗归入1979到1989年间"人道主义的文学"大潮。人们呼唤单数的"人"的归来，朦胧诗人的声音在其中格外突出。在他看来，北岛的《回答》是代表转折点的"命运性"诗作，因为"诗中除了含有关键词'人类'之外，还出现了对后来文学发展如此重要的关键词'未来人们'。"④北岛并非虚无主义者，因为他的每一句"我不相信"背后，都藏着一个深层

---

① Irmgard E. A. Wiesel (Übers.), *Bei Dao. Gezeiten: ein Roman über Chinas verlorene Generation,* Nachwort von Helmut Martin, Frankfurt a.M.: Fischer, 1990, S. 199.

② Hans Peter Hoffmann, *Gu Cheng – Eine dekonstruktive Studie zur Menglong-Lyrik, Teil 1,* Frankfurt a. M.: Lang, 1993, S. 86-87.

③ Wolfgang Kubin (Übers.), *Yang Lian: Masken und Krokodile. Gedichte,* Berlin: Aufbau-Verlag, 1994, S. 87.

④ Wolfgang Kubin, *Die chinesische Literatur im 20 Jahrhundert,* München: Sauer, 2005, S. 337.

的"相信"。①顾城的《一代人》同样代表了一代人对自我的寻找,"黑夜""寻找"和"光明"三个词唱出了一代人的心灵史,"这一代人冲破了黑暗,但同时他们自身又是由要摆脱的黑暗构成,因而他们的寻找注定附有沉重的原罪"②。舒婷则代表了朦胧诗人中"和解的音调",她的怀疑和反抗不如北岛和顾城那样激烈,但也因此"没有严格体现朦胧诗特征"③。

何致瀚是顾城在德国的主要译介者,马汉茂称其为德语区除顾彬之外为数不多的中国现代诗的行家之一。④他的两卷本《顾城——一个朦胧诗的解构研究》⑤成为全面考察顾城诗的首次尝试,分为论述卷(第一卷)和作品翻译卷(第二卷),作品翻译卷包括了顾城自编的五部诗集。不过,之前何致瀚在1990年还出版过一个中德文双语版的顾城诗集,包括了顾城的第六部诗集,这样就有近400首顾城诗歌被译成了德文,为其研究打下了坚实的文本基础。"作品——一个解构性探讨"构成了论述卷第五章,按照时间顺序,先后考察了顾城的《无名的小花》《小诗六首》《悬挂的绿苹果》《叠影》《布林的档案》《水银》六部诗集,这是全书最有价值的部分。

杨炼作品译入德语世界的也很多,包括《朝圣》(1989)、《诗》(1993)(杨炼的德译诗选)、《面具与鳄鱼》(1994)、《鬼话》(1995)、《中国日记》(1995)、《大海停止之处》(1996)、《幸福鬼魂手记》(2009)、《同心圆:诗一首》(2013)等。顾彬尤其推崇杨

---

① Wolfgang Kubin, *Die chinesische Literatur im 20 Jahrhundert*, München: Sauer, 2005, S. 334.
② Ebd., S. 339.
③ Ebd., S. 345.
④ Helmut Martin, „‚Vorbilder für die Welt'. Europäische Chinapersperktive 1977-1997: Übersetzungen aus dem deutschsprachigen Raum", *Bochumer Jahrbuch zur Ostasienforschung*, Bd. 21, 1997, S. 130.
⑤ Hans Peter Hoffmann, *Gu Cheng – Eine dekonstruktive Studie zur Menglong-Lyrik*, Frankfurt a. M.: Lang, 1993.

第四章 万神殿的构建：汉学系统中的中国作家作品

炼，在他翻译的诗集《面具与鳄鱼》中，他这样来总结杨炼和北岛的区别，他说，北岛所指责的杨炼那种非个人化音调，恰恰是后者特有的标志；北岛诗涉及当代人的经验和现实政治，而杨炼向中国古代诗歌传统学习，歌颂数千年的中国历史，他呈现的不是个人经验，而是以激情写出的原始图像。[①]杨炼给顾彬留下两个重要印象，一是中国情结，一是对于语言的高度重视。顾彬提到，他发现来德国访问的中国诗人有一个共同特性，即中国人的世界里似乎永远只有中国，顾城在柏林的万湖岸边感慨说这里像是承德，而一年的柏林居留也没有促使杨炼去描写柏林，而是以另一种方式回到了中国。顾彬如此总结说：

> 他在许多方面都是一个传统主义者，力求将中国古代文化和现代西方的长诗（艾略特、庞德、威廉斯、聂鲁达等）相结合，借助一些主题（死亡、坟墓、火等）创造一个（通常是由中西两种文化借来的）象征体系。尤其在那些作于离开中国前的颂歌性的、和原型（如重生、朝圣）相关的文本中，这一点表现得很清楚。

这类作品包括组诗《yi》，其中透露出屈原和楚辞的深刻影响。尽管自杨炼80年代末离开中国后，不再以中国为直接表现对象，但之前的许多东西仍然保留下来，如源自《易经》的变化思想、万物齐一的传统观念、对于死亡和腐朽的迷恋以对"鬼魂""挖掘"等语词的偏爱等。另外，对于极端重视语言的杨炼来说，他的写作是"加工语言和思考语言的可能性"[②]，组诗《鳄鱼》《面具》都可视为关于诗的诗，他也经常发明汉字或对汉字进行自由阐释。

著名德语诗人柯尔伯（Uwe Kolbe）曾用诗意的语言，描述了杨炼的

---

① Wolfgang Kubin (Übers.), *Yang Lian: Masken und Krokodile. Gedichte*, Berlin: Aufbau-Verlag, 1994, S. 83.

② Ebd., S. 89.

精神结构中死的意义。在《幸福鬼魂手记》德译后记"致杨炼读者的鬼话"中,他拿杨炼和《圣经》中的约拿相比,约拿进入鲸腹,成为先知教育过程的一部分,而杨炼再也未能离开鳄鱼——"他的诗证明:他活在鳄鱼之中。"①鳄鱼隐喻成了杨炼的密码——鳄鱼是死的象征,由死才能入生。诗人又拿希腊神话中砍下美杜莎头颅的飞马帕伽索斯和杨炼相比,他们都借助于某种媒介成功地进入了死的畛域。帕伽索斯用自己的盾牌为镜,照出女妖的方位,将她杀死,而杨炼利用文学记录和死亡的相遇。柯尔伯说,被鳄鱼吞噬,意味着进入地下世界,而活着从地下返回的人都是英雄,杨炼正是这样的英雄。

十二、刘心武

对刘心武小说的分析最早见于韩尼胥《中国新文学——1978和1979年间的作家和其短篇小说》(1985)。韩尼胥旨在揭示中国当代作家在创作和思想上的新趋势,刘心武成为一个突出的例子。他分析了刘心武的《班主任》《醒来吧,弟弟》《我爱每一片绿叶》《这里有黄金》等创作于70年代末的短篇小说,几篇小说的共性是都有一个类似局外人的中心角色,但前两篇催促局外人融入社会,而后两篇对于另类存在多了几分宽容,正如"醒来吧,弟弟"和"我爱每一片绿叶"两个标题所显示的差异。韩尼胥认为这里显示了中国作家对于文学和政治的关系的理解发生了变化。②

刘心武只是韩尼胥的考察对象之一,而赫默尔斯太因(Christoph Himmelstein)1997年出版的专著《80年代的万花筒:中国作家刘心武的作品》专论刘心武。许多西方汉学家赞同顾彬在《百花齐放:中国现代短篇小说1949—1979》对刘心武的批评:"虽然看到了中国社会的问题,却完

---

① Karin Betz, Wolfgang Kubin (Übers.), *Yang Lian: Aufzeichnungen eines glücklichen Dämons. Gedichte und Reflexionen*, Nachwort von Uwe Kolbe, Frankfurt a. M.: Suhrkamp, 2009, S. 267.

② Thomas Harnisch, *China's neue Literatur. Schriftsteller und ihre Kurzgeschichten in den Jahren 1978 und 1979*, Bochum: Brockmeyer, 1985, S. 20-21.

第四章 万神殿的构建：汉学系统中的中国作家作品

全服务于中国政治的新方向"①，但实际上，顾彬是单凭《爱情的位置》一篇作品作出这一判断的（"爱情的位置"显然在工作和革命事业上）。赫默尔斯太因反对这种片面评论，他第一章的标题"机会主义者还是先锋主义者？"显然带有挑战意味。他认为刘心武的特征首先是现实主义（现代主义因素在其作品中只具有从属地位），其次是人道主义，最后是以北京普通民众为描写对象。在刘心武的伤痕文学时期，社会主义现实主义和"两结合"的意味仍然浓厚。这之后，刘心武转向了批判现实主义，除了进行社会批判，也强调人道主义，《如意》中老清扫工石义海和前清贵族小姐金绮纹的坎坷爱情故事就是显例。作家同时强调石义海对党的感情，将其归于"革命人道主义"，赫默尔斯太因却认为，这种人道主义主要基于儒家传统，它让刘心武小说中总是给出改变现状的希望。北京普通民众是刘心武长期以来关注的对象，但在对于普通人的描写上，也显示出成长的迹象——和后来《钟鼓楼》《王府井万花筒》及90年代初的小说相比，伤痕文学阶段的角色显得明显程式化。他认为，这一成熟过程代表了中国新时期文学的一般趋势：从过去的"三结合"，经过伤痕文学、反思文学、纪实和报告文学一直到现代主义和寻根文学，这一发展过程中，文艺为政治服务的文学观渐被抛弃。当然，即便是后期的作品中，刘心武也只是提出以爱、宽容和人性为引导，而非批评党的政策。他的结论是，刘心武并非"机会主义者"，而是在顺从和诚实之间达成了平衡；他也并非"先锋主义者"，他没有创造新的形式，而只是第一个闯入了禁区题材域；他的贡献在于，他以作品反映了改革十年中国的生活万花筒，体现了新时期文学的不同阶段、文化政策的波动起伏以及80年代的中国社会百态。②

---

① Wolfgang Kubin (Hrsg.), *Hundert Blumen. Moderne chinesische Erzählungen. Zweiter Band: 1949 bis 1979*, Frankfurt a. M.: Suhrkamp, 1980, S. 433.

② Christoph Himmelstein, *Kaleidoskop der 80er Jahre. Das Werk des chinesischen Schriftstellers Liu Xinwu*, Dortmund: Projekt-Verl., 1997, S. 95-99.

十三、陆文夫

尹虹、葛柳南、梅薏华合编的《探求：中国小说十六家》收入了陆文夫的《小贩世家》，施华兹也翻译了他的《井》。不过陆文夫的研究者主要是韩北山（Stefan Hase-Bergen）。他在专著《苏州刺绣：作家陆文夫的生平和创作》中将陆文夫的创作分为三个阶段（1953—1957年、1960—1964年、1977年后），并指出，所有三阶段的创作都以凡人小事为表现对象，而苏州构成了故事背景，通过苏州的小世界折射出整个社会。他的写作是以小见大的艺术，如苏州刺绣。同样，在所有创作阶段中都不变的，是一个作为政治作家的陆文夫——他关心的不是私人，而是社会进程。五六十年代提倡讲政治时，陆文夫展示新中国的建设情况；1977年后政治不再成为作家的义务，陆文夫继续热衷于政治主题，尤其关注对于过去的反思和改革政策带来的新问题。最初的陆文夫无保留地歌颂社会主义和新社会，要求个体无私地奉献给社会，即便因参与筹办《探求者》杂志被打成右派。他在作品中展现对社会的批评精神，是在1977年后的第三阶段，这一阶段的批判现实主义和他50年代的社会主义现实主义的区别，显示了他在内容和思想态度上的深刻变化。韩北山向德国读者推荐陆文夫的三篇小说：1.《小巷深处》，小说写一个曾经做过妓女的女子的离奇问题和内心冲突，和50年代的中国文学相比显得独树一帜；2.《特别法庭》，陆文夫尽量采取一种客观而克制的描写方式，"小说以其冷静而打动人"；3.《井》，他认为这是堪与《美食家》媲美的陆文夫最好的小说，从一个妇女的视角揭示出社会的弱点，同样以冷静而带距离的描写打动读者。[①]

除了收入《苏州刺绣》中的《围墙》，韩北山还翻译了陆文夫的代表作《美食家》。他认为在那些批判性地处理新中国历史的作品中，这部中篇小说代表了一个高峰。在《美食家》后记中，他指出陆文夫和小说中的

---

① Stefan Hase-Bergen, *Suzhouer Miniaturen. Leben und Werk des Schriftstellers Lu Wenfu*, Bochum: Brockmeyer, 1990.

高小庭有很多相似之处。干部高小庭作为国家政策的代表，全身心地为人民大众服务，但也具体化了三十年来的"左"倾"幼稚病"。他过高的改革热情反而造成饭菜质量下降，导致了和群众利益的冲突，作家借此批评那些过于激进的变革措施，美食和菜馆则隐喻性地指向极"左"政治的失败。不过，最终高小庭、朱自冶、包坤年不再争斗，而是携手合作，可见陆文夫没有一味批评过去，而是将目光投向未来，主张弥合分歧，共同实现社会进步。①

十四、王安忆

王安忆作为新时期中国女性文学的代表作家，从一开始就受到德国研究者的关注。王安忆小说选集《路》（1985）的编者前言认为，王安忆作品不能归入伤痕文学，而应该被视为"新现实主义"，它们展现"日常的生存斗争"，却未给出理想的解决办法，这正是小说的魅力所在。②而循着中国人解决生活问题的探索之"路"（Wege），以了解当代中国社会的真实情形，成为选集标题所暗示的涵义。《锦绣谷之恋》和《荒山之恋》的译者哈瑟尔布拉特（Karin Hasselblatt）注意到，王安忆关注的是"爱"而非政治，她笔下的人物之所以失败，不是因为社会主义或中国特殊的社会结构，而是因为"人心（menschliche Psyche）和人类共同生活必然制造的冲突"。她还评价说："残忍、冷漠和孤独在王安忆的文学中扮演了中心角色，然而并没有压倒她的重要主题：女性的权力和力量。"③

索尔默克（Ulrike Solmecke）追踪了王安忆最初十年（1980—1990）

---

① Stefan Hase-Bergen (Übers.), *Lu Wenfu: Der Gourmet*, Bochum: Brockmeyer, 1992, S. 155-157.

② Andrea Döteberg u.a. (Übers.), *Wang Anyi: Wege. Erzählungen aus dem chinesischen Alltag*, Bonn: Engelhardt-Ng Verlag, 1985, S. 7-9.

③ Karin Hasselblatt (Übers.), *Wang Anyi: Kleine Lieben. Zwei Erzählungen*, München: Carl Hanser, 1988, S. 265-266.

的小说创作在主题、形式上的变化,将其分为三阶段:第一阶段包括了《雨,沙沙沙》《69届初中生》等早期作品;第二阶段是王安忆的寻根文学时期;第三阶段重新转向人际关系,也因为涉及禁忌的性主题招致了激烈批评。索尔默克认为,在王安忆这里有一个内在和外在世界的基本区分,前者代表个体的内在矛盾,后者涉及个体和环境的对峙,正是这两个层面的冲突造成了创作上的发展。在最初反思"文化大革命"经历的作品中,所关注的主要是个人斗争,即主人公如何受"内在问题"的困扰。这之后她就逐渐远离个体,将注意力转向一个更宽广的视野,其顶峰就是"寻根"——个体无法摆脱传统和文化的牵制。但王安忆后来认识到,内外两世界其实相互缠绕、彼此影响,因而就有了再次向个体的转向,在一个更深的层面观察个体的心理过程。在叙事方式上,第一阶段的作品具有明显自传色彩,叙事者高于行动中的角色;第二阶段转向带有距离的观照方式,《大刘庄》和《小鲍庄》中的中立叙事者就是其体现;在第三阶段,叙事者和其人物保持了批判和反讽的距离。索尔默克得出结论,王安忆是一个善于变化的作家,但万变不离其宗,这些不同取向具有同一个基础,那就是忠实于生活。在王安忆这里没有超人的英雄,也没有耸人听闻的事件,处于焦点的是普通人的日常生活细节,而作家的一贯诉求就是以作品鼓舞个体的抗争,让个体在内在冲突的战场上不感到孤立无助。[①]

十五、张爱玲

虽然夏志清早已对张爱玲作出高度评价,但德国对这位沉寂已久的中国女作家仍需要一个再发现的契机,李安电影《色·戒》和西方人对于昔日上海滩的神往激发了汉学界对于张爱玲的兴趣。2008年,洪素珊(Susanne Hornfeck)、包惠夫等翻译的《色·戒》《倾城之恋》等中短

---

① Ulrike Solmecke, *Zwischen äusserer und innerer Welt: Erzählprosa der chinesischen Autorin Wang Anyi von 1980-1990*, Dortmund: Projekt-Verl., 1995, S. 135.

第四章 万神殿的构建：汉学系统中的中国作家作品

篇小说结集出版，首次将张爱玲呈现在德国读者面前。洪素珊在后记中说，张爱玲作品显露了一个关于中国的"断然女性的声音"，它由于"风格独立性"和对于人际关系、两性关系的"无情目光"而显得"现代"感十足。[①]对于顾彬对张爱玲语言风格的评价，即她的中文由于暧昧多义而极难译入外语，洪素珊表示深有同感，因此才会将《色·戒》标题意译为"危险与欲求"。

但对张爱玲的研究已先行一步，因为她的"感伤"特性进入了德国汉学家关于中国现代文学的一个重要视角。黄伟平1999年在波恩大学完成了专论张爱玲小说的博士论文，题为《作为姿态和启示的感伤》。她将张爱玲界定为"感伤主义者"，擅长将古典和现代、正常和离奇、美和丑在人的一生中结合起来，这种马赛克般组合的世界本身就是宿命的、悲凉的。张爱玲描述不同阶层人的生存处境，表现命运的强大和人的无助，其作品成为中国现代文学中演示感伤现象的少数范例之一。[②]黄伟平说，这种感伤姿态在中国批评界并不受欢迎，却自有一种精神史价值。中国传统观念习惯把个体纳入宇宙的永恒循环，以此来阻止感伤的形成和发展，她认为这也是张爱玲长期被忽视的原因。[③]悲哀和感伤因此就成为理解张爱玲作品的要津，黄伟平相信，除了鲁迅，所有中国作家都不像张爱玲那样，对岁月、人生意义的丧失有如此沉重而无望的悲伤，而她要追问的是：感伤在具体作品中如何表现？张爱玲为何要表现生命的感伤特质？为什么生命如此悲伤和无望？悲哀和感伤的姿态最终意味着什么？

黄伟平解读了《倾城之恋》《金锁记》《红玫瑰，白玫瑰》等作品，她认为，怀旧、暧昧和感伤三个概念构成了张爱玲面对人生的基本态度，

[①] Susanne Hornfeck, Wang Jue, Wolf Baus, *Eileen Chang: Gefahr und Begierde*, Nachwort von Susanne Hornfeck, Berlin: claassen, 2008, S. 241.

[②] Weiping Huang, *Melancholie als Geste und Offenbarung: Zum Erzählwerk Zhang Ailings*, Bern: Lang, 2001, S. 9.

[③] Ebd., S. 12.

张爱玲的感伤兼有这三种因素。但是，感伤的并非张爱玲笔下的人物，而是作家自身，人物纷纷被命运碾碎，而她和其人物一样无助无力，终其一生只是置身事外的观察者。她的结论是，张爱玲代表了一种特别的人道主义，她关注的始终是人的复杂性，既然没有绝对的善，也没有绝对的恶，就理应将两者都相对化，让两者相互和解。由此形成的暧昧性却是感伤的深层原因，暧昧性意味着无法决定某一种可能性。张爱玲始终是生活的局外人，正因为意识到了自身的无所归属，同时又看到生命中种种矛盾因素的缠绕，才引发了悲哀和感伤。① 但她也委婉地批评说，张爱玲透过感伤的眼镜看世界，但那只是人生的一个方面——"正面理想的缺乏（Konzeptionslosigkeit），以及相信自己也陷入了人的无望状态，给张爱玲造成了永久的悲伤，某种意义上导致了精神的僵化。"因为张爱玲和世界疏离，其作品也回避了社会问题，对她而言，社会和政治系统都是"一种半神话的机制，不可捉摸，在它面前，人渺小而无意义"②。

十六、钱锺书

董莎乐（Charlotte Dunsing）在德文版钱锺书短篇小说选《纪念》的后记中指出，钱锺书首先是一位揭示人性弱点的讽刺作家。《围城》结合多种体裁要素，是一部描写当时社会的"风俗喜剧"，也是旁征博引的学者小说，其广博知识堪比中国古代文人小说家，但与恣意遨游于天文算数、书法园艺等不同领域的古代章回小说相比，《围城》却通过主人公的流浪汉式行动达成了结构统一。《围城》以知识分子为嘲讽对象，表现了人性弱点和人际关系的悲剧性悖论这两大主题，方鸿渐成为处于战乱和社会转型时期的20世纪中国普通知识分子的代表。在短篇小说集《人鬼兽》（德

---

① Weiping Huang, *Melankolie als Geste und Offenbarung: Zum Erzählwerk Zhang Ailings*, Bern: Lang, 2001, S. 214-215.

② Ebd., S. 211.

第四章 万神殿的构建：汉学系统中的中国作家作品

文版《纪念》的底本）中，钱锺书绘出一系列著名作家学者的漫画像，其中的作品如《纪念》《猫》等都是细致的心理学分析，同样表达了"围城"悖论——男人渴望和女人结合，可一旦愿望实现，又想方设法要脱离。①

莫宜佳是德文版《围城》（1988年首版）的两位译者之一，她认为这部作品呈现了处于新旧、中西之间的过渡期中国。其主题首先是战争，但只是描写战争时代最为庸常的一面，表现战争对于整个中国日常生活在道德上的消极影响。其次是传统的中国思想和现代的西方观念之间的冲突，作品中经常将两种不协调的因素并置，从而达到讽刺的效果。方鸿渐由起初受到仰慕的洋学生变成后来的失意者，命运由喜而转为悲，一些批评家认为是不合情理的"破裂"。但莫宜佳相信，这恰代表了小说人物的能动性，在方鸿渐身上体现了对于现代性的敏感，其转变乃是基于"一种令人信服的心理发展"。方鸿渐没落的原因，在于从一开始就表现出的被动无能，他能意识到这个弱点，却无法改变，在向内地迁移的旅途劳顿中，这种"致命的被动性"表现无遗。②莫宜佳指出，这类无法适应现代的人物，在中国现代文学中并不少见，张爱玲笔下几乎所有的角色都有这种无助感，鲁迅的阿Q也只能以精神胜利自慰，就是在西方文学中，也有冈察洛夫的《奥勃洛莫夫》和金斯利·艾米斯的《幸运的吉姆》与之呼应。可见，那种孤独感和无望实现爱情的体验为20世纪中西方文学作品所共有，正如普鲁斯特笔下斯万对奥德特、叙事者对阿尔贝特的爱情，而且钱锺书和普鲁斯特一样受到了叔本华——他把人比作"孤独的刺猬"——的启迪。在新版《围城》后记中，莫宜佳又指出，民族文化和外来侵入的西方价值之间的紧张关系是全球化时代的主题，《围城》区别于其他中国小说

---

① Charlotte Dunsing, Ylva Monschein (Übers.), *Qian Zhongshu: Das Andenken. Erzählungen*, Nachwort von Charlotte Dunsing, Köln: Diedrichs, 1986, S. 164-187.

② Monika Motsch, Jerome Shih (Übers.), *Qian Zhongshu: Die umzingelte Festung*, mit einem Nachwort von Monika Motsch, München: Schirmer Graf, 2008, S. 517-518.

之处，是没有简单地把中西两种文化对立，描写所谓"文化战争"，而是一再地展示"极为具体的中西方的接触点"。《围城》因而对中西方都具有指导意义，因为小说人物及其情感、行为方式对西方读者来说，会引起一种既陌生又熟悉的感觉：

> 我们会体会到奇特，感受到陌生者的魅力，然而经常又会惊讶地在其中认出我们自己来。我们不仅会在中国人那里，也能在我们自己身上发现《围城》中描写的著名的"猴子的尾巴"——人性中兽性自私的象征。在异者，在中国文化之镜中意外的映照，使这部小说不仅贴近时代，也能指示未来。①

对于莫宜佳来说，钱锺书的《管锥编》寓含了一种新的诗学。她认为，《管锥编》继承了《文心雕龙》的精神，以"夸饰"取代"含蓄"的文学理想。她发现，中国文学中存在一种"精神分裂"，文学批评推崇含蓄，诗人却爱夸饰和修辞。她的同情当然在诗人一边，在她看来，受政治和意识形态因素操控的文学批评至今仍阻碍着对中国文学的正确理解，唯有钱锺书突破了窠臼。莫宜佳认为，《管锥编》的贡献就在于从文学角度来考察中国文学，摆脱了儒家经生和佛道两家在释经时的教化意图，以及与此关联的对含蓄风格的推崇；同时，它又借比较文学的方法路径，将文学带回其自身。钱锺书试图以西方文学为参照，帮助中国文学摆脱道德化、神秘化的传统，回归文学本性。

莫宜佳还以钱锺书对"镜"的阐释为例，展示其母题理论。她认为，《管锥编》对中国文学中的镜子作了最全面的研究，其方法既不同于西方的先哲，也不同于高延等汉学家，而带有鲜明的钱氏风格。这一方法的要

---

① Monika Motsch, Jerome Shih (Übers.), *Qian Zhongshu: Die umzingelte Festung*, mit einem Nachwort von Monika Motsch, München: Schirmer Graf, 2008, S. 531.

点在于：1. 拆解：对看似统一的语义单位作"两柄"和"多边"的拆解处理，呈现镜在中国文化中的极端多义；2. 点的接触：不是简单比较，而借助接触点将两种文化传统带入关系，以"互相发明"，"相视而笑"；3. 价值重估：淘汰陈腐过时的语义，钱锺书的矛头所指首先是儒家的道德化镜喻，她说，《围城》中方鸿渐试图说服父亲放弃为他安排婚姻的书信让人联想到杜甫"勋业频看镜"一句，就代表了钱锺书对道德化镜喻的反讽；4. "倩女离魂"法：变换视角，借西方立场来照亮和重估中国文化——西方成为镜子。

莫宜佳总结了《管锥编》世界观的三个要点：1. 人是世界中心；2. 宇宙无情；3. 诗是怨诉。在西方人眼中，"天人合一"向来代表着中国文化的本质结构，《管锥编》却竭力打破"天人合一"神话，证明中国文学在风格和世界观上的复杂多元，而"天人对立"才是中国诗的基本旋律。[①]钱锺书青年时的英文论文《中国古代戏剧中的悲剧》否定中国有悲剧，晚年却把悲剧看作人性的普遍成分，从而过渡到中西文学互通的一面。莫宜佳猜测，这种对"怨"或"忧患意识"的推崇具有强烈的意识形态暗示，和当时的伤痕文学异曲同工。[②]莫宜佳对钱锺书有很多赞誉之词，称他是"中国文学中通感的发现者"，"第一次把中国文学当作文学来看待"，《管锥编》的出版为其"奠定了世界声誉"，等等，以至于吕福克批评说，莫宜佳因为她和钱锺书的友谊完全失去了批判距离。[③]

十七、莫言

早在获诺贝尔奖之前，莫言就是德国汉学家关注的代表性中国当代作家。1997年1月发表于《世界》（*Die Welt*）报的文中，马汉茂称莫言为

---

① Monika Motsch, *Mit Bambusrohr und Ahle: von Qian Zhongshus Guanzhuibian zu einer Neubetrachtung Du Fus*, Frankfurt a. M.: Lang, 1994, S. 220.

② Ebd., S. 224.

③ Volker Klöpsch, „Rez.: Motsch 1994", *Oriens extremus*, Bd. 38, 1/2 (1995), S. 268-273.

"中国的拉伯雷",称《天堂蒜薹之歌》为当代的"巴洛克小说"。①

黄伟平从"魔幻与怪诞"、英雄主义、暴力三个方面来概括莫言的文学创作。她认为,魔幻(das Magische)有助于莫言驰骋幻想,实现创作的自由;而怪诞(das Groteske)构成魔幻的反面,怪诞既是文化和传统,又是迷信、非理性和原始性的源头。莫言的英雄主义带有一种特有的暧昧,是美又是丑,是荣誉又是丑闻,是人性又是野蛮。新时期中国作家的暴力书写在莫言这里达到了高峰,细腻程度和强度都是空前的。②《红高粱》中,日本侵略军暴力血腥的战争行为尽管醒目,却并非作品重心,莫言关心的是村民的性格刻画,他们过着充满了秘密、放肆、争斗乃至于杀戮的一生,在艰难的生活处境中,依然保持了人性尊严。他们的基本态度是一种坚定的故土意识,为保卫村庄宁愿付出性命,但这并非意识形态性的决定,而是出于本性。莫言以同情的笔调描写余占鳌和戴凤莲不合礼俗的关系,已经突破了1949年以来中国文学的常规。总之,莫言文学创作取消单义,不承认唯一正确和真实的认识,强调个体在思想和行动中的自由,在黄伟平看来,这就是价值所在,其暧昧态度代表了时代精神,体现了中国作家追寻新的精神身份的努力——"以其现实的而非理想化的形式,任由人'存在'于多棱面的心灵状态,……不仅是莫言的,也是最近三十年来许多中国作家的重大成就。"③但她也批评莫言过于沉迷暴力,模糊了暴力和残忍的区别。

洪素珊是莫言《干河》等小说④的德文译者,她分析了莫言的早期作品,同样以"魔幻和怪诞"为视角。她认为,莫言不仅擅长长篇,也是小

---

① Helmut Martin, „Barocke Läuse in einem Land ohne Hoffnung", *Die Welt*, 25.1. 1997.

② Weiping Huang, „Heldentum, Gewalt und das Magische in Mo Yans Werk", Ylva Monschein (Hrsg.), *Chinas subversive Peripherie. Aufsätze zum Werk des Nobelpreisträgers Mo Yan*, Bochum: projektverlag, 2013, S. 49.

③ Ebd., S. 61.

④ Susanne Hornfeck, Wang Jue, a.a.O. (Übers.), *Mo Yan: Trockener Fluss und andere Geschichten*, Dortmund: projektverlag, 1997.

第四章　万神殿的构建：汉学系统中的中国作家作品

形式的大师，莫言看重的不是某个人物的发展，而是对片刻的感性化、戏剧化摄取。从1983年的《民间音乐》直到90年代初，莫言早期作品风格也在变，《民间音乐》中的全知叙事者渐让位于单个人物——通常是沉默的、受虐的孩子——的视角，孩子的无助和幼稚眼光，让强加在他们身上的残忍更加刺目。这类暴力场景显露了静观者莫言的高超技巧，强烈感觉的美学化呈现，让读者忽略了其中的残忍。①这种叙事风格，从国外来说可归于福克纳和马尔克斯的影响，从自身文学传统来说受益于中国30年代的乡土文学，洪素珊认为莫言和沈从文尤其相近，两者都写农村生活，把当代视为从一个更加美好的过去的退化，只是莫言作品在各个层面上都贯穿了社会批评，不像沈从文那样刻意渲染浪漫的乡村氛围。

不过，顾彬的论文《莫言和中国文学的危机》开篇第一句就是："如果认为莫言（1956年生）获得了诺贝尔文学奖，就是中国最好的作家，那就错了。"②他不认为莫言强于其他中国同行譬如说王安忆，认为他获奖是政治因素发挥了作用。他甚至认为，莫言作品的问题不仅代表了中国文学，还代表了整个文学和文学批评界的危机。顾彬说，在德国，写一篇一两百页的"中篇小说"（Novelle）至少要花一年，文本通常集中于一两个人物，讲述他们的苦与乐，没有大的故事，甚至没有真正的情节，但是需要思想，以及对于身处异化世界中的当代人的反思。但更重要的是，一个好的小说家需要语言，也就是形式："在此我们当然可以说，风格即内容，然而内容，如果它不是语言，就不会赢得我们读者！"③显然，顾彬认为包括莫言在内的许多中国当代作家没有形式。莫言选择了和德国作家

---

① Susanne Hornfeck, „Magie und Groteske. Mo Yans frühes Erzählwerk", Ylva Monschein (Hrsg.), *Chinas subversive Peripherie. Aufsätze zum Werk des Nobelpreisträgers Mo Yan*, Bochum: projektverlag, 2013, S. 66.

② Wolfgang Kubin, „Mo Yan und die Krise der chinesischen Literatur. Eine Polemik", Ylva Monschein (Hrsg.), *Chinas subversive Peripherie. Aufsätze zum Werk des Nobelpreisträgers Mo Yan*, Bochum: projektverlag, 2013, S. 107.

③ Ebd., S. 112.

相反的长篇形式，为了驾驭这一形式，他借助于中国传统的章回小说叙事技法，人物众多，线索复杂，时间上常常贯穿三代，故小说类似于"传奇"（Saga）。然而，"从莫言小说看不出任何思想，最多提供了20世纪中国历史的画面，给人电影剧本的印象"①。作者无法驾驭过于丰富的材料，传统章回小说形式虽可以容纳众多人物和线头，却并未解决问题。顾彬反复强调：莫言写得太多太快！这应了19世纪欧洲观察者的一句口头禅，中国人极为勤奋，但没有超越的愿望和能力，顾彬的莫言批评其实不出这个逻辑。顾彬认为，写得多的原因除了文学出版的市场化，还在于作家将写作当成自我治疗行动，这种治疗无休无止。自我治疗发生于情感、潜意识层面，这还是在暗示莫言和更高层面——19世纪是"精神"，顾彬这里是"语言"——的永恒差距。显然，梦魇不能自动转化为艺术。顾彬认为莫言作品中没有爱，没有精神，也没有幽默，只有恨在统摄一切，是人物相互之间的恨，也是叙事者的恨，一句话，"恶被本体化了"②。如果"语言"最终还是以"精神"为保障，顾彬和19世纪的文学史家们就完全合一了。

顾彬对莫言的看法前后一致。之前，在《二十世纪中国文学史》中，顾彬就把莫言看成了90年代后中国文学商业化的代表，他的作品既符合寻根文学、新写实主义等先锋潮流的"重写"风尚，也不违爱国主义的主流，因此才获得成功③，然而并不代表中国文学的未来希望。显然，一个诺贝尔奖不能带来真正的立场改变，因为这种立场植根于整个知识系统和精神传统。诺贝尔奖的颁发是文化政治层面的和解姿态，然而在知识生产层面，意味着距离消除的和解会引发观察者的一种复杂心态，拥抱中国

---

① Wolfgang Kubin, „Mo Yan und die Krise der chinesischen Literatur. Eine Polemik", Ylva Monschein (Hrsg.), *Chinas subversive Peripherie. Aufsätze zum Werk des Nobelpreisträgers Mo Yan*, Bochum: projektverlag, 2013, S. 113.

② Ebd., S. 115.

③ Wolfgang Kubin, *Die chinesische Literatur im 20. Jahrhundert*, München: Sauer, 2005, S. 382-384.

第四章　万神殿的构建：汉学系统中的中国作家作品

对象可能是美好的，也可能是不利的：一方面意味着对象的特殊性消失，一方面意味着汉学家的特殊功能消失。因此顾彬的过激反应与其说个性所致，不如说出自专业学科的本能：维持批判距离，就是同时维持对象和自身。中国文学应该既是乌托邦，又永远处在危机中，对于西方汉学家才是最有价值的。

孟玉华的论文题为《反抗的乡村：莫言小说〈天堂蒜薹之歌〉及其地方史背景》，在莫言小说和其所依据的《苍山县志》的对比中，考察了莫言介于历史和虚构之间的写作方式，得出莫言并非"国家作家"（Staatsschriftler）的结论。①她认为，县志和小说中都有儒家传统的痕迹：如果统治者违背了天命，不能维护百姓的利益，反抗就是正当的。但是两者由现实事件引出的教训不同，县志从维护系统的角度出发，把责任完全归于基层；小说则从底层视角发声，如果不进行彻底改革，整个系统就可能崩溃。莫言虽然借助于报刊报道提供的事实框架，然而为事件加上了人性维度，呈现单个蒜农及其家庭的生存状况。借助中立的、在田边抽烟的观察者，他得以打破历史家封闭的世界图像，向整个系统发出质疑的声音。

《酒国》是继《红高粱》之后，又一部在西方广受欢迎的莫言小说。鲁毕直认为，莫言在描写《酒国》的吃人现象时，是借助这一形象在批判中国现代化进程中的弊端，同时有意接续了鲁迅的主题。他特别指出，小说的意义并不限于中国，酒国也是当代西方世界的缩影："离奇的，归终是残忍的娱乐世界……""酒国所反映的这个世界是以其美酒和精致厨艺而著称，即是说——对于我这个西方读者而言——它的由此得到刺激的旅

---

① Ylva Monschein, „Rebellisches Land. Mo Yans Roman zur ‚Knoblochrevolte' und seine lokalhistorischen Hintergründe", Ylva Monschein (Hrsg.), *Chinas subversive Peripherie. Aufsätze zum Werk des Nobelpreisträgers Mo Yan*, Bochum: projektverlag, 2013, S. 175.

游业和虚假的消费文化。"①残忍和精致,正是发达的现代社会相辅相成的特征,世界上处处都是酒国。莫言的小说一方面可以和英国作家斯威夫特的著名讽刺文《以国民经济学家的名义谦逊地建议:如何最好地利用穷人的孩子以增进国家福利》相类比,另一方面,除了鲁迅外,还可以联系到刘心武1977年发表的《班主任》,后者同样明确地提出,拯救被"四人帮"拐骗的无知孩子们。莫言一方面加入中国现代文学传统,另一方面和当代世界文学连接,充当了一个合格的"警告者"角色。

蒂芬巴赫关于新时期文学暴力书写的专著中,也讨论了莫言《天堂蒜薹之歌》。他注意到其中极为露骨的暴力描写,但也指出作品在风格上的不一致:尽管有批判性倾向以及悲观主义基调,却也存在积极主流的姿态。对这种表面的不一致,可以有多种解释:或许莫言希望降低他批评的力度,逃避可能的限制;或许他加入那些人道主义的碎片,恰恰是要更好地嘲讽历史;也可能他真的认为世界并非如此阴郁。归结起来,他认为《天堂蒜薹之歌》不像表面看来那样具有反抗精神,莫言并不如其他中国作家大胆。德文版中给出的悲剧性结局,实际上背离了原著。②

斯托姆(Carsten Storm)对莫言《红高粱》的长篇分析出自他2010年出版的《历史的想象:中国长篇小说中的本真性、历史性、抵抗和身份》一书,在渲染小说的后现代色彩之外,也突出其乌托邦属性。他认为,"莫言将抵抗概念从社会领域或者从地域性移用到了时间性"③,换言之,小说家莫言的抵抗方式是,重构一个理想的故乡高密,以前现代对抗

---

① Lutz Bieg, „Grausame Heimat voller Gewalt: Das ‚Schnapsland'", Ylva Monschein (Hrsg.), *Chinas subversive Peripherie. Aufsätze zum Werk des Nobelpreisträgers Mo Yan*, Bochum: projektverlag, 2013, S. 191.

② Tilo Diefenbach, *Kontexte der Gewalt in moderner chinesischer Literatur*, Wiesbaden: Harrassowitz, 2004, S. 146.

③ Carsten Storm, „Auf der Suche nach dem zerstörten Sein. Mo Yans Rotes Kornfeld", Ylva Monschein (Hrsg.), *Chinas subversive Peripherie. Aufsätze zum Werk des Nobelpreisträgers Mo Yan*, Bochum: projektverlag, 2013, S. 135.

第四章　万神殿的构建：汉学系统中的中国作家作品

现代的异化。抵抗作为小说贯穿性的主题，不仅针对外敌，也是对正史的话语抵抗，进一步说，是对于威胁古老的生命力之源的现代性的抵抗。斯托姆格外关注小说中作为"组织范畴"的时间的作用。一方面，"神话化时间"和一般历史书写时间脱钩，制造了一个独立于意识形态和文明的自由空间。在超越了外部时间和因果关联的神话化时间中，崇高和英雄行为得以发生，反文明冲动得以展开。另一方面，"个体化时间"则通过回到高密东北乡寻根的"我"的叙述得以实现，同时力求让这种纯个人历史带有一种客观性和集体意味，其间的紧张显而易见。由这种后现代的时间运用，莫言要制造一种非时间的历史，在个人化的（自）传记书写中重新界定历史性本身。斯托姆关心的三个主题是：

1. 理想化的家乡。高密成了虚拟地域，只有文化含义，而脱离了严格的民族国家意义。反抗日本侵略者，也是因为高密的本真生活方式受到威胁。余司令的队伍并非为了民族国家而战，而是为了保存"故乡"———一个和国家无关的非政治概念。故在斯托姆看来，莫言将中国身份的实质安置于"一个神秘的、以过去为根据的乡土性（Ländlichkeit）中，其生活方式被描述为自然的、本真的、未被异化的"[①]。这一超越时间的家乡的象征就是其土地的出产：高粱和高粱酒。前者和本原的人合一，后者代表了高粱所寓含的土地的生产力。随着杂交高粱的引入，人和高密的最后联系纽带也被毁灭了。

2. 经过锻炼的英雄。反社会是莫言笔下的主人公们最突出的特征。他们无法无天，不接受任何文明的约束，然而土匪英雄比通常的爱国主义文学中的英雄更真实。斯托姆认为，莫言建构的英雄性概念本身也是多层面的，死去的戴凤莲、恋儿和刘罗汉是真正的古代英雄；余占鳌之类"善于求生的英雄"体现了现代的影响，英雄需外化为社会角色；这个概念在文

[①] Carsten Storm, „Auf der Suche nach dem zerstörten Sein. Mo Yans Rotes Korneld", Ylva Monschein (Hrsg.), *Chinas subversive Peripherie. Aufsätze zum Werk des Nobelpreisträgers Mo Yan*, Bochum: projektverlag, 2013, S. 137.

本中还经历了意义的碎片化，从而带有后现代的后英雄时代特色。现代性排斥暴力，仅仅将暴力视为达成目的的手段，莫言的理念世界重估了暴力的价值。暴力体验成为逃出异化、获得本真经验的唯一路径。

3. "重又失去的"身份。斯托姆意识到，第一章中"我"的"在进步的同时，我真切地感到种的退化"的感慨，正是小说的纲领性思想。日本的侵入使当地民众边缘化，今天的人们因为文明进程而被边缘化，无法自由地展示冲动和英雄情结，因此才有通过这样一种后现代的历史书写，重新赢得历史和一种英雄身份的必要，在神秘化的英雄主义中寻求对于异化的克服。然而，斯托姆认为，在最后一章想象性的成人礼中，再清楚不过地表现了"我"和自己的乌托邦的疏离，这不啻对于莫言用以解构正史观的高密理想的再解构——反文明的行动仍出自文明：

> 在余爷爷那里因为缺少文明升华和由于日本人暴行造成的苦难经历所引发的一切，在第一人称叙事者的想象中变成了一种仪式，仪式由身处彼岸的祖先向他传达，故本身就已被神秘化了。由一种生存的痛苦经验变成了一种象征性经验，由加入充满危险的行动变成了这样一个任务：寻找最后的纯种高粱秆。这种仪式性，以及由本真生活的理想向一种替代性想象的转化，恰恰标志着这种乌托邦所要抵制的文明行动——将"本真的"冲动引向一个升华了的、符号性指示的世界，正是这一转移导致了异化。①

有趣的是，斯托姆在发现莫言的乌托邦的同时，又以后现代方式来消解这种乌托邦。斯托姆的结论是，莫言以现代和后现代话语进行抵抗，然而其构思的合理性和本真性又完全基于这样一个姿态，这就不免自行矛

---

① Carsten Storm, „Auf der Suche nach dem zerstörten Sein. Mo Yans Rotes Korneld", Ylva Monschein (Hrsg.), *Chinas subversive Peripherie. Aufsätze zum Werk des Nobelpreisträgers Mo Yan*, Bochum: projektverlag, 2013, S. 149.

盾，导致"新赢得的历史和身份在其建构过程中就又失去了"。①他这里触及后现代写作的悖论问题。首先，后现代突出真理概念和文本性建构的关联，然而这样一来所导致的个体化和碎片化，又势必取消真理概念的有效性和作用力。其次，后现代历史书写追求暧昧性和碎片化，但往往又从后门塞进了自己的"历史真理"，霸权意味并不比先前少，它同样认为自己的表现方式才是正确、恰当和有意义的。莫言的文学技法虽然打破了传统的历史认识，受过后现代训练的读者却能看出，这样的表现形式也是在制造"本真性"。

第四节 中国文学的诗学问题

一、中国古典诗的格律

中国古典诗的格律代表了中国文学和文字系统的深层结构，其秘密只向汉学专业人士敞开，从顾路柏开始，几乎每一部中国文学史都对此有较详细介绍。

在战后德国汉学界，明斯特大学教授翁有礼仍在关注这一问题，发表了《唐代诗歌形式结构中的格律》（*Grundsätzliches zur formalen Struktur von Gedichten der T'ang-Zeit*，1986）等论著。斯特莱茨（Volker Strätz）步其后尘，于1987年在明斯特大学完成了教授论文《陆机诗歌形式结构研究》。他将陆机的理论和实践相联系，以陆机自己的作品衡量其诗学理论，实际上是从个案出发对中国古代文学进行一种纯形式分析。斯特莱茨

---

① Carsten Storm, „Auf der Suche nach dem zerstörten Sein. Mo Yans Rotes Korneld", Ylva Monschein (Hrsg.), *Chinas subversive Peripherie. Aufsätze zum Werk des Nobelpreisträgers Mo Yan*, Bochum: projektverlag, 2013, S. 150.

指出，陆机作为多面手的成就不止于赋，然而，陆机诗虽然大部分已被译入西方，汉学家们对于其语言内部结构和格律却毫无了解，这在很大程度上也影响了对《文赋》的理解。由于中国文字的特点，辨别古音对于中国文学研究始终是一个难题。斯特莱茨特别强调翁有礼梳理的声调系统对于解决这个难题的帮助，后者关于唐代五言绝句的研究也让他意识到，要想准确地理解中国古典诗，就必须应用中古注音和声调系统。他用解剖方式来考察陆机诗，将一个由词和内容构成的统一发声单位剖开，在共时之物中认出历时的前后相继，处于历史演变之中的除了内容描述，还有中古音的重构，以及能显示结构的声调。他研究的重点在于发现陆机每一首诗独有的形式特征和声调模式，同时又将这种形式分析应用于《文赋》，从而证明赋在结构上和诗一样受到声调影响。通过考察语言本身及其内涵的种种可能性，斯特莱茨欲展示，有意识地运用声调是中国古代语言艺术品的重要因素。[①]

索尼克森（Helga Sönnichsen）则专门探讨了沈约诗中的声律。她要解决的核心问题是二元和四声两种说法之间的矛盾，在中国诗歌的发展过程中，平上去入四声交错使用的原则渐被简化为平仄两类的交替与对应，而在此问题的理解上，梅维恒和梅祖麟的开拓性研究《近体诗律的梵文来源》（"The Sanskrit Origins of Recent Style Prosody"）中的观点并不能让她满意。梅维恒和梅祖麟认为沈约的浮声/切响和刘勰的飞声/沉声就是后来的平仄两分的前身，他们提出，四声归入二元范畴是因为沈约等人受到梵文声律的影响所致（梵文有长短音之分）。索尼克森通过将沈约的诗作和其理论对照研究，却发现有两个现象和上述观点不符：首先，平仄在沈约之前早已出现；其次，沈约诗的声律使用并不限于平仄，而是四声并用，不分轩轾。她认为，平仄成为主流是一个渐进过程，沈约等人属于第

[①] Volker Strätz, *Untersuchung der formalen Strukturen in den Gedichten des Lu Kih*, Frankfurt a. M.: Lang, 1989, S. 11-18.

一代的改革者，他们提出的新规则其实考虑了所有的声调，虽然平仄也被他们看成最基本的区分。她提出，应该独立看待沈约时代诗人的声律论，不能简单地视之为唐代律诗的前身。①

二、"明和暗""寻隐者不遇""梦"等中国古代文学主题

主题学研究是当代德国汉学家偏爱的方法。如果说对于音韵、格律的探讨属于外部形式即纯技术的层面，主题学则涉及内涵层面的意象、观念、隐喻、主题的考察。顾彬的《空山：中国文学中自然观的发展》探讨中国传统诗歌中的"自然"主题，是一部较有影响的典范之作，陈月桂、哥特海纳（Klaus Gottheiner）等都把自己的研究理解为《空山》的延续。②

哥特海纳《唐诗中的明与暗——论中国抒情诗中的形象性》以明和暗为例，探讨中国诗歌对形象（Bild）的运用方式，换言之，中国诗学是如何理解形象概念的。哥特海纳认为，中国诗歌中属于特定意义域的形象，对于受过传统教育的中国读者不言自明，却是现代西方读者理解中国诗歌的最大障碍。他以唐代前半期的诗歌为例，从三个层面来考察明/暗这对基本形象：1. 现实的明和暗；2. 作为抽象形象的明和暗；3. 作为隐喻的明暗。第一个层面涉及诗人对于可见世界的观看，描写山水和天气、晨昏、日和月的诗歌成为参照对象。第二个层面涉及中国的阴阳学说，哥特海纳以陈子昂《感遇》和杜甫诗歌为例加以演示。在第三个层面上，作者分析了唐诗中源自佛道两家的明/暗隐喻，以及明和暗作为政治隐喻的功能。哥特海纳以"月"为例说明了形象的不同层面：1. 首先是"真实"的月，如诗歌中"玉钩""鉴""蛾眉""圆轮"等月的一般别称，它们尽管是隐喻，但保留了月的物理形象；2. 源自神话传说的隐喻，如捣药的玉兔、

---

① Helga Sönnichsen, *Beobachtungen zur Prosodie in der shi-Dichtung Shen Yues (441-513)*, Hamburg: Hamburger Sinologische Gesellschaft, 2004, S. 153-158.

② Klaus Gottheiner, *Licht und Dunkel in der Dichtung der T'ang-Zeit. Eine Untersuchung zur Bildlichkeit in der chinesischen Lyrik*, Frankfurt a. M.: Haag und Herchen, 1990, S. 10.

蟾蜍、桂树、嫦娥奔月等；3. 有关月的文学典故，这一层面上的形象和成语不光属于通常的诗歌词汇，还联系到专门的咏月诗，如班婕妤的"高楼""团扇"或指代归来的概念"佳期"等；4. 月成为分隔两地者思念的象征；5. 月代表了阴的原则；6. 作为政治隐喻，月可指代皇后或皇上的宠妃，而在陈子昂《感遇》中，日月的交替升降代表了政治势力的浮沉；7. 月亮也是佛道两家的常用隐喻，在道家思想中和求仙与不死相关，而在佛教中有时指心（精神），有时又和太阳一起代表真理之光。哥特海纳总结说，中国诗歌的基本特征是平等对待各个层面。形象的不同层面代表了不同程度的"真实性"，它们的彼此交融成为唐诗全盛期的标志："一个真实对象可以同时拥有一种引申的，一种隐喻的意义，或者至少是以象征的方式和外在于其自身的某些情形——如诗性自我的情境——相联系。"① 这种现实和隐喻层面、"真实的"和"非真实的"言说的交汇，这种对于区分的放弃，尤其体现于唐诗的明暗要素的描绘，哥特海纳举杜甫《野望》为例：

> 清秋望不极，
> 迢递起曾阴。
> 远水兼天净，
> 孤城隐雾深。
> 叶稀风更落，
> 山迥日初沉。
> 独鹤归何晚，
> 昏鸦已满林。

---

① Klaus Gottheiner, *Licht und Dunkel in der Dichtung der T'ang-Zeit. Eine Untersuchung zur Bildlichkeit in der chinesischen Lyrik*, Frankfurt a. M.: Haag und Herchen, 1990, S. 169.

第四章 万神殿的构建：汉学系统中的中国作家作品

杜诗中，观看主体"我"缩减为一个纯粹观看功能（"望"），这一目光由远及近移至未谋面的主体附近，与之并行的是"暗"的增长，从无限远方弥漫至整个画面，两种运动交汇于昏鸦和独鹤的半象征性形象。不单远和近的清晰对照已暗示了某种主观视角，它也体现于"暗"——《野望》的"秘密主角"——的表现。这里既有层叠升起的云层之暗，日暮之暗，聚集的鸦群之暗，也有阴的宇宙之暗，最后还有和诗性主体，和诗性主人公的内心世界相关联的暗。

明和暗成为展示中国形象理论的两个范例。显然，形象、象征、隐喻等沿袭的西方诗学范畴无法穷尽中国形象的内涵，因为它们不但是形象，还是各种声音的、画面的、智性的联想之聚焦，可谓"词语的马赛克"，故需要一个全新的定义。尼采曾这样评论贺拉斯："每个词作为声音，作为地点，作为概念，向左右两方倾泻其力量，最小范围和数量的符号，却可以达到符号能量的最大化。"哥特海纳相信这句话中包含了解决此问题的密钥，即"符号能量"（Energie der Zeichen）的概念。[1]要充分地描述中国诗歌中的形象，与其简单地归之于隐喻、象征或"纯"外部世界描写等修辞范畴，不如考察其"能量"，亦即其作用和功能。哥特海纳在此有意接续了葛兰言的传统，后者在《中国人的思想》（*La pensée chinoise*）中提出，中文中的字词及礼仪程式不单是符号，也是一个"象征"（Emblem），"象征"的标志就是其"作用力"（Wirkkraft），即对接受者发生作用和影响的能力。哥特海纳认为，中国诗中的形象和成语正是"独一无二的、具有作用力的价值判断之集合"[2]。

陈月桂1984年在德邦指导下完成博士论文《寻不到的隐者：对一个唐诗（618—906）主题的研究》。她考察了45首以"寻隐者不遇"和"（招）隐"为主题的唐诗，描述其结构、题材、动机和主题，在唐诗的

---

[1] Klaus Gottheiner, *Licht und Dunkel in der Dichtung der T'ang-Zeit. Eine Untersuchung zur Bildlichkeit in der chinesischen Lyrik*, Frankfurt a. M.: Haag und Herchen, 1990, S. 172.

[2] Ebd., S. 172-173.

总体范围中为其精确定位。她尝试解决两个问题：首先，在多大程度上，"寻隐者不遇"主题诗可视为唐之前早的招隐诗的延续；其次，华兹生（Burton Watson）曾提出，"寻隐者不遇"诗应视为招隐诗的从属体裁，是招隐诗和友情诗的混合，这一界定是否站得住脚。方法论上，她反对传统的"实证主义的事实研究以及传记研究"思路，而采取基于文本内部阐释的结构描述和主题研究。①论文主体部分因此是41首"寻隐者不遇"唐诗的翻译和阐释，分为三组进行考察：1. 隐于自然；2. 隐于花园；3. 隐秘和友情。她发现，出自30位诗人的四十余首诗中，无论结构内容上都有因袭的陈套，那些具有突出个人风格的诗人如杜甫、杜牧、李贺等从不染指这一体裁。

通过"寻隐者不遇"诗和唐以前的招隐诗的对比，陈月桂发现，前者接纳了后者的结构要素。除了标题之外，大量的意象如"猿啼""飞泉"都可以在招隐诗中找到。但在内容上，却无论唐诗或寻隐之诗中都无隐士出现。她由此得出结论，"寻隐者不遇"诗正是招隐诗的延续，华兹生的观点是对的。另外，唐诗中常见的"题于某某隐士壁上"之类副标题，表示这类诗歌为即兴之作，可见晚唐盛行的禅宗思想也影响了这类诗的自然描写。描写自然的诗句中渗透了一种朦胧的禅趣，自我消失了，主客体都是自然的一部分或自然本身，动词起到连接主客体、突出其一体性的作用。陈月桂的结论是，最迟从周代末年开始，归隐就被视为出仕的替代，而诗歌创作首次将两者相联系，是在汉代左思的一首招隐诗中。《全唐诗》中"寻隐者不遇"诗占了1.5%（超过50首），进一步强化了这一主题。这类诗不仅涉及对隐者的寻访，而且因为隐者寻不到，隐居处所和环绕周围的自然也成了描写对象，其中也包含了寻找本真自我、寻找人和自然的合一，以及为官的诗人对于隐居生活和归隐的向往。除此之外，人与

---

① Goat Koei Lang-Tan, *Der unauffindbare Einsiedler: Eine Untersuchung zu einem Topos der Tang-Lyrik (618-906)*, Frankfurt a. M.: Haag und Herchen, 1985, S. 5-6.

第四章 万神殿的构建：汉学系统中的中国作家作品

自然、仕与隐的关系，易逝之叹、孤独感和友情的关系，都是其中常见的主题。

梅绮雯是波鸿大学朝鲜学教授，她早年的研究重点却是中国古代文学。她在鲍吾刚指导下完成博士论文《说梦——中华帝国晚期文人对梦的看法》（1992），思路上也多少带上了导师的思想史痕迹。鲍吾刚借助自传书写考察中国人的自我结构，而对梅绮雯来说，"梦大概是人类可能拥有的最私人性的经历"①，故不难揣测她的写作意图，即希望从考察中国古人对梦的理解入手，呈现中国人最内在的意识结构。她区分了三种观察梦的方式：1. "超自然/卜筮"取径，将梦视为外来预兆；2. "心理学"取径，将梦作为内在心理的表达；3. "相对化/美学"取径，梦不再是简单的消息，而是相对于醒的状态过程，简言之，分别为外在、内在、非内亦非外的视角。她从三个领域（或三种文本形式）来考察中国传统文人对梦的认识：1. 明清文献如《清稗类钞》《梅花草堂笔谈》《子不语》等收录的梦的轶事野闻；2. 相关理论话语（从《周礼》《庄子》《潜夫论》一直到《阅微草堂笔记》，都有大量对梦的成因、性质、功能的探讨）；3. 文学虚构中的梦。"中华帝国晚期"她指的是17世纪到19世纪，但在描述理论话语时，也会参照更早的经典文本。对梦境经历的报道常采用"超自然/卜筮"的视角，梦成为上界对人事的干预或向凡界传达的消息，给人们的行为方式或决定提供合法性根据，或传达某种价值观，有时也是纯粹的游戏。但"理论"文本通常对神异抱谨慎态度，更不会以之来指导现实行为，而更多从心理角度来解释预兆性梦境。对梦的心理学观察又分为两种，一种是理性的态度，如对"想"和"因"的关系的探讨；一种从道德伦理角度来观察梦，把梦看成灵魂状态的反映。"相对化"的梦的经典例子，就是庄周梦蝶，梦和醒的现实状态被相对化："不知周之梦为胡蝶

---

① Marion Eggert, *Rede vom Traum. Traumauffassungen der Literatenschicht im späten kaiserlichen China*, Stuttgart: Franz Steiner, 1992, S. 5.

与，胡蝶之梦为周与？"这种态度最终通向了美学话语，成为通俗文学最重要的游戏场所。只有在文学作品中，上述三种取径才同时得到了运用，成为文学创作的三种方法："超自然/卜筮"的梦作为戏剧化的手段；心理性的梦境成为风格手段；"相对化/美学"的梦成为结构手段。对梦的种种观察方式，在文学中得到了具体实现，故梅绮雯的考察还是以文学为依归的。

梅绮雯重点分析了晚明以来三部写梦的文学作品：《牡丹亭》《西游补》《红楼梦》。她认为，三部作品中呈现出一种日渐加强的趋势，即梦主题日渐成为整部作品的结构原则，以至于文本和梦合而为一。她指出，《牡丹亭》中的梦境描写表现出一种卓越的"心理现实主义"，是"梦作为风格手段的完美应用"。《惊梦》一出，是决定了杜丽娘今后人生轨迹的成人事件，故梦境又构成全剧的重心和结构性原则。汤显祖这里，梦虽然未摆脱神异和卜筮色彩，却主要服务于表现"单个灵魂的个人经历和感受"，由此梦成为和压抑个性的传统相对峙的"对立世界"，成为调和个体愿望和社会要求的乌托邦。[①]《牡丹亭》中的梦只是插曲，《西游补》则是一部梦幻小说。梦在隐喻层面意味着沉迷于色的日常意识，孙悟空就是这一意识的象征。在心理层面，梦映照了孙悟空的灵魂状态，他的不安和惊恐均是因为卷入了现象世界（色）之故。梦醒之后，大圣变得更聪明，显然"梦对于他意味着一个认识过程，一种加工和消灭折磨他的欲望的手段"。然而董说将"自我治疗"的功能归于梦，又可能不经意地迎合了一种消极趋势。因为小说就是由幻象而生，写小说这一行为本身就证明，"在沉默之真理和小说之假象的冲突"中，董说还是倒向了梦幻和镜像。[②]梅绮雯总结这一趋势说：

[①] Marion Eggert, *Rede vom Traum. Traumauffassungen der Literatenschicht im späten kaiserlichen China*, Stuttgart: Franz Steiner, 1992, S. 198.

[②] Ebd., S. 215.

第四章　万神殿的构建：汉学系统中的中国作家作品

这段时间那种对于梦的内在真实及其革新潜力的不懈探索，在接下来几百年中（大概也是因为突破总是无法实现）似乎归于沉寂。人们急着要表明，根本不会有代表希望的梦，而思想家们再一次且更激进地宣布，梦不会带来任何值得严肃对待的消息。诗人则基于梦的（至少是情感性的）真理价值，将生活、文本、梦幻等同齐观，从而否定一切真实性，拒绝对于梦的意义内容进一步发问。[1]

梦成为怀旧、遁世的象征，这在《红楼梦》及其续作那里表现得更其明显。《红楼梦》可谓"梦的百科全书"，各种《红楼梦》续作就是文人之梦的延伸。然而也正是对于内外梦境的过度陷溺，耗尽了梦的美学潜力，以梦为媒介的严肃认识乃至对现实的颠覆沦为"圆梦"游戏，以至于在现代西方发生"弗洛伊德转折"之时，具有丰富梦传统的中国文学今日竟无梦可用。正如法国象征派诗人瓦雷里说的，做梦的人，反而要格外清醒，梅绮雯是在暗示，放弃了求真的理性认识，梦的想象功能同样会萎缩。对于晚明的所谓思想解放潮流，她的批判态度是明确的，即认为它不会导致真正的社会变革，不应给予过高评价。

三、新文学中的"同情"

陈月桂的《儒家的同情和同感思想在中国新文学中（1917—1942）：民国时期的文学理论、小说、童话和儒家思想传统的关联》是她1994年在慕尼黑大学提交的教授论文。她要纠正一个长期流行的观念，即中国新文学运动仅仅受了日本和西方的影响，而和自身的精神血脉相割裂。她认为，对于中国新文学来说最重要的毋宁说是儒家的同情概念。她首先有意区分了"新文学运动"和"新文化运动"两个概念，两者之不同就在

---

[1] Marion Eggert, *Rede vom Traum. Traumauffassungen der Literatenschicht im späten kaiserlichen China*, Stuttgart: Franz Steiner, 1992, S. 259.

于，新文学的鼓吹者如胡适、钱玄同、郑振铎、周作人、傅斯年不像新文化运动的领袖陈独秀那样激进，没有全盘拒绝传统文学，而新文学"人的文学"的思想完全合于孔孟的理想。陈月桂特别强调："引人注目的是，回归自身的精神传统并非1925年之后才发生……而是在一开始，紧接着新文学运动（1917—1918）发生之后。"[①]其次，以同情概念为红线来考察中国新文学，陈月桂呼吁，中国在追求物质和技术现代化的同时，不要忽略了"仁"或人性的传统。最后，反鲁迅成为这部著作最醒目的姿态，在她看来，被西方汉学家神化的鲁迅恰是没有同情心的，之所以如此，又是因为他彻底地倒向了西方的个人主义，拒绝儒家的精神立场。相比之下，她认为胡适对传统中国文学表现出更多的理解，他的新文学构想将明清小说、元杂剧、白居易、杜甫、《诗经》视为源头活水，由此也为儒家传统留下更多的空间——《诗经》和杜甫、白居易都可以归于孔子的影响之下，新体乐府之不同于受道、禅影响的山水诗，就在于其同情是针对他人，而非自怜。

在第一章"中国的同情思想中的同情概念及其欧洲对应者"中，陈月桂提出的中国传统的同情思想的代表包括孟子、陆象山、王阳明和康有为，他们重视对于人的同情，认为同情心构成了人和动物的区别。在西方，与这种思想相对应的代表人物首先是卢梭，卢梭也认为同情是人的天性，但他相信动物也是有同情心的。其次是莱辛，他将唤起同情心作为其市民悲剧理论的基础。第二章"中国新文学构想中的同情"展示了胡适以及其他中国新文学代表如周作人、郑振铎、钱玄同、傅斯年等人的伦理学和美学诉求，以及"国民文学""民间文学""平民文学"等概念。对于新文学运动的领导者们来说，能否激发读者的同情，成了文学评价的标准。第三章"民国时期对于残忍和同情的反思"是前一章的延伸，但重点

[①] Goat Koei Lang-Tan, *Konfuzianische Auffassungen von Mitleid und Mitgefühl in der Neuen Literatur Chinas (1917-1942). Literaturtheorien, Erzählungen und Kunstmärchen der Republikzeit in Relation zur konfuzianischen Geistestradition*, Bonn: Engelhard-NG, 1995, S. 343.

第四章 万神殿的构建：汉学系统中的中国作家作品

不再是文学的总体构想，而是康有为、梁漱溟、林语堂、叶圣陶、吴沃尧和鲁迅等中国作家对于国人的残忍和无同情心的谴责。

第四章"中国新文学（1919—1937）的小说和童话映照下的同情和同感"，从同情的角度，解读了许地山、凌叔华、王统照、叶圣陶、萧红和陈衡哲的共23篇叙事文本，叶圣陶的小说选入最多。中国古代文学作品《游子吟》《石壕吏》《琵琶引》和西方现代作家曼斯菲尔德的《女主人的贴身女仆》及王尔德的《快乐王子》也穿插其间，用作中国新文学作品的类比参照。陈月桂将小说中的同情又分为五类：1."受义务感束缚的学者"的同情，在许地山《债》、凌叔华《杨妈》、王统照《老人》、凌叔华《写信》、叶圣陶《旅途的伴侣》《母》等作品中，同情者属于智识者阶层，在偶然接触中被贫民的遭遇打动，感到了同情，但他们只是悲剧事件的被动听众或目击者；2. 同病相怜的普通人的"理性引导的同情"，在王统照《警钟守》《卖饼人》、萧红《牛车上》等作品中，人物和他们同情的对象处境相同，或有着类似的痛苦经历，会将感同身受的同情转化为实际的帮助，即所谓"理性引导的同情"；3. 小说中的儿童在想象经历中产生的同情心，如叶圣陶《小蚬的回家》《地动》所描述的情形；4. 儿童对于受难者的"理性引导的同情"，在叶圣陶《跛乞丐》、陈衡哲《小雨点》中，儿童受到无限的爱的驱使，不仅能感受他人的痛苦，还能施以帮助；5. 受到义务感和爱驱使的仆人的同甘共苦，这类同情经验在叶圣陶《稻草人》中有生动表现。

不但中国的新文化运动以反孔拉开序幕，欧洲的中国现代文学研究者也普遍认可五四代表的现代性取径，而将儒家视为古代中国的象征，故在普实克看来，维护孔教的《老残游记》和批判孔教的《狂人日记》相隔尽管只有十二三年，却已分属旧文学和新文学。[①]而陈月桂这里一反常规，

[①] 亚罗斯拉夫·普实克：《抒情与史诗——现代中国文学论集》，李欧梵编，郭建玲译，上海：上海三联书店，2010年，第200页。

贬低五四传统而重申儒家理想，更试图将鲁迅拉下神坛，让他为现代化的负面后果负责。这一当代德国汉学系统内的反向操作，将久已被克服的儒家和西方现代性的"古今之争"重新激活，从而证明，孔子符码在汉学领域仍然发挥着潜在的引导作用，而孔子符码的上升会导致鲁迅符码的下降，反鲁迅的姿态就是一个必然结果。

四、新时期女性文学

女性主义在战后西方的文学理论界有重要影响，与此相应，中国女性作家和文学也是德国汉学家一向关注的话题。在中国古代文学领域，李清照因为她惊世骇俗的再婚吸引了研究者。在五四以来的现代作家中，冰心、庐隐、萧红、丁玲等女性作家因为对自我的袒露成了个性解放的先锋，成为研究者的热门话题。对于新时期文学中女性作家的积极作用，梅薏华率先表示了敬意，她认为女性作家们在突破政治框架和题材禁忌、寻找新话题（如作为私人情感的爱情）等方面都充当了前驱。从80年代中期起，女性作家进一步冲破男性视角，开始寻找女性独有的风格和语言手段，在许多方面都扮演了突破常规的角色，如方方、池莉的新写实主义持续地影响了中国当代文学创作，她们笔下小人物的生存斗争打破了社会主义文学传统中的英雄幻象；张辛欣开启了中国当代文学主题的城市化转向；宗璞第一个用超现实主义笔法写卡夫卡式小说，探讨知识分子的心灵创伤；残雪更新了女性美学的语言和风格技巧，用梦幻手段塑造出受外部威胁而锁闭于自身中的女性自我；陈染专注于情感和性的冲突，而林白除了和陈染一样重视童年经历和自传事实，还更深地涉入女性身体经验；毕淑敏成为"新体验小说"的代表，将真实的自身体验传达给读者。

赫瑟《进入暧昧：1979到1989年〈收获〉杂志上的女作家短篇小说》是这方面的代表性研究，考察了20位女作家发表于《收获》的一共34篇短篇小说，以此来勾勒中国新时期文学第一个繁荣期内女性文学的概貌，并

第四章 万神殿的构建：汉学系统中的中国作家作品

且证明，中国女作家笔下的女性建构和西方女性主义哲学对于女性主体的定位是一致的。导论中，赫瑟从"生物学角度"——即从一个非意识形态性角度——给女性文学下了一个定义"女人的文学"（Literatur von Frauen），从而为其研究奠定了基调："重新接近中国女作家的文学，而不用复制其经典化趋势。"[1]（但有评论者注意到其中的自相矛盾：《收获》作为权威的文学杂志，不还是代表国家和男性中心秩序，不还是经典的一部分吗？[2]）女性主义的一般思路，是认为过去的文学经典体现了男性权力，同样，赫瑟和许多采取女性主义视角的德国汉学家一样，认为中国的文学经典化过程服务于男性中心的统治秩序。在赫瑟看来，女性主义思想家们打破了社会中的自治主体这一传统哲学立场，女性毋宁说由社会"造成"，这一视角转换是她考察中国女性文学的出发点——不是寻找一个自治的女性主体，而是发现其在中国当代社会中的位置，展示女作家及女主人公们如何深陷于种种"由社会、历史和文化规定的女性形象"。[3]第二、三章从总体上概括从古代到中华民国和1949年到1976年间新中国文学中的女性形象。第四到七章是论文主体部分，细读所选的小说文本，重点是分析其中的女主人公形象，进而揭示女作家们的女性观念和社会认识。

古代中国男性中心主义的儒家价值观所塑造的女性形象，如19世纪初的《四女书》中所表现，构成了作者的当代文学研究的背景。针对这种传统的女性形象，19世纪末20世纪初产生了女性解放的要求，然而在克服民族危机的大形势下，这种要求只能理解为救亡图存运动的一部分。20世纪

---

[1] Birgit Häse, *Einzug in die Ambivalenz. Erzählungen chinesischer Schriftstellerinnen in der Zeitschrift* Shouhuo *zwischen 1979 und 1989*, Wiesbaden: Harrassowitz, 2001, S. 18.该专著为作者1997年在柏林自由大学完成的博士论文。

[2] Christina Neder, „Rez.: Birgit Häse 2001", *Bochumer Jahrbuch zur Ostasienforschung*, Bd. 26, 2002, S. 270.

[3] Birgit Häse, *Einzug in die Ambivalenz. Erzählungen chinesischer Schriftstellerinnen in der Zeitschrift* Shouhuo *zwischen 1979 und 1989*, Wiesbaden: Harrassowitz, 2001, S. 22.

二三十年代的女性观透过丁玲的《莎菲女士的日记》展示出来，丁玲率先在中国文学中引入了一个新型的女性自我，一个在个性解放和自主独立要求和传统社会价值观之间挣扎，努力实现自己的愿望和向往的女性角色。生物学范畴"女性"在20世纪10年代和20年代日益被置入社会语境，女主人公的遭遇更多的是被当作集体命运（而不是个体命运）来表现。40年代后，随着文学中日益加剧的对女性的政治工具化，女性范畴被视为资产阶级的概念加以摒弃，一个政治化的范畴"妇女"取而代之，"妇女"被视为反抗封建压迫的政治阶级的一部分。文学也应该帮助传播这一女性形象，借助歌剧《白毛女》，赫瑟阐述了这一发展：性别压迫被理解为社会结构的产物，只有共产党才能扭转这一局面。

中国古代和民国时期的妇女观发展，构成由远及近的大背景。完成这一大背景的刻画之后，作者才转入对当代女性短篇小说的分析。文本分析集中于三个主题：

第一，"由外界规定的女性角色中的女性观念"，其中又分为两类：1. "姐妹和女儿"角色：张抗抗《爱的权利》、茹志鹃《草原上的小路》、王安忆《广阔天地的一角》《新来的教练》《绕公社一周》、徐小斌《那蓝色的水泡子》；2. "母亲、婆婆和媳妇"角色：韩蔼丽《米兰，我的……》、杨绛《鬼》、于劲《死亡游戏》。

第二，"爱情和性的主题中的女性观"：叶文玲《勿忘草》、张辛欣《我在哪儿错过了你》、韩蔼丽《田园》、陈洁《天葬》、陈染《世纪病》、皮皮《光明的迷途》《异邦》、赵玫《最大限度》、于劲《战争的女人》《蝈蝈笼》。

第三，男女主人公眼中的"价值变迁"，分为两类：1. 女主人公视角：宗璞《米家山水》、戴晴《老槐树的歌》、刘索拉《多余的故事》、韩蔼丽《缘分》、冰心《落价》、海男《金色的椅子》；2. 男主人公视角：戴晴《雪球》、张洁《山楂树下》、皮皮《全世界都8岁》、张辛欣

第四章　万神殿的构建：汉学系统中的中国作家作品

《舞台》三部曲、张冀雪《青绿之想》、韩蔼丽《溺》、海男《待太阳出来》。

"外界规定的女性角色"位于"妇女"价值范畴之内。但在新时期的女性短篇小说中，这一角色代表的一套价值观失去了效力，取而代之的是友情、人性等普遍的人的价值，人性的温暖促成道德行动。另一个外界规定的角色是母亲形象，新时期小说没有彻底否定这一角色，质疑的只是对它的工具化利用。继政治和意识形态理想之后，爱情（80年代早期）和性（80年代后期）成为建构女性主体的新领域。但爱情一方面可以使角色摆脱政治和道德规范，同时又导致了经济、情感和肉体上的依赖。如果说在80年代初期的短篇小说中，爱情书写更多地具有个体解放的正面含义，到了80年代后半期，浪漫理想则日渐为"暧昧"所取代，暧昧性源于爱情和自我实现之间的冲突（在男性主导的社会中，女性的自我实现是以满足传统的角色期待为前提的）。性主题上也有类似演变，80年代上半期，超脱了性的纯粹爱情占上风，而在80年代后半期，女性的性需求一方面被理解为个体自我发现的空间，另一方面又成为充斥男性压迫、暴力和权力的场域。换言之，以爱情和性为支撑的女性主体其实十分脆弱，中国女作家的这一发现，对于女性主义在自我解放问题上的盲目乐观也是一种修正。最后两章指向"社会发展中个体责任"的问题，这一问题分别由小说中对女主人公和男主人公的描述表现出来。这里呈现出作家间的代际差异。[①]

赫瑟的结论是，在文学描述中女性自我总是体验到暧昧性，因为它一方面被纳入社会语境，同时又被社会语境排斥，如此一来，身处压迫性的统治秩序之内，就无法真正将自身定位为主体。[②]这一双重位置的暧昧性，正好印证了西方新近的女性主义哲学的观点，即女性的主体位置同时

---

① Birgit Häse, *Einzug in die Ambivalenz. Erzählungen chinesischer Schriftstellerinnen in der Zeitschrift* Shouhuo *zwischen 1979 und 1989*, Wiesbaden: Harrassowitz, 2001, S. 284.

② Ebd.

为男权秩序的接纳和排斥两种倾向所建构。①

五、新写实主义的定义

斯笃姆的《文学理论定义的问题：作为对中国文艺学讨论之贡献的新写实主义小说分析》是2000年汉堡大学博士论文，从标题就可以看出，他是借考察中国当代的新写实主义小说，来分析中国文学批评的特点，对中国批评界的新写实主义理论探讨提供建议。他不客气地批评说，中国的文学研究过去是政治导向，现在又受制于市场经济法则。这种贫乏现状，也导致了中国的"新写实主义"讨论缺乏坚实的理论基础，在理论和实践之间毋宁说存在许多背离。②斯笃姆的思路是，一方面介绍中国的"新写实主义"理论，如1988年10月首次讨论"新写实主义"概念的"现实主义与先锋文学"研讨会中的观点；一方面用文学创作中的实际情形与之作对比，发掘理论和实践的不符之处，其文本基础是马相武《东方生活流：新写实小说精选》（1993）中的五篇小说：方方《白驹》、叶兆言《半边营》、刘恒《教育诗》、刘震云《官人》、池莉《太阳出世》。

斯笃姆指出，中国新写实主义潮流的发生背景，一是长期的社会主义现实主义主流，二是80年代的文学多元化趋势。批评界提出新写实主义的口号，自然是要和传统的、政治意识形态意味强烈的现实主义概念在内容和形式两方面相区分，以便更准确地把握现实，"现实生活原生形态的还原"成为其最核心的概念，而客观性问题成为和传统现实主义区分的焦点。但他指出，新旧现实主义的区分并非绝对，新写实主义脱胎于旧现实主义，实际上和后者具有一致的认识论基础，仍然相信客观现实的确实存

---

① Birgit Häse, *Einzug in die Ambivalenz. Erzählungen chinesischer Schriftstellerinnen in der Zeitschrift* Shouhuo *zwischen 1979 und 1989*, Wiesbaden: Harrassowitz, 2001, S. 22.

② Thomas Sturm, *Probleme literaturtheoretischer Definition. Eine Analyse neorealistischer Erzählungen als Beitrag zu einer Diskussion der chinesischen Literaturwissenschaft*, Frankfurt a. M.: Lang, 2000, S. 14-15.

第四章　万神殿的构建：汉学系统中的中国作家作品

在，并且可以由语言呈现出来，因此同为"指涉性"（referentiell）写作。实现生活还原的具体主张包括，在内容上，写普通人的平凡生活，反对传统现实主义本质和现象的区分；以"非典型化的造型原则"塑造人物，强调性格的复杂性，反对现实主义的典型化。而在形式上，新写实主义以流水账——所谓"生活流"——的方式组织故事，打破时空和情节。它在叙事上有一个最明显的特征，即以人物叙事取代传统现实主义的全知叙事，与之相连，它要求一种中性的叙事态度，作者退场，而让场景自我呈现。

然而，通过对五篇新写实主义小说的考察，他发现实际创作并不符合理论设计。五篇小说中，仍然是全知视角占优，没有一篇完全遵守人物叙事的视角限制。五篇小说全都有叙事者的介入，有时还是明显的评价或批评，故并非中性叙事和纯客观描写。结构上，没有一篇是真正的无序。新写实主义讲求真实可信，可是《白驹》离奇的情节和神秘的死亡违背了日常生活的逻辑，《教育诗》则掺入了"我"的主观视角。《白驹》之外的四篇小说都描写小人物，但人物的复杂性达不到理论家的要求，《官人》《太阳出世》尤其如此。

斯笃姆得出结论，新写实主义讨论所产生的理论标准并不可靠，很难对文学现象做出准确的解释。但原因却是值得深思的，它反过来说明了中国文学批评和理论史的强烈政治性。新写实主义首先是作为社会主义现实主义的对立面来构想的，这就决定了它提出的诸多新概念来自和旧的概念范畴的区分，而非从考察文学实践而来。故而理论家会将全知叙事等同于传统现实主义，把人物叙事和新写实主义的客观性相联系；而只要放弃直接的政治评判，就被理解为价值中立。另外，许多论文用西方的理论概念来解释新写实主义小说，却没有详尽的文本分析，这种错位现象在中国当代文学的其他新潮中同样存在。他的意思很明显，中国批评家所缺乏的是"科学主义精神"和"文本意识"。

六、暴力书写

蒂芬巴赫《中国现代文学中的暴力语境》重点考察1978年以来中国当代文学对暴力的表现，以及暴力书写在参考框架上发生的变化。在方法论上，作者借鉴了新历史主义和文化唯物主义，强调文学、政治、历史和社会的复杂交织，一切历史图像和历史哲学均为受制于利益和权力格局的建构物，成为他的基本预设。导论和第一章探讨认识他者和自我的条件、种族中心主义评价模式以及文化相对主义的弊端。第二章考察了欧洲和中国关于暴力主题的理论概念，勾勒了从《诗经》一直到20世纪下半叶中国文学中暴力描述的线索。在他看来，中国传统文学语境中从来不乏暴力场景，只是不同体裁在表现方式上有区别。诗歌通常不热衷于细节，而且对暴力持批判态度。戏曲以较抽象和程式化的方式表现暴力，伦理色彩浓厚，无一例外是惩恶扬善的结局。叙事文学如历史小说、鬼神传奇、宗教故事中有大量暴力描写，尤其女性常常成为男性暴力的牺牲品。但是中国传统上将暴力描写视为通俗文学的特征，正统文人往往避而不谈，更不会从理论上加以总结。进入现代以来，随着西方入侵，中国内外危机加剧，"文学中的暴力"主题获得了重要的现实意义。可问题是，尽管暴力场景在"数量和强度上"呈现急剧增加的态势，但仍然缺乏理论上的探讨。他批评说，中国"许多批评家干脆忽略这些不讨人喜欢的趋势"，而只去评论作品中符合他们价值观的段落，或将它们简单地归于受西方的影响。[①]在此背景下，蒂芬巴赫提出这一问题：中国现代文学中的暴力描写究竟是传统模式的延续，还是走上了全新的道路？

从第三章起，蒂芬巴赫才真正进入对于暴力主题的分析。他把所要探讨的文本分成若干组，首先是伤痕文学，从《班主任》《伤痕》等短篇小说开始，以北岛《波动》和老鬼《血与铁》结束。接下来一组是三部历史

---

① Tilo Diefenbach, *Kontexte der Gewalt in moderner chinesischer Literatur*, Wiesbaden: Harrassowitz, 2004, S. 211.

第四章　万神殿的构建：汉学系统中的中国作家作品

小说，包括陈忠实《白鹿原》、张炜《古船》、莫言《天堂蒜薹之歌》，作者将其归于"每一方面都是痛苦"的标题下。他继而分析了一组家庭小说（历史小说的变体），包括李锐《旧址》、苏童《米》，标题为"走向沉沦：败落的家庭"。最后一组作家包括贾平凹、卫慧、谈歌、刘醒龙，他们代表了90年代以来的新趋势。

蒂芬巴赫认为，中国流行的历史书写基于正邪对抗的简单二元模式，革命暴力和民族解放主题相结合，暴力是战胜消极历史因素的正义手段。而在新时期作家笔下，暴力变成了中国社会的一面镜子，在其中人性的自私和权力欲展现无遗，所有的理想和意识形态，都不过是暴力借以展开自身的工具。北岛的小说是对"文化大革命"十年的沉痛控诉。张炜和陈忠实和传统的当代史分道扬镳。刘醒龙突出了人际关系中的暴力因素。李锐笔下间或出现了和解的声调，却仍未丧失批判的锋芒，而老鬼在回顾和嘲讽之间摇摆。所有这些当代小说中都没有英雄榜样，或是值得追求的伟大理想，也没有大团圆结局，只有为了自身利益展开的无休止斗争。90年代文学则提供了另一番景象，最新的暴力描写和性/犯罪文学的泛滥与资本主义市场密切关联。作者为新近中国文学中的暴力描写辩护的理由是其批判潜力，对于资本主义消费主义的批评等是频繁出现的暴力描写的正当理由。他认为《威风凛凛》是一个很好的例子，证明90年代的中国文学和80年代一样有趣和丰富，主题变化和内容与形式的革新并未造成质量下降，而是敞开了新的视角和视野。

评论者斯托姆认为，蒂芬巴赫应该把暴力和暴力描述区分得更清楚。他批评说，作者对于暴力叙事的深层动机揭示得较少，究其原因，是作者自己也仍然拘囿于正邪二元的伦理学框架，尽管他也一再强调道德判断的危险。[1]第三章详细处理了伤痕文学的核心文本如刘心武《班主任》、卢

---

[1] Carsten Storm, „Rez.: Thilo Diefenbach 2004", *Bochumer Jahrbuch zur Ostasienforschung*, Bd. 29, 2005, S. 289.

新华《伤痕》,但结论只是两部文本中"完全没有暴力描写"。①对此,斯托姆揶揄说,这不过体现了汉学研究传统的强大惯性,因为提到中国当代文学总是从伤痕文学开始的。②

七、乡土文学

皮佩的专著《中国的乡土文学:生成、主题和功能》(1997)涉及西方汉学界的一个核心命题,即夏志清提出的"中国痴迷"(obsession with China)。既然中国作家如此执着于中国,那何为中国?中国作家自己如何理解中国,理解中国的统一性和差异性?如何来表现其伟大和丰富,其政治和社会文化变迁?汉学界许多热门话题如"中国身份""中国性""中国文明的性质"等就包含于这一系列问题中,对此,乡土文学显然是一个很好的切入口。她选取的作家人数众多,有沈从文、贾平凹、司马中原、莫言、玛拉沁夫、乌热尔图、郑万隆、马建、扎西达娃、张承志、吴浊流、钟肇政等,探讨的主题包括:1. 对待农民社会传统价值的不同态度;2. 中文语境中"乡土"的表达,包含了"对乡土的召唤"和"无家可归"两方面;3. 少数民族区域和文化;4. 文化身份的寻找。皮佩在构思上的独点,是将大陆和台湾的乡土文学进行对照,在大陆作家中又照顾到边疆少数民族地区和汉族地区的乡土观念的区分,试图呈现"文化中国"概念的丰富性和历史变迁。她将乡土文学的社会心理学功能归纳为四个方面:1. 作品对于各地域具体条件的描述,提醒人们更多地关注由农耕社会向工业社会转型的后果;2. "乡土"神话到今天已成滥调,只有少数几个年轻作家还在使用,他们呼唤乡土是出于身份确认的需要,尤其对出身(经济)落后地区的作家而言就更是如此;3. 对于少数民族地区的生活

---

① Tilo Diefenbach, *Kontexte der Gewalt in moderner chinesischer Literatur*, Wiesbaden: Harrassowitz, 2004, S. 91.

② Carsten Storm, „Rez.: Thilo Diefenbach 2004", *Bochumer Jahrbuch zur Ostasienforschung*, Bd. 29, 2005, S. 287.

第四章 万神殿的构建：汉学系统中的中国作家作品

习惯和需要的描写，可以激发对于民族政策和主流文化传统的反思，而少数民族作家更关心的是本族文化的维护和传承；4. 在中国台湾，发掘自身的乡土历史，成为自我意识建构的重要手段。她提到，乡土文学在大陆文坛只是配角，而在台湾占据主流，这和台湾近现代历史有关。台湾民众在日据期间才面临文化身份问题，身份选择变成一个棘手问题。文学中和台湾相关的地域视角，为台湾作家提供了一个重新确定文化身份的场所。但在大陆，乡土文学发展的背景是关于现代化如何的争论：哪些文化传统应该保留？是否和在多大程度上应接纳西方的影响？在乡土文学中有一个普遍趋势，即大多数作家都鼓吹"活力、情感、本原、身体的力量和耐力，但也包括灵活性和变易能力"等价值。他们希望凭借这些价值，实现被过度理性化削弱的中国文化的更新。皮佩进一步指出，中国的乡土文学在主题上和欧洲的地域文学，尤其是德国和斯堪的纳维亚"故乡文学"（Heimatliteratur）多有重合，"大地母亲""大地的怀抱""健康的大地"等是双方常见的用语。[①]

[①] Anke Pieper, *Literarischer Regionalismus in China. Entstehung, Themen und Funktionen*, Dortmund: Projekt-Verl., 1997, S. 259-266.

第五章　系统内的中国文学观察者

第一节　阐释主体与交流系统

一般的解释学并未抛弃主客的认识论框架，因为它还依托于点对点、人对物的对立关系，只是对立双方都极大地相对化了。譬如在伽达默尔看来，解释者处于历史之中，所以在面对历史和传统的关系问题时必须意识到：当前的语境决定了对于过去的态度，与此同时，对当前的把握又为对于过去的理解所左右。对文本或事件的理解，就是在现在与过去之间不断地进行调解。卢曼却迈出了激进的一步，将个体的阐释变为了系统的阐释，让阐释彻底脱离了主体的权能范围，而成为系统的操作。他认为，传统的认识论预设了一个静止主体和一个静止客体，然而现实中的情形是，两者都处在不停变动中。主体和客体两方面的位置，乃至于谁是主体和谁是客体，都取决于系统运作的需要。在系统内"交流"中，自我指涉（主体）/外来指涉（客体）的交替才会发生，换言之，交流同时造成了客体和主体，而所谓"阐释"，不过是实现交流的手段之一。卢曼把交流过程分为三个选择行动：1. 信息（Information）的选择；2. 传达（Mitteilung）

的选择；3. 接受或领会（Verstehen）的选择。信息和传达反映了一般意义上的主客体关系，可以说信息即客体，传达即主体。需要注意的是，信息和传达的实现者是Alter[他我]，领会的实现者是Ego[自我]。不过，领会的关键，并非领会所传达的内容为何，而是领会到有信息传达给我，同时也领会到，这个传达来的信息和传达者所掌握的信息是有区别的，即是说，领会了选择1（客体）和选择2（主体）之间的区别，因此接受者的选择内在地包含了前两个由Alter做出的选择，它是三个交流行动的"综合"，将三个"行动"（Handlung）变成了一个真正的"操作"（Operation），它是促成交流过程的决定性因素，因此接受者才是Ego（自我），是第一位的，而信息的采集者和传达者是Alter（他我），是第二位的，这和通常的交流理论和日常经验正相反。①换到德国的中国文学研究语境中，信息和传达的主体就是汉学家，然而他们的信息和传达必须在他我的理解行动中才能显现为自身，汉学家主体并没有独自决定意义赋予的权力。

　　Alter和Ego相区分，超越了主体/客体的传统区分，因为这一区分包含在Ego的领会之内。如果承认卢曼的交流模型有效，就产生了一个对于汉学研究的反思来说意义深远的命题：通常所谓"主体性"是由众多Ego在无休止的领会行动中生产出来的。无名的Ego超越了主体，它是系统，也即世界的化身，而卢曼的交流模型意味着，世界决定了交流的展开——因为是领会最终让交流得以发生。交流事件统一体非主体（传达）亦非客体（信息），主客的位置尽管必不可少，但它们正是由交流造成；交流事件统一体也非由社会而导出（仿佛是社会事先规定了领会方式），尽管交流是真正的社会性操作，但正是交流造成了社会。交流是借助信息和传达的特殊区分实现的对世界的观察，在这个意义上它是阐释的本义，而领会作为阐释实现的标志就是超越自我，能在信息和传达、主体和客体之间进行

---

① Niklas Luhmann, *Soziale Systeme. Grundriss einer allgemeinen Theorie*, Frankfurt a. M.: Suhrkamp, 1984, S. 195.

区分。

这一新的阐释学框架，意味着没有本体性事实而只有功能性事实。同样是对一个文学文本的阐释，当我们看到"鲜艳""音色""动人"等字眼，就知道这是一个报刊评论家在说话；看到"码洋""市场"，就知道是出版商在说话；看到"法律""伦理""集体心灵"，就知道要么是法官，要么是社会学家；看到"叙事层次""隐含作者"，就知道是文学理论家。然而不可否认，它们都是作品的阐释，没有理由说哪个代表了作品"本体"世界。反过来，这一事实提醒我们，阐释者在和作品进行协商之前，首先就要和系统进行协商，从系统领取指令之后再确定自己的进入路径。而功能系统之所以发出这种指令，又是它和其他功能系统协商的结果。但是阐释者不需要知道这些，正因为他不知道，才能有足够的自信、足够的使命感履行自己作为阐释者的社会功能；也正因为有他和系统的这样一种确定的关系，他才能够和文本进行阐释性协商，在文本中被动地释放自己的世界性"前见"，也在这种释放中主动地创造文本的新意义，然而，被动和主动的范围都已被事先规定。

卢曼深受胡塞尔影响，但对胡塞尔一直持批判态度。他认为胡塞尔没有超出主体性哲学，他后期的"视域"（Horizont）概念缺乏效力，而建立在主体性基础上的交互主体性是一个失败的设想。然而在丹麦哲学史家扎哈维的推动下，当代的胡塞尔研究中出现了"交互主体性"转向。扎哈维指出，对胡塞尔来说，"构造（Konstitution）过程最终在一个'主体性—交互主体性—世界'的三元结构中展开"[①]。主体性、交互主体性、世界成为交互构成的"共源"结构，主体性之所以能构成他者和世界，是因为它事先就已经被他者和世界构成。这等于说，胡塞尔早已克服了唯我论立场，他才是最先和最有力地论证了交互主体性为主体性奠基的那个人。哈贝马斯作为卢曼的老对手，比其他人更清楚地认出卢曼和胡

[①] Dan Zahvi, *Husserls Phänomenologie*, Tübingen: Mohr Siebeck, 2009, S. 80.

塞尔的思想联系："卢曼采纳了由布伦塔诺和胡塞尔引入的意向性的意义。"①卢曼所理解的"世界"是不同观察位置之间的交互观察之网，交互观察相当于胡塞尔的"交互意向性"②，而观察的接力不过是意向共同体的变种。胡塞尔认为，主体之间虽然实项上（reell）彼此分离，却有着先验的意向关联，意识先天地朝向他人，存在者处于"意向共同体"（intentionale Gemeinschaft）之内。③卢曼也充分借鉴了胡塞尔的交互主体性模式。他在《世界社会》一文中提及，在西方哲学的主体表象中，对于全球化的世界形势早就有了预感。寓含于主体表象中的所有人的自我性（Ichheit），成为联系不同主体的纽带和世界表象的基础：所有人都可以根据在其他人的意识中形成的预期而形成自己的预期，在这些预期的基础上实现交互作用；如果普遍性的互动交织可以实现，所有人的体验视域可以预期，所有的最后视域就可以交融为一体，形成"世界社会"。④

依循此原理，就可以说，中国文学符号的命运不是由汉学研究的主体决定的，而是在一个"意向共同体"中浮沉，受制于交流系统的整体运作。以德国汉学系统中对于中国经典的理解为例，可以清楚地看出，主体对于作品的阐释自始至终受到一个更大的知识和社会系统的调控，从而生产出对于中国读者来说有时全然陌生的意义。系统内的中国文学观察者不仅是观察主体，也是被观察的对象，遵循系统中贯穿性的交流秩序，换言之，观察者因为这一交流秩序而得以观察和认识，他们自身在能力、方式及意图上的变化和交流秩序所决定的现时需要息息相关。既然主体性从来就和交互主体性、世界相融合，讨论中国文学的海外传播问题时，就不

---

① Jürgen Habermas, Niklas Luhmann, *Theorie der Gesellschaft oder Sozialtechnologie – Was leistet die Systemforschung*, Frankfurt a. M.: Suhrkamp, 1971, S. 195.

② 朱刚：《胡塞尔的"哥白尼式转向"》，《中山大学学报（社会科学版）》2014年第3期，第100页。

③ Edmund Husserl, *Cartesianische Meditationen und Pariser Vorträge*, S. Strasser (Hrsg.), Haag: Martinus Nijhoff, 1973, S. 157.

④ Niklas Luhmann, „Die Weltgesellschaft", Niklas Luhmann, *Soziologische Aufklärung 2: Aufsätze zur Theorie der Gesellschaft*, Wiesbaden: Verlag für Sozialwissenschaften, 2009, S. 68.

第五章　系统内的中国文学观察者

能只在一个平面上考虑某一权威主体（译者、作家、汉学家）的主体性因素，而必须意识到，整个系统都参与了中国经典的意义赋予。

汉学家的中国文学阐释因此赋有三重任务：1. 接受系统质询；2. 和系统建立关联；3. 赋予符号以系统内位置。汉学家集抗辩者和法官于一身，面对大系统时是中国文学符号的代理人，面对中国文学时又是代表系统审查符号准入资格的法官，两种角色的交替构成了汉学的元框架和元理性，在此框架和理性内才谈得上汉学认识。这种来自权威的批评家、研究者的承认，卡萨诺瓦称之为"祝圣"，文本祝圣意味着以一种近乎"魔术"的方式将文本材料变为绝对的文学价值。"在此意义上，世界文学空间的审查权威就是价值的卫兵、保证人和创造者。不过，基于其和文学当下和现代性的联系的事实，价值总处在变化中，不停地遭到挑战和质疑。"同样，汉学家就是文学价值的卫兵、保证人和创造者。祝圣同时就是一种审判，卡萨诺瓦在进行定义时也用到了司法术语："翻译、批评研究、颂赞和评论代表了如此多的判决和裁定，它们将价值赋予迄今为止处于世界文学空间之外或虽在其中但不受关注的文本。"①

某些德国学者一度认为《肉蒲团》是最伟大的中国文学作品，这一匪夷所思的看法，却是系统中不同部门协商的结果。《肉蒲团》庭审事件中，出版商、法官、社会学家、宗教学家都参与了阐释活动，他们并不是作为有意识的阐释者，而是作为交流者在进行阐释；汉学家自认为是自觉的阐释者，却不知道自己的阐释只是和社会交流的连接，是"公共意见"的专业化。《肉蒲团》的"世界文学"价值不是库恩一个人的独特发现，而是从出版商、心理学家到哲学家等不同领域的观察者的共同发现。

德语区的李杜符号可以在许多语义之间波动，但不变的是李杜差异本身。这一差异源于"中国文学"交流系统演化的结构性需要：中国文学需

---

① Pascale Casanova, *The World Republic of Letters*, trans., M. B. DeBevoise, Cambridge: Harvard University Press, 2004, p. 126-127.

要变得越来越复杂，中国文学符码需要自我分化以适应知识系统的演化。虽说"真正的"阐释者始终缺席，而德国迄今为止没有关于李白或杜甫的专论，但人人都知道李杜"应该"是什么——答案即来自系统。大众神话和哲学话语对于李白的演绎，决定了李白的阐释；系统对于将"中国"拉出神话的需要，导致了对于杜甫的价值重估。

在中国文学知识极度匮乏的情况下，19世纪的欧洲人亟需一个代表中国文学的象征。于是，孔子一方面承担了引领中国文学进入世界文学万神殿的使命，他成为文学家中的文学家；另一方面其语义摆动关联于神学、哲学、文学、汉学对于孔子象征的争夺，他作为文学家的地位极不稳定。系统的奇特需要，也导致了奇特的阐释结果：顾路柏和卫礼贤对于《春秋》的阐释"解决"了孔子是否为"作者"的问题。但究其原因是，是系统要求文学家必须拥有自己的作品。顾路柏和卫礼贤对于《尚书》《易经》的文学意味的分析看起来十分牵强，但同样符合系统的要求，当时的系统还没有新批评的文学性意识，修辞就是文学性的核心。可见，是文学系统和汉学系统的演化决定了文学经典的阐释——为了强势的文学系统对于文本的崇拜，卫礼贤还"发现"了"孔子关于《易经》的一首诗"。

系统还可以自主地决定关于中国认知的元方法论：如何对待中国对象，不取决于阐释者和阐释对象的历史性协商，而取决于系统自我演化的需要。现代、后现代、系统论的交替造成了汉学方法之争，系统运作的规划即阐释的元方法论。在这场内部协商中，中国文学对象完全缺席，没有人去问：现在中国文学界自身的方法论立场如何？是否要以哪位中国理论家的立场为导向？

这几个意义协商的案例，竟无一发生在阐释者和对象之间，然而，几个案例恰恰都是决定中国文学语义结构的关键界标。没有哪位汉学家会自问，我在倾听中国文学的声音时是不是够虔诚，我又是否真正具备解读中国文学的能力，只因为他作为阐释主体的资格已经由系统所承认。东、西

第五章　系统内的中国文学观察者

德汉学家之间的立场差异，尤其可以反映出系统对于阐释主体的塑造。以葛柳南和顾彬的不同王蒙"印象"为例，就能看到这一点。葛柳南是80年代国际上第一位关注王蒙的汉学家，他在1988年《魏玛评论》发表的王蒙专论中，称赞王蒙不像其他中国当代作家那样遵循狭隘的教化意图，而是激发读者去深入思考社会人生。他这样评价王蒙："他描述个人和社会主义社会的关系，既包括其优点，也写出其缺点和由此而生的个人预期和社会经验及实践的矛盾。"①当时中国国内有人批评王蒙的作品晦涩，有些段落直接表达思想，缺乏性格塑造。对此葛柳南辩护说，王蒙不过是接续了六十年前鲁迅、郁达夫的笔法，拒绝"一种普遍化的、整齐构建的寓言的观念"和"全面的性格描写"②。不过，葛柳南最赞赏的还不是王蒙的小说技法和他对于社会缺陷的批评，最让葛柳南感动的，是王蒙对于党的事业的忠诚态度。他引用1985年王蒙在德国接受的访谈，后者在谈到自己20年的沉默期时说，对他这样的中国作家来说，最大的悲剧并非无理的批评或被迫的自我批评，亦非身体折磨，而是一种无归属感，感到被毕生为之奋斗的组织抛弃。葛柳南转述说："他们能够和作为共同敌人的国民党斗争，然而针对自己的党却不可能那样做，那简直是不可想象的。"③这间接地代表了他对王蒙创作的内容实质的看法。葛柳南作为坚持社会主义理想的东德汉学家，对王蒙的自述表示绝对信任。可在西德汉学家顾彬的王蒙印象中，这位自青少年时代起就投身革命的中国作家、体制内的文学代表身上始终带有一种难以把握的诡谲。顾彬说他觉得王蒙自己就像庄子，梦见成了蝴蝶，或者像蝴蝶，梦见自己是庄子。顾彬对王蒙最感兴趣的是三个方面。首先是在人格上，一个饱受政治磨难的人还会如此乐观，这对他这样的西方知识分子来说简直不可思议。他眼里的王蒙是一个"信

---

① Fritz Gruner, „Wang Meng – ein hervorragender Vertreter der erzählenden Prosa in der chinesischen Gegenwartsliteratur", *Weimarer Beiträge*, 6 (1988), S. 932.

② Ebd., S. 936-937.

③ Ebd., S. 930.

念坚定的共产主义者",从未失去正统信仰——党作为母亲虽然会打孩子,但不是出于恶意。① 其次是在艺术手法上,他特别想了解,王蒙是如何处理人性阴暗面的。对此问题,王蒙回答他说,最可怕的是以爱的名义去压迫他人,即是说,人人都只按照自己的标准去爱,且认为这种爱就保证了其所作所为绝对正确。顾彬称赞王蒙洞悉人性弱点,其乐观主义完全不是浪漫主义的。最后是顾彬最关心的语言问题。王蒙在交谈中表示,他重视语言的音调、长短句的兼用、句子结构的创新,来自中国文学权威的这种确认,强化了顾彬作为德国观察者的固有观念。我们看到,面对同一个作家符号,不同政治体系下的研究者有着截然不同的意义索求。

反过来,对于文学客体的塑造构成了主体的自我理解。按照"自反"(reflexiv)的双向认同机制,观察者同时就是所观察对象,观察者的身份内涵随认同对象的变化而变化。顾彬从最开始研究杜牧到后来转向鲁迅,也可视为自我认同的对象从杜牧演变为鲁迅。马汉茂最初倾心于异端作家李渔,70年代时专注于毛泽东,70年代末转向中国新时期文学和中国台湾地区文学,其中都贯穿了某种自我要求:在当代性和当代事件参与中理解汉学家的角色。霍福民最初的关注对象是中国现代作家,继而是传统词曲和词人李煜,最后是中国鸟名,体现出从当代向古代、从社会向自然隐遁的明显趋势。而对于经历了二战后东德建国和消亡的戏剧化历史的学者而言,梅薏华的研究历程具有典型意义:五六十年代她的认同对象为创作"大跃进"诗歌和白蛇素材传奇的民间作者,这是一个完全匿名的集体身份"人民";70年代写作教授论文时,她的认同对象变成了草明、雷加、艾芜等新中国工人文学作家,他们既属于工人集体,又具有创作个性,反映了工人成为国家主人公的必然性;80年代后她的主要认同对象变成了张洁,后者的作品同时代表了知识分子、工人、女性三种身份,不但反映了

---

① Irmtraud Fessen-Henjes u.a. (Übers.), *Wang Meng. Das Auge der Nacht*, Zürich: Unionsverlag, 1987, S. 276.

社会主义现实中的问题，而且披露了复杂的心理冲突。综合起来，可以看出一个从集体到个体，从抽象理念到具体现实的发展过程。

最后，区分就是认知，系统和环境的区分就是对于系统的原初认知。正如文学系统的原初认知是"何为文学？"（文学/非文学的区分），中国文学/西方文学的原初区分来自系统本身，而不是任何一个主体意识。因为首先，这个区分本身就是历史演化到一定阶段，即出现了世界文学意识后的产物；其次，这个区分的意义，要由文学系统和汉学系统自身的演化决定。这个区分就是中国文学阐释的元框架，汉学家主体的一切阐释学努力，都被这一框架提前塑型。

汉学家最终的价值也不在于观察的具体成果，而是对交流秩序建构的参与。汉学家通过"中国文学"系统的建设，无形中成为世界文学系统的治理者。世界文学的种种理想，在中国文学的系统建构上得以付诸实践。可以有库恩、霍福民那种老派汉学家的理想，退回到静止、诗意、和谐的中国传统，喧嚣的人类世界由此回归安宁。可以像顾彬等1968年学生运动后成长起来的汉学家一样，以鲁迅的怀疑精神为旗帜，将现代性视为通向世界文学的康庄大道。也可以像东德学者那样，把社会主义现实主义树立为世界文学的统一规则。其实，东德学者在研究中提升反抗者和工人在文学世界中的地位，和西方的女性主义者或后殖民批评家关注被排斥者的文本策略并无不同，也都是通过象征性、仪式性地"回忆"过去来规划未来，通过符号化某一作家或文学形式来重塑文学的世界秩序。东德学者梅薏华重视雷加和西德学者马汉茂重视李渔并无高低之分，雷加或李渔在某种意义上，都是或一度是中国系统内的边缘人物（工人的地位提高对于中国文学来说甚至更有意义），如今在汉学知识系统中实现了一种新的功能。

第二节 库恩

库恩的译笔让德语区读者头一次真正领略到中国古典小说的魅力。鲍吾刚在总结德国汉学界的翻译成绩时曾这样说：德国的汉学翻译史上有三个标志性人物，首先是自学成才成为维也纳科学院资深成员的汉学家费之迈（August Pfizmaier，1808—1887），其次是《易经》的译者卫礼贤，然后是自由翻译家库恩。库恩在翻译的完美程度上超过卫礼贤，在规模上又超过费之迈。鲍吾刚重复了一般西方汉学家对库恩的正面评价，即在科学性和艺术性、准确性和通俗性上的平衡。他说，卫礼贤能够在学者的准确性和作家的自由创造之间找到平衡，所以能为中国文学赢得广泛的读者，而"在维持平衡方面，库恩做得还要好"[1]。库恩在普通读者中影响极大，但是汉学专业圈对他褒贬不一，在普遍承认他语言水平高超的同时，也经常批评他的特殊翻译方式，甚至认为他只是在自由改写。然而，用库恩本人在《红楼梦》译后记的话说，他的理想是把被禁锢的中国心灵释放出来。顾彬评论道，赫尔德把不拘泥于字词、力图把握文本精神的整体翻译称作"男性的翻译方式"，这就是库恩所谓"把中国心灵从一个给定文本的禁锢中解放出来"的意思。[2]从1905年起执掌岛屿出版社的著名出版人吉本伯格（Anton Kippenberg）向库恩提出的问题，在德国汉学界更是广为人知——"如此说来，你掌握了汉语。——你也掌握了德语吗？"[3]而

---

[1] Wolfgang Bauer, *Entfremdung, Verklärung, Entschlüsselung: Grundlinien der deutschen Übersetzungsliteratur aus dem Chinesischen in unserem Jahrhundert, zur Eröffnung des Richard-Wilhelm-Übersetzungszentrums der Ruhr-Universität Bochum am 22. April 1993*, Bochum: Richard-Wilhelm-Übersetzungszentrum, 1993, S. 17.

[2] 顾彬：《诗意的栖息，或称忧郁与青春——〈红楼梦〉（1792年）在德国》，王祖哲译，《红楼梦学刊》2008年第6辑，第281页。

[3] Hatto Kuhn, *Dr. Franz Kuhn (1884-1961). Lebensbeschreibung und Bibliographie seiner Werke*, Wiesbaden: Steiner, 1980, S. 17.

库恩的译作证明，他正是一位真正精于德语的翻译家。

库恩1884年出生于萨克森的弗兰肯堡，祖辈中出了两个东方学家：弗兰茨·菲利克斯·库恩（Franz Felix Kuhn）和其子恩斯特·库恩（Ernst Kuhn）。库恩1903年开始在莱比锡大学攻读法学专业，1904年10月到1907年冬季学期在柏林大学学习，其间在柏林大学东语系修了两年中文课，获得了语言证书。他学中文的动机，据他自述，是因为日俄战争激发了他对远东的兴趣，希望将来在中国担任翻译和领事工作。1907年底他回到莱比锡，1908年在莱比锡大学获得法学博士学位。1909年，库恩作为中文翻译加入外交部门，先是在北京公使馆供职，然后在哈尔滨任副领事。外交工作并不符合他的天性，1912年他放弃外交职业回到柏林，在新成立的柏林大学汉学系学习汉学，拜在以治中国宗教史闻名的汉学家高延门下。高延希望他延续自己的治学门径，而库恩对于中国古典小说的痴迷导致他又一次成为局外人，这一次是被排除在了正统的职业汉学家圈外。库恩被偶然读到的一篇法译《卖油郎独占花魁》所打动，从文学中窥见了进入中国生活的门径，对专业学者的皓首穷经顿生厌倦，却惹来高延的怒火，被逐出师门。

1925年，库恩收到第一份文学翻译订单，和著名的岛屿出版社签订了《好逑传》（*Eisherz und Edeljaspis*）的出版合同。和岛屿出版社的合作，不仅是他个人生平的转折，对于德国的中国文学译介来说也是一个重要事件。19世纪德国译者主要关注《好逑传》一类才子佳人小说，按照司马涛的说法，这类小说构思上接近于西方文学观念，故易于接受。但是除了《今古奇观》外，译入德国的小说在中国大都属于二三流水平，对重要的长篇历史小说和世态小说的了解还处于初级阶段，要么成为学者考证研究的对象，要么被零星地意译和自由改写。还没有人能做到像后来库恩那样，向读者展示中国古代叙事艺术的瑰丽多彩，将中国文学翻译视为毕生事业。库恩的信条正是:"中国只能通过自身说明自身。"①

真正的突破是《金瓶梅》。1926年8月,莱比锡的旧书商哈拉索维茨(O. Harrassowitz)给库恩展示了一部"中文书中最不道德的作品"——上海版《金瓶梅》原本(1695年皋鹤堂刊行的张竹坡评本),为此索价450马克。库恩自然无力承担,岛屿出版社出面买下了原书,供其翻译。德译《金瓶梅》1930年的出版,奠定了他的翻译家声名。1932年,他被授予500帝国马克的"萨克森州文学奖",即所谓的"莱辛奖"。《金瓶梅》是库恩最成功的译作,在其所有作品中销量最大,又被转译成11种欧洲和非欧洲语言。1927年,库恩开始翻译《红楼梦》。岛屿出版社的库恩译《红楼梦》在德国的销量仅次于《金瓶梅》,从1932年到1977年间发行了89355册(《金瓶梅》同一时期为175000册),到今天仍一再重版,这种盛况只有少数德国的经典小说堪与相比。②

库恩翻译方法的基础是欧洲的现实主义小说观。但是欧洲19世纪的经典现实主义小说在结构上和中国古代小说有很大区别,这就不可避免地造成删改。换言之,库恩的理想国虽是中国的古典小说世界,世界的编码规则却在很大程度上受制于西方的文体观念和背后的观念秩序,库恩的世界文学不过是19世纪欧洲现实主义全盛时代的某种延续。按照常鹏的说法,现实主义者强调在纷纭复杂的现象背后还存在理念的一致,故对于持现实主义小说观的译者来说,最重要的是谋篇布局的严格完整和文风上的和谐一致,凡是不能整合进情节结构的细节、评论都必须摒弃。③库恩自辩说,小说在中国是大众读物,故必须放弃严格的语文学翻译,而综合运用

---

① 转引自Hatto Kuhn, *Dr. Franz Kuhn (1884-1961). Lebensbeschreibung und Bibliographie seiner Werke*, Wiesbaden: Steiner, 1980, S. 13.

② Rainer Schwarz (Übers.), *Tsau Hsüä-tjin. Der Traum der Roten Kammer oder Die Geschichte vom Stein*, I, hrsg. und mit einem Vorwort versehen von Martin Woesler, Bochum: Europäischer Univ.-Verl., 2006, S. VI.

③ Peng Chang, *Modernisierung und Europäisierung der klassischen chinesischen Prosadichtung. Untersuchung zum Übersetzungswerk von Franz Kuhn (1884-1961)*, Frankfurt a. M.: Lang, 1991, S. 41.

第五章　系统内的中国文学观察者

从直译到意译再到改写的各种形式，以便"为德国读者制造出原著在中国的本来形态——一部大众读物"①。在1932年5月28日致岛屿出版社的信中，库恩如此描述对《红楼梦》的删节情形：

> 说到原文的删节，我们的版本大概译出了原文的五分之四。删节时我遵循如下前提，一方面删去对于整体无关紧要的次要情节，另一方面，有些事件我们要么通过新的小说，要么通过早前的中国小说已经熟知，也会被删去或仅作简略暗示。相反，那些对于我们来说新的、能引起文化史兴趣的细节，我会不遗余力、不厌其详地移译。整部作品就像一张技艺精湛的地毯，其中有无数图案交织。但总能看出一条大的发展线索；另外在我看来，几个主要人物——宝玉、宝钗和黛玉——都通过无数细节特征得到了最深入的性格描画，但即便一些次要人物，如刘姥姥、宝玉父母和凤姐，都是生动地立在读者眼前的人物。然而也不可避免，总共大约250个登台人物中，也有个别形象只是苍白而虚幻地出现，随即消逝。②

在《水浒传》中的删节情况如下：

> 例如原著第一章把历史向前溯得过远，在我的译本第一章中，只用寥寥几句概括整个这一章。我把武松、潘金莲、西门庆（胡适版本第23至32章）的插曲整个删去，因为主要事件过程在《金瓶梅》中都已告知。当叙述眼看要冲破一般长篇小说形式，蔓延成纯粹战争故事时，当潮水般涌来的新名字就要让读者招架不住，而行动舞台扩展到

---

① Franz Kuhn (Übers.), *Die Räuber vom Liang Shan Moor*, Frankfurt a. M.: Insel, 1964, S. 857-858.

② 转引自Hatto Kuhn, *Dr. Franz Kuhn (1884-1961). Lebensbeschreibung und Bibliographie seiner Werke*, Wiesbaden: Steiner, 1980, S. 21.

整个中国时,我都会就此打住。我的结尾一章是胡适版尾篇的自由加工。现译本的章节划分及标题都是我的主意,由我根据原著的精神自行设定。①

《红楼梦》中的诗词全被删去,大大破坏了原著的诗意氛围。更为严重的是,原著的结构会悄然改变。《红楼梦》和《水浒传》因为删节过多,必须依赖叙事者的介入,才能维持情节连贯。《水浒传》在结尾部分变成了全知叙事者的小说,而《红楼梦》也在很大程度上由原来的人称叙事变成了全知叙事。②由此,翻译者混入了叙事进程,将中国小说引入他所熟悉的现实主义框架。故常鹏指责说,库恩过于关注"主要"内容,不免忽视了叙事形式和结构的整体性。删改的外部原因则要归于出版商对市场的考虑,中国古代小说的浩瀚篇幅,成为德国出版商头痛的首要难题。另外,《金瓶梅》《水浒传》等小说中的色情场面对读者的影响,也是出版商历来顾忌的因素。

库恩虽然以翻译著称,对于中国古代小说也有基于直接体验的深入认识,他为各译本写的序言和后记往往成为后续研究的起点。可以看出,库恩非常推崇中国古典小说的成就,在他1952年版《今古奇观》译本后记中,他将中国短篇小说的历史上溯到庄子和孔子,甚至猜测还有更古老的先驱。《汉书·艺文志》中,"小说家"名下列出了1380种③,库恩相信这一记载证实了中国古代小说的盛况,是西方汉学界还未开垦的处女地。

库恩说,《金瓶梅》是中国史诗艺术无可置疑的巅峰之作:"自马可·波罗以来,何时出现过对于中国情况,对于最私密的个人生活,对于

---

① Franz Kuhn (Übers.), *Die Räuber vom Liang Shan Moor*, Frankfurt a. M.: Insel, 1964, S. 858.

② Peng Chang, *Modernisierung und Europäisierung der klassischen chinesischen Prosadichtung: Untersuchungen zum Übersetzungswerk von Franz Kuhn (1884-1961)*, Frankfurt a. M.: Lang, 1991, S. 113-114.

③ Franz Kuhn (Übers.), *Kin Ku Ki Kwan. Wundersame Geschichten aus alter und neuer Zeit*, Zürich: Manesse, 1952, S. 457-458.

中国心灵中最隐秘的角落如此引人入胜的洞察,何时呈现过中国社会结构如此宏伟——上至相府,下到寒室——的横切面。"他认为,《金瓶梅》的标题可直译为"金瓶中的梅花",引申出来就是其主旨——"富贵屋中的美貌女子们"。小说底本是某部中国名门望族常有的家史,故带有强烈的纪实特征,事件是作者亲历,对人物不作褒贬,如实描画其优缺点,由此《金瓶梅》成了珍贵的"时代和文化记录"。但也因为如实录来,小说中有许多"对主要情节来说属于次要的事件和人物",至少在欧洲读者看来,小说情节进程显得缓慢拖沓,有必要作删减。①

《红楼梦》在德国的真正接受始于库恩译介。库恩认为,《红楼梦》"以非常深入而严肃的方式探讨了直接触动中国青年男女的几乎所有问题"②。他尝试从儒道释几方面来理解这部作品:从儒家立场来说,核心内容就是贵族家庭由盛转衰的历史,然而因为本来也是败家子的宝玉"在礼仪和精神上做出的非凡表现"——宝玉服从父母意志,违背本性参加科考,金榜题名——而再度兴起;从佛道观点来说,这是逐步达到觉悟,最终洗尽尘埃,脱离人世苦楚的过程。而从欧洲人的角度来说:"这是一个天赋出众、然而精神颓废的贵族青年的病史,这个年轻人脱离社会,气质女性化,是一个为自卑情结和抑郁症所困扰的心理变态者和弱者,一个雌雄同体的中间类型,尽管一度在实际生活的现实中打起精神,最终还是归于失败,懦弱地遁出社会。"在库恩眼中,《红楼梦》的道家思想不仅是作品的基本倾向,也构成了对西方现代文明的有力批判:

　　道家思想大致可以说是我们通常理解的"速度"或美国主义(Amerikanismus)的对立面,也是公开反抗……占主流的儒家教条,反抗过分的社会和生活规范的压制,从心理学上来说,类似于今天有

---

① Franz Kuhn (Übers.), *Kin Ping Meh oder die abenteuerliche Geschichte von Hsi Men und seinen sechs Frauen*, Leipzig: Insel, 1931, S. 906-907.

② Franz Kuhn (Übers.), *Der Traum der roten Kammer*, Leipzig: Insel, 1933, S. 782.

些人希望从我们的紧张节奏遁入蛮荒的加拉帕戈斯群岛。毫无疑问，《红楼梦》作为逃离世界的雅歌（das Hohe Lied der Weltflucht）将进入世界文学。①

这样一个角度显然是片面的。如常鹏指出，《红楼梦》既是情爱小说，又具有社会批判和政治影射意味，宝玉有道家遁世的一面，但他的放弃功名和离家出走首先还是个体性的实现。②但库恩的《红楼梦》理解在很大程度上影响了汉学圈外的接受者，如库恩译本的第一个评论者奥特玛·恩京（Ottmar Enking），认为宝玉长期处于"性的紧张"，最后陷入了"神经衰弱"，这"显得极为现代"。③

库恩起意翻译《水浒传》，自述受了海尼士发表在《泰亚》（Asia Major）1932年第8卷的论文启迪，那篇文章论述了《水浒传》的重要性。施耐庵在序言中有"吾友谈不及朝廷"之语，库恩推测，这话恰恰证明他和友人的谈话可能具有强烈政治性，继而在《水浒传》中曲折地反映出来，而现实主义素材和神话、天文术数的混合，可视为多人合撰的证明，大约那15个"绣谈通阔"的酒友各有故事发明，再有施耐庵集合加工成书。库恩认为，《水浒传》《金瓶梅》《红楼梦》为三部经典的中国小说，但后两部为文人创作，而《水浒传》首先是一部朴素的"民间故事书"（Volksbuch），后来才经诗人加工，而他的删节正是要呈现这一"民间故事书"的原貌。④《水浒传》在德国长期被视为"侠盗小说"（Räuberroman）一类通俗文学，和库恩的删节大有关系。而库恩所忽视的

---

① Franz Kuhn (Übers.), *Der Traum der roten Kammer*, Leipzig: Insel, 1933, S. 786-787.

② Peng Chang, *Modernisierung und Europäisierung der klassischen chinesischen Prosadichtung: Untersuchungen zum Übersetzungswerk von Franz Kuhn (1884-1961)*, Frankfurt a. M.: Lang, 1991, S. 149.

③ Ebd.

④ Franz Kuhn (Übers.), *Die Räuber vom Liang Shan Moor*, Frankfurt a. M.: Insel, 1964, S. 855-862.

伦理内容，直到20世纪70年代中期，因为中国国内对"投降派"宋江的批判，才引起评论界关注。由此可见，库恩的翻译方法基于其文学观点，而这又间接地影响了对于小说本身的认识。

库恩对《儿女英雄传》的解读（1954），篇幅上居然远大于之前对《红楼梦》《水浒传》等经典作品的评论。鲁迅曾在《中国小说史略》中将《儿女英雄传》和《红楼梦》相联系，称前者为"《红楼梦》家数"，库恩受此启发，也拿《儿女英雄传》和《红楼梦》作对比，但用意却是突出前者。首先，两部小说一个是乐观主义，一个是悲观主义，曹雪芹写的是"亲历的家庭的衰败、罪过和困境"，而文康绘出了正好相反的理想图像。其次，《儿女英雄传》跳出家庭之外，表现的生活和社会层面比《红楼梦》更广阔。再次，《儿女英雄传》有更为丰富的"情节、事件、行动"。两部作品的男女主人公也有天壤之别，安公子虽然起初是和宝玉一样被娇惯的少爷，但是为孝道驱使，走上了成人之路，可谓"中国的帕齐伐尔"（著名的亚瑟王骑士）。侠女十三妹也和黛玉相反，是不折不扣的中国的布伦希尔特（《尼伯龙人之歌》中的女主人公）和圣女贞德。最后，从基本氛围来说，《红楼梦》是消极颓废的道家气质，而《儿女英雄传》是活跃积极的儒家精神。他的结论是，文康是有意颠覆《红楼梦》，《儿女英雄传》这样一部洋溢着"健康与活力"的小说代表了觉醒了的新中国，故而比《红楼梦》更受到今日中国人的欢迎。他还忍不住拿《儿女英雄传》和《浮士德》相对比，库恩认为《儿女英雄传》的"缘起首回"中天尊升堂，演说人情天理，代表了文康的济世胸怀，堪比为《浮士德》中上帝和梅菲斯特对话的"天上序曲"。①

库恩的独到眼光还体现在茅盾《子夜》的译介上。顾彬说，库恩的《子夜》翻译有两方面的意义，一是将一部经典小说首次译入西方语言，

---

① Franz Kuhn (Übers.), *Wen Kang: Die schwarze Reiterin*, Frankfurt a. M.: Insel, 1980, S. 690-707.

同时，这也是对中国现代小说的价值和意义的承认。①顾彬高度赞赏库恩译文的文学水准，认为它超过了1966年东德"人民和世界"出版社的版本（尽管后者语言上更精确）。但库恩的《子夜》同样有删节和改动，某些改动和纳粹时代背景有关，如描写上海罢工潮的章节中贬低群众和共产党的言辞，可能是为了获得出版许可而为之。另外，库恩版中失败的吴荪甫还有金钱、财产和对于"新生活"的希望，而原本中吴荪甫已山穷水尽，考虑要一死了之。库恩也是第一个关注中国现代通俗文学的西方人，朱瘦菊的《歇浦潮》出版于1925年，库恩的德译1931年即面世。②

但马汉茂对于库恩的批评相当严厉。谈到《红楼梦》翻译时，他说库恩根本不具备翻译这部作品的语言水平和感受能力，难以驾驭日常口语，对版本和日期问题不闻不问，进而言之，他无法"以学者和语文学家的方式去理解中国"。马汉茂断言，从库恩的亚洲旅行日记来看，他甚至没有耐心去设法直接接触中国，旅行报道常常显得滑稽可笑。库恩把握不了《红楼梦》充满诗词、象征、隐语和暗示的语言风格，他的翻译毋宁说阻碍了外国读者体验这部名著。"三言"这类出自民间的娱乐性小说的语言才适合于他，不过，《肉蒲团》尽管是通俗的情色文学，其中的反讽语气仍然没有传达出来。③

库恩在介绍自己翻译的中国作品时，喜欢夸大其词，似乎经他之手的每一部中国作品都是世界文学的瑰宝，最典型的就是他对《肉蒲团》的溢美。对此，普实克嘲讽说："大概没有哪个中国文学的行家会相信库恩的宣传，因为他时时都在说'潜藏的文学宝藏'，甚至想把这部作品

---

① Franz Kuhn (Übers), *Mao Dun: Schanghai im Zwielicht*, Nachwort von Wolfang Kubin, Berlin: Oberbaumverlag, 1978, S. 496-497.

② Hai Schang Schuo Mong Jen, *Fräulein Tschang. Ein chinesisches Mädchen von heute*, Berlin u.a.: Zsolnay, 1931.

③ Helmut Martin, „Zur *Geschichte vom Stein* und vom *Schimmernden Prinzen Genji*", Helmut Martin, *Chinabilder I. Traditionelle Literatur Chinas und der Aufbruch in die Moderne*, Dortmund: project verlag, 1996, S. 164-166.

（指《肉蒲团》）抬得高于《金瓶梅》。"①库恩极力鼓吹《肉蒲团》的道德伦理意义，把李渔说成"理想主义者""他那时代的改革家"②。普实克的意见正相反，他认为结尾处未央生的皈依不过是明代情爱小说的惯技，"可以肯定的是，这是一部写法老练的淫秽小说，所考虑的只是性的刺激效果"③。库恩因为特别赏识《儿女英雄传》，有意引用鲁迅和胡适来证明其重要。鲁迅《中国小说史略》提到"文人或有憾于《红楼》，其代表为《儿女英雄传》"，库恩认为这就说明后者已取代《红楼梦》成为中国文人和一般读者的新宠，他强调，这部权威的中国文学史"用了整整四页来讨论这部小说"。他还提到，1928年亚东新版的《儿女英雄传》配有"今日中国最重要的文学史家"胡适的长篇序言，对于胡适评价的"言语的生动，漂亮，俏皮，诙谐有风趣"，他绝对认同，故而才起意翻译这部小说。④然而胡适原话是："它的特别长处在于言语的生动，漂亮，俏皮，诙谐有风趣。这部书的内容是很浅薄的，思想是很迂腐的；然而生动的语言与诙谐的风趣居然能使一般的读者感觉愉快，忘了那浅薄的内容与迂腐的思想。"显然库恩有意向德国读者隐瞒了内容的浅薄和思想的迂腐这两个特征。而在将《红楼梦》和《儿女英雄传》对比时，库恩强调《红楼梦》"情节十分贫乏"，后者则充满了情节、事件、行动，显然这是他非常看重的小说要素，而这和他的读者导向美学观有很大关系。由安公子——"儒家教义的真化身"——的艳遇，库恩甚至推演出儒家思想的自由开放，不拘教条。⑤很显然，在中国文学尚不为德国公众熟知的情况下，库恩作为最早的中介者，认为必须尽可能夸大中国文学作品的价值，

---

① J. Průšek, „Rez.: Li Yü 1968", *Orientalistische Literaturzeitung*, Nr. 1/2 (1967), S. 79.

② Franz Kuhn (Übers.), *Li Yü: Jou Pu Tuan. Ein erotisch-moralischer Roman aus der Ming-Zeit (1633)*, Hanmburg: Die Waage, 1965, S. 614.

③ J. Průšek, „Rez.: Li Yü 1968", *Orientalistische Literaturzeitung*, Nr. 1/2 (1967), S. 78.

④ Franz Kuhn (Übers.),*Wen Kang: Die schwarze Reiterin*, Frankfurt a. M.: Insel, 1980, S. 689-692.

⑤ Ebd., S. 704.

才能激发读者的注意，帮助陌生的中国文学符号顺利地进入德国的文学交流系统。

库恩的中国文学译介还寄寓了一种隐蔽的理想：与田园牧歌式的古代中国相对照的，正是欧洲的动荡现实和高度组织化、压抑个性的现代生活。他继承了18世纪以来流行于欧洲的传统中国文学图像，这一图像历来代表着逃避和批判当前现实的愿望，冷战时期欧洲读者对于库恩作品的热爱，也要从这一角度来加以理解。库恩的翻译活动从未远离时代，也并非没有政治意识。从1919年到1921年，从1932年到1933年，库恩有过加入政党活动的短暂经历。1923年，在魏玛共和国的动荡喧嚣中，他从《古今图书集成》和《通鉴纲目》选译了一册《中国人的治国智慧》，在"西方的没落"成为集体无意识的时代，试图从中国古人的"君道"和"治道"中寻求对症良药。当然，他所选择的绝非西方常见的那种马基雅维利式"诈术"（krumme Politik），而是一种"呼吸着和谐和仁爱的温暖气息的新消息"[①]。在几乎所有译本后记中，他都不忘将作品中的和谐关系和当代欧洲的情形相对照，常鹏评论说："库恩始终是一个局外人，在他的理想化中国形象中获得了逃避，又将这一逃路通过他的作品转交给了德国读者。在这方面他可以和卫礼贤——中国哲学经典的翻译者——比肩。"[②]库恩之所以仰慕《儿女英雄传》中儒家的孝道，称之为"宁静的英雄主义""伦理的英雄主义"，也是有感而发，因为他将西方当代理解为文康所抵制的那种"无伦理内容的外在的英雄主义"——"类似于我们西方今天崇拜某些外在事物如技术、机器、发动机、飞机、原子弹、时尚、运动等，而将更高的价值、精神、灵魂、情感抛在一边。"[③]库恩这里，恐怕

---

① Franz Kuhn (Hrsg.), *Chinesische Staatsweisheit*, Darmstadt: Otto Reichl, 1923, S. XV-XVI.

② Peng Chang, *Modernisierung und Europäisierung der klassischen chinesischen Prosadichtung: Untersuchungen zum Übersetzungswerk von Franz Kuhn (1884-1961)*, Frankfurt a. M.: Lang, 1991, S. 170.

③ Franz Kuhn (Übers.), *Wen Kang: Die schwarze Reiterin*, Frankfurt a. M.: Insel, 1980, S. 698.

还有一层弦外之音,即他所亲历的纳粹时代野蛮的英雄主义。针对统治当代世界的无伦理的、外在的英雄主义,重新捡起"被遗忘的老大师的伟大教义""高尚的儒家道德思想",显然并非中国小说家文康的意图,而是库恩本人的理想。

库恩的功绩虽然在50年代后得到了普遍承认,但总体来说,他经过了潦倒而孤寂的一生,为了翻译事业放弃了社会地位和婚姻,如他自己描述:"我没有妻子也没有寓所,没有房屋或汽车——只是一个'漂泊的波希米亚人'。"①1961年,库恩在弗莱堡去世。

第三节 西德汉学家:霍福民、鲍吾刚、德邦、马汉茂等

一、霍福民

霍福民(1911—1997)的汉学经历始于二战前,他于1929年到1931年在柏林大学东语系、1931年到1939年在汉堡大学中国语言和文化系求学。因为福兰阁的引荐,霍福民1940年到北京的中德学会(Deutschland-Institut)工作。1949年霍福民获汉堡大学博士学位,之后先后任马尔堡大学、柏林自由大学和波鸿大学教授,直到1976年退休。马汉茂将霍福民一生轨迹总结为"转向内心"。转向内心的缘由,说到底和政治相关。学生时代的霍福民醉心于介绍中国新文化运动和现代文学,从1937年翻译胡适《词的起原》开始到40年代,他逐渐将注意力转向了传统的词和元曲。傅吾康

---

① 引自Hatto Kuhn, *Dr. Franz Kuhn (1884-1961). Lebensbeschreibung und Bibliographie seiner Werke*, Wiesbaden: Steiner, 1980, S. 36。

曾和他在北京的德国研究所共事，他认为霍福民转变的原因是，德国的政治氛围以及德国和中日的特殊关系使得译介鲁迅这样的激进左翼作家变得不合时宜。和学会中的汉学家同事如傅吾康、福华德不同，霍福民政治上颇为积极，和北京的纳粹党部联系密切，并不热心于学会的事务。霍福民本人虽然未就这个问题发言，然而他1945年和女摄影师哈默尔（Hedda Hammer）共同出版的画册《南京》在同行看来给出了足够暗示。南京是经历了战祸和大屠杀的国府所在地，霍福民的文字介绍却完全回避现实，只呈现人文地理，只能说是适应形势的"装聋作哑"（柯马丁）。因为这种向内、向永恒的文化中国的转向，到了1968年学生运动时代，他成为少数和运动保持距离的教授之一，遭到激进学生攻击，而在熟悉他的弟子如顾彬心目中，激起了更多敬佩和感慨：霍福民心目中的中国超过了一般实际政治。到了后期，霍福民甚至放弃了词曲，而潜心于中国古代鸟名的研究，花数十年之力写成三卷本《中国鸟名大全》，彻底地遁入了象牙塔。他全译李白的计划，最终没有实现。

霍福民的汉堡大学博士论文《李煜的词》是二战后德国最早的中国文学研究之一，从研究范式来看仍属于旧的译注类型，但已有了通过阐释进入文本内部的愿望。霍福民对该书的评价是，在中国作品译入西方语言的历史上，第一次除了字面翻译之外，还有了对形式和内容的贯通阐释。[1] 傅海波认可霍福民的自我评价，称他的李煜词译注为"突破性成就"，因为它"将中国诗的忠实翻译和理解性阐释提高到新水准"。词在中国是小道，这也影响到西方学者的看法，在霍福民之前西方的三部代表性文学史（翟理斯、顾路柏、卫礼贤）都未处理词这一文类。霍福民意在证明词的艺术价值，而和单纯的翻译或仿作相比，阐释更能帮助读者体会中国诗艺的特色和真正价值。[2] 在他看来，词的意义在于：

---

[1] Herbert Franke, *Sinologie an deutschen Universitäten*, Wiesbaden: Franz Steiner, 1968, S. 41.
[2] Alfred Hoffmann, *Die Lieder des Li Yü*, Hong Kong: The Commercial Press, 1982, S. IX.

第五章　系统内的中国文学观察者

> 古典时代的词将我们引入完全不同的一个领域，词……不被看成正统文学。几乎没有第二种体裁能向我们展示那个可惜经常被忽视的世界，它代表了中国人的感官之娱、细腻情思和优雅，和儒家僵化的教条气没有丝毫关系，然而一直到今天，都深刻而突出地代表着中国人的全部艺术和个性表达。[1]

相应地，对于词的研究意味着离开儒家教化传统，摆脱孔子符码对于中国文学研究的支配。词被他翻译为"古典歌谣"（klassische Lieder），和"前古典"的歌即乐府相比，其形式特征为每句长短不一和词调的存在，在内容和风格上则更少拘束，不再是儒家的载道文学。词比诗更多写悲，更多地关注繁华背后的悲哀，盛宴背后的无常。[2]在霍福民看来，中国精神本就充满了"世界苦"，以表面的纵酒陶醉掩藏对人世苦难的深深感叹。[3]他认为，词在世界文学中也应占有崇高的地位，这一方面得益于其"感受的精细和升华"，另一方面则归于音律运用的高超艺术。[4]

晁德莅（Angelo Zottoli）于1882年首次用拉丁文翻译了两首李煜词，之后的译者包括查赫、克拉邦德、贝特格和霍福民的老师佛尔克。霍福民的李煜词翻译是西方世界对中国古代词人的首次完整译介。他相信，由简单的、轻松的山水诗和爱情诗向更普遍、更严肃的内容的转变，最早在李煜这里发生，李煜因此成为词发展史上的转折点，如《子夜歌》就是一首"政治"词。[5]在他看来，词的出现意味着中国诗艺达到了最精细的阶段，其微妙之处很难通过字面翻译得到传达。不同时代的词虽然有共性，

---

[1] Alfred Hoffmann, *Die Lieder des Li Yü*, Hong Kong: The Commercial Press, 1982, S. VII-VIII.

[2] Ebd., S. 149.

[3] 参见对《乌夜啼》中"醉乡"一词的注释。Ebd., S. 153-154.

[4] Ebd., S. 4-5.

[5] Ebd., S. 160.

但恰恰那些标识性特征，如形象语言、非正统的表达形式和内容、不规则的韵等，和用于"正规"文学的工具难以匹配。词也不像律诗，有大量评论注释本可用。因此，要深入体会词的生动内容，就需要在中国国内长期和中国学者、音乐家打交道。具体阐释中，霍福民着重突出的几个方面如下：

1. 空间在词中具有关键意义。空间意味着主观感觉的空间化，例：《长相思》呈现了"感觉和空间的合一"[①]；《谢新恩》中，"空间"（以及对于狭窄庭院的愁恨的广延）扩充至天空的无限辽远，只有雁群才能跨越[②]；《虞美人》"小楼昨夜又东风，故国不堪回首月明中"两句涉及"时间空间"，最后两句"问君能有几多愁，恰似一江春水向东流"由于"感觉空间"的"宏阔和表达力"，成为千古名句。[③]

2. 词不是通过时间、地点、思想或个人化形象及印象清楚地构建起来的，而是一种漂浮的、普遍性的幻象。[④]透过词的媒介传达出的，也因此是一个形而上的中国形象，是感伤的、无特定时空标志的形态。例如：在他看来，《更漏子》没有明确的主体和时间；《长相思》描述了"言外"之物，这种"间接性"代表了词的原则[⑤]；《后庭花破子》目的不是表达"清晰的逻辑关系"，而是"印象"和形象的"暗示"[⑥]；《采桑子》体现了中国诗的"无时间性"[⑦]；对《浣溪沙》最后两行"荫花楼阁漫斜晖，登临不惜更沾衣"，霍福民主张一种普遍性的阐释，即个人在整体中的失落，而不是理解为和被囚君王相关的身世之叹[⑧]。

---

① Alfred Hoffmann, *Die Lieder des Li Yü*, Hong Kong: The Commercial Press, 1982, S. 103.
② Ebd., S. 118.
③ Ebd., S. 141-142.
④ Ebd., S. 9.
⑤ Ebd., S. 46.
⑥ Ebd., S. 54-55.
⑦ Ebd., S. 99.
⑧ Ebd., S. 169.

3. 他强调词的起、承、转、结的结构模式。例如：《更漏子》第一到三句"金雀钗，红粉面，花里暂时相见"为"破题"；第四到六句"知我意，感君怜，此情须问天"为"承题"；第七到九句"香作穗，蜡成泪，还似两人心意"为"转句"；第十到十二句"珊枕腻，锦衾寒，觉来更漏残"为"结句"。这一分析程序在中国是常识，却给顾彬等学生辈留下了极为深刻的印象。

对霍福民来说，所有的中国诗不啻"一个"作品，中国诗是"无时间的"，过去、现在和未来的事件、思想直接并置，由此诗歌意象除了"空间深度"以外，还赢得了一种"包罗万象的时间深度和失落感"，中国诗人根本无意于创造具有精确时空维度的外在形象，而只是要表现内在灵魂，"以景写情"。① 他大概受到了严羽等人的影响，倾向于把中国诗看成唯艺术的"水中月""镜中花"。一首中国诗，无论形式如何，总是一个"统一的、完全漂浮于自身的、和一切时间和人物都脱离的幻景"②。以这首《采桑子》为例：

辘轳金井梧桐晚，几树惊秋。昼雨新愁，百尺虾须在玉钩。
琼窗春断双蛾皱，回首边头。欲寄鳞游，九曲寒波不泝流。

他认为，尽管作品极尽浪漫，却是"一位孤独妇人的秋思"。女主人公也在怀念和爱人共度的短暂时光，昔日的幸福遥远如"边头"，不可企及，只留下深深的、无止境的愁绪，如"九曲寒波"不住地向东流去。这首词当然也有其现实背景，然而霍福民玩味的只是忧伤氛围，并不在意现实内容。这说明，霍福民还停留在静止的古老中国的传统图像中，注定无法适应现代中国的历史进程和德国汉学系统的共同演化。

---

① Alfred Hoffmann, *Die Lieder des Li Yü*, Hong Kong: The Commercial Press, 1982, S. 99-100.
② Ebd., S. 94.

二、鲍吾刚

鲍吾刚（1930—1997）是以解读拉萨姆拉（Ras Schamra）楔形文字碑而闻名的闪语学家汉斯·鲍尔（Hans Bauer）之子，从父辈那里继承了对于异域文化的热爱。他在慕尼黑大学师从海尼士、福华德和傅海波学习汉学、满文和蒙文，23岁获得博士学位，1962年他获得海德堡大学新设的汉学教席时，年仅32岁，4年后又重回慕尼黑大学任教。鲍吾刚是享誉世界的中国思想史家，从两部代表作《中国人的幸福观》《中国的面容》的书名可以看出，他试图打破一种西方人长期以来形成的偏见，即中国人无个性，只信宿命，无勇气和力量设计未来蓝图。在《中国人的幸福观》（1971）中，鲍吾刚从中国古今历史中搜集了大量个人和国家的乌托邦设计，对中国人幸福观的形成过程进行深入考察。其结论是，中国人以两种方式获得幸福：一是儒家式的、积极追求在现世实现天堂理想的现实主义者，以社会整体幸福为个人幸福的前提；另一类人则以道家方式寻求和自然合一，往往隐居山林，以求得内心宁静和自我完整。

《中国的面容》（1990）全面梳理古今中国的自传文本，展示中国人"自我描述"（Selbstdarstellung）的发展史。鲍吾刚相信，中国人的自我描述既体现了传统，同时也具有反传统意义——转向自我本身就意味着离弃世界。如果要更全面地对中国下判断，掌握现代中国的未来动向，考察这样一种"反传统主义者的传统"具有重要意义："因为这些'非典型的'传统（也包括文学自我描述的发展）清楚地显现了，今日中国既要忠实于自身，又要在现代世界中得到自己的一席之地，拥有怎样的回旋空间。"①这一课题的难度，显而易见。一方面，自传文献不仅有自传，也包括抒发个人志向、记述生平的文章以及书信、碑帖、悔过书、谢绝信、自我批评报告和诗词等，要在巨量材料中清理出体现中国人自我理想的文

---

① Wolfgang Bauer, *Das Antlitz Chinas*, München: Carl Hanser, 1990, S. 27.

本，殊为不易。有的自我描述以自传标榜，但目标其实是向外的，作者历数体验过的事物，却很少袒露自我。有的虽不是铺陈细节，但偏于主观、即兴的情感表达，不足以体现深层意识，反倒妨碍了对于整体自我的透视——因此，他对于抒情诗的处理相比其他部分要简略。另一方面，自我问题贯穿中国思想始终，儒道释各有其答案，而答案又和各人所处的环境相关，故而研究者不但要具备跨学科的知识背景，还需要知道，作者所呈现的自我是否被理想化，呈现自我的动机为何：是真隐或假隐，是真的自我批评或仅仅是讨读者的同情。

《中国的面容》全书共九章：

第一章：自我和孤独（前600—前200）。这一章考察先秦时代自我描述的各种取向，在《诗经》和楚辞中，中国人自我结构的核心——"独""我"和感伤的天然关联——就已成形。

第二章：史家和哲人（前200—公元200）。这一章考察的对象包括司马迁史记中的自传体后序和其书信，董仲舒、李陵、杨恽的信函，扬雄《解嘲》《逐贫赋》和《酒箴》等。

第三章：英雄和隐士（200—600）。这一章考察陶潜、范晔等的自传作品。

第四章：僧侣和诗人（400—900）。这一章的考察对象包括沈约的自我写照，陆羽《茶经》中的自叙，陆龟蒙的自传，杜甫《壮游》《乾元中寓居同谷县作歌七首》等诗，白居易的诗、书信和散文。

第五章：旁观者、忠臣和贬逐者（900—1400）。这一章的考察对象包括韩愈的书信、赠序、祭文、散文，柳宗元愚池诗、李清照《金石录后序》和文天祥《指南录后序》等。

第六章：寡欲者和狷介者（1400—1700）。这一章的考察对象包括唐寅的书信、徐渭的墓志铭、杨继盛的自传，僧人德清的自传和狱中书信，以及湛若水、高攀龙、宋濂等人的自传作品。

第七章：现实主义者和浪漫主义者（1700—1800）。这一章的考察对象包括沈复的《浮生六记》、龚自珍的抒情诗、王韬的散文游记等。

第八章：作家和宣传者（1770—1940）。这一章的考察对象包括袁枚的自传体散文、鲁迅《狂人日记》、周作人《自己的园地》、郁达夫《沉沦》、徐志摩《自剖》以及郭沫若《女神》等。

第九章：信仰者和批判者（1920年以后）。这一章的考察对象包括顾颉刚《古史辨》自序、冯友兰的自我批评、黄春明的乡土小说、王蒙《活动变人形》等。

鲍吾刚是二战后德国汉学的教父级人物，《中国的面容》从60年代初开始构思，其中的观点融入近三十年的授课和研究过程，影响了大量后辈学者。而鲍吾刚选择这样一个主题作为其终生著作的目标，本身也说明了"自我"主题对于汉学系统的支撑作用——中国他者的重要性体现于是否被承认为一个独立人格、一个自治主体。中国文学有"诗言志"的传统，文学文本历来和自我描述关系密切，鲍吾刚从中国人自我思考的整体传统来处理文学个案，将德国学者擅长的主题分析提升到一个新的高度，也将大量中国作家的形象定型。作为国际知名的中国思想史家，他对中国精神的总结和对中国人的意识结构的分析，对于西方的中国文学研究者有强烈的暗示作用，也强化了思想史取径和主体性课题在德国的中国文学研究领域的主导地位。

屈原《离骚》尽管是一部传说和现实相混杂的作品，但鲍吾刚从中看到了强烈的自传因素，也看到了正在萌生的自我感觉和痛苦的关联（这一点对于顾彬的《空山》有直接影响）。他认为，《离骚》可能提供了中国人的第一幅自我画像：

> 帝高阳之苗裔兮，朕皇考曰伯庸。
> 摄提贞于孟陬兮，惟庚寅吾以降。

第五章　系统内的中国文学观察者

> 皇览揆余初度兮，肇锡余以嘉名：
> 名余曰正则兮，字余曰灵均。

屈原的个性集合了自《诗经》以来各种早期的自我构想，这些构想无一例外突出了个体在虚度光阴的芸芸众生中感到的孤独：

> 在屈原身上，可以看到《诗经》中徒劳地抗议在位者无道的士大夫的后裔。但他同样体现了那些遭放逐者的命运，他们被发配到文明世界的边界，这种牺牲却恰恰保存了文化。此外他的清高节操沿袭于那些自我流放的遁世者，只要处于中心的朝廷不是一片净土，他们就避而远之。但其中也编织进了神巫的传统：它体现于求女神和离别的悲伤。①

这一个性最重要的效果却在于，它"在孤独和自我、自然和'高贵'哀伤之间建立了关系"，屈原就成为这一关系的合法性象征。② 不过，远离尘嚣不意味着脱离中国的社会和传统，屈原所表述的绝非赤裸裸的自我，而是中国文人的理想化自我，投射了士大夫、遭放流的大臣、隐士、萨满神巫等多重的角色身份。个人和社会角色的融合无间，正是中国人自我意识的核心。对于中国人来说，一方面，自我即社会角色，"（角色）对于精神生活有着饮食对于身体的同等意义"③；另一方面，"向存在开放"是中国思想家的首要追求，而"这只有在个人的'小我'准备好在宇宙'大我'中放弃自身时才可能发生"④。《论语》中"德不孤必有邻"这句格言，鲍吾刚解释为，有德的人不可以孤独，不可以"唯自我"

---

① Wolfgang Bauer, *Das Antlitz Chinas*, München: Carl Hanser, 1990, S. 57.
② Ebd., S. 58.
③ Ebd., S. 760.
④ Ebd., S. 761.

（ichhaft）。①

传统思想的分析终究服务于当代，尽管鲍吾刚的专攻并非现代，批判矛头最终还是指向了现代中国。为了阐明五四浪漫一代的自我结构，鲍吾刚引用了周作人、鲁迅、郁达夫、徐志摩、郭沫若、庐隐、丁玲、萧红等作家为例。鲁迅不仅揭开了中国新文学大幕，其作品也最深刻地演示了中国现代知识分子的精神内核——孤独感。自我解放和社会解放的矛盾，个人和大众的疏离，造成了时代性的孤独，知识分子成为"旷野中孤独的呐喊者"，作为这一形象的制造者和活的象征，鲁迅理所当然地成了中国现代文学的原始代码。这种意识的具体展开又通过一系列作家的案例分析而实现，其中，郁达夫、徐志摩、郭沫若可以说构成了浪漫主义自我理解的三种基本立场：面对孤独，郁达夫选择了退守内心，自我解放成了"自我折磨"；徐志摩同样沉溺在内心之中，却采取了"天才冲动"的主动姿态，向超越的虚空飞升；只有郭沫若获得了"解脱"，成功地实现了由个人主义向政治、由悲观主义向英雄的乐观主义的转变。在著名的《天狗》诗中，鲍吾刚已读出了转变的预兆。"自我和万有合一"不但是诗人要传达的唯一消息，也是中国知识分子的传统理想，郭沫若唯一的创新之处，是自我吞噬的意象，即鲁迅《墓碣文》演示过的自我分裂——伴随自我认识、自我观察而来的自我分裂，被体验为一种自啮其血肉般的痛苦对抗。最终，郭沫若的救赎依赖于一个全然外在的决定——将个体贡献给革命事业，将自我和明确规定的任务相联系。②从自我解放到自我分裂，再到自我献身，这一三段式的意识发展，也在女作家的自我描述中得到了重演，庐隐的感伤终为丁玲的"女革命者的献身"所取代，即便在病弱的萧红那里，自我表达也并未妨碍和社会政治相结合的倾向。

对于德国的中国文学研究来说，这一课题成为连接文学和思想史、哲

---

① Wolfgang Bauer, *Das Antlitz Chinas*, München: Carl Hanser, 1990, S. 32.
② Ebd., S. 622-627.

学史的重要中介环节，因为自传问题也同样是思想界关心的话题。自从卢梭《忏悔录》以来，通过自我书写来审视和塑造个体的主体性就成为现代性的重要标志。而在20世纪的德国思想界，类似《中国的面容》的作品有狄尔泰的学生米施的《自传的历史》（1949—1969），这部探索"欧洲的自我思义（Selbstbesinnung）和个体性化（Individualisierung）进程"的巨著皇皇八卷①，详尽分析了从古代、中世纪到19世纪西方的种种自传形式。正是在米施启发下，狄尔泰也开始重视自传，将自传视为精神科学所有旁枝的主干②，从而奠定了自传研究在德国的精神史领域中的核心地位。由此可见，鲍吾刚的汉学研究和一个更大的知识系统相关联，体现了西方人关心自我的思想传统。鲍吾刚也提到米施的自传"无形式"的观点对他的影响。③他说，古代中国所拥有的许多自我描述形式并不符合西方对自传的定义，但还是应该承认它们的自传地位，而不能列入某种"混合形式"。这方面，米施成为他的榜样，因为前者看待自传素材的"开放性"虽然导致了工程过于浩大，却"显然是唯一合法的接近形式"④。

三、德邦

德邦1921年生于慕尼黑，二战中入伍。1948年从战俘营释放后，德邦入慕尼黑大学学习汉学、满族学、日本学和梵文，1953年博士毕业。德邦1959年获教授资格，1964年任科隆大学教授，1968年转任海德堡大学汉学

---

① Georg Misch, *Geschichte der Autobiographie*, Bd. 1, 1. Hälfte, Frankfurt a. M.: G. Schulte, 1976, 4. Aufl., S. VII.

② Ebd., S. 10, Anm.1.

③ 米施的自传概念的核心是作者和要表现的人格的同一。他强调，自传的功能是"生命练习"，因此必然是历史性的，和不同生命形式相适应："它（自传）本身是一种生命表达，不束缚于任何特定形式。它不断重新开始，真实生命给予它新的开端；正如不同时代产生不同的此在形式……" Ebd., S. 6.

④ Wolfgang Bauer, *Das Antlitz Chinas*, München: Carl Hanser, 1990, S. 783, Anm. 4.

教授，在海德堡工作直至1986年退休。在西方汉学界，德邦被视为中国传统诗学研究的先行者。中国的文学批评曾长期受到忽视，直到20世纪50年代西方汉学家才开始涉足这一领域，关注中国人如何解释和理解他们自己的文学。首先是曹丕《典论·论文》和陆机《文赋》，然后是刘勰《文心雕龙》等基本著作被相继译入西方。而德邦的《沧浪诗话》研究（1962）以其周详、严谨为中国诗学的翻译树立了新标准，并将诗话这一体裁带入了西方研究者的视野。

《〈沧浪诗话〉——中国诗学研究》分两部分，前半部分为导论，后半部分是《沧浪诗话》翻译和详注。前半部分概述严羽其人和思想，包括：严羽的生平及著作；严羽诗学的基本思想；和江西诗派争论的目标；严羽的独创性和继承性；严羽诗学中的矛盾和问题；严羽的继承者和反对者。最后是对于翻译的说明。他的问题包括：中国是依据哪些观点评价其诗歌的？这些规则由于岁月变迁，或某些思潮的出现经历了多大程度的变化？它们在多大程度上符合西方的价值标准？西方人常常认为在中国诗歌中能找到一种心灵上的共通性，这一点可否得到证实？有哪些标志可以说明风格上的统一或区别，从而为诗歌的分期提供依据？[①]《沧浪诗话》第一章"诗辩"包含了严羽论诗的主要观点，故成为德邦考察的重点。导论中最有趣的部分，是关于继承和创新，以及理论中的自相矛盾的论述。因为这里透露出汉学家本身的创新诉求，而"创新"是西方知识系统的基本原则。

德邦指出，尽管严羽反对江西诗派，《沧浪诗话》的一些基本思想却同样存在于江西诗派的理论中，江西诗派同样和禅宗有密切的关系。严羽以禅喻诗，他的诗学核心被德邦定义为"超越"（Transzendenz）思想，这种思想得到了禅宗的支撑和升华，然而德邦认为，究其实质，佛教语汇

---

① Günther Debon, *Ts'ang-Lang's Gespräche über die Dichtung: Ein Beitrag zur chinesischen Poetik*, Wiesbaden: Otto Harrassowitz, 1962, S. 1.

的外衣也可以脱去，因为这是道家的或普遍的中国观念。①可见，《沧浪诗话》本身并没有多少创新，它之所以成为"超越"理念的代表，只是因为它通化用佛教术语，实现了表述上的创新，通过"羚羊挂角，无迹可求"的形象，创造了一个经典隐喻。同样，"五俗"的表述（而非思想）也是严羽的独创，虽然江西诗派也反对俗套，但正是严羽的表述一直流播到了日本。最后，将禅宗的顿悟移用到诗歌，也不是思想上的创新，严羽的贡献在于，他将这一思想和盛唐诗歌相联系，从而塑造了诗的最高规范。②

但在德邦看来，严羽独尊盛唐的做法，也透露了他诗学中的内在矛盾。引禅入诗，是苏轼以后宋代诗人中的流行做法，希望以此摆脱形式法则的束缚。但是严羽却将它定义为盛唐诗歌的特征，德邦认为这是严羽诗学的最大问题所在，因为这里透露了严羽的"古典主义"（Klassizismus）思想，而盛唐的古典主义和超越性诗歌——严羽诗论的两大基本诉求——在他看来并不相容。③严羽将李杜视为盛唐的代表，可能只是宋代的时尚使然，因为李杜的好处恰恰不是（如王维、孟浩然那样的）禅趣。

显然，"古典主义"是一个能代表中国思想特征的，但并不受欢迎的概念。德邦这一代德国汉学家对更接近"现代"的宋诗抱有好感，故反对传统的尊唐抑宋说。德邦说，严羽的贬低宋诗和拔高唐诗对后世中国文学批评影响巨大，是否正确仍然是个疑问。不过，基于宋诗和当代西方在时间上或语言、韵律上的巨大差距，即便西方对于宋诗的了解已超过了佛尔克时代（指佛尔克1929年版的《唐宋诗选》），也不能忽视中国文学批评家的判断。他说，严羽的文论移用到德国的情境，就相当于全盘否定浪漫派文学而赞同歌德和席勒，或是在音乐中否定贝多芬和勃拉姆斯而赞同巴

---

① Günther Debon, *Ts'ang-Lang's Gespräche über die Dichtung: Ein Beitrag zur chinesischen Poetik*, Wiesbaden: Otto Harrassowitz, 1962, S. 23.
② Ebd., S. 29.
③ Ebd., S. 35-36.

赫，这一判断在今人看来当然显得可疑，然而"在以将来为导向、从一开始就向一切新事物开放的西方，历史正义的概念也必然不同于保守估计、向后看的古代中国"①——故可见，德邦虽然尊重中德在文学评价上的系统性差异，最后这句旁白仍然透露了对西方知识系统的自信。

德邦对中西诗学比较的重视，在这部早期著作中已见端倪。他认为，研究中国诗学的最终目标是在庞杂材料中厘出其基本观念，但另一方面，寻找比较的可能性，从而将中国诗学和西方理论系统相连接，也极为重要。在他看来，"新批评"的诗学探索已寓示了这一可能，像"内涵"（connotation）、"客观对应物"（objective correlative）、"暧昧"（ambiguity）之类概念，以及非个人化和新古典主义的理论，都和宋代诗学观念有某亲缘性。②他还提到了马拉美对应新批评理论的影响，而马拉美和沉默的神秘关系，他对于暗示的强调，都和受禅宗精神影响的宋代文论接近。③

对于中国美学概念的考察，是德邦中国文学研究的一个重点。中国美学概念因为其形象性往往显得模糊，在阐释上自由度很大。早在《〈沧浪诗话〉——中国诗学研究》中，他就意识到了术语转译的困难，他坦率地承认自己的翻译也是成问题的。他的《中国书法理论的基本概念及其和诗、画的关联》（1978）由两篇论文构成，一篇是《沙中的线条——中国书法理论的常见话题》，一篇是《诗歌、书法和绘画理论的关联》。两篇论文讨论了中国书法理论和美学中常用的一系列概念，如"（如）锥画沙""（如）印印泥""藏锋（笔中）""（如）古钗脚""无迹可求""句中有眼"等，考察概念首次出现之处，它们在诗、书、画不同作者那里的应用，它们和其他术语的联系，等等。由它们的意义，进一步深

---

① Günther Debon, *Ts'ang-Lang's Gespräche über die Dichtung: Ein Beitrag zur chinesischen Poetik*, Wiesbaden: Otto Harrassowitz, 1962, S. 42.
② Ebd., S. 51.
③ Ebd., S. 51, Anm. 264.

入儒、道、释的精神背景,如"正笔"体现了儒家精神,"无迹可求"源于道家,又被后来的禅宗所采纳,"读万卷书"是儒家的法门,但是严羽《沧浪诗话》虽以禅论诗,也赞同"多读书"。德邦得出结论:"我们不能把一个术语和它的时代和精神语境脱离开来,必须考虑到单个作者、单个作品,甚至是同一作品中的某一章或某一段。"① 对于习惯于以西方概念取代中国术语的德国汉学界,德邦提出的"谨慎"无疑切中了时弊。德邦指出,王尔德提出的"各种艺术相互照亮",在中国更加深入人心,因为中国的文人士大夫接受的是全才教育,除了会各种美的艺术,还需要是艺术理论家。② 故了解中国美学思想,还必须要考虑到中国传统中书、画、诗合一的特色,这也是和西方专门的"文学科学"所不同之处。

《中国诗学——历史、结构、理论》则以术语手册形式,通过约370个词条,介绍了"中国诗歌的构成要素"③,还附带100个诗歌范例,以具体展示这些中国诗学的基本概念。许多词条显示了他对于中国诗学和文化的深刻把握,如关于"阐释":

> 理解中国诗歌的基本问题在于正确地把握评注。我们一般会天真地看待一首诗,而中国人习惯于在其中寻找某种政治影射。原则上说从中国阐释者确信有这类影射那一刻起,就需要将影射纳入考虑了,因为诗人和阐释者通常是一体的。大致上说,从汉代(前206—后220)起就是这种情形了。但不排除在更早的诗中也存在言外之意。④

在德国汉学界,德邦素以中国诗歌翻译而知名,魏汉茂认为,二战后

---

① Günther Debon, *Grundbegriffe der chinesischen Schrifttheorie und ihre Verbindung zu Dichtung und Malerei*, Wiesbaden: Franz Steiner, 1978, S. 45.
② Ebd., S. 47.
③ Günther Debon, *Chinesische Dichtung. Geschichte, Struktur, Theorie*, Leiden: Brill, 1989.
④ Ebd., S. 80: „Interpretation".

德国在中国诗翻译方面能和德邦媲美的只有著名诗人君特·艾希（Günter Eich）。① 《东方抒情诗》（*Die Lyrik des Ostens*, 1952）是他的第一部译诗集，继之有《唐诗选》（*Herbstlich helles Leuchten überm See. Chinesische Gedichte aus der Tang-Zeit*, 1953）、《公元前12世纪到公元前7世纪的中国诗》（*Ein weißes Kleid, ein grau Gebände. Chinesische Lieder aus dem 12.-7. Jh. v. Chr.*, 1957）、《李太白：陶醉与成仙》（*Li Tai-bo. Rausch und Unsterblichkeit*, 1958）、《李太白诗选》（*Li Tai-bo, Gedichte*, 1962）、《唐代诗人》（*Chinesische Dichter der Tang-Zeit*, 1964）、《三千年中国诗》（*Mein Haus liegt menschenfern, doch nah den Dingen. Dreitausend Jahre chinesischer Poesie,*1988）等。德邦主张忠实于中国诗的音韵和格律，而通常的看法是，中西语言和声韵差别太大，加上中国诗富于典故，只能用散文体或自由诗体来移译。德邦实际上继承了史陶思（《诗经》翻译）和佛尔克（唐宋诗翻译）的做法。如果佛尔克的翻译显得机械和学究气的话，德邦出色的德语造诣使他在很大程度上避免了早期翻译的弱点，同时也赢得了更多的读者，因为他的翻译通常没有大量的深奥注释，既信且雅，甚至带有民歌风味。他曾这样阐释其翻译原则：

> 原文的每个字或每个音节都用一个德文扬音节传达。如果意义上有要求，增加一个音节可以勉强忍受。单韵是无法再现的。原则上，押韵的诗翻译时也要带韵，否则又如何传达不带韵的诗呢。一种严格遵守音韵的翻译会损害意义，不过是轻巧的说法。……妥协总会存在，然而我们希望传达一幅尽可能忠实的中国诗图像。②

---

① Hartmut Walravens, „Rez.: Debon 1988 ", *Oriens extremus*, Bd. 34, 1991, S. 258.
② 转引自Hartmut Walravens, „Rez.: Debon 1988", *Oriens extremus*, Bd. 34, 1991, S. 257.

四、马汉茂

马汉茂1940年出生于卡塞尔，大学时代在慕尼黑、贝尔格莱德、巴黎和海德堡等地学习汉学和斯拉夫语文学，在海德堡大学鲍吾刚门下获得博士学位。在海德堡大学任助教一年后，马汉茂获得德国研究协会（DFG）的博士后资助，赴台湾大学（1967—1969）和京都大学（1970）深造。

马汉茂的博士论文《李笠翁论戏曲》于1966年在海德堡完成，1968年在台北出版，这是开启西方李渔研究的重要著作。鲁毕直说，此前还没有一篇德国汉学博士论文像马汉茂这样，刚写出来就激起如此反响，得到像法国的雷威安或俄国的李福清（Boris L. Riftin）这样的名家称赞。这篇论文如此有影响，是因为发表恰得其时。马汉茂虽然对库恩的翻译水平很不屑，却大大受惠于库恩。《肉蒲团》事件后，李渔已成为公众话题，马汉茂论文让李渔上升为学术性话题，正接续了艾伯华1961年向学界的呼吁，李渔戏曲论应该得到翻译和研究，因为李渔的意义超出了中国。① 而在他看来，之所以要引入李渔的戏剧论，和西方汉学界中国文学研究的贫弱现状有关。马汉茂直言，西方迄今的中国文学研究处于某种"自闭状态"，受限于中国文学史视域，既缺乏对西方文学的认知，也不关心文学研究方法论。其后果是，对中国文学的介绍不超出猎奇阶段，中国文学经典无法进入读者的意识。"过了差不多70年，用西方语言写成的几部文学史最多只能当成预备之作。二手文献领域罕有收获，专著尤为缺乏。"②

问题首先在于评判标准。马汉茂说，对于中国文学传统的描述和阐释，长期以来存在两种评价模式。一是受儒家影响的传统方式，这一方式不仅左右了早期的硕特、瓦西里耶夫的文学史，也对后来的叶乃度和马

---

① Lutz Bieg, „Li Yu im Westen – nach Helmut Martins Dissertation von 1966. Ein ‚State of Field'-Betricht mit drei bibliographischen Anhängen", Christina Neder, Heiner Roetz, Ines-Susanne Schilling (Hrsg.): *China in seinen biographischen Dimensionen. Gedenkschrift für Helmut Martin*, Wiesbaden: Harrassowitz, 2001, S. 27-29.

② Helmut Martin, *Li Li-Weng über das Theater*, Taipei: Mei Ya Publications, 1968, S. II.

古礼（Georges Margouliès）有强烈影响。另一种是中国在文学革命后兴起的、以胡适《白话文学史》为代表的模式，其特征是全盘否定自身的传统，过度强调小说的地位。这一模式对西方的中国文学史书写也产生了决定性影响。马汉茂认为，西方汉学家还未找到一种新的、独立的立场，从而有效调和中国传统立场和西方标准。正因为如此，了解中国本土批评资源和观念就大有必要，这就是马汉茂研究李渔戏剧论的动机所在。换言之，在一向富有前沿意识的马汉茂心目中，李渔成了一个再出发的标志，将负担起引导德国汉学进入专业文学研究，连接中国诗学和西方文学观念的重要职责。他所希望了解的，一方面是中国批评家的艺术观及其定义、描述、分类和术语，另一方面是对于实际舞台技术的交代（如此才能真正把握每部戏曲作品的架构）。但马汉茂也不乏宏大叙事的热情，他的讨论由李渔延伸到对中国戏剧的整体看法，兼及中国戏剧在世界文学中的定位问题。首先他认为，中国无希腊的悲喜剧之分，中国传统戏曲更近于音乐喜剧和音乐剧而非悲剧。戏曲在中国主要用于娱乐大众，而非探讨人的悲剧命运，这是中国无真正的悲剧的原因，因为果报思想深入人心，好人不能无辜地被命运毁灭。与之相关，少数剧作家虽然有为艺术而艺术的追求，但从来不敢将它作为一种要求和理想提出。[①]其次，中国戏剧缺乏严格的形式思维。法国古典主义规定一部剧分为五出，各有其固定功能，而整个亚洲戏剧都无这种严格的功能性形式原则。古典主义的三一律中，只有情节统一为李渔所遵守。最后，中国戏剧中无真正的性格塑造，只有生旦净丑的固定类型，李渔对于个性化塑造的要求一定程度上突破了这一窠臼。

博士毕业后极短的时间内，马汉茂取得了引人瞩目的成果，他编的《给郁达夫的信》和15卷《李渔全集》都在1970年出版，两卷本《索引本何氏历代诗话》（1973）提供了何文焕汇编的28个诗话的索引和一个权威

---

① Helmut Martin, *Li Li-Weng über das Theater*, Taipei: Mei Ya Publications, 1968, S. 73.

的标点本。虽然将李渔《十二楼》译成德语的计划未实现，但他和嵇穆合编了一本《李笠翁：北京的漂亮男童》，收入库恩未译过的四篇《十二楼》小说。另外他还撰写了一个中国古代文学的纲要，但一直没有发表。

1970年，马汉茂和妻子廖天琪回到德国，一开始以记者工作谋生，1972年加入汉堡的亚洲事务研究所。从这时起到70年代末，他的主要精力倾注于中国当代政治。他和廖天琪合作编译的《从内部看毛泽东》（1974）虽受到左派批评，却被转译为法、意、西、荷四种语言，获得了一定国际影响。马汉茂还编译了毛泽东对于苏联《政治经济学教科书》的评论《我们的做法不同于莫斯科》（*Das machen wir anders als Moskau*, 1975），以及由大众汽车基金会资助出版的7卷本《毛泽东选本》（1979—1982）等毛泽东文选。在这些编著中，他试图将历史中的毛泽东及其著作和作为国家意识形态的毛泽东思想分开。在他看来，毛泽东著作的经典化既受到了斯大林的影响，和儒家经典作为政治行动的精神基础也不无关系。毛泽东和蒋介石之争，可以说是谁来代表接替儒家的当代正统。① 红宝书的编辑方式，他也认为属于"孔子语录的道德化传统"②。对于毛泽东思想的研究，使马汉茂从古代中国回到当代中国的核心，也预示了他后来的现当代文学转向及其强烈的政治诉求。

1979年，马汉茂被召为波鸿大学中国语言和文学讲习教授后，他的兴趣重新转向文学领域，在关注中国古代文学研究的新进展、继续自己的古代白话小说和文学理论研究的同时，他开始把目光转向中国现当代文学，在这一领域取得的成就，为德国的中国文学研究赢得了空前的国际声誉。他精力过人，策划出版了著名的"中国主题"（Chinathemen）、"卡泰"（cathay）、"阿库斯"（arcus）等丛书系列，收入大量中国文学研究专著、论文集、作品翻译，还创办了波鸿大学"卫礼贤翻译中心"。他在80

---

① Helmut Martin, *Kult und Kanon: Entstehung und Entwicklung des Staatsmaoismus 1935-1978*, Hamburg: Institut für Asienkunde, 1978, S. 10.

② Ebd., S. 29.

年代初的率先介绍，对德国学界的中国现当代文学观的形成有很大推动。如他在1985年为德国之声电台撰写的《代沟：世代群及其视角》一文中对中国当代作家的世代划分，呈现了中国当代文学的基本结构[①]：

代表作家		世代名称	出生年	年龄（至1985）	特殊时代经历
沈从文、叶圣陶、冰心、巴金	1	民国时代的文学前辈	1900左右	约85	1920—1949年的民国时代
周扬、贺敬之	2	五六十年代的文人	约1915—1935	50—70	新中国成立初期的毛泽东思想和运动
王蒙、从维熙、刘绍棠等	3	"右派分子"	1935左右	约50	"百花齐放"、1957年"反右"、下放劳改
冯骥才、张洁、蒋子龙、刘心武等	4	怀疑的一代和"文化大革命"一代	1940左右	约45	红卫兵经历、上山下乡
孔捷生、张抗抗、北岛、舒婷	5	怀疑的一代和70年一代	1950左右	约35	上山下乡、1976年后的转变、改革
顾城、阿城及更年轻的作家	6	80年代的青年	50年代末	约25	1979年后的时代变化

马汉茂的中国现代文学研究有明显的社会政治目标，对于80年代中国文学中体现出来的新变化，也表现得非常乐观。他1983年12月在著名杂志《明镜》（*Spiegel*）撰文表示对于新时期中国文学的支持，原稿中有这样一段：

> ……我们西方人必须认识到和承认，中国重新开放了通往自身传统之路，文学研究者和文人可以在自1949年以来最自由的氛围中工作，最后作家们以可观的求真意志反思了过去。
>
> 在中国也有许多知识分子强调，此间发芽的种子不会再简单地翻

[①] Helmut Martin, *Chinesische Literatur am Ende des 20. Jahrhunderts. Chinabilder II*, Dortmund: projekt verlag, 1996, S. 23.

耕入土。只要中华人民共和国还有众多的杂志和其他发表平台存在，实际上就不需要过于悲观。最新的文学尽管出于可理解的理由在国际语境中还显得支绌，我们却会以一种持续的关注支持作家们。①

他的另一关注焦点是中国台湾地区文学。曾留学台湾的马汉茂很早就开始关注台湾文学和社会情形，1972/1973年他在波鸿大学东亚系开设了"台湾的反对派"讨论课，涉及李敖、殷海光、白先勇，也引导学生涉足台湾文学翻译。台湾文学的核心问题是身份寻找，是地方文学如何处理和大陆母体文学的紧张关系的问题，马汉茂认为，这是具有超越台湾文学本身的普遍意义的。然而，自90年代以来，台湾文学越来越遭到台湾公众的忽略，文学在新媒体和大众娱乐产品面前节节败退，也让他倍感困惑。

八九十年代文学成为被战争和政治运动中断的五四开启的现代化进程的再出发，重新接续了二三十年代的新文学传统。德国观察者几乎将1976年到1979年视为一个脱离了所有传统的零起点，社会主义现实主义和苏联样本同样被置于这条起跑线上。但这一最初感知到的现代性"中国文学"整体很快得到扩展和丰富，首先加入了"之前"：晚清文学如《老残游记》等也表现了现代性萌芽；然后是"之中"，包括鸳鸯蝴蝶派等通俗文学，新加坡、马来西亚的华文文学，以及基于从电视到电影等媒介的通俗文学，等等。另外，有了五四对新旧中国文学的隔断，重新实现统一，重新理解中国文学的文化身份，也成为中心问题。循此逻辑，"文化中国"概念在马汉茂90年代的文学思考中占据了重要地位。

东、西德统一后，马汉茂加入了"德国中国研究会"（DVCS），这是一个由东、西德学者发起的旨在促进分隔数十年的两个学术系统的合作的组织。受到东德学者在统一后面临的重新融入的问题激发，马汉茂也对

---

① Helmut Martin, *Chinesische Literatur am Ende des 20. Jahrhunderts. Chinabilder II*, Dortmund: projekt verlag, 1996, S. 64.

德国的汉学学术史发生了兴趣。在他主导下，1997年"德国中国研究会"年会主题定为"德语语境中的中国研究：历史、学者、视角"，对于德国汉学史作了一次全方位的回顾。

马汉茂的学术生涯反映了德国汉学战后数十年中经历的变化，他起步于传统的汉学训练，却并未成为象牙塔中的保守学者，而是中途转向了中国当代社会政治，最后转向中国现当代文学和中国台湾地区文学，他的一句口头禅是"承认颜色"，换言之，宣告自己的意图。批评者认为他不过是一个"记者"或"中国的观察员"，傅熊却认为，这种说法不但忽略了他的学术贡献，也误读了他对于知识分子和大学教师的公共职能的信念。①罗哲海认为，"语文学与公众"（这是马汉茂组织的1999年"德国中国研究会"年会主题）的理念贯穿了马汉茂的学术生涯，他的道路正是由汉学通向公共生活和政治。②

五、瓦格纳

瓦格纳1941年出生于黑森州的威斯巴登，60年代曾在海德堡大学追随伽达默尔学习哲学解释学，并将其运用于自己的王弼研究。他在求学期间，和顾彬等人一样亲历了1968年学生运动，思想上深受这一运动影响。1969年，瓦格纳在慕尼黑大学汉学系以研究慧远的论文获得博士学位。瓦格纳和美国汉学界关系密切，从1969年开始受美国哈克纳斯基金会资助，赴美国哈佛大学和加州大学伯克利分校访学3年。1972年返回德国后，瓦格纳任教于柏林自由大学，之后又两次赴美，在康奈尔大学、哈佛大学费正清研究中心、加州大学伯克利分校访学多年。1987年瓦格纳受聘于海德

---

① Bernhard Fuehrer, „In Memoriam Helmut Martin", *Oriens extremus*, Bd. 41, 1/2 (1998/99), S. 4.

② Heiner Roetz, „Philologie und Öffentlichkeit: Überlegungen zur sinologischen Hermeneutik", *Bochumer Jahrbuch zur Ostasienforschung*, Bd. 26, 2002, S. 89.

堡大学汉学系,成为继鲍吾刚和德邦之后第三任主任教授,退休后又在美国波士顿大学任教。

瓦格纳以《王弼〈老子注〉研究》成名。70年代末以后,瓦格纳转向关注中国当代文学,与顾彬合编《中国现代文学与文学批评随笔》(*Essays in Modern Chinese Literature and Literary Criticism*, 1982),独编《中华人民共和国的文学与政治》(1983),还发表了《中国现代的改造小说》(1979)、《中国作家的镜像:关于中华人民共和国文学及其目的自我反思》(1985)等大量德文、英文论文,和马汉茂、顾彬等一道创造了80年代西德中国现当代文学研究的繁荣。瓦格纳70年代担任柏林自由大学助理教授时,政治立场和马汉茂正相对立,他那时是著名的激进左派,抨击"联邦德国的资产阶级"的"法西斯主义特征"。在80年代初的中国当代文学热和对王蒙等的分析中,他转而加入了新的正统范式,对于1949年后的中国当代作家和文学做出了较为客观的评价,甚至批评王蒙、方纪等作家在自我反思力度上比不上克丽斯塔·沃尔夫(Christa Wolf)等东德作家。①

瓦格纳研究重点之一是1949年后"十七年文学",特别是《太阳照在桑干河上》《暴风骤雨》《原动力》《青春之歌》《创业史》一类"改造(新社会)小说"(Untersuchungsroman)。②他不但在兴趣领域和对象选择上和东德汉学家梅薏华有共同之处,也同样聚焦于文学和社会政治的联系,故都可归于以意识形态治理文本世界的研究者类型。他意识到,这一类长篇小说旨在贯彻《在延安文艺座谈会上的讲话》精神,表现社会关

---

① 参见Rudolf Wagner, „The Cog and the Scout. Functional Concepts of Literature in Socialist Political Culture: the Chinese Debate in the Mid-Fifties", W. Kubin, R. Wagner (Hrsg.), *Essays in Modern Chinese Literature and Literary Criticism*, Bochum: Brockmeyer, 1982, S. 334-400。

② Rudolf Wagner, „Der modern chinesische Untersuchungsroman", Jost Hermand (Hrsg.), *Literatur nach 1945 I: Politische und regionale Aspekte*, Wiesbaden: Akademische Verlagsgesellschaft Athenaion Wiesbaden, 1979, S. 361-362.

系和社会矛盾，同时也是向老百姓传达政策的重要工具。他所关心的，不是文学形式和美学意味，而是小说中的直接政治内容和政策背景，同时也从政治角度进行评判。他的评判标准是：社会主义的现实主义小说是否现实？是否揭示了真实的历史进程，反映了时代精神？他在《中国现代的改造小说》中批评赵树理《三里湾》和周立波《山乡巨变》没有揭示阶级矛盾和党内矛盾；他指责丁玲《太阳照在桑干河上》和周立波《暴风骤雨》的结尾更像普通市民小说而不符合革命小说的要求，没有把结尾处理成从新民主主义革命到社会主义的过渡阶段；他欣赏柳青《创业史》，不但因为梁生宝是社会主义文学中第一个成功的社会主义新农民形象，还因为它展示了社会主义内部的阶级斗争问题。瓦格纳的初衷看来是追求历史真实，反对概念化公式化，其实陷入了另一种概念化公式化，即他自己心目中的若干公式：革命进程应该怎样，无产阶级主人公的成长应该怎样，社会主义建设道路又是怎样。最关键的是，文学化简为单纯的社会学历史学材料。

七八十年代德国的中国文学研究多从社会学视角出发，将文学视为了解中国社会结构的素材，瓦格纳的《中华人民共和国的文学与政治》堪称这一立场的代表。《中华人民共和国的文学与政治》收录六篇"伤痕文学"中短篇小说译文，瓦格纳对六篇小说都做了简要评述。伤痕文学引起他的兴趣，不是基于其文学水准，而是因为这种文学能揭示问题，反映新时期的两大政策走向：粉碎"四人帮"和"四个现代化"，如他自呈："以下将把本书所选文本作为社会记录文件来阅读阐释，由此认识当代中华人民共和国社会和文学的发展和讨论现状。"①

瓦格纳不仅明确否认伤痕文学的文学质量，也间接地抹去了中国当代文学的文学价值，因为对他而言，中国当代作家不过是国家意志的代言

---

① Rudolf Wagner, „Nachwort", *Literatur und Politik in der Volksrepublik China*, Frankfurt a. M.: Suhkamp, 1983，扉页。

人。他将中国当代作家的命运沉浮总结为五阶段：由"民族诗人"到"革命机器中的齿轮和螺丝钉"，再由"侦察兵"到"重返'战斗'"，最后是"侦察兵作为社会学家归来"。他以50年代中国文艺界流行的侦察兵和齿轮两个意象概括知识分子身份理解中的核心悖论，但他认为王蒙的"侦察兵"理想更多属于中国古代"言官"的讽谏传统。在瓦格纳看来，"革命的现实主义和革命的浪漫主义相结合"和苏联的"社会主义现实主义"并不矛盾，"社会主义现实主义"已经包含了革命浪漫主义要求。①

瓦格纳深受美国的新历史主义影响，将文学研究和历史考察相结合，力图呈现文学和历史、政治的互文关系。但是实际操作中，却呈现为去"文"存"史"的评判态度，背离了新历史主义的原意。②瓦格纳如此强调阶级冲突的原型意味，某种程度上也反映了自身在冷战环境和1968年学生运动激进氛围中培养的斗争思维定式，而不论矛头是针对国际资本主义，还是中国的社会主义路线。

六、吕福克

吕福克1948年出生，博士毕业后任教于科隆大学东亚系，是德国著名的东亚文学翻译杂志《东亚文学杂志》（1982年创刊）的创建者之一。吕福克翻译了大量中国古代诗歌散文，如《丝线：唐诗》（*Der seidene Faden : Gedichte der Tang,* 1991）（即《唐诗三百首》）、《丝扇：中国古诗》（*Der seidene Fächer : Klassische Gedichte aus China,* 2009），以及老舍《猫城》《茶馆》等中国现当代文学作品。吕福克走了史陶思、德邦的翻译路线，注重对诗歌"表达层面"的传达，翻译语言上受到浪漫派美学

---

① Rudolf Wagner, „The Cog and the Scout. Functional Concepts of Literature in Socialist Political Culture: the Chinese Debate in the Mid-Fifties", W. Kubin, R. Wagner (Hrsg.), *Essays in Modern Chinese Literature and Literary Criticism*, Bochum: Brockmeyer, 1982, S. 336.

② 赵韧：《鲁道夫·G.瓦格纳现代中国研究》，2019年苏州大学博士论文，第99页。

影响。①

吕福克的博士论文选译了南宋魏庆之的《诗人玉屑》（1983），他把自己的编译理解为德邦《沧浪诗话》的延续，不仅因为这是此前唯一译入西方的诗话，也因为《诗人玉屑》收录了《沧浪诗话》。他将不同诗话归于六个栏目下：1. 诗的功能及其在社会中的位置；2. 诗人和社会现实；3. 写诗的过程；4. 传统的分量；5. 内容和形象；6. 文学评价问题。从栏目设置可见出有意安排，如他自己所说，对于原著所收从六朝到南宋末七个世纪中的文学理论，他"有意选择了一种西方取径，只选择那些能回应由西方人视角提出的问题的段落"②。除了译注文本，解释中国概念，他也引入了对文学和文学理论的普遍认识，或者说，借中国诗学展示自己的文学观。他之所以选择《诗人玉屑》，也是因为原书的选集性质容易呈现中国诗学的整体性。如原书第九卷"归燕诗"一节，被吕福克移到开头，成为彰显"诗的功能"的开宗明义之节，就说明了这种主观干预：

> 张九龄为相，有謇谔匪躬之诚，明皇怠于政事，李林甫阴中伤之。方秋，明皇令高力士持白羽扇赐焉，九龄作赋以谢曰："苟效用之得所，虽杀身而何忌！"又曰："纵秋气之移夺，终感恩于箧中。"又作归燕诗贻林甫曰："海燕虽微眇，乘春亦暂来。岂知泥滓贱，只见玉堂开。栖户时双入，华堂日几回。无心与物竞，鹰隼莫相猜！"林甫知其必退，恚怒稍解。

吕福克强调文学的"社会语境"，由这一节他引申出："文学具有一种社会的，更严格地说，政治的功能；不认识到这一功能，理解常常是不

---

① Ingo Schäfer, „Rez.: Volker Klöpsch 1991", *Bochumer Jahrbuch zur Ostasienforschung*, Bd. 21, 1997, S. 205-206.

② Volker Klöpsch, *Die Jadesplitter der Dichter. Die Welt der Dichtung in der Sicht eines Klassikers der chinesischen Literaturkritik*, Bochum: Brockmeyer, 1983, S. 264.

可能的。"《归燕诗》一例表明，诗的空间以宫廷为限，诗人和皇帝之间是封建依附关系，同僚间则为系统规定的竞争关系，写诗首先不是表达闲适的情感，而是政治必需和你死我活的生存斗争（"鹰隼莫相猜"）。"诗的语言拥有一种社会的，在宫廷范围内界定的，被宫廷成员理解的意义。它首先不是澄清事情真相，而是扭曲事实。"而这种扭曲所代表的"密示"（Verschlüsselung）显然是受社会习俗、历史情境所决定。换言之，即便对于西方人印象中纯艺术的唐诗，也要考虑到，唐代诗人一般属于社会上层，也常常经济窘迫，也在作品中进行社会批评，诗人对社会承认的渴望远远胜于摘取文学桂冠。①由这一立场出发，他明确地反对顾彬在其《中国诗歌史》中遵循的内在批评路线。

七、艾伯斯坦

艾伯斯坦1942年生于汉堡，1973年汉堡大学博士毕业，博士论文题为《明代的矿山和矿工》。他于1980年完成教授论文，1983年任汉堡大学教授。艾伯斯坦是中国现代戏剧的当代主要研究和译介者，他编译的《来自中国的现代剧本》1980年由苏尔坎普出版社出版，收入曹禺《雷雨》和《北京人》、田汉《南归》、熊佛西《屠户》、老舍《茶馆》②，后来又主编了《1900—1949中国文学指南》（*A Selective Guide to Chinese Literature 1900-1949*）第四卷《戏剧卷》（1990）。他的《20世纪中国戏剧》（1983）描述了话剧和传统戏曲在中国20世纪的发展过程，是这一领域迄今最全面内容最丰富的西方著作。全书分为三部分：1. 截至1949年的话剧发展，话剧的产生和1949年前的发展为作者的着力之处，考察了不同发展阶段、戏剧群体以及单个剧团；2. 截至1949年的戏曲发展，主要涉及

---

① Volker Klöpsch, *Die Jadesplitter der Dichter. Die Welt der Dichtung in der Sicht eines Klassikers der chinesischen Literaturkritik*, Bochum: Brockmeyer, 1983, S. 15-22.

② Bernd Eberstein (Hrsg.), *Moderne Stücke aus China*, Frankfurt a. M.: Suhrkamp, 1980.

传统戏曲的改革,梅兰芳和周信芳的作用;3. 戏剧在中华人民共和国,考察了话剧、戏曲、曲艺以及文化政策的因素。他所关注的首先不是戏剧作品本身的文学解读,而是考察"20世纪社会政治变迁中,戏剧的地位和功能"。在他看来,戏剧一方面是影响社会意识的手段,另一方面又是这种社会意识的反映,和社会、政治的发展密切相关。由戏剧在社会中的这种地位生出一系列问题:"戏剧的不同形式及其在中心问题处理上的不同特点;剧作家、演员和不同社会群体、阶层以及左右政治发展的力量的关系;剧本的内容,等等。"基本立场是,不论传统还是现代戏剧,都要从中国的社会条件来加以理解。[1]具体来说,不论现代的、从西方舶来的话剧,还是传统戏曲,中国戏剧在开启民智,教育观众方面担负了重要功能,始终在努力成为一种政治剧,这是中国"文以载道"传统的延伸。总体来说,该书成功地展示了戏剧运动和当时社会、政治斗争的密切联系。

第四节 东德汉学家:葛柳南、梅薏华

一、葛柳南

葛柳南1923年生于萨克森州的林巴赫-奥勃弗罗纳(Limbach-Oberfrohna),其成长历程体现了社会主义国家在教育平等方面取得的成就。他出身劳动阶级,最初做工人,二战期间入伍,1947年从战俘营释放后继续做工人。1949年,已经26岁的葛柳南进入当时民主德国为工农子弟开办的补习高中,1952年毕业。从1952年到1957年,葛柳南在莱比锡大学学习汉学和日本学。当时正是东德的汉学转型之际,在文言文、古代哲

---

[1] Bernd Eberstein, *Das chinesische Theater im 20. Jahrhundert*, Wiesbaden: Harrassowitz, 1983, S. XXI.

第五章　系统内的中国文学观察者

学、历史和文化之外，越来越多地加入了新的内容，尤其是现代汉语。他当时的老师包括著名汉学家叶乃度、日耳曼学家汉斯·迈耶尔（Hans Mayer），以及1953年从南京大学来莱比锡任客座教授的诗人赵瑞蕻。1957—1958年，他在北京大学学习现代汉语和文学。葛柳南的大学毕业论文为鲁迅《摩罗诗力说》第1至3章翻译和评论，1962年他在普实克指导下完成博士论文《茅盾从1927到1932/1933年间的叙事作品中的社会图像和人物塑造》，1967年完成的教授论文《茅盾对于中国新文学现实主义发展的文艺贡献》是这一研究的拓展深化。1970年，葛柳南担任柏林洪堡大学中国语言文学教授，直到1988年退休。

葛柳南的主要领域是中国现当代文学，编辑出版了大量中国现代文学，如茅盾作品《小巫》（1959）、《虹》（1963）、《子夜》（1966）、《春蚕》（1975）以及赵树理的《李家庄的变迁》（1961），还参与了短篇小说选集《三月雪》（1959）编译。中国和东德的关系转冷，也严重影响了中国现当代文学的研究和出版，直到80年代这一情况才发生转变。80年代，葛柳南和梅薏华、尹虹经过长期准备的中国当代短篇小说选集《探求：中国小说十六家》（柏林1984和1986两版，慕尼黑1988年版）问世，在德语区发生了广泛影响。

葛柳南的主要成就和治学特色都体现在茅盾研究上。他的一大贡献，是发现了茅盾作品的"非人化"或"社会决定论"特征。他认为，茅盾笔下的人物不同于通常现实主义小说中的"主人公"，他们缺乏性格的发展，个人命运由无名的社会力量所决定，行为只是各自的阶级处境使然。个人在命运面前无能为力，即便像吴荪甫那样精明强干，也只能以失败告终，这不啻现代版的古希腊悲剧。葛柳南的茅盾分析始终围绕这一核心命题展开。但他对于这一发现的解释却是教条化的，由阶级决定个人、生产关系决定意识的教条出发，压迫力量被具体化为国民党反动派、帝国主义侵略者，悲剧感源自"旧社会没落和瓦解的过程"①；由马克思列宁主义的世界观出发，他指责茅盾溺于"悲观主义"，看不到工人、农民身上蕴藏的积极力量。

而茅盾本人也被置于政治经济决定论框架内。葛柳南认为，在20世纪二三十年代中国的半殖民地、半封建社会背景下，茅盾的现实主义创作方法是一个必然结果，这是和五四后中国人民反帝反封建的斗争需求相适应的：茅盾文学创作的首要目的是揭露社会现实和改变社会现实。他和清末小说家的区别就在于，他不仅要揭露黑暗现象，还要发现在社会中起决定作用的"阶级力量"。茅盾的社会图像和人物塑造以精密的阶级分析为基础，故能正确认识旧社会的恶和非人性，看到统治者和被统治者之间不可调和的矛盾，洞见到民族资产阶级在中国特殊社会情境下必然没落的趋势。在此意义上，茅盾的作品是符合现实主义在"普遍性和个体性、本质和单个现象之间"建立联系的理论要求的。②葛柳南强调，茅盾继承了欧洲的现实主义文学传统，但也结合自身的文学传统（如《儒林外史》），尤其是中国的社会实际，对之进行了修改。不过这一认识一方面基于茅盾和托尔斯泰、左拉等人作品的比较分析，同时也立足于一个意识形态预设，即中国的左翼文学是世界进步文学的一部分。

葛柳南的另一发现是，茅盾的现实主义作品以"当下性"（Aktualität）为特征：一方面，作品所描述的和现实中发生的事件近乎同步；另一方面，作品所探讨的是当下的紧迫问题。时代的实录感如此之强，以至于"茅盾必须在一场和时间的正式赛跑中创作它们"③。这种当下性体现了一种客观化的追求，茅盾是中国新文学第一代作家中少见的非

---

① Fritz Gruner, *Der literarisch-künstlerische Beitrag Mao Duns zur Entwicklung des Realismus in der neuen chinesischen Literatur*, Uni. Leipzig, Diss. B, 1967, S. 248.

② Fritz Gruner, *Gesellschaftsbild und Menschengestaltung in Mao Duns erzählerischem Werk von 1927-1932/33*, Uni. Leipzig, Diss., 1962, S. 175.

③ Fritz Gruner, *Der literarisch-künstlerische Beitrag Mao Duns zur Entwicklung des Realismus in der neuen chinesischen Literatur*, Uni. Leipzig, Diss. B, 1967, S. 223.

浪漫主义者，他是敏感的艺术家，同时又是冷静的思想者。茅盾和托尔斯泰的重要区别，是他拒绝介入小说中的叙事进程，任由人物由事件的波浪所承载，无奈地走向失败。不过，葛柳南强调，对于社会主义文学来说，更重要的是"党派性"而非客观（鲁迅就被认为是"党派性"的楷模）。"过分的"客观呈现最终会对人道主义理想构成挑战，导致主体行动能力的丧失。葛柳南相信，在茅盾的主观意图和艺术方法之间存在某种割裂。[1]而凡是在茅盾的意图和艺术方法相一致之处，就会有杰作产生。

中国实行改革开放后，中国文学进入"新时期文学"阶段，东德汉学家普遍表示欢迎和鼓舞。葛柳南为中国作家重新反映社会的复杂问题而欣慰，然而他自身并未摆脱规定的"寓言"（Fabel），直到1988年发表王蒙评论时遵循的仍然是几十年来一贯的阐释框架。葛柳南心目中的中国小说发展是一个由黑暗到光明的进步历程，尽管其间不乏曲折。他所欣赏王蒙的，是王蒙既继承了中国小说传统，也融入了世界文学，吸取19世纪的欧洲批判现实主义以及苏联文学的文学养分，王蒙对于"人民"的态度显然也符合他一贯的理想，特地引用了王蒙在《短篇小说创作三题》（1980）中说过的一段话："……文学也有点力量，就是能影响民心。棒子再大，不能使人心服。文学却能存在心灵里，所以它是不朽的。""能影响民心"五个字，葛柳南翻译成"sie kann die Wünsche und Gefühle des Volkes, die Stimmung im Volk beeinflussen"（能影响人民的愿望和情感，人民中的情绪）[2]，两个"人民"概念来表达"民心"，强调意味不言而喻。

葛柳南是社会主义制度下获得成长机会的学者，两德统一的"剧变"对他的影响因此不仅体现于外部（如他参与的"1922到1937年东亚的无产阶级革命文学"项目因此转变而撤销），更是精神上的沉重打击。90年

---

[1] Fritz Gruner, *Der literarisch-künstlerische Beitrag Mao Duns zur Entwicklung des Realismus in der neuen chinesischen Literatur,* Uni. Leipzig, Diss. B, 1967, S. 251.

[2] Fritz Gruner, „Wang Meng – ein hervorragender Vertreter der erzählenden Prosa in der chinesischen Gegenwartsliteratur", *Weimarer Beiträge,* 6 (1988), S. 932.

代,他渐渐退出专业圈子。

二、梅薏华

梅薏华1933年生于东普鲁士的柯尼斯堡,1951年高中毕业后进入莱比锡外国语学院新建的汉语翻译专业,同时在莱比锡大学的东亚所旁听叶乃度、赵瑞蕻等的课程。自1954年起,梅薏华作为民主德国第一批赴华留学生在北京大学中文系深造,1960年完成毕业论文《"大跃进"民歌中的劳动》,指导老师为林庚、段宝林。之后她在柏林洪堡大学东亚所从事教学和研究工作,1966年完成博士论文《迄至20世纪上半叶"白蛇传"在中国文学中的发展的反映》,1979年完成教授论文《1949—1957年间中华人民共和国的史诗中的工人形象》。1983年她被任命为柏林洪堡大学教授。

《迄至20世纪上半叶"白蛇传"在中国文学中的发展的反映》主要探讨口传和书面文学之间的互动关系。民间文学、神话思维出于启蒙前的意识状态,白蛇传说长期受广大群众热爱,原因在于"中国的经济发展水平以及与之关联的思想发展",无论封建的还是半封建半殖民地的经济条件下,都不可能产生市民阶级特有的理性思维。[1]在这一经济关系中,也不可能有哪个伟大作家能利用这一神话材料,而丝毫不受其神话思维所束缚,就像歌德在《威廉·迈斯特的漫游时代》或济慈在《拉米亚》中所做的那样——神话只是用作象征,为表达自己的世界观服务。这种纯象征性的运用,代表了启蒙的科学思维,要等到1919年新文化运动之后才可能产生。在鲁迅的《论雷峰塔的倒掉》和沈风人的《西湖古今谈》中,白蛇是反抗的象征,雷峰塔的倒掉意味着人的解放[2]——这才是梅薏华心目中对神话传说的"正确"使用。对于数百年来白蛇传素材在中国文学中的发

---

[1] Eva Müller, *Zur Widerspiegelung der Entwicklung der „Legende von der Weißen Schlange" (Bai-she zhuan) in der chinesischen Literatur bis zur 1. Hälfte des 20 Jahrhunderts*, Humboldt-Uni., Diss., 1966, S. 250.

[2] Ebd., S. 253-254.

展，梅薏华进行了系统的考证梳理，从而发现了"进步和保守、宗教和反宗教立场的斗争"的隐蔽线索。①中国的民间或通俗文学在改编、加工白蛇传说时，总是免不了掺入神话、迷信、宗教的因素，或者用儒家伦理来处理白素贞的儿子这一角色，这些都是削弱进步性的因素。她也不同意某些学者说的，白素贞和法海的斗争反映了道家和佛家对于人——由许仙所代表——的争夺，她认为，白素贞超越了宗教，反抗佛道两家共有的对人性的压制。梅薏华相信，整体发展趋势是宗教影响越来越弱，主人公身上妖的色彩日益褪去，积极因素越来越突出，这可以说是带有共产主义色彩的女性主义阐释。

在六七十年代的政治形势下，梅薏华的关注点转向古代文学，为《好逑传》（1969）、《红楼梦》（1971）、《二度梅》（1976）、《儒林外史》（1989）等作品撰写了一系列后记和评论。80年代以后，她开始关注新时期的中国女性作家，在她早期著作中就存在的"妇女与文学"红线，逐渐成为后来的一个主要研究方向。她除了翻译张洁的长篇纪实散文《世界上最疼我的那个人去了》（2000），还发表了《张洁：沉重的翅膀》《女作家张洁：从宏大政治小说到女性心理图式》（2001）、《跨越边界：当代中国文学中女性写作面面观》（1996）、《亲历解放：女作家兼学者的冯沅君（1900—1974）》（2001）等论文。她和西德的罗梅君、余蓓荷（Monika Übelhör）、顾铎琳（Gudula Linck）等女性汉学家一道，将中国妇女问题的研究发展为当代德国汉学的热门课题。

《1949—1957年间中华人民共和国的史诗中的工人形象》最集中地代表了东德中国文学研究的特色和系统要求。东德是工人阶级的国家，以工人形象为主题就是对于时代的正确把握。在东德的汉学家们看来，工人阶级专政是社会主义阵营各成员国的共同道路，是马克思主义世界文学的基

---

① Eva Müller, *Zur Widerspiegelung der Entwicklung der "Legende von der Weißen Schlange" (Bai-she zhuan) in der chinesischen Literatur bis zur 1. Hälfte des 20 Jahrhunderts*, Humboldt-Uni., Diss., 1966, S. 264.

石。在新中国成立初期的文学领域，不但涌现出大量表现工人形象的优秀小说，也培养了像唐克新、胡万春这样工人出身的写作者，体现了工人阶级在社会主义建设中的领导地位。让梅薏华感到惋惜的是，1957年后与工业时代相适应的"史诗"（Epik）让位于民歌形式。由此背景，就可以理解为何她以1949到1957年间的工人题材作品为考察重点——强调工人阶级的意识形态领导权，进行社会主义时代的世界文学规划和治理。对于这个工人文学的繁荣阶段，梅薏华选取四个作家为代表。首先是草明，她的《原动力》是新中国工人题材小说的开山之作，显示了对于劳动的新态度。周立波《铁水奔流》更侧重于集体视角，但是冲突的解决还是显得过于轻易。另外两位是雷加和艾芜，他们同样关注工人阶级如何成长为社会的领导力量。整个行文过程时时在和中国文艺路线作辩驳，针对"革命的现实主义和革命的浪漫主义相结合""三突出"，她强调生活的真实和矛盾性，主张描写复杂的个性。

对雷加《潜力》三部曲以及艾芜的短篇小说和长篇《百炼成钢》的分析，占据了最大篇幅，也最能体现梅薏华的立场。《潜力》第一部《春天来到了鸭绿江》第16章中，党员干部、厂长何士捷向纸厂工人讲话，进行思想工作：

"我今天要问：我们是谁……我们是谁呢？创造世界的是谁呢？是我们劳动者，是我们光荣的工人阶级……你们一辈子做过多少纸啊？算过没有？仓库里堆得下吗？……能印多少书？……我想它也要印成许许多多的书。但是在这许多书上统治阶级没有写过一句真话。让读过书的人说说，工人弟兄受的压迫和穷苦，这些书上写过一行吗？没有。同志们，这个旧社会，已经过去啦！现在新的时代来啦！在新时代里，我们要用这些纸来写工人阶级的幸福的生活了。在世界上早就有了第一个工人阶级的国家，那就是苏联……"

"拥护苏联！"

第五章　系统内的中国文学观察者

"苏联是我们的朋友!"

何士捷描述了在世界六分之一土地上,建立起来的第一个社会主义国家。这个国家反对人压迫人,同情被压迫的民族。苏联一直帮助中国抗战,这次也是由于苏联出兵,东北才得到了解放。①

所传达的信息明确无误:首先,工人创造世界,是新时代的主人公;其次,苏联是工人阶级国家中的老大哥、中国革命无私的援军;最后,工人就是"我们",是一个集体。何士捷身上体现了党对工人阶级的责任、工人阶级对于国家命运的责任、每个人对于他人和自己的发展的责任,由三重责任产生了真正的个体性。社会主义需要的不是工具,而是"完整的人"——干部群众的私生活和工作同样重要,恋爱婚姻中的问题同样会传导到工作上,影响个性的发展。何士捷是工人的引导者,他对工人无限信任,善于发现每个人的优点,他特别强调:"不要忘记,我们工作的对象是人,不是别的。"②作为作者立场的代表者,何士捷在三部曲第二、三卷逐渐退居幕后,让位给成长起来的工人主人公。好工人的代表是岳全善,他家庭困难,却完全无私地投入工作,逐渐成长为和何士捷一样能干的领导干部,"一个抵十个"的骨干。梅薏华认为,雷加《潜力》三部曲的重要优点是对多数党员干部和他们的妻子的描写"个性化和符合生活实际",而不是成为党的传声筒。由此也给出了更加深化的工人描写,工人不仅仅是教育对象,也越来越多地进入领导岗位,工人阶级和党的关系成为"建设性的交替互动关系"③。

梅薏华的关键概念是"性格培养"和"性格发展"。任何发展都离不开历史、问题、矛盾斗争,也离不开国内人民和国际同盟者的推动,这才

---

① Eva Müller, *Zur Darstellung des Industriearbeiters in der Epik der Volksrepublik China (1949-1957)*, Humboldt-Uni., Diss. B, 1979, S. 210-211.

② Ebd., S. 220.

③ Ebd.

成其为一个具体的历史过程。正面人物身上有弱点，必须克服自我才能获得性格发展。正面人物之外有大量一般人物，有自私的，虚荣的，软弱的，也有出身不好的，但都有获得进步的可能。最典型的例子是徐家齐，他是"中华人民共和国史诗中最奇特的人物之一"①：他是兢兢业业的工人，长于技术，政治意识淡漠，一度因为软弱、自私成了逃兵，但最终也经受住了考验，回到了党和集体的怀抱。故"潜力"实现的前提是，唤醒阶级意识，以本阶级的最进步思想为导向，和旧时代旧思想分道扬镳，为此需要克服自我，经历痛苦的转变过程。梅薏华强调雷加没有以个别高大全英雄为导向，而是绘出了工人阶级的复杂全相，包括了不同发展程度的人。但人人都有可能发挥"潜力"，"潜力"一词"既意味着社会进步的潜力，也意味着社会每个成员的潜力或隐蔽的力量"②。

　　在梅薏华看来，艾芜的小说代表了这个领域的最高水准，他作为"社会主义现实主义"代表者的特征，一是注意人物的复杂性。他的小说没有高大全英雄，相反总是以凡人小事揭示问题，以间接的、诗意的方式呈现阶级代表；二是像鲁迅一样，坚持向世界文学开放，尤其在描写新人方面，以苏联文学为楷模。他平凡中出奇的笔法，则是来自鲁迅和契科夫。艾芜关注农民如何融入工人阶级的问题，他的短篇小说显示了，农民只有在工人阶级领导下才能摆脱落后，提升思想水平。《新的家》中，农村妻子来到工人丈夫分到的新房，不仅是进了地理上的"新的家"，也是思想意识层面上融入工人大家庭——这个过程并非一帆风顺。巴人批评说这篇作品把农民写得过于落后，梅薏华却相信反映了实际，她并不同意浩然对农民的理想化描写。《百炼成钢》则通过描写大型炼钢厂中的工人日常生活，呈现了工人阶级从个体走向集体，从"我"到"我们"的意识发展过程。日常生活是平凡的，但透露出来的社会转型却是波澜壮阔。这里同

---

　　① Eva Müller, *Zur Darstellung des Industriearbeiters in der Epik der Volksrepublik China (1949-1957)*, Humboldt-Uni., Diss. B, 1979, S. 232.

　　② Ebd., S. 241.

样涉及国际语境,梅薏华引用了秦德贵的理想:"同人家苏联炼钢工人来比,算得啥呀!我技术不成,文化又低……我得好好努力,赶上苏联炼钢工人的新纪录,还要同他们竞赛,超过他们。"①她强调,在艾芜这里,人同样是第一位的,创造性的生产活动是为了发展个性,故而技术过程的描写是为了呈现人的性格,人的关系和冲突。梅薏华认为,中国文学中没有任何一部工业题材作品把人的劳动写得如此有诗意,譬如在一开始,新来的领导观察秦德贵干活的场景,她不由赞叹说:"在此场景中,秦德贵就是现代的勇士豪杰,在他的工作中不仅有智性和力量,也有真正的美和伟大。"②也因此,艾芜重视思想和情感动机的揭示,袁廷发的内心冲突写得尤为深入。艾芜也没有否定在生产的主战场外人们对于私人幸福的追求,工人要"成钢",私人问题尤其是恋爱问题也是必要考验,秦德贵正是通过和孙玉芬的恋爱变得更成熟。

对于张洁《沉重的翅膀》的评论发表于1988年《魏玛评论》,反映了梅薏华对于新时期文学的总体看法。梅薏华指出,小说以1979年到1980年的工厂改革为题材,却毋宁说是一部政治小说,其诉求不止于探讨经济问题。"张洁关心的是中国的社会主义发展及其道路。小说表明,经济措施不能离开政治结构的改革,这种改革事实上在80年代已经开始,且在1987年10月党的第十三次全国代表大会上被列入计划。"小说更涉及理论,副部长郑子云和厂长陈咏明的改革行动体现了"活的马克思主义",要求"根据具体历史条件运用和发展理论"。改革者们采取"科学的领导风格",让知识分子得以重新发挥才能,让工人发挥积极性。小说涉及许多亟待解决的社会问题,尤其是工人的生活条件和妇女的社会角色。尽管男女平等在形式上已经实现,然而社会对于女性的歧视仍然存在,这是推动张洁思考的最重要因素。对于新时期中国的政治和文学前途,梅薏华则表

---

① Eva Müller, *Zur Darstellung des Industriearbeiters in der Epik der Volksrepublik China (1949-1957)*, Humboldt-Uni., Diss. B, 1979, S. 275.

② Ebd., S. 285.

现得积极乐观："在实际中已着手解决小说中提出的许多基本问题。1981年中的第五届人代会已做出干部体制改革的决议。一部新的基本法以及大量新的法律规定，包括婚姻法的修订，都夯实了改革。政治结构改革的努力富有意义……"①

90年代，梅薏华翻译了张洁的自传性作品《世界上最疼我的那个人去了》，这同时意味着，她的关注视角由女性的社会处境转为更内在的女性自我，因为她清楚地看到了这部作品所显示的作家思想和风格在90年代的新变化：张洁的早期作品通过人物的行动和思想反映外部现实；《世界上最疼我的那个人去了》中，现实描写服务于"解开自我之谜"。尽管文本中仍有愤怒和嘲讽，但"作家不再愿意像早先那样介入"，母亲的病逝让女主人公意识到自己的失败，不再相信能将命运紧握于手中，也开始了对于自我的痛苦追寻，而找寻自我的下一个成果，体现为90年代末的小说《无字》。梅薏华认为，《无字》通过其叙事结构和对于母亲的寻找（即对于生活真理的寻找）实现了一个"彻底女性的视角"，它贯穿了对于革命和伟大男性的传统观点，故而代表了"对于人和历史的新视角"。正是那些"先验因素和对于不可抗拒的命运的思考"吸引了梅薏华，某种意义上象征了这位汉学家思考异域和自我的最终阶段，她引用的《无字》中一段话也许可视为心声的披露：

> ……那胜利者的木桥，如今也只剩下参差不齐的桥桩，它们与失败者的水泥桥墩，组成了这些无法成章的音符。只有冷峭的、不断穿过桥墩和桥桩的江风和江水，仍然淡定地吟唱着一首从不可追溯的久远以来就不曾断绝的、没有起伏的、单调的老歌。我坐在陆水之岸，在江南冬日阴骨的冷风里，与那对相依相伴的桥墩和桥桩，一起倾听着陆水的低哦长吟。

---

① Eva Müller, „Zhang Jie: Der schwere Flügel", *Weimarer Beiträge*, 6 (1988), S. 102-108.

第五章　系统内的中国文学观察者

她用来概括张洁创作历程的标题"从宏大的政治小说到女性心理图式"也可以用于她自身。随着东德社会系统和学术系统的解体，她从体制内学者回归到单纯的女性个体，更能体会到张洁揭示的自我困境以及女性抗争的无望。①

葛柳南和梅薏华的研究当然反映了东德官方的文化政策，但同时，他们身上还具有和德国汉学传统的内在关联，这一关联隐藏在个体性和主体性问题之中，这两个问题构成了德国精神史传统的核心。德国汉学家有一种根深蒂固的偏见，即中国文学从未能表达真正的个体性和主体性，而东德汉学家关于此问题有了新的理解，因为中国既然接受了马克思主义的先进思想，就必然会摆脱凝滞的历史宿命，个体性和主体性的称号就可以赋予中国文学符号了。葛柳南的茅盾研究，主要观点是茅盾作品的"非人化"和感伤。"非人化"和感伤的核心都是主体性，吴荪甫作为被命运碾碎的英雄，从负面表达了个体性自我展开的要求。正面的个体性则由梅薏华获得了清楚表达，反抗封建压迫的民间女英雄白素贞是自由个体的象征，而岳全善、秦德贵等工人主人公的主体性就体现于建设激情。必须承认，中国主人公在欧洲汉学视域中还从未如此高大过。不过，她对秦德贵的那一声由衷的赞叹，和民主德国文学理论界对于浮士德精神的集体崇拜出于同一种编码结构：浮士德的伟大在于，他是永不倦怠的生产者和建设者；工人就是新时代的浮士德，和歌德一样谱写了"有为的人道主义"（tätiger Humanismus）。无论浮士德诠释还是中国工人颂，其实都和统一社会党鼓动生产热情的政治意愿直接相关。②个体性既是对象的个体性，也是自身的个体性，梅薏华的中国批判透露出民主德国知识分子的自我理解。

---

① Eva Müller, „Die Schriftstellerin Zhang Jie: Vom großen politischen Roman zum weiblichen Psychogramm", Christina Neder, Heiner Roetz, Ines-Susanne Schilling (Hrsg.), *China in seinen bibliographischen Dimensionen. Denkschrift für Helmut Martin*, Wiesbaden: Harrassowitz, 2001, S. 167-175.

② 参见Wolfgang Emmerich, *Kleine Literaturgeschichte der DDR*, Berlin: Aufbau Verlag, 2009, S. 123。

第五节 顾彬

一、中国古代文学研究：由"自然"进入"自我"

顾彬1945年出生于下萨克森州的策勒（Celle），最初在明斯特大学学习神学，1968年起改学汉学，兼修德国语言文学、哲学和日本学，1973年在波鸿大学的霍福民门下获博士学位。1974—1975年间，他作为交流学生在北京语言学院学习。1981年他在柏林自由大学通过教授论文答辩，从1985年起任波恩大学东方语言学系教授。顾彬早年专攻中国古代诗歌，这一领域的重要著作包括《杜牧（803—852）的诗歌作品》《空山》《中国诗歌史》。70年代末以来，他和马汉茂一道开创了西德的中国现当代文学研究，马汉茂死后更成了中流砥柱，独力支撑这一在90年代后不再"时髦"的领域。顾彬主编的杂志《东方/方向》《袖珍汉学》是德国的中国现当代文学研究的主要平台。他主持翻译了《鲁迅文集》六卷，编写了在中国激起热烈反响的《二十世纪中国文学史》，而中国当代文学"垃圾"论也使他成为备受争议的网络名人。

《杜牧（803—852）的诗歌作品》的核心部分是顾彬1973年在波鸿大学递交的博士论文，选译和评注了杜牧的73首诗。在思想阐述部分，顾彬勾勒了历史背景、作者生平和作品的不同方面："诗人的政治意识""历史观及其和艺术的关系""自然作为更高的现实的观念""理念和现实的关系"。现实—自然—理念的论述脉络，是他观察中国古代文学所凭借的基本框架。在顾彬看来，杜牧风格并不属于偏形式主义和女性主题的晚唐，而是融中唐、盛唐、晚唐为一体。之前的杜牧阐释要么如西方汉学家强调其感性一面，即杜牧的风流和浪漫，要么如中国批评家们只关注其政治性，这种阐释立场上的摇摆，正是受惑于其杂家风格。他认为，杜牧不仅在风格上，而且在精神上也是一个杂家，无论在其政治诗或非政治

第五章 系统内的中国文学观察者

诗中，都体现出在现实和理念、在时代和历史/自然之间的摇摆不定。杜牧一方面以儒家方式理解历史，支持朝廷；另一方面，又把历史视为盲目的过程，希望如道释两家那样从社会解脱，在自然中寻求本真自我的实现。然而，对于社会的责任感又阻止了真正的放浪自然，这就造成作品中的众多矛盾和断裂。刘若愚认为，9世纪是一个智性上不宁的时代，这一世纪，综合儒道释三家的新儒家还未出现，故知识分子受困于精神上的激烈冲突。顾彬赞同刘若愚的观点，他要借"智性的不宁"这个线索，在主题研究中考察杜牧的精神背景，将作品中迄今被忽略的"沉思"（das Meditative）要素提炼出来。[①]其方法，是"对诗歌首先作文本内在阐释，然后结合政治形势进行反思。由此我希望，对早就有必要开展的杜牧——以及中国抒情诗——的精神考察作出一份贡献"[②]。事实上，顾彬对其时德国汉学的不满就在于，汉学家的中国文学研究只是罗列生平和背景事实，不对文学作精神性阐释，完全无视最近几十年西方文学研究的新方法。[③]

顾彬的考察指向三个层面，即政治意识、历史、自然，重点是发掘各层面的暧昧性。首先，杜牧有强烈政治意识，希望以儒家理想匡正社会，但也只是保守的、以维护现有秩序为宗旨的意识，把社会弊端都归于军事问题，却回避现实社会矛盾。历史层面他主要关注非政治性的抒情诗，杜牧的诗中的历史只是繁荣和没落的交替，事物间的唯一关联是都会无奈地逝去，唯一能赋予其连续性的只是语言和回忆，而它们并非和外部世界的真实联系，无法赋予历史以更高的意义。从整体上说，杜牧的历史是无意义的，只有自然才是高于现实的领域。顾彬以"云情"和"尘意"来形容自然和现实的相对，"云情"和自我、自然相一致，天淡云闲。然而

[①] Wolfgang Kubin, *Das lyrische Werk des Tu Mu (803-852)*, Wiesbaden: Harrassowitz, 1976, S. 31.

[②] Ebd., S. 31-32.

[③] Ebd., S. 32.

"闲"也是暧昧的,自由也可能变为无聊、无趣。无论仕或隐,都做不到纯粹的回归自然,诗人犹疑于庙堂和江湖,也给他的现代阐释者带来了许多困惑。

最后要处理的是现实和理念的关系,这里他借用了刘若愚从王国维发展而来的"三境界"说。《金谷园》为第一境界,情胜于景,以情写景;《过勤政楼》为第二境界,情景相对,情是情,景是景;第三境界,情景交融,内外不分,主客一并消解,诗人和世界完全和谐,不再有对立、区分导致的感伤和焦虑,如《念昔游》三之"半醒半醉游三日,红白花开山雨中"之境。又如《鹭鸶》"惊飞远映碧山去,一树梨花落晚风",这两句和《登乐游原》"长空澹澹孤鸟没,万古销沉向此中"是类似画面,然而同为飞离,《鹭鸶》是朝向永恒,而非如孤鸟在长空中"销沉",面对此景,诗人浸入空灵之境,和社会了无牵挂,也不再有感伤。故顾彬赞同吉川幸次郎的说法,认为在唐诗的第三境界中已见宋诗对感伤的克服之端倪,然而他强调,杜牧别于宋代诗人之处,在于其画面的模糊易逝,这就是顾彬的核心观点:精神逃逸本身的暧昧性。

"三境界"在此经历了具有黑格尔色彩的理论化改写,也正是黑格尔的世界框架,将当代汉学家顾彬和19世纪的世界文学史家连成一体。顾彬总结说,从第一到第三境界,主客方都经历了发展过程,客体(景、现实)由受主体控制到独立自主再到自由无碍,主体(情、理念)由极端主观到客观性到意识的消解,但这一由为他到自为的回归并非社会行动,而是一次精神行动,是"向抽象的逃逸",带有不可避免的暧昧性。在批判眼光的细察下,情景不分的第三境界仍充满了矛盾、不确定、沉默和脆弱性,随时有可能堕回现实,因为它不过是一种由精神制造的抽象状态,而非真正的存在。对杜牧诗的批判进而扩展为对道禅思想的批判,杜牧诗中的"危机"正是"道家和禅宗思想的危机":试图在抽象中超越生活和思想的鸿沟,却回避了对于现实世界表明立场。"他(指杜牧)在直觉中突

第五章　系统内的中国文学观察者

破了由社会不公所扭曲的现实（却没有改变它），以便达到一个更高的现实，这一现实事实上因为政治弊端并不存在，而只能被设想。"[1]杜牧诗研究变成了一个德国式的杜牧批判，矛头主要针对其抒情诗的理念论，但顾彬认为，即便是杜牧指刺现实的政治诗，仍未触及系统本身。[2]

一个人早年的著作，往往体现了其个性和深层的思维倾向。顾彬的思想史风格在此已显露无遗，如果从系统角度来谈他对杜牧研究的"贡献"，其实就是给迄今的众说纷纭一个更精神化的框架，具体言之，就是用黑格尔和浪漫派的范畴，将刘若愚"智性的不宁"概念进一步理论化。这种精神的提炼伴随着德国古典哲学特有的"扬弃"倾向，即现实政治、历史、自然三者构成层层上升的趋势；相应地，三重境界框架中，从纯粹意识经由主客并置通向一个最高境界，在这一最高境界中，事物自在自为，主客交融不分。

《汴河阻冻》一诗的解读充分体现了早期顾彬的阐释路线。全诗如下：

千里长河初冻时，
玉珂瑶佩响参差。
浮生却似冰底水，
日夜东流人不知。

顾彬认为，该诗和《登乐游原》一样，都是"以一种自然现象为例来展示理念"。顾彬的关注点是结尾两句："浮生却似冰底水，日夜东流人不知。"他认为，水和冰的关系就是西方哲学中的本质和现象、实体和偶然的关系。在河水的持续流动中，正显示了作为其规定性和同一性的永恒

---

[1] Wolfgang Kubin, *Das lyrische Werk des Tu Mu (803-852)*, Wiesbaden: Harrassowitz, 1976, S. 59.

[2] Ebd., S. 61.

不变的东西。河冰却是其偶然的、外在的形式,掩蔽了河的本质属性,亦即持续流动。如果把河流比作生活,则意味着,偶然的、变易的现象是所有物和人的外在存在的特性,是日复一日的注意力所及。但在其背后隐藏着另一个形象,这个形象因为完全和造化的运行一致,以至于逃离了日常的偶然,脱出了一般人的兴趣关注。尽管受到外在现象的遮蔽,却不影响生活作为一种内在力量持续前行。在社会中,由于各种矛盾现象的遮蔽,我们难以看清物和人的实质,然而一旦具有了这一观念,就能向内实现对社会矛盾的精神超越,但这一超越只是表面性的。顾彬从"意义""事实性""实体性"几方面来界定这一状态:

> 由于社会不公导致的偶然性,在其意义上被相对化为非本真的(因为它是变易的和偶然的),同时又在其事实性上得到承认和默许。放弃在实体和偶然之间调和而维持其分界,导致了生活由其外在性和受威胁状态撤回,而实现一种精神性和沉思性存在。然而,物和人的回归自身,从卑躬屈膝中解放,只是表面性的。在一个多数人民必须卷入谋生过程,而一小部分人……监控着矛盾维持的社会中,物和人从来不是自为的,而是——因为受物质条件支配——为他之物,也因此在其实体性上,彻底地和无可挽回地受到了扭曲。生活的内在化只有在这一情形下才有可能,即人在其物质生活上得到保障,不受社会实际矛盾所冲击,也就是说,像杜牧那样由于其出生和社会地位属于一个士大夫阶层。①

在评论者看来,他发现的杜牧及其作品的特质,很多都是晚唐一代诗人所共有,如试图以精神超越现实矛盾——"无法解决社会问题,也无

---

① Wolfgang Kubin, *Das lyrische Werk des Tu Mu (803-852)*, Wiesbaden: Harrassowitz, 1976, S. 59-60.

法在社会中充分实现自身，导致了杜牧的弃世，转而以精神的方式去解决现实中无法解决的问题"①。对于风格上区别于同时代人和前辈的具体特色，却很少关注。但实际上，粗暴地以西化中才是早年顾彬的硬伤，最明显的就是他直接用"理念"/"现实"来翻译中国诗学中情/景这一对概念。②而《汴河阻冻》的抽象解读全然是西方哲学观念的套用。步入成熟期的顾彬，越来越强调尊重中国传统的概念使用，反对将中国拉入西方的价值体系和思想体系，而注意寻找超出西方框架的中国概念。顾彬虽主张"将文学和社会理解为相互关联而不可分"，其实恰恰忽略了文学的社会性，其文学考察带有强烈的形而上学性，让文学成为思想的"客观对应物"。

杜牧几乎就是顾彬后来的对象鲁迅的前身，杜牧的问题同样是政治上的不满和精神逃遁的无望以及由此而来的感伤的问题，顾彬一开始就把绝望和理性自觉联系在了一起，由这个角度来观察中国文学。他对"黑暗""感伤"的中国文学作品的高度重视，主要是由个人情性所决定，但也受到了鲍吾刚影响。

主题研究在德国的中国文学研究中占有重要地位，顾彬第二部专著《空山：中国文学的自然观的发展》（1985）是主题研究的典范。这是一部关于中国传统文学自然观的总体描述，他后来《中国诗歌史》的基本观点已包含于其中。顾彬说，自然意识在西方的产生与资本主义和工业社会的形成相关联，是市民文化精神孕育的产物，而中国早在六朝时就发展出了一种特有的自然意识。顾彬认为，日本学者对这一问题的研究虽然深入，但缺点在于：1. 对于引用的证据没有具体分析；2. 离开社会发展来谈自然观；3. 没有把周与汉、六朝、唐这三个自然观形成的主要阶段连贯起来，从而领悟到，唐朝完成和终结了六朝以来自然观的发展。顾彬的观点

---

① Wolfgang Kubin, *Das lyrische Werk des Tu Mu (803-852)*, Wiesbaden: Harrassowitz, 1976, S. 53.

② Ebd., S. 54.

是，传统中国自然观的发展分三阶段：1. 在《诗经》、楚辞和汉赋代表的古典文学中，自然只是符号（Zeichen）；2. 南北朝文学中，自然是客观的外在世界；3. 唐代文学中，中国自然观得到了最终表达，唐诗中的自然是内在世界或"内化的自然"。自然要素、自然形象在中国文学不同阶段中的功能，取决于中国社会的结构转变，商周的农业和分封制度，汉代地主阶级的产生，六朝时贵族的形成，唐代时科举制度导致的新官僚阶层对贵族的取代，都是结构演化的动机，而商周的旧世界秩序解体尤其是演变的发动机——决定了自我意识的生成和自然的对象化。

三阶段仍然在黑格尔式主客斗争框架中展开。第一阶段中，《诗经》的自然通过"兴"而显现，自然是劳动世界中的个别现象，自然美是辅助性的、诗人言志的工具。尽管《诗经》中也有对天的抱怨，但总体上说世界和谐统一，天仍然是可指望的。楚辞反映了理想世界和现实世界开始分裂，屈原滞留于天地之间，无论何处都找不到归宿，由此启开了中国文学绵延至今的感伤史。但是，和《诗经》的主观化自然相比，楚辞中自然的客观化程度已有所增加，不仅描写篇幅大大扩展，而且诗人开始将自然作为真实的对象来表现。汉赋中出现了对自然景物翔实而铺陈的描写，然而，尽管诗人转向个别的自然对象，尽管第一次出现了自然风景的总体描述，仍然谈不上对自然美的认识，因为这里缺乏诗人的个体经验，没有独立的观察和感觉，程式化的自然描述服务于宗教目的，园林不过是皇权统治的"公共符号"。客观描写只是表象，连忧伤也是袭自楚辞的风格手段。

第二阶段（魏晋南北朝）占了近半篇幅，这一阶段中，对于自然，对于季节和晨昏，对于自然美有了真实的感觉，并且得到了文学上的表现。但景与情的分离，意味着自然还未获得内在的秩序。在对谢灵运和何逊的重点分析中，顾彬引入了新批评中"客观对应物"（刘若愚用艾略特这个概念来描述第二境界中与情相对的景）的概念，风景成为诗人情感的客观对应物。他说，谢灵运第一次将真实自然的美作为描写对象，体现了一种客观视角和"无利害的愉悦"，自然这种客观并非真实，再自由的自然也是文明的一部分。相反，陶渊明的自然是农村的田园风光，尤其体现在单个事物（如菊花）上，他关注的是本性而非表象。随着南朝贵族隐逸之风盛行，自然进一步转化为花园的人工自然，诗人关注个别自然现象的细节，导致了咏物诗的出现。但在谢灵运那里主和客是分离的，风景描写因此就受制于偶然，只有到谢朓、何逊那里才出现了山水的内心化，情和景开始相互交融，自然现象的排列才不再是任意而然。南北朝道释两家的昌盛，对于自然观的发展也起到推动：自然成了道或佛家真理的化身，成为通向仙境或涅槃之门径。

第三阶段的唐代文学意味着完成，首先绝句、律诗、排律的出现意味着形式上的完成，这是汉学界自19世纪以来的不变观点，但顾彬补充了精神哲学一维：完成意味着精神回到了自身之中。唐诗中的自然不再是用来反思实体和偶然、理念和现实、自我和社会的对立的外在手段，而是要在对于时间和外部世界的内在观照中取消这种对立。在六朝诗中，自然仍被经验为趋向衰亡的历史过程的对立世界，而在唐诗中，精神和自然事物得以统一为新的整体，这种统一中，看似被排挤的宗教因素又复活了。和六朝相比的变化是，自然观的承载者由贵族变为中下层士绅，另外自然是新环境的表达。对于主体意识而言，自然是在远离京城——文明——赴任的路上，在帝国的蛮荒边陲涌现出来的，因此自然要么被描述为与人为敌的危险，要么为供人塑造的目标（农田、花园或为儒家文化归化的蛮夷）。但还有一种内在的摄取自然的方式，即建构一种超越当代的竞争和历史的沉沦（实体和偶然之二元对立）的永恒世界，由此，苦于世界分裂的自我也重新得到统一。因为只要表现事物的本性，两三个自然现象的勾描足矣。

顾彬关心的最终是自我问题。自然观的内核是自我意识，只有当人意识到自我且寻求自我表达时，世界才相对于自我而成为非我或他者。自我的出现，是由于现实世界的分裂为现象世界和本质世界，使自我感到了痛苦，也感到了自身的实在性。顾彬认为，现实世界的两分是由于西周末年天道信念的崩溃，这一两分在道家哲学中得到了表达，庄子作为幻象世界所拒斥的，正是从东周到西周渐形成中的新社会现实。

从宋代到20世纪的长时段，在短短12页"展望"中掠过，因为在顾彬看来，中国自然观的发展只是从周到唐约1500年中，直到20世纪中国才有新的变化。对宋代文学的总结吸收了莱姆比格勒的梅尧臣研究成果。顾彬认为，宋代理学代表了对于人和自然的新意识，人和社会现实取代了自然成为世界中心，人不再畏惧自然，由此出现了梅尧臣那种对于丑陋事物的直视。诗歌日益转向社会批评和说理一路，自然仅仅作为因袭主题、修辞姿态存在，不再具备精神史的参照意义。

二、顾彬的中国现当代文学研究：现代中国的精神结构

顾彬的鲁迅译介及其《二十世纪中国文学史》，充分表达了他的中国文学观和精神导向。顾彬既然如此关注精神中的主客观对立，也由主客观对立来理解精神历史的发展，他对"感伤"主题的偏爱就不难理解了。西方的感伤和现代性相关联，是上帝死了之后的产物。15世纪末，感伤变成了现代西方精神的构成性因素，人作为"第二上帝"创造了一个独立自足的世界，却发现这个世界并不比旧世界美妙；可是已被摧毁了的旧世界无法再生，于是就生成了感伤现象，出现了黑格尔所说的"不快乐的意识"。移用到中国，就可以说，中国文人的感伤是由自觉后的主体怀疑规定的天人关系所致。林语堂塑造了一个快乐的中国形象，它可以为西方人提供灵魂的安慰。然而在顾彬看来，绝不存在一个完全和谐的地上乐园，中国文人毋宁说是感伤的，也一直试图克服感伤。和西方精神一样，中国精神走上了和自然相分离的道路，只不过步伐慢了一点。顾彬把中国文学

的"感伤"史分为三个阶段。第一阶段是集体性感伤,其克服手段是儒家的道德和道家的放任。第二阶段是在佛教引入之后,感伤失去了集体性格,而为某个阶层(贵族、文人、军人)特有,其克服手段是远游、登山、幽默、蹴鞠等。中国古人的感伤主要体现为一种忧患意识,通过一些现实手段,如国家昌盛、驱逐外敌、君主有道、功名及第等,就可以消除。第三阶段是和欧洲文明接触后发生的,这才是真正的现代感伤,体现为个人性的、无法排遣的绝望情绪——把世界理解为荒原。鲁迅是第一个感伤的现代作家,尽管在他之前《红楼梦》就有了感伤的前兆。[①]顾彬将古今转换的阈限定在1912年,之后的中国开始全面背弃古代生命哲学,转向西方现代性,中国人开始进入一个感伤的时代亦即主客对立的现代,而共产主义的目标毋宁是治愈感伤。

《二十世纪中国文学史》中频频出现"形象"(Bild)概念,此概念可以从多角度来理解。联系到西方汉学对中国文化的认识传统,这就是缺乏超越能力命题的现代版本:沉溺于形象体现的是中国人自我超越能力的缺乏。19世纪德国的世界文学史家总是说,中国人在每一领域都处于萌芽状态,向精神的超越已经开始,但无力真正展开,故而从内到外都是"中庸"。某种程度上,这一框架也构成了德国汉学家们的集体无意识。如果说,从客观现实向绝对精神的超越上升构成了顾彬心目中精神历史的全过程,中国式感伤就是朝圣路上功德未满的结果,这种感伤没有达到精神层面的"真正"感伤,即否认一切现实的快乐,而顶多是一种文人的孤愤和忧患。中庸的民族做不到快乐,可即便陷于"不快乐的意识",也做不到彻底的不快乐。在此逻辑下,中国式感伤仿佛是前现代的、情绪化的"假感伤"。(假)感伤和形象是同一意识状态的内外两面,(假)感伤是不成熟者的内心状态,形象是不成熟者的世界认知,感伤者总是热衷于

[①] Wolfgang Kubin (Hrsg.), *Symbols of Anguish: In Search of Melancholy in China*, Frankfurt a. M.: Lang, 2001, S. 7-16.

形象。形象处于现实和理念之间，表面上脱离了现实，却仍然受现实的操纵，但已是中国精神最高的认知成就。形象一方面是自我的形象，由社会所规定，而非超越的自我；另一方面是世界的形象，而这个形象永远都是"自我"的投射，而非世界本身。中国作家和批评家的"中国痴迷"（夏志清）是其沉迷于"中国"这个最大形象的表现。形象排挤和替代现实，既干扰作家表达自我，也妨碍批评家认识作品，顾彬认为这在20世纪中国表现得比其他国家要明显。而这要归因于主体性的匮乏，缺乏足够承受力的主体会放弃自律，以形象的他律来获取虚幻的安全感。封闭于自身，是顾彬对体现于文学中的中国20世纪思想史的总体诊断。

现代中国文学中的主导形象首先是中国的受压迫人身份。中国文人把中国看成是"病人"，期待好医生的疗救，在《老残游记》解读中顾彬析出了这个初始寓言，以此开启他的文学史叙述。这是顾彬从现代中国文学创造的无数故事中找到的一个中心故事，是具有生成功能的形象的胚胎，它的衍生形象包括：谁来治疗——治疗者就是新的救世主；谁来宣布喜讯——文人既然能产生这个话语，必然就是治疗者的传令官；治疗谁——人民和自身；如何治疗——通过行动与献身。新的形象体系和意识形态阶梯油然而生，中国20世纪从此溢满拯救情结。但当一个故事取代了无限丰富的生活本身时，问题随之而来。顾彬特别感兴趣的是，中国文人为什么自愿放弃一切自我利益，将解放的两方面——人的解放和社会解放——最后缩减为一个，即社会解放，甚至自由主义和全盘西化的代表者胡适，也不自觉地把娜拉的出路化约为了投身于社会进步的唯一途径。[①]按顾彬的思路，形象麻痹了文人的思维，使之成为宗教性的浪漫主义和天才崇拜的牺牲品。中国把自身想象成不用猛药无法处置的病人，以功效代替审美就成为合乎逻辑的推论。"现代"成了中国不计代价要夺取的神圣目标，于

---

① Wolfgang Kubin, *Die chinesische Literatur im 20. Jahrhundert*, München: Sauer, 2005, S. 31-32.

是中国作家盲目追随政治路线，沉浸于解放狂热。在顾彬看来，中国现代是还没有脱离宗教神秘的不成熟的现代。

中国文学的"自身规律"是另一个主导性形象。病是暂时的，疗救旨在回复到原先的完美自身，所以中国现代作家不断呼吁"民族化"。然而顾彬认为，"西化"和"民族化"的对立又是虚幻形象——是意识形态创造的虚假矛盾。中国文学根本上是世界文学的分支，现代中国文学更是世界文学的产物，顾彬总要抽身回到这条贯穿线索。譬如，他告诉我们，"过时的"现实主义作家茅盾在西方至今还拥有崇高地位，而茅盾之所以让西方人感到如此亲切，因为他像二三十年代的众多中国作家一样，完全向世界敞开，不但熟练地掌握了西方文学技法，还深刻地理解了现代性给东西方的人们带来的共同困惑：人的非人化和相应的感伤问题。茅盾式时代记录在西方至今没有过时，德国作家莱纳尔德·葛茨的《当代史》就采用了茅盾的方法。①

两个形象是二而一的，由自恋而自虐，因为骨子里笃信自身优越，故不惜痛挞自身，然而自恋绝非自律，封闭于自身不是自我的发展，而只是顾彬另一个术语所指的"自我二重化"（Selbstverdoppelung），换言之，自我不能超越自身，只能在感伤或亢奋中浪漫地复制自身。一句话，现代中国文学乃至中国知识分子的缺陷在于：沉溺于自我/中国的形象之中。这又分若干方面：自我沉溺于自我之中；国家沉溺于国家之中；政治行动沉溺于政治行动之中，于是有了过多的浪漫和"中国痴迷"，于是政治变成了宗教。还是那个古老指责，即黑格尔将中国排斥出世界历史时提出的理由：自我意识无力超出自然性自我，脱离自我的天然状态，从而进入世界历史的辩证斗争过程。顾彬要促成这个分离，使自我能反思自我，中国能反思中国，故坦承自己是黑格尔这个遭"美国学派"拒斥的理性堡垒的

---

① Wolfgang Kubin, *Die chinesische Literatur im 20. Jahrhundert*, München: Sauer, 2005, S. 113.

同情者。顾彬深信，中国并没有因民国成立而从"天下"过渡到"民族国家"，文学上封闭于自身和政治上的宗教化互为表里，救亡迷信可以说是不愿接受世界（文学）经验的结果，反过来也可以说，迷信救亡故而不相信世界（文学）理念。

鲁迅成了希望所在，他既是真正的感伤者，也将是彻底的怀疑者，"怀疑就犹如他第二层皮肤"①。鲁迅的伟大就在于，"给中国人道出了真相，而不是塑造了形象"②。多疑意味着自我同自我相区分，这有两层含义。一是同时代主潮，同激昂的现实解决思路相区分，既是时代的又超出于时代："他没有同时代人的幼稚。正是他与自己作品及与自己时代的保持距离构成了《呐喊》的现代性。"③二是同所谓"民族性"相区分，既是民族的又超出于民族。《阿Q正传》在顾彬的语言使用中颇有表征意义，意味着"中国"（鲁迅）同"中国"（阿Q）区分。顾彬殷切地希望，不要将鲁迅的意义局限于中国："读者在主人公阿Q身上看到的是否真的是中国民众的某个代表？或者不如说是所有民族和文化中都暗藏有这么一个阿Q先生？"④顾彬强调，中国批评界主流忽略了一个明显事实，即鲁迅、郁达夫、茅盾、丁玲等优秀作家对于五四都有严重的怀疑倾向，而这本应引人反思：是否他们的优秀恰在于这种犹疑，是否现代性除了进步还有反思的一面。反之，许多作家放弃了反思的职责，积极地参与形象制造，成为意识形态和权力机制的维护者。⑤

可是形象和现实终究也是人为区分，打破形象谈何容易。换个场景，顾彬的说法也照样可能倒转为众多形象中的一个形象，从他的文本中可以

---

① Wolfgang Kubin, *Die chinesische Literatur im 20. Jahrhundert*, München: Sauer, 2005, S. 173.
② Ebd., S. 39.
③ Ebd., S. 40-41.
④ Ebd., S. 38.
⑤ Ebd., S. 286-287.

第五章　系统内的中国文学观察者

举出一系列例子。在《二十世纪中国文学史》第二章第三节，紧接冯至之后，顾彬介绍了郑敏的诗歌创作，列出的第一首是"属于她最成功之作"的《来到》：

> 那轻轻来到他们心里的
> 不是一根箭，
> 那太鲁莽了；
> 也不是一艘帆船，
> 那太迟缓了，
> 却是一口温暖的吹嘘，
> 好象在雪天里
> 一个老人吹着他将熄的灰烬；
> 在春天的夜里
> "未来"吹着沉黑的大地；
> 在幸福来到之前。
> 所需要的是
> 那么一种严肃与仁慈。
> ……

在顾彬看来，诗的主题应该是期盼和到来之间细腻的紧张关系。什么会来到？那是一种"似乎只有诗人才能知道的东西"，"那肯定不光是春天，而是在原文字面上也是在引号中的'未来'"，他用充满暗示的口吻进一步追问："那是一个未来，一个面对战争人们也许不敢相信的未来吗？"这似乎是事情真相，可恰恰基于一个错误的前提。尽管顾彬在注释中提到了"《郑敏诗集》，上海：文化生活1948"（注释第478），他的引文却出自后来江苏人民出版社1981年版的《九叶集》。郑敏1949年版的

《诗集》中则为：

……
好像在雪天里
一个老人吹着他将熄的灰烬；
在春天的夜里
上帝吹着沈黑的大地；
……

仅仅一处微妙改动（上帝——"未来"），就足够意味深长。《九叶集》在1981年问世时的思想背景和1949年截然不同，1949年时中国人的确是充满了憧憬，而不是把未来通过引号打个折扣或加以强调——没有经过十年非常时代的中国人不会那样谨慎。郑敏完成在美国的学业后立即回到了新中国怀抱，像她这样的知识分子当时为数不少，其中也包括她的诗友穆旦。但这个引号所表示的对主流时代精神的怀疑，对于顾彬却极为重要，因为他将使用这一个别事实引出40年代后起诗人中一个极重要的趋势，进而规划整个符号场的语义走势。顾彬对郑敏诗的有意误读是汉学领域一个熟悉的场景：观察者急切地赋予对象某种属性，而对象自有其运作的逻辑，丝毫不为所动。在他之前对于王蒙的独特诠释中，王蒙的自我分裂为庄子和蝴蝶，从而破坏了意识形态造成的虚假统一，同样，此处的顾彬意在将一种怀疑精神从外部注入中国主体，让主体能批判性地反观自身。

顾彬的郁达夫阐释颇有个性，认为《沉沦》的作者要表达的，绝非叙事者在结尾处夸张的呼吁"祖国呀祖国！我的死是你害我的！"，而恰是对这种充满自恋和自大狂的呼吁的反讽。郁达夫成了中国文学史上对于现代激情之弊最早的分析者，故意布置了东京这个多语性的现代的试验场，来检视由郭沫若他们呼唤出来的激情自我的空洞性。顾彬的理由是，如果不这样来理解，文本岂不落入了一种俗套，一种西方人看来非常奇怪的逻辑：难道中国强大了，就可以毫无顾忌地同日本卖春女寻欢作乐了吗？难道一个在妓院里鬼混、对同胞甚至家人毫无认同感的人物，会有发自内心的爱国热忱吗？这样看来，向来从民族主义角度来理解的著名结尾实际上是对民族主义空喊的冷静反思。这种读法的魅力在于分层，浪漫派向来在中国被等同于感情的直写，可是将作者从叙事者拉开一个"批评性距离"，看似简单的作品就拓宽出了另一层语义空间（各层面之间的相互作用造成了意义的多元化），看似情绪化的作家就获得了一种精细的文体意识，这是西方汉学家加工中国文学符号的一贯做法。可是解释得如此精巧，同样令人生疑，我们至少可以提出两点异议：1. 狎妓嫖娼在中国传统中，在五四时人那里，和爱国并无矛盾；2. 文学不是纯然理性、一清二楚的，既爱国又猥琐的二重人格对于文学和文学家来说都不陌生。传统的解读毋宁说更符合郁达夫本人的说法：

> 我的这抒情时代，是在那荒淫惨酷，军阀专权的岛国里过的。眼看到的故国的陆沉，身受到的异乡的屈辱，与夫所感所思，所经所历的一切，剔括起来没有一点不是失望，没有一处不是忧伤，同初丧了夫主的少妇一般，毫无气力，毫无勇毅，哀哀切切，悲鸣出来的，就是那一卷当时很惹起了许多非难的《沉沦》。
>
> 所以写《沉沦》的时候，在感情上是一点儿也没有勉强的影子映着的；我只觉得不得不写，又觉得只能照那么地写，什么技巧不技巧，词句不词句，都一概不管，正如人感到了痛苦的时候，不得不叫一声一样，又那能顾得这叫出来的一声，是低音还是高音？[①]

[①] 郁达夫：《忏余独白》，《郁达夫文集》第七卷，广州：花城出版社，1983年，第250页。

对老舍的分析也属同一结构。顾彬"发现",《茶馆》并不仅是符合主流意识形态的作品,而是以极精巧的方式和时代政治保持了"批判性距离"。其论证同样是将作者同叙事者相分离:"……数来宝体现的是官方立场,并不是作者本人的立场。"①在此意义上,老舍成了和鲁迅、郁达夫一样清醒的理性主义者,但对于1949年后被称为"歌德"派(巴金)的文艺界劳模老舍而言,这有多少是历史真相,多少是分析结构使然,是很难判定的——既然"这层意思在舞台上既没有表达也没有暗示"。

这构成了一个模式,一个类似诗学中的"重复"程序,"重复"表示一种节奏,这种节奏不是同信息相关,而是创造着新的符号意义。顾彬暗暗地转向了自己的独白,在这种诗性的自我交流中抒发西方知识分子的理想。在历史性的叙事者身后,他处处能看到一个超历史性的理性作者,由此实现了他最大的解构/建构:中国知识分子从来就具有反思和自我更新能力。这是希望还是历史的本然?顾彬似乎担心,如果不走这么远,新的理想就树立不起来。但他也在不自觉地充当历史的工具,理论是历史性的社会方言(Soziolekt):我们过去的阐释要迎合新起的民族国家叙事的需要,也承接中国传统的知人论世习惯;顾彬的阐释以文本和语言世界为依归,却是新批评和德国内在美学的诉求。而从理论上讲,文本一旦获得独立,就具有无限的意义生成可能,可通向任何方向,包括郁达夫、老舍和舒婷的自我反思。

自我批判可以是内心真实,也可以是情节的一部分,一种形象。中国和世界的交融——顾彬的另一中心母题——同样如此,可以是真理,也可以是形象。举个例子,"陈敬容1946年在上海开始翻译波德莱尔和里尔克,并由此变成了一个女诗人"②这句话,当属于中国文学的世界性背景这一上下文联系,这里的修辞传达一个印象:仅仅在翻译了前两位以

---

① Wolfgang Kubin, *Die chinesische Literatur im 20. Jahrhundert*, München: Sauer, 2005, S. 301-302.

② Ebd., S. 235.

后，她就成了诗人。可要是按唐湜的看法，陈敬容却是惊人地早慧，在30年代学生时期诗作已显出独特的风致，可以和何其芳等知名前辈相比拟。①每一观点都有其惯性，世界文学作为中国现代作家的大背景这一正确命题也容易演化成西方文学即中国现代文学的生产工场这一偏见或者说"形象"。美学标准亦如此。听起来，顾彬没有丝毫苛求："我个人的评价主要依据语言驾驭力、形式塑造力和个性精神的穿透力这三种习惯性标准。"②然而这并非三种平平常常的标准，语言驾驭力、形式塑造力和个性精神这三个词的意义，恰恰每一个都要由具体使用方式确定，这又是三个"形象"。它们归结为书中反复出现的关键词"美学的"，可是"美学的"又是什么？可以说，何为美不过是现存文本间相互协商得出一个最大公约数，和"真相"一样是比较的产物（而不是有某种事物天生就是美的），"美学的"就是过去公认为美的。所以毫不奇怪，中国当代文学不被顾彬看重，因为当代即"未过去的"，从本体上尚未进入美之领域。

这就免不了矛盾，因为现实中充满形象，真相倒十分抽象。顾彬一面坚持真相优先，一面也承认："20世纪中国文学并不是一件事情本身，而是一幅取决于阐释者及其阐释的形象。"③顾彬也清楚现代性的暧昧性："现代性期待单个人的自我设定。为此需要自我的强健和承受能力。然而现代性的特征同时又是，由于缺乏自我的强健，大多数人宁愿选择他律。"④现代性意味着意识形态和审美上的独立自治，但它也是碎片、暂时、虚无。这岂不又在无形中肯定了知识分子的随波逐流也是现代行为，

---

① 唐湜在《怀敬容》（《读书》1990年11期）中不但讲到，陈敬容的第一本诗集《盈盈集》在才华、诗艺上并不弱于何其芳，还有这样的判断："我觉得如果《盈盈集》能与《汉园集》同时出现，可以与当时在大公报《文艺》上连载的清华学生孙毓棠的历史叙事长诗《宝马》鼎足而三，形成中国新诗最富有创造性、最有光彩的诗高潮了。"《盈盈集》中最早一篇《十月》写于1935年，那时陈敬容还是年仅17岁的学生，但是到1948年才正式结集出版。

② Wolfgang Kubin, *Die chinesische Literatur im 20. Jahrhundert*, München: Sauer, 2005, S. VIII.

③ Ebd., S. 10.

④ Ebd., S. 8.

因为能独立的主体绝非真正碎片式的。顾彬也一再强调，1949年后中国的国家实践完全就是现代性的运作。为防止由矛盾导致的系统解体，顾彬诉诸一种正统信仰：相信真理在终极维度上可以升华一切，然而这种极高蹈的普世标准也给人欧洲中心主义的印象，因为他的自我、美、真理往往和欧洲经典文本相联系，只能以欧洲经典文本来表达。

说到底，顾彬以一种二元对立模式组织了中国对象，将中国系统的自我和他者裂为对立两项：自我封闭是因为拒绝他者，中国现代弊在沉溺于自身的形象而放弃了他者的真相。然而，顾彬的两个理念——内在自我和世界——照样可以成为现代中国文学系统中的"形象"兼意识形态：一是内在的本质高于现实，由是，过去有社会主义现实主义的本质高于文学，今天是文学性或审美的本质高于文学；二是外来范本的神圣不可侵犯，左联时有过苏联唯物辩证法的样板，改革开放后的中国学者常服膺于欧美汉学的指路牌。

对于中国当代的文化事业，顾彬又有了新的忧虑，他认为政治审查远不及作家自身的商业化造成的危害严重，而商业化主导下的文化庸俗化并不限于中国，毋宁说是世界性的问题。顾彬的文学观从根本上是以现代派为标准的，是现代派的精致的诗歌、戏剧，而非当今后现代氛围下的消费文学——中国和美国的当代文学是最醒目的例子：

> 就是这样，不论在美国、中国还是德国，不管形式如何，文学概念都在变得狭隘。从前，文学是诗歌、戏剧、散文、叙事艺术。如今却只有长篇小说，厚厚的长篇小说，"大部头书"，因为它们有销路。诗歌处于边缘，剧本快没人写了——今天在中国大多数剧院都关门了，散文在德国根本没有读者。大量消遣书统治了读者群。在这方面，莫言不仅服务于中国读者，在国外同样受欢迎。但我应该公正些。也许那种伴我长大的文学，精神的、满足文学爱好者高标准的文

学，已经不再有了。也许我们根本不应再谈那种为了所有人的文学，只能谈为某一个目标群体写的文字。中国的文学舞台证实了这一点。美国20位年收入超百万的作家只能面向特定观众写作。如果像我这样的人高举现代派作为标准，那关于文学价值的问题在中国就免谈了。后现代对顶尖足球队和街边球队一概容纳。一切都是足球。但真的一切都是文学，好的文学吗？[1]

---

[1] Wolfgang Kubin, „Mo Yan und die Krise der chinesischen Literatur. Eine Polemik", Ylva Monschein (Hrsg.), *Chinas subversive Peripherie. Aufsätze zum Werk des Nobelpreisträgers Mo Yan*, Bochum: projektverlag, 2013, S. 115.

第六章　中国文学研究作为知识交流系统

第一节　怪异的"中国文学"

德国的中国文学研究是一个知识社会学考察的理想场域。卢曼考察了从法律、经济、艺术、教育到爱情、生态等系统,但没有考察过作为一种特别的知识系统的汉学。然而,汉学即西学的最新实践,而德国汉学相比于美国汉学又是一个规模较小也较单纯的场域,把它作为一个系统来考察,恰恰有助于揭示全球化时代知识系统自我演化的规律。作为一个成熟的知识交流系统,德国的中国文学研究有明显的意识形态立场、方法论选择和学派分化,也有一套知识生产的程序。这就促使我们思考:一种在中国文学领域并无足够"学习能力"(Lernkapazität)(由语言文化上的巨大差异所导致)的认知系统却制造了同样多的复杂性,秘密何在?汉学家所习惯的高度化简是否不只是一种缺陷,也是优势所在,甚至是现代科学系统的核心特征?弄清这一点,对我们自身的知识系统建构不无助益。同时,如果将西方的中国文学研究视为自主的功能系统,就意味着重新审视西方的中国知识和中国现实的关系。显然,任何"中国知识"都是一种基于系统条件的专门建构,而我们需要在客观认识西方知识模式的长处和盲区的同时,努力去创造与中国的文化传统、审美习惯相配套的理论模式。

从系统角度来说,一切未经系统编码的事物都显得怪异。中国文学来自西方之外的另一文化系统,即便在天天与之打交道的汉学家看来,也是一个顽固的异类。"异"的效果由最初保持至今,从怪异到异类就构成了中国文学的精神发展史。西方观察者一开始被迫接受异,最后熟练地加工和整合异,同时直觉地意识到需要一个异,需要在自我和他者之间做出本体性划分——中国文学可以允许进入,但只能保持其异类身份。类与类的本体性划分虽有种种形式,可从19世纪至今,最后分界线始终是和宗教意识挂钩的自我和宇宙观,然而,分界线本身也无异于宗教,既不容置疑,也没有人想到去质疑。

新教传教士郭实猎是中国文学的早期描述者,面对中国文学世界,他似乎感到极为惶惑。一方面,他认为中国文学地位崇高,作品浩如烟海,三亿六千万中国人中,文人数量少说有二百万,连厨房的餐具上都印着诗文[1];另一方面,却绝无一个有原创性的文人。原因一方面是政府的"智力垄断",另一方面是普遍认为该知道的都已被发现了,多余的知识要么是谬误,要么是危险,[2]用不着发明新理论,和古人保持思想一致就够了。故中国文学水平极低,急需从外部引入文明和宗教之光。郭实猎相信,重要的不是翻译中国文学到西方以满足西方人的猎奇心,而是用中文向中国人传播西方的科学知识和宗教信仰。世界文学史家罗森克兰茨虽然不像郭实猎那样到过中国,能读中文原著,对中国文学也同样充满偏见。他说,中国文学的核心原则是孝敬。中国人自我定位为孩童,自然离不开教训,故文学中满是道德格言;但同时中国家庭溢满温情,要么孩童为父母逝去而哀恸,要么父母为孩童离开而伤心,于是感伤成为中国文学第二

---

[1] Karl F. A. Gützlaff, *China opened*, Vol. 1, London: Smith, Elder and co., 1838, p. 463.
[2] Ibid., p. 417.

个特征；最后，中国文学又是理性的，因为一切教训都得清楚明了，要有一种威严节制的态度。①相应地，中文是"孩童的语言"，单音节代表了儿童的呢喃。②他眼中的中国诗就是对仗押韵，其对仗和暗示手法却颇怪异："好品味要求图像和象征符号在一种对称秩序中出现，譬如一句诗的图像要和下一句中的完全呼应，以便一个独特的描述具有两重，甚至三重意义，这在中国人的理解中构成了主要魅力。譬如'红'字在中文中和'美'同义，可是由这两个表象的关系生出来的言外之意，其他任何语言都无法给出。"③另一个世界文学史家佛特拉格说，中国文学贯穿了一种"静态的和讲求秩序的"精神。其形式纤细精巧，画面明亮、纯净，作品中占主导地位的是敬畏感和感伤，而从无愤怒、进取的激烈情绪。④他甚至断言："中国历史上从未有过某人愿意为伟大事业赴死，爱死亡胜过生命。生命的光辉，宜人阳光的甜蜜，美丽天空和温柔文明的欢快，才是这个童稚民族唯一的心性所求"，因此在《诗经》中"一旦哀诉的感伤退去，立即就转换成行乐和欢畅，在酒歌和婚礼歌中，温柔的王家新娘在花环形象下登场"⑤。

中西文学系统主要交集于三个体裁，即诗歌、小说、戏剧，中国诗歌不仅素来声誉卓著，且诗歌在语言上的高要求也让欧洲学者难以置喙，散文体的小说、戏剧显然更易接近，也就成了东西方文学比较的主要参照。中国的小说、戏剧往往最受诟病，原因就在于，尽管许多人觉得中国的长短篇小说和欧洲作品几乎毫无区别，可是从同一个层面，也更容易发现对方的"缺失"（这就是克拉赫特说的"缺失的语言"）。世界文学史家蒙特惊讶于中国小说中想象力的贫乏，他发现小说主人公几乎无一例外是年

---

① Karl Rosenkranz, *Die Poesie und ihre Geschichte*, Königsberg: Bornträger, 1855, S. 40-41.
② Ebd., S. 41.
③ Ebd., S. 48.
④ Carl Fortlage, *Vorlesungen über die Geschichte der Poesie*, Stuttgart: Cotta, 1839, S. 25.
⑤ Ebd., S. 36.

轻书生，此人必须迎合"两个大的、真正中国式的生活趋势，即通过科举考试获得功名，然后就是严格遵照礼数荣耀结婚，为国家繁衍子嗣"。但无论如何，"他是道德和诚实的楷模，凯旋到达小说终局，让他所有的同胞皆大欢喜，因为他除了金玉良缘，还获得一封皇上的公开信，嘉奖他的美德经受住了考验，而给美德制造麻烦的坏人多半是被逐出世界，也就是中国，或者逐出某个大都市"①。豪塞尔认为，中国的话本小说数量众多，但是人物描写、情节纠葛千篇一律，读上三四篇就已厌倦，中国小说是谈不上什么发展的。②戏剧评论家戈特夏尔认为，中国戏剧是中国人最忠实的镜子："一样的僵硬和清醒，一样机械的开场和展开，一样工于细部雕琢和感觉的花哨描画，一样的为官吏和科举所主导，一样的充满孝悌，孩童般幼稚而又自视文雅和清高，道德纯净而又肆无忌惮，正如这个东亚的古老民族，在这里，世界精神永恒不变地体现了父权国家理想。"③他猜想，中国人无个性，是因为无处不在的国家暴力——其象征是竹板子——控制了一切，"就像巨蜘蛛，一切人的意志最终都逃不出其恢恢大网"，中国戏剧所特有的情感表达的单调，戏剧角色提线木偶般的动作，皆由此而来。④

即便到了20世纪的现代汉学家这里，中国文学仍摆脱不了"异"的色彩。一方面，汉学家们坚持西方的认知标准，然而同时又预设了一个封闭自足的中国文学系统，换言之，在系统之内设定一个"外在"系统，悖论就无可避免。事实上，整个汉学交流系统皆围绕"异"的悖论——"异"既是自我，又是异域——而展开。强调中国的独特与独立、土生乃至与世隔绝，实为突出中国的"异"，如叶乃度《中国文学》开篇第一句

---

① Theodor Mundt, *Allgemeine Literaturgeschichte*, Bd. 1, Berlin: Simion, 1848, Aufl. 2, S. 171.
② Otto Hauser, *Die Chinesische Dichtung*, Berlin: Marquardt, 1908, S. 52-53.
③ Rudolf von Gottschall, *Das Theater und Drama der Chinesen,* Breslau: Eduard Trewendt, 1887, S. 19.
④ Ebd., S. 18.

第六章　中国文学研究作为知识交流系统

话就是："中国文学是所有还活着的文化民族的文学中最古老、范围最广和最独立的。"相应地，中国人是"他们领地上的原住民，在其土地上，他们的文化独立地——至少在较古时没有决定性的外来影响——生长起来"①。一个自成一体、能够将不同中国要素凝成一文化单位的身份，必然"与众不同"，相对于作为出发标准的西方就是怪异，这是怪异的文化身份维度。另一方面，从认知角度来说，认知过程以（动态）认知/（静态）知识的悖论为核心，发展变化的中国现实永远超出观察者的中国知识，这一永恒"时滞"（time-lag）同样造成怪异的效果。从好的一面来看，悖论如卢曼所说，是"一种具有强大系统化力量的技术"②。本体性怪异引发了观察者的永恒兴趣，启动了身份机器、认知机器的无穷运作（通过自我/异域、认知/知识的交替实现解悖论化），也维持了中国文学交流系统的存在；从坏的一面来看，歧视和偏见和认知的懒惰常相伴随，如果观察者并无向外认知、走出自身的强烈意愿，而只是满足于通过和异的区分强化自身边界，歧视和偏见就会产生——没有什么比贬低别人更能获得廉价的自信了。是通过偏见的方式区分，还是通过认识的方式区分，是汉学的意识形态属性和科学属性之间的一道分水岭。然而，只要是区分，就设定了"异"的存在，就无法杜绝歧视和偏见。顾路柏在谈到如何欣赏屈原的诗歌时说：

中国人鉴赏诗歌作品时运用的标准和我们不同。就算是我们，也不能一一否认《离骚》了不起的诗美：深沉的严肃伦理和恣肆的幻想都是我们愿意承认的优点。别忘了，即便最好的翻译，也只是临时救急，感觉方式上的差异，会让双方都无法做到一种完全的理解。但话虽如此，诗歌的毫无形式，素材的拙劣组织，表达和比喻的做作别

---

① Eduard Erkes, *Chinesische Literatur*, Breslau: Ferdinand Hirt, 1922, S. 11.
② Niklas Luhmann, *Liebe als Passion*, Frankfurt a. M.: Suhrkamp, 1994, S. 67.

扭，都是我们无法忽略的恼人缺陷，大大影响了对整体的享受。中国人却有不同判断。自然地表达气氛，画面直接明了，会让他多少觉得平淡乏味。通过语言来隐藏人的思想，反倒是他的美学要求。外壳越是难以穿透，暗示越是隐蔽和精巧，文学品位高雅的人就越能得到艺术享受。《离骚》的确麇集了历史典故、象征性比喻和罕见使用的用语、字词，诗人非凡的艺术手腕和学识得以充分呈现：如果读者能具备足够的敏锐和博学，从而破解字谜，就越是会感到满足。①

但是汉学家不同于一般西方观察者之处，是他们构成了一个知识系统，会在系统操作中去进一步追问，中国文学何以有如此缺陷，由此而将区分本身理性化、制度化，以求真知的方式掩盖区分。史陶思认为中国戏曲并非土生，而是在印度的外来影响下产生的。他继而追问：为何中国古代模仿性的乐舞没有发展为后来的戏曲？他的答案是，因为没有史诗，所以才没有戏剧。那么为何没有史诗？他说，因为中国人心理结构中缺少对超验之物的惊异。神性意识在别的民族那里演成为各种神和半神的形象，中国却只有模糊的"上帝"或"天"的概念。这一世界观导致了历史传说乃至书写的发达，却不利于史诗出现，因为史诗源于对英雄的超凡事迹的惊叹和同感。②卫礼贤把中国长期缺乏叙事文学的原因归之于儒家的伦理主义和实用主义。他注意到，史诗在大多数民族的文学发轫期都占有重要地位，而中国的古典时代没有出现宏大的民族史诗。唯一有史诗气象的是《离骚》，表明南方文化圈中尚存史诗的萌芽，但这类要素未发展为史诗，原因就在于孔子所代表的主流精神倾向："具有宏阔关联的大事件从未被委诸无拘无束、冷静观看之幻想的自由游戏。人们把它看得很严肃，

---

① Wilhelm Grube, *Geschichte der chinesischen Litteratur*, Leipzig: Amelang, 1909, 2. Aufl., S. 181.

② Victor von Strauss, *Schi-King. Das kanonische Lehrbuch der Chinesen*, Damstadt: Wissenschaftliche Buchgesellschaft, 1969, S. 52.

第六章　中国文学研究作为知识交流系统

仔细探究其中显现的道德规律，以便设计历史观察的参考坐标，这些坐标的目标是在伦理塑造的意义上积极地影响历史事件。文学因而成为讲史，以此形式获得了积极的创造力量，但想象的自由游戏却从未超出短小的抒情诗创制。"①

艾伯华的文言小说研究是德语区这一领域的开山之作，也涉及西方的中国文学观察者历来关心的"缺失"问题。中国文学无悲剧，艾伯华归咎于中国士绅阶级特有的对于社会的信赖：

> 悲剧对西方来说是如此典型，对于中国人可不是这样。一个在我们看来悲剧性的经历，要么作为无可解释（因为我们不知道背景）而加以忍受，要么借助复仇的理论得到"解释"。真正的悲剧在中国文学中（尤其在戏曲中）虽也间或发生，但只是例外。悲剧总是包含有一种对于反叛的刺激，要么反叛诸神的世界（希腊悲剧），要么反叛占统治地位的道德系统（欧洲悲剧）。中国人看待神祇却有另一种态度。神不是主人，可以对奴隶为所欲为；这种态度只有在奴隶系统发挥重要作用的社会（如古希腊）才会存在。毋宁说，神是一个原则上平等，只是事实上更强大的伙伴；这种态度适合于士绅阶级的情况。义务和意愿的冲突，或者两种义务的冲突，在欧洲悲剧中构成主要动机，而在中国就不是一个悲剧问题，只要创造了道德规则的社会——事件过程就在其中展开——不解体，只要规则被无条件地认可。……于是许多——尤其较晚出现的——这一阶层或相近阶层的文言小说尽管包含了悲剧因素，但是作者并不详细描述，而是将小说重点放在描述奇闻异事或干脆转到其他领域。②

---

① Richard Wilhelm, *Die chinesische Literatur*, Wildpark-Potsdam: Akademische Verlagsgesellschaft Athenaion, 1926, S. 176-177.

② Wolfram Eberhard, *Die chinesische Novelle des 17.-19. Jahrhunderts: Eine soziologische Untersuchung*, Ascona: Artibus Asiae, 1948, S. 99-100.

换言之，中国无悲剧的原因在于逆来顺受的国民性："没有作家将主题上升到对于这个社会制度的不公的大声抗议——为何不抗议？因为他自己也有或想有一位小妾。妾的一生是'命'，是前世的业造的果，和'命'斗争是无用的。她到底有机会，下辈子得到一个更好的命。果报和轮回学说让悲剧变得不可能。"① 艾伯华在对于文言小说的考察过程中还发现，大量的动物寓言包含于汉译佛经文学中，但无法进入中国广大民众的精神世界，故民间文学中几乎没有这一体裁。为什么中国无动物寓言？对这一"缺失"，他同样联系到"本质性"层面，给出的答案是中国人过于现实主义，而动物寓言要求抽象思维：

> 寓言要求一种抽象思维：人们让动物像人一样说话和行动，同时又意识到，这并非现实，而只是一种向他人生动地演示道德规则的形式。在中国大概也有动物作出过像人一样的反应，但是有着现实主义精神的中国人会设想，这是真事，至少可能是真事。中国人从来不会想到去杜撰点什么来演示一种道德规则：要做到这一点，还不如借助人们当中发生过的历史事件（或想象成历史的事件）。……故可以说，中国人对于历史思考的偏好阻碍了动物寓言的形成。对历史思考的偏好又是中国的社会学发展的一个结果。②

然而，悲剧和史诗的"缺失"与其说是文学史疑问，不如说是精神哲学命题。按照西方观察者的想法，中国人既然是文明民族，自然也有其文学，但中国人没有悲剧和史诗，而是以喧闹低俗的戏曲代替了悲剧，以做作的才子佳人小说代替了民族史诗，科举及第的文弱书生就是中国人的英雄。中国有文学，但无超越性的"真正"文学；有写作构思，但无创造力

---

① Wolfram Eberhard, *Die chinesische Novelle des 17.-19. Jahrhunderts: Eine soziologische Untersuchung*, Ascona: Artibus Asiae, 1948, S. 100.

② Ebd., S. 106-107.

和想象力，这就把中国文学牢牢锁在"中间"领域。等于说，中国人和野蛮人相比是有教化的，和真正的教化民族相比则是平庸的。"老小孩"之喻是同一意思：精神发育了，却无能力真正发育，只能永远留在孩童期。中国人虽是理性民族，但只有法利赛人的实用理性，感伤和迷信就是这种低级理性的超越方式。真正理性的引导者是宗教，按照黑格尔的精神哲学构想，宗教性的超越萌芽于闪米特人，最终由雅利安民族实现。没有向神的超越，就没有摆脱经验条件限制获得自由的可能，实现个性就无从谈起，而对于精神哲学来说，个性和自由就等于艺术。中国艺术也就成为雕虫小技，可以进行一定的细部加工，却无力达到完善，用卡里耶的话来说，"矫揉造作代替了艺术"（Das Künstliche ersetzt die Kunst）[①]，"矫揉造作"即有技巧而无精神。不上不下的中庸状态，排除了主客观斗争作为精神运动形式的可能，所以中国不会有真正的发展变化，而沦为永远的史前文明。

第二节 怪异的知识系统及其运作程序

在中国学者眼中，西方汉学同样是个怪异系统。"汉学化"是近年来兴起的贬义词，所谓汉学化的中国文学研究，就是以西方的概念范畴曲解中国作品的野狐禅套路。然而，所有怪异都是系统排他机制的征象。越是怪异，越能代表一种私密性，越应该引起第三方观察者的重视。怪异的原因，是工具和对象源自不同知识系统，正常情况下，由于"双重偶然"（doppelte Kontingenz）的缘故，交流成功的可能性极低，近于"不可思

[①] Moriz Carriere, *Die Kunst im Zusammenhang der Culturentwicklung und die Ideale der Menschheit*, Bd.1, Leipzig: Brockhaus, 1863, S. 152.

议"。系统论所谓"双重偶然",即工具和对象分别服从不同的选择标准,而各自的标准又都是"偶然的",即可以改变的,用顾路柏的话说,"中国人鉴赏诗歌作品时运用的标准和我们不同"。一些特殊的象征媒介如"世界文学""精神""理性""人民性"以及编码程序的运用,正是要克服双重偶然,让不可能变为可能。

由于双重偶然的存在,世界文学交流绝非等价的市场交换,而更像是金融投机——基于不对称性的原则去追求一种动态平衡。文学商品的价格由无数交易对手的博弈造成,特殊情形下,《红楼梦》的价格可能低于平庸之作,而西方交易者并不觉得受了愚弄,因为想要得到的只是自身系统认可的《红楼梦》符号。一个可预测的世界文学进程不见得有魅力,而充满了偶然乃至风险的互戏才符合自我演化、自主分化的系统本性。在此视角下,《好逑传》《玉娇梨》《肉蒲团》在德国都能成为无上尊贵的世界文学,就不奇怪了。

对于外来的中国文学符号,德国系统的一个基本加工程序是"好的更好,坏的更坏",用系统论术语来说就是"自我简化"(Selbstsimplifikation)。自我简化往往是夸张的,如此才能达到降低复杂性的目的,因为系统无法承受来自外界的全部复杂性。"好的"或"坏的"都能满足系统需要,关键要足够醒目。为何如此?乃因为系统总是在对事件实施一种"浓缩"(Kondensierung)作用。中国文学对象的符号化、经典化就是一个事件被"浓缩"为"意义"(Sinn)的过程,这一过程由"自反"(Reflexion)机制而造成:观察者要反映对象,对象也要反映观察者。换言之,中国文学符号不仅要具备自我身份(Ich-Identität),还要成为一个可供德国观察者集体认同的大我身份(Wir-Identität),这一认同必然有认可和反对两个方向,也就造成了认可和反对两个方面的意义"浓缩"。一个中国文学符号在德国系统内可供认可或反对,意味着它成为系统运作的参照,成为系统内引导语义流向和交流行为的意义单位。为

第六章　中国文学研究作为知识交流系统

了实现这一功能，它必须被象征化和普遍化，即必须超出其自身的直接意指，一个不能帮助包容悖论、克服交流之"不可思议性"的文学符号对于系统来说是没有意义的。其实，就是在中国自身的文学系统内，像"鲁郭茅巴老曹"之类的经典作家排位也起到这个浓缩作用，不过身处同一系统中的我们常常忽略了这一点。反过来，中国文学符号的所有功能都服务于一个最基本需要，即实现系统的独立性，系统必须做到能和环境（包括其他系统）相区分、化简环境复杂性。系统的独立性从西方的中国文学研究来说，就是对于中国文学自身的批判，这种批判从本体上说既是居高临下的，但同时也是谦卑的——会将"有用"的中国文学符号极度拔高。谦卑/骄傲不过是外来参照/自我参照的翻版。从系统运作角度，可以看到几个代表德国汉学系统独立性的征象。

征象一：批评中国的文学批评

为了达成和中国的系统间区分，德国的中国文学观察者通常会做两件事：一是从文学技术层面，贬低中国系统处理中国现象的能力；二是从意识形态角度，质疑中国系统在中国文学领域生产的"意义"的正当性。对中国自己的批评观点和研究文献的批评，成了德国的汉学家话语的一个重要特征。如探讨中国当代文学中暴力场景暴增的现象时，蒂芬巴赫一方面指出中国国内批评的不足，另一方面将之归咎于"社会主义文学理论"缺乏解读暴力书写的能力："我有这种印象，许多批评家还是（冲淡了的）社会主义文学理论的忠实拥趸，发展中新的现象难以归入他们的范畴。"[①]在斯笃姆眼里，中国的文学研究形式和现状呈现出如下景象：

> 实际的文学批评和学术性文学科学没有清楚区分。多数文学杂志不仅刊载高校学者的文学理论文章，也同样发表编辑——通常也具

[①] Tilo Diefenbach, *Kontexte der Gewalt in moderner chinesischer Literatur*, Wiesbaden: Harrassowitz, 2004, S. 211.

有学术背景——的高质量论文。中国的教授并不在乎发表随笔性的书评……越来越多的,尤其是年轻的学者采用了西方的新理论视角,但还是有许多论文用马克思主义文学批评工具来分析文学。……①

不厌其烦地指责"常常不知所云的中文参考文献"(oft unsägliche chinesischsprachige Sekundärliteratur),成为顾彬的文学史描述的显著姿态。譬如在他看来,中国批评界有人贬低茅盾的价值,只是说明他们丧失了现代中国作家的世界眼光,因为茅盾提出的那些问题恰只有从跨文化角度才能深入理解,所以唯有西方研究者才真正关注茅盾的文学成就,"唯独在西方,他还能保持以往的地位"②。顾彬认为:"茅盾被如今新一代的中国文学批评界轻率地贬为概念化写作的代表。而从世界文学角度来看,他却是手段极高明的作家。中国的文学批评通常缺乏足够宽的阅读面和相应的外语知识。探测现代中国文学的深处的任务,通常就留给了西方文学批评。"③在德国汉学家看来,连中国的精神传统和古代文论都应该为现代中国的"错误"研究方式负责。莫宜佳指出中国传统批评用于隐喻化和神话化的手段有六项:1.基于"文如其人"的史传批评;2.语言上的"规范化"(Reglementierung);3.寻找隐蔽的美刺和道德讽喻;4.改写;5.判断某诗为伪作;6.偶尔出现的公开批评。然而,在她看来,这些中国特有的"阐释"手段都是模塑思想的统治技术,无助于揭开杜甫这样的文学天才的秘密。中国古代经生擅长于字里行间的解读,但他们津津乐道的杜甫的严守诗律、用典深奥也好,政治和道德上的微言大义也

---

① Thomas Sturm, *Probleme literaturtheoretischer Definition. Eine Analyse neorealistischer Erzählungen als Beitrag zu einer Diskussion der chinesischen Literaturwissenschaft*, Frankfurt a. M.: Lang, 2000, S. 14-15.

② Wolfgang Kubin, *Die chinesische Literatur im 20. Jahrhundert*, München: Sauer, 2005, S. 113.

③ Ebd., S. 119.

好，根本无关于文学，杜甫在西方长期被忽视就是因为受到了这类解读的误导。①

征象二：批评"美国学派"

德国系统还需要和"其他的"汉学系统相区分，而美国成为主要参照。虽然美国是二战后西方的中国文学研究的大本营，但德国汉学家在汉学世界中并非边缘。德国研究中国文学的重要学者大都为美国学界所熟知，在美国的《中国文学》杂志的书评栏中，顾彬的几乎每一部著作都得到了详尽评述。和美国汉学、美国思想的区分，却历来是德国汉学确立自我身份的重要程序。20世纪初的德国学术界曾明确表示要抵制美国精神，因为这种精神等同于无精神的实用主义。故岑克尔在其《中国哲学史》中痛责胡适等"新一代的中国思想家们"被"美国思想和观念"所败坏，而"美国精神"和纯粹的中国精神正相对立："它就是物质主义的、实证主义的、非道德性的美国精神，它自然而然把新儒家的中国的纯粹道德化精神形态当成唯一的骇人谬误。"②鲍润生将胡适一派的草率疑古也怪罪于美国："它在许多'现代'中国人那里受到欢迎，特别是当他们像胡适一样在美国高校学习过的话。"③当代的批评美国的代表人物是顾彬，但"美国"的内涵在他这里发生了180度转变。过去人们指责美国思想导致了中国激进而肤浅的反传统思潮，而顾彬把美国学派和杜维明等新儒家划等号，他的不满主要在于，他认为美国的新儒家不顾历史语境，夸大了传统儒学对于现代化的积极意义，而他强调现代性只属于西方。换言之，顾

---

① Monika Motsch, *Mit Bambusrohr und Ahle: von Qian Zhongshus Guanzhuibian zu einer Neubetrachtung Du Fus*, Frankfurt a. M.: Lang, 1994, S. 390-392.

② Ernst Victor Zenker, *Geschichte der chinesischen Philosophie*, Bd. 2, Reichenberg: Stiepel, 1927, S. 326-327.

③ Franz Biallas, „K'üh Yüans ‚Fahrt in die Ferne' (Yüan Yu) Einleitung", *Asia Major*, Vol. IV, 1927, S. 71.

彬眼中的美国学派从新儒家的意识形态性预设出发，过早地断言中西知识系统已经同一化，而他认为中西在最深的"精神"层面并不可能融合，因此仍是不同系统。提到白居易时，顾彬说，儒道释三个灵魂同时居于每一个唐代文人胸中，儒家代表公共自我，道家代表私人自我，佛家代表宗教自我，相得益彰。但也"因没有一个自我能以此方式达到其最后边界，故无法实现突破，而总是回到旧的熟悉模式"，故而"美国学派如此偏爱，如此仓促地提出的现代意义上的主体性，因此就是不成立的"①。同样地，顾彬不同意李欧梵在《来自铁屋子的声音》提出的鲁迅早期重精神轻物质是向理学回归的论点，理由是：1. 这一精神的实质是西方精神而非中国传统精神；2. 儒家最多能做到系统内批判，而鲁迅的反叛不是系统内的，而是针对系统本身的"国民性批判"。②"美国学派"在顾彬看来总带有肤浅的赶时髦色彩，因而他对前者的批评也总是有意识地联系到语义和精神、假精神和真精神的区分。宇文所安在《中国"中世纪"的终结》中说，李贺《长古诗》因为其"凌乱、断片性和无（非）逻辑"而"无法卒读""失败"，顾彬认为并不正确。在他看来，李贺的诗学程序背后其实有一个"充满意义的系统"，这和佛教的影响有关。佛家的空观摧毁了事物的表面逻辑，要求"精神"超越日常理性，达到觉悟，这就是李贺诗支离破碎、晦涩难解的原因。③美国后现代的消费文化、快餐式的文化产品，在他看来也恰和90年代后的中国殊途同归，全然背离了欧洲的高雅文化理想。

---

① Wolfgang Kubin, *Die chinesische Dichtkunst. Von den Anfängen bis zum Ende der Kaiserzeit*, München: Sauer, 2002, S. 196.

② Wolfgang Kubin (Hrsg.), *Lu Xun: Werke in 6 Bd.*, Bd. 6, Zürich: Unionsverlag, 1994, S. 181-183.

③ Wolfgang Kubin, *Die chinesische Dichtkunst. Von den Anfängen bis zum Ende der Kaiserzeit*, München: Sauer, 2002, S. 225.

征象三：对"异"的挖掘

求异意味着，将自我/异域的编码重新输入中国文学之内，在中国文学内部重新制造自我/异域的差异，中国文学内的"异"，就是德国观察者的自我所需要的意义要素。施寒微评价鲍吾刚，说他给人留下一个印象，好像他尤其对中国文化中"非中国"的东西感兴趣。[①]这句玩笑话道出了汉学研究的实质，汉学家最看重的正是中国对象中的非中国因素，也由此，汉学才对西方和中国都具有正面价值，即提醒西方和中国时时注意自身的"异"，汉学以此方式——作为对系统运作的外部刺激——参与系统运作。德国研究者之所以热衷于发掘中国文本和研究文献的暧昧性，进而达到对中国研究再批评和解构的目的，无非要在差异中建立自身身份。这是典型的现代知识系统运作，符合现代知识系统展开的一般规律。差异是知识交流的基本路径，解构主义作为其登峰造极，只是系统中的极端现象。不仅如此，德国汉学家还高度重视中国文学中一切"异"的成分。然而观察怪诞，也就是制造怪诞，和中国当代先锋作家热衷于"性和犯罪"的狂欢叙事没有区别，都是在制造差异，认为差异即意义。由此我们可以理解汉学研究中种种夸张乃至"变态"的现象，"变态"不过是暂时超出了想象范畴和包容能力的差异。

西方人热衷于中国文学中的边缘现象和异端个体，这和西方现代社会中文学的神话特性有关。文学在西方代表一种未被现实扭曲的完整个性、一种不受社会限制的理想境界，汉学家也往往青睐性格狷介、不守规范的中国作家，如李白、李渔、袁枚、郑燮、李清照等人。德国人同样如此，如柯理所说："从表面来看，中国文学发展过程中似缺乏独创性，这大概可以解释，为何迄今为止是那些以特立独行著称的文人最受关注。江苏籍

---

① Helwig Schmidt-Glintzer (Hrsg.), *Das andere China: Festschrift für Wolfgang Bauer zum 65. Geburtstag*, Wiesbaden: Harrasowitz, 1995, S. 1.

的郑燮（1693—1765）……即属其列。"①而布茨别出心裁地选取袁宏道的《觞政》为研究对象，正因为他认为酒礼仪代表"新的生活感觉"，陶醉在酒中就是对于压抑自我的儒家伦常的反叛，而《觞政》揭示了历史转型期特有的文人心态。②不过，这方面最典型的接受范例还是李渔。马汉茂对李渔戏剧理论的评论开创了西方李渔研究的先河，而选择这一个案，除了艺术和思想观念上的共鸣，还有挑战中国研究传统的意味。从系统的结构需求来说，李渔之所以受西方学者重视，是因为他对创造性（"求新"）的追求，让他在传统中国世界独树一帜。但他们心目中还有一个接受李渔的隐蔽理由，即李渔是西方汉学界的发明，彰显了西方汉学的认识能力，法国著名汉学家雷威安的以下评论体现了这一态度：

  和17世纪许多最有独创性的天才一样，李渔也很难逃过从乾隆到18世纪末施行的严厉文字审查，人们始终是知其名，却未读过其作。……李渔在西方倒将会更加有名，呈现给中国香港读者的《肉蒲团》乃从库恩德译的英译再转译的中文删节本，这一断言辛辣刺人，但也令人悲哀。③

将一个被中国社会遗忘的天才从故纸堆中拯救出来，正是西方汉学的骄傲。

德国汉学家对中国情色文学的持续兴趣，也是求异的突出表现。这方面的作品译介首推库恩译《金瓶梅》《肉蒲团》《隔帘花影》，此外有

---

① Reinhard Emmerich (Hrsg.), *Chinesische Literaturgeschichte*, Stuttgart: Metzler, 2004, S. 269.

② Herbert Butz, *Yüan Hung-tao's „Reglement beim Trinken" (Shang-cheng). Ein Beitrag zum essayistischen Schaffen eines Literatenbeamten der späten Ming-Zeit*, Frankfurt a. M.: Haag und Herchen, 1988, S. 8-15.

③ André Lévy, „Rez.: Helmut Martin 1966, 1968", *T'Oung Pao*, Vol.56, 1970, S. 200.

恩格勒译的《株林野史》《昭阳趣史》、鲁美尔（Stefan Rummel）译的《僧尼孽海》等，甚至连正统汉学权威傅海波都出版过《剪灯新话》。在司马涛的中国古代长篇小说史中，情色小说获得了不亚于《红楼梦》《西游记》等正统文学的篇幅，如对《隋史遗文》中婉儿被强暴一段的完整翻译（德文版长达6页）以及对《玉闺红》《灯草和尚》等艳情小说的大量摘录，都体现了对于暴力和性变态场面的偏好，此类情节使中国古代市民生活显得异常张扬放肆。这当中除了译介者的猎奇本能，仍有潜在的区分机制起作用。西方人一向认定中国文化传统压制个体欲望，儒家好比"清教主义"，其影响延续至当代。在西方人看来，情色文学虽有碍风化，却也表现了抵制禁欲的思想，提升其地位就是以生命本能反对礼教。马汉茂甚至把为情色小说正名和当代中国的个性解放和社会进步相联系，在他眼里，压制"情"造成的心理伤害，社会后果将很严重，对于爱情主题的歧视无非加剧了双重道德的盛行。①

正因为有意促进中国社会系统的分化，德国学者特别关注中国台湾地区文学。80年代初是西德的中国现当代文学研究的奠基阶段，吕福克和帕塔克合编的《迎接春天：中国现代短篇小说1919—1949》、顾彬编的《百花齐放：中国现代短篇小说1949—1979》都出版于1980年，在当时产生了很大影响，勾画出中国现当代文学在德国系统中的整体地貌。与此同时，马汉茂等编选并出版了首部中国台湾地区文学选集《看海：来自台湾的中国小说》（1982），收入黄春明《癣》《看海的日子》、王拓《炸》、王祯和《嫁妆一牛车》、陈若曦《最后的夜戏》、杨青矗《在室男》、七等生《我爱黑眼珠》、张系国《领导者》、曾心仪《忠实者》、白先勇《永远的尹雪艳》《岁除》等作家作品。标题"看海"和《看海的日子》相关

---

① Helmut Martin, „Wolken- und Regenspiel: Die chinesische erotische Literatur", Helmut Martin, *Chinabilder I. Traditionelle Literatur Chinas und der Aufbruch in die Moderne*, Dortmund: project verlag, 1996, S. 53-58.

联，隐喻台湾文学和大陆剪不断的联系。马汉茂指出，这些作家是"中国30年代社会批判文学真正的继承人"，关注现代化过程的负面后果。包惠夫则进一步阐明了中国台湾自1945年光复后的文学和文学政策。他认为，海峡两岸的文艺都服务于意识形态，但台湾作家并非一开始就是中国30年代现实主义文学的传人，政治高压下的五六十年代台湾文人尽力避开社会政治议题，而遁入内心和私人领域，只是到了60年代末乡土文学兴起后才转向现实描写。乡土作家要求回归民族本位，同情被压迫者，重拾起30年代左翼文学的话题，从而让文学重新和政治挂钩。包惠夫的历史描述和马汉茂前言的互文，让"看海"的联系变得极为吊诡：五六十年代台湾国民党当局禁止大陆左翼文学，不妨碍它以"中国正统"自居；乡土文学捡起失落的左翼文学传统，却是为了鼓吹所谓"台湾意识"。

  由于马汉茂的推动，中国台湾地区文学的研究在20世纪80年代的西德兴盛一时，几乎被建构为一个具有自身结构、可与大陆文学分庭抗礼的子系统，黄春明、陈映真成为和王安忆、莫言、残雪一样的中国当代文学主要符号。据马汉茂回顾，1977年到1997年间德国汉学界译介和关注的重要中国台湾作家分别为：日据时期和过渡期作家吴浊流、张文环、钟肇政；二战后的现代派作家柏杨、白先勇、欧阳子、七等生；乡土文学的王拓、黄春明、杨青矗、陈映真；女性主义的李昂、廖辉英；原住民作家吴锦发、田雅各；后现代主义作家张大春。而最具国际影响的中国台湾文学作品莫过于李昂《杀夫》。① 从1979年到1997年，波鸿"中国语言文学"方向产生了103篇硕士论文，大多关于新中国文学（37篇）和中国台湾地区文学（41篇）；13篇博士论文中，研究中国当代文学的占3篇，研究中

---

① 参见Helmut Martin, „'Vorbilder für die Welt'. Europäische Chinapersperktive 1977-1997: Übersetzungen aus dem deutschsprachigen Raum", *Bochumer Jahrbuch zur Ostasienforschung*, Bd. 21, 1997。

国台湾地区文学的占2篇。①在波鸿的汉学系列丛书中，中国台湾地区文学占了相当比重，如顾伯（Isa Güber）《台湾文学里的〈摩登时代〉：论1967—1977年间黄春明的小说》（1987），皮佩《台湾作家陈映真的剖析：附中篇小说〈云〉之德译》（1987），里特尔（Jürgen Ritter）《文化批评在台湾——论柏杨》（1987），德尔（Sylvia Dell）《中国当代文学在台湾：女作家李昂迄至1984年的小说及反应》（1988）。马汉茂将张爱玲也归入中国台湾的"现代派"文学，和柏杨、白先勇、欧阳子和七等生并列，理由是她对这一时期中国台湾地区文学的巨大影响，可见他对于中国台湾地区文学的偏爱。②

中国台湾地区文学成为西德汉学家有意建构的"另一种"中国现当代文学，这一成绩不仅提升了西德汉学在国际汉学界的地位，还成功地改写了中国文学的总体面貌。其实，70年代末以来西德的中国现当代文学研究的兴起本身也含有求异的意味。对于沉浸于古典文学胜境的老派汉学家来说，现当代的文学作品就相当于中国文学传统上的"异"，而新一代德国汉学家带着"采风"的猎奇心，想借助它们去了解一个因冷战对峙而和西方长期隔绝的社会的最新动向。中国现当代文学接受中的"异"多半和意识形态相关，如在中国国内文学界并不受重视的伤痕文学作家遇罗锦却能即时译入德国，和刘心武、张贤亮、张洁、张抗抗一样成为新时期文学的代表，皆因为她以其"实话文学"为特点③。也许是由于二战和两德分立的历史经历，德国读者偏爱政治视角，德国媒体尤其喜欢给中国作品贴政治标签，而对不包含政治批评的中国作品兴味索然。说到底，这还

---

① Hongmei Yao, *Transformationsprozess der Sinologie in der DDR und BRD, 1949-1989*, Universität Köln, Diss., 2010, S. 140-141.

② Helmut Martin, „'Vorbilder für die Welt'. Europäische Chinapersperktive 1977-1997: Übersetzungen aus dem deutschsprachigen Raum", *Bochumer Jahrbuch zur Ostasienforschung*, Bd. 21, 1997, S. 141.

③ Michael Nerlich, „Nachwort", *Yu Luojin: Ein Wintermärchen*, übers. von Michael Nerlich, Bonn: Engelhardt-Ng, 1985, S. 172.

是在有意寻找政治上的"异",以反过来确认他们心目中最大的中德系统间差异——政治。不过,这种对于"异"的执着,既可造就有色眼镜,也能让观察者把握中国文学发展中的新趋势。德国读者不仅在20世纪八九十年代能及时读到张洁、北岛、王蒙、余华、残雪等中国当代作家的作品,即便在中国文学的市场行情相对低迷的新世纪,也能注意到中国当代科幻和谍战小说等领域的最新成绩。对于德国人来说,科幻创作是中国系统自生的"异",纠正了对于中国人缺乏科学精神和想象力的传统偏见。早在1984年,波鸿大学汉学家董莎乐就和中国科幻作家叶永烈合作编译了德文版《来自中国的科幻小说》①,收入魏雅华《温柔之乡的梦》、叶永烈《腐蚀》、童恩正《遥远的爱》、刘肇贵《β这个谜》、王晓达《神秘的波》、肖建亨《沙洛姆教授的迷误》、刘继安《湖边奇案》、顾均正《和平的梦》,共8篇小说,成为中国科幻小说外译的最早一部选集。2015年刘慈欣获世界科幻大会颁发的雨果奖最佳长篇小说奖后,激起德国出版界的巨大兴趣,《三体Ⅰ》(*Die drei Sonnen*)2016年在德国出版,迅即登上《明镜》周刊畅销书榜,这也是中国文学作品首次进入德国这一著名的图书榜单。刘慈欣其他作品的译作——从《三体Ⅱ·黑暗森林》(*Der dunkle Wald*)、《三体Ⅲ·死神永生》(*Jenseits der Zeit*)、《吞食者》(*Weltenzerstörer*)、《镜子》(*Spiegel*)到《流浪地球》(*Die wandernede Erde*)——也相继推出,为德国读者打开了通往中国科幻的大门。同样,麦家的小说《解密》之所以得到德国媒体关注,也因为谍战小说看起来超出了中国文学传统。2018年法兰克福书展开幕当天举办"麦家之夜",发布小说《风声》的国际版权,这也是法兰克福书展上首次举办中国作家个人主题活动。这些新的迹象,都预示着成功交流的前景。然而,评论界对于中国新作品的解读仍受到旧视角的制约,如吕歇尔强调《三体》中的政治斗争指涉比其科学内容"远为有趣",同时指责人物性

---

① Yonglie Ye, Charlotte Dunsing (Hrsg.), *SF aus China*, München: Goldmann, 1984.

格塑造缺乏心理深度，"《三体》更感兴趣的是物理学而非角色"①。殊不知对于刘慈欣来说，对世界的想象本身才是科幻作家的主要贡献，而如果说有政治指涉，那也是一种最普遍的人类或后人类政治，正如文本中叶文洁对美国人伊文斯所说："哪里都一样，人类都一样。"②

所有怪异都能在系统中找到充足理由。海外汉学研究常带有偏见和误解，但真正的偏见和误解是结构性的而非"个人的"。顾彬的"中国当代文学垃圾论"2006年起开始在中文媒体上发酵，算是海外学者迄今对于中国文学最为"任性"的偏见，但即便是"垃圾论"，也能够在其自身系统中找到充足理由。所谓"垃圾"，即未能得到加工、成为"文学"的信息。这又分两种情况，一是违背公认的现有标准以至于无法加工，如卫慧、棉棉的"身体写作"在中国也常被视为"垃圾"；一是还未来得及加工，即还未找到合适的评判标准，莫言、苏童等有着后现代色彩的先锋作家就属于这种情况（顾彬本人的文学观念还滞留于现代派阶段）。进一步说，"未来得及"有一层本体论含义：一切"当下"都是未来得及加工的，正如最新的作品通常属于报刊评论而非文学研究的对象。在此意义上，一切当代文学都是"垃圾"，即未进入学术交流的纯粹信息。必须意识到，西方的中国文学研究忠实于西方的观察标准，从内部需求出发去处理外来"刺激"。因此，谈到任何汉学观点，一方面要联系整个汉学史和学科传统，考察某一阶段、某一汉学学派是如何进行研究的；另一方面，也不能忽略基本命题背后的结构性偏见：中国文学的抒情传统说可能暗示理性的匮乏；史诗传统说又可能意指无创造性和无想象力；而西方人称道的中国文学家的勤奋（当代小说家写得多，古人编书编得多），仍有无精

---

① Rolf Löchel, „Ein Eisberg im Ozean: Cixin Lius Science-Fiction-Roman Drei Sonnen interessiert sich mehr für Physik als für seine Figuren", https://literaturkritik.de/liu-drei-sonnen-ein-eisberg-ozean-cixin-lius-science-fiction-roman-drei-sonnen-interessiert-sich-mehr-fuer-physik-als-fuer-seine-figuren.23326.html, 2022-12-31.

② 刘慈欣：《三体》，重庆：重庆出版社，2008年，第235页。

神性的为劳动而劳动的话外音。整个西方汉学都隐含着对中国的精神定位，上不到主观、下不达客观的"中庸"是最常见的一种。

多数德国汉学家并不清楚自己在系统中的位置，往往把自己当成独一无二的认知主体，然而频繁出现的和论证无关的类比、格言、呼吁，则体现了汉学家和西方知识系统的关系。任何一篇论文都有或多或少、或隐或显的纯交流性语言，中国文学研究和大的知识系统连接的路径却正是这类"废话"，看似多余的"废话"实为维系系统正常运转的关键——是系统的自言自语。首先是抒发理想的"呼吁"，如马汉茂的李渔戏曲论研究一上来就发表感想：

> 标志着汉学的中国文学观察，大概是某种程度的孤立主义，表现为自限于中国文学史的视域，自限于对西方文学一鳞半爪的知识，以及对于文学科学方法论的冷漠。后果就是，人们不得不承认，中国文学在一般文学科学中一如既往地被归为异类，没有一部东亚作品的经典在读者意识中获得其固定位置。①

法斯特瑙在研究中国古代世情小说，或何致瀚在研究顾城诗时，都没有忘记反思文学和汉学研究本身。前者宣布要追随夏志清走上新批评轨道，由"事实性知识"转向文本的"批评性阐释"②；后者通过和流行的德曼、德里达的解构主义理论挂钩来批判中国文学研究的"内在阐释"模式③。此类意在凸显自身在知识系统中的突出位置的宣言，在汉学著作中屡见不鲜。其次，著作题词也值得注意，如赫瑟从女性主义角度考察中

---

① Helmut Martin, *Li Li-Weng über das Theater*, Taipei: Mei Ya Publications, 1968, S. 1.

② Frauke Fastenau, *Die Figuren des Chin P'ing Mei und des Yü Huan Chi. Versuch einer Theorie des chinesische Sittenromans*, Universität München, Diss., 1971, S. 2.

③ Hans Peter Hoffmann, *Gu Cheng – Eine dekonstruktive Studie zur Menglong-Lyrik*, Teil 1, Frankfurt a. M.: Lang, 1993, S. 302-303.

国新时期女性短篇小说，引用了奥地利当代女诗人巴赫曼《法兰克福演讲录》："事实上，有可能的，是一种改变。导致变化的作用由新作品而来，教育我们走向新的观察、新的感觉、新的意识。"①陈月桂《儒家的同情和同感思想在中国新文学中（1917—1942）》采用比较视角，题词即为伽达默尔的"在陌生人中认出自身，在陌生人中找到家园，是精神的基本运动，精神的存在只是从他者存在中返回到自身"②，从而将汉学观察接入德国的阐释学传统。最后，和西方文学的各种新奇类比不仅是最常见的修辞，也是通向大的知识系统的重要路径。顾路柏在其《中国文学史》（1902）中，将写男女情爱的《召南·野有死麕》类比于中世纪宫廷诗人福格威德（Walter von der Vogelweide）的《菩提树下》（*Unter der Linden*），认为两者精神相近，不过中国诗以狗代替了德语诗中的小鸟（在他看来，这样的简单类比，效果也好于《毛诗序》"恶无礼也"的牵强解释）；他又说，《邶风·静女》描述失败的幽会，感觉的温柔和表达的优美类比于歌德的抒情诗。③在专业性的中国文学研究兴起之前，因为缺乏阐释手段，类比几乎就等同于阐释。中国作家作品不仅通过与之相类比的西方文化符号如歌德、哈姆雷特、卡尔德隆、《圣经》等同西方意识相连，这些西方符号也成为中国作家作品的内在意涵，增强了中国文学象征体系的意指潜力和在世界文学交流场中的适应力。马汉茂评论李渔的戏剧理论时，极为夸张地将中国戏剧思想和印度、日本、欧洲戏剧理念作比较，被雷威安批评为大而无当，但那实为西方汉学家的惯技。从功能上说，中国文学作为西方知识系统中的外来参照，一方面可用来验证既有的

---

① Birgit Häse, *Einzug in die Ambivalenz. Erzählungen chinesischer Schriftstellerinnen in der Zeitschrift* Shouhuo *zwischen 1979 und 1989*, Wiesbaden: Harrassowitz, 2001, 扉页。

② Goat Koei Lang-Tan, *Konfuzianische Auffassungen von Mitleid und Mitgefühl in der Neuen Literatur Chinas (1917-1942). Literaturtheorien, Erzählungen und Kunstmärchen der Republikzeit in Relation zur konfuzianischen Geistestradition*, Bonn: Engelhard-NG, 1995, S. 6.

③ Wilhelm Grube, *Geschichte der chinesischen Litteratur*, Leipzig: Amelang, 1909, 2. Aufl., S. 54.

模式和知识；另一方面，也带来了"修正"西方自身的文学传统的突围希望。汉学家在研究中国文学研究时不但以西化中，有时也尝试以"中国经验"介入自身所处的社会和知识系统，在西方的理论和政治斗争中表达个人立场。这方面，卫礼贤以易理来处理西方文化危机问题和当代法国汉学家于连的"通过中国迂回"立场都是突出的例子，而顾彬对中国90年代后文学的市场化导向的激烈批评，实寄托了他对现代派文学理念的坚守和对美国式后现代主义的拒斥。

西方汉学家对中国文学研究的贡献有目共睹，如美国汉学家金介甫（Jeffrey Kinkley）的沈从文传记，是堪与林语堂的苏东坡传记媲美的中国诗人画像，不但促进了中国国内对沈从文的再发现，也推动了新时期文学传记体裁的繁荣。但西方汉学和中国文学的真实关系却并非静态的认识关系，而是动态的自我建构，即建立一个中国文学的符号世界并治理这个世界，由此实现一种世界治理。中国文学符号从进入德国读者视野的开始，就置身于一系列复杂的治理程序。

首先，翻译本身就是一种治理。库恩在进行翻译时首先关注主要情节的完整，所有删改都服从这一目的，他的惯用技法包括：1. 对于情节发展推动作用不大的段落，要么删去，要么压缩；2. 省去许多插入叙事中的诗词；3. 在文本之间搭桥，将断掉的线头重新缝合，加强叙事的连贯性；4. 对于晦涩难懂的段落，则通过改写疏通原意，而不像语文学家的翻译那样进行烦琐评注。按常鹏的分析，这种翻译寓含了一个内在原则，即将一种"宇宙性"结构塑造成有主次之分、有因果联系的现实主义的逻辑结构。"宇宙性"意味着像宇宙一样自然而然，让叙事要素自我展示，自给自足，因为有一个宇宙作为包容结构，一切要素都不会外在于系统，也不会破坏系统的自主运行，故而看似无线索的故事铺陈，也是合乎情理的，只要有一条或即或离的"文脉"或"气"贯穿其间即可。西方的多层面立体结构，正如西方绘画中的透视技术，看似精巧而复杂，如果和宇宙相比，却是简单的人为操作。

其次，中国的文学作品的理解沿西方人习惯的路径展开，哪怕在一般的欣赏过程中，也往往会被治理成更复杂的结构。如《平妖传》的德译者波克尔特说，重要的世界文学作品都有一个共性，即"言说和情节在多个层面展开"。就《平妖传》而言，表面一层涉及最激烈的动作、最显眼的颜色和最强烈的情感；第二层阐述控制自然、延长生命及祛邪的道家技术；第三层则描述获得解脱的路径。"这种多义性不仅赋予作品在文学技巧之外的深度和气氛，在数百年中还吸引着那些对造反者戏剧粗率的单纯叙述不屑一顾的读者们。"①西方的观察者从自身的欣赏习惯出发评价中国文学作品，尤其在汉学研究尚未成熟的19世纪，因为很难了解到中国文学的"本来"价值，就更是如此。因此就不难理解，《玉娇梨》《好逑传》等二三流的中国文学作品会受到19世纪的欧洲读者和汉学家青睐，因为这类小说结构完整，故事脉络清晰，符合西方通行的小说概念。男女主人公由邂逅、离别、经历磨难到团圆，和西方喜剧的布局相同，很容易引起读者的共鸣。

最后，西方文学分析的范畴和框架，甚至文学史这一交流机制本身，就已造成了以西化中的趋势。佛尔克在《中国元剧选》中，用西方范畴将十部元杂剧分为历史剧、哲学/宗教剧和滑稽戏三类。佛尔克不但拿欧洲悲剧的标准来规定元杂剧，还总是"设身处地"设想，换成一个欧洲诗人应该怎样写。《汉宫秋》是上佳的悲剧题材，在马致远笔下却成了抒情戏、悲悼剧，全无悲剧应有的英雄向命运的挑战，如果由一个欧洲诗人来处理的话，"皇帝就不会如此轻易地放弃他的爱人，相反他会竭尽全力，回绝匈奴人的要求，留下昭君。他在斗争中也许会受重伤。匈奴人可能抢走

---

① Manfred Porkert (Übers.), *Luo Guanzhong: Der Aufstand der Zauberer. Ein Roman aus der Ming-Zeit in der Fassung von Feng Menglong*, Frankfurt a. M.: Insel, 1986, S. 13.

他的爱人，而后者在其逃跑企图破灭后，可能终会绝望自杀"①。他又指出，《连环计》可能被一个德国诗人编成悲剧，而中国诗人却像莎士比亚那样塑造了"一部历史剧，一个历史故事"②。顾路柏在《中国文学史》中将中国戏剧分为历史剧、市民剧、性格喜剧和魔幻剧四大类，认为中国戏剧中同样存在西方诗学意义上的悲剧和喜剧，只是中国人未意识到这一点；另外，他将中国古代长篇小说分为历史小说、风俗小说、神魔小说等类，在司马涛看来也是对中国长篇小说研究做出的重要贡献。③体裁诗学在德国浪漫派文学理论中是一个重要组成部分，不同体裁代表不同的精神形式；汉学家的中国文学观察同样含有这一意味，悲剧体裁在中国文学中的缺失尤其代表了精神上的局限。实际上，文学史的形式本身就是范畴规定。一部中国文学史像是一部治理中国的密码本，每一细节都包含了处理中国对象的遴选、分类、结构化和调控程序。从19世纪中期到今天，德国汉学界共推出六部中国文学史，六部中国文学史是汉学家的六次中国文学史知识总结，但也可以说，它们是对于中国文学世界的六次秩序规划：硕特在欧洲人尚不知中国文学为何物的时代，提供了一份"文"的基本文献名录；顾路柏将世界文学史家已经开始的中国文学史建构纳入汉学系统，为汉学界的中国文学认知提供了第一个总体结构；尊孔的卫礼贤不仅赋予中国精神以积极意义，也揭示了中国文学的正面价值；施寒微将中国文学由精神体变为文化体，将文学史从精神反映变为纯知识结构；顾彬的中国文学史遵循文学自治的理念，虽然由于追求纯粹的内在性、个体性，不免堕入精神史窠臼，但是莫宜佳、司马涛等其他编写者的多元化操作多少弥补了这一缺陷；艾默力的文学史则引导中国文学走出新批评的文学框架，

---

① Martin Gimm (Hrsg.), *Chinesische Dramen der Yüan-Dynastie: zehn nachgelassene Übersetzungen von Alfred Forke*, Wiesbaden: Steiner, 1978, S. 594-595.

② Ebd., S. 596-597.

③ Thomas Zimmer, *Der chinesische Roman der ausgehenden Kaiserzeit*, München: Saur, 2002, S. 53-54.

重新和社会政治结合，也彻底抛弃了传统的精神史结构。

模式化因此成为德国的中国文学研究的重要特征，模式化意味着高度系统性：系统决定了个别学术观点的诞生。德国汉学系统中，主导符码、叙述模式的作用明显，孔子、胡适、鲁迅几乎成为三种原型因素，分别代表中国的"传统"（和谐、无我）、"现代"（科学、疑古）和"未来"（革命、自我反思）三种语义，汉学家围绕他们组织中国文学的符号世界。而德国的研究史上反复出现的现象是，李白、杜甫、杜牧、苏轼、鲁迅等中国作家逐渐"成长"为真正的西方式艺术家，无一例外地符合西方纯文学精神，作品越来越具备西方文学的形式特征（正因为如此，才让我们惊叹西方的中国文学阐释的精密）。最后，"以偏概全"也是常有的事情，汉学家管中窥豹，不免把一己之得视为整体。《诗经》在19世纪德国观察者眼中代表了全部中国文学，接下来李杜就等于全部唐诗，继而梅尧臣在当代研究者看来展示了全部宋代文学风格，杜牧在顾彬眼中也寓示全部中国抒情诗的精神，而顾彬也自觉到这种危险："我专注于杜牧一人，不惜冒赋予他过多分量的危险。"[①]然而"以偏概全"不仅是个体层面的战术行为，从系统层面来看它意味着，系统的终极目标并非个别的外来符号，而是另一个系统，这个系统的范围可以也必须大到和自身系统一样——主体建构能力的边界即为中国文学世界的"客观"边界。

然而，不同系统在编码层面上独立，不妨碍在规划层面的互相借鉴。故步自封的传统汉学时代已成过去，今天的发展趋势是系统间联系越来越紧密。普实克早在1954年评论艾伯华《17到19世纪的中国文言小说》时，就强调："今天欧洲的研究者必须在每个问题上都以中国学者的研究结果为依据。"[②]艾默力在21世纪出版的《中国文学史》中又重申，西方研

[①] Wolfgang Kubin, *Das lyrische Werk des Tu Mu (803-852)*, Wiesbaden: Harrassowitz, 1976, S. 33.

[②] J. Prüšek, „Rez: Eberhard 1944", *Orientalistische Literaturzeitung*, 9/10 (1954), S. 460.

究者必须尊重中国文学传统本身，绝不能任由自己的想象力驰骋。[①]不少汉学家都在思考，能否换一种方式，更多地采用中国传统的方法来研读中国作品，用中国自己的文学观来评价中国文学。甚至，西方汉学家们需要反过来呼吁人们关注他们的工作了。如在谈到欧洲的《诗经》研究时，赫采尔（Armin Hetzer）说："人们也不能绕开欧洲翻译者和阐释者，因为西方汉学奉行不同于中国人的标准，即便中国人的前期工作不能一概小视。"[②]柯马丁更是在不同场合，对于西方"汉学"的歧视为中国"国学"表示抗议。一向高傲的西方学者都要求放弃唯我论立场，表示要尊重不同观察系统的差异性，这就更能提醒我们，全球化时代的"中国文学"已成为来自不同文化系统的学者们共同建构的对象，而每一系统都有自己的和对象打交道的方式。不同文化背景的观察者自主观察，自由地投寄自身的理想，恰恰意味着"中国文学"成为跨越交流鸿沟的桥梁，充当不同文化的人们自我表达的共同媒介。不妨将中德系统间关系看成胡塞尔意义上的交互主体性关系，主体之间正因为彼此不可化约，才能保持各自的主体性，而不至于沦为任对方处置的纯粹客体。即是说，差异既保证了他者作为主体的权利，也保证了自己作为主体的存在，交互主体性先在地构成了主体性。

第三节　最后的阈限：自我问题

保持中国文学"异"的身份，是中西比较的目的之一，中西区分是维

[①] Reinhard Emmerich (Hrsg.), *Chinesische Literaturgeschichte*, Stuttgart: Metzler, 2004, S. 165-166.

[②] Heide Köser (Übers.), *Das Liederbuch der Chinesen. Guofeng*, philologische Bearbeitung von Armin Hetzer, Frankfurt a. M.: Insel, 1990, S. 214.

第六章　中国文学研究作为知识交流系统

持一个中国对象的前提。汉学家在追求归化中国文学的同时，也强调中西比较要慎行，因为有些东西是不可比的。陶德文认为，相比于西方艺术，中国艺术更追求物我交融、主体和世界合一，主体的创造空间较小。而欧洲自现代性以降，更强调美学自治和个别性优先，由个别传达一般，个体毋宁说是绝对的、不可比较的：

> 可以确定的是，中国艺术中这一空间要比西方更狭窄。这一中间位置就是自觉进行创造的主体之所在，主体越是自治，就越是和周围划出清晰界限。这里艺术和生活分道扬镳，尽管对立程度时有不同。中国艺术，尤其是诗歌，追求将装饰性和直接性合为一体：前者在某种程度上会将后者捕获。装饰化的诗歌因此实现了一种过去和未来的特有连接，而当前在模糊性中丧失了自身。西方的诗学意识正相反，倾向于将一个易逝的自我所亲历的现时这一刻救出，成为一种个体性的、物化的塑造。表达于其中的，却也是一种说服和克服的意志，这种意志对中国诗学来说是陌生的。①

在反思中西文学的可比性问题的同时，他提出一种中西比较的元理论框架："根据其内容和形成过程（如何被创造）的样式，可以将要比较的作品作为三个相互接触和过渡的位置，排列在一条设定的线上。最左边的位置是纯粹的直接性，最右边的位置是纯粹的间接性，处于中间的是内容和形式相调和的区域。由此得出的论点是：在两个外侧的位置上，可比

---

① Rolf Trauzettel, „Zur Vergleichbarkeit von Dichtungen aus verschiedenen Nationalliteraturen", Ingrid Krüßmann-Ren, *Literarischer Symbolismus in China: theoretische Rezeptionen und lyrische Gestaltung bei Dai Wangshu (1905-1950)*, Bochum: Brockmeyer, 1991, S. xiii.

性大,在中间位置上,可比性是成问题的。"①完全的直接性领域是神秘之域,完全的非直接性即形式的领域是神话之域(在神话中内容等同于形式),装饰也属于这一领域。这两个位置上,借助比较实现一种翻译、沟通都是可能的。中间区域才是艺术作品之所在,其特点是内容和形式的交融,这一区域的比较则非常棘手。一般来说,正统的宗教或伦理性艺术创作中,作品对于世界持维护性态度,形式原则清晰,可比性较强。那些出自变革和转型时期的作品,往往对社会和世界持批判态度,主观性急剧增长,形式塑造变得暧昧,对这类作品就难以进行比较性操作。在他看来,如果要进行比较,素材和母题是最切近的路径,他告诫说:"不要从宏大的美学形式的比较阐释开始,而应该首先分析其要素,譬如相似或相异的意象塑造和隐喻塑造。"②以唐代诗僧齐己《苦热行》为例:

> 离宫划开赤帝怒,
> 喝出六龙奔日驭。
> 下土熬熬若煎煮!

他拿这首诗和1666年一首出自奥格斯堡的教会诗相比:

> 主啊,划开天域,
> 自天下降,下降。
> 启开天之门,
> 启开锁闩!

---

① Rolf Trauzettel, "Zur Vergleichbarkeit von Dichtungen aus verschiedenen Nationalliteraturen", Ingrid Krüßmann-Ren, *Literarischer Symbolismus in China: theoretische Rezeptionen und lyrische Gestaltung bei Dai Wangshu (1905-1950)*, Bochum: Brockmeyer, 1991, S. xi.

② Ebd., S. xviii.

第六章 中国文学研究作为知识交流系统

他说,这两首诗的图像语言是可以类比的,都在天的想象中加入了尘世的建筑元素。但也仅限于此,如果考虑到背景和情绪,就是另一番景象了。中国乐府诗是一种具体的对久旱不雨的怨诉,而教会诗代表一种普遍的宗教热情,希望上帝将光明带入阴郁尘世。进一步,如果像荷尔德林《切近的最好者》(*Das Nächste Beste*)那样,诗的意象从极强烈的主体性喷涌而出,以预告新时代来临和旧时代漫漫黑夜的结束,则那些"直观和亲历的世界"几乎是无法比较的。①

中西区分最后落脚于一些引导性问题:中国人有无自我?中国人有无现代意识?中国有无悲剧精神?中国人能否批判系统本身?这些问题构成了汉学研究的基本框架,核心关切是,中国系统能否按西方的方式展开,或者说,中国是否有一个西方式自我。自我当然不是一个自然性概念,仅仅和个体性身体、心理、思想相关,由个体性身体、心理、思想就能得到理解。恰恰相反,连这些最"自然"的个体要素都不是自在的,而要从整个系统来加以解释。因为自我的内涵由整个系统所决定,随整个系统的运作、演化而变迁,故而不仅和集体自我而且和系统本身几乎就是同一个意思,自我成为系统整体的某种转喻。然而在日常语用中,自我的这一系统属性总是处于被遗忘状态,汉学家使用这一概念时经常是含混的。

德国汉学家对于探索中国人的精神结构一直兴趣不减,许多人像卫礼贤那样以"中国心灵"为最终目标,探讨那种塑造了古代和现代的潜在的力量。自我是主体的代名词,对主体的理解在20世纪西方其实已发生了急剧变化,从胡塞尔的交互主体性转向到卢曼以"交流"取代先验主体,都体现了超越个体性主体的趋势。事实上,自我在德语区现代主义文学的高峰期——维也纳现代派——那里就经历过一次严重危机,呈现出"不

---

① Rolf Trauzettel, "Zur Vergleichbarkeit von Dichtungen aus verschiedenen Nationalliteraturen", Ingrid Krüßmann-Ren, *Literarischer Symbolismus in China: theoretische Rezeptionen und lyrische Gestaltung bei Dai Wangshu (1905-1950)*, Bochum: Brockmeyer, 1991, S. xviii-xix.

可挽救"的颓势。①"不可挽救"的原因，正如马赫在《感觉的分析》中揭示的，是因为自我并非通常人们所设想的完整实体，而只是一系列感觉碎片的随机组合。而在此问题上，许多汉学家显然还滞留于19世纪甚至更古老的阶段。汉学家以自我为中西系统的终极界线，以自我的名义排斥他者，都源于一种特定的自我概念：当自我被理解为单独的、封闭的实体，而不是交流性结构或自我和他人的交互主体性时，自我对他者的排斥就势在必然。陶德文曾援引中世纪哲学家波爱修斯（Boethius）以说明"人格概念是实体性（substantialistisch）的"，他将后者的"persona est naturare rationalis individual substantia"译成"人格是一个精神存在的不可分割的自我形态"（Person ist der unteilbare Selbst-Stand eines geistigen Wesen），强调的正是人格的"不可分割"，这一人格必须在个人自治中获得"自我身份的强力"。②

不妨说，"自我"是西方文化内部生成的一个典型的元文本（它又和"理性""超越""个体性""自治"等元文本紧密联系、相互规定），故汉学研究中的"自我"主题不单涉及中国，更是汉学家向系统自身发出的吁求，或者说是系统通过汉学家自我吁求，以实现卢曼所说的社会系统的"自我课题化"，社会系统由此成为一个"自反性"观察机器。这个自我吁求通过一个"无自我"的对比物"中国"的设立，得到了语义学层面的强化。"中国"可能的确是无自我的，但指责中国无自我绝非系统的兴趣所在，系统关心的是自身的自我即系统身份，系统之外都是非自我，系统之内亦时时出现非自我——这是"自我/非我"区分无数次地"再输入"，也就是不断运用于系统内部操作的结果。

---

① "不可挽救的自我"（Das unrettbare Ich）是维也纳现代派的文学先驱巴尔（Hermann Bahr）1902年发表的著名杂文的标题，巴尔接纳了马赫的"自我不可挽救"的哲学观点，在此文中宣示一种崭新的自我视角和自我理解。

② Rolf Trauzettel, „Individuum und Heteronomie: Historische Aspekte des Verhältnissses von Individuum und Gesellschaft in China", *Saeculum*, 3 (1977), S. 340.

第六章　中国文学研究作为知识交流系统

关于中国人的自我，陶德文的说法颇有代表性。他认为中国传统社会没有个体性展开的基础，因为中国从家庭、国家到法律、道德和文学都是以类比方式组织起来的，彼此间无严格区分，从而将个体封锁在重重关系的罗网中。在中国，儒家思想奠定了道德和法律，法律是和道德，最终和宇宙大道紧密相连的，而宇宙大道同样显示在家庭和国家的组织中。这些类比体现了巫术性的世界认识（"天人合一"），导致的后果是整个社会和思想同质化，个体的自治要求被淹没和忽视。①迄至今日，德国的中国文学研究，可以说是围绕自我问题组织起来的——尽管有各种反主体性的"后现代"突围尝试。鲍吾刚、陶德文、顾彬这三位中国思想史领域的权威学者都对此问题表现出超乎寻常的关心，这证明，"自我"在扮演中西方分水岭的同时，也成了一个统一差异的先验层次，以至于人们会尝试借助"自我"媒介展开和中国的理性对话。

鲍吾刚看起来一心要为"无我"的中国人正名，实际上他只承认中国人有"个体性"，并未承认中国人有自治自我的理想。②中国人迄今最重要的自我观念来自儒家，儒家的自我理解代表了一种"被规定的个体性"（eine bestimmte Individualität）——个体性和环境须臾不可分。③西方人相信灵魂的超越，躯体不过是暂居的牢狱，而中国人无此观念，也就难以形成"强大的或过分强大的自我概念"。④鲍吾刚称中国文人个体的基本姿态为"谦卑"（Demut）。⑤重要的不是"我是什么？"，而是"我该怎么做？"，中国人的目光始终向外，祈盼从社会或自然整体赢得个体价值，

---

① 参见Rolf Trauzettel, „Individuum und Heteronomie: Historische Aspekte des Verhältnissses von Individuum und Gesellschaft in China", *Saeculum*, 3 (1977).

② 鲍吾刚思想中的暧昧性和汉学在西方知识系统中的特殊地位相关。汉学家的困境就在于，他们致力于将中国他者引入西方知识系统，但从来没有一个"本来的"他者，而只有悖论性的西方的"内部的他者"。他者描述由系统符码出发，也以维持符码为根本目的，对于他者来说，这种操作必然暗含了一种符号治理意味，即要求他者采纳既定的自我结构。

③ Wolfgang Bauer, *Das Antlitz Chinas*, München: Carl Hanser, 1990, S. 89.

④ Ebd., S. 15.

⑤ Ebd., S. 759.

一旦目光转向自我内部，就会发现空和无。空和无因此在中国哲学中占有极为重要的地位，它们不仅有虚无的负面含义，也具有正面价值：成为一切有的前提。这就可以解释，为何中国思想一方面对自我避而不谈，另一方面又的确有对自我的探讨。但这同时也意味着，中国人始终是感伤的。鲍吾刚注意到，中国的自我描述总和感伤相伴，在表现自我之前，总要先感叹世事无常、人生易逝。这种哀感并非自我观察的结果，恰恰相反，因为自哀，才返观自我。显然，自我价值若非出于自身，而是社会和群体中的定位，也就始终和社会、群体的压力相联系，一旦境遇生变，必然陷入颓废消极——因为缺乏内在自我的有力支撑。

鲍吾刚眼中，中国传统叙事文学的特色密切相关于这种自我状态：

> 除了行动繁多的情节（只是到一定距离就会被诗词段落打断），这种叙事文学还有一个核心特征，即基本上纯粹由插曲般的片段组织起来，片段越长，这种结构就越发显眼。许多长篇小说（以及一些戏剧）看起来就像诸多可独立成篇的短故事的串联：中心角色一个接一个出场，这会儿消失得无影无踪，过一会儿又重新出现，围绕他们的是黑压压一片次要角色，至少对于西方读者来说，想一目了然十分困难。由此不难理解，为何许多剧目都只演出特定的片段，因为在某些传统流派那里，戏剧会由多达成百出构成。长篇小说同样如此，说书人从来不会将它们完整地一次讲出，而是每次只讲一部分。
>
> 由口头表演所决定的外部时间限制，即是说，将材料分为"出"或"回"，它们必须自身就足够完善，以便使听众满意而归——即便他们也许在此之前或之后都不再有机会，将故事从头到尾听完。这一情形也影响到所讲文本的内部结构：它们势必经常采取所谓多中心的形式，既没有一个绝对必要的开端，也没有一个绝对的结局。许多较早的民间长篇小说都毫不费力地获得一再"续作"，原初情节的基本

构想在新章节中被继续编织下去。它们很少有一个固定的、不可或缺的角色，可以左右对整个事件的看法。就像传统中国画既没有投影背景也不要中心视角，而是任由观察者自己选择立足点，同样，章回小说、话本和戏曲中也都没有固定的唯一视角。①

叙事的"多中心"意味着无主要人物、无主要情节。表面看来，第一人称全知叙事者串起一切，但这个"我"恰恰是一个非我，它是说书人的代表，而不与文本中任何一种立场相认同，这正是传统白话小说无主体性的表达。鲍吾刚认为，中国现代小说中主体性萌芽的出现，是五四新文化运动后译入的《少年维特之烦恼》一类的西方文学影响的结果。而哪怕是中国传统文人身上体现的极为有限的个体性，也和民间的白话小说无缘，大众绝对感受不到屈原、司马迁、嵇康怀抱的那种由个人和宇宙疏离导致的"独"和"孤愤"。同时他还强调，20世纪中国尽管接受了西方的个人主义，但其特有的自我态度并没有因为西方思想的进入而完全消失。鲍吾刚特别突出了冯友兰的例子。冯友兰留学于美国哥伦比亚大学，毕生致力于理学的现代复兴，以西方哲学的方式来书写中国哲学史。然而，他也堪称"自我批判的大师"②，从载于1950年《人民日报》的《一年学习的总结》开始，他写过的自我批判数量之多，足以让他成为中国现代的自我批判者之楷模。

陶德文对中国美学的理解可用一句话来概括：中国美学是排斥自我的美学。在他看来，西方艺术家的位置在上帝和自然之间，"他从自然走出来，和自然相对而立，他通过从自然获取材料，在创造行为中大胆地模仿上帝本身，由此创造的作品成为对自然的丰富"；中国的艺术家是另一

---

① Wolfgang Bauer, *Das Antlitz Chinas*, München: Carl Hanser, 1990, S. 571-572.
② Ebd., S. 701.

副形象，艺术家是一个"自然之人"（Naturwesen），"他由自然材料生产作品，自身则消融于作品中，就像蚕的蜕茧"。①西方人眼中的美学塑造是独一无二之物：美超出规范，美的形体和环境相区分，将环境降为其背景。恰恰这一点让中国古代思想家感到惶恐，于是，"对于一元整体和万物合一的需要和向往"让他们转向"无形"（Gestaltloses），在"无形"中寻找万物之原。美既然不是自身，就必然和伦理、日常相连接，以此方式"遁入群体和中庸"（Flucht ins Gesellige und Mittlere），"在彼此混合中得到庇护"（Geborgenheit der Gemischtheit）——这已不是谈"美"，而是在讨论中国人的自我问题了。②陶德文看到了孔子对中国美学的决定性影响。正是孔子实现了美和善的密切结合，让美成为人和社会、宇宙的和谐关系的表达，其范本就是礼。儒家的"文"是一种文质彬彬的特殊"装饰"，在其中，空间与时间、充实与空虚、形象与抽象得以完美结合，它和个体性的关系体现为："个别性在其中既不会丧失，也不会显得突出，而是保存于普遍结构中。"③儒家追求平衡、中庸，视个体为普遍结构的表达，而在追求自然无为的道家思想中，同样没有艺术家个体的特殊位置，他相信，道家对于自我的放弃其实比儒家更为决绝。鲍吾刚在《中国人的幸福观》把道家描述为一种"热情洋溢的个人主义"，在他看来就是十足的错误。④道家的美由神秘性所规定，无可言说的宇宙大乐超越了一切美学塑造的意志，正是为了打破美的自律，道家才径直走向了丑——提前拥抱了现代西方的反美学。庄子用种种离奇比喻来说明丑的大用，无非要克服美丑的对立，彰显不作区分的神人境界。陶德文得出结

---

① Rolf Trauzettel, „Das Schöne und das Gute. Ästhetische Grundlegungen im chinesischen Altertum", Helwig Schmidt-Glintzer (Hrsg.), *Das andere China: Festschrift für Wolfgang Bauer zum 65. Geburtstag*, Wiesbaden: Harrasowitz, 1995, S. 295.

② Ebd., S. 305.

③ Ebd.

④ Rolf Trauzettel, „Individuum und Heteronomie: Historische Aspekte des Verhältnissses von Individuum und Gesellschaft in China", *Saeculum*, 3 (1977), S. 341.

第六章　中国文学研究作为知识交流系统

论，在中国，美学创造的最高目标不是美的作品，而是要追求"崇高者"（Erhabenes）。这一"崇高者"在《周易》中称为"元"，《诗经》等文本中称为"皇"（"穆穆皇皇"）。它作为至高者的存在，注定了美只能处于一个较低位置，同时又使得宗教礼仪和美学创造相融合（乐舞成为中国诗歌的本原），因为对于"崇高者"的实现来说，宗教礼仪是一个最直接的途径。

仪式和美的联系这一命题，可引发极为丰富的联想，也构成了德国汉学界对中国文学的核心认识之一，顾彬的中国文学史将中国诗歌、戏剧的起源都界定为宗教礼仪，就是显例。西方汉学家进行相关论述时，经常有意混用宗教和礼仪两个概念，以造成意识形态暗示。但是，无论对陶德文还是顾彬，所谓宗教性实质上还是无自我的换喻，它包含了三重意思：1. 这不是真正的宗教，只是用来扬弃自我的手段；2. 仪式不是通向启示，而是导入神秘的"超越性"（Transzendenz）；3. 恰恰因为没有宗教启示，才依赖于烦琐的外在仪式。在美的领域，按陶德文的思路，那就意味着意在言外，言说作为行为过程所包含的意义超出了单纯言辞，执着于字面含义，言说的仪式维度就消失了。移至思想史领域，就意味着个体在自身中看不到独立价值，而总要将自身献给一种可代替宗教信仰的事业，在此"崇高者"中获取神秘性、道德性和美的整体，获得人和宇宙的和谐关系。

顾彬的中国文学研究同样是对于中国人自我的探讨。1988年波恩举办的"儒学与中国的现代化"国际学术研讨会上，对于杜维明的儒家文化有助于现代化的观点，顾彬和陶德文都明确表示反对。顾彬的论文题为《不安静的猴子——关于儒家中的自我问题》，认为"自我"是欧洲18世纪以后才形成的概念，传统中国没有真正的自我可言，不可能生成近代资本主义和个人主义。对他来说，中国的儒释道三家理解自我的一致性就在于"知足和自谦"——人绝不能表现得超越传统和长者。这一基本态度到了五四时期陷入了两难处境,"五四"似乎是一个自我极度张扬的新时代:一方面通过自我实现和他人的沟通,自我成为打破个体、阶级、地域、时代隔阂的统一媒介;但另一方面,自我只能以自我为依据,以自我为唯一的规则和内容,以自我为最后的目的,成为非理性的"自我显灵"(Egophanie)。无论鲍吾刚还是顾彬,都以郭沫若《天狗》为这种空洞激情的代表,天狗无物可食,唯有自我吞噬,最终的结果是"自我的'爆'和接下来的虚无"[①]。之所以无物可食,按鲍吾刚的说法,是因为中国人没有一个源于宗教的内在自我,五四诗人不厌其烦地呼吁的自我也就沦为虚影。没有神性的自我,中国现代诗人永远摆脱不了感伤。现代性依赖于新对旧的胜利("新/旧"符码),然而五四启蒙者所渴盼的新状况总是姗姗来迟,或者并不比旧状况更美妙,这就会导致自我的无所归依,导致诗人对于自我和世界的绝望。除非放弃现代性自我,献身于政治意识形态,才能克服精神困境和"行动障碍",重新获得时代主人公的感觉,对于顾彬来说,这正是20世纪中国文学的基本精神走向,从厌世到对于集体和国家的颂扬的转变,成了中国现代知识分子的心路历程。

在顾彬等汉学家看来,中国现代诗人因为缺乏一个内在自我而拥抱集体性的解放事业,又是由传统的精神结构所导致的,现代诗人的问题也是古代诗人的问题。中国诗人自古以来就感伤,也向来是通过交替使用周济天下和退隐江湖两种方式来治疗感伤,但退隐者始终难忘庙堂,忧天下者顶多能做到某种体制内批判,而不会触及"天尊地卑"的统治结构本身。西方汉学界有一个通行做法,即将戏剧视为中国人精神结构的象征,戏剧角色的类型化就成为中国古人无个体性和主体性的证明。如顾彬强调,中国古代剧作家关注的不是个别事件,而是道的永恒秩序:"隐藏的主人公是道。在道的'戏'中不可能有个性的发展,因为每个角色都只是它其中一个部分。道的秩序需要得到印证,在此秩序之内,单个人只是演出指派

---

① Wolfgang Kubin, *Die chinesische Literatur im 20. Jahrhundert*, München: Sauer, 2005, S. 49.

第六章　中国文学研究作为知识交流系统

给他的或是善人或是恶人的角色。"①

中国文学和宇宙秩序的关系，是比意识形态和政治性更深的层面，在这一层面上，东、西德学者的看法竟然高度一致，体现了共同的精神传统。施华兹早在1969年《镜中菊》诗选导言中就详细地阐述了这个问题。他认为，不论儒道释，中国思想统一的先验基础是"循环的世界图像"，其能动性体现为"四季、播种和收获的转换；阴阳原则——升华为宇宙维度的两性力量——的交替；出生、生长、死亡；对丰收的挂念，对旱涝的畏惧"，而最高表达是一切对立的合一，即"道"。这样一种循环的世界图像，取消了个体性和悲剧文学的存在可能，因为每个人的最高使命是融入规范，继而融入循环的宇宙秩序。在循环的世界图像中，即便最可怕的灾难也是再生的动机，是循环过程的一部分，命运之线从不会真正断裂。这就可以解释，为何中国文学不乏哀伤之作，却极少悲剧性之作，因为"类型"主宰一切，而悲剧意味着："性格试图突破类型，并因此而遭毁灭。"施华兹强调，在中国古诗中"冒险欲和个体性行动的冲动是稀罕的现象。即便在单个人被命运碾碎之时，类型仍然或公开或隐蔽地主宰着性格，道德主宰着个体意志：无论如何几乎总是规范在道德和美学上获胜——'古典'压倒了'浪漫'"。同样，中国文学从来不会出现《尼伯龙人之歌》《摩诃婆罗多》《伊利亚特》那样的史诗，因为由部落英雄的祭祀诗（《诗经》中也有这类诗歌）过渡到英雄史诗，前提是性格必须侵入类型，出现像普罗米修斯、俄狄浦斯或哈根那样的冲撞规则的超凡人物。而在中国，这种现象的出现等于是对宇宙进程的扰乱，只要规范还起着规范作用，这类由英雄人物导致的悲剧根本不应出现——英雄悲剧会导致社会共同体乃至整个自然的悲剧。②

当代德国汉学家认为中国没有自我，等于把经过了进步、动荡、革命

---

① Wolfgang Kubin, *Das traditionelle chinesische Theater*, München: Saur, 2009, S. 108.

② Ernst Schwarz (Hrsg.), *Chrysanthemen im Spiegel. Klassische chinesische Dichtung*, Berlin: Rütten & Loening, 1969, S. 11-13.

的中国重新关进了范畴的笼子：这是一个没有自我和个体的文化，属于文明发展的初级阶段——父权制阶段。这不禁让人联想到，19世纪的世界文学史家们曾普遍认为，不仅中国无自我，整个东方都无自我，因为都未超出文明的初级阶段。亚洲诸古老文明所共有的，是个体对于权威的极度依赖，差别仅仅是埃及、波斯、印度以神为父亲，而中国以皇帝为父亲。中国的个体消失于家庭、国家，就如同孩童消失于家长的关怀和威严之中。父权文化必然是实用理性的、枯燥的、农民的、低级的，父权文化阶段的宗教也没有真正的精神性——和神的交往成为一种利益交换。[1]这提醒我们，德国的汉学交流系统实际上是一个超稳定结构，19世纪精神哲学至今也是德国汉学家的集体无意识。汉学家们不假思索地认定，自我是精神/自然二元结构的产物，自我代表着超出自然、独立于自然的精神。这一方面意味着，个体应该拒绝外在环境的支配，听从内心中理性的声音，从而实现自律；另一方面意味着，自我意识的本质不是一般的存在，它不是直接的自然形式，而是一个纯粹的自我存在。作为精神—自我的主体高于一切他者，自我概念因而暗含了一种无限超越的精神一元论，既反对前现代的一元论，也蔑视后现代的一元论：相对于中国古代"天人合一"的自然一元，它强调精神和自然的分离以促成精神的优先；相对于美国和当代中国的（消费）文化一元，它强调精神和文化（第二自然）的分离以保持精神的优先。

但这一西方的主流传统从不是唯一传统。1928年，莱德勒（E. Lederer）教授在卫礼贤主持的法兰克福中国学社作了一场演说，名为《东方礼俗形式的意义》，顾名思义，他作为一名见多识广的理性观察者，要为德国听众揭示出东方心灵的精神实质。演说结束后，著名非洲学家弗洛贝纽斯却对这一自信的认知态度提出了尖锐质疑：我们究竟能够理解异民

---

[1] Julius Hart, *Geschichte der Weltliteratur und des Theaters aller Zeiten und Völker*, Bd.1, Neudamm: Neumann, 1894, S. 27.

第六章 中国文学研究作为知识交流系统

族的礼仪吗？他进而抨击说，欧洲人的生活感觉僵化到了傲慢的程度——僵化于"对真理的信念"。①同样，卫礼贤一贯批评西方哲学执迷于永恒静止的存在。他在《对立和共同体》一文中将欧洲思想定义为"存在哲学"（Seinsphilosophie），其特点是把纯粹存在当作变化的表象背后的现实之物来把握②，这导致了欧洲人对于科学的集体迷信，可事实上，科学认知无法有效把握以时、空中的随时演变为特征的人生实相。而他本人视《易经》为中国思想的根本，以变易本身为把握和描述"中国心灵"的框架，正是要达到认识论上的超越，让中国他者得以自主地展开自身。对他来说，并没有固定不变的实体自我，自我乃是一个生生不息的流变过程，好比一棵树，无论种子、枝干还是果实都是树本身而不是几件事物。将这一思路移用到跨文化认知题域，就意味着，从来没有一个超越一切的理想视角，每个文化时空中的人都有其追求真理和创设世界的特殊路径，每个历史情势下的活动者都有看待自我和现实的特定方式，每种自我存在——他律或自律——都是一个暂住状态。而这正是卢曼系统论思想的核心，系统论认为世界是自我指涉的关联物，对于外部世界的一切观察都发生在系统之内，受系统编码的制约和调控，因此不可能设想有一个超越系统的观察者，所有跨系统观察（包括汉学研究在内）都应理解为悖论性的"假装跨越"。换言之，跨系统观察在现实中不可能实现，但又出自系统自身的要求，它不过是西方知识系统内部的普遍主义理论程序的产物。

---

① Leo Frobénius, „Diskussionsreden anläßlich des Vortrags von Prof. Lederer im China-Institut", *Sinica*, 3(1928), S. 162.

② Richard Wilhelm, *Der Mensch und das Sein*, Jena: Diederichs, 1931, S. 155.

参考书目

中文书目

曹卫东：《中国文学在德国》，广州：花城出版社，2002年。

陈铨：《中德文学研究》，沈阳：辽宁教育出版社，1997年。

方维规主编：《中国文论与海外汉学（欧洲卷）》，北京：北京师范大学出版社，2019年。

【瑞士】冯铁：《在拿波里的胡同里》，火源、史建国等译，南京：南京大学出版社，2011年。

【德】施勒格尔：《浪漫派风格——施勒格尔批评文集》，李伯杰译，北京：华夏出版社，2005年。

【日】沟口雄三：《作为方法的中国》，孙军悦译，北京：生活·读书·新知三联书店，2011年。

顾文艳：《中国现当代文学在德语世界——1972年后的文学交流》，2019年复旦大学博士论文。

洪子诚：《中国当代文学史》，北京：北京大学出版社，2010年。

李明滨：《俄罗斯汉学史》，郑州：大象出版社，2008年。

【法】让-弗朗索瓦·利奥塔尔：《后现代状态》，车槿山译，南京：南京大学出版社，2011年。

鲁迅：《鲁迅全集》，北京：人民文学出版社，2005年。

【德】马汉茂等主编：《德国汉学：历史、发展、人物与视角》，李雪涛等译，郑州：大象出版社，2005年。

【捷克】亚罗斯拉夫·普实克：《抒情与史诗——现代中国文学论集》，李欧梵编，郭建玲译，上海：上海三联书店，2010年。

钱理群、温儒敏、吴福辉：《中国现代文学三十年（修订本）》，北京：北京大学出版社，2016年。

卿文光：《论黑格尔的中国文化观》，北京：社会科学文献出版社，2005年。

孙立新、蒋锐主编：《东西方之间：中外学者论卫礼贤》，济南：山东大学出版社，2004年。

谢淼：《德国汉学视野下中国当代文学的译介与研究》，南京：南京大学出版社，2016年。

乐黛云编：《国外鲁迅研究论集1960—1981》，北京：北京大学出版社，1981年。

臧健访谈、整理：《两个世界的媒介——德国女汉学家口述实录》，北京：北京大学出版社，2011年。

詹春花：《中国古代文学德译纲要与书目》，北京：中国文史出版社，2011年。

张国刚：《德国的汉学研究》，北京：中华书局，1994年。

章培恒、骆玉明主编：《中国文学史新著》（增订本）（第二版）（上、中、下），上海：复旦大学出版社，2011年。

赵韧：《鲁道夫·G.瓦格纳现代中国研究》，2019年苏州大学博士论文。

西文书目

Theodor Adorno, *Noten zur Literatur*, hrsg. von Rolf Tiedemann, Frankfurt a.M.: Suhrkamp, 1981.

Jan Assmann, *Das kulturelle Gedächtnis: Schrift, Erinnerung und politische Identität in frühen Hochkulturen*, München: Beck, 2000.

Dorothee Ballhaus, *Die moderne Frau im Frühwerk des Schriftstellers Mao Dun*, Bochum: Brockmeyer, 1989.

Claudio Baraldi, Giancarlo Corsi, Elena Esposito, *GLU: Glossar zu Niklas Luhmanns Theorie sozialer Systeme*, Frankfurt a.M.: Suhrkamp, 1988, 2. Aufl.

Werner Bartels, *Xie Bingxin: Leben und Werk in der Volksrepublik China*, Bochum: Brockmeyer, 1982.

Monica Basting, *Yeren: Tradition und Avangarde in Gao Xingjians Theaterstück „Die Wilden" (1985)*, Bochum: Brockmeyer, 1988.

Wolfgang Bauer, *Das Antlitz Chinas*, München: Carl Hanser, 1990.

Alexander Baumgartner, *Geschichte der Weltliteratur II: Die Literaturen Indiens und Ostasiens*, Freiburg im Breisgau: Herder, 1897.

Wolf Baus, *Das P'ai-An Ching-Ch'i des Ling Meng-Ch'u. Ein Beitrag zur Analyse umgangssprachlicher Novellen der Ming-Zeit*, Frankfurt a. M.: Lang, 1974.

Joan Becker, *Über die neue chinesische Literatur*, Leipzig: Urania-Verlag, 1955.

Anna Bernhardi, *T'ao Yüan-ming (363-428). Leben und Werk eines chinesischen Dichters*, Hamburg: Bell, 1985.

Werner Bettin, Erich A. Klien, Fritz Gruner, *Märzschneeblüten: Chinesische Erzählungen*, Berlin: Volk und Welt, 1959.

Karin Betz, Wolfgang Kubin (Übers.), *Yang Lian: Aufzeichnungen eines glücklichen Dämons. Gedichte und Reflexionen*, Nachwort von Uwe Kolbe, Frankfurt a. M.: Suhrkamp, 2009.

Franz Biallas, „K'üh Yüans ‚Fahrt in die Ferne' (Yüan Yu) Einleitung", *Asia Major*, Vol. IV, 1927.

Friedrich A. Bischoff, *Djing Ping Meh. Epitome und analytischer Namenindex gemäß der Übersetzung der Brüder Kibat*, Wien: Verl. d. Österr. Akad. d. Wiss., 1997.

Birthe Blauth, *Altchinesische Geschichte über Fuchsdämonen. Kommentierte*

Übersetzung der Kapitel 447-455 des Taiping Guangji, Frankfurt: Lang, 1996.

Hans Christoph Buch, Wong May (Übers.), *Lu Hsün: Der Einsturz der Lei-feng-Pagode*, Reinbek: Rowohlt, 1973.

Herbert Butz, *Yüan Hung-tao's „Reglement beim Trinken" (Shang-cheng). Ein Beitrag zum essayistischen Schaffen eines Literatenbeamten der späten Ming-Zeit*, Frankfurt a. M.: Haag und Herchen, 1988.

Moriz Carriere, *Die Kunst im Zusammenhang der Culturentwicklung und die Ideale der Menschheit*, Bd.1, Leipzig: Brockhaus, 1863.

Pascale Casanova, *The World Republic of Letters*, trans., M. B. DeBevoise, Cambridge: Harvard University Press, 2004.

Peng Chang, *Modernisierung und Europäisierung der klassischen chinesischen Prosadichtung: Untersuchungen zum Übersetzungswerk von Franz Kuhn (1884-1961)*, Frankfurt a. M.: Lang, 1991.

August Conrady, *Chinas Kultur und Literatur. 6 Vorträge*, Leipzig: Seele, 1903.

August Conrady (Übers.), *Das älteste Dokument zur chinesischen Kunstgeschichte. T'ien-Wen,* abgeschlossen und herausgegeben von Eduard Erkes, Leipzig: Asia Major, 1931.

Ruth Cremerius, *Das poetische Hauptwerk des Xu Zhimo (1897-1931)*, Hamburg: Gesellschaft für Natur- und Völkerkunde Ostasiens e.V., 1996.

Günther Debon, *Ts'ang-Lang's Gespräche über die Dichtung: Ein Beitrag zur chinesischen Poetik*, Wiesbaden: Otto Harrassowitz, 1962.

Günther Debon, *Ostasiatische Literaturen*, Wiesbaden: Aula-Verlag, 1984.

Günther Debon (Übers.), *Der Kranich ruft: Chinesische Lieder der ältesten Zeit*, Berlin: Elfenbein, 2003.

Tilo Diefenbach, *Kontexte der Gewalt in moderner chinesischer Literatur*, Wiesbaden: Harrassowitz, 2004.

Charlotte Dunsing, Ylva Monschein (Übers.), *Qian Zhongshu: Das Andenken.*

Erzählungen, Nachwort von Charlotte Dunsing, Köln: Diedrichs, 1986.

Wolfram Eberhard, *Die chinesische Novelle des 17.-19. Jahrhunderts: Eine soziologische Untersuchung*, Ascona: Artibus Asiae, 1948.

Bernd Eberstein, *Das chinesische Theater im 20. Jahrhundert*, Wiesbaden: Harrassowitz, 1983.

Bernd Eberstein (Hrsg.), *Moderne Stücke aus China*, Frankfurt a. M.: Suhrkamp, 1980.

Heinrich Eggert, *Entstehungsgeschichte des Hung-lou-Meng*, Universität Hamburg, Diss., 1940.

Marion Eggert, *Nur wir Dichter. Yuan Mei: Eine Dichtungstheorie des 18. Jahrhunderts zwischen Selbstbehauptung und Konvention*, Bochum: Brockmeyer, 1989.

Marion Eggert, *Rede vom Traum. Traumauffassungen der Literatenschicht im späten kaiserlichen China*, Stuttgart: Franz Steiner, 1992.

Marion Eggert, Wolfgang Kubin, Rolf Trauzettel, Thomas Zimmer, *Die klassische chinesische Prosa: Essay, Reisebericht, Skizze, Brief vom Mittelalter bis zur Neuzeit*, München: Saur, 2004.

Albert Ehrenstein, *China klagt. Nachdichtungen revolutionärer chinesischer Lyrik aus drei Jahrtausenden*, Berlin: Malik, 1924.

Albert Ehrenstein, *Ich bin der unnütze Dichter, verloren in kranker Welt*, Berlin: Friedenauer Pr., 1970.

Reinhard Emmerich (Hrsg.), *Chinesische Literaturgeschichte*, Stuttgart: Metzler, 2004.

Wolfgang Emmerich, *Kleine Literaturgeschichte der DDR*, Berlin: Aufbau Verlag, 2009.

F. K. Engler (Übers.), *Li Ju-Tschen: Im Land der Frauen. Ein altchinesischer Roman mit acht Holzschnitten*, Zürich: Die Waage, 1970.

Martin Erbes u.a., *Drei Studien über Lin Yutang (1895-1976)*, Bochum: Brockmeyer, 1989.

Eduard Erkes, *Chinesische Literatur*, Breslau: Ferdinand Hirt, 1922.

Gudrun Fabian, „Xiao Hongs Geschichten vom Hulanfluß. Ein Beitrag zum Problem der

Gattung", *Orientierungen*, 2 (1990).

Frauke Fastenau, *Die Figuren des Chin P'ing Mei und des Yü Huan Chi. Versuch einer Theorie des chinesischen Sittenromans*, Uni. München, Diss., 1971.

Irmtraud Fessen-Henjes, „Es kommt darauf an, sich auf den Weg zu machen... Die dramatische Literatur und das moderne Sprechtheater in der Volksrepublik China seit 1977/1978", *Weimarer Beiträge*, 6 (1988).

Irmtraud Fessen-Henjes, Fritz Gruner, Eva Müller (Hrsg.), *Erkundungen. 16 chinesische Erzähler*, Berlin: Volk und Welt, 1984.

Irmtraud Fessen-Henjes (Übers.), *Die Blütenträume des Lao Li*, München: C.H. Beck, 1985.

Irmtraud Fessen-Henjes, Gabriele Jordan, Irma Peters, Hannelore Salzmann (Übers.), *Wang Meng. Das Auge der Nacht*, Nachwort von Wolfgang Kubin, Zürich: Unionsverlag, 1987.

Alfred Forke, *Blüten chinesischer Dichtung aus der Zeit der Han- und Sechs-Dynastie*, Magdburg: Faber, 1899.

Carl Fortlage, *Vorlesungen über die Geschichte der Poesie*, Stuttgart: Cotta, 1839.

Michel Foucault, *L'herméneutique du sujet. Cours au Collège de France (1981-1982)*, Paris: Gallimard / Seuil, 2001.

Michel Foucault, *Sécurité, territoire, population: Cours au Collège de France (1977-1978)*, Paris: Gallimard / Seuil, 2004.

Herbert Franke, *Sinologie an deutschen Universitäten*, Wiesbaden: Franz Steiner, 1968.

Klaus Gottheiner, *Licht und Dunkel in der Dichtung der T'ang-Zeit. Eine Untersuchung zur Bildlichkeit in der chinesischen Lyrik*, Frankfurt a. M.: Haag und Herchen, 1990.

Rudolf von Gottschall, *Das Theater und Drama der Chinesen*, Breslau: Eduard Trewendt, 1887.

Johann Georg Theodor Grässe, *Handbuch der allgemeinen Literaturgeschichte aller bekannten Völker der Welt*, Bd. 1, Leipzig: Arnoldische Buchhandlung, 1850, 2. Ausgabe.

Martin Gimm (Hrsg.), *Chinesische Dramen der Yüan-Dynastie: zehn nachgelassene Übersetzungen von Alfred Forke*, Wiesbaden: Steiner, 1978.

Martin Gimm, *Hans Conon von der Gabelentz und die Übersetzung des chinesischen Romans Jin Ping Mei*, Wiesbaden: Harrassowitz, 2005.

Tileman Grimm, „Zu Mao Tse-tungs Lyrik. Engagierte Dichtung und klassische Liedkunst in China", *Poetica*, 1(1967).

Wilhelm Grube, *Geschichte der chinesischen Litteratur*, Leipzig: Amelang, 1909, 2. Aufl.

Fritz Gruner, *Gesellschaftsbild und Menschengestaltung in Mao Duns erzählerischem Werk von 1927-1932/33*, Uni. Leipzig, Diss., 1962.

Fritz Gruner, *Der literarisch-künstlerische Beitrag Mao Duns zur Entwicklung des Realismus in der neuen chinesischen Literatur*, Uni. Leipzig, Diss. B, 1967.

Fritz Gruner, „Der Roman Tzu-yeh von Mao Tun – Ein bedeutendes realistisches Werk der neuen chinesischen Literatur", *Asian and African Studies*, Vol. XI, 1975.

Fritz Gruner, „Wang Meng – ein hervorragender Vertreter der erzählenden Prosa in der chinesischen Gegenwartsliteratur", *Weimarer Beiträge*, 6 (1988).

Karl F. A. Gützlaff, *China opened*, Vol. 1, London: Smith, Elder and co., 1838.

Jürgen Habermas, Niklas Luhmann, *Theorie der Gesellschaft oder Sozialtechnologie – Was leistet die Systemforschung*, Frankfurt a. M.: Suhrkamp, 1971.

Thomas Harnisch, *China's neue Literatur. Schriftsteller und ihre Kurzgeschichten in den Jahren 1978 und 1979*, Bochum: Brockmeyer, 1985.

Julius Hart, *Geschichte der Weltliteratur und des Theaters aller Zeiten und Völker*, Bd.1, Neudamm: Neumann, 1894.

Stefan Hase-Bergen, *Suzhouer Miniaturen. Leben und Werk des Schriftstellers Lu Wenfu*, Bochum: Brockmeyer, 1990.

Stefan Hase-Bergen (Übers.), *Lu Wenfu: Der Gourmet*, Bochum: Brockmeyer, 1992.

Birgit Häse, *Einzug in die Ambivalenz. Erzählungen chinesischer Schriftstellerinnen in der Zeitschrift Shouhuo zwischen 1979 und 1989*, Wiesbaden: Harrassowitz, 2001.

Karin Hasselblatt (Übers.), *Wang Anyi: Kleine Lieben. Zwei Erzählungen*, München: Carl Hanser, 1988.

Karin Hasselblatt (Übers.), *Xiao Hong: Der Ort des Lebens und des Sterbens*, Nachwort von Wolfgang Kubin, Freiburg/Br., Wien: Herder, 1989.

Otto Hauser, *Die Chinesische Dichtung*, Berlin: Marquardt, 1908.

Jost Hermand (Hrsg.), *Literatur nach 1945 I: Politische und regionale Aspekte*, Wiesbaden: Akademische Verlagsgesellschaft Athenaion Wiesbaden, 1979.

Johanna Herzfeldt (Hrsg.), *Lu Ssün. Die Flucht auf den Mond. Alte Geschichten – neu erzählt*, Berlin: Rütten & Loening, 1960.

Johanna Herzfeldt (Übers.), *Lu Hsün: Morgenblüten abends gepflückt*, Berlin: Rütten & Loening, 1960.

Alfred Hoffmann, *Die Lieder des Li Yü*, Hong Kong: The Commercial Press, 1982.

Hans Peter Hoffmann, *Wen Yiduos „Totes Wasser": eine literarische Übersetzung*, Bochum: Brockmeyer, 1992.

Hans Peter Hoffmann, *Gu Cheng – Eine dekonstruktive Studie zur Menglong-Lyrik*, 2 Bde, Frankfurt a. M.: Lang, 1993.

Hans Peter Hoffmann, *Die Welt als Wendung. Zu einer literarischen Lektüre des Wahren Buchs vom südlichen Blütenland (Zhuangzi)*, Wiesbaden: Harrassowitz, 2001.

Holger Hölke u.a. (Übers.), *Hsiao Yün: Ausgewälte Kurzprosa*, Bochum: Brockmeyer, 1984.

Susanne Hornfeck, Wang Jue, a.a.O. (Übers.), *Mo Yan: Trockener Fluss und andere Geschichten*, Dortmund: projektverlag, 1997.

Adrian Hsia (Hrsg.), *Fernöstliche Brückenschläge: zu den deutsch-chinesischen Literaturbeziehungen im 20. Jahrhundert*, Bern: Lang, 1992.

Daoling Hsü, „Chinesischer Bildersaal. Du Fu, der Dichter der Leidenschaft", *Sinica*, 1(1930).

Weiping Huang, *Melankolie als Geste und Offenbarung: Zum Erzählwerk Zhang Ailings*, Bern: Lang, 2001.

Edmund Husserl, *Cartesianische Meditationen und Pariser Vorträge*, S. Strasser (Hrsg.), Haag: Martinus Nijhoff, 1973.

Richard Jung u. a. (Übers.), *Lu Hsin: Die wahre Geschichte on Ah Queh*, Leipzig: List, 1954.

Elke Junkers, *Leben und Werk der chinesischen Schriftstellerin Lu Yin (ca. 1899-1934)*, München: Minerva-Publikation, 1984.

Josef Kalmer (Übers.), *Lu Hsün: Die Reise ist lang. Gesammelte Erzählungen*, Düsseldorf: Progress, 1955.

Ruth Keen, *Autobiographie und Literatur: Drei Werke der chinesischen Schriftstellerin Xiao Hong*, München: Minerva-Publikation, 1984.

Ruth Keen (Übers.), *Xiao Hong: Frühling in einer kleinen Stadt: Erzählungen*, Köln: Cathay, 1985.

Ruth Keen (Übers.), *Xiao Hong: Geschichten vom Hulanfluß*, Nachwort von Ruth Keen und Wolfgang Kubin, Frankfurt a. M.: Insel, 1990.

Silvia Kettelhut, *Nicht nur der Rikschakuli: Frauendarstellung und Geschlechterverhältnis im Werk Lao Shes*, Frankfurt a. M.: Lang, 1997.

Silvia Kettelhut (Übers.), *Lao She: Sperber über Peking*, Nachwort von Wolfgang Kubin, Freiburg im Breisgau: Herder, 1992.

Otto und Artur Kibat (Übers), *Djin Ping Meh. Schlehenblüten in goldener Vase. Ein Sittenroman aus der Ming-Zeit*, hrsg. von Herbert Franke, Hamburg: Die Waage, 1967, Bd. 1.

Dietmar Klein, *Maoismus, Kontinuität und Diskontinuität: Bilanz und Perspektiven der Entwicklung nach dem Tode Mao Tse-tungs*, Bochum: Brockmeyer, 1977.

Makiko Klenner, *Literaturkritik und politische Kritik in China: Die Auseinandersetzung um die Literaturpolitik Zhou Yangs*, Bochum: Brockmeyer, 1979.

Volker Klöpsch, *Die Jadesplitter der Dichter. Die Welt der Dichtung in der Sicht eines Klassikers der chinesischen Literaturkritik*, Bochum: Brockmeyer, 1983.

Volker Klöpsch (Hrsg.), *Lao She: Zwischen Traum und Wirklichkeit. Elf Erzählungen*, Frankfurt a. M.: China Studien- und Verlagsgesellschaft, 1981.

Volker Klöpsch, Roderich Ptak (Hrsg.), *Hoffnung auf Frühling. Moderne chinesische Erzählungen. Erster Band: 1919 bis 1949*, Frankfurt a. M.: Suhrkamp, 1980.

Volker Klöpsch (Übers.), *Lao She: Die Stadt der Katzen*, Frankfurt a. M.: Suhrkamp, 1985.

Heide Köser (Übers.), *Das Liederbuch der Chinesen. Guofeng*, philologische Bearbeitung von Armin Hetzer, Frankfurt a. M.: Insel, 1990.

Ingrid Krüßmann-Ren, *Literarischer Symbolismus in China: theoretische Rezeptionen und lyrische Gestaltung bei Dai Wangshu (1905-1950)*, Bochum: Brockmeyer, 1991.

Wolfgang Kubin, *Das lyrische Werk des Tu Mu (803-852). Versuch einer Deutung*, Wiesbaden: Harrassowitz, 1976.

Wolfgang Kubin (Hrsg.), *Hundert Blumen. Moderne chinesische Erzählungen. Zweiter Band: 1949 bis 1979*, Frankfurt a. M.: Suhrkamp, 1980.

W. Kubin, R. Wagner (Hrsg.), *Essays in Modern Chinese Literature and Literary Criticism*, Bochum: Brockmeyer, 1982.

Wolfgang Kubin (Hrsg.), *Die Jagd nach dem Tiger*, Bochum: Brockmeyer, 1984.

Wolfgang Kubin (Hrsg.), *Moderne chinesische Literatur*, Frankfurt a. M.: Suhrkamp, 1985.

Wolfgang Kubin, *Der durchsichtige Berg: die Entwicklung der Naturanschauung in der chinesischen Literatur*, Stuttgart: Steiner, 1985.

Wolfgang Kubin (Hrsg.), *Aus dem Garten der Wildnis*, Bonn: Bouvier, 1989.

Wolfgang Kubin (Übers.), *Bei Dao: Notizen vom Sonnenstaat*, München: Carl Hanser, 1991.

Wolfgang Kubin (Übers.), *Yang Lian: Masken und Krokodile. Gedichte*, Berlin: Aufbau-Verlag, 1994.

Wolfgang Kubin (Hrsg.), *Lu Xun: Werke in 6 Bd.*, Bd. 6, Zürich: Unionsverlag, 1994.

Wolfgang Kubin (Hrsg.), *Hongloumeng: Studien zum „Traum der roten Kammer"*, Bern: Lang, 1999.

Wolfgang Kubin (Hrsg.), *Symbols of Anguish: In Search of Melancholy in China*, Frankfurt a. M.: Peter Lang, 2001.

Wolfgang Kubin, *Die chinesische Dichtkunst. Von den Anfängen bis zum Ende der Kaiserzeit*, München: Sauer, 2002.

Wolfgang Kubin, *Die chinesische Literatur im 20. Jahrhundert*, München: Sauer, 2005.

Wolfgang Kubin, *Das traditionelle chinesische Theater*, München: Saur, 2009.

Franz Kuhn (Hrsg.), *Chinesische Staatsweisheit*, Darmstadt: Otto Reichl, 1923.

Franz Kuhn (Übers.), *Kin Ping Meh oder die abenteuerliche Geschichte von Hsi Men und seinen sechs Frauen*, Leipzig: Insel, 1931.

Franz Kuhn (Übers.), *Kin Ku Ki Kwan. Wundersame Geschichten aus alter und neuer Zeit*, Zürich: Manesse, 1952.

Franz Kuhn (Übers.), *Die Räuber vom Liang Shan Moor*, Frankfurt a. M.: Insel, 1964.

Franz Kuhn (Übers.), *Li Yü: Jou Pu Tuan. Ein erotisch-moralischer Roman aus der Ming-Zeit (1633)*, Hanmburg: Die Waage, 1965.

Franz Kuhn (Übers.), *Der Traum der Roten Kammer*, Nachwort von Eva Müller, Leipzig: Insel, 1971.

Franz Kuhn (Übers), *Mao Dun: Schanghai im Zwielicht*, Nachwort von Wolfgang Kubin, Berlin: Oberbaumverlag, 1979.

Franz Kuhn (Übers.), *Wen Kang: Die schwarze Reiterin*, Frankfurt a. M.: Insel, 1980.

Hatto Kuhn, *Dr. Franz Kuhn (1884-1961) . Lebensbeschreibung und Bibliographie seiner Werke*, Wiesbaden: Steiner, 1980.

Hans Kühner (Übers.), *Liu E: Die Reisen des Lao Can. Roman aus dem alten China*, Nachwort von Helmut Martin, Frankfurt a. M.: Insel, 1989.

Heng-Yü Kuo (Hrsg.), *Lao She: Blick westwärts nach Changan*, München: Minerva Publ., 1983.

Erwin Laaths, *Geschichte der Weltliteratur*, München: Droemer, 1953, 3. Aufl.

Goat Koei Lang-Tan, *Der unauffindbare Einsiedler: Eine Untersuchung zu einem Topos der Tang-Lyrik (618-906)*, Frankfur a. M.: Haag und Herchen, 1985.

Goat Koei Lang-Tan, *Konfuzianische Auffassungen von Mitleid und Mitgefühl in der Neuen Literatur Chinas (1917-1942). Literaturtheorien, Erzählungen und Kunstmärchen der Republikzeit in Relation zur konfuzianischen Geistestradition*, Bonn: Engelhard-NG, 1995.

Jef Last, *Lu Hsün – Dichter und Idol: Ein Beitrag zur Geistesgeschichte des neuen China*, Frankfurt a. M.: Metzner, 1959.

Peter Leimbigler, *Mei Yao-ch'en (1002-1060). Versuch einer literarischen und politischen Deutung*, Wiesbaden: Harrassowitz, 1970.

Yuri M. Lotman, *Universe of the mind: a semiotic theory of culture*, trans. Ann Shukman, New York: I.B. Tauris, 1990.

Niklas Luhmann, *Soziale Systeme. Grundriss einer allgemeinen Theorie*, Frankfurt a. M.: Suhrkamp, 1984.

Niklas Luhmann, *Liebe als Passion*, Frankfurt a. M.: Suhrkamp, 1994.

Niklas Luhmann, *Die Gesellschaft der Gesellschaft*, Frankfurt a. M.: Suhrkamp, 1998.

Niklas Luhmann, „Die Weltgesellschaft", Niklas Luhmann, *Soziologische Aufklärung 2: Aufsätze zur Theorie der Gesellschaft*, Wiesbaden: Verlag für Sozialwissenschaften, 2009.

Christine Macht, *Die „Satirischen Fabeln" des Wu Woyao (1886-1910)*, Uni. Würzburg, Diss., 1987.

Tienchi Martin-Liao (Hrsg.), *Wen Yiduo: Tanz in Fesseln: Essays, Reden, Briefe*, Bochum: Projekt-Verl., 2000.

Helmut Martin, *Kult und Kanon: Entstehung und Entwicklung des Staatsmaoismus 1935-1978*, Hamburg: Institut für Asienkunde, 1978.

Helmut Martin, *Chinabilder I. Traditionelle Literatur Chinas und der Aufbruch in die Moderne*, Dortmund: project verlag, 1996.

Helmut Martin, *Chinesische Literatur am Ende des 20. Jahrhunderts. Chinabilder II*, Dortmund: projekt verlag, 1996.

Helmut Martin (Hrsg.), *Mao intern. Unveröffentliche Schriften, Reden und Gespräche Mao Tse-tungs 1946-1976*, München: dtv, 1977.

Georg Misch, *Geschichte der Autobiographie*, Bd. 1, 1. Hälfte, Frankfurt a. M.: G. Schulte, 1976, 4. Aufl.

Hanni Mittelmann (Hrsg.), *Albert Ehrenstein. Werke. Bd. 3/1: Chinesische Dichtungen. Lyrik*, München: Boer, 1995.

Hans-Georg Möller, „Blindes Verständnis: Überlegungen zum Beitrag von Heiner Roetz", *Bochumer Jahrbuch zur Ostasienforschung*, Bd. 26., 2002.

Hans-Georg Möller, *Luhmann Explained: From Souls to Systems*, Chicago: Open Court, 2006.

Ylva Monschein (Hrsg.), *Chinas subversive Peripherie. Aufsätze zum Werk des Nobelpreisträgers Mo Yan*, Bochum: projektverlag, 2013.

Monika Motsch, *Mit Bambusrohr und Ahle: von Qian Zhongshus Guanzhuibian zu einer Neubetrachtung Du Fus*, Frankfurt a. M.: Lang, 1994.

Monika Motsch, *Die chinesische Erzählung: Vom Altertum bis zur Neuzeit*, München: Saur, 2003.

Monika Motsch, Jerome Shih (Übers.), *Qian Zhongshu: Die umzingelte Festung*, mit einem Nachwort von Monika Motsch, München: Schirmer Graf, 2008.

Klaus Mühlhahn, *Geschichte, Frauenbild und kultuelles Gedächtnis. Der ming-zeitliche*

Roman Shuihu zhuan, München: Minerva-Publ., 1994.

Eva Müller, *Zur Widerspiegelung der Entwicklung der „Legende von der Weißen Schlange" (Bai-she zhuan) in der chinesischen Literatur bis zur 1. Hälfte des 20 Jahrhunderts*, Humboldt-Uni., Diss., 1966.

Eva Müller, *Zur Darstellung des Industriearbeiters in der Epik der Volksrepublik China (1949-1957)*, Humboldt-Uni., Diss. B, 1979.

Eva Müller, „Zhang Jie: Der schwere Flügel", *Weimarer Beiträge*, 6 (1988).

Eva Müller, Volker Klöpsch (Hrsg.), *Lexikon der chinesischen Literatur*, München: Beck, 2004.

Theodor Mundt, *Allgemeine Literaturgeschichte*, Bd. 1, Berlin: Simion, 1848, Aufl. 2.

Christina Neder, Heiner Roetz, Ines-Susanne Schilling (Hrsg.), *China in seinen biographischen Dimensionen. Gedenkschrift für Helmut Martin*, Wiesbaden: Harrassowitz, 2001.

Kai Nieper, *Neun Tote, ein Leben: Wu Woyao (1886-1910), ein Erzähler der späten Qing-Zeit*, Frankfurt a. M.: Lang, 1995.

Werner Oberstenfeld, *Chinas bedeutendster Dramatiker der Mongolenzeit (1280-1368) Kuan Han-ch'ing: Kuan Han-ch'ing-Rezeption in der Volksrepublik China der Jahre 1954-65 mit einer kommentierten Übersetzung des Singspiels vom Goldfadenteich (Chin-hsien ch'ih) sowie einerausführlichen bibliographischen Übersicht zu Kuan Han-ch'ing als Theaterschriftsteller*, Frankfurt a.M.: Lang, 1983.

Ricarda Päusch, *Fliegen und Fliehen. Literarische Motive im Werk Hsü Chih-mos*, Dortmund: projekt verlag, 1995.

Irma Peters, *Zur ideologischen Entwicklung des chinesischen Schriftstellers Lu Xun (1881-1936) – eine Untersuchung anhand seiner künstlerischen Publizistik*, Humboldt-Uni., Diss., 1971.

Anke Pieper, *Literarischer Regionalismus in China. Entstehung, Themen und Funktionen*, Dortmund: Projekt-Verl., 1997.

Karl-Heinz Pohl, „Hoffen auf die Kindeskinder. Eine literarische Betrachtung zu Xiao Juns Erzählung ‚Ziegen'", *Nachrichten der Gesellschaft für Ostasienkunde*, Vol. 134, 1983.

Karl-Heinz Pohl, *Ästhetik und Literaturtheorie in China: Von der Tradition bis zur Moderne*, München: Saur, 2007.

Stephan Pohl, *Das Lautlose Theater des Li Yu (um 1655). Eine Novellensammlung der frühen Qing-Zeit*, Walldorf-Hessen: Verl. für Orientkunde Vorndran, 1994.

Manfred Porkert (Übers.), *Luo Guanzhong: Der Aufstand der Zauberer. Ein Roman aus der Ming-Zeit in der Fassung von Feng Menglong*, Frankfurt a. M.: Insel, 1986.

Jaroslav Průšek, *Die Literatur des befreiten China und ihre Volkstraditionen*, Prag: Verlag der Tschechoslowakischen Akademie der Wissenschaften, 1953.

Roderich Ptak, „Vom Heulen des Steppenwolfs: Lu Xuns Erzählung ‚Der Einsame'", *Orientierungen*, 1(1990).

Hartmut Rebitzki (Übers.), *T'ien Chün: Das erwachende Dorf*, Schwerin: Petermänken, 1953.

Ursula Richert (Übers.), *Shen Congwen. Erzählungen aus China*, Frankfurt a. M.: Insel, 1985.

Heiner Roetz, „Philologie und Öffentlichkeit: Überlegungen zur sinologischen Hermeneutik", *Bochumer Jahrbuch zur Ostasienforschung*, Bd. 26, 2002.

Maria Rohrer, *Das Motiv der Wolke in der Dichtung Tao Yuanmings*, Wiesbaden: Harrassowitz, 1992.

Gottfried Rösel (Übers.), *Pu Sung-ling: Umgang mit Chrysantheman: 81 Erzählungen d. ersten 4 Bücher aus d. Sammlung Liao-dschai-dschi-yi*, Zürich: Die Waage, 1987.

Karl Rosenkranz, *Die Poesie und ihre Geschichte*, Königsberg: Bornträger, 1855.

Beate Rusch, *Kunst- und Literaturtheorie bei Yu Dafu (1896-1945)*, Dortmund: Projekt-Verl., 1994.

Alexander Saechtig, *Schreiben als Therapie. Die Selbstheilungsversuche des Yu Dafu* nach dem Vorbild japanischer shishōsetsu-Autoren, Wiesbaden: Harrasowitz, 2005.

Johannes Scherr, *Illustrierte Geschichte der Weltliteratur*, Bd. 1, Stuttgart: Franck, 1895, Aufl. 9.

Joachim Schickel, *China: Die Revolution der Literatur*, München: Hanser, 1969.

Richard v. Schirach, *Hsü Chih-mo und die Hsin-yüeh Gesellschaft. Ein Beitrag zur neuen Literatur Chinas*, Uni. München, Diss., 1971.

Friedrich Schlegel, *Kritische Schriften und Fragmente in 6 Bd, Bd. 4. (1812-1813)*, hrsg. von Ernst Behrler und Hans Eichner, Paderborn: Schöningh, 1988.

Helwig Schmidt-Glintzer, *Geschichte der chinesischen Literatur. Die 3000jährige Entwicklung der poetischen, erzählenden und philosophischen-religiösen Literatur Chinas von den Anfängen bis zur Gegenwart*, Bern, Wien: Scherz, 1990.

Helwig Schmidt-Glintzer (Hrsg.), *Das andere China: Festschrift für Wolfgang Bauer zum 65. Geburtstag*, Wiesbaden: Harrasowitz, 1995.

Erich Schmidt u.a. (Hrsg.), *Die orientalischen Literaturen*, Berlin: Teubner, 1906.

Erich Schmitt (Übers.), *Geschichten aus dem Liao Chai*, Berlin: Häger, 1924.

Wilhelm Schott, *Entwurf einer Beschreibung der chinesischen Litteratur*, Berlin: Ferd. Dümmler, 1854.

Erich Peter Schrock, Liu Guan-ying (Übers.), *Pu Sung-ling: Gaukler, Füchse und Dämonen*, Basel: Benno Schwabe, 1955.

Ingrid Schuster, *China und Japan in der deutschen Literatur 1890-1925*, Bern: Francke, 1977.

Ernst Schwarz, *Zur Problematik der Qu Yuan-Forschung*, Humboldt-Uni., Diss. 1965.

Ernst Schwarz (Hrsg.), *Chrysanthemen im Spiegel. Klassische chinesische Dichtung*, Berlin: Rütten & Loening, 1969.

Ernst Schwarz (Hrsg.), *Tao Yüan-ming, Pfirsischblütenquell: Gedichte*, Frankfurt a. M.: Insel, 1992.

Rainer Schwarz (Übers.), *Tsau Hsüä-tjin. Der Traum der Roten Kammer oder Die Geschichte vom Stein, I-II*, hrsg. und mit einem Vorwort versehen von Martin Woesler, Bochum: Europäischer Univ.-Verl., 2006.

Ulrike Solmecke, *Zwischen äusserer und innerer Welt: Erzählprosa der chinesischen Autorin Wang Anyi von 1980-1990*, Dortmund: Projekt-Verl., 1995.

Helga Sönnichsen, *Beobachtungen zur Prosodie in der shi-Dichtung Shen Yues (441-513)*, Hamburg: Hamburger Sinologische Gesellschaft, 2004.

Frank Stahl, *Die Erzählungen des Shen Congwen. Analysen und Interpretationen*, Frankfurt a. M.: Lang, 1997.

Adolf Stern, *Geschichte der Weltliteratur*, Stuttgart: Rieger, 1888.

Andrea Stocken, *Die Kunst der Wahrnehmung: Das Ästhetikkonzept des Li Yu (1610-1680) im Xianqing ouji im Zusammenhang von Leben und Werk*, Wiesbaden: Harrassowitz, 2005.

Volker Strätz, *Untersuchung der formalen Strukturen in den Gedichten des Lu Kih*, Frankfurt a. M.: Lang, 1989.

Victor von Strauss, *Schi-King. Das kanonische Lehrbuch der Chinesen*, Damstadt: Wissenschaftliche Buchgesellschaft, 1969.

Thomas Sturm, *Probleme literaturtheoretischer Definition. Eine Analyse neorealistischer Erzählungen als Beitrag zu einer Diskussion der chinesischen Literaturwissenschaft*, Frankfurt a. M.: Lang, 2000.

Thomas Täubner, *Chinas neuer Heiliger. Lu Xun in der Volksrepublik China. Die gesellschaftsführende Funktion von Kunst und Literatur, dargestellt am Beispiel der chinesischen Lu Xun-Rezeption der 90er Jahre des 20. Jahrhunderts*, Frankfurt a. M.: Lang, 2004.

Rolf Trauzettel, „Individuum und Heteronomie. Historische Aspekte des Verhältnisses von Individuum und Gesellschaft in China", *Saeculum*, 3(1977).

Chêng-ju Wang, *Lu Hsün, sein Leben und sein Werk: Ein Beitrag zur chinesischen*

Revolution, Berlin: Reichsdruckerei, 1940.

Peter Weber-Schäfer, „Ostasien verstehen: Möglichkeiten und Grenzen", *Bochumer Jahrbuch zur Ostasienforschung*, Bd. 19, 1995.

Susanne Weigelin-Schwiedrzik, „Lu Xun und das ‚Prinzip Hoffnung'. Eine Untersuchung seiner Rezeption der Theorien von Huxley und Nietzsche", *Bochumer Jahrbuch zur Ostasienforschung*, Bd.3, 1980.

Irmgard E. A. Wiesel (Übers.), *Bei Dao. Gezeiten : ein Roman über Chinas verlorene Generation*, Nachwort von Helmut Martin, Frankfurt a. M.: Fischer, 1990.

Richard Wilhelm, *Die chinesische Literatur*, Wildpark-Potsdam: Akademische Verlagsgesellschaft Athenaion, 1926.

Richard Wilhelm, *Der Mensch und das Sein*, Jena: Diederichs, 1931.

Martina Wobst, *Die Kulturbeziehungen zwischen der DDR und der VR China 1949-1990*, Münster: LIT, 2004.

Yang En-lin (Hrsg.), *Lu Xun. In tiefer Nacht geschrieben. Auswahl*, Leipzig: Reclam, 1981.

Yang En-lin, Gerhard Schmitt (Übers.), *Wu Jingzi. Der Weg zu den weißen Wolken*, Weimar: Gustav Kiepenheuer, 1962.

Hongmei Yao, *Transformationsprozess der Sinologie in der DDR und BRD, 1949-1989*, Universität Köln, Diss., 2010.

Yonglie Ye, Charlotte Dunsing (Hrsg.), *SF aus China*, München: Goldmann, 1984.

Dan Zahvi, *Husserls Phänomenologie*, Tübingen: Mohr Siebeck, 2009.

Ernst Victor Zenker, *Geschichte der chinesischen Philosophie*, Reichenberg: Stiepel, 1927.

后 记

一本书写完，总要说点什么，拉几句家常，就算后记吧。

一开始，似乎有好多话要说。

觉得自己发现了一个秘密，原来，知识不属于个人，倒是系统的产物。知识是偶然的，故千差万别，但不会是任意的，每一种知识的出现，总能在系统中找到理由。很长一段时间，我迷上了卢曼的系统理论，也急于寻找一个实验场所。

在学术课题"爆炸"的今天，中国文学的域外接受，已显得平平无奇。如何做出新意，我又想到了系统论。平常课题得到社会关注（侥幸收获了国家社科基金的资助），一定有它的道理，也许系统论能揭示平常背后的不平常。中国文学在海外的传播和影响，为人所熟知。却少有人追问，中国文学知识是如何在海外"生产"出来的。究其原因，这里涉及内外视角的转换。要发现一个隐蔽的生产机制，需放弃通常的"本体论"视角，不能时时想到中国文学"本来"是什么，"应该"是什么，而要换上一双他人的眼睛，沉浸到陌生的学术体制和社会内部，冷静对待所有"意料之外"。对知识的可能性条件进行"先验"考察，系统论的工具就派上了用场。我们不但要知道中国系统和德国系统的关系，还要了解德国社会内的科学系统运作，汉学和科学系统的关系，个体研究者和系统的关系，等等。中国学者观察德国汉学，实际上是作为一个主体在和另一个主体打交道，而主体之所以为主体，就是因为它的独立自主。这个作为他我的主体之所以值得重视，不在于它多么"正确地"理解了中国文学，而是因为它让中国文学变得更丰富，更复杂，更有趣，在中国文学的媒介中创造出更多的世界意义。说到底，"正确"除了意味着符合普遍理性，也意味着符合认知者自身的特性、适应新语境的需要。当然，系统理论也有一个反讽效果，即让我清楚地知道，这个世界终究没有全知者，一切跨出也都是假装跨出，我不可能真的变成他人。

不过，后来我又发现，维科早在18世纪初已说过："如果谁创造历史也就由谁叙述历史，这种历史就最确凿可凭了。这种情形正像几何学的情形。几何学在用它的要素构成一种量的世界，或思索那个量的世界时，它就是在为它自己创造出那个量的世界。我们的新科学也是如此（它替自己创造出民族世界），但是却比几何学更为真实，因为它涉及处理人类事务的各种制度，比起点、线、面和形体来更为真实。呵！读者呀，这些论证都是神圣的，应引起你们神圣的欣喜，因为在天神身上，认识和创造就同是一回事。""新科学"提出的，只有创造者能认识自己的创造物，只有生产者才了解自己的生产方式，这不就是系统论原则的古老表述，我的沾沾自喜一下子没有了。

我还记得，课上跟学生分享过卡夫卡讲过的一个故事。小说《和祈祷者谈话》中，祈祷者处心积虑要对"我"说的是，在他还是孩子的时候，有一次午觉醒来，朦胧中听到母亲以自然的语调从阳台上向下问道："您在干什么，我亲爱的。天气这么热。"而花园里的那位妇女回答："我在绿树下野餐。"对这一"简单事件"，"我"一开始的反应是认为它非常奇特，无法理解；但最终承认，"这种事情毕竟是完全自然的"，他也会说出同样的话，做出同样的回答。我明白卡夫卡的意思，邻居妇女吃东西这样一个平常至极的行为，恰代表了生活的具体性，具体性就是一切。原来并不需要说什么，世界有自己的逻辑，需要做的是尊重它的逻辑，倾听它的无言。说不定，这正是系统论的最后理想。

不过，感谢的话是要说的。首先，本书写作得到了国家社科基金和上海市曙光学者计划的支持，华师大中文系和学校则共同支付了出版费用。其次，系统论在文学研究上的应用对我来说是一个全新尝试。书中若干章节，分别在《文学评论》《文艺研究》《中国比较文学》《中国文学研究》《小说评论》《上海交通大学学报》等刊物发表，得到了宝贵的实验场所，范智红、何吉贤、吴子林、李松睿、赵炎秋、吴攸等编辑老师的批评砥砺，对思路的完善起了重要作用。最后，北京大学出版社张冰老师接受了书稿，责编朱房煦老师为书稿付梓付出大量心血。对此一并表示诚挚的谢意。总之，对于社会，对于社会中的人的感谢，是说不完的。

看来，这才是真正的系统思想，我的书来自社会，而我只是媒介。

范劲
2022年12月30日于上海紫晶南园寓所